ACTION

BAND 71

Wenn Lesen zur Mutprobe wird ...

www.Festa-Verlag.de

BEN COES

FIRST STRIKE

GEISELNEHMER

Aus dem Amerikanischen von Alexander Amberg

FESTA

Die amerikanische Originalausgabe *First Strike*
erschien 2016 im Verlag St. Martin's Press.
Copyright © 2016 by Ben Coes

1. Auflage April 2019
Copyright © dieser Ausgabe 2019 by Festa Verlag, Leipzig
Lektorat: Alexander Rösch
Titelbild: Arndt Drechsler
Alle Rechte vorbehalten

ISBN 978-3-86552-731-8
eBook 978-3-86552-732-5

Die Frage, die sich jeder Amerikaner stellen muss,
steht schmerzlich im Raum:
Wie soll ein derartiger Krieg jemals enden?

– Jeremy Scahill,
Dirty Wars – Schmutzige Kriege –
Amerikas geheime Kommandoaktionen

PROLOG

Der Konferenzraum im ägyptischen Präsidentenpalast sah im Wesentlichen noch genauso aus wie vor 300 Jahren. Durch ein kunstvoll handgearbeitetes Gitterwerk ließen drei Meter hohe Fenster gedämpftes Sonnenlicht herein. Eine Tapete mit grün-weißen Ornamenten zierte die Wände, handbemalt von einem der berühmtesten Künstler Ägyptens. Szenen aus der Mythologie waren in die vergoldete Kassettendecke eingeprägt. Genau in der Mitte hing ein gewaltiger Kronleuchter aus Marmor und Glaskristall, in dem sich das natürliche Licht des Raums in auseinanderfächernden Strahlen brach, die zu flackern begannen, als ein sanfter Windstoß die weißen und rosa Ranken in friedlichem Rhythmus tanzen ließ.

Die zeitlose Schönheit stand in krassem Gegensatz zum draußen herrschenden Chaos. Markerschütternde Schreie hallten vom Tahrir-Platz herauf, auf dem es von Demonstranten nur so wimmelte. Das wütende Gebrüll Präsident Mursis und seines versammelten Kabinetts erfüllte den Saal selbst. Sie hatten sich um die Mitte des Konferenztischs geschart und ergingen sich in erbitterten Schuldzuweisungen. Die Politiker warfen sich gegenseitig an den Kopf, dass es ja so kommen musste und sie alles vorhergesehen hatten.

Noch vor einem Jahr hatten die Führer des bevölkerungsreichsten Landes im Nahen Osten allesamt aus dem

Untergrund gewirkt, als Führungsriege der Muslimbruderschaft. Nun waren sie Kabinettsmitglieder im Dienst der Regierung Mohammed Mursis. Die Bruderschaft hatte es geschafft, die Macht zu erlangen. Ägypten, eines der größten, wohlhabendsten und mächtigsten Länder im Nahen Osten, hatte Mursi zum Präsidenten gewählt. Das greifbarste Ergebnis des Arabischen Frühlings. Mit seiner Wahl hatte die Bruderschaft, die bislang nur ein Dasein am Rande des Dschihad fristete, politische Bedeutung erlangt.

Doch all das stand auf der Kippe. Der Arabische Frühling war gekommen und gegangen. Nun, da Mursi tatsächlich ein Land führen musste, zeigte er seine wahre Persönlichkeit: ein stümperhafter, untauglicher Größenwahnsinniger, hundertmal despotischer als Husni Mubarak, der Diktator, an dessen Stelle er getreten war. Seit seiner Wahl im Juni hatte Mursi eine fürchterliche Fehlentscheidung nach der anderen getroffen, das Justizsystem lahmgelegt, das Parlament aufgelöst und schließlich per Dekret festgelegt, dass seine Handlungen über dem Gesetz stünden, da er nunmehr *das Gesetz sei.*

Durch die Straßen Kairos schwelte unverändert das Fieber des Populismus, doch nun forderten die Demonstranten Mursis Kopf. Seine – ihre – Zeit lief ab, das war ihnen allen klar. Sie spürten es. Kairo … die Präsidentschaft … Ägypten … alles, wofür sie gearbeitet hatten, wofür sie Opfer gebracht, gelogen, betrogen und getötet hatten … all das würde dahin sein.

Die Macht würde dahin sein.

Mursi saß am Kopfende des Tisches. Er wirkte müde, trug eine Brille mit dicken Gläsern und Metallgestell. Mit den Fingern fuhr er sich durch den sauber gestutzten Bart. Schlaff saß er da, nach vorn gebeugt, und lauschte der Debatte.

Garotin, der junge Militärstratege der Muslimbruderschaft, hatte das Wort.

»Das ägyptische Militär bringt sich gegen Sie in Stellung, Herr Präsident. Die alten Fraktionen haben ihre Meinungsverschiedenheiten begraben.«

Der Schweiß auf Garotins Stirn und der Zorn in seiner Stimme offenbarten pure Verzweiflung, das Gefühl, dass alles umsonst gewesen war.

»Wir kontrollieren das Militär«, erwiderte Mursi.

»Tun wir das?« Ärger und Entrüstung schwangen in Garotins Stimme mit. »Ihnen ist schon klar, dass das Militär die Waffen und die Soldaten hat, Herr Präsident?«

Das Geschrei, das vom Tahrir-Platz durch die Fenster drang, wurde lauter und aufgebrachter.

»Almawt i Morsi! Almawt i Morsi!«

Tod für Mursi!

»Sie sind doch der Verteidigungsminister«, warf Mursi ein. »Ihre Aufgabe ist es, sie im Zaum zu halten.«

»General Catabalis nimmt meine Anrufe nicht entgegen. Besprechungen werden ohne Erklärung abgesagt. Die Generäle hören nicht auf mich.«

»Der Kommandeur der Streitkräfte ist Ihnen unterstellt, nicht umgekehrt«, hob Burj hervor, Mursis Außenminister.

»Ja, das stimmt«, meinte Mursi. »Sagen Sie den Generälen, sie sollen den Tahrir-Platz räumen und in der Stadt eine stabile Ordnung wiederherstellen. Die wünschen sich doch bestimmt keine Neuauflage des Arabischen Frühlings?«

Entsetzt schüttelte Garotin den Kopf.

»Sind Sie denn alle blind?« Er hob die Stimme. »Es liegt doch auf der Hand, Herr Präsident. Das Militär ist im Begriff, das Land zu übernehmen, und stellt es so hin, als träte es als Retter auf. Alles nur wegen Ihrer … Ihrer …«

Garotin schaffte es nicht, den Satz zu Ende zu bringen.

Der ganze Saal starrte ihn erwartungsvoll an. Er sah zu Mursi, brachte jedoch kein Wort heraus.

Ein anderer Mann ergriff das Wort und vollendete Garotins Satz: »Inkompetenz.«

Ruckartig richteten sich aller Augen auf den Sprecher in der Ecke des Raums. Er stand am Fenster. Eine schwarze Augenklappe bedeckte sein rechtes Auge. Er murmelte das Wort, fast im Flüsterton, und doch übertönte er mühelos den Tumult auf den Straßen.

Trotz seiner 30 Jahre wirkte Tristan Nazir kaum älter als ein College-Student. Eine magere Erscheinung im blauen Hemd mit Button-down-Kragen, das schwarze Haar trug er kurz geschnitten. Er sah gut aus, nicht unbedingt attraktiv, aber eindrucksvoll, adrett, perfekt gekleidet, als käme er gerade von einem Treffen des Debattierklubs seiner Universität. Die Augenklappe verlieh seinem Auftreten etwas Düsteres; man empfand Mitgefühl mit ihm nach allem, was er durchgemacht hatte, und fürchtete sich zugleich vor der Gewalt, die sie andeutete.

Nazir musterte Mursi mit festem Blick. »Das wollten Sie doch sagen, Minister Garotin, nicht wahr?«

Das Schweigen währte nicht lange.

»Wie kannst du es wagen?«

El-Farka, Mursis Stabschef, sprang vom Stuhl auf und zwängte sich an den anderen vorbei, um zu Nazir zu gelangen.

»Ruft die Präsidentengarde!«, brüllte Burj.

Zum ersten Mal hob Mursi die Stimme.

»Hör auf mit den Albernheiten, Husni!«, wies er den hitzköpfigen Stabschef zurecht und deutete auf den Stuhl. »Setz dich sofort wieder hin, sonst bist *du* derjenige, der verhaftet wird.«

Anstelle von Gebrüll und Chaos breitete sich Schweigen aus. Mit einem Wink zitierte Mursi Nazir zu sich. Nazir ging an El-Farka vorbei um den Tisch, deutete eine leichte, respektvolle Verbeugung an, ehe er sich aufrichtete und Mursi in die Augen sah.

»Tristan?«, fiel Mursi der Vorname gerade noch ein. »Der Finanzexperte, richtig? Studium in Oxford?«

»Ja, Herr Präsident.«

»Inkompetent?«, wiederholte Mursi. »Denken Sie so von mir, Tristan?«

Nazir ließ sich keine Unsicherheit anmerken, blickte erst das Staatsoberhaupt an, dann Garotin und El-Farka, schließlich wieder Mursi.

»Ja.« Er ließ sich weder Zorn noch Furcht oder Abneigung noch sonst eine Regung anmerken, antwortete ganz sachlich. »Eigentlich wollte ich Minister Garotin lediglich helfen, seinen Satz zu vollenden, aber ja, ich halte Sie für inkompetent, Herr Präsident. Das heißt nicht, dass ich Sie nicht respektiere, Herr Präsident.«

Alle plapperten durcheinander, doch Mursi schien es gar nicht zu bemerken. Als das Geschrei im Saal kein Ende nahm, hob er die Hand. »Könntet ihr alle mal den Mund halten?«

»Aber so eine Unverschämtheit können Sie doch wohl nicht durchgehen lassen?«

»Lieber höre ich eine ehrliche Meinung als einen Haufen Schmeicheleien und Lügen.«

Er nickte Nazir zu. »Sag mir, mein Sohn, was tätest du an meiner Stelle?«

»Wie bitte, Herr Präsident?«

»Tristan, wenn du der Präsident Ägyptens wärst, was würdest du tun?«

»Ja, was würdest du tun, du Verräter?«, rief jemand.

Gelassen blickte Nazir in die Richtung, aus der die Bemerkung kam. »Und Sie, Minister Burj, Sie haben doch fleißig an Präsident Mursis Selbstzerstörung mitgewirkt, was sind Sie dann, wenn nicht ein Verräter?«

»Ich … ich bin Patriot«, stammelte er. »*Patriot!*«

»Patriot? Wem gegenüber?«, erkundigte sich Nazir kühl. »Ägypten? Der Muslimbruderschaft? Ersteres steht im Begriff, Sie ins Gefängnis zu stecken, und Letztere wird es bald nicht mehr geben.«

Weiteres Schweigen, während sich kollektives Entsetzen breitmachte.

»Dem Kalifat gegenüber!« Burj stand auf, pochte im Takt zu seinen Worten auf den Tisch. »Einem Land gegenüber«, stammelte er, »das vom Islam regiert wird!«

»Ein hehres Ideal«, entgegnete Nazir, »das muss man Ihnen lassen, aber was nützt ein Ideal, wenn es nichts weiter ist als eben das? Beim Regieren geht es um Macht – um das Ergreifen von Macht, das Aufrechterhalten von Macht und die langfristige Sicherung von Macht. Es geht darum, so viel Stärke zu beweisen, dass man vom eigenen Volk verlangen kann, für das größere Ganze sein Leben zu opfern. Es geht um die Bereitschaft, andere zu töten.«

»Das Blutvergießen muss ein Ende haben!«

»Die Vereinigten Staaten wurden mit dem Blut ermordeter Indianer und Briten gegründet und dank der Opfer, die das eigene Volk brachte«, erwiderte Nazir gelassen. »Es funktionierte, weil sie ein übergeordnetes Ziel verfolgten: ein eigenes Land.«

Nazir trug seine Worte mit ruhiger Stimme vor. Als er endete, senkte sich Schweigen über den Saal.

»Das ist Blasphemie«, brüllte El-Farka quer über den Konferenztisch. »Wir sind nicht die Vereinigten Staaten. Gepriesen sei Allah!«

»Im Moment verfügen wir über einen der größten Militärapparate der Welt«, konkretisierte Nazir. »Und über vier Milliarden Barrel Ölreserven in unseren zentralen Territorien. Das sind die strukturellen Voraussetzungen der Macht und eines dauerhaft souveränen Staates, und doch begnügen wir uns damit, mit anzusehen, wie uns alles wie Sand zwischen den Fingern zerrinnt.«

Mursi hob die Hand, um El-Farka zum Schweigen zu bringen. Er blickte Nazir an.

»Du hast eine scharfe Zunge, Tristan. Nimm dich in Acht, sie wird dich noch in Schwierigkeiten bringen. Ich habe dir eine Frage gestellt: Was tätest du an meiner Stelle?«

»Was ich tun würde, Herr Präsident? Wenn Sie mich so fragen, ich würde bei Catabalis zu Hause vorbeischauen und seine Familie festnehmen. Dann hätte ich ein Druckmittel, um von ihm zu verlangen, das Kriegsrecht zu verhängen. Und zwar unverzüglich. Heute noch. Auf der Stelle. Anschließend entließe ich alle Offiziere über dem Rang eines Colonels, um sie einsperren zu lassen.«

Er ließ den Blick durch den Raum schweifen, bevor er weitersprach.

»Ich würde alle enthaupten lassen.«

Mehrere der Versammelten stöhnten schockiert auf.

»In fünf Jahren würde sich kaum noch jemand an meine Taten erinnern. Und wer sich erinnerte, würde mich fürchten. Aber wir besäßen ein Land. Eine Nation. *Ein Kalifat.* Das ist alles, was zählt.«

»Eine Revolution des Volkes hat mich an die Macht gebracht«, gab Mursi zu bedenken. »Ich kann doch nicht meine Wähler im Stich lassen. Und ich würde ganz bestimmt niemanden enthaupten, um meine persönliche Macht zu erhalten.«

Nazir blickte über den Konferenztisch in die Richtung des Fensters, vor dem er eben noch gestanden hatte. »Marwan«, sagte er. »Komm her!«

Al-Jaheishi, ähnlich gekleidet wie Nazir, sah auf. Sein Gesicht lief rot an, die Augen huschten unruhig hin und her.

»Du brauchst nicht nervös zu sein. Komm her.«

Zögernd verließ Al-Jaheishi seine Ecke und ging quer durch den Raum zu Nazir. Sein Blick wanderte hektisch von Mursi zum Konferenztisch und schließlich zu Boden.

»Leg deine Hand auf den Tisch«, forderte ihn Nazir mit ruhiger Stimme auf. »Herr Minister, dürfte ich mir Ihr Messer leihen?«

Garotin langte unter den Tisch und zog eine Klinge aus der Knöchelscheide, legte sie auf den Tisch und schob sie Nazir zu, der danach griff.

Nazir blickte dem Jungen in die Augen. »Würdest du dich opfern, Marwan, wenn es um etwas Größeres ginge als um deine eigene Person?«

»Ja, Tristan. Das weißt du doch!«

Nazir sah zu Mursi.

»Als George Washington gegen die Briten kämpfte, besaß er nicht genug Geld, um seinen Männern Schuhe oder Socken zu kaufen, nicht mal mitten im Winter. Den größten militärischen Sieg des amerikanischen Unabhängigkeitskrieges errang Washington, als er seine Soldaten, viele davon barfuß, über den Delaware River führte, und das bei Temperaturen, die kein Mensch in dieser Versammlung je erleben musste. Es herrschte Eiseskälte, die Art Kälte, die Menschen umbringt. Ein Großteil von Washingtons Soldaten verlor entweder das Leben oder die Beine durch Erfrierungen und Wundbrand. Aber Washington wusste, was getan werden musste.«

Nazir hob das Messer hoch über den Kopf und ließ es herabsausen. Die scharfe Klinge durchstieß Al-Jaheishis Handrücken, durchtrennte Haut, Muskeln und Sehnen. Mit einem grässlichen dumpfen Geräusch drang die Klinge ein, es folgte ein hohler Schlag, als der Stahl sich in das Holz des Tisches bohrte. Al-Jaheishi zuckte zusammen, sagte jedoch kein Wort, als es rot aus seiner Hand quoll.

Im Saal brach die Hölle los, nur Al-Jaheishi blieb die Ruhe selbst.

Nazir ließ den Blick ringsum schweifen, während sich das Blut auf den Tisch ergoss. Er blickte Mursi an, dann streckte er die Arme aus, bereit, sich festnehmen zu lassen. Die Türen zum Saal wurden aufgerissen. Zwei Männer der Präsidentengarde stürmten herein und betrachteten fassungslos die dunkelrote Lache, die sich auf dem Tisch ausbreitete.

Das reinste Blutbad!

Mehrere der Anwesenden deuteten auf Nazir. Die Wachen wandten sich um. Ruhig stand er da, wartete mit ausgestreckten Händen.

»Festnehmen!«, sagte Mursi. »Der Mann ist geisteskrank.«

BLT STEAKHOUSE
WASHINGTON, D. C.
SECHS MONATE SPÄTER

In einer Stadt, in der es noble Steakhäuser im Überfluss gab, war das BLT noch eine Nummer besser als der Rest. Die angesagteste Adresse für vollendet gebratenes Fleisch in Washington; Profisportler, Geschäftsleute, Senatoren, Diplomaten und Lobbyisten kämpften um die besten Plätze. Selbst der Präsident der Vereinigten Staaten ging hier mindestens einmal im Monat essen.

An diesem konkreten Freitagabend war das BLT randvoll,

es herrschten reger Betrieb und eine ausgelassene Stimmung. Gelächter hallte von den mit Makassar-Ebenholz getäfelten Decken und Wänden wider, hin und wieder schallten Begrüßungen von Tisch zu Tisch, wenn ein Gast einen Bekannten entdeckte. Köche und Bedienpersonal verständigten sich durch kurze Kommandos, allerdings stets mit unterschwelligem Augenzwinkern, als würde es sich bei der Aufgabe, den hohen Anforderungen des BLT gerecht zu werden, um einen sportlichen Wettkampf handeln.

Im rückwärtigen Bereich des Restaurants führten zwei meistens geschlossene Türflügel aus Mahagoni in ein ausladendes Nebenzimmer. Dahinter bot ein gewaltiger Holztisch mehreren Dutzend Gästen Platz.

An jenem Abend saßen lediglich zwei Männer in dunklen Anzügen dort.

Der Lärm des Gastraums drang als unterdrücktes Summen durch die Wände, schuf eine sonore Hintergrundkulisse im eleganten Saal.

Sie hatten sich an einem Ende des Tisches versammelt. Darauf stand nichts außer einer Flasche Rotwein und zwei Gläsern.

Außerdem lag ein stählerner Aktenkoffer ungeöffnet zwischen den beiden Männern, ein wenig näher bei Stedman, der rechts saß. Ein dünnes Wolframseil verlief von einem Vorhängeschloss am Aktenkoffer zum Handgelenk. Der Koffer hing an seiner Hand, seit er London vor sieben Stunden verlassen hatte.

Stedman trug die dunkelblonden Haare in der Mitte gescheitelt und nach hinten gekämmt. Er hatte ein attraktives, wettergegerbtes Gesicht. Den Stuhl hatte er ein wenig nach hinten geschoben. Lässig zurückgelehnt saß er da, die Beine übereinandergeschlagen. Mit fragendem Gesichtsausdruck sondierte er die weitläufige Umgebung.

»Warum sind die Amerikaner eigentlich so versessen auf Steakhäuser?«, wandte er sich an den anderen. Ein unverkennbar britischer Akzent, der auf eine Ausbildung in Eton hindeutete, selbstsicher und in erster Linie aristokratisch.

Der Angesprochene, Cannon, grinste nur und schwieg.

»Das stellt mich vor ein Rätsel«, fuhr Stedman fort. »Ich käme nie auf die Idee, um das Töten, Zubereiten und Verzehren einer Kuh so viel Aufhebens zu machen.«

»Das liegt daran, dass ihr Engländer nie herausgefunden habt, wie man eine Kuh einfängt«, meinte Cannon. Sein leicht näselnder Tonfall verriet, dass er aus Texas stammte. »Die Viecher sind einfach zu schnell für euch.«

Stedman lachte. Doch mit einem Mal war sein Lächeln wie weggeblasen.

»Wo ist er?«

Cannon trank einen Schluck Wein.

»Sein Land führt zurzeit zwei, manche behaupten drei Kriege«, versetzte er ruhig. »Ich mag mich zwar irren, könnte mir jedoch vorstellen, dass der Deputy Secretary of Defense ziemlich beschäftigt ist.«

In diesem Moment betrat ein braunhaariger, untersetzter Mann mittleren Alters den Raum und zog die Türen direkt hinter sich zu: Mark Raditz, der Vize-Verteidigungsminister der USA.

»James, Bill«, entschuldigte er sich, während er mit ausgebreiteten Armen auf die beiden zutrat. »Es tut mir leid, ich wurde im Weißen Haus aufgehalten.«

»Das ist eine annehmbare Entschuldigung«, meinte Cannon und schüttelte ihm die Hand. »Gibt es etwas, das Sie uns erzählen können?«

»Nichts, was Sie nicht bereits wüssten«, erwiderte Raditz mit angespannter Miene. »Afghanistan ist ein verfluchtes Chaos, im Irak steht es noch schlimmer.«

Raditz nahm am Kopfende Platz, genau in dem Moment, in dem die Bedienung hereinkam.

»Guten Abend, Mr. Raditz. Darf ich Ihnen etwas zu trinken bringen?«

»Aber klar, Jenny. Ein Bourbon wäre großartig.«

Raditz' Blick streifte den Aktenkoffer auf dem Tisch, wanderte weiter zum Stahlseil an Stedmans Handgelenk.

»Was gibt es?«

Stedman griff in die Tasche, zog einen Schlüsselbund hervor, schloss den Koffer auf, holte einen Stapel Papiere heraus und knallte ihn Raditz hin:

PARLAMENTARISCHER GEHEIMDIENST-UNTERSUCHUNGSAUSSCHUSS DES US-SENATS

DIE DIMENSIONEN DES DSCHIHAD: EINE AKTUELLE BESTANDSAUFNAHME DES RADIKALISIERTEN ISLAM

Weitergeleitet vom Vorsitzenden des parlamentarischen Geheimdienst-Untersuchungsausschusses, Saul Kennedy

**Statistiken zur Rekrutierung
Finanzielle Ausstattung
Einschätzung des Einflusses der verschiedenen Gruppierungen**

Raditz starrte das Deckblatt an.

»Saul Kennedy hat mich im vergangenen Herbst angerufen.« Der erfahrene Senator aus Kalifornien bekleidete den Vorsitz des Geheimdienstausschusses. »Im Oktober wandte sich der Ausschuss an die RAND Corporation, um eine Bottom-up-Analyse zum gegenwärtigen Zustand des Dschihad erstellen zu lassen.«

»Was meinen Sie mit ›Bottom-up-Analyse‹?«

»Zahlen«, sagte Cannon. »Nichts als Zahlen.«

»Wir analysierten alle militanten islamischen Gruppierungen im Nahen Osten, Afrika und Europa«, erläuterte Stedman. »Dazu bedienten wir uns festgelegter Indikatoren und stellten Vergleiche zwischen den einzelnen Gruppierungen an. Anwerbungsraten, Finanzen, technische Fähigkeiten und eine ganze Reihe weiterer quantitativer Bewertungsmaßstäbe wurden zurate gezogen. Wir gingen extrem ins Detail, was dank eines unbegrenzten Budgets kein Problem darstellte. Natürlich gaben wir eine Menge Geld aus. Solche Informationen sind nicht billig zu bekommen und der Ausschuss forderte eine umfassende Zustandsbeschreibung des radikalen Islam ein, einschließlich der relativen Stärken und Schwächen der diversen dschihadistischen Gruppierungen im direkten Vergleich.«

Die Bedienung kehrte zurück und reichte Raditz ein Glas.

»Lassen Sie mich raten. Es ist eine Katastrophe.«

»Der radikale Islam steht im Begriff, an Fahrt zu gewinnen«, erwiderte Stedman, »sogar an Orten, auf die der Westen seine Bemühungen konzentriert. In praktisch jeder Kategorie, quer durch alle Bewertungsmaßstäbe, an allen entscheidenden Schauplätzen laufen wir Gefahr, Niederlagen gegen den Dschihad einzustecken, und zwar vernichtende.«

»Es kommt noch schlimmer«, sagte Cannon. »Ausgerechnet in Gebieten, in denen die USA viel Geld investiert haben, sei es in Form von Truppen, aber auch in Infrastruktur, Schulen, Brunnenbau und Ernährung, verzeichneten wir besonders hohe Zuwächse bei der Radikalisierung.«

Raditz überflog die fünfseitige Zusammenfassung, die der Analyse vorangestellt war. Danach rieb er sich einige Sekunden lang die Augen und stürzte seinen Bourbon in einem Zug hinunter. Er griff nach der Weinflasche, füllte das Glas nach und schob den Stuhl zurück.

Raditz hatte seine Karriere der Bekämpfung des Terrorismus gewidmet. Und was konnte er als Erfolg vorweisen? Amerikas viel gepriesener Krieg gegen den Terror entpuppte sich als Staubkorn im Wind, wobei es sich bei dem Wind in diesem Fall um einen ausgewachsenen Hurrikan handelte. Die zwei Kriege im Nahen Osten, die Droneneinsätze, die Mordkommandos und verdeckten Operationen, Guantanamo, erweiterte Verhörtechniken, die NSA-Lauschangriffe, das ausgedehnte Spionageprogramm – all das hatte die Dschihadisten sogar noch zusätzlich angestachelt, sie stärker, zäher und leistungsfähiger werden lassen und ihren Ehrgeiz gekitzelt. Wie bei einem Baum, den man beschnitt, gewann der Dschihad durch jeden Versuch von US-Seite, ihm die Flügel zu stutzen, zusätzlich an Einfluss.

»Sie hätten mir das Ganze auch einfach per E-Mail schicken können.«

Cannon langte in sein Jackett und zog einen kleinen schwarzen Gegenstand hervor, der optisch an ein Funkgerät erinnerte. Es handelte sich um einen Störsender zur Verhinderung elektronischer Abhörversuche. Er aktivierte ihn.

»Es gibt da eine Idee, die wir Ihnen gerne vortragen möchten.«

SADDATTHA RÉGIONALE FACILITÉ PÉNALE
YOQUM, ÄGYPTEN
EIN JAHR SPÄTER

Der Gefängnisdirektor führte Raditz zu einer fensterlosen
Zellenflucht im Kellergeschoss der weitläufigen, an der
Grenze zum Sinai gelegenen Haftanstalt. Der Direktor
redete nur wenig. Ihm lagen eindeutige Anweisungen aus
Kairo vor: Erfüll dem Kerl jeden Wunsch.

Der Gefangene, den Raditz besuchen wollte, war seit
etwas über einem halben Jahr in Saddattha inhaftiert. Einer
von einem Dutzend Individuen, die RAND als potenzielle
›aufstrebende‹ Radikale identifiziert hatte. Sie sollten aufgespürt und daraufhin überprüft werden, ob es sinnvoll
erschien, sie durch ein in keinem US-Haushaltposten auf-
geführtes ›Arms-for-Influence‹-Programm zu unterstützen,
sprich: den amerikanischen Einfluss auszudehnen, indem
man diese Leute durch Waffenlieferungen an sich band.

Während seines kurzen Aufenthaltes im berüchtigtsten
Gefängnis Ägyptens hatte der Mann sich de facto zum
Anführer des ziemlich großen Dschihadisten-Untergrunds
der Anstalt aufgeschwungen. Niemand hatte seinen raschen
Aufstieg vorhergesehen oder geahnt, wie viel Macht ein so
junger, stiller und ruhiger, beinahe professorenhaft wirken-
der Mann auf sich vereinen konnte.

Dass sein Aufstieg in den Reihen der untereinander
erbittert um die Vorherrschaft kämpfenden militant-radi-
kalen Knast-Community nahezu ausschließlich auf seinen
Schriften beruhte, ließ ihn nur noch geheimnisvoller
wirken und weckte am Ende Raditz' Interesse, zumal sich
seine Veröffentlichungen größtenteils durchaus vernünftig
lasen – voller Respekt gegenüber dem Westen und ganz
ohne die üblichen Hasstiraden.

22

Durch eine Stahltür betrat Raditz den Vorraum eines Vernehmungszimmers. Im halb durchlässigen Spiegel konnte er Nazir erkennen. Dieser trug bräunlich grüne Gefängniskleidung, hatte die Hände vor dem Körper gefesselt und starrte die hölzerne Tischplatte vor sich an. Als sein Blick zum Spiegel wanderte, bemerkte Raditz die Augenklappe.

Mit der Rechten gab Raditz dem Direktor ein Zeichen, machte eine Bewegung, als würde er einen unsichtbaren Schlüssel drehen, und bedeutete ihm damit, dass er den Schlüssel zu den Handschellen des Gefangenen wollte.

Der Direktor kniff die Augen zusammen. »Der Mann ist gefährlich. Er ist der …«

»Ich weiß, mit wem ich es zu tun habe.«

Raditz betrat den kleinen Verhörraum mit den rohen Wänden. Nazir blickte zu ihm auf. Er hatte olivfarbene Haut, war glatt rasiert, trug die Haare wie die meisten Gefangenen raspelkurz und wirkte wie aus dem Ei gepellt. Er lächelte.

»Hallo«, grüßte Nazir.

Raditz nahm ihm gegenüber Platz. »Hey, Tristan.«

Raditz beugte sich vor, schloss Nazir die Handschellen auf und zog sein Handy aus der Tasche, ein modifiziertes Gerät mit einer Vielzahl spezieller Apps, von der DARPA entwickelt. Die Defense Advanced Research Projects Agency galt als Ideenschmiede des Verteidigungsministeriums. Er rief eine Anwendung auf, die es unmöglich machte, das nachfolgende Gespräch mitzuschneiden.

»Mein Name ist Mark Raditz, ich arbeite für die US-Regierung.«

Nazir nickte höflich. »Ist das Ihr Antrittsbesuch, bevor Sie mich nach Guantanamo Bay schicken?«

»Das liegt ganz an Ihnen.«

Nazir grinste. »Haben Sie etwas von dem gelesen, was ich geschrieben habe?«

Raditz nickte. »Alles. Sogar die Texte aus Oxford. Sind Sie ein Dschihadist?«

»Nein, ich bin kein Dschihadist, jedenfalls nicht gemäß *Ihrer* Definition. Ich glaube jedoch an das Konzept eines muslimischen Staates. Allerdings würde ich die Regierung, das System an sich, nach dem Vorbild Ihres Landes gestalten. Eine repräsentative Regierung. Judikative. Exekutive. Eine Verfassung.«

»Aber zunächst einmal benötigen Sie dafür ein eigenes Land.«

»Das ist richtig.«

»Warum haben Sie Ihr Studium in Oxford abgebrochen?«

Nazirs Stimmung verdüsterte sich schlagartig. Seine gute Laune wich einer gewissen Trübsal. »Darüber möchte ich lieber nicht sprechen. Es hat mit all dem hier nichts zu tun.«

»Ihr Bruder ist ertrunken.«

Nazirs Blick heftete sich auf Raditz. Doch falls Raditz damit gerechnet hatte, Wut darin zu entdecken, wurde er enttäuscht. Stattdessen sah er nur eine düstere, reglose Miene vor sich, kalt wie Stein.

»Tut mir leid.«

»Hören Sie auf damit, mich zu analysieren.«

Raditz lehnte sich zurück. »Wenn man Ihnen die Freiheit schenkte, was würden Sie tun?«

Nazir lächelte. »Als Erstes würde ich gut essen gehen.«

Raditz wartete ab.

»Falls Sie wissen wollen, ob ich mich danach Al-Qaida oder einem ähnlichen Verein anschließen will, lautet die Antwort Nein.«

»Warum soll ich Ihnen das glauben?«

»Ich sage gar nicht, dass Sie mir glauben sollen. Ich beantworte lediglich Ihre Frage.«

»Weshalb würden Sie nicht zu Al-Qaida gehen?«

Nazir schwieg, schien seinen Gedanken nachzuhängen.

»Weil ich eine Vision besitze, wie ein Land existieren kann. Ein muslimischer Staat. *Die* dagegen nicht. Denen geht es bloß um Schlagzeilen, um Rache und darum, den Hass anderer anzustacheln. Erst wenn es uns gelingt, erstrebenswerte Ziele festzulegen, wird der Islam an Stabilität gewinnen. Kein Land kann dauerhaft Bestand haben, solange es nicht über Ziele verfügt, die es wert sind, dass man sich dafür einsetzt.«

»Aber Sie schreiben, dass auch der Terror seine Berechtigung hat.«

»Ja, das glaube ich tatsächlich. Nehmen wir die Ausrottung der amerikanischen Ureinwohner. Sie war ausschlaggebend für die Entstehung Ihres Landes, Mr. Raditz.«

Raditz blickte Nazir fest in die Augen, die Lippen leicht zusammengekniffen. Er musste zugeben, dass der Kerl recht hatte.

»Sind Sie Pragmatiker?«

»Wie meinen Sie das?«

»Würden Sie mit den Vereinigten Staaten zusammenarbeiten, wenn Sie auf diese Weise einen eigenen Staat errichten könnten?«

»Ich weiß nicht, wie Sie das meinen.«

Während der nächsten halben Stunde legte Raditz ihm dar, wie es funktionieren sollte.

Als eine von drei Personen im Pentagon mit der Befugnis, Mittel aus schwarzen Kassen einzusetzen, die dem Verteidigungsministerium zur Verfügung standen, aber nicht Posten für Posten vom Kongress kontrolliert wurden, hatte Raditz begonnen, Gelder auf Offshore-Konten umzuschichten. Parallel hielt er Ausschau nach dem richtigen Individuum beziehungsweise der passenden Gruppierung, um sie zu unterstützen. Sollte Raditz jemanden finden, wollte er über die Offshore-Konten Gelder an gewisse ausländische Rüstungsfirmen transferieren, die für die Logistik aufkamen und die Lieferungen nach Übersee verfrachteten. Die auserwählte Gruppierung musste bestimmte Kriterien erfüllen: Sie musste vertrauenswürdig sein und in der Lage, die Beziehung geheim zu halten. Sie durfte keine Bedrohung für Verbündete Amerikas darstellen, zum Beispiel für Israel, und keinerlei gegen Amerika gerichtete Terrorakte oder sonstige Aggressionen verüben. Sie musste gut geführt und imstande sein, die Waffen dahin gehend einzusetzen, als stärkste militante Gruppierung im Nahen Osten aus dem Kampf hervorzugehen. Raditz hatte nicht vor, einem Interessenverbund allein deshalb Geld zukommen zu lassen, weil er große Reden schwang. Es mussten schon Taten folgen. Letztlich wollten die USA sich aus dem Nahen Osten zurückziehen. Das Programm stellte den ersten Schritt in diese Richtung dar.

»Weiß sonst noch jemand in der US-Regierung darüber Bescheid, Mr. Raditz?«

»Nein.«

Minutenlang saß Nazir schweigend da, tief in Gedanken versunken. Schließlich schaute er seinen Besucher an.

»Ich bin bloß Staatstheoretiker. Schriftsteller. Ein Student. Mein Interesse konzentriert sich darauf, die Entwicklung von Regierungen zu erforschen, wie sie zustande gekommen sind, und dann andere zu diesem Thema zu unterrichten. Ich selbst habe keine Ahnung, wie man einen eigenen Staat aufbaut.«

»Ich gebe Ihnen die Chance dazu. Mag sein, dass Sie aktuell nicht wissen, wie man es anstellt, aber Ihre entsprechenden Fähigkeiten haben Sie doch bereits unter Beweis gestellt. Und zwar hier im Gefängnis.«

»Seien Sie nicht albern. Dieser Gefängnisdirektor hat keine Ahnung, wovon er spricht.«

»Sagen Sie mir, Tristan, was würde passieren, wenn Sie einen Hungerstreik ausrufen?«

Ein wenig verschämt zuckte er die Achseln. »Die Leute würden aufhören zu essen.«

»Was, wenn Sie sie zu einem Aufstand aufrufen?«

»Dann gäbe es Blutvergießen.«

»Sehen Sie?«

»Wo sollte ich überhaupt anfangen?«

»In Syrien.«

»Kommen Sie mit Assad nicht zurecht?«

»Assad ist, genau wie sein Vater, ein abscheulicher Mensch.«

Nazirs Körpersprache ließ keinen Zweifel: Der Gedanke faszinierte ihn.

»Aus dem Irak halten Sie sich raus«, forderte Raditz. »Israel lassen Sie in Ruhe. Und am wichtigsten, Sie lassen Amerika verdammt noch mal in Ruhe.«

»Vielen Dank, dass Sie mir dieses Angebot unterbreiten, Mr. Raditz. Ich glaube, ich möchte es gern versuchen. Wenn ich Ihnen noch eine Frage stellten dürfte: Wie viel von diesem ›Schwarzgeld‹ wurde denn beiseitegelegt?«

»Zwei Milliarden Dollar.«

1

Dewey Andreas verschlief die erste Stunde nach dem Start. Als er aufwachte, fand er die Getränkebar an Bord der zivilen, schwarz-weiß lackierten Gulfstream G200. Der Jet gehörte einem in Florida ansässigen Unternehmen namens Flexor-Danton LLC, das im Hintergrund von der Central Intelligence Agency gesteuert wurde. Er nahm eine Flasche Bourbon heraus, schraubte den Deckel ab, blickte sich um, um sicherzugehen, dass die Piloten nichts mitbekamen, und trank mehrere große Schlucke. Anschließend stellte er die Flasche zurück und öffnete zwei Dosen Bier.

Dewey trug ein kurzärmliges schwarzes Polohemd mit gelben Abschlüssen. Die größte Größe, die Fred Perry im Sortiment hatte, doch Brust und Schultern dehnten den Stoff dermaßen, dass man den Eindruck bekam, es sei zu klein. Die Ärmel schmiegten sich eng um den gewaltigen Bizeps. Eine Tudor-Uhr mit gestreiftem Leinenarmband war der einzige Schmuck an den gebräunten Armen. Dazu trug er Jeans und Laufschuhe von Nike.

Deweys braunes Haar war lang, nach hinten gekämmt, grob in der Mitte gescheitelt und ein wenig zerzaust, als hätte es seit Wochen keine Bürste mehr gesehen. Ein dichter, ungebändigter Vollbart bedeckte sein Gesicht. Die hellblauen Augen, die aus dem ruppigen Gesamtbild hervorstachen, vermittelten Kälte und Distanz. Etwas Hartes, Raues lag in der Art, wie Dewey sich kleidete, wie er sich gab, vor allem aber in seinem Blick.

Ein paar Sekunden lang starrte Dewey eine der Bierdosen an. Schließlich hob er sie an die Lippen, trank sie in einem Zug leer, zerdrückte sie und entsorgte sie im Abfalleimer neben der Bar. Er griff nach der zweiten und setzte sich. Auf dem Platz gegenüber lag ein Aktenordner.

Es war bereits sein zweiter Südamerika-Trip in dieser Woche. Der erste – nach Chile – erwies sich als Reinfall. Die Informationen hatten nicht gestimmt. Oder vielleicht doch, in diesem Fall musste die Zielperson Wind von seinem Ausflug bekommen haben. Darin bestand die Herausforderung, wenn man als Target einen ehemaligen Agenten ins Visier nahm.

Dewey schlug den Ordner auf und überflog das vergilbte Deckblatt:

```
DATUM:          18. Mai 1988

PROJEKT:        O9H-6

BETREFF:        ROBERTS, SAGE
                COS. Moskau

GENEHMIGT:      ADJUTANT JUDGE LEON WHITCOMB
                Betr.: White-House-Untersuchung
                334.67A

BESCHLUSS:      NICHTANERKENNUNG UND TERMINIERUNG
                ENDGÜLTIG
```

Dewey legte die Akte zur Seite und verzichtete darauf, sie noch einmal durchzulesen. Er wusste längst, was drinstand. Zumal es um keinen Notfall mit unmittelbarem Handlungsbedarf ging. Genau genommen war sie über zehn Jahre lang unter Verschluss geblieben, als ›ungeklärter Fall‹ eingestuft, tief im Keller eines Gebäudes am Potomac River eingelagert, der einer Gruppe von Leuten gehörte, die Dringenderes zu tun hatten.

Eigentlich befand Dewey sich im wohlverdienten Urlaub, als Belohnung dafür, dass er den russischen Terroristen Pjotr Vargarin alias Cloud gestoppt hatte. Um ein Haar wäre es Cloud gelungen, nur einen Steinwurf von der Freiheitsstatue entfernt eine 30-Kilotonnen-Atombombe in New York City detonieren zu lassen. Den Urlaub hatte ihm Hector Calibrisi gewährt, der Direktor der Central Intelligence Agency. Das Gleiche galt für die Nutzung des Jets. Sein Chef verzichtete in solchen Fällen darauf, weitere Fragen zu stellen.

Dewey hatte Vargarin eigenhändig getötet. Der Russe hatte sich zu einem Ungeheuer entwickelt. Doch die Saat dazu hatte Amerika gelegt, im Besonderen ein abtrünniger, mordlüsterner CIA-Agent namens Sage Roberts. Dewey behauptete zwar, dass er nichts für Pjotr Vargarin empfand, doch damit machte er sich selbst etwas vor. Er empfand Mitleid mit ihm – Mitleid mit dem Jungen, der im Alter von fünf Jahren mit ansehen musste, wie seine Eltern vor seinen Augen erschossen wurden, kaltblütig von Roberts ermordet. Sosehr Dewey verabscheute, was aus Pjotr geworden war, noch mehr hasste er den Gedanken, dass Roberts weiterhin unter den Lebenden weilte.

Dewey blätterte im dicken Papierstapel, bis er auf ein Foto stieß, eine Porträtaufnahme, die Roberts zeigte. Eine betagte Aufnahme, allerdings trotzdem das aktuellste Bild in den Datenbanken der Agency, entstanden 1987. Roberts hatte dichtes, braunes Haar, ordentlich zur Seite gekämmt, Scheitel rechts. Ein längliches Gesicht, dunkle Ringe unter den Augen und unter dem linken Auge eine Narbe. Inzwischen musste er deutlich älter aussehen.

Dewey drehte das Foto um. Auf der Rückseite war mit Klebeband ein kleiner Messingschlüssel befestigt. Handschriftlich stand eine Adresse darunter.

Er trank einen Schluck Bier und stand auf, ging zum Cockpit und steckte den Kopf hinein.

»Wie lange noch, bis wir da sind?«

Die Piloten drehten sich beide zu ihm um. »20 Minuten«, antwortete der Mann, der links saß.

Dewey fand die Schließfächer in der First-Class-Lounge des Cartagena Airports. Er versenkte den Schlüssel im Fach Nummer 17. Darin befand sich eine kleine Reisetasche.

Er nahm sich einen Mietwagen und wechselte im Fahren das Shirt. Vor einem Hochhaus direkt am Meer parkte er, griff in die Reisetasche und holte eine Waffe heraus: einen Colt M1911A1. Ein mattgrauer SAI-Schalldämpfer war bereits auf die Mündung geschraubt. Er schob die Pistole in ein verdecktes Holster unter der Lederjacke.

Mit dem Aufzug fuhr er rauf ins Penthouse. Als er an die Tür klopfte, öffnete ihm eine hübsche Frau mittleren Alters.

»*Hola*«, grüßte sie lächelnd.

»*Estoy buscando a su marido*«, sagte Dewey.

»*Hoy en día se juega al polo*«, kam die Antwort.

»*Ah, sí, se me olvidó.*«

Der Polo-Club Cartagena lag eine halbe Autostunde von der Innenstadt entfernt. Dewey stellte den Mietwagen auf dem Parkplatz davor ab.

Im Club herrschte reger Betrieb. Am Haupteingang hingen Transparente, auf denen Firmenlogos prangten: Rolex, BMW, Bacardi, Tanqueray und andere.

Auf dem größten stand: EL CAMPEONATO DE CARTAGENA.

Das Spiel war bereits im Gang. In wilden Haufen jagten die Reiter über den Platz, die Erde erbebte unter den Hufen, da die majestätischen Pferde im Pulk über den Rasen donnerten. Dewey ließ den Blick über das Spielfeld schweifen. Innerhalb von 20 Sekunden hatte er ihn ausgemacht. Der Älteste auf dem Platz, graues Haar ragte unter dem Helm hervor, eine Spur zu auffällig. Viel zu auffällig. Er ritt mit dem natürlichen Selbstvertrauen eines Menschen, der mit Pferden aufgewachsen ist.

Dewey schritt am Rand des Spielfelds entlang, bis er eine junge Frau mit Fernglas in der Hand erreichte.

»¿Puedo tomarlo prestado?«, erkundigte er sich höflich.

Dewey richtete das Fernglas auf das Spielfeld und verfolgte Roberts, bei dem die Nummer 21 golden auf der Brust des gestreiften Shirts prangte.

Er nahm sich ein Programm vom Tisch vor dem Clubhaus und ging hinein, einen Flur entlang bis zur Herrenumkleide. Verlassen lag der Raum da, dunkel, holzgetäfelt, mit einem dicken Teppich und alten Schwarz-Weiß-Fotos an der Wand, Männer zu Pferd, die Polo spielten. An jedem Spind hing eine Plakette aus Messing mit dem Namen des Besitzers.

Dewey überflog das Programm und blätterte zur Mannschaftsaufstellung.

21 – ROBERTO SEGUNDO.

Clever.

Dewey schritt die Reihe der Spinde ab, bis er auf Roberts' Schrank stieß. Ein kurzer Kontrollblick, um sich zu vergewissern, dass niemand den Raum betreten hatte, dann zückte er eine kleine, jedoch leistungsstarke Taschenlampe und leuchtete die Kanten der Spindtür ab. Am unteren Ende enthüllte der Lichtschein ein fast unsichtbares Stück Faden.

Old School.

Dewey hob den Faden an, hielt ihn fest, zog einen Elektro-Pick aus der Tasche, hielt ihn vor den Schlitz des Vorhängeschlosses und betätigte die Taste. Sekunden später sprang das Schloss auf. Dewey öffnete den Spind. Im oberen Fach lag eine elegante silberfarbene Walther PPK. Dewey ließ das Magazin herausgleiten, entnahm die Patronen, steckte sie in die Tasche, schob das leere Magazin wieder hinein und legte die Waffe an ihren Platz zurück.

Er durchsuchte den Rest des Spinds, fand jedoch nichts von Interesse.

Sorgsam schloss er ab, ging auf die Knie und friemelte den Faden zurück in die Fuge, sodass sein Eindringen keine Spuren hinterließ.

Draußen machte er den Getränkestand ausfindig und holte sich ein Bier, verfolgte das Match aus dem hinteren Bereich des Publikums. Hinterher wurde dem siegreichen Team ein Pokal überreicht.

Roberts stand in der Reihe der Spieler, während die Menge am Rand applaudierte. Dewey beobachtete, wie er sich mit Teamkameraden und Fans unterhielt. Langsam verlief sich das Ganze und er machte sich auf den Weg Richtung Clubhaus.

Dewey näherte sich von der Gebäudeseite gegenüber den Polofeldern über eine Terrasse am Swimmingpool dem Gebäude und betrat den Herrenumkleideraum, wo er, die Hand an der Waffe, den Blick über die Spieler schweifen ließ. Roberts befand sich nicht unter ihnen.

Neben dem Umkleideraum führte eine Tür zur Toilette. Dewey ging hinein. Zwei Männer standen an den Urinalen. Einer von ihnen, ein junger Kolumbianer im Tennisdress, spülte. Nachdem er gegangen war, schob Dewey die Tür zu und schloss ab.

Er griff an die Hüfte, drehte sich um, den schallgedämpften Colt Kaliber 45 in der Hand. Er hob die Waffe,
richtete sie auf Roberts, der lange, bedrohlich aus dem Lauf
ragende Schalldämpfer nur Zentimeter von ihm entfernt.

»Bonito partido de hoy, Sage«, sagte Dewey.

Schönes Spiel heute, Sage.

Ohne sich umzudrehen, antwortete Roberts im Weiter-
pinkeln: »Ich hab dich schon vom Spielfeld aus entdeckt.«

»Natürlich hast du das.«

Roberts wirbelte herum, so schnell, dass man es kaum
mitbekam. Er zielte mit der Walther PPK auf Dewey, bevor
dieser Zeit fand abzudrücken.

Roberts trug einen heimtückischen Ausdruck zur Schau.
»Du bist aufgefallen wie ein bunter Hund.«

Für einen Moment herrschte Schweigen. Reglos standen
die beiden Männer da – nur wenige Schritte voneinander
entfernt, die Waffe auf das jeweilige Gegenüber gerichtet.

Dewey blickte auf die Narbe unter Roberts' linkem Auge.
Einen kurzen Moment lang, nur einen Sekundenbruchteil,
ließ er sich davon ablenken: Sein Gegner bekam es mit. Ehe
Dewey zu reagieren vermochte, drückte er ab.

Das dumpfe Klicken der leeren Patronenkammer hallte
von den Terrakotta-Wänden wider. Der Ausdruck sieges-
gewisser Arroganz schwand aus Roberts' Gesicht, während
Dewey die Lippen zu einem selbstgefälligen Lächeln verzog.

»Du auch«, sagte er.

Dewey schoss ebenfalls. Die Kugel bohrte sich in Roberts'
Brust, schleuderte ihn nach hinten gegen das Urinal. Der
andere versuchte, sich an der Wand festzuhalten, sank
jedoch kraftlos zu Boden. Ein Blutfleck breitete sich auf dem
rot-weiß gestreiften Poloshirt aus. Er griff sich an die Brust,
krampfhaft bemüht, Luft zu bekommen. Blut schoss ihm
aus der Nase.

»Die war für die Vereinigten Staaten von Amerika«, verkündete Dewey und trat einen Schritt näher. Aus kürzester Entfernung drückte er Roberts den Schalldämpfer gegen die Stirn und wartete mehrere Sekunden, bis Roberts ihn anschaute.

»Und diese hier ist für Pjotr.«

2

US-KONSULAT
VIA PRINCIPE AMEDEO
MAILAND, ITALIEN

Rick Mallory trug einen dunkelblauen Zweireiher von Paul Smith mit roten Nadelstreifen, dazu ein pastellgelbes Hemd ohne Krawatte. Er war der einzige Mann im großen, prunkvollen Salon des Konsulats ohne Smoking. Mallorys blondes Haar war kurz geschnitten, nicht so kurz wie bei den Marines, trotzdem gerade mal zehn Millimeter lang. Auf seiner Nase thronte eine Brille mit rechteckigem Gestell, die er in der Prada-Boutique ein Stück die Straße runter erstanden hatte.

Mallory stand in einer Ecke im rückwärtigen Teil des Salons unter einem großen Ölgemälde von Ernesto Serra, das eine schlafende Frau auf einer Chaiselongue zeigte. Ihre Bluse stand offen und entblößte ihren nackten Körper. Für ein US-Konsulat mochte es ein bisschen gewagt sein, aber es war sein Lieblingsgemälde in diesem Gebäude, und das nicht nur wegen der Schönheit des Modells. Es erinnerte Mallory an seine verstorbene Frau. Allison. Er klammerte sich an seinem dritten Wodka des Abends fest und zwang sich, das Kunstwerk nicht länger anzustarren. Der Empfang war in vollem Gang. Die jährliche Feier des Generalkonsuls zur Festa di Tutti i Santi. Allerheiligen, in Italien ein gesetzlicher Feiertag.

Die High Society von Mailand bildete die Kulisse. Anwesend waren Geschäftsmänner und -frauen mit ihren jeweiligen Ehegatten und Partnern, viele davon aus der Modebranche, Regierungsbeamte, ein paar Promis, mehrere Profis von Inter Mailand sowie Pressevertreter.

Mit einem Mal zuckte Mallorys Kopf nach links. Eine Frau fixierte ihn. Sie wandte sich ab, als sie sein Interesse bemerkte, begann ein Gespräch mit einem Mann an der Bar. Als sie ihr Weinglas hob, um einen Schluck zu trinken, huschte ihr Blick zurück zu ihm. Sie sahen einander in die Augen.

Ihr Haar war kurz und brünett, sie trug ein eng anliegendes weißes Kleid, die Lippen knallrot geschminkt. Jung, vielleicht Mitte 20, ausnehmend hübsch. Mallorys Herzschlag beschleunigte sich leicht, als sie quer durch den Raum zu ihm kam. Außer ihrem Weinglas hielt sie noch ein mit glitzernden Pailletten besetztes Handtäschchen umklammert. Im Näherkommen streckte sie die Hand aus.

»*Buona sera.*« Sie sprach in einem weichen italienischen Tonfall.

Er reichte ihr die Hand und schüttelte sie. »*Ciao, signorina.*«

»Ich heiße Sophia Paschiano.«

»Freut mich, Sie kennenzulernen. Ich bin Rick Mallory.«

»Hallo Mr. Mallory.« Sie lächelte.

»Was führt Sie auf diese Party? Halt, lassen Sie mich raten!« Er ließ ihre Hand los. Höflich und bewundernd musterte er sie von oben bis unten. »Sie sind Model, hab ich recht?«

Sie lachte. »Sehr freundlich von Ihnen, danke. Nein, ich arbeite als Journalistin und schreibe für *Il Giornale*.«

»Journalistin? Das trifft sich gut, ich bin hier im Konsulat für die Öffentlichkeitsarbeit zuständig.«

Das Lächeln wich aus ihrem Gesicht und ihr Blick verdüsterte sich.

»Nein, sind Sie nicht«, erwiderte sie. »Sie sind von der Agency. Gibt es hier einen Ort, an dem wir uns unterhalten können? Ich muss unbedingt mit Ihnen reden, und zwar sofort.«

Mallory schloss die Tür seines Büros im zweiten Obergeschoss und deutete mit einer Handbewegung auf das hellbraune Ledersofa unter dem Fenster, von dem aus man die öffentlichen Grünanlagen einige Straßen weiter erkennen konnte. Sophia nahm Platz. Mallory setzte sich an den Schreibtisch, nach wie vor einen Wodka in der Hand. Eine Zeit lang saßen sie nur da, Mallory sagte nichts. Schließlich ergriff Sophia die Initiative.

»Als ich noch in Oxford studierte, bin ich mit einem Jungen ausgegangen. Er hieß Marwan Al-Jaheishi. Er wurde … in gewisse Aktivitäten verwickelt.«

»Aktivitäten?«

»Islamische Aktionen. Sie verliefen stets friedlich.«

»Ich bin ganz Ohr.«

»Er blieb ein paar Jahre in London, später zog er nach Kairo.«

Mallory trommelte mit den Fingern gegen das Glas und wartete ab.

»Gestern rief er mich an«, verkündete Sophia. »Er fragte, ob ich ein Treffen mit Ihnen arrangieren könne.«

»Mit mir … oder dem Konsulat?«

»Mit Ihnen, Mr. Mallory. Er sagte, es sei sehr dringend.«

»Woher kennt er mich denn?«

»Aus Kairo. Er war in der Muslimbruderschaft.«

Mallory spürte ein Kribbeln im Nacken, ein Schauder lief ihm über den Rücken.

»Er möchte Ihnen etwas geben.«

»Lassen Sie mich raten. Eine Schachtel, aus der ein tickendes Geräusch kommt?«

Mit einem leisen Auflachen schüttelte Sophia den Kopf. »Sie glauben, ich tische Ihnen Lügen auf.«

»Jeder lügt.«

»Ich nicht.«

Grinsend schüttelte Mallory den Kopf und schielte aus dem Fenster.

Sie könnte eine Terroristin sein, obwohl er es für eher unwahrscheinlich hielt. In der Regel sorgte eine ganze Reihe von Überprüfungen dafür, dass niemand mit Verbindungen zum Terrorismus Zutritt zum US-Konsulat gewährt bekam. Heutzutage musste man jedoch immer mit dem Schlimmsten rechnen. Unbemerkt legte er die Hand auf den Pistolengriff unter der linken Achsel.

Wahrscheinlicher war, dass sie die Wahrheit sagte und ihr Ex-Freund sie benutzte, um nah genug an ihn heranzukommen, um ihn zu töten.

»Ich fürchte, ich kann Ihnen nicht weiterhelfen«, meinte Mallory.

»Verstehe. Das kann ich Ihnen nicht verdenken. Aber er war immer ein netter Junge, wenn Sie mich fragen.«

Sie holte eine Karte aus ihrer Handtasche und legte sie auf den Schreibtisch. »Seine Telefonnummer. Nur für den Fall, dass Sie Ihre Meinung ändern.«

Damit ging sie zur Tür, drehte den Knauf, schaute sich vor dem Gehen jedoch noch einmal kurz um.

»Er ist IS-Insider und will politisches Asyl.«

Das Kribbeln in Mallorys Nacken nahm zu. Eiskalt lief es ihm über den Rücken, als er die Hand nach der Karte ausstreckte.

»Wenn Sie von Insidern sprechen …«

»Er ist Tristan Nazir direkt unterstellt.«

3

SALADIN APARTMENT-KOMPLEX
HAUS C
ANTAKIYA STREET
LATAKIA, SYRIEN

Nazir verharrte reglos, als das Handy in seiner Tasche vibrierte. Er nahm nicht ab.

Eine einsame Schreibtischlampe warf einen gedämpften rötlichen Schein. Nazir hielt eine weiße Teetasse in der Hand, die an der Seite einen Sprung aufwies. Ab und zu trank er einen Schluck Tee, doch abgesehen davon hatte er sich seit einer halben Stunde nicht gerührt. Sein gesundes Auge blickte stur geradeaus an die Wand, wie ein schwarzer Stein, gefühllos und kalt. Er wirkte benommen, wie hypnotisiert, vor allem jedoch traurig. Nazir allein wusste, dass er in diesem Moment in Wahrheit nichts außer Triumph empfand.

An der Wand hing eine große Landkarte, die Syrien und den Irak zeigte. Über die beiden Länder verteilten sich Hunderte farbiger Reißzwecken.

Nazir erinnerte sich noch ganz genau an die erste, die er hineingesteckt hatte. Das lag mittlerweile zwei Jahre zurück. Eine rote Markierung für eine kleine syrische Stadt mit Namen Ariha. Die erste militärische Offensive der vielsprachigen Schar von Dschihadisten, die Nazir im Namen einer Vision zusammengeführt hatte, eine Gruppierung, die er IS nannte. Ariha war sein erster Triumph über die syrische Regierung gewesen. Mittlerweile bestand die Karte aus einem wahren Regenbogen bunter Reißzwecken, der sich wie ein Krebsgeschwür vom Norden Syriens bis in die Mitte des Irak hineinfraß.

Nazir trank einen Schluck. Der Tee war längst kalt, doch das registrierte er gar nicht.

Schließlich trat er mit raschen Schritten an den Schreibtisch und griff zu einem Stift. Vornübergebeugt notierte er in einem Tagebuch mit Ledereinband:

Marx schrieb, das finale Erreichen der Macht schreite vom Allmählichen zum Plötzlichen voran, da Siege eine Eigendynamik entwickeln, die beim Gegner Ernüchterung und Selbstzweifel hervorruft; derart werde der Verlierer geschwächt und breche zusammen. Die Erfahrung zeigt allerdings, dass Marx sich irrte. Die endgültige Machtergreifung reicht vom Allmählichen zum Langwierigen. Gegner, die ums Überleben kämpfen, fließen wie geschmolzenes Metall, das letztlich aushärtet, in jede Höhlung und jede Ritze, um die es noch zu kämpfen gilt. Begehe auf keinen Fall den Fehler, in deinen Anstrengungen nachzulassen, wenn bereits Aussicht auf den Sieg besteht! In diesen letzten Momenten müssen Furcht, Einschüchterung, Bestechung und, erst recht, GEWALT und BRUTALITÄT verdoppelt, ja verdreifacht werden. Es funktioniert nämlich so: Je dichter man davorsteht, die Macht zu erlangen, desto schwieriger wird es.
– T. Nazir, 4. Sept.

Nazir klappte das Tagebuch zu und schielte auf seine Armbanduhr. 3:40 Uhr morgens. Er angelte in der Tasche nach dem Handy und suchte die Nummer aus dem Telefonbuch heraus. Dann wählte er.

»Du hast angerufen. Was willst du?«, fragte er.

»Sie treffen mit dem Vormittagsflug ein. Er ist Journalist.«

»Wie steht es mit der Security?«

»Die haben wir längst infiltriert. Wir sind drin.«

4

DAMASCUS INTERNATIONAL AIRPORT
DAMASKUS, SYRIEN

Ben Sheets, 56, freiberuflicher Fotograf, blickte gelassen nach draußen, als der Air-Arabia-Jet die Rollbahn des internationalen Flughafens von Damaskus touchierte. Er griff nach dem Handgepäck, das zwischen seinen Beinen auf dem Boden stand.

»Ich liebe Damaskus«, erscholl hinter ihm ein leises Flüstern. Sheets drehte sich um.

Seit dem Abflug in Dubai hatte seine Frau die meiste Zeit über geschlafen, doch beim Aufsetzen schien sie aufgewacht zu sein. Sie lächelte.

»Ich auch«, sagte er.

»Das muss jetzt unser sechstes Mal sein.«

»Das zehnte Mal, Liebling.«

»Das zehnte?«, meinte sie verschlafen und streckte die Arme. »Unmöglich.«

»Doch! Sieben berufliche Trips, zweimal Urlaub, einmal Flitterwochen.«

»Warst du vielleicht mit einer anderen Frau hier?«, scherzte sie.

Sheets lachte. »Niemals.«

»Wann bringen sie die Story?«

»Im Dezember.«

Er streckte den Arm aus und tastete nach der Hand seiner Frau.

»Wo willst du heute Abend essen gehen?«, fragte sie ihn.

»Ich weiß doch, dass du das Grove magst.«

»Ist der Stadtteil denn noch sicher?«

Sheets nickte wissend. »Ja, Liebling. Ganz Damaskus ist sicher. Wir sollten bloß nicht rumlaufen und amerikanische Fahnen schwingen. Außerdem hat der Verlag einen Begleitschutz engagiert. Wir treffen die Männer an der Gepäckausgabe.«

Sheets zog die Segeltuchtasche zu sich heran und holte eine schwarze Nikon mit ungewöhnlicher Optik heraus, die er an die Scheibe drückte und auf die sich in der Ferne abzeichnende Skyline der City richtete. Damaskus bildete ein ins Rotbraune tendierendes Gewirr niedriger roter, weißer und erdfarbener Gebäude, eine Insel in einem Meer aus Sand. Dahinter erhob sich ein Felsenriff: die Golanhöhen. Israel. Ödland, so weit das Auge reichte, lediglich Straßen durchzogen das Gelände in schmalen Streifen, die von hier aus weiß wirkten. Aus dieser Perspektive wirkte Syrien ungemein friedlich. Sheets betätigte den Auslöser der Kamera und schoss mehrere Dutzend Fotos.

»In der *Times* stand, der IS kämpft nur wenige Hundert Kilometer entfernt«, flüsterte sie.

»Würde ich dich je einer Gefahr aussetzen?«

Suchend, fast unschlüssig blickte sie ihm in die Augen, beugte sich zu ihm und lehnte ihren Kopf an seine Schulter. »Nein.«

Während sie am Förderband auf ihre Koffer warteten, ließ Sheets den Blick durch die Gepäckausgabehalle schweifen. Zwei Männer, beide in dunklen Anzügen, fixierten sie von der gegenüberliegenden Seite des überfüllten Atriums aus. Einer nickte kaum merklich und setzte sich in Bewegung, näherte sich Sheets und dessen Frau, während der andere in Richtung Ausgang verschwand.

»Da ist deiner«, rief seine Frau.

Ihre Koffer standen nebeneinander. Sheets zog sie vom Förderband, anschließend schaute er dorthin zurück, wo die beiden Männer gestanden hatten. Der eine hatte ihn fast erreicht.

»Mr. Sheets?« Er sprach mit starkem syrischen Akzent.

»Wer sind Sie?«, wollte Sheets wissen.

»Ich arbeite für das Security-Unternehmen, das Ihr Arbeitgeber beauftragt hat. Mein Name ist Farulah.« Lächelnd streckte der Syrer die Hand aus.

Sheets reagierte nicht.

»Das *National Geographic Magazine,* nicht wahr?«, schob der andere hinterher. »Nicole Brountas hat das Ganze organisiert.«

»Freut mich, Sie kennenzulernen.« Sheets schüttelte ihm die Hand. »Das ist meine Frau Margaret.«

Farulah verneigte sich leicht und reichte ihr die Hand. »Mein Kollege ist schon einmal nach draußen gegangen, um den Wagen zu holen. Haben Sie Ihr komplettes Gepäck?«

Sheets und seine Frau folgten Farulah zum Ausgang und über einen betonierten Gehweg, auf dem sich Menschen drängten, die auf Taxis und Busse warteten.

Sheets ließ seinen Blick ringsum schweifen.

Er war schon in fast jedem Land der Welt gewesen, meist Dutzende Male. Schon vor langer Zeit hatte er aufgehört, Aufregung oder Nervosität zu empfinden.

Das hieß jedoch nicht, dass er sich sorglos verhielt.

Als sie gerade einen Bus passierten, in den eine Schar von Touristen einstieg, hielt eine Spur weiter ein silberfarbener Range Rover.

»Da ist er«, sagte Farulah.

Sie näherten sich dem Range Rover. Der Fahrer stieg aus und ging nach hinten, um den Kofferraum zu öffnen.

Mit einem Mal wurde Sheets von einem Taxi abgelenkt, das hinter dem SUV hielt. Die Beifahrertür wurde aufgestoßen, ein bärtiger Mann sprang heraus und brüllte wild mit den Armen fuchtelnd auf Farulahs Kollegen ein.

Als ihr Fahrer Anstalten machte, sich auf das Wortgefecht einzulassen, knallte es hinter Sheets ein paarmal dumpf, fast lautlos. Er wirbelte herum. Aus dem Fenster eines dritten Wagens ragte ein Schalldämpfer. Der Fahrer des Range Rovers wurde von einer Kugel in den Kopf getroffen. Im nächsten Moment schlugen mehrere Geschosse in die Brust des Taxifahrers ein. Ruckartig drehte Sheets sich nach links, nur um Farulah vor Krämpfen zittern zu sehen, während ein schallgedämpftes Projektil in seinen Hinterkopf eindrang.

»*Margaret!*«, brüllte Sheets, während er nach rechts auswich.

Er bekam gerade noch mit, wie jemand sie mit Gewalt in den Wagen stieß, bevor ihn etwas Hartes im Genick traf. Das Letzte, was er registrierte, ehe ihm die Sinne schwanden, waren ein schwarzes T-Shirt und eine schwarze Maske. In den Sehschlitzen funkelten Augen, so finster wie die Nacht.

5

Nazir sprang rasch unter die Dusche, zog sich danach an und verließ sein Apartment. Es war 5:30 Uhr. Mit schnellen Schritten passierte er drei Kreuzungen, wobei er sich ständig umsah, und betrat schließlich ein Parkhaus, erklomm die Treppe zum ersten Obergeschoss und ging an einer Reihe geparkter Wagen entlang, bis er einen weißen Toyota Land Cruiser erreichte. Die Scheinwerfer brannten nicht, der Motor war ausgeschaltet. Nazir stellte Blickkontakt zum Mann hinter dem Steuer her und stieg auf der Beifahrerseite ein. Auf der Rückbank saßen zwei Bewaffnete.

Der Toyota rollte durch das kleine Geschäftsviertel von Latakia, jagte durch die verlassenen Straßen, in denen zu so früher Stunde noch kein Verkehr herrschte. Irgendwann setzte sich ein Toyota Tundra Pick-up vor sie, ein schwarzer Lexus SUV folgte ihnen. Ruhig fuhr der Konvoi dahin, die Fahrzeuge in gebührendem Abstand zueinander. Im Osten verfärbte sich der Himmel allmählich zu einem trüben Violett, je näher der Sonnenaufgang rückte.

Die drei Fahrzeuge bewegten sich in östlicher Richtung. Trauben von Fertighäusern, die sich um kleeblattförmige Sackgassen scharten, wichen erst Flächen mit Gräsern und Sträuchern, schließlich ödem, unbesiedeltem Flachland, das bald zur Wüste wurde. Minuten dehnten sich zu Stunden. Der dunkle Himmel löste sich in orangene und gelbe Farbtöne auf.

Nach schier endloser Fahrt bog der Pick-up vor ihnen von der Hauptverkehrsstraße ab. Die beiden SUVs folgten ihm. Wenig später raste das Trio, Staubwolken hinter sich herziehend, mit mehr als 80 km/h querfeldein über eine prächtige Anhöhe aus von der Sonne zusammengebackener roter Erde. Sie gelangten an einen hohen, von Sträuchern übersäten Hügel, der abrupt jäh abfiel. Unter ihnen erstreckte sich nun ein weitläufiges, flaches Wüstental, in dessen Zentrum, mehrere Kilometer entfernt, ein reges Treiben herrschte. Eine Ansammlung von Gebäuden war zu sehen, einem Ameisenhaufen nicht unähnlich, dazu Trucks, Kräne und mindestens ein Dutzend Wohncontainer. Es wirkte wie die Ursprünge einer Siedlung. Eine Großbaustelle.

Im Näherkommen entdeckten sie Männer, die auf einer Breite von über 100 Metern in Reih und Glied in ihre Richtung marschierten. Allesamt waren sie schwarz gekleidet, die Köpfe vermummt. Insgesamt mehrere Hundert Soldaten.

Die drei Fahrzeuge jagten unbeirrt weiter über den rötlich braunen Untergrund.

Als sie auf die Linie der Bewaffneten zuhielten, verfielen diese, die Waffen vorgestreckt, vom Marschtempo in Laufschritt. Je näher die Fahrzeuge kamen, desto deutlicher wurden die Gestalten erkennbar. Jeder einzelne Soldat stürmte direkt auf die Gefährte zu, ein schussbereites Sturmgewehr im Anschlag.

Nazir blickte auf, während die Distanz zwischen den Fahrzeugen und ihnen zusammenschrumpfte. Abrupt gab der Pick-up Gas und setzte sich an die Spitze der kleinen Kolonne. Der andere SUV reihte sich hinter dem Land Cruiser ein. Näher und näher kamen sie der Schützenlinie. Wie dunkle Augen starrten ihnen in gleichmäßigem Abstand die Mündungen der Gewehre entgegen. Aus 400 Metern wurden 150 Meter, 100 Meter, 30 Meter. Die Schützen rannten nicht länger. Wie ein Mann hoben sie die Gewehre, legten auf die drei Gefährte an, bereit zu feuern. So unvermittelt, dass selbst Nazir auf seinem Sitz zusammenzuckte, scherten die SUVs zur Seite aus – der eine nach links, der andere nach rechts. Gleichzeitig passierten sie die Linie der Soldaten, rauschten zwischen schwarz gekleideten Bewaffneten hindurch, die in diesem Augenblick alle gleichzeitig die Läufe zum Himmel schwenkten und in die Luft feuerten, wobei sie skandierten: »Nazir! Nazir! Nazir! Nazir!«

Sie jagten an den Kämpfern vorbei, hielten auf die Ansammlung von Wohncontainern, Fahrzeugen und Soldaten zu.

Alles in allem 18 Container, größtenteils stählerne Frachtvarianten, in einer Reihe aufgestellt. Ein paar mit Fenstern versehene Trailer Homes befanden sich ebenfalls darunter.

Aus einer Abfallgrube einige Hundert Meter entfernt stieg Rauch auf.

Überall liefen Männer umher. Es war acht Uhr morgens, die Temperatur näherte sich bereits der 30-Grad-Marke.

Die Insassen der Wagen stiegen aus, nur Nazir blieb sitzen.

Die Soldaten begrüßten die neu eingetroffenen IS-Männer mit Händeschütteln und Umarmungen. Nach über einer Minute folgte Nazir den anderen.

Er hatte ein hellblaues kurzärmliges Hemd und eine hellgraue Hose an. Als Einziger verzichtete er auf die Uniform, die sich zum weltweit gefürchteten Erkennungszeichen des IS entwickelt hatte: schwarze Hose, schwarzes Shirt, schwarzes, um den Kopf geschlungenes Tuch.

Im selben Moment drehten sich alle zu ihm um und brachen in anhaltende, raue Jubelrufe aus. Einige Soldaten schossen in die Luft.

Nazir selbst zeigte keinerlei Reaktion.

Er trat mitten unter die Menge, schüttelte zur Begrüßung alle Hände, blickte jedem Einzelnen in die Augen, ohne etwas zu sagen. Systematisch schritt er die Reihe ab. Schließlich fiel ihm zu seiner Rechten, ein Stück entfernt, etwas auf. Mitten zwischen den Wohncontainern stand ein großer Stahlkäfig. Leer.

»Wo sind sie?«, wollte Nazir wissen, nachdem er seine Kämpfer begrüßt hatte.

»Im Container«, antwortete einer der Männer.

»Ist der Kameramann bereit?«

»Ja.«

»Gut«, sagte Nazir. »Dann fangt an!«

Der Soldat nickte einem der Posten am ersten Trailer zu. Dieser bestätigte den wortlosen Befehl, indem er an den Containern entlangschritt und die Tür des dritten öffnete. Nach beinahe einer Minute trat ein Bewaffneter heraus. Ihm folgten zwei weitere Männer mit Gewehren, danach das amerikanische Ehepaar.

Die Frau mit langen blonden Haaren wirkte leicht übergewichtig. Sie trug Jeans und ein weißes T-Shirt. Um den Mund hatte man ihr schwarzes Klebeband gewickelt, Hände und Füße mit Stricken gefesselt. Langsam, Zentimeter um Zentimeter, kämpfte sie sich vorwärts, während ihr einer der Männer die Gewehrmündung ins Kreuz drückte.

Dahinter folgte ihr Mann, eskortiert von zwei weiteren Bewaffneten. Hochgewachsen, kahlköpfig und mit Vollbart. Er trug kein Hemd. Hand- und Fußgelenke hatte man ihm gefesselt, aber im Gegensatz zu seiner Frau klebte kein Gewebeband vor seinem Mund. Es gab keinen Grund mehr dafür. Blut sickerte über die Unterlippe, Bart und Brust waren rot verfärbt, da sie ihm die Zunge abgeschnitten hatten.

Es war Sheets.

Er weigerte sich vorwärtszugehen, schlug der Länge nach hin, blieb auf dem Boden liegen. Die beiden Bewaffneten packten den Strick um seine Knöchel und zerrten ihn durch den Staub auf den Käfig zu.

Nazir trat durch die Reihe der Soldaten zu der Stahlkonstruktion. Sein Gesichtsausdruck wirkte kalt, ein Anflug von Wut schwang darin mit. Die Männer wichen zur Seite, um ihn vorbeizulassen. Nazir beobachtete, wie der Amerikaner zu seinem Gefängnis geschleift wurde.

Jeder einzelne Soldat drehte sich um und verfolgte, wie er auf den wehrlos daliegenden Mann zuging.

Sie hatten ihn in Damaskus gefangen genommen. Einen Fotografen von *National Geographic*. Welcher Idiot nahm denn bitte freiwillig seine Frau mit nach Syrien?

Sie stießen beide in den Käfig. Der Mann gab vom Boden aus ein leises, ersticktes Stöhnen von sich. Die Frau stand aufrecht da, wirkte seltsam gelassen. Starr musterte sie Nazir, der in ihre Richtung kam.

Vor dem Käfig stand ein Soldat mit Videokamera und legte den Bildausschnitt fest. Mit dem Auge am Sucher erteilte er mit der linken Hand Zeichen zur Positionierung der Gefangenen.

Ein anderer Soldat betrat den Käfig. Aus einem roten Plastikkanister schüttete er Benzin rings um die Füße der Frau, anschließend übergoss er den Fotografen.

Selbst aus vier Metern Entfernung stach der Benzingeruch Nazir in die Nase. Er blieb hinter dem Kameramann stehen, der ihm höflich zunickte. Nazir erwiderte die Geste. Der andere schob das Auge vor den Sucher, hob den linken Daumen, ein Zeichen für einen weiteren Bewaffneten, der rauchend links neben der Stahlkonstruktion stand. Er zog ein letztes Mal an der Zigarette, bevor er sie mit dem Mittelfinger wegschnippte. Sie überschlug sich in der Luft, flog zwischen zwei Gitterstäben hindurch und landete circa 30 Zentimeter von der Frau entfernt.

Aller Augen ruhten auf der glimmenden Kippe, die auf dem vor Benzin triefenden Stahlboden landete. Alle sahen sie hin, nur Nazir und die Frau nicht. Fest blickte sie Nazir an, den Mann, der ihr Henker war. Und er erwiderte ihren Blick, ohne jede Gefühlsregung, ohne jedes Schuldbewusstsein, ohne jede Abbitte. Sein Blick wirkte nicht triumphierend. Es war lediglich der Blick eines Kriegers, dessen Handeln bis zu einem gewissen Grad vorherbestimmt ist. Er spielte lediglich eine Rolle, die ihm vor langer Zeit auf den Leib geschrieben worden war. Es ging um politische Überlegenheit. Darum, das Notwendige zu tun, wenn man das Ziel klar vor Augen hat. Es ging um den Dschihad.

Die Männer hinter Nazir brachen in laute Jubelrufe aus, er hingegen gab keinen Ton von sich.

Schließlich sprang der Funke über. Rings um das amerikanische Ehepaar loderten Flammen auf. Rötlich orangefarbene Zungen leckten in den Himmel, während die grässlichen, unmenschlichen Schreie den Jubel übertönten.

6

DANIEL ROAD
CHEVY CHASE, MARYLAND

Eine Viertelstunde vor Mitternacht war im Chevy Chase Village alles ruhig, die Läden und Restaurants längst geschlossen. Es handelte sich um eine der exklusivsten Enklaven der Hauptstadt, ein traumhaft schönes Fleckchen Erde voller Wohlstand. Hier wohnten die Reichen und

Mächtigen, eine Ansammlung erlesener gastronomischer Betriebe und exklusiver Geschäfte bediente ihre Bedürfnisse. Starbucks und Tiffany's unterhielten Filialen nur wenige Straßenzüge voneinander entfernt.

Friedlich lagen die malerischen Kolonialhäuser im Dunkeln. Alle paar Blocks spendete eine Laterne ein wenig Licht. In manchen Straßen, etwa jenen, die an den Rock Creek Park grenzten, dämpften überhängende Bäume den ohnehin schwachen Schein und schufen eine gespenstische Atmosphäre – ähnlich der Szenerie eines Horrorfilms, kurz bevor der Mörder zuschlägt.

Die Daniel Road erstreckte sich am Park entlang. Hier fielen die Häuser größer, die Grundstücke weitläufiger aus als in anderen Teilen der Ortschaft. Wer hier wohnte, lebte besonders exklusiv und abgeschieden. Zu jedem Anwesen führte eine lange Einfahrt, separierte es von der Fahrbahn. Die meisten wurden von Palisadenzäunen umgeben. Hohe, alte Bäume bogen ihre schwankenden Äste über den Asphalt.

Auf einem besonders dunklen Abschnitt der Daniel Road parkte unter den überhängenden Ästen eines gewaltigen Ahornbaums ein weißer Van, der verlassen wirkte. Der Fahrersitz war leer, eine dicke Schicht aus Insekten und Blütenstaub verklebte die Windschutzscheibe.

Fünf Personen drängten sich im Heck. Es stank nach Schweiß. Der Stirnseite am nächsten befand sich ein Mann namens Sirhan. Er hatte das Sagen, saß auf dem Boden, den Rücken an die Tür gelehnt. Auf seinem Schoß lag eine abgesägte Kaliber-12-Schrotflinte. Neben ihm hockten zwei weitere Männer mit ähnlichem Erscheinungsbild. Ali und Tariq. Beide stammten sie aus Nahost, beides Araber Anfang 20. Ali trug Jeans und ein weißes T-Shirt, Tariq ein hellblaues Hemd mit Aufnähern auf Brust und Ärmeln, die

Uniform für seinen Job bei einem Security-Unternehmen, obwohl er im Moment nicht im Dienst war.

»Ist es so weit?«, fragte Tariq, der hinter dem Fahrersitz saß, geduckt, um vor den Blicken etwaiger Passanten geschützt zu sein.

Durch die Heckscheibe fiel der gedämpfte Schein einer entfernten Straßenlaterne. Sirhan musterte die beiden anderen Insassen des Vans, einer davon eine Frau mittleren Alters mit kurzen dunkelblonden Haaren, die einen roten Bademantel trug und an einem Fuß einen Tennisschuh mit offenem Schnürsenkel. Unnatürlich verkrümmt lag sie in seitlicher Haltung nahe dem Heck auf dem Bodenblech, Arme und Beine mit Stricken gefesselt. Um Kopf und Mund hatten sie ihr einen Ledergürtel geschnallt, so fest, dass sie weder den Mund zu schließen noch etwas zu sagen vermochte. Aus einer Platzwunde über dem linken Auge lief Blut über die Stirn, tropfte unters Ohr. Haar, Gesicht und Kleidung waren klatschnass vor Schweiß, ihr Atem ging keuchend.

Neben ihr lag ein langhaariges Mädchen im Teenageralter in Jeans und Sweatshirt, ebenfalls gefesselt und geknebelt. Aus der Nase sickerte Blut, sie schwitzte ebenfalls heftig.

»Nein«, antwortete Sirhan. »Noch nicht.«

Im Innern des Hauses in der Daniel Road saß Mark Raditz auf einer breiten hellbraunen Ledercouch mit tiefer Sitzfläche. Zu seiner Linken stapelten sich Briefing-Unterlagen auf dem Polster, die er alle noch lesen musste. Rechts von ihm lag ein weiterer Stapel, den er bereits durchgearbeitet hatte.

Die einzige Geräuschkulisse im Raum lieferten die leisen Stimmen aus dem Fernseher. Zurzeit lief ein Match der

Orioles. Raditz, der Vize-Verteidigungsminister, liebte Baseball, obwohl er im Moment nicht auf das Spielgeschehen achtete.

Auf den Knien hatte er den Laptop stehen und schaute sich das Video zum mittlerweile vierten Mal an. Es zeigte einen Mann und eine Frau, die bei lebendigem Leib verbrannt wurden.

Der Islamische Staat gewann zunehmend an Einfluss. Raditz und alle übrigen hochrangigen Beamten im Pentagon verwendeten den Großteil ihrer Zeit darauf, die Ausbreitung des IS über Syrien und den Irak zu verhindern. Heute war Raditz im Weißen Haus gewesen, um sich gleich zweimal mit dem Präsidenten zu beraten.

»Was unternehmen wir, um die Kerle zu stoppen?«, hatte das Staatsoberhaupt mehrfach gefragt. »Weshalb haben wir Nazir noch nicht aufgespürt? Was ist das bloß für eine Bestie, die Unschuldige köpft?«

Raditz hatte auf jede Frage im selben frustrierten Tonfall geantwortet.

»Wir tun, was wir können, Mr. President. Nazir ist ein Phantom. Er bewegt sich unerkannt von Stadt zu Stadt, wie ein namenloser Fremder, ein ganz normaler Bürger. Er streift umher wie der Wind. Was für eine Art von Bestie, Sir? Ich weiß es nicht.«

Doch Raditz wusste es ganz genau. Denn er hatte dieses Monster erschaffen.

Mit jedem Dorf und jeder Stadt, die der IS einnahm, mit jeder Kirche, die zerstört, jedem Unschuldigen, der getötet wurde, nagte dieses Wissen um seine Mitschuld an ihm und drohte ihn zu erdrücken. Raditz war klar, dass diese Schuldgefühle ihn bald kaputt machten – es sei denn, er wurde vorher geschnappt. In diesem Fall übernahm es seine Regierung, ihn zu erledigen. Man würde von Hochverrat sprechen, obwohl genau das Gegenteil ihn dazu getrieben hatte.

Wenn er doch bloß Nazir ausfindig machen könnte, bevor sie hinter die Wahrheit kamen …

Du kannst nichts dafür. Du konntest es nicht ahnen. Wie denn? Deine Beweggründe waren über jeden Zweifel erhaben!

Doch Raditz' innere Stimme – der einzige Verbündete, der ihm noch blieb – wurde leiser.

In der linken Hand schwenkte Raditz ein Glas Rotwein. Seine Rechte umklammerte einen Smith & Wesson Kaliber 45. Seit Monaten bildete dies sein allabendliches Ritual. Eine Flasche Wein, mitunter auch mehr, und die Waffe, an der er sich wie an einem Glücksbringer festhielt. Irgendwann hielt er sie sich unweigerlich vor den Mund, an die Nasenöffnung oder an die Schläfe, stets den Finger am Abzug. Manchmal, in den dunkelsten Momenten, spürte er den Finger gegen den Abzug tippen. Doch er brachte es nicht über sich.

Eins der vier Handys, die vor der Couch auf dem Tisch lagen, klingelte leise. Er beugte sich vor und starrte das Display an.

:: UNBEKANNTER ANRUFER ::

Er betätigte die grüne Taste und hielt das Gerät ans Ohr. »Raditz!«

Zurückgelehnt ins Polster nippte er an seinem Wein, wartete ab, wer sich auf der Gegenseite meldete. Wahrscheinlich sein Boss, Harry Black, der Verteidigungsminister, oder der Nationale Sicherheitsberater, Josh Brubaker. Doch in der Leitung blieb es still.

»Mark Raditz«, wiederholte er, eine Spur ungeduldiger. »Wer ist dran? Falls da jemand ist, kann ich Sie nicht hören.«

»O doch, Sie können mich hören, Mark«, sagte Nazir.

Raditz schwieg eine ganze Weile, während er mit der Frage rang, ob er auflegen sollte. »Was zum Teufel wollen Sie? Sie haben vielleicht Nerven, mich anzurufen.«

»Ich denke, wir wissen beide, dass mich meine Nerven vor so gut wie nichts zurückschrecken lassen«, kam es aus der Leitung.

Raditz' Nasenflügel bebten. »Sie können mich mal! Was wollen Sie?«

»Wir benötigen Munition. Gewehre und Munition. Tragbare Boden-Luft-Raketen. Nichts Ausgefallenes. Aber ich brauche jede Menge davon.«

Raditz stieß ein gackerndes Lachen aus.

»Ihnen würde ich noch nicht mal 'ne verfluchte Spielzeugpistole schicken. Sie haben mich angelogen. Sie haben die Vereinigten Staaten von Amerika angelogen. Jetzt, in diesem Augenblick, durchforsten mindestens ein Dutzend Drohnen den Himmel über Syrien und dem Irak auf der Suche nach Ihrem kleinen, dürren, einäugigen Kadaver. Wenn ich Sie finde, werd ich Sie mit einer Hellfire-Rakete in den Arsch ficken.«

»Klingt gut«, meinte Nazir. »Das Problem ist nur, dass ich über Beweise verfüge, die sich als ziemlich peinlich für Sie und Ihr Land erweisen könnten. Bevor Sie mich töten, könnten diese Beweise durchaus in die Hände eines Reporters gelangen.«

»Für Sie steht dabei genauso viel auf dem Spiel wie für uns.«

»Sie sagten doch selbst, Amerika wolle sich aus dem Nahen Osten zurückziehen. Der IS *ist* Ihr Ausweg. Ich habe Sie nie belogen. Ich weigere mich einfach, das Spiel nach Ihren Regeln zu spielen.«

»Leuten die Köpfe abschneiden? Altertümer zerstören? Sie sind keinen Deut besser als Hitler. Im Grunde schlimmer. Der behielt die Kunstwerke wenigstens, nachdem er sie den Juden gestohlen hatte.«

Raditz' Stimme wurde schriller, sein Gesicht lief rot an. Er deutete auf den Laptop, obwohl Nazir davon natürlich gar nichts mitbekam.

»Und jetzt ... jetzt ... verbrennt ihr auch noch Menschen bei lebendigem Leib? Sie sind ein krankes Arschloch!«

Sekundenlang erwiderte Nazir nichts darauf. Schließlich räusperte er sich. »Sie müssen es auch mal gut sein lassen.«

»Ihr seid im Irak eingefallen«, sagte Raditz. »Mit Waffen, die wir bezahlt haben, wurden amerikanische Soldaten getötet. Es existierte eine Abmachung: Wir geben euch die Waffen und ihr lasst uns in Ruhe, ihr lasst Israel in Ruhe, ihr lasst Jordanien und Saudi-Arabien in Ruhe. Ihr lasst uns verdammt noch mal in Ruhe! Sie haben gegen diese Abmachung verstoßen, ganz zu schweigen von den Gräueltaten, die Ihre Männer verüben. Meinen Sie wirklich, so baut man eine Bewegung auf?«

»Keine Bewegung, ein Land«, entgegnete Nazir. »Sie würden es wahrscheinlich anders angehen, Mark, aber meine Methode sieht nun mal so aus.«

»Reporter köpfen? Sie bei lebendigem Leib verbrennen?«

»Jedes Mal wenn wir solche Videos verbreiten, schnellen unsere Rekrutierungszahlen in die Höhe.«

»Das beweist bloß, wie abgefuckt ihr Moslems seid.«

»Was soll ich dazu sagen? Ja, ich habe Sie belogen. Aber das ist Schnee von gestern. Was jetzt interessiert, ist die Gegenwart. Ich benötige Gewehre und Munition. Raketen. Noch eine Schiffsladung. Wenn Sie sich darum kümmern, gebe ich Ihnen mein Wort ...«

»Stopp«, unterbrach Raditz. »Ihr Wort ist einen Scheißdreck wert. Sie wollen mich bloßstellen? Oder die Vereinigten Staaten? Nur zu! Warum haben Sie es nicht längst getan?«

»Weil ich weiß, dass ich noch auf einen letzten Gefallen angewiesen sein werde. Jetzt fordere ich ihn ein.«

»Wissen Sie was?«, antwortete Raditz. »Ich werde es tun.«

»Das klingt schon besser.«

»Sagen Sie mir, wo Sie sind, und ich schicke Ihnen auf der Stelle eine Exocet«, meinte Raditz lachend. »Expresszustellung mitten ins Herz!«

Nazir fiel in sein Lachen ein. »Das ist also Ihre Antwort?«

»Ja, das ist meine Antwort, Sie Arschloch! Ficken Sie sich ins Knie! Ich lege jetzt auf. Es wird Zeit, ins Bett zu gehen.«

»Na gut.« Nazir räusperte sich. »Dann lasse ich Sie jetzt in Ruhe.«

»Und rufen Sie bloß nicht mehr an!«

»Das werde ich nicht«, meinte Nazir. »Ich respektiere Ihre Wünsche. Ach, noch etwas! Könnten Sie meinen Freunden etwas von mir ausrichten?«

Raditz klappte den Mund auf, während es ihn eiskalt durchzuckte. Im ersten Moment brachte er keinen Ton heraus. Bedächtig stellte er das Weinglas ab. »Was haben Sie getan?«, flüsterte er.

»Gehen Sie ans Fenster.«

»Wollen Sie mir drohen? Sie haben es immer noch nicht kapiert, oder, Tristan? *Ich bin bereits tot. Tot!* Sobald diese Sache rauskommt, bin ich ein toter Mann, obwohl alles, was ich versucht habe, darauf hinauslief, Irre wie euch davon abzuhalten, die ganze Welt zu übernehmen. Es wird keinen Prozess geben, nicht mal eine Anhörung. Los, machen Sie schon, bringen Sie mich um. Schicken Sie Ihre Leute rein!«

»Ich brauche Sie lebend«, entgegnete Nazir. »Meine Leute sind nicht da, um Sie umzubringen.«

»Sondern?«, erkundigte sich Raditz besorgt.

»Das werden Sie bald wissen. Sollte Ihre Antwort Ja lauten, werde ich Sie freilassen. An Ihrer Stelle würde ich mich allerdings rasch entscheiden. Ihrer Ex-Frau geht es gut, aber Ihre Tochter wirkt nicht allzu glücklich.«

Schweigen machte sich breit.

Raditz merkte, wie ihm die Tränen in die Augen schossen. »Du elender Drecksack ... sie haben niemandem was getan.« Die Stimme brach ihm, während er jämmerlich losschluchzte.

Nazir wartete ein paar Sekunden.

»Mark?«

Raditz schwieg, nur sein leises Wimmern war zu hören, ein Laut, den er selbst nicht von sich kannte. Die Verzweiflung eines in die Enge getriebenen Tieres, ähnlich einem Wolf, der in der stählernen Klaue einer Falle festhing.

»Lautet die Antwort Ja?«

»Was ist mit meiner Familie?«

»Öffnen Sie Ihr Garagentor. Ich lasse meine Leute den Van rückwärts reinfahren.«

»Es wird ein paar Tage dauern.« Raditz' Stimme war kaum mehr als ein Flüstern.

»Gut, ich verstehe. Ich weiß, dass es kompliziert ist. Ich nehme Sie beim Wort, dass es geschehen wird. Sehen Sie, Mark, ich vertraue Ihnen. Aber sollten Sie mich im Stich lassen, bekommen Sie Ihre Liebsten beim nächsten Mal in Scheiben zurück.«

7

Mallory fand keinen Schlaf. Er blickte auf seine Armbanduhr: 2:18 Uhr. Er knipste das Licht an, ging zum Stuhl, über
den er seine Hose geworfen hatte, und kramte in den
Taschen. Er fand die Visitenkarte, griff zum Handy und
wählte die Nummer. Nach dreimaligem Klingeln nahm
jemand ab.

»Hallo?«

»Al-Jaheishi?«, fragte Mallory.

»Ja, wer ist dran?«

»Ich habe Ihre Nummer von einer Journalistin.«

»Warum hat es so lange gedauert? Ist Ihnen bewusst, dass
ich mein Leben aufs Spiel setze?«

Mallory ging nicht auf den Vorwurf ein. »Was wollen
Sie?«

»Ich verfüge über Informationen.«

»Was genau haben Sie … und was wollen Sie dafür?«

»Ich muss mich mit Ihnen treffen.«

»Okay, das Gespräch ist beendet«, erklärte Mallory.

»Warten Sie!«, drängte Al-Jaheishi. »Ich muss mich mit
Ihnen treffen, um Ihnen die Informationen zu übergeben.
Ich habe Beweise. Sie müssen eines wissen: Hinter dem IS
steht die Regierung der Vereinigten Staaten. Ihre eigene
Regierung. Sie haben den Terroristen Geld und Waffen
beschafft.«

»Das ist absurd.«

»Es ist die Wahrheit.«

»Woher wollen Sie das wissen?«

»Ich weiß es. Mehr brauchen Sie für den Moment nicht zu wissen. Ist es Ihnen etwa egal?«

Mallory zögerte. In der Stille und dem Halbdunkel seines Schlafzimmers empfand er dasselbe wie vorhin: ans Sinnlose grenzende Verwirrung, vermischt mit Furcht.

»Meine Regierung hat nicht das Geringste mit dem IS, Al-Qaida oder sonst einer Terrororganisation zu schaffen. Wir verabscheuen euch alle.«

»Irrtum«, widersprach Al-Jaheishi. »Ich werde Ihnen ein Foto als Beweis schicken.«

Augenblicke später vibrierte Mallorys Handy. Er öffnete die Datei. Sie zeigte zwei Männer, die vor einem großen, unverschlossenen Container standen. Es war zu sehen, dass sich darin Panzerfäuste stapelten. Die beiden Männer schüttelten einander die Hände. Einer war unverkennbar der meistgesuchte Mann der Welt, Tristan Nazir, Anführer des IS. Der andere trug Anzug und Krawatte. Quer über sein Gesicht zog sich ein schwarzer Balken. Zensiert.

»Das beweist gar nichts.«

»Es ist einer Ihrer höchstrangigen Regierungsvertreter, Mr. Mallory.«

»Schicken Sie mir die Informationen.«

»Nein. Sobald ich sie Ihnen aushändige, bin ich ein toter Mann. Ich möchte politisches Asyl. Ich werde alle relevanten Informationen auf einer SIM-Karte speichern. Treffen Sie sich mit mir in Damaskus.«

»Wann?«

»Morgen.«

8

BIRCH HILL
MCLEAN, VIRGINIA

Ein schwarzer Jaguar F-Type R donnerte eine abgelegene Landstraße entlang. Vor einem eisernen Tor zwischen zwei Backsteinpfeilern kam er zum Stehen. Zu beiden Seiten erstreckten sich weithin von Efeu überwucherte Ziegelstein-mauern, umgaben das Anwesen, schirmten ab, was immer sich hinter ihnen befand. Oberhalb der Torflügel waren Überwachungskameras zu erkennen, ebenso an der Mauer, jeweils in dreieinhalb Metern Abstand.

An einem Pfeiler hing ein kleines, verwittertes Schild, auf dem in verschnörkelten Messingbuchstaben BIRCH HILL stand.

Auf der anderen Straßenseite parkte ein schwarzer Chevy Suburban mit getönten Scheiben. Einer von vier SUVs, die in der Umgebung des Anwesens Position bezogen hatten. In jedem saßen Paramilitärs der CIA.

Der Fahrer des Jaguars streckte die Hand aus dem Fens-ter und gab einen sechsstelligen Code über das Tastenfeld neben der Zufahrt ein. Nach einem Klicken schwang das Tor langsam auf. Der Fahrer beschleunigte.

Anmutig wand sich die Zufahrt zwischen zwei sym-metrischen Reihen alter Birken entlang, deren Äste sich wie ein schattiges Dach über die Fahrspur reckten. Hinter den Bäumen dehnte sich eine Rasenfläche bis zur Grund-stücksgrenze aus, in der Ferne markiert durch die Ziegel-steinmauer. Am Ende der Auffahrt stand auf einer Lichtung oben auf der kleinen Anhöhe ein weitläufiges, ebenfalls aus Ziegelsteinen errichtetes, weiß verputztes Herrenhaus.

Davor erstreckte sich eine kreisrunde Parkfläche, in deren Mitte ein kleiner Blumengarten.

Eine junge Frau in Jeans und T-Shirt beugte sich über die hellroten Pfingstrosen, um einen Strauß zusammenzustellen.

Der Motor des Jaguars geriet ins Stottern, da der Fahrer das Herunterschalten vergaß, um ein Haar hätte er ihn abgewürgt. Als er endlich doch die Kupplung trat und den Gang wechselte, schoss der Wagen mit aufheulendem Motor vorwärts. Kiesel spritzten nach allen Seiten.

Mit einem verträumten Lächeln verfolgte die langhaarige, barfüßige Frau, wie der Wagen die Auffahrt erklomm. Mit dem Strauß in den Händen ging sie dem Fahrzeug ein paar Schritte entgegen. Der Jaguar kam direkt vor ihr zum Stehen.

Sie ging auf die Fahrerseite und lehnte den Kopf zum Fenster hinein.

Der gebräunte Mann am Steuer trug eine Sonnenbrille und ein reichlich mitgenommenes Basecap in Tarnfarbe.

»Hi, Dewey«, begrüßte sie ihn.

»Hi, Daisy.«

»Toll, wie du fährst.«

Dewey fummelte nach dem Türgriff und stieg aus, nahm die Sonnenbrille ab und sah Daisy Calibrisi mit leicht verlegener Miene an.

»Es ist nicht mein Wagen.«

Sie umarmte ihn. »Ich bin froh, dass du gekommen bist. Bei dem Tempo, das Dad vorlegt, wäre er sonst an Weihnachten noch nicht fertig.«

»Wo steckt er?«

»Hinten.«

Dewey beugte sich zu ihr hinab, um ihr einen höflichen Kuss auf die Wange zu geben, doch im letzten Moment drehte sie das Gesicht leicht nach rechts, sodass ihre Lippen sich trafen. Dewey küsste sie rasch und trat einen Schritt zurück.

Daisy grinste. Ein paar Sekunden lang herrschte verlegenes Schweigen.

»Du bist braun geworden«, meinte Daisy schließlich. »Hast du irgendwo am Strand gelegen?«

»Leute wie ich liegen nicht am Strand, Daisy.«

»Und wie bist du dann so braun geworden?«

»Keine Ahnung. Vielleicht weil ich neulich Golf gespielt habe.«

»*Golf? Du?*«

»Ja, *ich*. Weshalb überrascht dich das so?«

»Na ja, das ist doch ein Spiel für alte Männer.«

»Ich *bin* ein alter Mann.«

Daisy lächelte.

Ihr Blick glitt zu seinen Flip-Flops hinab, schweifte höher über die dunklen Beine, die zwar ein bisschen haarig waren, dafür jedoch sehr muskulös, verharrte an den karierten Bermudashorts mit den Farbflecken und dem eingerissenen Saum.

»Bist du gut?«, wollte sie wissen.

»Sagen wir so: Ich habe mal drei Hole-in-ones geschafft, dreimal den Ball mit einem einzigen Schlag eingelocht.«

»Mein Gott! Wirklich?«

»Ja, in einer Runde.«

»Tatsächlich?«

»Ja, Daisy. Ich kann spielen.«

Sie bedachte Dewey mit einem misstrauischen Blick, nicht ganz sicher, ob sie ihm das abkaufen sollte oder nicht. Langsam nickte sie.

»Nun, *falls* das stimmt, wäre das unglaublich.«

»Danke.«

»Wo war das? Auf einem Platz hier in der Gegend?«

»Nein. In Maine.«

»In *Maine?*«, meinte sie geringschätzig. »Gibt es dort überhaupt Golfplätze?«

»Ja, natürlich gibt es in Maine Golfplätze, du kleiner Hohlkopf.«

»Und wo liegt dieser sogenannte Golfplatz, auf dem du angeblich mit einem Schlag einen Ball eingelocht hast?«

»Mehrfach«, korrigierte Dewey. »Ich hab's dreimal geschafft.«

»Okay, wie heißt der Platz?«

»Bangor Acres. Ein Platz mit 18 Löchern. Ich bin dort in der Nähe aufgewachsen.«

»*Bangor Acres?* Das klingt eher nach einem Friedhof.«

»Es ist der beste Minigolfplatz im Norden Maines. Man fährt von der Hauptstraße ab, raus zu den Eisenbahngleisen, dann rechts. Er ist ein bisschen heruntergekommen, aber dafür kostet der Eintritt auch nur fünf Dollar.«

Daisy prustete los.

»Minigolf?«

»Ich hab's noch jedes Mal durch die Windmühle geschafft.«

Daisy wollte gar nicht mehr aufhören zu lachen.

»Manchmal frage ich mich, was aus mir geworden wäre, wenn ich mich aufs Golfen konzentriert hätte. Du weißt schon, Geld, Autos, solche Sachen.«

»Du bist ein Blödmann.« Sie grinste.

Dewey stieß den Fuß in den Kies und sah sie an. Daisy hatte ihr dunkles Haar zu einem Pferdeschwanz nach hinten gebunden. Eine markante, gerade, hübsche Nase und tiefbraune Augen mit langen Wimpern. Sie strahlte Wärme aus, wirkte elegant und mysteriös. So wie die junge Sophia Loren.

Dewey ertappte sich dabei, sie womöglich einen Moment zu lang anzustarren. Er zwang sich, den Blick abzuwenden, an ihr vorbeizuschauen zu dem Beet, wo sie eben noch gestanden hatte.

»Was pflanzt du dort?« Mit einer Kopfbewegung deutete er auf die Stelle. »Fahrt ihr jetzt auch auf Marihuana für den medizinischen Bedarf ab?«

Daisy gab keine Antwort. Stattdessen wartete sie, bis sein Blick zu ihr zurückkehrte. Als er ihr den Gefallen tat, bedachte sie ihn mit einem breiten Grinsen.

»Was ist?«, fragte er arglos.

Lächelnd schüttelte sie den Kopf.

»Nichts.«

Sekundenlang wusste Dewey nichts zu sagen.

»Wie ich höre, hast du deinen Abschluss gemacht«, brachte er schließlich heraus.

»Ja.«

»Gratuliere.«

»Danke.«

»Juristische Fakultät. Das ist toll.«

»Lass mich raten«, sagte Daisy. »›Gott sei Dank hat die Welt jetzt noch eine weitere Anwältin‹, richtig?«

»Das wollte ich gar nicht sagen«, widersprach er.

»Nein?«

Dewey schüttelte den Kopf. »Nein. Ich glaube, dass viele Leute ein falsches Bild von Rechtsanwälten haben.«

»Wirklich? Im Ernst? Da stimme ich dir voll zu.«

»Ja, 99 Prozent der Anwälte lassen das restliche Prozent in einem schlechten Licht erscheinen.«

»Idiot«, sagte sie. »Du bist ja so ein Idiot. Warum fall ich jedes Mal auf deine Witze rein?«

»Scherz beiseite«, meinte Dewey, »ich bin stolz auf dich. Ehrlich!«

»Danke«, flüsterte sie.

Er folgte ihr ums Haus herum in den Garten. Eine lange orangefarbene Leiter war an die Hauswand gelehnt, an der Spitze stand Calibrisi, ein paar Kleckse und Spritzer im Gesicht, und klatschte schwarze Farbe gegen einen Fensterladen im ersten Stock.

»Hi, Hector«, sagte Dewey.

»Dewey!«, rief Calibrisi. Ruckartig wandte er den Kopf. »Komm einfach mal hiiiii…«

Calibrisis Stimme schlug in einen schrillen, panikerfüllten Schrei um, als er merkte, wie die Leiter plötzlich nach links wegrutschte. Er streckte den Arm aus, um sich irgendwo festzuhalten, damit er nicht stürzte. Seine Hand bekam den frisch gestrichenen Fensterladen zu packen, der noch glitschig von der Farbe war. Die Leiter rutschte weiter ab, und nun benutzte Calibrisi beide Hände, mühte sich verzweifelt, etwas zu greifen, um den Sturz zu verhindern. Die feuchte Hand hinterließ einen schwarzen Abdruck, während er nach unten glitt und eine hässliche Spur an der weißen Wand hinterließ.

»Hiiiiilllffffe!«, ächzte er, während die Leiter an Fahrt gewann.

Dewey stürzte zu ihm, packte die Leiter, schaffte es jedoch nicht, sie zu fixieren. Calibrisis Gewicht, der ungünstige Winkel und ihre Länge – all das sorgte für zu viel Schwung.

»Dewey! Halt sie fest!«, schrie Daisy.

Deweys Blick glitt nach links. Wenn Calibrisi stürzte, schlug er auf der Schieferterrasse auf. Aus dem ersten Obergeschoss musste man da mit einem oder mehreren Brüchen rechnen. Dewey stieß den linken Fuß zwischen zwei Sprossen, rammte die Schulter seitlich gegen die Leiter und stieß ein lautes Stöhnen aus, als abrupt das volle stählerne Gewicht auf ihm lastete. Sie schwankte in einem bedenklichen 45-Grad-Winkel, dann blieb sie stehen.

Dewey presste die linke Schulter und den linken Oberschenkel dagegen und hinderte sie so am Weiterrutschen.

Dewey blickte zu Calibrisi nach oben. Eine Hand an die kupferne Dachrinne geklammert, die andere an die Leiter, hielt er sich verzweifelt fest. Tiefe Furchen gruben sich in die Stirn, das Gesicht war puterrot.

Sekundenlang herrschte Schweigen, lediglich Calibrisis schweres Atmen war zu hören.

Unvermittelt wurde die Hintertür des Hauses aufgerissen. Vivian Calibrisi sprang heraus und starrte entsetzt auf Dewey, der mit der Leiter förmlich verwachsen zu sein schien. Ihr Blick glitt an der Ziegelsteinwand entlang, folgte den schwarzen Farbspuren bis zur Hausecke und fand ihren Mann, der an Dachrinne und Leiter gegen den Absturz ankämpfte. Bedächtig schüttelte sie den Kopf.

»Geschieht dir ganz recht, du sturer alter Esel.«

Dewey blickte in ihre Richtung. »Hi, Vivian«, grüßte er, als wäre nichts weiter.

»Hi, Dewey.«

Vivian ging zu Daisy. Gemeinsam standen sie da und betrachteten Calibrisi, wie er an der Dachrinne strampelte, während Dewey mit der Leiter dagegenhielt wie ein Footballspieler, der an einem Dummy einen Bodycheck übt.

»Wollt ihr einfach nur so rumstehen und nichts tun?« Calibrisi war seine Verärgerung anzuhören.

»Mit wem sprichst du gerade?«, hakte Dewey nach.

»Mit euch allen!«

Dewey schaute kurz zu Daisy. Ganz langsam ließ er die Leiter kommen. Sie rutschte ein paar Zentimeter tiefer.

»Stopp!«, brüllte Calibrisi. »Was zum Henker soll das werden?«

»Ich habe ihm gleich gesagt, er soll eine Malerfirma kommen lassen«, meinte Vivian.

»Beim letzten Mal haben sie die ganzen Blumen mit Farbe bekleckert! Jetzt lass mich schon runter!«

»Es gibt mehr als einen Betrieb, der sich um so was kümmert«, erwiderte Vivian kopfschüttelnd. Damit wandte sie sich zum Gehen.

»Da muss ich ihr recht geben«, fand Dewey.

»Leckt mich doch«, flüsterte Calibrisi.

Vivian lächelte Dewey an. »Kannst du zum Abendessen bleiben?«

»Klar.«

Vivian schaute zu ihrem Gatten hoch. »Ach, übrigens, da ist jemand für dich am Telefon.«

Hectors ohnehin schon rotes Gesicht färbte sich noch eine Spur dunkler.

»Vivian!«, brüllte er. »Schreib auf, was er will!«

Dewey ließ die Leiter noch ein paar Zentimeter abrutschen. »Das ist aber nicht sehr nett. So spricht man nicht mit seiner Frau.«

Erneut ließ er los, die Leiter gab nach. Er suchte kurz Blickkontakt zu Daisy und zwinkerte ihr zu. Sie lachte.

Calibrisi schloss die Augen. Sekundenlang schwieg er. Dann öffnete er sie wieder. »Ich bitte um Entschuldigung«, meinte er zu Dewey, nun deutlich gelassener.

»Entschuldigung akzeptiert«, entgegnete Dewey. »Wie steht's mit deiner Frau?«

Mit einer Kopfbewegung deutete Dewey auf die Tür. Vivian schickte sich gerade an, ins Haus zurückzugehen.

»Vivian«, begann Calibrisi, »Liebe meines Lebens, ich entschuldige mich aufrichtig für mein Verhalten. Und sollte es dir nicht zu große Umstände bereiten, möchte ich dich bitten, dir zu notieren, was der Anrufer möchte.«

»Wirst du eine Malerfirma beauftragen?«

»Ja, mein Schatz.«

Dewey blickte zu Calibrisi hoch. »Okay! Ganz ruhig! Auf drei hangelst du dich an der Dachrinne entlang.«

Dewey holte tief Luft, alles in allem dreimal.

»Eins, zwei, *drei!*« Er holte aus und warf sich mit der linken Schulter gegen die Leiter. Sie rutschte ein paar Zentimeter nach rechts. Dewey wiederholte die Prozedur. Bei jedem Stoß rutschte sie ein Stück weiter, bis sie endlich gerade stand.

Calibrisi kletterte hinunter und stellte sich neben ihn. »Danke.«

Dewey nickte und legte ihm die Hand auf die Schulter. »Bist du okay?«

»Alles in Ordnung. Wie war die Fahrt?«

»Gut.«

In diesem Augenblick öffnete Vivian die Tür. »Er will mir nicht verraten, worum es geht. Er meint, es sei wichtig.«

Calibrisi wechselte einen kurzen Blick mit Dewey.

»Wer ist dran?«

»Rick Mallory.«

9

ALTSTADT
ALEPPO, SYRIEN

Die Altstadt war streng genommen kein eigenes Stadtviertel. Nicht wenn man ein Stadtviertel als Ansammlung von Wohnungen, Familien, Schulen und Geschäften betrachtete; als Ort, an dem Menschen lebten, Kinder aufwuchsen, Väter und Mütter morgens zur Arbeit gingen und abends nach Hause kamen, wo man vor den Häusern Gärten anlegte und voller Stolz pflegte. Nein, solche Kriterien erfüllte diese Altstadt nicht.

Sie war ein Trümmerhaufen, jedes Gebäude von Einschusslöchern übersät, vielfach nichts als Betonruinen, aus denen hin und wieder Stahlträger ragten, das Ganze untermalt vom dumpfen Stakkato automatischer Waffen. Selbst jetzt, nach Mitternacht, wurde die Stille alle paar Minuten von einer Salve zerrissen, weil Kämpfer beider Seiten sich erbitterte Gefechte um die Vorherrschaft lieferten. Die Familien hatten sich längst aus diesem Teil der Stadt zurückgezogen. Hier gab es bloß noch die syrische Armee, ein paar Dutzend amerikanische Drohnen und den IS.

Garotin saß auf dem Rücksitz des Doppelkabinen-Pickups und starrte auf den Bildschirm seines iPads. Darauf prangte eine schachbrettähnliche Kartendarstellung jener zweieinhalb Quadratkilometer, die sich direkt vor ihm erstreckten. Rote Punkte symbolisierten seine Soldaten, die feindlichen Kräfte wurden als grüne Markierungen eingeblendet. Garotins Gesichtsausdruck blieb hart, frei von Emotionen. Er stand im Ruf, selten zu lächeln, doch nun wäre der geeignete Moment dafür gewesen. Bis zum Morgengrauen würden sie die Altstadt eingenommen haben. Das hieß, dass sie dann die Süd- und Ostflanke Aleppos kontrollierten. Danach blieb der syrischen Armee keine andere Wahl, als den Rückzug anzutreten.

Unaufhaltsam rückten die IS-Kräfte dichter und dichter an Damaskus heran.

»Drohne!«, meldete eine Stimme über Walkie-Talkie. »30-1-2. Über dem Bahnhof.«

Der Mann neben ihm, sein Stellvertreter Bakr, sah Garotin fragend an. »Sollen wir die Männer verlegen?«

»Nein.«

»Aber wir haben mindestens 20 von ihnen in der Nähe des Bahnhofs postiert«, gab Bakr zu bedenken.

»Wenn wir die Männer verlegen, bekommen die Amis mit, dass wir ihre Drohnen bei Nacht sehen«, entgegnete Garotin. »Dass sie es nicht erfahren, ist weit mehr als 20 Menschenleben wert. Tu, was ich sage!«

Im Pick-up war es dunkel, das Display des iPads lieferte die einzige punktuelle Lichtquelle. Garotin zündete sich eine Zigarette an, lehnte sich zurück und betrachtete die Umgebung. Minutenlang herrschte gespenstische Finsternis, durchbrochen nur von gelegentlichen Schüssen. Mit einem Mal erklang das durchdringende Heulen einer Rakete, gefolgt von einer Explosion, nur wenige Straßenzüge entfernt. Darauf folgten eine weitere Rakete und eine weitere Explosion. Viermal insgesamt.

Aus dem Walkie-Talkie erschollen Schreie. Nach mehreren Sekunden meldete sich jemand. »Wir haben einen Treffer abbekommen.«

Über den Trümmerhaufen ein paar Blocks weiter loderten Flammen auf. Bakr hob das Walkie-Talkie an den Mund. »Rückt zum Bahnhof vor.«

»Ich habe Verluste. Keine Ahnung, wie viele Männer noch leben.«

Garotin streckte den Arm aus und nahm Bakr das Sprechfunkgerät aus der Hand. »Zum Bahnhof vorrücken«, blaffte er. »Sofort!« Damit warf er Bakr das Walkie-Talkie wieder hin.

»Gib dem Munitionstrupp Bescheid, sie sollen sie mit Panzerfäusten bewaffnen«, befahl Garotin.

»Wir haben nur noch Granaten für eine Woche«, protestierte Bakr. »Vielleicht weniger. So langsam werden sie knapp.«

»Was soll das heißen, sie werden knapp?«

»Darüber habe ich dich doch informiert, mein Kommandant. Bereits gestern. Wir haben kaum noch welche.«

Garotin nickte, er erinnerte sich. Er nahm einen letzten Zug aus seiner Zigarette und schnippte sie aus dem Fenster.

»Nun, dann müssen wir eben mit dem auskommen, was wir haben.«

»Kugeln werden ebenfalls knapp«, warnte Bakr.

Nachdenklich verharrte Garotin einen Moment. Seine Miene verriet Enttäuschung. »Wie lange reichen sie noch?«

»Höchstens zwei Wochen. Mir fehlt die Fantasie, wie wir ohne Nachschub über den Fluss vorrücken wollen.«

Garotin nickte. Das sah er ein. Mit einer Handbewegung in Richtung Tür gab er Bakr zu verstehen, dass er ihn allein lassen solle.

»Schaff sie einfach zum Bahnhof«, forderte er seinen Untergebenen auf. »Bis zum Morgengrauen will ich im Osten der Klinik eine Angriffslinie haben. Und lass die Munition meine Sorge sein.«

10

HAFENGEBIET
TAMPICO, MEXIKO

Die Waffen waren clean. Es gab weder Herstellernummern noch sonstige Kennzeichnungen, über die man sie zurückverfolgen konnte. Und bei allen handelte es sich um exakt das gleiche Modell: M4-Karabiner, schwarzgrau, Gasdrucklader mit Magazinzuführung und einschiebbarer Schulterstütze, Picatinny-Schiene, vertikalem Vorderschaftgriff, Lauflänge 368 Millimeter, halbautomatischer und

Drei-Schuss-Feuerstoß-Modus, Kaliber 223 Remington beziehungsweise 5,56 × 45 Millimeter NATO.

Da das Gewehr kompakte Abmessungen mit einer unbändigen Feuerkraft vereinte, galt es als bevorzugte Waffe der meisten Anti-Terror- und Spezialeinheiten, ideal für Schusswechsel auf kurze Distanzen sowie den Häuserkampf.

Die Waffen waren nicht einzeln in Kisten verpackt, so ließ sich der Platz in dem zwölf Meter langen Stahlcontainer besser ausnutzen. Wie Sardinen in der sprichwörtlichen Dose reihten sie sich aneinander, bis unter die Decke gestapelt. Der Container enthielt alles in allem etwa 800 Gewehre. Insgesamt gab es 32 dieser Container – und damit rund 25.000 Waffen.

Sie wurden in Mexiko hergestellt, von einem Unternehmen, das sich MH Armas nannte und dessen Ingenieure das Originaldesign der Firma Colt kopierten. Es handelte sich um illegale Nachbauten, allerdings nicht minder tödlich als das Original.

Ein schwarz-gelber fahrbarer Brückenkran setzte den Container auf der Ladefläche des Schiffs ab, auf einem schon fast aus den Nähten platzenden Rechteck aus Zwölf-Meter-Stahlcontainern.

Zusätzlich zu den mit M4s beladenen Containern gab es 58 Behälter mit Munition. Mit 5,56 × 45-Millimeter-Geschossen bestückte Patronenkästen, so groß wie Briefkästen, stapelten sich, in drahtverschnürte Holzkisten verpackt, auf Paletten. Die Paletten wiederum stapelten sich jeweils bis zur Containerdecke. Alles in allem über 330 Millionen Schuss Munition, die im Begriff standen, nach Nahost verschifft zu werden.

Gewehre samt Magazinen bildeten jedoch nicht die einzige Fracht des tief im Wasser liegenden, frisch lackierten, 200 Meter langen Containerschiffs. Die Container am Bug enthielten eine weitaus wertvollere und tödlichere Ladung: stapelweise HEAT-Granaten, hochexplosive Hohlladungsgeschosse zur Panzerabwehr. Das Schiff hatte 70 Container mit Panzerabwehrraketen geladen und zehn Container mit schultergestützten, leichten Raketenabschussgeräten. Die Teile konnten Panzer und sonstige gepanzerte Fahrzeuge außer Gefecht setzen, galten aber auch als extrem wirksam im Häuserkampf. Eine gut gezielte HEAT-Rakete brachte sekundenschnell ein Gebäude zum Einsturz und tötete problemlos ein Dutzend Menschen. Zahllose Städte in Nahost hatten die Wirkung dieser Waffen zu spüren bekommen.

Der Morgen graute bereits, als der letzte Container mit Stahlseilen am Schiff vertäut wurde. Es versprach, ein sengend heißer Tag zu werden; das Thermometer überschritt schon jetzt die 30-Grad-Marke. Der Himmel verfärbte sich zunehmend von dunklem Grau zu einem tiefen Rot, während am östlichen Horizont die Sonne aufging. In vielerlei Hinsicht perfekte Bedingungen.

Am Fuß des Brückenkrans stand ein hochgewachsener, bärtiger Mann namens Miguel. Während er die Verladung der letzten Frachtbehälter kontrollierte, zog er noch einmal an seiner Zigarette. Ein untersetzter, übergewichtiger Mann in Kakihose, weißem Poloshirt und schwarzen Cowboystiefeln leistete ihm Gesellschaft: Mark Raditz. Nach nicht mal einem Tag in Mexiko plagte ihn krebsroter Sonnenbrand.

»Konnten Sie auch die anderen Sachen beschaffen, um die ich Sie gebeten habe?«, erkundigte sich Raditz.

»Ja. Der Pass befindet sich beim Geld. Er wurde in Mexiko ausgestellt. Keine Ahnung, welchen Namen sie benutzt haben, aber es ist mit den zuständigen Behörden abgeklärt.«

»Trauen Sie den Leuten, die das erledigt haben?«

»Man kann niemandem trauen«, entgegnete Miguel. »Ich kenne den Beamten nicht, der das Ganze arrangiert hat. Aber an Ihrer Stelle würde ich mir keine Sorgen machen. Ohne ihre Schmier- und Bestechungsgelder wären diese Beamten allesamt längst verhungert.«

»Wie viel hat es gekostet?«

»100.000 Dollar.«

»Das ist unter dem Budget.«

»Deutlich«, meinte Miguel. »Falls es Ihnen nicht passt, kann ich Ihrem Büro die Differenz gern zurückerstatten, Herr Vizeminister.«

Raditz grinste spöttisch.

»Wie viel Geld ist noch übrig?«

»Die Gelder, die Sie überwiesen haben, summierten sich auf insgesamt 808 Millionen Dollar. Zehn Millionen mehr, als der Job, die Waffen und so weiter kosten. Ziehen Sie davon das Honorar für den Pass und meinen Beitrag ab, um alles in die Wege zu leiten, bleiben 9,65 Millionen Dollar übrig. Wie gewünscht, habe ich neun Millionen gewaschen und auf einem neu eingerichteten Konto deponiert. Die Unterlagen finden Sie beim Pass. Den Rest habe ich in Euro, Visa-Prepaid-Karten und Pesos umgetauscht.«

Raditz nickte und starrte auf den Boden.

Einen Moment lang herrschte unbehagliches Schweigen.

»Ich bin neugierig, Mark«, sagte Miguel dann. »Sie haben noch nie etwas für sich abgezweigt. Bis heute. Und nun entscheiden Sie sich aus heiterem Himmel, eine Tarnidentität zu organisieren. Es liegt auf der Hand, was los ist. Trotzdem würde ich gern mehr drüber erfahren.«

»Das geht Sie einen verfluchten Scheißdreck an«, konterte Raditz. »Liefern Sie die Container ab und halten Sie den Mund!«

»Die werden vermutlich nach Ihnen fahnden.«

»Die werden garantiert nach mir fahnden.«

»Erwarten Sie von mir, dass ich den Mund halte?«

»Das überlasse ich Ihnen«, meinte Raditz. »Aber Sie sollten wissen, dass Amerika eine ganz spezielle Art hat, mit Leuten umzuspringen, die Gewehre und Raketen an Terroristen liefern.«

»Ich bin bloß so etwas wie der FedEx-Mann, mehr nicht.« Raditz musterte Miguel.

»Die würden auch Santa Claus umlegen, sobald sie dahinterkommen, dass er den IS mit Waffen beliefert. Mit dem, was ich Ihnen gezahlt habe, sollten Sie sich nach diesem Auftrag zur Ruhe setzen können.«

»Was *Sie* mir gezahlt haben?« Miguel grinste verschlagen. »Sie meinen wohl, mit dem, was die Vereinigten Staaten von Amerika mir gezahlt haben.«

»Meinetwegen. Aber an Ihrer Stelle würde ich nicht mehr zurückkommen. Nicht wenn Ihnen Ihr Leben lieb ist. Es ist nur zu Ihrem eigenen Schutz. Sie können auf mich hören oder es bleiben lassen. Mir ist es letztlich egal.«

Miguel schnippte eine weitere Zigarettenkippe ins Wasser, sprang an Deck, nickte einem Mann der Crew zu, der an Steuerbord auf dem Schandeck stand, und gab ihm ein Zeichen, dass er das Schiff losmachen solle, damit sie in See stechen konnten.

»Schön«, meinte Miguel. »Ach, übrigens, Mark, Sie sehen gar nicht gut aus. So wie Sie aussehen, sind Sie höchstens einen Cheeseburger entfernt von einem schweren Herzinfarkt.«

Raditz lächelte. »Sie mich auch! Wie viele Tage wird es dauern, bis Sie Syrien erreichen?«

»Das geht Sie einen verfluchten Scheißdreck an«, versetzte Miguel grinsend.

Das Lächeln verschwand aus Raditz' Gesicht. Falls Miguels

respektlose Retourkutsche ihn amüsierte, ließ er es sich zumindest nicht anmerken.

»Wir haben den Golfstrom im Rücken. Acht Tage bis Gibraltar, noch einmal drei bis Al-Baida.« Damit bezog Miguel sich auf den Hafen an der syrischen Küste.

Ein fast unmerkliches Zittern lief durch das Schiff und es setzte sich in Bewegung.

»Gute Reise«, wünschte Raditz.

11

DAMASKUS, SYRIEN

Während Marwan Al-Jaheishi darauf wartete, dass der Download des Videos auf seinen Laptop beendet war, zog er einen Papierordner aus der Aktentasche und schlug ihn auf. Das Deckblatt bestand aus einem Kontaktabzug mit kleinen Fotos, die alle dieselben beiden Männer zeigten: Nazir und einen amerikanischen VIP. Körnige Schwarz-Weiß-Bilder, aus diskreter Entfernung aufgenommen, zeigten die beiden Männer, wie sie in einer Hotel-Lobby auf einem Sofa saßen. Al-Jaheishi hatte die Fotos auf Nazirs Geheiß geschossen. Die folgenden Seiten enthielten die Transkription des Gesprächs, das die beiden geführt hatten.

Die Agenten, die den Amerikaner begleiteten, hatten Nazir abgetastet und anschließend mit einem Magneto-meter gescannt. Doch Al-Jaheishi hatte am Abend zuvor, wiederum auf Nazirs Anweisung, sechs Abhörgeräte in der Lobby verteilt. Eins davon, mit Klebeband unter dem Sofa befestigt, auf dem sie saßen, zeichnete jede Silbe auf.

Die Mitschrift der Besprechung umfasste volle 26 Seiten.

Die übrigen Seiten des Ordners, insgesamt über 100, listeten akribisch den Inhalt einer größeren Waffenlieferung auf, die ein paar Monate später eingetroffen war. Jedes Blatt Papier widmete sich dem Inhalt eines Containers. Auch darum hatte Al-Jaheishi sich kümmern müssen, abermals auf Nazirs Geheiß. Der Amerikaner ließ ihnen kaum Zeit zur Vorbereitung, ganz zu schweigen davon, dass sie einen Kran brauchten und die Transportkapazität, mindestens 100 Zwölf-Meter-Container zu bewegen. Der Kerl war davon ausgegangen, dass Nazir und seine Männer zu beschäftigt sein würden, zu gestresst oder zu faul, um sich Gedanken über die Katalogisierung der Waffenlieferung zu machen, doch da irrte er. Al-Jaheishi hatte alles schriftlich festgehalten.

Al-Jaheishi hob sein Handy, schaltete die Kamera ein, beugte sich über die erste Seite und knipste sie. Methodisch arbeitete er sich, so schnell er konnte, durch das gesamte Papierbündel, fotografierte jedes einzelne Blatt. Die Fotos speicherte er auf der SIM-Karte, nahm sie aus dem Handy und steckte sie in die Tasche.

Der Video-Download auf dem Laptop war abgeschlossen. Er sah sich den Clip in voller Länge an, er dauerte etwas mehr als zwölf Minuten. Nach dem Abspielen schloss er die Augen, bemüht, die aufkeimende heftige Übelkeit zu unterdrücken. Zum ersten Mal hatten sie jemanden bei lebendigem Leib verbrannt. Er empfand nichts als Abscheu. In diesem Moment hätte er sich am liebsten selbst umgebracht.

Er betrachtete seine Hand, zuerst den Rücken, dann die Handfläche. Auf beiden Seiten verliefen Narben, blassrosa und nur noch schwach zu sehen, jeweils etwa fünf Zentimeter lang und etwas über einen Zentimeter breit. Die Stelle, an der Nazir ihm vor Jahren in Kairo das Messer durch die Hand gestoßen hatte. Wenn er bedachte, wie tief er gesunken war und welches Maß an Demütigungen er toleriert hatte, fühlte er sich noch elender.

Dann vernahm er die Stimme in seinem Kopf: *Du willst leben, Marwan.*

Er schlug die Augen auf und riss sich zusammen.

Wie bei allen Videos retuschierte er den Anfang, indem er das charakteristische IS-Intro ergänzte: einen Zehn-Sekunden-Clip, der vor einem schwarzen Bildschirm in kräftigem Weiß das IS-Logo zeigte, dazu im Hintergrund die sanften Klänge eines arabischen Volksliedes.

Er bearbeitete den Rest des Tapes, um jede ungünstig aufgenommene Szene zu entfernen, die einen unprofessionellen Eindruck hinterließ. Das verbleibende Video unterteilte er in einzelne Sequenzen – das Paar, wie es aus dem Container kommt, das Benzin, die Verbrennung – und versah das Ganze mit scharfen Cuts. Anschließend schickte er die Datei durch eine professionelle Filmbearbeitungssoftware, nicht anders als ein Nachrichtenredakteur beim Fernsehen, um die Bildqualität zu optimieren. Am Ende war das Video nur noch sieben Minuten lang und wirkte, als wäre es von CNN produziert worden.

Er spielte es ein letztes Mal ab. Als die Flammen den Amerikaner und seine Frau verschlangen, empfand Al-Jaheishi nichts als Scham und Selbstverachtung.

»Es tut mir leid«, sagte er laut.

Doch waren seine Worte nicht für die Amerikaner bestimmt, deren gedämpfte Schreie aus dem Lautsprecher drangen. Nein, sie richteten sich an den Mann, in dessen Namen all diese Gräueltaten verübt wurden. An den Mann, den er nie für grausam gehalten hatte, denn in diesem Glauben war er erzogen worden. An den Mann, für den er alles aufs Spiel zu setzen gedachte, damit dieser Wahnsinn ein Ende nahm.

Al-Jaheishi nahm sein Handy, atmete tief durch, zählte bis zehn, bemüht, die angespannten Nerven zu beruhigen. Er drückte die Kurzwahltaste. Das Handy klingelte mehrmals, schließlich ertönte ein Klicken.

»Ja«, meldete sich eine Stimme.

»Tristan«, sagte er.

»Marwan«, antwortete Nazir. »Hast du es schon geladen?«

»Ja, geladen und nachbearbeitet. Es ist fertig.«

»Sehr gut! Findet es deinen Beifall?«

»Es ist wie die anderen auch, Tristan.« Prompt bereute er den Anflug von Missbilligung, der in seiner Antwort mitschwang.

»Es gefällt dir nicht?«, fragte Nazir.

»Nein, das habe ich ganz und gar nicht gemeint.«

»Ist es zu grausam? Meinst du womöglich, wir gehen zu weit? Sag es mir.«

Al-Jaheishi zögerte.

»Nein, es gefällt mir. Es sind Ungläubige. Wir dürfen nicht lockerlassen ...«

»Hör auf, so einen Mist zu erzählen«, herrschte Nazir ihn an. »Es ist kein Video, das man mögen wird, aber es ist notwendig. *Notwendig*, Marwan.«

»Du wirst zufrieden sein. Möchtest du es dir ansehen, bevor ich es ins Netz lade?«

Nazir schwieg einige Sekunden. »Nein, veröffentliche es sofort.«

Eine Stunde später trug Al-Jaheishi einen grauen Nadelstreifenanzug, dazu ein weißes Anzughemd und eine gelbe Krawatte. Er betrat das Bürogebäude und zeigte dem Wachmann seine Ausweiskarte, danach nahm er den Aufzug in die 17. Etage. Dort ging er bis zum Ende des Flurs, vorbei an mehreren Büroeinheiten von Unternehmen, die Namen wie Parish Capital Ltd. und Simoan Trans-Atlantic Holdings trugen, bis er eine Milchglastür mit der Aufschrift ASSYRIAN RELIEF ASSETS LTD. erreichte.

Der Eingangsbereich wirkte großzügig. Aktuell hielt sich dort niemand auf. Gleich zur Linken befand sich ein eleganter gläserner Empfangstresen, dahinter ein leerer Ledersessel. Normalerweise saß dort Assra, die Rezeptionistin, doch heute war sie nicht da. Rechts warteten vor einem niedrigen, ovalen Glastisch, auf dem fein säuberlich gestapelt Zeitungen und Zeitschriften lagen, zwei moderne Sofas aus Chrom und Leder, einander gegenüber aufgestellt.

Den Abschluss des Foyers bildete ein langes, raumhohes Fenster, vor dem sich Damaskus ausbreitete.

Al-Jaheishi ging den Korridor entlang, an einem halben Dutzend Büros vorbei, sagte seinen Kollegen Hallo, während er rasch die offenen Türen passierte. Am Ende des Flurs öffnete er die Tür zu seinem eigenen Büro und schaltete das Licht ein.

Auf dem Sessel, in dem er sonst arbeitete, saß ein Mann. Er hatte die Beine übereinandergeschlagen und die Schuhe auf die Tischplatte gelegt. »Guten Morgen, Marwan. Du bist spät dran.«

»Ich war noch beim Gebet, Tristan.«

Al-Jaheishi merkte, wie ihm der Schweiß ausbrach, an den Händen, auf der Stirn, selbst an der Oberlippe. Er versuchte, Nazir nicht anzusehen, während er den Mantel auszog und an die Tür hängte. Er sagte kein Wort, ging zu seinem Schreibtisch und stellte den ledernen Aktenkoffer auf der Ecke ab.

»Sie bezeichnen uns als Schlächter«, verkündete Nazir. »Hätten sie uns nicht schon nach den Enthauptungen so nennen müssen, Marwan?«

Al-Jaheishi lachte.

»Nun, vielleicht sollten sie uns jetzt besser als Brandstifter bezeichnen«, fuhr Nazir fort.

Abermals lachte Al-Jaheishi.

»Dir dreht sich dabei der Magen um, nicht wahr, Marwan?«

»Nein«, entgegnete Al-Jaheishi. »Es ist notwendig.«

»Ist es das?«, fragte Nazir. »Und was werden wir tun, wenn wir erst über ein eigenes Land verfügen? Wenn es jetzt notwendig ist, wird es später nicht weiterhin notwendig sein?«

»Es gibt verschiedene Phasen bei der Entwicklung eines Staates«, log Al-Jaheishi. »Wenn es nicht länger notwendig ist, wirst du es nicht mehr tun müssen. Dann stehst du als der reinste Wohltäter da, Tristan.«

Al-Jaheishi starrte Nazir an. Dessen Augen durchbohrten ihn wie schwarze Laser. *Ob er Bescheid weiß?*

»Aber es ist Brutalität, Marwan. Wir könnten sie auch einfach töten. Stattdessen enthaupten wir sie. Wir verbrennen sie bei lebendigem Leib. Mal unter uns gesagt, du siehst doch bestimmt, was für schreckliche Sünden wir begehen?«

Er stellt dich auf die Probe, Marwan.

»Die Grausamkeiten werden niemals vergessen werden«, wich Al-Jaheishi dem Köder aus, »aber sie sind wie der Stahl im Schwert unserer Macht und unserer Herrschaft. Eines Tages können wir damit aufhören, aber diese Brutalität wird anderen bis in alle Ewigkeit Angst und Respekt einflößen.«

Nazir nickte. Ganz langsam stahl sich ein Lächeln auf seine Lippen. »Sehr gut!«

Er nahm die Füße vom Schreibtisch, schwenkte den Stuhl herum und erhob sich.

Al-Jaheishis Blick wanderte nach rechts, an Nazir vorbei, zu einem Aktenschrank. Aus dem obersten Schubfach ragte ein Schraubenzieher, den jemand hineingezwängt hatte, als ob er das Fach hatte aufbrechen wollen.

Al-Jaheishis Blick wanderte vom Schraubenzieher zu Nazir. »Die Kombination ist dein Geburtstag, Tristan. Du hättest bloß zu fragen brauchen.«

»Wo sind sie?«, wollte Nazir wissen.

»Wo ist was?«

»Die Aufzeichnungen.«

»Welche Aufzeichnungen?«

»Du weißt verdammt gut, wovon ich rede. Alle Unterlagen, die mit den Waffenlieferungen der Amerikaner zu tun haben.«

Al-Jaheishi sah in Nazirs wütende Augen. Wie ein Magnet fühlten sie sich vom Aktenkoffer angezogen, wollten unbedingt hinsehen. Doch er widerstand der Versuchung.

»Sie sind da drin.« In Sekundenschnelle überschlug Al-Jaheishi im Geist das Dilemma, mit dem er sich konfrontiert sah.

Er trat an Nazir vorbei ans zweite Schubfach von oben und drehte das Schloss im vollen Bewusstsein, dass sich die Aufzeichnungen – die gesamten 158 Seiten – in seinem Aktenkoffer befanden. Doch wenn er zugab, sie aus dem Büro mitgenommen zu haben, würde Nazir nach dem Grund fragen. Sollte Al-Jaheishi versuchen, Nazir etwas vorzumachen, würde dieser es sofort durchschauen. Man würde ihn foltern, um die Wahrheit aus ihm herauszukitzeln. Dann weilte er binnen einer Stunde nicht mehr unter den Lebenden.

Dumm nur, dass ihm wohl ein ähnliches Schicksal drohte, wenn sich die Aufzeichnungen nicht im Aktenschrank fanden. Hoffentlich fiel ihm noch eine gute Ausrede ein. Seelenruhig stellte er die Zahlenkombination ein, obwohl er innerlich vor Angst beinahe zerbrach. Er entriegelte das

Fach und stand im Begriff, es herauszuziehen, da hörte er das monotone Piepen von Nazirs Handy.

Al-Jaheishi langte in das Schubfach, während er lauschte.

»Ja«, meldete sich Nazir einen Schritt hinter ihm. »Was?«

Al-Jaheishi nahm ein Bündel Akten heraus, das nicht das Geringste mit der Waffenlieferung zu tun hatte, und drehte sich um …

Nazir stand, den Hörer am Ohr, bereits in der Tür. Er drehte sich um und deckte das Mikro mit der Hand ab.

»Bring sie mir ins Büro«, bat er, als Al-Jaheishi ihm mit dem Aktenstapel zuwedelte.

Al-Jaheishi nickte und verfolgte, wie Nazir mit raschen Schritten den Flur entlangeilte. Er wartete noch einen Moment, dann noch einen und noch einen. Er öffnete die Schlösser des Aktenkoffers, klappte ihn auf, tauschte hektisch den Inhalt gegen die Akten in seiner Hand aus, klappte ihn zu und hastete zur Tür.

12

RAMAT DAVID AIRBASE
ISRAELISCHE LUFTWAFFE
JESREEL-EBENE, ISRAEL

Dewey hielt sich als einziger Passagier an Bord der CIA-Gulfstream 150 auf. Der Jet gehörte zu der über die ganze Welt verteilten Luftflotte der Agency, quasi einer eigenen Fluggesellschaft, die intern als Air America bezeichnet wurde.

Die Kabine blieb nur spärlich beleuchtet, während der Jet die verbleibenden Meilen des Neun-Stunden-Trips abarbeitete. In der Kabine fanden sich luxuriöse, cremefarbene Ledersessel auf beiden Seiten des Ganges. Zum Bug hin erstreckten sich unter den Fenstern zwei breite, tiefe Einbausofas. Manche CIA-Maschinen waren auf das Wesentliche reduziert und boten keinerlei Annehmlichkeiten, einige jedoch, so wie diese hier, wurden mit sämtlichen Schikanen versehen und hauptsächlich dann eingesetzt, wenn die Firma Kongressabgeordnete in ein Krisengebiet eskortierte.

In einer so komfortabel ausgestatteten Maschine konnte man als Passagier ohne Weiteres den ganzen Flug durchschlafen. Doch Dewey hatte nicht geschlafen. Als ihm keine Stunde mehr bis zur Landung im Norden Israels blieb, wurde ihm klar, dass er besser zugesehen hätte, eine Mütze voll Schlaf zu bekommen.

Zum dritten Mal las er sich den Kurzbericht der Political Activities Division über den IS und dessen Anführer, Tristan Nazir, durch.

TOP SECRET TOP SECRET TOP SECRET TOP SECRET

BLITZBRIEFING: *TERRORWARNUNG*
KONTEXT: TERRORORGANISATION 445 IS

SCHLAGWORT(E): Nazir, Tristan; Garotin; Muslimbruderschaft; IS; Enthauptungen
ZULETZT AKTUALISIERT: 8. JULI
BG RR4:
Der IS wurde 2013 gegründet, im Anschluss an den Zusammenbruch der Muslimbruderschaft. Die Gruppierung setzt sich im Wesentlichen aus Anhängern der irakischen Baath-Partei zusammen, die Führungsspitze jedoch – ein Personenkult – entstammt der Muslimbruderschaft.

Innerhalb kürzester Zeit vereinte die Organisation disparate Kräfte der radikal-islamischen Diaspora in Syrien und im Irak zu einer geschlossenen, straff geführten, disziplinierten operativen Einheit. Alle militärischen Aktivitäten unterstehen Ahmad Garotin, einem 31-jährigen Ägypter, der früher als Militärstratege der Muslimbruderschaft in Ägypten tätig war. Es ist davon auszugehen, dass Garotin und Nazir während der Unruhen in Kairo miteinander in Verbindung kamen.

Die Entstehungsgeschichte des IS ist nicht nachvollziehbar, ohne sich mit dem Werdegang des Gründers der Organisation, Tristan Nazir, auseinanderzusetzen.

Bereits mit 26 Jahren gehörte Nazir der Führungsriege der Muslimbruderschaft an und war Mitglied des Schura-Rates, des Leitungsgremiums der Bruderschaft. Aufgrund seines wirtschaftswissenschaftlichen Studiums und des enormen Sachverstandes konnte Nazir der Bruderschaft wertvolle Dienste leisten. Zwar legte Nazir kein Examen ab, doch besuchte er die London School of Economics 2009/10 und Oxford 2007/08.

Vor Mursis Wahl zeichnete Nazir für die Finanzen der Bruderschaft und das Beschaffen von Geldmitteln verantwortlich. Er verwaltete alle Konten der Bruderschaft und konnte auf diese Weise umfangreiche Verträge mit Lieferanten aushandeln, darunter auch Rüstungsbetriebe.

Still, schweigsam, gelassen und selbstsicher bis hin zur Arroganz steckte zu weiten Teilen Nazir hinter dem Aufstieg der Muslimbruderschaft in Ägypten. Hinter seinem geschliffenen Benehmen verbarg Nazir radikales Gedankengut mit extrem antiamerikanisch und antiwestlich geprägten Ansichten. Er predigte eine Strategie von ›Zugewinn und Permanenz‹. Wollte die Bruderschaft mehr sein als nur ein Sprachrohr des Islam und tatsächlich führen, argumentierte Nazir, benötige sie strukturelle Ressourcen, die wiederkehrende Einkünfte garantierten. Al-Qaida, so Nazir, sei letztlich nur ein vorübergehendes Phänomen, da es ihr nicht gelinge, nachhaltige Einnahmequellen zu erschließen. Staaten regeln dies über die Besteuerung. Die Muslimbruderschaft kann jedoch keine Steuern erheben, daher war sie auf eine Überbrückungsfinanzierung angewiesen.

Als einzige Möglichkeit eruierte man die Ölproduktion, die man sich mithilfe militärischer Maßnahmen aneignete. Schon früh forderte Nazir entschieden ein, der paramilitärische Flügel der Bruderschaft solle seine Ressourcen gezielt einsetzen, um sich mit der Ölproduktion in Zusammenhang stehende Güter und Anlagen anzueignen, um sie anschließend weiterzuverkaufen. »Politische Macht ist bedeutungslos, wenn sie nicht mit dem Besitz von Territorium und Rohstoffquellen einhergeht. Diese realen Vermögenswerte werden die Bruderschaft in die Lage versetzen, etwas Dauerhaftes zu errichten«, so Nazir.

Soweit der Arabische Frühling künstlich herbeigeführt und geschürt wurde, gehörte Nazir, insbesondere in der Anfangsphase, zu den Drahtziehern. Ihm war bewusst, dass sich auf diesem Weg ungeahnte Möglichkeiten für die Bruderschaft eröffneten. Im Gefolge des Arabischen Frühlings und Mursis Aufstieg zur Präsidentschaft brachten die meisten Mitglieder des Schura-Rates zum Ausdruck, dass Mursi – und auch die Bruderschaft im Allgemeinen – unter Beweis stellen müsse, dass sie/er eine Opposition tolerieren und gemäßigt regieren könnte(n), um der Welt zu demonstrieren, dass es sich bei der Scharia um ein gangbares Modell handele.

Nazir war das einzige Mitglied des Schura-Rates, das sich für ein möglichst brutales Vorgehen aussprach und die Exekution aller ägyptischen Offiziere und führenden Politiker forderte sowie die Ausrufung des Kriegsrechts bis zu dem Zeitpunkt, an dem die Bruderschaft ihre Machtposition ausreichend gefestigt hatte. Letztlich wurde Nazir aus Mursis Führungszirkel verstoßen. Unter dubiosen Umständen, die weder die Special Activities Division noch COMSTET ermitteln konnten, erlangte er seine Freiheit zurück.

Zwei Jahre später trat er erneut in Erscheinung, als der IS im Begriff stand, seine Macht in militanten Kreisen [nicht Al-Qaida] im Irak und in Syrien zu festigen. Es wird angenommen, dass er zu den federführenden Kräften bei der Partnerschaft mit Yasim Hussein zählt, einem der irakischen Baathisten ...

Der Jet beschrieb eine Linkskurve. Dewey legte den Ordner zur Seite und spähte durch die Sichtluke. Tiefe Nacht. Wolken verdeckten jede Lichtquelle, die möglicherweise am Boden zu sehen sein mochte.

Hinter Dewey lagen mehrere Aufenthalte im Nahen Osten. Manche Erinnerungen waren besser als andere, obwohl das auf den Vergleich hinauslief, ein Messer im Rücken sei besser als ein Schuss in den Bauch. Nachdem Dewey Teile des Berichts über den Islamischen Staat gelesen hatte, fühlte er sich genauso unwohl wie jedes Mal, wenn er hierherreiste.

Ihn beschlich das Gefühl, nicht Herr der Lage zu sein, am Rande eines Abgrunds zu stehen, umgeben von Leuten, die einem den schnellen Tod wünschten.

Dasselbe Gefühl hatte er vor zwei Jahren in Afghanistan beim Einsteigen in den Fond eines Trucks verspürt. Die

Erinnerung an dieses Erlebnis bescherte ihm Herzrasen, sein Magen krampfte sich zusammen.

Dewey hatte damals drei turbulente Tage in Pakistan verbracht, um den Sturz Omar El-Khayabs zu bewerkstelligen, eines radikalen Islamisten, der in Pakistan zum Präsidenten gewählt worden war und drohte, einen Atomkrieg mit Indien anzuzetteln. Nach dem erfolgreichen Staatsstreich tappte Dewey in eine Falle. Er wurde gefangen genommen und sollte dem Terroristen Aswan Fortuna übergeben werden. Auf einem blutgetränkten Rollfeld in Beirut hätte Dewey um ein Haar sein Leben verloren.

Den Israelis verdankte er seine Rettung. Und nun kehrte er zurück.

Die Gulfstream setzte um zwei Uhr morgens israelischer Zeit auf einem der Runways der Ramat David Airbase auf. Von den neun israelischen Luftwaffenstützpunkten war Ramat David mit Abstand der größte, hier herrschte der regste Betrieb. Allerdings galt er auch als der gefährdetste, da er nur wenige Meilen sowohl von der syrischen als auch von der libanesischen Grenze entfernt lag.

In der Nähe eines weißen Backsteingebäudes am Ende der Rollbahn kam die Maschine zum Stehen. Dewey ging zum Bug und beugte sich im Cockpit zwischen den beiden Piloten nach vorn, um durch die Frontscheibe die Lage zu sondieren.

An der Fassade des Gebäudes wurde eine Tür geöffnet, eine kleine Gruppe von Männern kam direkt auf die Maschine zu. Bei den beiden Männern an der Spitze handelte es sich um israelische Soldaten, die jeweils eine Maschinenpistole seitlich auf den Asphalt richteten. Ihnen folgte ein älterer, leicht übergewichtiger Mann, ebenfalls in Uniform. Gleich dahinter trat ein Vierter aus dem Gebäude.

Er trug einen Kampfanzug mit Wüstenflecktarn, war jung und hinkte ein wenig beim Gehen. Braune Haare, brauner Vollbart, Tarnfarbe im Gesicht.

»Wie lauten Ihre Befehle?«, fragte Dewey die Piloten.

»Wir sollen auf Sie warten, Sir.«

»Können Sie nachsehen, ob über COMMSPEC Nachrichten von Hector eingetroffen sind?«

»Klar.« Die Pilotin drehte sich nach links zu einem Display, tippte etwas ein, wartete und sah zu Dewey auf. »Es gibt eine Änderung in den Spezifikationen, Sir. Soll ich Ihnen die Datei aufs Handy schicken?«

»Drucken Sie es lieber aus«, bat Dewey.

Einen Augenblick später erwachte ein Drucker auf einer Ablage zum Leben. Er spuckte nur ein Blatt aus. Dewey zog es heraus und überflog den Inhalt:

DATENBLATT: MISSIONSABLAUF V.14s

1. ANDREAS infiltriert Syrien via IAF/S13 Joint Task Force, Absetzpunkt Tischrin Park ca. 2 Meilen von Damaskus Innenstadt und RV eins.
2. ANDREAS begibt sich ZU FUSS in die östliche Innenstadt von Damaskus in Stadtviertel Karsbi. Treffen findet in Café gegenüber der Statue statt (Foto #1).
3. [Drohnenkampfgruppe Seychellen UAV Tactical Group 14: LIVE]
4. MALLORY (Foto #2) trifft zwischen 0830 AM und 0900 AM ein.
5. *ÄNDERUNG* AL-JAHEISHI (Foto #3) trifft ein und wird mit Mallory exfiltriert.
6. PARAMETER 4: MALLORY erhält vor Exfiltration SIM-Karte von AL-JAHEISHI.

7. ANDREAS, MALLORY, AL-JAHEISHI gehen zu Fuß
    zum Passahq Park. Exfiltration nach Ramat David
    IAF Israel.

Auf einem Schwarz-Weiß-Foto war das bezeichnete Café zu sehen. Eine Ansammlung halb leerer Tische, auf dem Werbeschild arabische Schriftzeichen. Auf der anderen Straßenseite, jenseits eines Bürgersteigs, stand die Statue.

Das zweite Foto zeigte Mallory, einen Mann in den Dreißigern, gut aussehend, blond, Kurzhaarfrisur. Die dritte und letzte Aufnahme stammte von Al-Jaheishi. Ein junger Kerl, höchstens Anfang 20, schwarze Haare mit ordentlich gezogenem Seitenscheitel, olivfarbener Teint und ein freundliches Lächeln.

Dewey faltete das Blatt zusammen, stopfte es in die hintere Tasche seiner Jeans und wandte sich an die Cockpitbesatzung: »Die werden für Ihre Unterbringung sorgen. Irgendwann morgen Nachmittag bin ich zurück.«

»Viel Glück«, wünschte die Pilotin.

Dewey drehte sich um. Die Hydraulik der Ausstiegsluke gab leise Geräusche von sich. Er wartete, bis die Treppe ausgefahren war, zückte sein Handy und drückte eine Kurzwahltaste, um noch einmal Calibrisi anzurufen.

»Startphase der Infiltration läuft an«, meldete Dewey.

»Hast du die Ablaufänderung erhalten?«

»Ja, deshalb ruf ich an. Sag deinen Drohnen-Jungs, sie sollen sich zurückhalten. Ich will uns damit nicht verraten.«

»Verstanden!«

»Ich muss los.«

Er sprang die Stufen hinab, gerade als die Israelis aus dem Kasernengebäude den Jet erreichten. Die zwei bewaffneten Soldaten wichen zur Seite, um für Dewey und die beiden Israelis Spalier zu stehen.

»Dewey«, erscholl dröhnend der harsche Bariton des älteren Mannes, Menachem Dayan, des obersten Befehlshabers Israels.

»General Dayan!« Dewey trat aufs Rollfeld, packte Dayans Hand und schüttelte sie kräftig.

Deweys Blick glitt an Dayan vorbei nach links.

»Hi, Dewey«, sagte der jüngere Mann im Kampfanzug, Kohl Meir.

Grinsend trat Dewey auf ihn zu.

»Hi, Kohl. Hatte nicht damit gerechnet, dich hier zu sehen.«

»Glaubst du, ich lass dich ohne mich nach Syrien fliegen? Das überlebst du keine Viertelstunde.«

»Vermutlich.«

»Wir müssen Sie ausstaffieren, und dann los!«, drängte Dayan. »Das Zeitfenster zum Überqueren der Ebene ist klein.«

Dewey folgte ihnen in die Kaserne. Er wurde in einen hell erleuchteten, zu beiden Seiten von Spinden gesäumten Raum geführt. In der Mitte stand auf einem Podest ein Stuhl, ähnlich wie beim Friseur. Eine hochgewachsene Frau in weißer Uniform erwartete sie. Dayan nickte ihr zu und sie trat neben Dewey, nahm zügig Maß, durchsuchte einen langen Kleiderständer im rückwärtigen Bereich des Raumes und reichte Dewey eine Kluft zum Anziehen: ein dunkelgraues Gewand mit roten Paspeln und roter Schärpe.

Dewey trat vor einen Spiegel und musterte sich, einen leicht fragenden Ausdruck im Gesicht.

»Ein religiöses Gewand«, erklärte Dayan. »Sie werden als alternder Geistlicher auftreten.«

»Heißt das, dass ich auch Trauungen vornehmen kann?«

Dayan und Meir ignorierten den Scherz.

»Geistliche lässt die SLA normalerweise in Ruhe«, erklärte Meir. »Wenn du kleiner wärst, könnten wir dich als

Frau verkleiden, aber ich glaube nicht, dass in Syrien allzu viele 1,93 große, 115 Kilo schwere Ladys rumlaufen.«

»100 Kilo«, korrigierte Dewey.

Meir zog die Augenbraue hoch und musterte Dewey von oben bis unten. »Aber klar doch!«, feixte er.

»Er muss wohl, wie sagt man bei euch, einen schweren Knochenbau haben«, schaltete sich Dayan grinsend ein.

Dewey schüttelte lachend den Kopf.

Die Frau schnippte mit den Fingern und bedeutete Dewey, auf dem Stuhl Platz zu nehmen. Mehrere Sekunden lang musterte sie seinen Teint. »Sie sind braun gebrannt«, stellte sie fest. »Das erleichtert die Sache.«

Sie bestäubte Deweys Gesicht mit einer dünnen Schicht Make-up, das einen Stich ins Schwarze aufwies, wodurch seine Haut alt und wettergegerbt wirkte. Anschließend färbte sie ihm das Haar mit einer Trockentönung, sodass es überwiegend grau aussah, stellenweise noch schwarz. Dieselbe Prozedur wiederholte sie mit seinem Bart.

»Das hält nicht besonders lange«, meinte sie. »Falls es nötig wird, lässt sich die Farbe mit Wasser und Seife auswaschen. Länger als einen Tag bleibt sie nicht drauf.«

Während sie an Dewey arbeitete, bauten sich Dayan und Meir vor ihnen auf. Der israelische Kommandant zündete sich eine Zigarette an, Meir stand einfach nur mit verschränkten Armen da.

»Was, wenn jemand etwas zu mir sagt?«, wollte Dewey wissen.

Grinsend schüttelte Dayan den Kopf. »Lassen Sie Ihren verfluchten Mund bloß zu. Glauben Sie mir, Sie sind ungefähr so wie Baseball, Hotdogs, Apple Pie und Chevrolet, alles zusammengewürfelt zu einem großen Gorilla. Nicht mal die Geistlichen würden davor zurückschrecken, Sie umzubringen.«

Dayan und Meir wiesen ihn in den bevorstehenden Helikoptertrip ein.

»Syrien war schon immer ein gefährliches Pflaster, das reinste Pulverfass«, schilderte der Befehlshaber. »Es ist nicht sicher. Als ich noch bei der Sajeret Matkal diente, reiste ich immer über Damaskus nach Beirut. Die Syrer sind ein seltsames, gewaltbereites Völkchen, dem man nicht trauen kann. Derzeit ist es noch wesentlich gefährlicher. Es gibt eine äußerst paranoide syrische Armee, wir haben die Russen, die örtliche Polizei und den Assads ergebene Milizen. Alle rennen durch die Gegend und töten jeden, der etwas mit dem IS zu schaffen haben könnte. Das gefällt mir nicht. Wenn man nach Damaskus geht, sollte man einen guten Grund dafür haben, sein Leben zu riskieren.«

»Ja, dort geht im Moment alles drunter und drüber«, pflichtete Meir bei. »Überall Flüchtlinge, NGOs, Hilfsorganisationen. Dazu Söldner, die sie beschützen. Es ist eine humanitäre Katastrophe. Das heißt, es wird überall hektisch sein und von Menschen nur so wimmeln. Aus den kleineren Städten drängt alles nach Damaskus, um den Kriegsgebieten zu entkommen. Das herrschende Chaos erleichtert deine Mission. Du wirst dort gar nicht auffallen. Wegen der regulären Streitkräfte würde ich mir keine größeren Sorgen machen. Wovor du dich in Acht nehmen solltest, ist der IS. Unseren Quellen zufolge sind sie bereits in der Stadt.«

»Können Sie mir etwas über das Ziel Ihrer Operation verraten?«, erkundigte sich Dayan.

»Es geht um eine Ausschleusung. Zwei VIPs. Ein IS-Mitglied, der andere Araber.«

»Wer ist er?«

»Ein Informant aus der Führungsebene des IS.«

Meir schwieg, als ihm bewusst wurde, was Dewey da sagte.

»Sein Name?«, fragte Dayan.

»Sein Name tut nichts zur Sache.«

»Was, wenn er im Vorfeld des Meetings einen Fehler begeht und der IS Verdacht schöpft? Dann fliegen Sie ebenfalls auf«, warnte Dayan. »Erfolgt vor dem Zugriff noch ein Kontakt, damit Sie nicht blind Kopf und Kragen riskieren?«

Dewey verneinte.

»Dewey.« Dayan wirkte besorgt. »Ich brauche Ihnen nicht zu erzählen, was passiert, wenn Sie denen in die Hände fallen.«

»Die werden dich umbringen«, stellte Meir fest. »Oder Schlimmeres.«

»Was ist denn schlimmer, als umgebracht zu werden, Kohl?«

»Bei lebendigem Leib verbrannt zu werden oder den Kopf abgehackt zu bekommen, halte ich für schlimmer.«

Dayan schaute auf die Uhr am Handgelenk.

»Wir müssen los!«

Am CIA-Jet vorbei ging es zu einem Helikopter – mattschwarz, offene Seitenluke, Rotorblätter, die stürmisch die Luft zerteilten. Dewey kannte das Modell: ein Eurocopter AS565 Panther – ein mittlerer, sehr schneller Kampfhubschrauber, Glanzstück der Hubschrauberflotte der israelischen Special Forces.

An der Luke drehte Dewey sich noch einmal zu Dayan um. »Gott segne dich, mein Sohn«, sagte er mit einer Verneigung, ganz in seiner Rolle aufgehend.

»Blödmann«, lachte Dayan und schüttelte Dewey die Hand. »Bis morgen, Jungs. Passt auf euch auf.«

Unter einem dunklen, windgepeitschten Himmel erhob der Chopper sich in die Luft. Durch die Luke blickte

Dewey hinab auf die weitläufige Ramat David Airbase, auf der reger Betrieb herrschte: startende und landende Jets, Tankfahrzeuge, die auf dem Gelände hin und her sausten, reihenweise Soldaten, die in Formation marschierten, hell erleuchtete Kasernenblocks. 30 Meter über dem Rollfeld kippte der Panther urplötzlich nach rechts weg. Der Pilot drehte nach Norden ab, in Richtung Golanhöhen und Syrien.

13

ALEPPO, SYRIEN

Um drei Uhr nachmittags herrschte in Aleppo ein trockenes Klima, staubig und heiß. Typische Verhältnisse für die Wüstenstadt in der windgepeitschten Ebene des Binnenlands. Untypisch hingegen waren die wogenden Rauchsäulen, die sich an den Dachlinien auflösten und als höllische Dunstwolke in alle Richtungen verteilten. An über einem Dutzend Stellen brannte es. Das unablässige Knattern automatischer Waffen gab den steten Takt des Nachmittags vor, nur hin und wieder durchbrochen vom tiefen Dröhnen einer Panzerfaust. Ebenso häufig ertönte das schrille Jaulen einer von der Schulter abgeschossenen Rakete, die sich noch einmal eindrucksvoll in Szene setzte, bevor sie eine halbe Sekunde später in einen Panzer, ein Fahrzeug, ein Gebäude oder auch einfach bloß in heiße Luft einschlug. Schreie hörte man nur selten, aber wenn man sie inmitten des ganzen Irrsinns trotzdem aufschnappte, gingen sie einem durch Mark und Bein.

Nicht eine Sirene erklang. Ambulanzen galten als vorrangiges Ziel der Rebellen. Die wenigen Krankenwagenfahrer, die in Aleppo ausharrten, hatten längst gelernt, sich so schnell und lautlos wie möglich durch die Stadt zu bewegen. Die meisten von ihnen waren längst abgehauen, mit der ganzen Familie und ihrer Habe an Bord, um sich in die Hochburgen der syrischen Armee im Süden abzusetzen.

Wie die meisten Städte in Syrien, überhaupt in Nahost, umgab Aleppo nichts als Wüste. Wie eine Wand ragten die dicht gestaffelten Wohnblocks mitten in der kargen Einöde urplötzlich aus dem Boden. Der Stadtkern wies die Form eines riesigen Ovals auf, gut sechseinhalb Kilometer lang und drei Kilometer breit. Bauten aus Sandsteinmörtel, Beton und Stahl. Normalerweise hielt sich ein Großteil der Bevölkerung hier auf und in den Straßen lieferten sich die Fußgänger einen erbitterten Wettstreit mit Fahrrädern und Motorrädern. Hinzu kam eine Flut ramponierter Autos, Lastwagen und Busse, die sich durch das Zentrum wälzten.

Doch vom üblichen Gewühl und Getümmel Aleppos merkte man aktuell nichts. Wer über Weitsicht und genügend Geld verfügte, um zu fliehen, war längst über alle Berge. Wer zurückblieb, verschanzte sich in seiner Wohnung. Ganze Straßenzüge waren dem Erdboden gleichgemacht, Häuser lagen in Trümmern. Krater übersäten die Fahrbahn. Willkürlich loderten am Horizont Feuer auf, fast wie bei einem Indianerlager im Wilden Westen.

Der fünfte Tag der Schlacht, die blutigste Belagerung der syrischen Geschichte. Es gab bereits über 30.000 Tote.

Auf der einen Seite, im Osten, stand die syrische Armee. Auf der anderen die radikalislamischen Aufständischen, die sich als Islamischer Staat bezeichneten.

Die Weltöffentlichkeit erfuhr so gut wie nichts über die Schlacht um Aleppo. Es hielten sich keinerlei Journalisten vor Ort auf, abgesehen von einem Kameramann und einem Reporter des französischen Senders TF1. Doch beide lebten nicht mehr – nur wenige Stunden nach ihrer Ankunft hatten muslimische Aufständische sie gefangen genommen und enthauptet. Den Skalp von Journalisten in die Kamera zu halten, gehörte fast schon zu den Markenzeichen der schwarz gekleideten IS-Kämpfer.

Garotin saß auf dem Rücksitz eines weißen Toyota Land Cruiser. Mit seinen 31 Jahren war er viel zu jung, um eine Armee zu befehligen, und doch war er der Befehlshaber dieser Truppen. Er trug eine dunkelblaue Segeltuchhose, schwarze Kampfstiefel und ein rotes Poloshirt, darüber eine schwarze Splitterschutzweste. Seine dunklen Haare waren zerzaust. Markante Nase, buschige Augenbrauen, glatt rasiertes Gesicht. Garotin sah gut aus, allerdings hatte er einen gemeinen Ausdruck in den Augen und Hass im Blick, selbst außerhalb des Schlachtfelds.

Nazir, der IS-Anführer, hatte Garotin die Verantwortung für alle militärischen Aktivitäten übertragen. Der Jüngere führte seine Soldaten in einen alles verheerenden Sturmangriff gegen Syrien und den Irak. Was ihm an militärischem Know-how und Erfahrung fehlte, machte er durch seinen Mut mehr als wett. Nicht anders als Nazir vertrat Garotin die feste Überzeugung, dass man sich mit Gewalt und Grausamkeit einen Ruf machte, der einem vorauseilte. Der IS machte keine Gefangenen. Stattdessen endeten seine siegreichen Schlachten jeweils in langen Schützenlinien, die die sich ergebenden Truppen abschlachteten. Dass jeder darüber Bescheid wusste, gehörte zu seinen mächtigsten Waffen.

Die IS-Streitkräfte umfassten über 200.000 Kämpfer. Es handelte sich um einen undisziplinierten, schlecht ausgebildeten, bunt zusammengewürfelten Haufen von Teens und Twens aus der gesamten arabischen Welt, die für den Dschihad kämpften und für eine Organisation, die sich innerhalb von nur zwei Jahren zur gefürchtetsten

Streitmacht der Welt aufgeschwungen hatte. Das lag nicht an ihren Fähigkeiten, nicht mal an Garotins Durchtriebenheit, sondern an ihrer schieren Zahl.

Der IS warb mit erstaunlicher Geschwindigkeit neue Kämpfer an. Ja, Garotins größte logistische Herausforderung hatte nichts mit Militärstrategie zu tun. Es ging schlicht und ergreifend um die Tatsache, dass sie nicht genug Gewehre und Munition für die Tausenden junger Araber besaßen, die Teil der Geschichte sein wollten, die derzeit geschrieben wurde – der Geschichte einer Terrororganisation, die entschlossener agierte als Al-Qaida und im Begriff stand, Anspruch auf ein ganzes Land zu erheben.

Garotins Toyota parkte vier Blocks hinter der linken Flanke seiner Soldaten.

Der Bildschirm seines Laptops präsentierte eine detailgetreue Luftansicht der zweieinhalb Quadratkilometer Innenstadt, auf die sich die Kämpfe konzentrierten. Dafür griff die Software auf Datenübermittlungen der Handys zurück, die die Soldaten bei sich trugen. Auf dem Bildschirm wimmelte es von roten Punkten, die eine Halbmond-Formation bildeten.

Garotins Schätzung zufolge konnte Assad nur noch auf eine dreistellige Zahl von Kämpfern zurückgreifen. Der IS verfügte über mindestens zehnmal so viele, weil von Westen her mit Bussen und Lkws ständig Nachschub herangekarrt wurde. Die Einnahme von Aleppo stand unmittelbar bevor.

Neben Garotin saß Bakr, einer seiner Lieutenants. Zwei weitere belegten die vorderen Sitze. Alle drei hielten Walkie-Talkies in der Hand. Die Autofenster waren geschlossen, trotzdem drang der nur wenige Kreuzungen entfernte Kampflärm bis ins Innere des SUV vor. Fast unentwegt knackte und knisterte es in den Funkgeräten, da Garotin von seinen an strategischen Punkten postierten Lieutenants ständig Echtzeit-Informationen über das Kampfgeschehen erhielt.

»Wo steckt Gruppe elf?«, fragte Garotin, ohne vom Bildschirm aufzublicken. »Sie sollten von der rechten Flanke nach Süden vorstoßen. Die schlafen, verflucht noch mal.«

Bakr drückte die Sprechtaste seines Funkgeräts. »Gruppe elf, kommen«, bellte er in das Gerät. »Gruppe elf, Marsi, wo seid ihr?«

Ein vielsagendes Schweigen breitete sich im Fahrzeug aus. Schließlich wurde es von einer quäkenden Stimme aus dem Funkgerät unterbrochen.

»Wir sind an der Klinik.« Es klang verzweifelt und gehetzt. »Aber die ...«

Eine laute Explosion drang aus dem Lautsprecher.

»... die decken uns mit Granaten ein. Wir haben schon eine Menge Männer verloren. Die einzige Möglichkeit, sie zu überwältigen, besteht darin, das Krankenhaus zu zerstören ...«

»Nein!«, brüllte Garotin, während er Bakr das Walkie-Talkie entriss. »Rührt das Krankenhaus nicht an. Kämpft weiter, wir schicken euch Unterstützung. Wo genau steckt deren Bataillon?«

»An der Straße, die vom Gebäude wegführt.« Eine weitere Detonation zerriss die Luft. Ein paar Sekunden später konnten sie sie anderthalb Kilometer entfernt im Toyota ebenfalls hören.

Garotin studierte die Karte.

»Gib mir das Funkgerät«, befahl er dem Mann auf dem Fahrersitz. Dieser drückte ihm sein Walkie-Talkie in die Hand.

»Gruppe 44, Morgendämmerung«, sagte Garotin. »Mohammed, wo seid ihr?«

»Am Tradda Boulevard«, meldete sich der andere. »Wir haben sie in die Flucht geschlagen. Hier rührt sich im Moment kaum was.«

»Habt ihr noch Raketen übrig?«

»Ja, ein paar.«

»Ich werde dir präzise Koordinaten geben. Ihr dürft auf keinen Fall danebenschießen.«

»Jawohl, mein Kommandant.«

Garotin betätigte einige Tasten am Laptop.

»Du hast die Koordinaten gleich auf dem Handy. Gib sie genau so ein, wie sie dort stehen. Der Feind hält eine letzte Bastion aufrecht. Direkt vor dem Krankenhaus. Das darfst du auf keinen Fall treffen.«

Garotin reichte dem Fahrer das Walkie-Talkie zurück und ließ ein kurzes Lächeln aufblitzen. »Fahren wir!«

In einem Eckzimmer im dritten Stockwerk des Krankenhauses stand Colonel Asif. Er war allein, da er seinen kleinen Gefechtsstand am Ende des Flurs verlassen hatte, um Assad anzurufen und ihm mitzuteilen, dass die syrische Armee innerhalb weniger Stunden Aleppo zu verlieren drohte.

Er stand am Fenster, in den Händen ein Fernglas. Damit beobachtete er die IS-Truppen, die sich in einem 270-Grad-Winkel formierten, aus dem in Kürze ein vollständiger Kreis werden dürfte, der sie komplett umzingelte. Hin und wieder rannten Kämpfer zwischen den Gebäuden hin und her, während sie näher und näher rückten, doch zumeist sah er bloß Mündungsfeuer aufblitzen und glich es instinktiv mit seinen akustischen Eindrücken ab. Sein Bauchgefühl verriet ihm, was unvermeidlich bevorstand. Die Schlacht war seit dem Moment verloren, als Baschar

Al-Assad der dezimierten syrischen Luftwaffe befohlen hatte, sich zurückzuhalten. Der Islamische Staat hatte drei syrische Jets abgeschossen und Assad fand, er könne es sich nicht leisten, weitere Flieger zu verlieren.

»In Aleppo tobt eine Schlacht. Ich führe hier Krieg«, hatte er Asif vor zwei Tagen erklärt. »Wir benötigen die Jets dringender als Aleppo.«

Was von Asifs Kommando noch übrig war, hatte sich mondsichelförmig vor dem Krankenhaus postiert. In der Annahme, die Klinik werde wie ein Schutzschild wirken, hatte er die verbliebenen Soldaten dort versammelt. In gewissem Maß war diese Rechnung auch aufgegangen. Die fünfgeschossige weiße Ziegelsteinanlage hatte nur kleinere Schäden davongetragen. Doch der Nachschub an IS-Kämpfern wollte einfach nicht verebben. Immer neue Wellen junger Kämpfer, die ohne Furcht vor dem Tod Tag und Nacht gegen sie ankämpften, erreichten das Stadtgebiet.

Asif wusste, dass sich, was hier geschah, auf anderen Schlachtfeldern im ganzen Land wiederholte. Die Männer vom IS wurden von einer Loyalität und Überzeugung getrieben, mit denen es keine staatliche Armee aufnehmen konnte. Sie bildeten sich ein, für Allah zu kämpfen. Bei Asifs Männern stand es um die Entschlossenheit nicht annähernd so gut. Bis zum letzten Mann wusste jeder syrische Soldat, dass er einzig und allein dafür kämpfte, dass Baschar Al-Assad seinen verschwenderischen Lebensstil und die Gewaltherrschaft über sein Volk aufrechterhalten konnte.

Asif wählte eine Nummer auf dem Handy.

»Geben Sie mir Präsident Assad.«

Einen Moment später meldete sich die näselnde Stimme des Staatsoberhaupts.

»Colonel Asif. Was gibt es für Neuigkeiten? Haben wir diese Bastarde zurückgeschlagen?«

»Nein, Herr Präsident, das haben wir nicht. Ich fürchte, in wenigen Stunden haben wir Aleppo verloren.«

Langes Schweigen.

»Das ist inakzeptabel«, schäumte Assad. »Um Gottes willen, bin ich denn nur noch von inkompetenten Idioten umgeben?«

Mehrere Sekunden lang sagte Asif nichts. Schließlich vernahm er ein Geräusch zu seiner Linken. Er stürzte ans Fenster. Direkt über einer langen Reihe von Wohnblocks stiegen die verräterischen schwarzen Kometenschweife auf. Rasch glitt sein Blick zu den Raketen, nur schwer zu erkennen, da ihre helle Lackierung mit dem Grau des Himmels verschmolz. Es handelte sich um insgesamt drei Flugkörper, die exakt in Richtung Klinik rasten.

»Leben Sie wohl«, sagte Asif. »Es war mir eine Ehre, unter Ihnen zu dienen.«

Er ließ das Telefon fallen, als die erste Rakete die letzten 100 Meter durch den Himmel jagte, einen Bogen beschrieb und herabschoss, um sich in die größte Ansammlung an Truppen zu bohren, die ihm noch blieben. Asif zuckte zusammen, als die Erde erbebte und die Schreie das Getöse übertönten. Im nächsten Augenblick schlug direkt vor der ersten eine weitere Rakete ein. Die furchtbare Erschütterung, die vor der Klinik einen fast 50 Meter breiten Krater riss, schleuderte ihn zur Seite. Er ging zu Boden, wartete auf die dritte Rakete, die keine zwei Sekunden später einschlug, und abermals wurde er heftig durchgerüttelt.

Asif rappelte sich auf. Draußen bot sich ein entsetzlicher Anblick: drei Krater, jeweils so groß wie ein Swimmingpool, Brände, die alles im näheren Umkreis verkohlen ließen, dazu die Schreie der wenigen Soldaten, die noch lebten.

Zur Rechten rückten Kämpfer in einer Linie auf das Gebäude vor. Sie trugen alle das Gleiche: schwarze Hemden, schwarze Hosen, schwarze Tücher um den Kopf. Zu viele, um sie zu zählen. Syrische Soldaten, die sich ergeben wollten, ballerten sie einfach über den Haufen.

Asif zog den Revolver aus dem Gürtel, steckte sich den Lauf in den Mund und drückte ab.

Der Land Cruiser fuhr auf den Parkplatz hinter dem Krankenhaus. Garotin stieg aus. Er zündete sich eine Zigarette an, nahm einen Zug und warf sie auf den Boden.

Hinter zwei bewaffneten IS-Rekruten betrat er das Gebäude. Der Korridor lag hell erleuchtet vor ihm. An den Seiten standen Ärzte und Schwestern Spalier. Schweigend, voller Angst, bemüht, Garotins Absichten einzuschätzen, während er langsam zwischen ihnen durchschritt und seine Augen nichts über seine Absichten verrieten.

Am Ende des Eingangsbereichs blieb er stehen und richtete das Wort an die versammelte Belegschaft.

»Guten Tag! Dies ist ab jetzt ein Militärkrankenhaus. Sie alle stehen künftig in Diensten des IS.«

Garotin zog eine Pistole aus dem Holster unter der linken Achsel, machte zwei Schritte. Ein betagter Patient saß in einem Rollstuhl. Garotin richtete die Waffe auf die Brust des Mannes und drückte ab.

Die Kugel schlug in den Körper des Alten ein. Blut spritzte an die Wand.

Mehrere der Schwestern schrien leise auf.

Herausfordernd ließ Garotin den Blick durch den Korridor schweifen, als wartete er auf Protest. Als niemand etwas sagte, wandte er sich an Bakr: »Lass die Soldaten die Zimmer räumen. Danach bringt ihr die Verletzten rein. *Unsere* Verletzten!«

14

Mallory hatte einen Platz in den hinteren Sitzreihen für den dreieinhalbstündigen Flug von Mailand nach Nikosia ergattert. Nur Minuten, bevor die Tür der Maschine geschlossen wurde, erstand er sein Ticket am Airport und zahlte in bar. Er hatte sich den Schädel rasiert und trug Kontaktlinsen. Er flog gleich doppelt undercover, indem er einen gefälschten irischen Pass benutzte, den ihm ein MI6-Agent besorgt und den Mallory gegen ein ebenfalls inoffiziell beschafftes kanadisches Ausweisdokument eingetauscht hatte. Auf diese Weise verwischte er praktisch jede Spur, die sich zurückverfolgen ließ. Er trug Jeans und Jeansjacke, dazu Boots und erinnerte an einen Hooligan, vielleicht auch an einen arbeitslosen irischen Maurer.

Bill Polk, der Direktor des National Clandestine Service, hatte vorgeschlagen, er solle direkt nach Damaskus fliegen, getarnt als Mitarbeiter einer Hilfsorganisation, doch Mallory hatte sich dagegen entschieden. In Kairo hatte er die mörderischen Wirren des sogenannten Arabischen Frühlings aus erster Hand miterlebt. Es spielte keine Rolle, weshalb man sich dort aufhielt und welche Pläne man verfolgte. Bei den wochenlangen gewaltsamen Ausschreitungen hätte die Menge selbst den Papst in Stücke gerissen, wenn er sich in die falsche Straße gewagt hätte. Und nach allem, was man so hörte, ging es in Syrien noch schlimmer zu.

Das Flugzeug landete kurz vor Mittag. An einem Zeitungskiosk kaufte Mallory ein Prepaidhandy und wählte die Nummer der Vermittlungsstelle in Zypern, die das Gespräch nach Langley weiterleitete.

Während er wartete, inspizierte er das kleine, mit Touristen überfüllte Flughafengebäude. Es klickte dreimal in der Leitung, dann ertönte ein monotones Piepen. Er gab mehrere Ziffern ein, insgesamt zwölf. Wenige Sekunden später klingelte es.

»Control«, meldete sich eine Männerstimme. »Region acht.«

»Switch MX Schrägstrich fünf.«

»Identifizieren Sie sich.«

»Sieben-neun-acht-zwei-eins-eins. Mallory.«

»Warten Sie einen Moment, Sir!«

Sekunden später meldete sich eine andere Stimme, diesmal eine Frau. »NCS Mission CON. Mallory?«

»Ja.«

»Ihr Lehrer in der dritten Klasse?«

»Miss Star.«

»Der Geburtsort Ihrer Frau?«

Mallory musste schlucken.

»Cedar Rapids.«

»Bleiben Sie dran, Sie haben eine Nachricht, Sir!«

Augenblicke später wurde eine Aufzeichnung abgespielt, eine tiefe Männerstimme, klar und leicht roboterhaft: »Exfiltration Café Mossul M-O-S-S-U-L. Dort werden Sie Andreas Komma Dewey treffen. Er hat vor Ort die Befehlsgewalt. Hinweis eins: Erwarten Sie Andreas ab 20:30 Uhr. Im Einsatzgebiet gilt: Code Black alles okay, Code Green Abbruch. Exfiltration über Israel, für Informant Ausschleusung Stufe zwei vorgesehen; Beweisstück hat Stufe eins. Ich wiederhole: Beweisstück hat Prioritätsstufe eins bei diesem Einsatz.«

Mallory hörte sich die Aufnahme noch einmal an, dann legte er auf. Er kannte das Café Mossul, war früher schon dort gewesen. Es befand sich in der Mitte eines belebten

Platzes, zu dem mehrere Straßen und schmale Gassen führten. Das versprach Flexibilität sowohl bei der Annäherung als auch beim Verlassen und darüber hinaus die Anonymität großer Menschenmassen.

Mallory nahm sich einen Mietwagen und fuhr nach Larnaka, eine kleine Stadt an der Südküste der Insel. Bei Sonnenuntergang erreichte er sein Ziel, checkte in einem Touristenmotel in Strandnähe ein und lief zu Fuß in die City, schickte zuerst in einem Postamt den irischen Pass zurück an seine Mailänder Adresse. In einem Pfandhaus erstand er eine gebrauchte 9-Millimeter-Skyph, dann in einem Laden ein Stück die Straße hinunter eine schwarze Hose, ein schwarzes T-Shirt und ein Kopftuch.

Zurück im Motel rieb Mallory sich Gesicht, Hals, Arme und Hände mit Selbstbräuner-Lotion ein, färbte sich die Augenbrauen mit schwarzem Mascara und Schuhcreme und verglich sein Spiegelbild mit dem Foto des zweiten Ausweises, den er mitgebracht hatte – ein hastig zusammengeschustertes syrisches Dokument. Einem Abgleich mit INTERPOL oder sonstigen Datenbanken würde es zwar nicht standhalten, doch Mallory wusste, dass an der syrischen Grenze momentan chaotische Zustände herrschten. Technische Kontrollmöglichkeiten standen aktuell nur an Flughäfen zur Verfügung. Wäre er direkt nach Damaskus geflogen, hätte man ihn wahrscheinlich erwischt. Aber Tartus mit seinem heruntergekommenen Fährterminal bot ein offenes Einfallstor. Dort unterzog man seinen Pass höchstens einer flüchtigen Begutachtung. Mallory wusste ebenfalls, dass ihn ein Pass aus jedem anderen nahöstlichen Land in Gefahr gebracht hätte. Der IS warb hauptsächlich Rekruten aus dem Iran, Ägypten, Saudi-Arabien und Algerien an.

Er schlüpfte in seine neuen Klamotten und warf die alten in den Müllcontainer hinter dem Motel, als er um 21 Uhr aufbrach. Um 22:07 Uhr saß er bereits auf der Fähre von Larnaka nach Tartus.

Es handelte sich um eine überraschend moderne Fähre – ein Triple-Pontonboot, auf Geschwindigkeit ausgelegt, mit einem geräumigen Passagierbereich über den Pontons, prall gefüllt mit Menschen. Mallory mischte sich unter die anderen Reisenden und las ein Buch mit dem Titel *Der Neid der Engel* auf Arabisch. An Bord befanden sich fast ausnahmslos Syrer, die überwältigende Mehrheit junge Männer. Ein paar Tage auf Zypern versprachen willkommene Erholung von dem Krieg, der in Syrien tobte.

Normalerweise wäre ein derartiges Treffen nicht ohne Unterstützung abgelaufen; nicht ohne ein, zwei Deltas im Hintergrund. Doch abgesehen von Polk und Calibrisi wusste niemand über Mallorys Pläne Bescheid. Sollten sich Al-Jaheishis Informationen als zutreffend erweisen, dann war ein verdecktes Rüstungsgeschäft direkt vor der Nase der CIA über die Bühne gegangen, ohne dass jemand Wind davon bekommen hatte. Ein auf höchster Ebene abgewickeltes Geschäft, womöglich hatte sogar das Pentagon oder das State Department die Finger im Spiel. Das konnte einige Leute in Teufels Küche bringen. Sie durften nicht das Risiko eingehen, die Betreffenden vorzuwarnen. Und für den Moment tappten sie im Dunkeln, um wen es sich innerhalb der US-Regierungskreise potenziell handeln mochte.

Mallory hegte große Zweifel, ob Al-Jaheishi überhaupt auftauchte, und wenn ja, ob die Beweise tatsächlich echt waren. Doch solange die Möglichkeit bestand, dass jemand in der US-Regierung den Islamischen Staat finanzierte, musste er die Kontaktaufnahme in Damaskus allein bewerkstelligen.

Die fehlende Verstärkung war ohnehin Mallorys geringste Sorge. Weitaus größeres Kopfzerbrechen bereitete ihm die Tatsache, dass Al-Jaheishi wusste, wer er war, und es von Damaskus aus geschafft hatte, ihn in Mailand ausfindig zu machen.

Wie er so im gedämpften Licht der Fähre dasaß, umgeben von Schlafenden, dämmerte ihm, dass es sich höchstwahrscheinlich um eine Falle handelte. Um ein Himmelfahrtskommando. Es war einer jener Momente, in denen Mallory an Allison denken musste. Die Leere, die er nun schon seit über einem Jahr empfand, wollte einfach nicht vergehen. Er hoffte darauf, dass es wirklich einen Himmel gab. Falls ja, würde sie dort nach seinem Tod auf ihn warten. Das hätte zu ihr gepasst, dort einfach auf ihn zu warten, das sorglose Iowa-Lächeln im Gesicht. Mallory schloss die Augen und klappte das Buch auf dem Schoß zu. Kühle, feuchte Tränen liefen über seine Wangen.

Ein unsanfter Stoß an der Schulter weckte ihn. Überrascht schlug er die Augen auf, blickte in das Gesicht eines Soldaten, der ihn misstrauisch musterte. Der Mann trug das olivgrün-rote Barett der syrischen Armee.

»*Waraqa*«, herrschte der Soldat ihn an, während er die Hand ausstreckte.

Papiere.

»*La bd li raqduu*«, erwiderte Mallory in tadellosem Arabisch.

Ich muss wohl eingeschlafen sein.

Er zog den Pass aus seiner Tasche.

»Darf ich aufstehen?«, fragte Mallory höflich.

Der Soldat ignorierte ihn.

»Was führt dich nach Tartus?«

»Ich wohne in Damaskus«, antwortete Mallory.

»Wo in Damaskus?«

»Rija.«

»Welche Nummer?«

»127.«

Fast eine halbe Minute lang beäugte der Soldat den Pass.

»Was treibst du so in Damaskus?«

»Ich habe im Laden meines Bruders gearbeitet, aber er wurde von den Terroristen getötet. Ich suche nach Arbeit, dauerhaft.«

»Von den Terroristen?«

Mallory nickte. »IS.«

Der Soldat händigte Mallory den Pass aus und musterte ihn noch einige Sekunden lang eindringlich.

»Du solltest in der Armee kämpfen, wenn dir dein Land etwas bedeutet. Die haben deinen Bruder umgebracht? Du bist ein Feigling.«

Mallory nickte und senkte den Kopf. »Ich weiß«, flüsterte er, starrte betreten zu Boden.

Angewidert schüttelte der Uniformierte den Kopf, wandte sich ab und ging zu einem schlafenden Syrer in der Nähe.

Mallory verließ die Fähre. Draußen war es noch dunkel. Viertel vor fünf, verriet seine Armbanduhr.

Auf dem Parkplatz, der ans Terminal grenzte, lungerte eine Gruppe von Männern vor ihren Autos herum.

»Damaskus?«, fragte er. »Ich bezahle für eine Fahrt nach Damaskus.«

Ein alter Mann mit kurzem grauen Haar nickte und stieg in seinen Wagen, einen verbeulten gelben Citroën.

»40 Dollar.«

Während Mallory auf den Rücksitz des kleinen, ramponierten Wagens kletterte, blickte er noch einmal zur Fähre, die in der Ferne vertäut lag, und aufs Meer dahinter. »20.«

»25.«

15

Al-Jaheishi betrat Nazirs Büro, in der Hand einen Aktenordner. Nazir hatte nach wie vor das Handy am Ohr. Fragend starrte er Al-Jaheishi an.

Mit den Lippen formte der Neuankömmling die Worte: *Hier sind die Aufzeichnungen.*

Per Kopfbewegung bedeutete Nazir ihm, die Tür zu schließen. Al-Jaheishi folgte der Aufforderung, trat zu Nazir und reichte ihm den Ordner.

»Es muss genauso geschrieben werden, wie ich gesagt habe«, raunzte Nazir ins Telefon. »Wenn du es nicht schreiben kannst, suche ich mir einen anderen dafür.«

Nazir deckte die Sprechmuschel mit der Hand ab und sah Al-Jaheishi an.

»Setz dich. Es dauert nur eine Minute.«

Nazir zog die Hand wieder weg.

»Ja, ebenso schlicht sein wie die Verfassung der Vereinigten Staaten. Die Bill of Rights. Hast du verstanden? Die gleiche Struktur, Mohammed, nur mit völlig anderem Inhalt. Es geht um das Gründungsdokument eines Kalifats. Es muss in jeder Beziehung genauso charismatisch und zeitlos sein. Es muss Stärke vermitteln und …«

Nazir bedachte Al-Jaheishi mit einem misstrauischen Blick.

»… Mitgefühl.«

Er trennte die Verbindung, schleuderte das Handy auf den Schreibtisch und schlug den Ordner auf.

»Ist das der einzige Bericht über unsere Transaktion mit den Amerikanern?«

»Ja«, sagte Al-Jaheishi. »Habe ich etwas falsch gemacht?«

Nazir überhörte die Frage. »Hast du das fotografiert?«, wollte er wissen, während er durch die Seiten blätterte, und musterte den anderen kritisch.

Al-Jaheishi spürte eine Hitzewallung, die sich vom Nacken aus in den Kopf ausbreitete. Angst.

»Nein, Tristan. Natürlich nicht.«

Nazir musterte ihn etwas zu lange, schließlich gestattete er sich den Anflug eines Grinsens. »Zeig mir dein Handy.«

Al-Jaheishis Hand bebte, als er in die Tasche langte. Er reichte Nazir sein Telefon. Nazir schaltete es ein.

»Wie lautet die PIN, Marwan?«

»Neun-neun-acht-eins.«

Nazir tippte den Code ein und scrollte durch die Menüs, inspizierte fast eine Minute lang die auf dem Gerät gespeicherten Fotos. Als er fertig war, warf er es Al-Jaheishi wieder zu.

Nazir nahm den Ordner, griff wahllos einen Stapel Papiere daraus, langte nach rechts neben den Schreibtisch und fütterte den Schredder mit den Unterlagen. Ein lautes Mahlgeräusch. Vor Al-Jaheishis Augen stopfte er den gesamten Inhalt in den Schlitz.

»Ich dachte, das sei unser Druckmittel, Tristan …«

»Hör auf zu denken«, sagte Nazir. »Das ist meine Aufgabe, Marwan.«

»Ja, tut mir leid.«

Mit einer Kopfbewegung deutete Nazir zur Tür.

Al-Jaheishi konnte gehen.

Nachdem Al-Jaheishi gegangen war, ließ Nazir die dünnen Papierstreifen in dem Abfallkorb unter dem Schredder durch seine Finger rieseln.

Seine Gedanken überschlugen sich. Er ging davon aus, das Schwierigste bereits überwunden zu haben. Menschen, Waffen und Geld beschaffen – all diese Hürden lagen hinter ihm. Nun folgte die Kür. Hier ging es um das Zusammenwirken von Menschen, Ländern und weiteren Faktoren, die sich seiner Kontrolle entzogen, Faktoren wie Al-Jaheishis Loyalität zum Beispiel, die mit seiner Schwäche im Widerstreit lag. Oder Raditz' innerer Konflikt zwischen Mut und Patriotismus auf der einen und seinem Selbsterhaltungstrieb auf der anderen Seite.

Und welchen inneren Kampf trägst du aus, Tristan?, stellte er sich selbst die Frage.

»Den Kampf zwischen meinem Verlangen, dem Gegner eine Schmach zuzufügen«, flüsterte er in sich hinein, während er blicklos auf die Papierschnipsel starrte, »und meinem Hass.«

Nazirs Gedanken kehrten zurück an den Berg, zum Mount Everest. Er hatte sich dem Oxford Mountaineering Club angeschlossen und im Frühjahr und Sommer seines dritten Studienjahres den Everest erklommen, den größten Teil jedenfalls. Um bis auf 30 Meter an den Gipfel vorzudringen, benötigte man ein Jahr Vorbereitung, zwei Monate in Nepal, eine Woche im Basislager und zahllose Tage in diversen weiteren Camps, um sich ausreichend zu akklimatisieren. Die letzten 30 Meter – darauf konnte sich kein Mensch vorbereiten, ganz gleich wie lang er es versuchte. Nahm man den Aufstieg in Angriff, konnte der Körper sich nicht weiter anpassen. In der sauerstofflosen Höhe trocknete er förmlich aus. Nein, um die letzten 30 Meter zu erklimmen, mussten Glück, Schicksal und ausreichend Selbstvertrauen zusammentreffen. Die Verbitterung über sein Scheitern so kurz vor dem Ziel nagte Tag für Tag an Nazir, Stunde um Stunde. Und nun empfand er wieder einen Vorgeschmack davon. Er begriff, dass es sich mit dem IS – dem Erschaffen eines Staates – ganz ähnlich verhielt. Wie damals stand er vor einer steilen Felswand. Die Luft wurde immer dünner, nur wenige hatten es je bis an diesen Punkt geschafft, und bedingt durch Faktoren, auf die er nicht den geringsten Einfluss hatte, konnte er kurzfristig sein Leben verwirken.

Ja, der erste Teil war schwierig. Doch den hast du hinter dir gelassen. Jetzt bist du an dem Punkt, auf den dich niemand vorbereiten kann. Der Gipfel ist in Sicht.

Er dachte an Raditz. Eine interessante Tatsache – eine weitere faszinierende Begleiterscheinung dieser ganzen Geschichte –, dass etwas Wertvolles innerhalb eines einzigen Augenblicks nutzlos werden und ein vermeintlicher Schutzpatron unvermittelt zum schlimmsten Feind reifen konnte.

Die Beweise für seinen Deal mit Raditz waren für Nazir ein Schutzschild gewesen und, seinem Dafürhalten nach, ein enormes Druckmittel. Doch damit war nun Schluss. Raditz war erledigt. Um ihn brauchte er sich keine Sorgen mehr zu machen.

Nazir befürchtete, dass das Material alles gefährdete, was er aufgebaut hatte. Wie ein Rucksack voller Nahrungsmittel und Sauerstoff auf dem Everest hatte der Deal mit Raditz ihn in greifbare Nähe seines Triumphs gebracht, bis kurz vors Ziel. Trotzdem konnte er immer noch auf dem Gipfel sterben. Die Beweise für den Deal mit Mark Raditz stellten alles infrage.

In Nazirs Geist hallten Raditz' Worte nach: »Wollen Sie mir drohen? Sie haben es immer noch nicht kapiert, oder, Tristan? *Ich bin bereits tot. Tot!*«

Was, wenn die Weltöffentlichkeit dahinterkam, wer dem IS die Waffen finanziert hatte? Nazir hatte über Raditz'

Worte gelacht, doch sie saßen, und nun begriff er, dass sie zutrafen. Radiz hatte zwar mit dem Feind Geschäfte gemacht, doch Nazir hatte einen Pakt mit dem Teufel geschlossen. Kam das an die Öffentlichkeit, glaubte niemand mehr an die Rechtschaffenheit seiner Absichten. Die 150.000 Mann, die sich ohne Aussicht auf Bezahlung anwerben ließen? Sie würden sofort alles hinwerfen und sich auf ihn stürzen. Die philosophische Lauterkeit, auf der der Islamische Staat basierte – zu gleichen Teilen religiöser Eifer, Loyalität und, vor allem anderen, der Hass auf Amerika –, drohte in die Brüche gehen, alles würde über den Haufen geworfen. Verwirrung und interne Machtkämpfe wären die Konsequenz. Kompromisse einzugehen, passte nicht zum IS. Mit den Vereinigten Staaten Kompromisse einzugehen und sogar mit Amerikanern zusammenzuarbeiten, besiegelte das sofortige Ende. So viel wusste Nazir.

Ein Pochen an der Tür riss ihn aus den Gedanken. »Ja, was ist?«

»Ich bin's, Que'san.«

»Komm rein.«

Que'san, der Leiter von Nazirs persönlichem Sicherheitsteam, betrat den Raum und schloss die Tür hinter sich. »Hast du die Regeln für das Mitnehmen von Akten aus dem Büro geändert, Tristan?«

»Nein.«

»Auch nicht für Marwan?«

»Für niemanden! Akten dürfen *niemals* mitgenommen werden.«

»Dann haben wir ein Problem, fürchte ich.«

»Marwan?«

»Aufnahmen von der Überwachungskamera in seinem Büro. Ich glaube, die solltest du dir ansehen.«

Al-Jaheishi kehrte in sein Büro zurück. Es kam ihm vor, als würde er durch Treibsand waten. Jeder einzelne Schritt schien Stunden zu dauern. Jedes Augenpaar auf dem Flur schien ihn zu beobachten, als wüssten alle Bescheid.

Keiner hat etwas mitbekommen. Beruhige dich. Er hat keine Ahnung.

Al-Jaheishi setzte sich, trank ein paar große Schlucke aus einer Wasserflasche und zog das Jackett aus.

Ein Blick auf die Uhr auf dem Schreibtisch: 7:41.

Warum vergeht die Zeit so langsam?

Er klappte den Laptop auf, startete das E-Mail-Programm. Doch noch bevor das Programm geladen war, sah er, wie am Ende des langen Flurs Que'san an Nazirs Tür klopfte. Das musste gar nichts heißen. Das tat er jeden Tag dutzendfach. Dennoch schielte Que'san noch einmal verstohlen in den Flur, bevor er den Knauf drehte.

Al-Jaheishi wartete, bis die Tür zu Nazirs Büro geschlossen wurde, dann stand er auf und betrat den Flur. War ihm der Gang eben noch schwergefallen, erwies er sich jetzt als reinste Qual.

Ob er Bescheid weiß? Nein, er hat keine Ahnung, Marwan. Sonst hätte er dich längst umgebracht!

Nazir sah sich den Videoclip zum zweiten Mal an. Er zeigte Al-Jaheishi, wie er hektisch Papiere aus dem Schrank nahm und mit denen aus seinem Aktenkoffer vertauschte.

»Wann wurde das aufgenommen?«

»Vor weniger als einer Stunde.«

So gut wie jeder Nachrichtendienst der Welt hielt die Augen nach dem IS auf, insbesondere nach Nazir. Er war sich bewusst, dass alles von strikter Geheimhaltung abhing und selbst ein winziger Fehler, beispielsweise ein zufällig in einem Café zurückgelassenes Blatt Papier, ihn auffliegen lassen könnte. Jeder im Büro wusste, dass die Mitnahme von Akten als Verrat betrachtet wurde, auf den die Todesstrafe stand. Es war schwer zu glauben, dass jemand so dumm sein konnte, gegen diese Regel zu verstoßen. Und Al-Jaheishi war bestimmt nicht dumm.

Er hatte bereits vermutet, dass Al-Jaheishi gelegentlich Akten mitnahm, doch dieser stritt es bei jeder Konfrontation ab.

Dass das Video nun Beweise dafür lieferte, empfand er als Schock. Als Schlag ins Gesicht.

Ein Teil von ihm verweigerte sich der Erkenntnis, dass sein alter Freund ihn hinterging.

»Es muss eine Erklärung dafür geben«, sagte Nazir. »Geh und schick ihn zu mir.«

Jeder Schritt, den Al-Jaheishi setzte, schien unnatürlich laut auf dem grünen Marmor des Korridors widerzuhallen. Azalea nickte ihm aus dem Raum direkt vor Nazirs Büro zu. Noch ein paar Schritte. Das dumpfe Klicken des Schlosses. Jemand kam nach draußen.

Al-Jaheishi passierte die Tür, ehe sie geöffnet wurde, stürmte in die Lobby und spurtete zu den Aufzügen, wo er hastig auf die Taste hämmerte.

Er blickte zurück. Auf dem Korridor tat sich nichts. Er steckte die Hand in die Tasche und ertastete die winzige SIM-Karte.

»Komm schon«, spornte er den Lift an.

Ein leises Klingeln aus dem Fahrstuhlschacht signalisierte die Ankunft der Kabine.

Mit einem Mal hörte er Stimmen aus dem Flur. Ein lautes *Ping* verkündete, dass sich die Türen des Aufzugs öffneten.

Que'san kam aus der Büro-Suite gestürzt, eine Pistole in der Hand.

O mein Gott, was hast du getan?

Al-Jaheishi hechtete mit einem Satz in die Kabine.

»Marwan!«, rief Que'san. »Stopp!«

Mit vor Furcht zittrigen Händen suchte Al-Jaheishi nach dem passenden Knopf. Noch im Herumtasten wanderte sein Blick erneut Richtung Korridor. Que'sans Pistole richtete sich auf ihn. Dem metallischen Knall eines schallgedämpften Schusses folgte der dumpfe Schlag, mit dem ein Geschoss in die Rückwand der Kabine einschlug.

Al-Jaheishi zwängte sich vorn in die Ecke, um Que'sans Salven zu entgehen. Er erwischte den Taster zum Schließen der Tür im selben Moment, in dem ein weiteres Projektil das Holz der Rückwand zerbersten ließ.

Que'san kam näher, seine Schritte wurden lauter.

Wieder und wieder schlug Al-Jaheishi auf die Taste, während weitere Treffer einschlugen, eine Linie in die Rückwand stanzten, immer dichter. Plötzlich schien das Licht im Flur zu flackern, als Que'sans massive Gestalt unter der Lampe direkt vor dem Aufzug vorbeiging. Al-Jaheishi hörte ihn wutentbrannt schnauben.

Erst fürchtete er, der Aufzug streike, doch dann glitten die Türen wie in Zeitlupe zusammen.

Die Schüsse fielen in immer kürzerer Folge, nur Zentimeter über Al-Jaheishis Kopf entstanden Löcher. Mit einem Ächzen schloss sich der verbliebene Spalt. Scheppernd trafen mehrere Geschosse die Tür. Die Fahrt nach unten begann. 17 Stockwerke tiefer wartete die Lobby.

16

In einem fensterlosen Raum in einem beengten Bau auf der Ramat David Airbase befanden sich vier Computerarbeitsplätze und eine ganze Wand voller Plasmaschirme. Zwei davon zeigten in Echtzeit eine topografische Karte der syrischen Grenze östlich der Golanhöhen. Rote und grüne Rasterlinien und diverse Punkte kennzeichneten Stellungen der syrischen Luftabwehr einschließlich Raketen, wie Schachfiguren entlang der Grenze aufgereiht. Sie schienen nur auf einen Vorstoß von israelischer Seite zu lauern, sei es per Flugzeug oder per Helikopter.

Auch die israelischen Kräfte im Sektor wurden dargestellt.

»Sie haben soeben die Green Line überquert.«

Die Green Line, die grüne Linie, bezeichnete die Demarkationslinie, die ursprüngliche Grenze zwischen Israel und Syrien vor 1967.

Die Sprecherin war eine junge blonde Luftwaffenoffizierin namens Adina Safer. Sie leitete den Einsatz und hatte die taktische Befehlsgewalt über die Mission. Der Panther, der Dewey und Kohl transportierte, nahm in Kürze einen unerlaubten Grenzübertritt vor. Im Moment verriet lediglich ein hell leuchtender roter Punkt auf dem Bildschirm die Präsenz des Helis, der mit atemberaubenden 480 km/h über die unwirtlichen Felsspitzen der Golanhöhen jagte.

»Elektronisches Störmanöver einleiten«, befahl Safer. »Jonathan, bist du bereit?«

Links von Safer verfolgte ein weiterer uniformierter Israeli, Jonathan Tarshaw, das Geschehen auf dem Monitor, während seine Finger wie wild über die Tastatur huschten.

»Ich bin drin«, sagte Tarshaw. »Auf dein Kommando, Dina.«

Safer drückte die Sprechtaste ihres Mikros. »Panther Ten, Sie haben noch zwei Minuten bis zur Purple Line, over.«

Die Purple Line markierte den aktuellen Grenzverlauf zwischen Israel und Syrien, seit Israel im Sechstagekrieg die Golanhöhen eingenommen hatte. Nach dem Überqueren der Purple Line war der Panther Freiwild für die syrischen Raketenstellungen.

Die Lautsprecher in der Einsatzleitung knisterten, ein Rauschen ertönte, dann bestätigte einer der Piloten: »Roger, Control, over.«

»Systemcheck, Matthias.«

»Systeme bereit.«

»Auf Freigabe warten!« Safer nickte Tarshaw zu.

»Löse Störsignale aus«, kündigte Tarshaw an.

»Auf Ihr Zeichen, Lieutenant.«

Tarshaw versteifte sich ein wenig, schließlich beugte er sich vor. »Hard Count«, sagte er laut. »Ich beginne jetzt.«

Tarshaw hob die fünf Finger der linken Hand, während er mit der rechten tippte. »Fünf.« Er nahm einen Finger herunter. »Vier ... drei ... zwei ... eins. Wir sind auf Sendung. Los geht's!«

Ein Druck auf die Tastatur.

Das rote Leuchten des Panthers verschwand vom Bildschirm.

»Ihr seid unsichtbar, Panther Ten«, verkündete Safer. »Freigabe erteilt, over.«

»Positiv«, meldete sich einer der Piloten aus dem Cockpit. »Panther Ten übernimmt Steuerung, over and out.«

Safer verschränkte die Arme und ging einen Schritt auf den Bildschirm zu.

Erneut meldete sich die Stimme des Piloten bei der Einsatzleitung. »Kurswechsel auf 72,49 in zehn … neun … acht …«

Der israelische Chopper drehte nach rechts ein und wechselte in einen steilen Steigflug, während er ödes Bergland überquerte, das in 3000 Metern Tiefe den Übergang zwischen Israel und Syrien darstellte.

»Syrischer Luftraum, Jungs«, meldete einer der Piloten über Lautsprecher in der Kabine. »Fangt schon mal an, euer Zeug zusammenzupacken.«

Dewey registrierte die Worte, während er aus der Luke spähte. Unter ihnen nichts als Dunkelheit. Nur hin und wieder zeichneten sich vereinzelt Siedlungen als Ansammlungen von Lichtern ab.

Bei ihm in der Kabine befand sich Kohl Meir mit zwei weiteren Kommandosoldaten von Schajetet 13, Leibman und Barsky.

»Warum schießen die uns nicht ab?«, wollte Dewey wissen.

»Die Wunder der Technik«, antwortete Meir.

»Stealth?«

»Nein«, sagte Meir. »Nennt sich elektronische Ablenkung. Wir wissen, wo sich das syrische Radar befindet, und senden ihm gezielt falsche Signale. Zumindest glauben wir, dass wir die Stellungen kennen. Hoffentlich hat Assad die Überwachungsstationen zwischenzeitlich nicht verlegt.«

»Was meinst du mit ›hoffentlich‹?« Dewey klang überrascht.

»*Hoffentlich*«, betonte Meir nüchtern. »Du weißt schon, so wie in: Hoffentlich mag mich dieses Mädchen, hoffentlich ist am Strand schönes Wetter, hoffentlich ist der Kerl, der da auf mich schießt, ein schlechter Schütze. Hoffentlich haben die Syrer ihre Radarstellungen nicht verlegt.«

»Das klingt nicht sehr beruhigend.«

»Du hast gefragt.«

»Und *wenn* sie sie verlegt haben?«

»Dann dürfte das ein dramatisch kurzer Flug werden.«

Dewey schüttelte den Kopf.

»Wie auch immer«, fuhr Meir grinsend fort, »die Jungs in Tel Aviv haben ziemlich was drauf, darum mache ich mir keine allzu großen Sorgen. Wir lenken manipulierte Datenströme in die Sender, einschließlich falscher Ziele. Wir haben rausgefunden, wie man ihr Radar Objekte sehen lassen kann, die gar nicht da sind. Wir sind unsichtbar.«

»Und warum sind die Syrer noch nicht dahintergekommen?«, wandte Dewey ein. »Das scheint doch genau die Art von Trick zu sein, mit der man nur einmal durchkommt.«

»Wir werden's schon merken, wenn sie es durchschauen.«

»Woran denn?«

»Nun, dann dürften gut ein Dutzend Raketen vom Boden aufsteigen«, meinte Meir mit einem lässigen Lächeln. »Halt die Augen auf, Dewey, okay?«

»Sehr witzig!«

»Ich mein's ernst.«

Mit einer Kopfbewegung deutete Dewey zum Cockpit. »Könnten diese Jungs einer syrischen Rakete ausweichen?«

»Klar doch, logisch.« Meir nickte. »Die sind verdammt gut. Einer Rakete, vielleicht auch zwei. Aber ...«

»*Aber?* Was soll das jetzt wieder heißen?«

»Für den Fall, dass die Syrer mehr als eine oder zwei Raketen abfeuern ... na ja, sollte ich wohl lieber einen Fallschirm anlegen.«

Meir schien sich großartig zu amüsieren.

Dewey schüttelte den Kopf.

»Freut mich, dass du das amüsant findest.«

»Ich verarsch dich doch bloß.« Sein Begleiter prustete.

Die zwei anderen Kommandosoldaten, die auf dem Kabinenboden hockten, stimmten in das Gelächter ein.

Erleichtert seufzte Dewey auf. »Dann wissen wir also ganz sicher, dass sie die Radarstellungen nicht verlegt haben?«

»Nein«, widersprach Meir. »Die Verarschung bezog sich darauf, dass die Piloten nicht zwei Raketen gleichzeitig ausweichen können. Selbst bei nur einer wäre es nahezu unmöglich. Das hier ist ein gottverdammter Hubschrauber. Mit einem Kampfjet, ja, aber dieses Teil hier ist träge. Wie ein fliegender Elefant. Ihn mit einer Rakete zu treffen, ist ungefähr so leicht, wie eine Wassermelone auf ein Scheunentor zu werfen.«

Meir, Leibman und Barsky bogen sich vor Lachen.

»Ihr mich auch!« Lächelnd widmete sich Dewey dem Check seiner Ausrüstung, während das Gelächter der drei die Kabine erfüllte. »Ich hatte ganz vergessen, wie abgefuckt der israelische Humor ist.«

»Wenn alle ständig versuchen, dich umzubringen, hättest du auch einen abgefuckten Humor.«

Dewey presste die Nase an die Scheibe und lugte hinaus. Abgesehen von ein paar gelben Punkten an einer Stelle war am Boden alles dunkel.

»Was seh ich mir da an?«, wollte Dewey wissen.

»Die Golanhöhen!« Meir zeigte auf eine Stelle in der Tiefe. »Mein Vater hat dort gekämpft. Matthias' Vater ebenfalls.« Er meinte Leibman, der hinter ihm auf dem Boden saß. »Ein furchtbarer Krieg, aber am Ende haben wir gesiegt. Hinterher bot Israel Syrien an, einen Großteil des

Territoriums zurückzugeben. Alles, was wir im Gegenzug dafür wollten, war Frieden. Aber natürlich ließen sie sich nicht darauf ein. Die Syrer bringen lieber Israelis um, als mit ihren Familien ein Picknick in der wunderschönen Berglandschaft zu machen.«

Sie wurden vom Knistern der Kabinensprechanlage unterbrochen.

»Lichter aus«, erscholl die Stimme des Piloten. »In zehn Minuten werden wir über Izra sein. Und verhaltet euch leise.«

17

DAMASKUS, SYRIEN

Al-Jaheishi trat in die Lobby. Sie war nicht gerade überfüllt, trotzdem hielten sich mindestens ein halbes Dutzend Menschen dort auf, darunter zwei Wachmänner und Schlipsträger, die gerade zur Arbeit eintrafen.

Es war Nazirs Idee gewesen, eine IS-Dienststelle in Damaskus einzurichten, mitten im Herzen des von Assad kontrollierten Gebietes. Er war der Meinung, dass sie gar nicht auffielen, solange sie die richtige Kleidung trugen und nicht rückverfolgbare Konten benutzten. Natürlich hatte er recht, trotzdem lief Al-Jaheishi jedes Mal, wenn er die Lobby betrat, ein Schauer über den Rücken, weil er nicht wusste, was ihn dort erwartete.

Bald ist es vorbei. Dann bist du in Amerika. Uncle Sam wird sich für deine Dienste erkenntlich zeigen.

Al-Jaheishi durchquerte die Lobby und trat auf die Straße hinaus, wandte sich nach rechts und mischte sich unter die

Scharen von Fußgängern. Er ging durch das halbe Viertel. Als er eine Straßenecke weiter ein Taxi halten sah, rannte er hin. Vor dem Einsteigen blickte er über die Schulter zurück auf das Bürogebäude.

Vor der gläsernen Drehtür standen Leute Schlange, die gerade zum Arbeiten eintrafen. Que'san kam herausgestürzt, drängte sich durch die Wartenden, stieß einige dabei fast um.

Al-Jaheishi zog den Kopf ein, stieg ins Taxi und schloss die Tür hinter sich. Durch die Heckscheibe beobachtete er das weitere Geschehen.

»Wohin?«, wollte der Fahrer wissen.

Hinter Que'san trat dessen Stellvertreter Azrael ins Freie.

Al-Jaheishi lief es kalt über den Rücken.

Que'san hatte die Idee mit den Enthauptungen gehabt. Azrael hatte die erste vollstreckt.

Die zwei postierten sich auf den Granitstufen vor dem Eingang, düster und drohend, und suchten die Umgebung ab. Beide trugen Anzüge, jeweils die rechte Hand im Jackett versenkt, an der Waffe. Azrael entdeckte das Taxi zuerst. Er hob den Arm und schien genau auf ihn zu deuten.

»Ins Ostviertel«, sagte Al-Jaheishi. »Zum Café Mossul.«

Mallory ließ sich am Hauptbahnhof absetzen. Der Platz vor der Eingangshalle war ziemlich belebt. Es gab nur wenige freie Bereiche. Soldaten in den olivgrün-roten Uniformen der syrischen Armee standen überall. Auf die Schnelle zählte Mallory acht von ihnen, ehe er auch nur die Hälfte des Wegs zurückgelegt hatte. Jeder hielt eine Maschinenpistole in den Händen. Im Abstand von jeweils drei Metern bewachten sie den Zugang zum Gebäude, inspizierten aufmerksam die Menge.

Er lief mit leicht gebeugtem Kopf, betrat den überfüllten Bahnhof, ließ die Wartehalle hinter sich und strebte einem Ausgang auf der gegenüberliegenden Seite entgegen. Er bewegte sich langsam, um bloß keinen Verdacht zu erregen, passierte einen weiteren Pulk Bewaffneter und reihte sich in eine Gruppe von Leuten ein, die gerade aus einem Regionalzug stiegen. Er überquerte die Straße und näherte sich der Stelle, an der er eben ausgestiegen war. Der Citroën stand noch da.

Mallory bückte sich, tat, als würde er seinen Schnürsenkel binden, während er über den belebten Boulevard spähte, zwischen Bussen und Autos hindurch, bis er ein freies Sichtfeld hatte. Der Fahrer saß am Steuer, den Blick auf den Eingang gerichtet, als hielte er Ausschau nach ihm. Mallory richtete sich auf und eilte mit schnellen Schritten eine Seitenstraße entlang, weg vom Verkehrsknotenpunkt. Bei der nächsten Gelegenheit bog er links ab, dann rechts und schließlich wieder links, bahnte sich im Zickzack den Weg in eine Wohngegend mit hübschen Sandsteinhäusern, gepflegten Vorgärten und hell gestrichenen Fensterläden.

»Ich wünsche dir einen guten Tag«, grüßte ein alter Mann, der mit einer Katze im Schoß auf der Terrasse vor seiner Wohnung saß.

Mallory winkte ihm zu. »Guten Morgen, mein Freund.« Im Laufe seiner Tätigkeit für die CIA war er schon mehrmals in Damaskus gewesen. In gewisser Weise erinnerten ihn die Menschenmassen, die chaotischen Verkehrsverhältnisse, Smog und Lärm an Kairo. Doch während die Häuser Kairos von Geschichte und Wundern der Vergangenheit kündeten, von architektonischen Leistungen, die viel moderner wirkten als ihre Entstehungszeit, verfügte Damaskus über eine schlichte Schönheit, die einen schier bezauberte.

Kairos Bewohner verspürten nichts als Ehrfurcht und Respekt für ihre Stadt, ohne je das Gefühl zu haben, dass sie ihnen gehörte. Damaskus hingegen war authentisch und ehrlich; eine Heimat, in der man sich geborgen fühlte, weniger eine Metropole als eine zu groß geratene Kleinstadt. Der Stolz, den die Menschen empfanden, spiegelte sich auf allen Ebenen in einer gewissen Reinheit wider. Darin, wie einem höflich zugenickt wurde, wie penibel Ladenbesitzer ihre Schaufenster auf Hochglanz säuberten. Und in den roten und gelben Blüten, die gleich abseits der Geschäftszentren auf den winzigen Veranden aus den Blumenkästen hingen. Der Legende zufolge hatte der Prophet Mohammed, aus Mekka kommend, Damaskus erblickt, sich jedoch geweigert, die Stadt zu betreten. Mit der Begründung, er wolle nur einmal ins Paradies eingehen, und zwar bei seinem Tod.

Mallory schielte aufs Handgelenk. Fünf nach acht. Er orientierte sich am schneebedeckten Gipfel des Dschabal Qasiyun, konnte in der Ferne den Präsidentenpalast ausmachen. Am äußeren Innenstadtring, der die Umayyaden-Plaza umrundete, marschierte eine weit in die Länge gezogene Reihe von Soldaten am Springbrunnen entlang. Autos rasten vorbei, unaufhörlich hupte es.

Mallory erreichte die Al Madhi Ibn Barakeh, eine viel befahrene Straße Richtung Westen. Nach wenigen Minuten tauchte die weithin sichtbare blaue Glasfassade des Blue Tower Hotels auf. Ein halbes Dutzend Blocks weiter fand er in einer kleinen Seitenstraße ein Stück entfernt den gesuchten Springbrunnen, gleich dahinter eine Reihe von Geschäften. In der Mitte standen jede Menge Tische, an denen Menschen aßen und tranken.

8:36 Uhr.

Er schaute genauer hin. Andreas war noch nirgends zu sehen, doch das hatte nichts zu bedeuten. Mallory ging davon aus, dass Andreas sich getarnt hatte. Außerdem fiel es in diesem Getümmel schwer, jemanden zu entdecken.

Mehrere Hundert Kilometer Luftlinie südlich von Damaskus jagte der Chopper dahin, umkurvte kleinere Städte wie Izra, Shaqra, Elbobar und nahm bei Hazm Kurs Richtung Norden, bis es in gerader Linie nach Al-Ghizlaniyah ging, einem größeren Vorort nahe Damaskus.

Sie flogen in 6000 Metern Höhe. Obwohl sie in einer druckdichten Kabine saßen, spürte Dewey, wie die Kälte hereinkroch.

Der israelische Hubschrauber hatte die komplette Beleuchtung abgeschaltet.

Die meiste Zeit über spähte Dewey nach draußen. Es war zwar dunkel, doch die Lichtcluster wurden größer und heller. Das hieß, sie flogen zunehmend über bewohnte Gebiete. Ihn beschlich ein leicht mulmiges Gefühl.

Im trüben Halbdunkel musterte er Meir. »Ich nehme an, unser Radar ist ausgeschaltet.«

»Ja«, bestätigte sein Begleiter.

»Und wie fliegen wir dann?«

»Auf Sicht.«

Dewey nickte.

»Keiner hat je behauptet, dass es ein Zuckerschlecken wird«, schob Meir hinterher. »Ich bin froh, wenn wir endlich wieder am Boden sind.«

Wenige Minuten später erfasste ein Beben den Hubschrauber, die Nase neigte sich bedrohlich nach unten und er kippte nach links weg.

In der Kabine sprang ein gedämpftes blaues Licht an. Einer der Piloten kam aus dem Cockpit, kniete sich vor sie und raunte: »Sie haben uns auf dem Radar. Ein

Regionalflughafen. Wir wurden bereits zweimal aufgefordert, uns zu identifizieren.«

»Was tun wir jetzt?«, wollte Dewey wissen.

Meir sah erst Dewey an, dann den Piloten. Ein merkwürdiger Ausdruck lag auf seinem Gesicht. Von Humor und Gelassenheit keine Spur mehr.

Ein schriller Warnton hallte durch die Kabine.

»Sie haben uns erfasst!«, brüllte der Pilot aus dem Cockpit. Sein Kollege stürzte nach vorn und kletterte hektisch auf den Sitz. »Festhalten!«

Der Chopper neigte sich nach links, doch anstatt zu korrigieren, bewegte er sich in einem schier unmöglichen Bogen weiter abwärts, tiefer und tiefer. Dewey, Meir und die beiden anderen Kommandosoldaten wurden gegen die Rückwand geschleudert. Dewey packte eine Leinenschlaufe.

»Den Fallschirm«, blaffte Meir, während ihm das Blut aus der Nase schoss. Anscheinend hatte er bei dem Ausweichmanöver etwas abbekommen. »Leg ihn an!«

Der Hubschrauber richtete sich wieder horizontal aus, musste die Bewegung jedoch abbrechen und scharf nach rechts ziehen, weil ein dröhnendes Düsentriebwerk über sie hinwegraste.

Dewey schnappte sich den Fallschirm und schaute zu Leibman. »Ich brauche Waffen.«

In der Ramat David Airbase beobachtete Safer, wie zwei syrische Jets vom Stützpunkt Ramadahh starteten. Sie hatte keine Möglichkeit, mit Panther Ten Kontakt aufzunehmen.

Mit Griff ans Ohr aktivierte sie eine Funkverbindung.

»Black Torch Four, Black Torch Five«, sprach sie mit ruhiger Stimme, während ihre Nasenlöcher sich leicht weiteten und ihr gerötetes Gesicht ihre Gelassenheit Lügen strafte.

»Aufbruch! Das ist keine Übung. Wir haben ein Luftaufklärungsproblem südlich von Big D. Ich wiederhole: Das ist keine Übung. Aufklärung. Prioritätsstufe Eins.«

Die Wände der Einsatzleitstelle, direkt an der Hauptstart und -landebahn von Ramat David untergebracht, erbebten, als der Schub der abhebenden F-18 die Luft erzittern ließ, dicht gefolgt vom Überschallknall der Triebwerke. Sekunden später legte der zweite Jet nach.

»Mission Control, hier spricht Black Torch Two, over«, erscholl die Stimme des Piloten im führenden Jet. »Was liegt an?«

»Wir haben einen gestrandeten Helikopter zwölf Klicks südlich von Damaskus«, funkte Safer. »Es handelt sich um Panther Ten. An Bord sind drei Angehörige von S 13. Anscheinend wurden sie vom syrischen Radar erfasst.«

»Roger«, bestätigte der Pilot. »Sind wir unsichtbar?«

Safer drehte sich zu Tarshaw. Dieser hob den Daumen und nickte. »Mein Gott«, sagte er. »Sie sind schon an der Green Line.«

Tarshaw tippte wie ein Wilder und verzichtete darauf, einen offiziellen Countdown einzuleiten. Er nickte Safer zu, deren Blick zum Plasmaschirm glitt. Zwei grüne Punkte, unterwegs Richtung Syrien, verschwanden vom Radar.

»Sie sind unsichtbar, Black Torch One und Black Torch Two«, gab sie durch. »Over.«

Leibman zog die Luke zum Arsenal im Heck des Choppers auf. Im Schrank sah es aus wie hinter dem Tresen eines Waffenladens. Karabiner in ihren senkrechten Halterungen, jede Menge Colt M4, allesamt mit Granatwerfer, Zielfernrohr und weiterem Zubehör. Die Reihe darunter bot eine Auswahl an Maschinenpistolen – Uzis und HKs. Die nächste Reihe, in Hüfthöhe, füllten Pistolen, durchgehend mit dem Griffstück nach oben ausgerichtet. Darunter reihenweise Munition. Deweys Blick streifte etwas Schwarzes, das über den Karabinern schimmerte. Zwei Hecate-Scharfschützengewehre.

»Ihr müsst auf unter 300 Meter gehen«, rief Meir. Deweys Augen wanderten zum Cockpit. Meir forderte die Piloten auf, tief genug hinunterzugehen, dass Dewey abspringen konnte, ohne dabei sein Leben zu riskieren. Ein Sprung aus niedriger Höhe. Dewey musste an seine Ausbildung bei den Rangers denken. Selbst bei 300 Metern war es glatter Selbstmord.

Denk nicht drüber nach. Dir hat's doch Spaß gemacht bei den Rangers.

Dewey las eine taktische Weste vom Boden auf, zog sie über sein T-Shirt und fixierte ein M4 mit nach unten gerichtetem Lauf diagonal vor den Oberkörper. Mit Leibmans Hilfe schnallte er sich eine Maschinenpistole HK MP7A1 auf den Rücken. In beide Achselholster schob er jeweils eine Pistole.

»Die sind alle geladen«, erklärte Leibman, während er Dewey half, sich Magazine in die Weste zu stopfen. »Einfach drauflosballern.«

Dewey nickte, während Barsky ihm das schwarze Gewand um die Schultern schlang.

»Sieht gut aus«, versuchte er sich an einem Witz, um die Situation aufzulockern.

Dewey grinste. »Keine Fotos bitte. Wenn meine Mutter das sieht, regt sie sich bloß auf.«

Lachend kam Meir vom Bug zu ihnen. »Weil du gleich in den Tod stürzen wirst?«

»Nein, weil ich in einem Aufzug rumlaufe wie Ajatollah Khomeini.«

Unvermittelt legte der Hubschrauber sich in eine Kurve, während draußen das Zischen einer Rakete zunehmend lauter wurde.

»Festhalten!«, brüllte einer der Piloten.

Eine Erschütterung lief durch den Chopper, als er die unterhalb des Triebwerks montierten Bordkanonen auslöste. Das Rattern der gewaltigen Schnellfeuersalve ließ die ganze Kabine erbeben.

Hellrot-orange zerfetzte eine Explosion den frühmorgendlichen Himmel zu ihrer Rechten. Mit einem Ruck schossen alle Blicke dorthin. Einer der syrischen Kampfjets verwandelte sich in ein feuriges Himmelsspektakel.

Meir trat an Dewey vorbei, langte in das untere rechte Abteil des Waffenschranks und kramte ein paar Sekunden herum.

»Hier!« Damit reichte er Dewey zwei Granaten. »Die kannst du sicher gebrauchen.«

Das Intercom unterbrach sie: »T minus fünf«, brüllte der Pilot. »Wir müssen hier weg.«

»Danke, ich habe schon alles.«

»... vier ...«

»Ich weiß nur, dass ich normalerweise keinen Bedarf an Granaten habe, aber wenn man mal eine braucht, ist es ganz nett, sie zur Hand zu haben, Dewey.«

»... drei ...«

Dewey stopfte sie in die Weste.

Meir hielt ihm etwas vor die Nase, das aussah wie ein großer Labello an einer Nylonschnur.

»... zwei ...«

»Was zum Teufel ist das? Lippenstift? Du willst wohl, dass ich bei der Folter besonders hart rangenommen werde.«

»... eins ...«

Meir lachte. »Wow, schönes Kopfkino.« Grinsend hielt er

Dewey das Ding hin. »Irgendwann musst du mir das mal genauer schildern.«

»Abgemacht«, versprach Dewey.

»Das ist ein Iridium-Peilsender«, erklärte Meir. »Häng ihn dir um den Hals. Ich komm später zurück und hol dich raus.«

»Commander, wir haben die Absetzlinie überflogen«, drang es aus der Gegensprechanlage. »Feindliche Geschütze sind auf uns ausgerichtet. Wir müssen zusehen, dass wir hier wegkommen.«

»Du brauchst mich nicht rauszuholen, Kohl.« Dewey zog den Fallschirm über die Schultern und trat an die Luke. »Ich find schon allein einen Ausweg.«

Meir packte Dewey am rechten Fallschirmgurt und stieß ihn gegen die Wand. »Trag das Ding! Ich komm zurück. Entweder um deine Leiche einzusammeln oder um dich abzuholen, das liegt ganz bei dir.«

»Na schön!«

Rasch band er sich den Sender um den Hals.

Er stellte Blickkontakt zu Leibman und Barsky her, die an der Rückwand standen und sich an den Haltegriffen festhielten. »Danke, Jungs.«

Ein letzter Händedruck mit Meir, der mehrere Sekunden währte.

Dann hämmerte der andere auf einen Knopf über der Seitenluke des Choppers. Die Luke glitt zur Seite. Ein warmer Windstoß traf die Kabine.

Dewey nahm einen Schritt Anlauf zur offenen Luke hin, machte noch einen, stieß sich an der Stahlkante ab und stürzte ins Nichts, während der Panther hochzog und beschleunigte, bloß weg aus Syrien.

18

CAFÉ MOSSUL
DAMASKUS, SYRIEN

Mallory erreichte das Café.

»Einen Tisch, der Herr?«, erkundigte sich eine Frau.

»Ja, bitte«, antwortete Mallory in akzentfreiem Arabisch. »Da drüben.«

Er bekam einen Platz an einem der Tische am äußeren Rand und bestellte eine Tasse Kaffee. Er schaute sich im Lokal um, observierte die Straße davor und die umliegenden Gehwege. Obwohl es noch früh am Tag war, betrug die Außentemperatur bereits mindestens 25 Grad. Ihm fiel nichts Besonderes auf. Bloß jede Menge Fußgänger, Rad- und Motorradfahrer.

Er wollte gerade den ersten Schluck Kaffee zu sich nehmen, da krachten Schüsse in der Nähe.

Mallory atmete tief durch, um sich zu beruhigen, doch vergeblich. Adrenalin flutete durch seinen Körper. Es war schon so lange her. Mindestens ein Jahr. In diesem Augenblick wurde Mallory klar, wie schlecht es war, sich in Sicherheit zu wiegen. Es ließ einen unvorsichtig werden. Fast noch schlimmer: Man bildete sich ein, nicht mehr für alles gewappnet zu sein. Solche Selbstzweifel waren weitaus schädlicher als irgendwelcher Rost, den man womöglich ansetzte.

Er musste an Allison denken. Vor seinem geistigen Auge erschien eine verkohlte Limousine, die Limousine, die eigentlich für ihn bestimmt gewesen war. Doch er hatte den Wagen, ganz Kavalier, Allison überlassen, damit dieser sie zu einem Tennismatch beim Cairo Cricket & Field Club chauffierte.

»Ich geh zu Fuß, Sweetheart.« Das waren die letzten Worte gewesen, die er zu ihr sagte.

Ein Tumult zu seiner Rechten, am Rand des Platzes, riss Mallory aus seinen Gedanken. Er bemerkte einen hochgewachsenen Mann, der verzweifelt zum Café rannte. Mallory kannte ihn von einem Interpol-Fahndungsfoto.

Al-Jaheishi.

Und dann lief alles aus dem Ruder.

Taumelnd stürzte Dewey durch die bitterkalte Morgenluft, eisiger Wind peitschte ihm ins Gesicht. Die ersten zehn, zwölf Sekunden lang überschlug er sich unkontrolliert, kämpfte sich langsam in die Waagrechte und nahm Sprunghaltung ein. Bis auf kurze Phasen, um seine Höhe einzuschätzen, hielt er die Augen geschlossen. Mit erschreckender Geschwindigkeit raste ihm die Erde entgegen. Im Licht der Morgendämmerung nahm er eine Landschaft in Braun-, Grün- und Orangetönen wahr, in die sich Straßen und Gebäude einfügten. Für den Moment blieb er so gut wie unsichtbar, doch sobald er den Fallschirm öffnete, bemerkte ihn jeder, der zum Himmel blickte. Das Kunststück bestand darin, den Schirm erst in letzter Sekunde zu öffnen. Je weiter oben er ihn auslöste, desto größer das Risiko einer vorzeitigen Entdeckung. Eine Entdeckung hatte allerdings unbestritten weniger fatale Konsequenzen als ein zu spät geöffneter Schirm.

Die frühe Tageszeit rettete ihn. Der Dunst des Morgengrauens hatte sich noch nicht ganz verzogen, die Straßen unter ihm wirkten größtenteils verlassen.

Er langte nach den Griffen und wartete, den Blick auf einen Parkplatz gerichtet. Aus dieser Höhe wirkten die Autos wie Matchbox-Miniaturen. Seine Hand schloss sich fester um die Reißleine. Die parkenden Fahrzeuge wurden größer, trotzdem übte er sich weiter in Geduld, während ihm Tränen über die Wangen liefen, verursacht vom peitschenden Wind. Bäume, Sträucher, eine Frau? Gleich schlug er auf dem Boden auf. Nur noch etwas Geduld … jetzt!

Dewey zog die Leine. Der Fallschirm öffnete sich mit einem Knall, so laut wie ein Schuss. Ein heftiger Ruck riss ihn zurück, um den Sturz gerade noch rechtzeitig abzufangen.

Er stellte fest, dass er sich keine sechs Meter über dem Boden befand und rasant an Höhe verlor. Mit den Füßen voran knallte er auf den festgetrampelten Lehm der Parkfläche, beugte die Knie, um die Wucht des Aufpralls abzufangen, und rollte sich ab.

Kaum hatte er die Bewegung vollendet, da zog Dewey das Kampfmesser mit der feststehenden Klinge aus der Scheide am Knöchel, kappte die Leinen, zog das Gurtzeug aus, wickelte die Materialien zu einem dichten Knäuel zusammen und ließ hastig alles unter einem abgestellten Wagen in der Nähe verschwinden.

Während er sich vergewisserte, dass niemand seine unsanfte Landung bemerkt hatte, glitt seine Hand instinktiv zwischen die Falten des Gewands zum Schulterholster unter der linken Achselhöhle und umfasste den Pistolengriff. Keine Menschenseele.

Deweys Atem ging schwer. Die Kälte, die er in anderthalb Kilometern Höhe über Damaskus gespürt hatte, verkam zu einer Erinnerung. Die Luft hier am Boden war heiß. Schon bald badete er in Schweiß.

Der Parkplatz lag hinter einem sauber aussehenden Lagerhaus in einem ruhigen Bereich. Dewey ging zur hinteren Ecke des Gebäudes, um über die Zufahrt einen Blick auf die Straße zu erhaschen. Vor dem Lagerhaus gab es einen weiteren Parkplatz. Zwei Männer in Arbeitskleidung stiegen gerade aus einem Pick-up und liefen zum Eingang.

Das Schild am Gebäude konnte Dewey zwar nicht lesen, doch es handelte sich wohl um eine Art Lieferservice. Der Parkplatz war zur Hälfte gefüllt mit Kleinbussen und Pick-ups, alle im gleichen Weiß mit identischem orange-braunen Logo.

Dewey suchte auf dem hinteren Parkplatz nach dem ältesten Pick-up, den er finden konnte. Ganz am Ende der Reihe parkte ein Nissan älteren Baujahrs. Mit dem Pistolengriff schlug er die Scheibe auf der Fahrerseite ein, entriegelte die Tür, stieg ein und sah sich prüfend um, ob jemand mitbekommen hatte, wie das Glas splitterte. Das schien nicht der Fall zu sein.

Dewey schob die Klinge des Messers unter die Lenksäule, um die Plastikabdeckung zu entfernen und den Kabelbaum freizulegen. Er hielt das Anlasserkabel an die anderen Drähte. Grollend erwachte der Motor zum Leben. Mit einem Ruck riss Dewey das Steuer erst nach links, dann nach rechts, um das Lenkradschloss zu knacken. Langsam fuhr er bis zur Ecke des Lagerhauses und die Auffahrt entlang. Er bremste. Insgesamt zählte er sieben Leute, die sich dem Haupteingang näherten. Keiner von ihnen bekam etwas von Deweys Anwesenheit mit. Nur ein Mann schaute etwas länger in seine Richtung, ehe er seinen Weg zum Gebäude fortsetzte.

Auf der Straße reihte Dewey sich in den fließenden Verkehr ein. Er zog das Handy aus der Tasche, das Meir ihm mitgegeben hatte. Die Navigations-App war bereits aufgerufen und die Adresse des Cafés voreingestellt. Keine sechs Meilen entfernt. 8:28 Uhr, verriet die Anzeige am Armaturenbrett.

Der Verkehr in Damaskus entpuppte sich als heilloses Durcheinander aus Fußgängern, Fahrradfahrern, Taxis,

Trucks und Autos, unentwegt plärrte irgendwo eine Hupe. Die Fahrzeuge hielten sich auf der rechten Straßenseite, doch wann immer die Bahn frei war, scherte jemand in den Gegenverkehr aus, um langsamere Verkehrsteilnehmer zu überholen. Auf die Ampeln achtete niemand.

An fast jeder Kreuzung lungerten Soldaten der syrischen Armee herum, entweder eine Maschinenpistole oder einen Karabiner in der Hand. Die Stadt wirkte ordentlich, die Häuser gepflegt und gut in Schuss. Doch Dewey fühlte sich trotzdem an Islamabad erinnert, kurz vor dem Sturz des pakistanischen Präsidenten Omar El-Khayab. Es lag nicht allein an der Präsenz der Soldaten, nicht daran, dass die Mündungen ihrer Waffen unablässig über den Verkehr, die Bürgersteige, Ladenfronten und Cafés strichen. Nichts Greifbares, eher etwas, das in der Luft lag: Anspannung, Angst, die Gewissheit, dass Syrien sich mitten in einem Krieg befand, den es zu verlieren drohte. Im Moment mochte Damaskus durchaus die sicherste Stadt in Syrien sein, doch die Furcht der Männer und Frauen, die mit raschen Schritten und hektischen Blicken vorübergingen, ließ an Deutlichkeit nichts zu wünschen übrig.

Rein, raus. Bloß nicht zu kompliziert!

Dewey nutzte das Verkehrschaos, um geradezu rücksichtslos quer durch die Stadt zur Umayyaden-Plaza zu fahren.

Vom dortigen Springbrunnen orientierte er sich in Richtung eines belebten Boulevards. Als Dewey nur noch einen Block vom Café entfernt war, bog er in eine schmale Seitenstraße ein und stellte den Wagen ab.

Zu Fuß ging er bis zur Kreuzung, dann nach links, marschierte einen Block weit und bog dann erneut links ab, bis frontal das Café vor ihm auftauchte, in dem er sich mit Mallory und dem Syrer Al-Jaheishi treffen sollte.

Al-Jaheishi wurde nervös. Schon 8:25 Uhr. In fünf Minuten musste er in dem Café sein, dabei lag noch über eine Meile Strecke vor ihm. Er hatte den Treffpunkt bewusst weit weg vom Büro gewählt, um sicherzugehen, dass er nicht zufällig jemandem begegnete, der ihn kannte. Nun bereute er seinen Entschluss. Er drehte den Kopf nervös von rechts nach links auf der Suche nach Que'san und Azalea. Offenbar hatte er sie abgehängt.

Er gönnte sich ein paar tiefe Atemzüge und spurtete los. Innerhalb von Sekunden spürte er den längst so vertrauten Schmerz.

Eine Erinnerung flammte auf: *Wimbledon Commons. Ein Regenguss.*

Der jährliche Uni-Wettkampf zwischen Oxford und Cambridge. Sein zweites Studienjahr, das erste, in dem er den Lauf für Oxford entschied. Al-Jaheishi trat für den Cross-Country-Club Oxford an. Im dritten Studienjahr avancierte er zu Oxfords Spitzenläufer.

Irgendwie fanden seine Arme, nervös verkrampft zunächst, zu einem gleichmäßigen Rhythmus, lässig an den Seiten schwingend. Mit weit ausgreifenden, langen Schritten fegte er über das Trottoir. Er trug Hemd und Krawatte, dazu seine Anzughose und Brogues. Trotzdem fühlte er sich zurückversetzt nach Four Lawn, stürmte wie ein Teenager querfeldein über die grünen Polofelder, rannte wie der Wind. Für ein paar wertvolle Augenblicke vernahm er um sich herum nichts als das Zirpen der Grillen damals in England, das Geräusch seines Atems, das Schlagen seines Herzens, das an seine Grenzen stieß und sich bereitwillig darauf einließ. Für ein paar Sekunden fühlte Al-Jaheishi sich frei.

An der nächsten Straße holte ihn Que'sans tiefe Stimme zurück in die Wirklichkeit.

»Stopp, Marwan!«

Al-Jaheishi bog in vollem Lauf um die Ecke, da hörte er hinter sich Rufe, eine Frau schrie, dann wieder Que'san: »Haltet den Mann auf!«

Al-Jaheishi blickte stur geradeaus. Noch zwei Blocks bis zum Café Mossul. Da nahm er Mallory wahr. Ihre Blicke trafen sich, Mallory wandte sich ab.

Al-Jaheishi vernahm einen Schuss. Im selben Moment spürte er einen Schlag am Bein. Er blickte an sich hinab. Innerhalb eines Sekundenbruchteils registrierte er das Blut und dass ihm ein Stück Wade fehlte. Dann setzte der Schmerz ein und er stürzte zu Boden.

Einen Moment lang redete Mallory sich ein, die Schießerei habe nichts mit ihm zu tun. Doch er wusste es besser.

Da stimmt was nicht.

Mallory bewegte sich in Richtung Lärm. Da. Der erste Schuss verfehlte das Ziel.

Die Umstehenden begriffen gar nicht, was passierte. Ein paar entsetzte Blicke, doch niemand schrie. Jedenfalls noch nicht. Das kam erst später.

Einen Block nördlich bemerkte Mallory einen Bewaffneten, der auf Al-Jaheishi anlegte. Die Haltung eines geübten Infanteristen, rennen, dann stehen bleiben, innehalten, ausatmen, anvisieren, schießen.

Erneut zerrissen Gewehrschüsse die Luft, diesmal begleitet von hysterischen Schreien der Passanten. In Panik hasteten Männer und Frauen zum Platz.

Mallory versuchte, durch das Chaos hindurch etwas mitzubekommen, sein Blick suchte Al-Jaheishi.

Dort lag er, am Boden, vor einem Laden.

Ob er tot ist?

Mallory verharrte, als wäre er gegen eine Mauer geprallt.

Männer und Frauen drängten an ihm vorbei, die Augen vor Angst weit aufgerissen, verzweifelt bemüht, der Schießerei zu entkommen.

Wie gelähmt beobachtete Mallory, wie sich zum ersten Bewaffneten ein zweiter gesellte. Langsam näherten sich die Killer Al-Jaheishi.

Steh auf!

Als hätte er Mallorys mentales Flehen erhört, rappelte Al-Jaheishi sich hoch.

Der zweite Schütze – ein groß gewachsener Mann mit buschigem Schnurrbart im Business-Anzug – übernahm die Führung. Er ließ das Gewehr fallen und zog eine Pistole aus dem Holster unter der linken Schulter.

Al-Jaheishi krabbelte in Richtung des Geschäfts, einem Supermarkt. Dabei umklammerte er mit schmerzverzerrtem Gesicht sein Bein und zog es hinter sich her.

Mallory machte ein paar halbherzige Schritte in Richtung Laden, beobachtete, wie der Schütze, die Pistole in der Hand, Al-Jaheishi folgte. Der Kerl stürmte hinein, verschwand außer Sichtweite. Sekunden später waren, nur leicht gedämpft, weitere Schüsse zu hören, die im allgemeinen Lärm und Chaos untergingen. Menschen strömten ins Freie.

Der ganze Platz wurde vom Kreischen der Menschen dominiert. In der Ferne ertönten Sirenen.

Mallory blieb stehen, suchte die Straße ab und sah den zweiten Bewaffneten gelassen an einem Wagen stehen, das Gewehr im Anschlag. Er zielte auf den Eingang des Supermarkts. Nur für den Fall, dass Al-Jaheishi wieder auftauchte. Doch das tat Al-Jaheishi nicht.

»*Hu mmayit*«, sagte Mallory zu sich selbst.

Er ist tot.

Mallory zog sich zurück, während sein Blick zwischen dem Mann mit dem Gewehr und dem Ladeneingang hin- und herhuschte. Das Treffen war in die Hose gegangen. Dumm gelaufen!

Er dachte daran, was man ihm in der Ausbildung eingeschärft hatte.

Der größte Fehler, den ein Agent begehen kann, besteht darin, an einem Einsatz festzuhalten, nachdem er bereits fehlgeschlagen ist. Ein Agent, der einen gescheiterten Einsatz weiterverfolgt, stirbt. Es ist nichts dabei, sich einzugestehen, dass ein Einsatz gescheitert ist. Sehen Sie zu, dass Sie am Leben bleiben, dann können Sie Ihren Auftrag ein andermal erfüllen.

Sein vorrangiges Ziel bestand nun darin, ohne Aufmerksamkeit auf sich zu ziehen, aus der unmittelbaren Umgebung zu verschwinden. Dann aus Damaskus. Danach aus Syrien. Das war der schwierige Teil, es sei denn, es gelang ihm, Andreas trotzdem zu treffen. Mallory hielt nach ihm Ausschau, forschend glitt sein Blick über die hektische Szenerie. Ob er schon eingetroffen war? Hatte er es überhaupt über die Golanhöhen geschafft?

Das Handy in Mallorys Tasche vibrierte. Er zog es heraus.

Das Display zeigte eine Abfolge von Zahlen und Buchstaben, die jeden verwirrt hätte, nur Mallory nicht, der die Codefolge sofort analysierte:

A856Y47P2292MKF

Das A stand für CENCOM. Die Nachricht stammte also aus Langley, höchstwahrscheinlich ein automatischer Statusabgleich, vergleichbar mit einem auf Andreas bezogenen GPS-Trigger.

8. *Chiffrierung auf Grundlage von Codetabelle 8.*

5. *Nachricht beginnt in fünf Zeichen, zähle dann fortlaufend weiter.*

Mallory sprang an die entsprechende Stelle.

P22

P. *Eine GPS-Kennzeichnung; Andreas' Standort.*

2. *Grenze nach Syrien überschritten; Andreas ist im Land.*

2. *Absetzzone erreicht; Andreas ist vor Ort.*

Mallory ging fünf Zeichen weiter, der finale Code bezog sich auf die Einsatzregeln. Der Buchstabe F sprang ihm ins Gesicht. Eine Mischung aus Beklemmung und Adrenalin erfasste ihn.

Keine Regeln; Dringlichkeit des Pakets entspricht National-Security-Prioritätsstufe Emergency: Notfall. Tun Sie, was immer Sie für nötig halten.

Damit wurden sämtliche Vorgaben zur Befehlsgewalt und dem Vorgehen während des Einsatzes außer Kraft gesetzt, einschließlich Al-Jaheishis Status. Mallory musste versuchen, an das Paket zu gelangen, ob Al-Jaheishi nun noch lebte oder nicht.

Mallory bewegte sich rückwärts, mischte sich unter die Schaulustigen. Neben einem verbeulten Peugeot duckte er sich, um zu beobachten und die nächsten Schritte abzuwägen. Er musste wohl auf die IS-Leute losgehen ... es sei denn, Al-Jaheishi schaffte es irgendwie, aus dieser Klemme zu entkommen.

Al-Jaheishi stieß sich vom Boden ab, stützte sich auf sein gesundes Bein, packte das verletzte auf Höhe des Knies und schleifte es hinkend hinter sich her zum Eingang des Supermarkts. Zwar bemühte er sich, nicht hinzusehen, konnte sich eine kurze Kontrolle jedoch nicht verkneifen. Blut sickerte aus der Schusswunde am Bein, durchnässte bereits den unteren Teil der Hose. Er streckte den Arm nach der Tür aus. Im letzten Moment glitt sein Blick nach links und er bemerkte Mallory. Sie waren sich einmal in Kairo begegnet, im Hilton. Präsident Mursi war mit seinen Spitzenberatern zu einem Treffen mit der amerikanischen Delegation dort eingetroffen. Hass lag in der Luft, doch Mallory, genau wie er nur stummer Zeuge der Auseinandersetzung, hatte ihm freundlich zugelächelt und sich vorgestellt.

Ein weiterer Schuss krachte. Al-Jaheishi wurde an der Schulter getroffen. Gleichzeitig zersplitterte die Glasscheibe vor ihm. Die Kugel hatte seine Schulter durchschlagen und die Scheibe zertrümmert. Von überall her waren Schreie zu hören. Mit einem leisen Wimmern zog Al-Jaheishi sich in den Laden zurück.

Reflexartig langte er sich an die Schulter, befühlte die groteske Nässe, das Loch im Körper, aus dem das Blut schoss. Bestrebt, die zerstörte Wade zu ignorieren, humpelte er in den Supermarkt, stolperte in den rückwärtigen Bereich, schleifte das Bein am Stoff der Hose oberhalb des Knies hinter sich her.

Im Markt kauerten noch ein paar verängstigte Kunden. Sie waren – irrtümlich – davon ausgegangen, in Sicherheit zu sein, wenn sie nicht ins Freie flüchteten. Al-Jaheishi glitt an einer alten Frau und einem jungen Vater mit seiner Tochter vorbei. Schweigend starrten sie ihn an, entsetzt über den Anblick seiner lädierten Schulter und des verstümmelten Beins.

Die alte Frau streckte die Hand nach ihm aus.

»*Abni*«, flüsterte sie mit Tränen in den Augen, als er sich an ihr vorbeizwängte.

Mein Sohn.

Ganz hinten im Laden befand sich eine Kühltheke. Er klammerte sich am Aluminiumbord fest und duckte sich hinter das Endregal, um sich zu verstecken. Seine ganze Konzentration verwandte er darauf, keinen Laut von sich zu geben, obwohl er am liebsten einfach losgeschrien hätte. Ein entsetzlicher, erbarmungsloser Schmerz durchflutete den ganzen Körper.

Krachend flog die Tür auf, am Eingang entstand lauter Tumult.

»*Ayn hu?*«, brüllte der Mann.

Wo ist er?

Er erkannte die tiefe Stimme. Que'san.

Al-Jaheishi erspähte in der Ecke einen Spiegel unter der Decke, mit dem der Inhaber Ladendiebe entlarven wollte. Aus seiner geduckten Position bekam er mit, wie Que'san zum Tresen ging, die Waffe auf einen kleinwüchsigen Mann gerichtet, der die Hände verstört über den Kopf hielt. Al-Jaheishi hörte Gemurmel, gleich darauf einen Schuss. Es klang wie das Krachen einer Bombe, gefolgt von Schreien. Der Ladeninhaber sank zu Boden.

Al-Jaheishi blickte die Gangreihe entlang. Erst jetzt fiel ihm die Blutspur auf, die sich über den Boden zog. Sie stammte von seinem heftig blutenden Bein.

Rufe wurden am Ladeneingang laut. Wer noch da war, ließ seine Taschen fallen und rannte.

Al-Jaheishi blieb hinten in der Abteilung mit den gekühlten Lebensmitteln, beobachtete im Spiegel aus der Vogelperspektive, wie Que'sans Kopf zum rückwärtigen Bereich des Ladens ruckte. Al-Jaheishi empfand einen stechenden Schmerz, als er sich auf die Knie niederließ, um neben dem Gang in Deckung zu gehen. Gleichzeitig zückte Que'san auf der anderen Seite die Waffe und arbeitete sich auf der Suche nach ihm Meter um Meter methodisch voran.

Al-Jaheishi kroch, eine glänzende Blutspur auf dem weißen Linoleum hinterlassend, durch den Gang Richtung Eingang, lugte um die Ecke und machte kehrt, um in den nächsten Gang zurückzukriechen, hinter Que'san her.

Que'san befand sich nun vor ihm, kehrte ihm den Rücken zu. Wie ein Riese ragte er auf und hielt nach Al-Jaheishi Ausschau. Der Jäger auf der Fährte der verwundeten Beute.

Al-Jaheishi hatte noch nie jemanden getötet. Noch nicht einmal annähernd.

Sirenen wurden lauter.

Lautlos stemmte Al-Jaheishi sich hoch, humpelte den Gang entlang und sprang Que'san von hinten an, schlang ihm den rechten Arm um den Hals und zerrte den Kopf des Gegners mit aller Gewalt nach hinten, um ihm das Genick zu brechen oder ihn zu erwürgen.

Doch Que'san war stark. Al-Jaheishi mühte sich ab, sich auf Que'sans Rücken zu halten, während der Riesenkerl sich abmühte, freizukommen. Brutal rammte er dem Angeschossenen den Ellbogen in die Rippen, gleich darauf noch einmal. Das raubte ihm den Atem. Trotzdem hielt Al-Jaheishi sich stur weiter fest, obwohl ihm alles wehtat und er kaum Luft bekam. Er legte seine gesamte Anstrengung in die Bemühung, Que'san zu erdrosseln.

Que'san ächzte, versuchte, etwas zu sagen. Er klang leise, heiser. Al-Jaheishi bereitete ihm Schmerzen. Dann hörte er es: Die Pistole in Que'sans Hand fiel zu Boden.

Al-Jaheishi saß nach wie vor huckepack auf dem anderen und klammerte sich verzweifelt fest, während Que'san, um Atem ringend, die Hände nach oben streckte und unkoordiniert nach Al-Jaheishi schlug. Mit einer Hand erwischte er Al-Jaheishis Haare, packte zu und zerrte daran, Que'sans andere Hand krallte sich in den Hals des Spions, kämpfte darum, das Gelenk auszukugeln.

Al-Jaheishi hielt sich fest, so gut er konnte, während Que'san ihn in der Absicht, sich zu befreien, nach vorn zog. Al-Jaheishi spürte, was für eine Kraft der Gegner in den Armen hatte. Er schaffte es nicht, Que'san das Genick mit einem Ruck nach hinten zu zerren. Er war schlicht nicht stark genug. Langsam stemmte Que'san ihn in die Höhe. Al-Jaheishi merkte, wie seine Beine den Halt am Rücken des anderen verloren. Que'san hatte ihn jetzt, schleuderte ihn von sich. Al-Jaheishi riss schützend die Arme hoch, doch vergebens. Er segelte durch die Luft, krachte kopfüber gegen das Kühlregal und stürzte stöhnend auf den harten Boden.

Benommen blickte er auf, nahm alles nur noch verschwommen wahr, schwarz-weiß, wie in Zeitlupe. Erst Sekunden später durchzuckte der Schmerz seinen Scheitel. Er versuchte, einen klaren Blick zu bekommen.

Mach, dass du hochkommst!

Er sah alles wie durch Watte, bis er eine Bewegung registrierte. Que'san kam auf ihn zu, die Arme ausgestreckt, das Gesicht vor Wut und Hass zur Grimasse verzerrt.

In diesem Moment bemerkte Al-Jaheishi die Waffe. Da lag sie, schwarz, im Neonlicht glänzend, ganz nah, keinen Meter von seinem Fuß entfernt.

Beweg dich, sofort!

Brüllend, mit erhobenen Fäusten stürzte Que'san sich auf ihn. Al-Jaheishi machte einen Satz nach links, langte nach der Pistole, entkam nur um Haaresbreite Que'sans rechter Hand, erwischte die Waffe, drehte sich um und drückte ab. Krachend entlud sich der Schuss, gefolgt von einem schmerzerfüllten Stöhnen. Kriechend versuchte Al-Jaheishi, sich ein paar Schritte zu entfernen. Die Kugel hatte Que'san in den Bauch getroffen. Sein Hemd war blutverschmiert, die Hand fuhr zu der Wunde. Dann traf sein mordlüsterner Blick Al-Jaheishi. Schwankend taumelte er nach vorn, mit den Armen nach seinem Rivalen schlagend. Al-Jaheishi krabbelte übers Linoleum, bloß weg von Que'san, doch dieser landete auf Al-Jaheishis Beinen, sein Blick noch unkontrollierter als einen Moment zuvor; der

Zorn eines Mannes, der nicht hinnehmen wollte, sich von einem Schwächling wie Al-Jaheishi töten zu lassen.

Mit zitternden Fingern drückte Al-Jaheishi ein zweites Mal ab. Die Kugel schlug in Que'sans Kinn, riss ihm das Gesicht weg, sodass das Blut über eine Reihe von Müslischachteln und Brotlaibe spritzte.

Entsetzt, fast ungläubig starrte Al-Jaheishi auf das, was er angerichtet hatte. Er strampelte, um sich aus Que'sans erschlafftem Griff zu lösen, und hinkte in den Eingangsbereich des Ladens, während die Sirenen lauter wurden. Er langte in die Tasche, fand die SIM-Karte, seine blutverschmierte Hand schloss sich darum. Wie ein Betrunkener wankte er durch die Tür nach draußen.

Als dumpf zwei weitere Schüsse aus dem Laden drangen, stand Mallory auf und setzte sich in Bewegung. Er nahm den zweiten Schützen wahr, der weiterhin den Eingang im Auge behielt, darauf wartete, wer herauskam, bereit, sollte es Al-Jaheishi sein, ihm noch ein paar Kugeln zu verpassen.

Die Tür schwang auf. Es war Al-Jaheishi. Ihre Blicke trafen sich.

Mallory stürmte los, um ihn wegzustoßen. Er drehte sich zum zweiten Schützen auf der anderen Straßenseite um, genau in dem Moment, als dieser abdrückte. In hohem Bogen schoss Al-Jaheishi das Blut aus der Brust, als die Kugel in ihn eindrang. Er kollabierte auf dem Bürgersteig.

Fliehende Fußgänger beiseitestoßend, rannte Mallory zu Al-Jaheishi.

»Ana tabib«, rief er. »Alhusul ealaa wata alttariq!«

Aus dem Weg! Ich bin Arzt!

Mallory erreichte den Leichnam und griff nach dessen Händen, da vernahm er eine Stimme.

»Ha yamassuh!«
Rühr ihn nicht an!

Mallory legte Al-Jaheishi die linke Hand an den Hals, tat, als würde er den Puls fühlen, dabei war ihm längst klar, dass er tot war. Gleichzeitig suchte die Rechte nach der SIM-Karte, tastete Al-Jaheishis Taschen auf der Suche nach dem winzigen Objekt ab.

Aus dem Augenwinkel bekam er mit, dass Bewaffnete auf ihn zurannten. Er konnte die Karte nicht finden. Seine Gedanken überschlugen sich. Die Männer kamen näher.

»Tataharrak!«, schrie einer von ihnen, gerade als Mallory Al-Jaheishis ausgestreckter Arm auffiel. Die Hand war zur Faust geballt.

Mach schon!

»Annah jurih«, sagte Mallory, ohne aufzublicken. Hektisch nach der Hand greifend, zwängte er die Finger auseinander, und da war sie. Die SIM-Karte. *»Ana tabib.«*

Er ist verletzt. Ich bin Arzt.

Er schnappte sich die Karte, da traf ihn ein heftiger Tritt in den Rücken, der ihn förmlich umhaute. Mallory blickte auf.

Der Bewaffnete musterte Mallory mit leicht panischer Miene. Er wusste nicht, was er tun, ob er Mallory nicht auf der Stelle erschießen sollte.

Zwei weitere Männer fanden sich bei Al-Jaheishis Leichnam ein, die Mallory zuvor nicht bemerkt hatte. Während der Schütze ein Button-down-Hemd und schwarze Business-Slacks anhatte, trugen diese beiden Jeans und T-Shirt und hielten jeder eine Uzi in der Hand.

IS.

Aus allen Richtungen näherte sich mittlerweile Sirenengeheul. Ein rotes Blinklicht geriet in Sicht. Der erste Streifenwagen traf am Schauplatz des Verbrechens ein.

Langsam erhob Mallory sich, hob, ganz der verängstigte Bürger, die Hände, ließ die drei Bewaffneten nicht aus den Augen. Die ersten Polizisten riefen von der Straße aus etwas. Instinktiv ließ das Trio seine Waffen verschwinden.

Mallory trat von dem Toten zurück. Er drehte sich um und ging langsam zurück zum Café. Eine kleine Menschenmenge hatte sich eingefunden, die das Geschehen von Weitem verfolgte. Er zwängte sich zwischen ihnen durch.

Mission erfüllt. Jetzt sieh zu, dass du von hier verschwindest.

Als er das Café passiert hatte, schaute er sich noch einmal um. Ein beklemmendes Gefühl, schwer zu beschreiben, nur wer den Tod schon mal vor Augen hatte, kennt es. Der Anzugträger befand sich keine anderthalb Meter hinter ihm, flankiert von seinen Gorillas.

»Aietaqadat 'annak nazarat mudhak.«
Dacht ich's mir doch, dass mit dir was nicht stimmt.

Mallory rannte los. Einer der Bewaffneten schoss. Die Kugel traf Mallory in den Rücken – ein tiefer Schuss, unters Herz. Der Kerl wusste, was er tat.

Mallory sackte zusammen, sank zu Boden, landete auf dem Rücken.

»Wo ist es?«, fragte der Mann, diesmal in gebrochenem Englisch.

Mallory starrte zu ihm hoch, halb tot vor Schmerz.

»Wo ist es?«, brüllte der Mann, während er sich hinunterbeugte, um Mallory die Mündung der Waffe gegen die Stirn zu rammen.

Mallory sagte nichts, starrte den Terroristen stumm an, hielt die SIM-Karte fest umklammert, während sich das Blut in seiner Kehle sammelte und ihn husten und würgen ließ. Er spürte, wie es im Hals dickflüssig gurgelte und ihn am Atmen hinderte. Ein starker, pochender Schmerz, der sich im ganzen Körper ausbreitete, doch alles, woran er zu denken vermochte, war die Tatsache, dass er keine Luft holen konnte, dass er am eigenen Blut erstickte, unfähig, sich zu rühren.

Mallory schloss die Augen, als das Blut ihm aus Mund, Nase und Ohren quoll.

Schüsse. Er hörte sie von weit weg. Die Polizei?

Mallory schlug die Augen auf. Er fühlte sich völlig unbeteiligt, wie ein stummer Beobachter, als sähe er einen Film im Kino. Sein Blick fand die Killer. Alle drei – der Kerl im Anzughemd und die beiden schwarz gekleideten Gorillas – drehten sich in die Richtung, aus der die neuerlichen Schüsse kamen. Mallory las Verwirrung in ihren Gesichtern. Die beiden Hünen in Schwarz wirbelten herum, schwenkten ihre Uzis. Der Kerl in Business-Kleidung, der ihn angeschossen hatte, beugte sich hinunter, streckte die Hand mit der Waffe aus und wollte ihn erschießen.

Der Killer war außer sich vor Wut. Er sagte etwas zu Mallory, doch der hörte es nicht. Er lag reglos da, spürte, wie der Schmerz langsam von ihm wich. Er hatte immer noch keine Luft geholt, doch das spielte jetzt keine Rolle mehr. Er ersparte sich die Mühe und ließ sich fallen. Ihn überkam ein Gefühl tiefer Gelassenheit.

19

CAFÉ MOSSUL
DAMASKUS, SYRIEN

Dewey war noch einen halben Block von dem Platz entfernt, als er die Schüsse vernahm. Das tiefe Donnern eines großkalibrigen Gewehrs, das jemand unter freiem Himmel abfeuerte.

Ohne nachzudenken, hechtete er vom Bürgersteig auf die Straße.

Er hörte zwei weitere Schüsse, gleich darauf Schreie.

Er sprintete los und erreichte nach einem kräftezehrenden Spurt den Platz, ein zentrales Rechteck mit einer Statue in der Mitte, auf allen vier Seiten von Straßen umgeben, diese wiederum gesäumt von Restaurants und Geschäften. Auf den Bürgersteigen wimmelte es von Menschen. Der Platz selbst war ebenfalls gedrängt voll.

Dewey betrat ihn von sechs Uhr her und machte sofort das Café direkt gegenüber auf Zwölf-Uhr-Position aus, zwei Querstraßen und mehrere Hundert Meter entfernt.

Hier war die Hölle los. Völlig aufgebracht von der Schießerei stoben die Menschen in alle Richtungen auseinander. Dewey roch den Pulverdampf, hörte von fern die Sirenen, mehrere Blocks weit weg.

Sein Blick wurde auf eine Ladenzeile an der entgegengesetzten Ecke des Platzes gelenkt. Dort herrschte hektische, panische Betriebsamkeit. Von dort kamen die Schüsse. Alles ging drunter und drüber, die Leute strömten aus den Gebäuden, hetzten auf den Platz – und zum Café.

Wieder Schüsse. Es klang wie Feuerwerk, diesmal eher gedämpft. Eine Pistole, die in einem der Geschäfte abgefeuert wurde. Spitze Schreie, Gebrüll. Das Quietschen von Reifen, die sich in den Asphalt fraßen, als Fahrer übereilt die Flucht antraten.

Die Straße war voller Menschen, die auf den Gehwegen, auf der Fahrbahn und über den Platz von rechts – wo die Schüsse gefallen waren – an Dewey vorbei nach links strömten. Immer wieder heulten Sirenen auf.

Dewey stand jetzt mitten auf der Straße, stürmte los, durch das Gedränge der flüchtenden Syrer auf die Schießerei zu. Dabei übersah er das Taxi, das direkt auf ihn zujagte.

Als Dewey endlich merkte, dass ein Zusammenstoß drohte, konnte er nicht mehr ausweichen. Das Taxi machte einen Schlenker, kam jedoch weiterhin schlingernd auf ihn zu. Der Fahrer schaute nicht auf die Fahrbahn, sondern zu den Geschäften, wo geschossen wurde. Kurz bevor die Stoßstange ihn erfasste, sprang Dewey mit einem Satz in die Luft und prallte hart auf die Motorhaube, die dabei leicht eingedrückt wurde. Er rollte sich ab, landete auf den Füßen und rannte weiter zur anderen Seite des Platzes.

Der Lärm erreichte infernalische Ausmaße. Hupen und Sirenen übertönten das hektische Trampeln und die Rufe der verzweifelt Fliehenden.

Deweys Aufmerksamkeit wurde von etwas zu seiner Rechten beansprucht: Ein einzelner Mann bewegte sich langsam den Gehweg entlang, bestrebt, von der Ladenzeile wegzukommen. Er war jung, hatte kurze Haare. Da sah Dewey es: Die Schulter des anderen war blutüberströmt und er zog ein Bein nach, während er sich vorwärtsmühte. Als sich in der Menge eine Lücke auftat, konnte Dewey auch das Bein erkennen: vom Knie abwärts ebenfalls voller Blut.

Al-Jaheishi.

Ein Stück hinter ihm folgte ein Berg von einem Mann. Er hielt eine Pistole in der Hand und richtete sie auf den Verletzten, der sich ein paar Meter entfernt vorwärtsschleppte.

Dewey beschloss einzugreifen. Sein Blick huschte nach links, während seine Hand in den Falten des Gewands verschwand. Die Finger fuhren zum Riemen an der rechten Schulter.

Die Lautstärke der Sirenen nahm zu, es wurden immer mehr. Ohne es wirklich zu sehen, erfasste Dewey das rote Blinklicht einen Block entfernt.

Mittlerweile befand er sich direkt gegenüber von Al-Jaheishi und dessen Verfolger auf der anderen Straßenseite.

Plötzlich tauchten zwei weitere Männer mit Waffen auf. Beide in schwarzer Kleidung, beide im Laufschritt. Die kurzen Läufe identifizierte Dewey auf Anhieb: Uzis.

Während er sich betont gelassen dem Schauplatz näherte, löste er den an der Schiene des M4-Karabiners befestigten Gurt. Seine Augen folgten Al-Jaheishis Blickrichtung, während dieser um sein Leben rannte oder vielmehr hinkte. Da sah er Mallory.

Erneut zerriss ein lautes Krachen die Luft. Der Pistolenmann feuerte. Al-Jaheishi stürzte zu Boden. Dewey beobachtete, wie Mallory zu ihm ging.

Mit schlafwandlerischer Sicherheit stellte Dewey unter dem Gewand den Wahlhebel auf Einzelfeuer. Mallory hatte Al-Jaheishi inzwischen erreicht, beugte sich über ihn, als wollte er sich erkundigen, wie es ihm ging. Dewey wusste, dass der CIA-Mann nach dem Paket suchte.

Dewey betrat den Platz und näherte sich dem Café. Er hatte den Finger am Abzug, bereit zu töten, sollte es notwendig werden. Doch er hoffte, dass es nicht dazu kam.

Al-Jaheishi war tot, doch Mallory kniete weiterhin neben ihm. Schon bald gesellten sich weitere Leute hinzu, die helfen wollten. Die Bewaffneten – alle drei – tauchten hinter ihnen auf, schossen jedoch nicht. Mallory blickte auf und sagte etwas zu dem hochgewachsenen Mann, griff nach Al-Jaheishis Hemd und begann es aufzuknöpfen, als würde er Erste Hilfe leisten wollen. Eine Show einzig und allein für die drei Kerle, die nun hinter ihm standen und auf ihn zielten.

Unvermittelt versetzte der Größte der Männer Mallory einen Tritt in den Rücken. Dieser schlug der Länge nach hin. Nach dem Schreckmoment erhob er sich vorsichtig, während die beiden schwarz gekleideten Kerle sich über Al-Jaheishi hermachten und seine Taschen durchwühlten.

Mallory wich zurück, die Hände nach vorn gestreckt, um dem Mann mit der Pistole zu signalisieren, dass er jetzt gehen werde. Damit entfernte er sich von der Leiche.

Mallorys Show schien zu funktionieren. Die Killer konzentrierten sich ganz auf Al-Jaheishi.

Ein Stück weit die Straße hinauf vernahm Dewey Rufe auf Arabisch. Die Polizei von Damaskus war eingetroffen.

Mallory hatte es schon fast bis zum Menschenauflauf vor dem Café geschafft. Noch ein paar Meter, bis er in Sicherheit war. Dann könnten sie im Schutz des allgemeinen Durcheinanders vergleichsweise unbeschadet von hier verschwinden. Und Dewey schaffte es nach Israel zurück, ohne auch nur eine Kugel abfeuern zu müssen.

Doch dann drehte der hochgewachsene Mann mit der Pistole sich zu Mallory um, der mittlerweile sechs bis acht Meter entfernt war. Er sagte etwas, und die beiden schwarz gekleideten Gorillas standen auf. Alle drei sprinteten los, nahmen die Verfolgung auf.

Als Mallory sich umblickte, bestätigte dies nur den Verdacht des Killers. In diesem Moment wurde Dewey klar, dass das Schicksal des anderen besiegelt war.

Seine Linke packte den Schaft des Karabiners, während seine Rechte den zweiten Haken löste, mit dem der Gurt an der Waffe befestigt war, sodass dieser einfach zu Boden fiel. Das Gewehr schwenkend rannte Dewey quer über den Platz in Mallorys Richtung.

Die drei Killer gingen auf Mallory los.

»Nein!«, brüllte Dewey, als der Pistolenmann abdrückte. Die Kugel traf Mallory in den Rücken und schleuderte ihn zu Boden.

Die Menge auf dem Bürgersteig löste sich auf, die verbliebenen Schaulustigen zogen sich panisch in das Café zurück.

Dewey spurtete zu Mallory, während der Hochgewachsene sich zur Leiche beugte, zweifellos auf der Suche nach der SIM-Karte. Dewey erreichte den Gehsteig vor dem Café, keine 20 Meter mehr entfernt. In vollem Lauf legte er den Finger an den Keramikabzug und feuerte. Der schallgedämpfte Karabiner gab ein dumpfes Fauchen von sich. Eine Kugel traf den Hünen mit der Pistole etwa anderthalb Zentimeter über dem Ohr und riss ein Stück seines Gehirns mit sich.

Die zwei anderen Killer wirbelten herum, erkannten sofort, dass die Bedrohung von Dewey ausging. Sie schwenkten die Waffen nach oben, doch er reagierte eine halbe Sekunde schneller, schnippte den Wahlhebel auf Dauerfeuer und zog den Abzug durch. Aufgrund des Schalldämpfers war das dumpfe Knallen kaum hörbar. Im Zickzack fegte der Patronenhagel über die Männer hinweg. Einer von ihnen schrie auf, als seine Brust regelrecht pulverisiert wurde. Im selben Moment erwischte es auch den anderen, die Projektile zerfetzten ihm Hals und Gesicht und schleuderten ihn zu Boden. Er war auf der Stelle tot.

Während Dewey zu Mallory rannte, ließ er den Blick über die Straße zu seiner Rechten schweifen. Das Café, die Bürgersteige, alles war wie leer gefegt, da die entsetzten Syrer vor dem Blutbad geflohen waren. Er kickte die Uzi eines der Terroristen beiseite, zu einer betonierten Sitzbank, langte hinab, um Mallory am Kragen zu packen, und zerrte ihn zu der Bank, die einen gewissen Schutz vor den mittlerweile von allen Seiten anrückenden Bewaffneten bot. Neben Mallory ging er in Deckung.

Er zählte drei Streifenwagen, die hinten bei den Geschäften mitten auf der Straße gehalten hatten. In einen davon stiegen gerade Polizisten ein. Das Fahrzeug schoss mit blinkenden Lichtern und heulender Sirene direkt auf ihn zu. Ein weiterer Streifenwagen folgte.

Dewey griff nach der Uzi. Nun hatte er zwei Waffen. Bei seinem M4-Karabiner musste er bald das Magazin wechseln, bei der Uzi war es noch fast voll.

Mallorys Augen waren geschlossen. Irgendetwas veranlasste Dewey, sich umzudrehen und die Straße in der Nähe der Läden hinter dem dritten Streifenwagen, der sich nicht von der Stelle bewegt hatte, in Augenschein zu nehmen.

Hm, warum …?!

Irgendetwas hatte er gesehen. Er inspizierte das Terrain hinter den Streifenwagen. Der Tumult ringsum war einer tiefen Stille gewichen, der Furcht vor dem Tod. Es handelte sich um ein Gefecht, bei dem noch nichts entschieden war.

Dann sah er ihn. Allein, hinter einem geparkten Wagen, fast einen ganzen Block weiter. Businessmäßig gekleidet, jedoch mit einem Gewehr eng an die rechte Flanke gepresst, um es zu tarnen. Er observierte Dewey durch ein Monokular. Das war es, was Dewey gerade aufgefallen war. Das Aufblitzen des Monokulars.

Ein Sniper.

Der erste Streifenwagen kam keine 15 Meter vor dem Café mit quietschenden Bremsen zum Stehen. Zwei Polizisten in dunkelblauen Uniformen stiegen aus, Pistolen in der Hand. Der zweite Streifenwagen hielt links neben dem ersten und versperrte Dewey den Weg nach Osten.

In der Ferne kam der Scharfschütze hinter dem Wagen hervor und schlich auf dem Bürgersteig an der Ladenzeile entlang. An der nächsten Ecke blieb er stehen und hob das Gewehr.

Dewey stellte fest, dass der Kerl ihn ins Fadenkreuz nahm, warf sich bäuchlings neben Mallory auf den Boden und legte den M4-Karabiner an, um seinerseits den Schützen anzuvisieren. Mit einem tiefen Donnern feuerte der

Sniper sein Gewehr ab. Das Geschoss verfehlte Dewey und schlug scheppernd in einen Wagen hinter ihm ein. Seine Antwort ließ nicht lange auf sich warten. Eine schallgedämpfte Salve traf die Hausecke direkt über dem Kopf des Killers. Dieser duckte sich in eine Nische. Dewey stellte den Wahlhebel auf Feuerstoß und drückte erneut ab. Die drei automatisch abgegebenen Schüsse schlugen in die Ladenfassade ein und zerschmetterten die Scheiben rings um die Nische. Der Sniper hielte sich zwar nicht im Zielbereich auf, doch der Vorstoß verschaffte Dewey etwas Zeit.

Rechts von ihm stiegen Polizeibeamte aus und bezogen, die Waffen im Anschlag, hinter ihren Fahrzeugtüren Stellung.

Der Sniper brach aus der Nische aus und hetzte in wildem Zickzack den Block zurück, weg von Dewey, suchte Deckung hinter Autos und anderen Sichthindernissen. Damit erschwerte er ihm das präzise Zielen. Dewey hatte bereits zu viel Munition verbraucht. Das Letzte, was er wollte, war, ein Magazin zu verschwenden, indem er bei dem Versuch, ein schwer fassbares Ziel zu treffen, aufs Geratewohl Löcher in die Luft schoss.

Der Sniper hielt Ausschau nach einem sicheren Rückzugsort. Er spekulierte mit einer weiteren Angriffschance aus dem Hinterhalt.

Einer der Polizisten brüllte Dewey etwas auf Arabisch zu. Er befahl ihm, seinen Angriff einzustellen.

Dewey betrachtete Mallory. Dessen Augen blieben geschlossen, Blut rann ihm aus Mund und Nasenlöchern. Dewey tastete nach seiner Hand. Sie war blutüberströmt und umklammerte weiterhin einen kleinen Gegenstand, kaum größer als ein Fingernagel. Die SIM-Karte. *Das Paket.* Dewey nahm sie Mallory ab, steckte sie in die Hosentasche und widmete sich erneut dem Schussfeld.

Mittlerweile hatten sich die Polizisten in einer Linie in Aufstellung gebracht, die Beamten kauerten alle vier hinter den geöffneten Wagentüren. Dewey zählte vier Mündungen, die auf ihn gerichtet waren.

In einiger Entfernung huschte der Scharfschütze in eine weitere Nische. Eine Sekunde darauf trat er das Glas einer Schaufensterscheibe nach draußen. Der lange Lauf seines Gewehrs tauchte auf. Er nahm Dewey ins Visier.

In diesem Moment fuhr auf der Dewey und Mallory entgegengesetzten Seite, in ihrem Rücken, ein schwarzer Polizeitransporter auf den Platz, raste am Rand entlang und hielt mit quietschenden Reifen 30 Meter von ihnen entfernt. Drei Beamte in SWAT-Montur sprangen mit Karabinern heraus und gingen in Stellung.

Der Sniper stellt die unmittelbare Bedrohung dar.

Dewey fuhr herum, beugte sich über seine Waffe, das rechte Auge am Zielfernrohr, und drückte ab, genau in dem Moment, als der Schuss des Scharfschützen krachte. Der Mann im Verborgenen hatte ihn um weniger als 30 Zentimeter verfehlt, Dewey vernahm das Scheppern, mit dem zu seiner Linken, nur Zentimeter entfernt, ein Projektil in den Beton einschlug. Dewey wartete einen Moment, dann drückte er erneut ab, blieb ganz ruhig, stanzte einen Ring um die Stelle, an der sich der Sniper verschanzt hatte. Der Lauf des Scharfschützengewehrs verschwand. Die Salve stellte den Sniper fürs Erste ruhig, der es jetzt vorzog, in Deckung zu gehen. Durch das Zielfernrohr beobachtete Dewey, wie seine Geschosse Glas und Mörtel rings um den Sniper durchschlugen. Schließlich hörte er einen leisen Aufschrei, als eine der Kugeln ihr Ziel traf.

Abermals herrschte der Polizist Dewey an, erst auf Französisch, danach auf Englisch.

»Legen Sie die Waffe nieder!«

Dewey schielte hinter sich. Die drei SWAT-Beamten waren näher gerückt.

Dewey streckte seine freie Hand aus und verpasste Mallory einen leichten Klaps auf die Wange.

»Rick«, flehte er. »Halt durch! Hilfe ist unterwegs.«

Dewey versetzte ihm noch einen Klaps, fester diesmal. Mallory schlug die Augen auf.

»Hi, Kumpel.«

Mallory schien verwirrt, seine Augen zuckten unstet hin und her, schließlich blieben sie an Dewey hängen.

»Hast du sie?«, flüsterte Mallory.

»Ja.«

»Es ist aus, nicht wahr?«

»Nein, alles in Ordnung«, log Dewey. »Wir warten bloß auf unsere Abholung. Halt durch!«

»Schon okay. Du kannst mir die Wahrheit ruhig zumuten.«

Dewey schrak zusammen, so etwas wie eine Vorahnung ließ ihn den Kopf wenden. Die drei Polizisten waren noch näher gekommen. Damit hatte er gerechnet. Hinter ihnen allerdings, in einer der auf den Platz führenden Seitenstraßen, tauchte ein weißer Van auf. Still und leise, ohne dass die Beamten es mitbekamen, näherte er sich. Bewaffnete strömten aus dem Fahrzeug. Sie waren allesamt schwarz gekleidet. Dewey zählte zwei, drei, vier …

Er wandte sich an Mallory.

»Dieser Teil des Trips ist vorbei.« Dewey blickte Mallory fest in die Augen. »Aber das war erst der Anfang. Wir sind noch nicht am Ende.«

Schüsse unterbrachen ihn. Höchstens einen Meter von Mallorys Kopf zerfurchten Einschläge den Asphalt, während auf Arabisch Gebrüll über die Straße hallte. Dewey vermutete, sie forderten ihn auf, sich zu ergeben.

Dewey drückte Mallorys Hand, beinahe fest genug, um sie zu brechen. Dann ließ er los, legte den M4-Karabiner zur Seite und tauschte ihn gegen die Uzi. Mit einem hohen, metallischen Summen, das klang wie ein wütender Bienenschwarm, stanzte er eine Reihe von Löchern in die Streifenwagen. Er traf zwei der Cops, woraufhin deren Kollegen die Köpfe einzogen und in Deckung tauchten.

Die ersten Schüsse des SWAT-Teams schlugen über seinem Kopf in den Beton ein. Dewey wälzte sich unter die Bank, drehte den Oberkörper, hob die Uzi und richtete sie auf die Schützen des Einsatzteams. Er zog den auf Dauerfeuer gestellten Abzug durch, schwenkte den Lauf in gerader Linie über den Rand des Platzes und traf zwei der Schützen. Fieberhaft wirbelte er herum und feuerte auf die Streifenwagen auf der anderen Seite. Einen der Polizisten traf er in den Kopf, einen anderen am Hals. Erneut fuhr er herum, um auf den dritten SWAT-Agenten zu zielen. Er erwischte ihn an der Wange, woraufhin der Mann in unnatürlich verkrümmter Haltung zu Boden ging.

Das heftige Rattern automatischer Waffen vermittelte den Eindruck, man befände sich mitten auf einem Schlachtfeld.

Dewey wandte sich dem letzten Polizisten zu, betätigte den Abzug des Karabiners und erntete nur ein leeres Klicken. Der Cop feuerte und Dewey spürte einen Einschlag am rechten Oberschenkel. Fluchend und hektisch richtete er die Uzi auf den Gegner, der hinter der Tür seines Streifenwagens lauerte, zielte unter der Tür durch und traf die Füße. Schreiend ging der Uniformierte zu Boden und Dewey deckte ihn mit einer weiteren Salve ein.

Mit schmerzverzerrtem Gesicht warf er das Magazin des Karabiners aus, rammte ein neues ein und rotierte um 180 Grad, um auf die schwarz gekleideten Killer in seinem Rücken zu zielen. So ruhig es ging, schwenkte er den wie ein wildes Pferd ruckenden, jetzt auf Feuerstoß geschalteten Karabiner. Gleich mit dem ersten fegte er einen der Kerle zu Boden; die anderen gingen in Deckung und erwiderten das Feuer.

Als die Schüsse der Terroristen krachend die Luft zerrissen, wich Dewey hinter die Betonbank zurück. Verzweifelt langte er nach der nach wie vor auf seinen Rücken geschnallten MP7A1, zog sie über den Kopf und packte sie, um sie auf die Killer zu richten. Der Sound war gleichermaßen vertraut und unvergleichlich, anders als jede andere Schusswaffe. Zumindest nach Deweys Dafürhalten. In Anbetracht des bedrohlichen Klangs der Waffe empfand er trotz des dumpfen Schmerzes, der ihn durchflutete, einen Anflug von Genugtuung. Mit einem hellen metallischen Trommeln spuckte die Maschinenpistole Blei. Dewey zog einen weiteren Gegner aus dem Verkehr, der schreiend zu Boden ging. Die anderen zogen schleunigst die Köpfe ein.

Du musst von hier verschwinden. Sofort!

Dewey stand auf. Ein Stöhnen entrang sich seiner Kehle. Sein Bein wollte den Dienst versagen, um ein Haar wäre er gestürzt. Doch mehr ließ er sich von dem Schmerz nicht anmerken, der wie Feuer erst durch sein Bein, dann durch den ganzen Körper zuckte.

Erneut legte er auf die Schützen in Schwarz an, die sich nun westlich seiner Position sammelten. Mit zusammengebissenen Zähnen rammte er den Finger gegen den Abzug und machte testweise einen Schritt mit dem rechten Bein, um auszuprobieren, ob es ihn trug. Die Kugel schien nur den Muskel in Mitleidenschaft gezogen zu haben. Der Oberschenkelknochen wirkte unversehrt. Er gönnte sich einen Blick auf die Wunde. Bloß ein Streifschuss, ein paar Zentimeter über dem Knie fehlte ein winziges Stück Fleisch, mehr aber auch nicht.

Mit einem deutlichen Hinken strebte er einer Gasse neben dem Café entgegen und kämpfte sich bis zur nächsten Querstraße, in die er einbog, wobei er etwas langsamer wurde. Über eine schmale, kurvenreiche Wohnstraße setzte er seine Flucht fort, während von Weitem erneut Sirenengeheul erklang. Die MP verstaute er unter dem Gewand, während er machte, dass er von dem grauenhaften Geschehen wegkam. Nach zwei Blocks verfiel er in Schritttempo und ging gebeugt weiter, als wäre er ein alter Mann. Die rechte Hand ruhte am Griffstück der MP7, den Finger am Bügel direkt oberhalb des Abzugs.

Die Sirenen wurden leiser. Nachdem er noch einige Straßen passiert und dabei wahllos abgebogen war, ausschließlich darauf bedacht, so weit wie möglich wegzukommen, vernahm er irgendwo hinter sich das Quietschen von Bremsen. Verstohlen blickte er sich um, verlagerte den Finger vom Bügel an den Abzug. Er sah nichts. Weit und breit kein Mensch. Ein Stück voraus raste ein Wagen die Straße entlang und kam am Ende mit kreischenden Bremsen unvermittelt zum Stehen. Bemüht, sich völlig normal zu verhalten, fühlte sich Dewey vom Fahrer ausgiebig gemustert.

Im gleichen Moment bemerkte er, dass sich in seinem Rücken ein Fahrzeug näherte. Er brauchte sich nicht umzudrehen; die beiden Wagen arbeiteten zusammen, sie hatten ihn identifiziert, daran bestand kein Zweifel.

Abrupt setzte sich der Wagen vor ihm – eine gelbe Limousine – in Bewegung, der Fahrer riss das Lenkrad nach links, wendete und fuhr auf ihn zu.

Deweys Gedanken rasten. Die Fahrbahn war kaum breit genug für einen Wagen. Das bedeutete, dass hier keine Autos parkten, die Deckung boten. Die Bürgersteige zu beiden Seiten waren schmal, höchstens 60 Zentimeter breit. Dewey kam sich vor wie in einem Tunnel, an dessen Enden das Licht immer schwächer wurde. Ein Engpass, der aller Wahrscheinlichkeit nach den sicheren Tod bedeutete, wie er in diesem Moment begriff.

Da ein Entkommen unmöglich erschien, verfluchte Dewey sich für die wenigen Augenblicke, in denen er nach der Flucht vom Platz seine Freiheit genossen hatte. Er hätte den Inhalt der SIM-Karte sofort auf den Server laden sollen. Sich einzubilden, er könne mit der Karte einfach davonspazieren, war überheblich gewesen. Mallorys Leben, die ganze Mission – alles sinnlos, wenn die Daten auf der Karte verloren gingen.

Der gelbe Wagen gab Gas und kam über die enge Straße herangerauscht.

Urban Combat – Straßenkampf. Auf nahe Distanz. Mitten am Tag. Sie sind zahlenmäßig unterlegen und haben keine Deckung. Was unternehmen Sie, Andreas?

Die Worte aus der Ausbildung hallten in seinem Kopf wider. Er war in Damaskus, saß in einer schmalen, kurvenreichen Nebenstraße in einer Wohnsiedlung in der Falle, links und rechts Sandsteinwände, vor und hinter ihm versperrten Männer den Weg, die ihn tot sehen wollten.

Das Training, das schon so lange zurücklag, kam ihm in den Sinn. Fort Bragg. Kampf auf kürzeste Distanz – jene grauenhaften, kräftezehrenden, mitunter auch berauschenden Wochen, in denen sie Guerillataktiken in urbanen Szenarien übten.

Finden Sie einen Ausweg. Einen Hauseingang, eine Kellertreppe, irgendetwas, das Ihnen körperliche Deckung oder Sichtschutz bietet.

Während der gelbe Wagen näher kam, suchten Deweys Augen systematisch die Umgebung ab. Er registrierte den Wagen in seinem Rücken, einen dunklen Van, und auch dieser rückte bedrohlich näher. Er hatte eine getönte

Windschutzscheibe, Dewey konnte nicht sehen, wie viele Männer darin saßen. Sein Blick wanderte zurück zu der Limousine, die von vorn kam. Außer dem Fahrer und dem Beifahrer zählte Dewey noch zwei Männer auf der Rückbank.

Nirgends ein Fenster oder eine Tür, keine Durchgänge, Gassen oder sonstigen Schlupflöcher. Lediglich eine leichte Krümmung in der etwa sechs Meter entfernten Häuserwand auf der anderen Straßenseite bemerkte er. Sie verursachte eine kleine Einbuchtung. Das war allerdings keine brauchbare Option. Seine einzige Hoffnung bestand darin, sich den Weg durch eine der Wände zu schießen.

Er saß in der Falle.

In der Falle zu sitzen, ist eine Geisteshaltung. Selbst wenn man Sie einsperrt und Ihnen eine Waffe an den Kopf hält, sogar wenn Sie den Strick schon um den Hals haben, sitzen Sie niemals wirklich in der Falle. Es sei denn, Sie gestatten es sich, daran zu glauben. Wenn Sie glauben, in der Falle zu sitzen, sind Sie erledigt.

Dewey riss sich das Gewand vom Leib, ließ es auf den Bürgersteig fallen und rannte los, die Straße entlang, weg von dem Van. Dabei hob er die MP7, feuerte auf die entgegenkommende Limousine. Der Kugelhagel aus der automatischen Waffe röhrte wie ein Schwarm wütender Bienen, ein wildes, metallisches Summen, das von den Sandsteinfassaden widerhallte. Die Geschosse schlugen erst in den Kühlergrill des Wagens ein, dann in die Windschutzscheibe, rissen ein Karomuster ins Glas, zertrümmerten dem Fahrer den Kopf. Der Beifahrer duckte sich allerdings, die Kerle auf dem Rücksitz ebenfalls. Der führerlos dahinjagende Wagen brach aus, knallte gegen die Bordsteinkante und die Reifen machten einen Satz auf den Gehsteig, ehe er direkt unter einem mit Holzläden verschlossenen Fenster ungebremst gegen die Hauswand krachte.

Dewey sprintete die restlichen Meter zur schmalen Einbuchtung, während die drei Insassen, die Gewehre in der Hand, aus dem Wagen sprangen und hinter dem Wrack Schutz suchten. Hinter ihm krachte ein Karabiner, gleichzeitig hechtete er zur Seite, schlug mit der Schulter auf dem Bürgersteig auf, rollte sich ab und drehte sich um, sodass er die Hauswand im Rücken hatte. Er erreichte die schmale Einbuchtung exakt in jenem Moment, in dem die Kugeln über seinem Kopf in die Mauer einschlugen.

In einer fließenden Bewegung schwenkte Dewey den Lauf der MP7 in die Richtung, aus der die Schüsse kamen, und drückte den Abzug durch, während seine Linke bereits nach einem Ersatzmagazin in der Weste langte. Doch anstelle eines Magazins hielt er auf einmal ein Ei in der Hand. Eine Granate. Er schnappte sie und steckte sie sich in den Mund, während er den Beschuss des Gegners fortsetzte. Der Van stand mittlerweile keine zehn Meter entfernt mitten auf der Straße, zu beiden Seiten zwei Bewaffnete, ein weiterer auf dem Vordersitz. Dieser feuerte durch die Windschutzscheibe. Er schien der geübteste Schütze des Trios zu sein. Dewey drückte ab, verlagerte die Position des Laufs leicht nach rechts und schoss erneut. Ein lautes, schmerzerfülltes Stöhnen erscholl aus dem Van, als er den Gegner außer Gefecht setzte.

Mit der linken Hand schleuderte Dewey die Granate auf das Fahrzeug. Noch bevor sie aufschlug, ruckte sein Blick in die andere Richtung, nahm neben dem Autowrack eine Spiegelung wahr. Sonnenbrille. Schwarzer Stahl. Ein lautes Krachen. Keinen Meter neben dem Van ging die Granate hoch. Die Explosion erschütterte die Karosserie, rüttelte sie heftig durch, schleuderte sie auf die Seite und riss die beiden Männer mit, die der Detonation am nächsten waren. Die Erschütterung ließ die ganze Straße erbeben.

Ein Bewaffneter, der auf Dewey angelegt hatte, drückte kurz nach Zündung der Granate ab. Jeder halbwegs anständige Schütze hätte niemals danebengeschossen, doch seine Kugel verfehlte Dewey knapp, ließ wenige Zentimeter neben der Schulter ein Stück Sandstein aus der Wand platzen und beregnete ihn mit Staub und Steinchen. Ehe der andere zu einem weiteren Versuch ansetzen konnte, betätigte Dewey den Abzug und pustete ihm mit einer gezielten Garbe den Schädel weg, bis ein Klicken anzeigte, dass er Nachschub brauchte.

Dewey tastete nach einem neuen Magazin, doch aus beiden Richtungen flogen ihm nun Kugeln um die Ohren. An die Wand gekauert fummelte er verzweifelt nach dem Magazin, bekam in der Hektik jedoch lediglich einen Pistolengriff zu fassen. Dewey ließ die MP fallen, riss die Pistole aus dem Achselholster, beugte sich ein Stück vor, um sich einen raschen Überblick zu verschaffen, und zog den Kopf sofort wieder ein, als weitere Projektile in die Wand einschlugen. Blindlings zielte er auf den Van, schwenkte dann in die andere Richtung und entfesselte drei Kugeln auf das Autowrack, um die Kerle in Deckung zu halten.

Dewey saß nicht in der Falle, er war geliefert.

Direkt gegenüber erspähte er zwei hölzerne Fensterläden. Er schoss ein Loch in den unteren Teil, dann dicht darunter, um es zu erweitern, anschließend feuerte er abermals blind-lings in beide Richtungen, um seine Gegner zu zwingen, die Köpfe unten zu behalten und sich Zeit zu verschaffen. Irgendwann war auch dieses Magazin leer.

Er ließ die Waffe fallen. Mit der Linken riss er die zweite Pistole aus dem rechten Achselholster, während er mit der rechten Hand die zweite Granate hervorholte. Er führte sie zum Mund, zog mit den Zähnen den Stift und schleuderte sie auf das Loch im Fensterladen, betete, dass sich niemand im Haus aufhielt. Der Wurf ging ins Schwarze, die Granate fiel durch die Öffnung und Dewey legte die Arme schützend um den Kopf, als die Detonation den unteren Teil der Wand heraussprengte und ihm neben einer heftigen Druckwelle Backsteine, Sandsteinbrocken, alle möglichen Trümmer, Staub und Schmutz entgegenschleuderte.

Er setzte sich in Bewegung, erst auf den Van, dann auf das andere Wrack feuernd, um seine Gegner unten zu halten, und sprintete über die von Staub eingenebelte Straße. Im Laufen drehte er sich um und sah einen der Kerle die Straße entlangrennen; Dewey richtete die Pistole in der linken Hand auf ihn und feuerte, traf ihn in den Hals, genau in dem Moment, in dem er mit einem Satz in der frisch entstandenen Hausruine verschwand.

Dewey fand sich in einem leeren Schlafzimmer wieder, größtenteils zerstört, in einer Ecke des Bettes stapelten sich Plüschtiere. Ein Kinderzimmer, Gott sei Dank leer.

Von der Straße her vernahm er Rufe, als die noch verbliebenen Killer von beiden Seiten herandrängten.

Dewey eilte ins Wohnzimmer, stürmte von dort durch einen kleinen Flur zur Haustür, die zur nächsten Parallelstraße führte, und riss die Tür auf. Davor parkten mit eingeschalteter Signalanlage drei Streifenwagen der Damascus Metro Police, eine kleine Armee von Polizisten in SWAT-Ausrüstung lauerte ganz in der Nähe. Als die Tür aufschwang und Dewey in der Öffnung erschien, hoben zwei der Beamten ihre Gewehre und schossen. Hastig wich er zurück und schlug die Tür hinter sich zu.

Er rannte durchs Haus, eine Treppe hinauf. Oben kauerten ein Mann und eine Frau auf dem Boden, klammerten sich aneinander fest. Schweigend und voller Angst starrten sie ihm entgegen.

Dewey stürmte an ihnen vorbei und stieß alle Türen auf,

bis er das Badezimmer fand. Er warf die Tür ins Schloss und setzte sich auf den Boden. Das Bad war winzig. Er stemmte die Füße gegen das Holz, lehnte sich mit dem Rücken gegen das Toilettenbecken und schuf auf diese Weise eine improvisierte Barriere.

Von unten hörte er Stimmen, dann das unheilvolle Geräusch von Stahlkappenstiefeln, die die Treppe empor-polterten.

Dewey ließ die Waffe sinken.

Er beeilte sich und zog das Handy aus der Tasche, wäh-rend die Schritte lauter wurden, entnahm seitlich die SIM, legte das Gerät auf den Boden, langte in seine Tasche und fand Al-Jaheishis Karte. Sie war mit getrocknetem Blut überzogen.

Unten im Flur brüllte jemand. Die Stimme klang tief und wütend. »*Ayn hu?*«

Eine Frau murmelte etwas, wiederholt durchbrochen von hysterischem Schluchzen.

Erneut herrschte der Terrorist die Frau an. Sie sagte etwas, ein schluchzendes Flehen, dann schrie sie auf. Ein Schuss krachte und ließ sie verstummen. Ein weite-rer Schuss, dann noch einer. Die Terroristen löschten die gesamte Familie aus.

Dewey steckte die blutige SIM-Karte in den Mund, leckte sie ab und wischte sie anschließend am Hemd ab. An den Kontakten am Rand klebte immer noch Blut. Er befeuchtete die Karte erneut, während Stiefel durch den Flur polterten und lauter wurden. Mindestens zwei Mann. Sie näherten sich der Badezimmertür. Davor blieben sie stehen. Einer der Killer hämmerte mit der Faust dagegen, brüllte etwas auf Arabisch.

Deweys Blick fiel auf seinen blutüberströmten Ober-schenkel. Der Schmerz war akut, doch schon seit Minuten hatte er ihn verdrängt. Für den Moment zählte nur eins: den Inhalt der SIM-Karte nach Langley zu übermitteln.

Unten wurden Schüsse aus Schnellfeuerwaffen laut. Durchs offene Fenster hörte Dewey das Scheppern, mit dem Patronen in die Streifenwagen einschlugen, als die Terroristen sich bemühten, möglichst jede Komplikation vom Tatort zu beseitigen. Ein lauter Schrei, als jemand getroffen wurde, dann Gewehrschüsse, mit denen die Polizisten das Feuer erwiderten.

Dewey rieb die Karte, so fest er konnte, am Hemd trocken, mühte sich, das getrocknete Blut abzukratzen, und versenkte sie im Schlitz des Handys.

Jemand rüttelte an der Klinke, gleich darauf ließ ein heftiger Tritt oberhalb vom Schloss das Holz splittern. Ein weiterer Tritt folgte, gerade als Dewey das grüne Message-Icon fand, die Dateien von der SIM-Karte anhängte und eine zwölfstellige Nummer eintippte. Während ein dritter wuchtiger Tritt das Türblatt zertrümmerte, betätigte Dewey die Senden-Taste und schleuderte das Handy in einen geflochtenen Wäschekorb am Fenster. Die Mündung eines Sturmgewehrs ragte in die kaputte Tür, unschwer fand sie den auf dem Boden kauernden Dewey. Der Killer richtete die Waffe auf seinen Kopf.

Über dem Gewehr nahm Dewey ein Augenpaar wahr – dunkel, kalt, umrahmt von langen schwarzen Haaren, dazu eine markante Nase, dunkle Haut, auf der ein Schweißfilm glänzte, und einen Vollbart.

Der Terrorist schob die zertrümmerte Tür beiseite und trat ins Badezimmer. Sein Begleiter folgte ihm. Er zog ein Messer aus der Scheide und fuchtelte Dewey damit vor dem Gesicht herum, während der Kerl, der zuerst eingetreten war, Dewey die Kalaschnikow an den Kopf hielt. Er setzte das Messer unter dem GPS-Tracker an, den Kohl Meir Dewey gegeben hatte, und zog es nach oben, durchtrennte die Nylonkordel des Peilsenders, warf das Gerät auf den Boden und zertrat es unter dem Stiefel.

Die Schießerei zwischen den Terroristen und der Polizei setzte sich fort, ein stetes *Rat-a-tat-tat*, welches das einzige Geräusch überlagerte, für das Dewey sich im Moment interessierte – den leisen, hohen Ton, den das Handy ganz unten im Wäschekorb von sich gab, um zu quittieren, dass die Nachricht erfolgreich übermittelt worden war.

20

CIA-HAUPTQUARTIER
NATIONAL CLANDESTINE SERVICE (NCS)
PRE-TACTICAL OPERATIONAL CONTROL (PRE-TAC)
LANGLEY, VIRGINIA

Um drei Uhr morgens starrte Bill O'Flaherty in den Augenscanner, während er gleichzeitig die Hand vor den roten Laser eines Fingerprint-Lesers hielt. Beide Geräte befanden sich vor einer großen Stahltür ohne jegliche Beschriftung. Nach ein paar Sekunden klickten die Schlösser und die Tür schwang auf. Mit einem Becher Kaffee in der freien Hand trat O'Flaherty ein.

Bei Pre-Tactical Operational Control, der Kommandozentrale für Missionsvorbereitungen, handelte es sich um einen höhlenartigen, fensterlosen, nur spärlich beleuchteten Saal mit fünfeinhalb Meter hoher Decke. An drei Wänden hingen riesige Plasmas, davor waren zwei Reihen mit

Arbeitsplätzen untergebracht. Jeder Bildschirm war für eine gerade irgendwo auf der Welt stattfindende CIA-Aktion reserviert.

Es herrschte eine fast unwirkliche Stille, da Ton ausschließlich über Kopfhörer und Ohrstöpsel weitergegeben wurde.

Die Aufgabe von PRE-TAC bestand darin, die Aktivitäten von NCS-Operators und Agenten in diversen Teilen des Globus zu überwachen und Mitarbeiter, die Schlüsselpositionen in der Hierarchie von NCS und CIA bekleideten, über alle Entwicklungen auf dem Laufenden zu halten. Das schloss auch Aktionen der Political Activities Division ein; in der Regel Agenten, die auf feindlichem Terrain agierten, um ohne Gewaltanwendung Amerikas außenpolitische Ziele voranzutreiben, beispielsweise durch Währungsmanipulation oder politische Destabilisierung. Das Hauptaugenmerk lag jedoch auf der Special Operations Group, dem paramilitärischen Arm der CIA.

PRE-TAC fungierte quasi als Flugüberwachung für von der CIA durchgeführte verdeckte Operationen. Zwar wurden die Agenten nicht von hier aus gelenkt – das geschah ein Stockwerk tiefer, im Tactical Command Center, TAC-COM –, doch waren es stets die PRE-TAC-Analysten, die als Erste Bescheid wussten, wenn die Ereignisse sich zuspitzten. Während sich bei TAC-COM mitunter tage- oder wochenlang nichts tat, herrschte bei PRE-TAC ständig reger Betrieb, allerdings ohne die damit assoziierte Geräuschkulisse.

PRE-TAC sorgte dafür, dass Einsatzkräfte am Leben blieben, leistete Echtzeit-Satellitenauswertung und sorgte bei Notfällen vor Ort, wenn notwendig, für die Koordination mit dem Pentagon und verbündeten Nachrichtendiensten wie dem MI6 oder dem Mossad.

Wichtiger noch, die hoch qualifizierten Analytiker bei PRE-TAC waren dafür verantwortlich, dass die Hierarchien strikt eingehalten wurden. Das hieß, sie mussten wissen, wann man die nächsthöhere Kommandoebene im Zuge eines Misserfolgs zu informieren hatte..

O'Flaherty betrat den Raum, die Tür schloss sich hinter ihm. »Guten Morgen zusammen«, grüßte er mit breitem Lächeln.

O'Flaherty war der zuständige Senior-Analytiker für Einsätze im Nahen Osten.

Mary Moseley, eine Afroamerikanerin mit Kopfhörern, drehte sich lächelnd von ihrer Workstation zu ihm. »Hi, Bill. Wie war dein Wochenende?«

Die Arbeitszeiten der PRE-TAC-Analytiker waren so schwankend, dass Begriffe wie ›Wochenende‹ oder ›Ferien‹ – ja, selbst ›Morgen‹ – längst jede Bedeutung verloren hatten. Es war ein Werktag, mitten in der Nacht, doch was O'Flaherty betraf, war es Montagmorgen.

»Großartig«, erwiderte er, während er den Kaffeebecher abstellte und neben ihr Platz nahm. Er klappte den Aktenkoffer auf und entnahm ihm eine weiße Wachspapiertüte, über deren Vorderseite sich in roten Buchstaben der Schriftzug ›Krispy Kreme‹ zog. »Ich hab dir einen Donut mitgebracht, meine Hübsche.«

»Mit Marmelade?«

»Jup.«

»Zitrone?«

»Himbeer.«

»Ah«, machte Moseley. »Du bist spitze, Kleiner.«

»Nein, das bist du«, konterte O'Flaherty, während sein Blick auf einen der Plasmaschirme an der Stirnwand fiel. Seine Miene wurde geschäftsmäßig. Über den Screen lief eine Sequenz aus einem Video mit arabischen Untertiteln.

Ein Mann saß am Boden, neben ihm stand eine Frau, beide in einem großen Stahlkäfig eingesperrt. Vor den Füßen des Mannes züngelten Flammen. Moseley bemerkte O'Flahertys Gesichtsausdruck. Er war zwar Profi, doch es fiel ihm schwer, sein Entsetzen zu kaschieren.

»Gestern«, erklärte sie.

»Wer sind die Leute?«

»Amerikaner. Ben Sheets, er arbeitete als freier Fotograf für *National Geographic*. Und das ist seine Frau. Möchtest du das komplette Video sehen?«

»Nein«, flüsterte O'Flaherty. Er versuchte zu lächeln. »Ich seh's mir an, wenn du weg bist. Wahrscheinlich hast du es mittlerweile schon hundertmal anschauen müssen.«

»101-mal, um genau zu sein.« Sie stand auf. »Bleib, wie du bist«, meinte sie, während sie O'Flaherty die Schulter tätschelte und ihren Stuhl an den Tisch schob.

Erneut blickte er zum Bildschirm hoch.

»Wie denn?«, wollte er wissen, während er in seinen Donut mit Zuckerguss biss.

»Ein Gentleman.«

Mit vollem Mund drehte er sich zu ihr um. »Mach, dass du rauskommst.«

Auf einem Monitor am anderen Ende des Raums wurde ein Al-Jazeera-Reporter, der bei abgestelltem Ton über die Hinrichtung des amerikanischen Ehepaares sprach, schlagartig ausgeblendet.

Der Bildschirm färbte sich grellrot, dreimal schrillte ein lautes Alarmsignal.

Über die Sprechanlage meldete sich eine computergenerierte Frauenstimme – ruhig, dienstbeflissen, ein wenig futuristisch anmutend:

Special Activities Division, Sektion Q, 03:07: Wir haben eine NOTÜBERTRAGUNG. Absolute Priorität.

*Switch-Protokoll: Alpha – Bravo – Ypsilon. N. O. C. 2 – 4 –
9 – 5, ich wiederhole: Switch-Protokoll: Alpha – Bravo –
Ypsilon. N. O. C. 2 – 4 – 9 – 5 …*

Eine Pause von nicht mal drei Sekunden folgte, bevor der
Alarm erneut losschrillte und die Computerstimme wiederholte:

*Special Activities Division, Sektion Q, 03:07: Wir haben
eine NOTÜBERTRAGUNG. Absolute Priorität. Switch-Protokoll: Alpha – Bravo – Ypsilon. N. O. C. 2 – 4 – 9 – 5, ich
wiederhole: Switch-Protokoll: Alpha – Bravo – Ypsilon.
N. O. C. 2 – 4 – 9 – 5.*

O'Flaherty starrte Moseley an. Sie war noch nicht
gegangen, sondern an der Tür stehen geblieben.

»Oh-oh.« Sie verzog gequält das Gesicht.

»Alles im Griff.«

O'Flaherty streckte die Hand aus, streifte ein Headset über und schaltete die Stimme mit einem Tastendruck
stumm. Dann tippte er.

»Roger, Control«, sprach er in sein Mikro. »Nennt uns
bitte die Herkunft dieser Übertragung.«

Die Antwort der Computerstimme kam wie aus der Pistole geschossen:

Ausgangspunkt: Damaskus, Syrien.

»Danke, Control«, sagte O'Flaherty, während er weiter-
tippte.

Auf dem roten Screen wurde die Ablichtung eines Dokuments eingeblendet, dessen Deckblatt eine Schwarz-Weiß-
Fotografie zierte. Zwei Männer, die in einer Hotellobby
saßen.

»Control, wissen wir bereits mehr über das Gerät, von
dem die Notübertragung stammt?«

*Gerät ist laufendem Einsatz zugeordnet, für den keine Ein-
schränkungen gelten. Benutzer: Andreas, Dewey.*

Den jüngeren Mann mit dem säuberlich gekämmten dunklen Haar erkannte O'Flaherty auf Anhieb. Er war Araber und trug einen Business-Anzug. Stocksteif saß O'Flaherty auf dem Stuhl, völlig aus der Fassung gebracht vom Anblick des meistgesuchten Mannes der Welt. Es handelte sich um Tristan Nazir, den Anführer des IS. Langsam wanderte O'Flahertys Blick zu dem Mann, der neben ihm saß. Zunächst erkannte er ihn nicht, und zwar nicht, weil er nicht wusste, wen er vor sich hatte, sondern weil seine Anwesenheit so gar nicht ins Bild passte, so überraschend kam und ihn vollkommen schockierte..

»Ich benötige eine Non-SIM-UCC-Auswertung, Control«, bat O'Flaherty.

Auf seine Anfrage folgte ein mehrsekündiges Schweigen, schließlich erscholl die Stimme wieder:

Gerät stammt aus dem Jemen, Batch 11889AF4556.

»Batch-Rückverfolgung, Control, komm schon«, drängte er ungeduldig.

Registriert auf 49ASS Schrägstrich 3. Al-Jaheishi, Marwan.

O'Flaherty holte weitere Seiten auf den Monitor direkt vor ihm und überflog die Aufzeichnung des Gesprächs der beiden Männer auf dem Foto.

»Control, ich möchte die SIM-Karte per Fernzugriff löschen und die Übertragung neu konfigurieren. Löschung der Daten auch von allen Servern, die sie passiert haben.«

Löschvorgang startet. Voraussichtlich fertig in sechs ... fünf ... vier ...

Moseley stand hinter O'Flaherty und starrte mit entsetzter Miene auf den Bildschirm. Sie hob die Hand und zeigte darauf. »Billy, ist das etwa ...?«

»Mark Raditz«, fiel O'Flaherty ihr ins Wort, ohne beim Tippen innezuhalten. Die restlichen Seiten des Dokuments fächerten wie Spielkarten auf den übrigen Screens auf.

»Du musst Polk davon in Kenntnis setzen.« Damit meinte sie Bill Polk, den stellvertretenden CIA-Direktor und NCS-Verantwortlichen.

Doch O'Flaherty hörte gar nicht zu. Stattdessen klopfte er dreimal mit dem Fingerknöchel an sein drahtloses Headset.

»Control, hier spricht O'Flaherty, PRE-TAC. Ich muss den DCIA sprechen, over.«

»Protokoll?«

»Alpha, Bravo, Ypsilon.«

»Warten Sie bitte.«

Augenblicke später vernahm O'Flaherty ein Klingeln im Kopfhörer, dann eine tiefe Stimme.

»Ja?«

»Direktor Calibrisi, Bill O'Flaherty hier. Tut mir leid, Sie zu wecken, Sir, aber wir haben soeben eine Notübertragung erhalten.«

»Woher?«

»Aus Damaskus. Von einem Agenten, der dort verdeckt operiert, ein Non-Official-Cover-Protokoll.«

Calibrisi schwieg.

»Wollen Sie die Identität des Agenten erfahren, Sir?«

»Ich weiß, wer es ist«, antwortete Calibrisi. »Rufen Sie Anson Britt an und sagen Sie ihm, er soll anfangen, den Einsatz zu planen. Danach kontaktieren Sie Bill. Wir treffen uns in 15 Minuten bei PRE-TAC.«

»Ja, Sir.«

»Sollte noch jemand bei Ihnen sein, erklären Sie den Leuten, dass sie vor meinem Eintreffen den Raum nicht verlassen dürfen. Dies ist eine verdeckte Aktion, die höchster Geheimhaltung unterliegt. Niemand kommt oder geht ohne meine ausdrückliche Erlaubnis.«

21

Der Mann auf Sitzplatz 5B war jung und offensichtlich wohlhabend. Er wirkte stilvoll und elegant im beigefarbenen Anzug mit rot-weiß kariertem Hemd. Ein navyblaues Einstecktuch lugte aus der Brusttasche des Blazers, den er auf dem kompletten Flug von Dallas bis Mexico City anbehielt. Er trug eine modische Sonnenbrille mit weißem Gestell und auf Hochglanz polierte John-Lobb-Brogues. Blonde Haare, dunkler Teint. Er sah aus wie ein Europäer, frisch aus dem Urlaub zurück. In seiner Brusttasche steckte ein französischer Pass. Das Haarfärbemittel hatte Wunder gewirkt.

Der Steward kam zu ihm.

»Monsieur Lagrange, darf ich Ihnen noch ein Glas Sekt bringen?«

Allawi blickte auf. Der Name Lagrange war falsch. Ein Deckname auf einem gefälschten Dokument, das ein Kontaktmann Nazirs besorgt hatte.

»Ja, sehr gern.«

Für einen Moment konzentrierte er sich auf einen Mann in der Sitzreihe vor ihm, auf der anderen Seite des Ganges.

Raditz.

Er schlief nach wie vor.

»*Mal yanam qabl 'an yatimm dhibhah*«, flüsterte er.

Das Lamm schläft, bevor es zur Schlachtbank geführt wird.

»Wie lange noch bis Mexico City?«, fragte er, als der Steward mit dem Sekt zurückkehrte.

»Ungefähr eine Stunde.«

Als hätte Raditz Allawis Gedanken aufgeschnappt, ging

ein Ruck durch seinen Körper. Er hob die Arme über den Kopf und streckte sich, stand auf und blickte sich um. Allawi hatte sich jedoch bereits zum Fenster gedreht, tat so, als schaute er hinaus, während die linke Hand in die Hosentasche wanderte und einen papierdünnen Gegenstand von der Größe eines Kaugummistreifens hervorholte.

Wenige Sekunden später verkündete ein heller, leiser Ton, dass die Toilettentür verriegelt wurde.

Allawi ließ den Blick ringsum schweifen, um sicherzugehen, dass niemand ihn beobachtete. Er schälte eine gelbe Plastikhülle von dem Objekt. Was übrig blieb, war durchsichtig, es sei denn, man hielt es gegen das Licht. Ein Schaltkreis, in eine dünne Schicht Polykarbonat eingeschweißt. Es handelte sich um einen winzigen Peilsender, der ein räumlich begrenztes Signal verbreitete. Mit entsprechender Ausrüstung ließ es sich in einem Radius von etwa zweieinhalb Quadratkilometern verfolgen.

Allawi stand auf und trat an das Ablagefach über Raditz' Platz. Dort hatte dieser seine Ledertasche verstaut. Während er mit der rechten Hand den Reißverschluss aufzog, tastete er mit der linken nach der Segeltuchtasche, die Raditz in der First-Class-Lounge in der Hand gehalten hatte. Er öffnete sie, gerade als ganz schwach das Rauschen der Toilettenspülung zu hören war. Allawi war im Begriff, den Kunststoffstreifen in Raditz' Gepäckstück zu versenken, so tief und weit unten wie möglich, da ertastete seine Hand etwas noch Besseres: Raditz' Portemonnaie.

Das Schloss der Toilettentür klickte.

Allawi griff sich das Portemonnaie und schob den schmalen Plastikstreifen in eins der ungenutzten Fächer.

Die Toilettentür wurde geöffnet.

Während er Raditz' Schritte bereits den Gang entlangkommen hörte, steckte Allawi das Portemonnaie hektisch zurück in die Tasche, zog den Reißverschluss zu und wuchtete seine eigene Tasche heraus, um ihr ein Buch zu entnehmen. Raditz trat neben ihn und wartete, bis er den Weg frei machte.

»*Pardon, monsieur*«, entschuldigte sich Allawi in akzentfreiem Französisch.

»Lassen Sie sich ruhig Zeit«, erwiderte Raditz.

Allawi schloss das Gepäckfach, legte das Buch auf seinen Sitz und suchte ebenfalls das Bord-WC auf. Hinter der verschlossenen Tür starrte er in den Spiegel. Das Herz schlug ihm bis zum Hals.

Er musste an Nazir denken.

»*Er darf nicht wissen, dass er verfolgt wird. Nachdem das Schiff mit den Waffen abgelegt hat, folg ihm ein paar Tage lang, dann bring ihn um.*«

»*Verstanden, Tristan.*«

22

LANGLEY, VIRGINIA

Keine zehn Minuten, nachdem das Gespräch mit O'Flaherty beendet war, wurde Calibrisi zu Hause abgeholt. Sein Haar war leicht feucht, da er noch schnell geduscht hatte. Da auf den Straßen nur wenig Verkehr herrschte und der Tacho fast an die 130er-Marke stieß, dauerte die Fahrt zum CIA-Hauptquartier keine fünf Minuten.

Um kurz vor vier Uhr morgens betrat Calibrisi die PRE-TAC-Abteilung. O'Flaherty saß an einem Arbeitsplatz vor dem Rechner. Polk stand daneben und spähte über seine Schulter auf den Monitor.

Calibrisi stellte fest, dass sich außer den beiden noch ein Dutzend weiterer Leute in der Kommandozentrale aufhielten.

»Ich habe den Raum abschotten lassen«, versicherte Polk. »Wir sind sauber.«

»Wo steckt Anson?«

Polk deutete in eine Ecke. Britt saß neben Mary Moseley vor einem Screen, über den körnige Videoaufnahmen aus Damaskus flimmerten.

Anson Britt, 42, ehemaliger Angehöriger der Force Recon, einer Spezialeinheit des U. S. Marine Corps zur Fernaufklärung in Feindgebiet, zeichnete verantwortlich für die Aufklärungseinsätze des National Clandestine Service. Die Aufgabe von Britts NCS-Einheit bestand darin, CIA-Agenten, die hinter feindlichen Linien festsaßen oder vermisst wurden, nach Hause zu holen. Britt bemerkte Calibrisis Anwesenheit und kam zu ihm.

»Nun?«, fragte Calibrisi.

»Es gibt kaum Anhaltspunkte. Keine Drohnenaufnahmen.«

»Rufen Sie die RAF an, vielleicht haben die was.«

»Schon erledigt. Außerdem habe ich die Fühler nach meiner Quelle bei der Polizei von Damaskus ausgestreckt. Ich bekomme in ein paar Minuten einen Rückruf.«

»Versuchen Sie, Kohl Meir zu erreichen. Finden Sie raus, ob er und Dewey ein Treffen vereinbart hatten.«

Britt nickte.

Calibrisi trat zu Polk. Dieser blickte über O'Flahertys Schulter auf einen mit Zahlen gefüllten Monitor.

»Wie schlimm ist es?«

»Wie schlimm? Auf einer Skala von eins bis zehn stehen wir bei 158. Eine echte Katastrophe.« Polk deutete auf O'Flahertys Bildschirm. »Das sind Tabellen, die Waffenlieferungen an den

IS während der vergangenen drei Jahre auflisten. Panzerfäuste, Gewehre, Munition – jeweils in gewaltigen Mengen. Der Wert beläuft sich grob gerechnet auf über eine Milliarde Dollar. Die Geschäfte wurden über eine mexikanische Rüstungsfirma abgewickelt, einen Billiganbieter. Sie verschifften die Waffen an die syrische Küste.«

»Konntet ihr schon eine Verbindung zu den Vereinigten Staaten feststellen?«, erkundigte sich Calibrisi.

Polk sah mit regloser Miene auf. Er wandte sich an O'Flaherty.

»Zeigen Sie es ihm.«

O'Flaherty betätigte ein paar Tasten auf dem Keyboard. Einer der Monitore an der Wand erwachte mit einem riesigen Farbfoto zum Leben. Es zeigte zwei Männer, beide in Button-down-Hemden und Anzughose, die an einem Pier standen. Hinter ihnen ragte ein völlig verrostetes Containerschiff mittlerer Größe auf. Zur Linken Tristan Nazir, daneben Mark Raditz.

O'Flaherty betätigte erneut eine Taste. Eine weitere Aufnahme erschien. Vom Deck des Schiffes aus aufgenommen, der Detailschuss eines Containerstapels. Einige standen offen. Sie waren mit Stahlkästen beladen, deren Inhalt Calibrisi auf Anhieb erkannte: Panzerfäuste.

»Mein Gott«, flüsterte Calibrisi, Ungläubigkeit und Wut in der Stimme. »Dieser Dreckskerl!«

Ein weiterer Tastendruck. Die Reihe der Bildschirme füllte sich mit diversen Bildern von Raditz und Nazir.

Langsam trat Calibrisi davor und starrte sie sprachlos an, bevor er Polk fragte: »Wann erfolgte die letzte Lieferung?«

»Laut den Unterlagen vor einem Jahr.«

»Leiten Sie die Fahndung nach ihm ein.«

Polk nickte. »Ich habe schon zwei Teams der Kriminaltechnik darauf angesetzt. Sein Büro und sein Haus sind sauber. Beide hat er seit mindestens einer Woche nicht mehr aufgesucht. Das Diensthandy ist ausgeschaltet. Außerdem sollte ich erwähnen, dass wir auch nach seiner Familie suchen lassen. Es gibt eine Ex-Frau und eine Tochter im Teenager-Alter. Sie sind ebenfalls verschwunden.«

»Wir müssen ihn finden«, drängte Calibrisi. »Wie steht es mit der Rüstungsfirma?«

»Ein Laden namens MH Armas, der ausländische Produkte nachbaut«, erklärte Polk.

Calibrisi schwieg sekundenlang.

»Agiert unauffällig«, sagte er. »Ich will ihn nicht vorwarnen.«

»Dazu könnte es schon zu spät sein. Wahrscheinlich weiß er Bescheid. Nazir dürfte ihn wegen der Unterlagen vorgewarnt haben.«

»Du sagtest, er sei seit einer Woche abgetaucht. Das passt nicht zusammen. Da hatte Al-Jaheishi uns ja noch gar nicht kontaktiert.«

»Ich verstehe, worauf du hinauswillst«, meinte Polk. »Da muss mehr dahinterstecken. Entweder ist es Zufall und er hat seine Flucht schon seit Langem geplant. Oder da ist noch etwas anderes.«

»Zum Beispiel?«

Polk zuckte die Achseln. »Könnte alles sein. Vielleicht befindet er sich in Gefahr. Oder ihm wuchs einfach nur der Stress über den Kopf.«

Vor dem Verlassen der Zentrale betrachtete Calibrisi ein weiteres Foto von Raditz und Nazir. Auf diesem saß das ungleiche Duo auf einer Couch in einer Hotellobby.

Er zückte das Handy und drückte eine Kurzwahltaste. Während er darauf wartete, dass die Verbindung hergestellt wurde, drehte er sich um. »Anson, ich brauch dich oben. Dich auch, Bill. Bringt das IS- und das Mexiko-Team mit.«

Mit dem Telefon am Ohr lief er in den Gang.

»Hector Calibrisi am Apparat. Ich brauche Jim Bruckheimer. Sagen Sie ihm, es ist dringend.«

23

NATIONAL SECURITY AGENCY (NSA)
ABTEILUNG FÜR ELEKTRONISCHE AUFKLÄRUNG (SID)
FORT MEADE, MARYLAND

Im zweiten Stock eines Bürogebäudes, mit dem Auto nur einen Katzensprung von Washington, D. C. entfernt, griff Jim Bruckheimer nach seinem klingelnden Smartphone.

Er hielt sich in einem von vier düster wirkenden schwarzen Glastürmen an einer privaten Abfahrt des Baltimore-Washington Parkway auf. Die Big Four, wie sie auch genannt wurden, beherbergten die Zentrale der National Security Agency, das Hauptquartier von Amerikas Codeknackern, Kryptologen, Lauschangriffsspezialisten und Fernspähern. Bruckheimer, 47, leitete die Abteilung für elektronische Aufklärung der NSA, das Signals Intelligence Directorate, dessen Aufgabe darin bestand, sämtliche technikgestützte Kommunikation im Ausland zu überwachen. Die Hochleistungscomputer, Kameras und Satelliten des SID erfassten und sammelten digitale Daten, ihre Tentakel umspannten den gesamten Globus: E-Mails, Kreditkartentransaktionen, Handyverkehr, überhaupt jede Aktivität, bei der Menschen mit Computern in Berührung kamen. Diese sogenannten SIGINT – aus Fernmelde- und elektronischer Aufklärung gewonnene Daten – wurden von den mächtigen Servern der NSA ausgewertet und auf aussagekräftige Informationen reduziert, die anschließend dem Präsidenten der Vereinigten Staaten, dem Pentagon, der CIA sowie weiteren Militär- und Geheimdienstmitarbeitern zur Verfügung standen.

Bruckheimer kannte die angezeigte Rufnummer nicht.

»Bruckheimer.«

»Jim, ich bin's, Hector.«

»Hey, Chief! Was gibt's?«

»Ich muss jemanden ausfindig machen.«

»Das engt es ja schon mal ein. Können Sie mir wenigstens verraten, ob es um einen Mann oder eine Frau geht?«

»Es geht um Mark Raditz.«

»Mark Raditz wie in: Vize-Verteidigungsminister?«

»Ja, genau der. Die näheren Informationen gebe ich Ihnen nachher, im Moment benötige ich Ihre besten Leute. Wir müssen diesen Mistkerl schnellstens finden. Nehmen Sie sich seine Kreditkarten, Decknamen und Pässe vor. Gleichen Sie alles mit PRISM ab. Lassen Sie auch seine Ex-Frau und seine Tochter überprüfen. Ich schicke Ihnen gleich ein paar Fotos. Jagen Sie sie durch jedes Gesichtserkennungsprogramm, das Sie im Einsatz haben. Sowohl im In- als auch im Ausland.«

Kurzes Schweigen.

»Hector, ich weiß, Sie wollen mir die Infos später geben. Selbstverständlich vertraue ich Ihnen, aber wenn ich anfange, PRISM auf unserem eigenen Staatsgebiet gegen Raditz einzusetzen …«

»Raditz hat den IS mit Gewehren und Raketen im Wert von über einer Milliarde Dollar beliefert, Jim. Es war ein Geheimprogramm, das er mithilfe schwarzer Konten des Pentagons betrieb. Wir müssen ihn finden.«

»Gibt es eine Vermutung, wo er stecken könnte? Das würde uns Zeit sparen.«

»In Nahost«, meinte Calibrisi. »Oder in Mexiko. Mittel- oder Südamerika. Raditz hat bereits so gut wie jedes Land dieser Welt bereist. Allerdings ist er kein Agent. Er weiß nicht, was er tut.«

»Hector, nur als Rückversicherung, wird es einen Prozess geben?«

»Auf gar keinen Fall. Sollte diese Sache je an die Öffentlichkeit kommen, würde es enormen Schaden anrichten. Das heißt nicht, dass wir ihn umbringen werden. Offen gesagt könnte er sogar nützlich sein. Danke für Ihre Hilfe. Jemand aus unserer Rechtsabteilung wird Ihnen die FISA-Anordnung besorgen.«

»Ich melde mich, sobald wir etwas haben.«

24

LANGLEY, VIRGINIA

Anson Britt, Margaret Lyne, Stacy Conneely und Fernando Rocha saßen, auf zwei Chesterfield-Sofas aus rotem Leder verteilt, in Hector Calibrisis glasumwandetem Eckbüro.

Britt hatte neben Lyne Platz genommen, der CIA-Vizedirektorin für Angelegenheiten auf Regierungsebene. Lyne war Langleys Cheflobbyistin für den Kongress und sonstige staatliche Stellen. Ihre Hauptaufgabe bestand darin, mit dem Pentagon zusammenzuarbeiten. Conneely, ein Sprachgenie, galt als Top-Analytikerin der Agency, was den IS betraf.

Rocha bekleidete das Amt des Deputy Director der Special Activities Division. Sein Arbeitsschwerpunkt lag im Bereich Finanzen einschließlich Geldwäsche und Währungsmanipulation.

Alle vier hatten bereits eine kurze Einführung in den Fall Raditz erhalten.

Calibrisi und Polk betraten das Büro. Ersterem merkte man seine Verärgerung deutlich an. Er zog die Jacke aus und warf sie vor dem Fenster auf den Boden. Das Gleiche tat er mit seiner Krawatte. Er war knallrot im Gesicht, Schweiß tropfte ihm von der Stirn.

Polk wirkte ein wenig gefasster.

Calibrisi baute sich hinter dem Schreibtisch auf. Mehrere Sekunden lang sagte er kein Wort.

»Bevor wir uns mit diesem Schlamassel befassen, will ich wissen, was mit Dewey und Rick ist. Anson?«

Britt zögerte, blickte mit ernster Miene erst Polk, dann Calibrisi an. »Rick ist tot. Über Deweys Status wissen wir nichts, allerdings ist er aller Wahrscheinlichkeit nach ebenfalls nicht mehr am Leben.«

»Ihre Quelle?«, wollte Polk wissen.

»Die Polizei von Damaskus. Außerdem habe ich mit den israelischen Streitkräften gesprochen. Dewey hatte einen Peilsender dabei. Er befand sich während des Zwischenfalls auf dem Platz. Ein paar Blocks entfernt konnten sie ihn noch orten, dann stellte der Sender den Betrieb ein. Entweder haben sie ihn gefangen genommen und das Teil zerstört oder …«

»Und die Polizei?«

»Die bestätigt Mallorys Tod. Ein Schuss in den Rücken, an Ort und Stelle verblutet. Laut meiner Quelle gehen sie davon aus, dass es Dewey ebenfalls erwischt hat. Er lieferte sich eine ziemlich heftige Schießerei mit einigen IS-Kämpfern. Die Polizei war ebenfalls präsent. Offenbar wurde Dewey von einem ganzen Trupp Bewaffneter in die Enge getrieben. Die Angaben passen zu den übermittelten Daten des israelischen Peilsenders. Dem zeitlichen Ablauf zufolge

stellten die IS-Leute ihn, direkt nachdem die Dateien übertragen wurden. Weitere Infos liegen meiner Quelle nicht
vor.«

»Aber die Leiche hat keiner gesehen?«

»Nein, Sir. Das IS-Kontingent lieferte sich auch ein Feuergefecht mit der Polizei und tötete dabei mehrere Beamte.
Irgendwann warfen die Cops einfach einen Riesenhaufen
Artillerie aus einem Hubschrauber ab. Das Gebäude liegt
in Trümmern. Sollte Dewey sich darin aufgehalten haben,
dürfte es Tage dauern, ihn auszugraben.«

»Was, wenn er nicht dort ist?«, warf Calibrisi ein. »Was,
wenn die IS-Leute ihn vorher rausgeschafft haben?«

»Diese Möglichkeit besteht durchaus.«

»Kann die Polizei uns helfen, es rauszufinden?«

Britt schüttelte den Kopf.

»Auf keinen Fall. Die haben neun Männer verloren. Mindestens fünf davon hat meiner Quelle zufolge Dewey auf
dem Gewissen. Die denken nicht im Traum dran, mit uns
zusammenzuarbeiten. Sie dürften stinksauer sein.«

»Woher wissen die denn, dass wir dahinterstecken?«,
fragte Polk. »Niemand konnte Mallorys Spur zurückverfolgen und Dewey ist inoffiziell dort, ohne unsere Rücken-
deckung.«

Mit anderen Worten: Polk wollte wissen, weshalb Britt
ausgeplaudert hatte, dass Langley die Hand im Spiel hatte.

»Ich musste es ihnen sagen, schließlich wollen wir doch
die Leichen zurück«, erklärte Britt.

»Ich mein ja nur …«, setzte Polk an.

»Das müssen wir jetzt nicht besprechen«, schnitt Calibrisi
ihm barsch das Wort ab. »Wen juckt es schon, ob sie Bescheid
wissen? Holen Sie Mallorys Leichnam aus Syrien raus, damit
er ein anständiges Begräbnis bekommt.«

»Schon geschehen, Chief. Er wird gerade nach Bagdad

geflogen. Bis zum Abendessen trifft er mit einer Maschine am Andrews ein.«

»Was ist mit Dewey? Wie finden wir raus, ob er noch lebt?«

»Wir haben in großer Höhe Drohnen ins Einsatzgebiet verlegt«, sagte Britt. »Betrachtet man sich die Bewegungen der vergangenen Stunde von Damaskus stadtauswärts, gibt es ein paar bemerkenswerte Konvois. Wir reden von Vans und Pick-ups. Sofern sie ihn nicht getötet haben, hat man ihn irgendwohin gebracht. Die Zielpunkte dieser Konvois stehen unter S8-Beobachtung. Der eine befindet sich in Aleppo, der andere in einem Camp mitten im Nirgendwo.«

Calibrisi holte Conneely ins Boot.

»Stacy?«

»Ich tippe auf Aleppo«, antwortete sie. »Seit die IS die Stadt einnahm, haben sie die Klinik in ein zentrales Auffanglager umgewandelt. Es ist der nächstgelegene Sammelpunkt für sie. Garotin befindet sich dort. Falls Dewey noch lebt, dürfte er dorthin gebracht worden sein.«

»Das passt zur Route von einem der Konvois«, warf Britt ein. »Er steuerte die Klinik an.«

Calibrisi musterte Polk. Für gewöhnlich war dieser ein ruhiger, nüchterner Zeitgenosse, doch heute trug er einen gequälten Ausdruck im Gesicht. Mit einem hilflosen Schulterzucken trat er an die Wandkarte mit einer Detaildarstellung des Nahen Ostens. »Wir haben Agenten im Einsatzgebiet, Operators in Bagdad und im Süden der Türkei. Und wir haben uns noch nicht mal ans Joint Special Operations Command gewandt, die könnten jederzeit kurzfristig ein Einsatzteam zusammenstellen. Das Problem besteht darin, dass eine solche Mission äußerst heikel ist. Es spielt keine Rolle, wen wir reinschicken oder wie groß das Team ist. Befindet er sich in einer IS-Hochburg – sei es in Aleppo oder sonst wo –, schicken wir die Männer bloß in den sicheren Tod. Unsere einzige Hoffnung wäre eine Lösegeldforderung, obwohl ich ernsthaft bezweifle, dass Nazir eine Gelegenheit auslässt, etwas höchst Dramatisches und Öffentlichkeitswirksames mit einem amerikanischen Agenten anzustellen.«

»Sie werden ihn enthaupten«, befürchtete Conneely, »und das Ganze dann über YouTube verbreiten und von Al-Jazeera senden lassen.«

Calibrisi schaute aus dem Fenster, das einen malerischen Ausblick auf einen Birkenhain bot.

»Anson, ich möchte, dass Sie das JSOC einschalten. Rufen Sie John Terry an. DEVGRU, CAG, 24. STS. Sagen Sie ihm, die Sache hat Notfall-Priorität. Er soll sich mit ein, zwei Einsatzszenarien melden. Außerdem wenden Sie sich mit einer Bitte um Unterstützung an den GID.« Damit bezog Calibrisi sich auf den jordanischen Nachrichtendienst. »Ich werde Menachem Dayan anrufen.«

»Und was soll ich denen sagen?«

»Wir benötigen eine Instanz, die über Kommunikationskanäle zum IS verfügt. Wir werden mit ihnen verhandeln. Sollten sie bereit sein, Dewey gegen Lösegeld freizulassen, kann der Präsident entscheiden, ob wir uns tatsächlich darauf einlassen. Zumindest verschafft es uns eine kurze Atempause. Konzentrieren Sie sich auf Lebenszeichen.«

»Ich könnte mich an Lee Gluck von *60 Minutes* wenden«, schlug Conneely vor.

»Und was wollen Sie dem sagen?«

»Ich schätze, Lee hat bessere Kontakte zum IS als wir. Ich könnte ihn bitten, eine Nachricht an Nazirs inneren Führungszirkel zu übermitteln.«

»Tun Sie das«, entschied Calibrisi.

Britt stand auf und nickte Calibrisi zu, während er zur Tür hastete. Conneely folgte ihm.

»Wie lauten die Parameter?«, wollte sie wissen.

»Was meinen Sie damit?«, fragte Calibrisi.

»Was, wenn wir eine direkte Verbindung herstellen?«

»Keine Parameter. Nehmen Sie, was Sie kriegen können.«

Britt und Conneely gingen.

Polk stand an einem Bücherregal neben der Tür. Er bedachte Calibrisi mit einem nachdenklichen Blick, sagte jedoch nichts. Das war auch nicht nötig. Nach so vielen Jahren der Zusammenarbeit war Calibrisi klar, dass Polk Dewey für tot hielt.

»Reden wir über Raditz«, sagte Calibrisi.

Er trat vor den Schreibtisch, nahm auf einem der Stühle Platz und schwieg sekundenlang, während er die Gesichter der Anwesenden musterte.

»Ich weiß nicht recht, wo ich anfangen soll.« Calibrisi blickte Lyne an. »Das ist eine elende Bescherung. Haben Sie schon mit jemandem gesprochen?«

»Ja«, erwiderte Lyne. »Mit Harry Black und Josh Brubaker.«

Black war der US-Verteidigungsminister, Raditz' Boss. Brubaker war der Nationale Sicherheitsberater.

»Was sagen sie?«

»Josh wollte die Akten. Er wird den Präsidenten unterrichten. Außerdem wollte er wissen, was wir unternehmen, um Dewey zu retten. Er meinte, Sie wüssten es zwar bereits, trotzdem soll ich Ihnen ausrichten, dass Sie tun sollen, was immer nötig ist, um ihn lebend da rauszuholen. Er möchte, dass Sie rüber ins Oval Office kommen, sobald Sie hier fertig sind.«

Calibrisi nickte. »Was ist mit Harry?«

Lyne schlug die Beine übereinander. »Seine genauen Worte lauteten: ›Wenn ich Raditz finde, werd ich ihm die Eier abschneiden und sie ihm in den verfluchten Hals stopfen.‹«

»Wie konnte das überhaupt passieren?«, wollte Calibrisi von Rocha wissen. »Woher hatte der Kerl das Geld?«

»Es stammt aus schwarzen Kassen des Pentagons«, erklärte Rocha, »sogenannte Programmgelder, außerhalb des offiziellen Haushalts, vom Kongress speziell für Maßnahmen des Verteidigungsministeriums zugewiesen, die laut stillschweigender Übereinkunft niemand überprüft. Es waren nie großartige Summen, doch Raditz sammelte sie über einen Zeitraum von vier Jahren. Wir brüten immer noch über den Einzelheiten, aber wie es aussieht, konnte Raditz ungefähr zwei Milliarden Dollar beiseiteschaffen. Vielleicht sollte ich noch erwähnen, dass jede Zuweisung aus einer schwarzen Kasse durch die Unterschrift sowohl des Verteidigungsministers als auch des stellvertretenden Verteidigungsministers bestätigt werden muss. Harry Black hat alles abgezeichnet.«

»Wusste er, wohin das Geld fließt?«

»Vermutlich nicht. Wir haben uns Zugang zu den Verfügungen verschafft, alles in allem vier Stück. Als Verwendungszweck wiesen sie alle das Gleiche aus: ›Initiativen zur Terrorbekämpfung‹.«

»Harry hat es auf Nachfrage direkt erwähnt«, sagte Lyne. »Er vermutet, dass Raditz die Gelder von dort abzweigte. Er gibt alle dazugehörigen Unterlagen frei, damit wir sie uns genauer ansehen können.«

»›Terrorbekämpfung.‹« Calibrisi schüttelte angewidert den Kopf. »Was für eine Ironie!«

Lindsay, Calibrisis Sekretärin, betrat den Raum.

»Jim Bruckheimer. Er sagt, es sei dringend.«

Calibrisi deutete auf das Telefon auf seinem Schreibtisch, um sie zu bitten, den Anruf dorthin zu leiten. Einen Moment später piepte der Apparat. Calibrisi drückte die Freisprechtaste.

»Hi, Jim.«

»Hector, tut mir leid, dass ich störe«, begann Bruckheimer, »aber ich hab eine Info.«

»Gut.«

»Nun, Sie hatten zumindest in einem Punkt recht. Anscheinend hat er keine Ahnung, was er tut. Vor fünf Tagen tauchte sein Pass im Fahndungsraster auf. United Airlines, DFW nach Mexico City, Platz 4A.«

Calibrisi sah Polk an und schaltete das Telefon stumm. »Wir werden da unten jemanden brauchen.«

Polk nickte, während er bereits das Smartphone zückte.

Calibrisi aktivierte das Mikro wieder. »Hält er sich nach wie vor in Mexiko auf?«

»Ich weiß es nicht mit Sicherheit«, antwortete Bruckheimer, »aber wenn ich raten müsste, würde ich sagen: Ja. Er hat ein Rückflugticket gekauft, bisher aber nur eine Strecke genutzt. Und abgesehen davon, dass sein Pass auffiel, hat keine elektronische Signatur einen Alarm ausgelöst. Wir kennen seine Kreditkartennummern und die seiner Ex-Frau, seine Handys, Bankkonten und was weiß ich noch alles. Keinerlei Umsätze oder andere Aktivitäten. Er benutzt wahrscheinlich Bargeld oder Reiseschecks, allerdings konnten wir in den letzten sechs Monaten keine größeren Barabhebungen feststellen und auch keinen Ankauf von Travellerschecks.«

»Er kooperierte mit einem Unternehmen namens MH Armas«, erwähnte Calibrisi, »einem Waffenhersteller in Tampico, an der Küste. Wahrscheinlich war er in den letzten paar Jahren mehrmals dort. Ihre Leute müssen tief im Datenverkehr aus Tampico wühlen. Gleichen Sie Raditz' Foto mit allen Daten ab, die Sie abgefangen haben, von der US-Grenze bis runter nach Mittelamerika.«

»Verstanden. Mit PRISM dürften wir die größten Chancen haben, ihn aufzuspüren. Es wurde schließlich dafür entwickelt, Verbindungen zwischen vermeintlich beliebigen elektronischen Aktivitäten modular herzustellen.«

»Und was heißt das?«

»Das heißt, dass wir jemanden basierend auf vergangenen Aktivitäten lokalisieren können, selbst wenn die jetzige Aktivität eine andere elektronische Signatur aufweist. Finden wir zum Beispiel eine Aufzeichnung aus dem letzten Jahr, sagen wir über eine Kreditkartentransaktion oder einen Handyanruf, der eindeutig von Raditz stammt, wird PRISM den Zusammenhang zu heutigen Daten herstellen. Wenn er vor einem Jahr mit seinem alten Handy eine Nummer anrief und später dieselbe Nummer mit einem neuen, unbekannten Handy, versetzt uns das in die Lage, uns an ihn dranzuhängen, ihn zu verfolgen, einen neuen Satz elektronischer Signaturen anzulegen und ihn darüber aufzuspüren.«

»Ich kann mir nicht vorstellen, dass er so dumm …«

»Sie würden sich wundern.«

»Er weiß doch, wie PRISM arbeitet.«

»Sie wussten es nicht«, versetzte Bruckheimer.

»Arschloch«, konterte Calibrisi grinsend.

»Falls er in einem Hotel abgestiegen oder essen gegangen ist, wenn er sich vor einem Jahr auch nur ein Päckchen Kaugummi gekauft hat und einen Reisescheck von außerhalb Mexikos benutzt oder dasselbe Hotel beziehungsweise denselben Laden noch einmal aufsucht, werden wir es mitkriegen. Das muss nicht unbedingt heißen, dass es er ist, aber es liegt durchaus im Rahmen des Möglichen. Sie wären überrascht, wie schnell so etwas die Suche einengt. Der Mensch ist nun mal ein Gewohnheitstier.«

Calibrisi griff zum Telefon. »Sonst noch was?«

»Ja«, meinte Bruckheimer, »der dringliche Teil. Nur so zum Spaß ließ ich einen meiner Analytiker die Passagierliste des United-Airlines-Fluges aus Dallas unter die Lupe nehmen. Einer der anderen Passagiere an Bord setzte einen Algorithmus in Gang. Ungefähr zehn Minuten nach der Landung in Mexico City tätigte jemand, und zwar nicht Raditz, einen Anruf zu einer Vermittlungsstelle in Berlin, die Raditz früher schon mal angerufen hat. In anderen Worten: PRISM markierte den Anruf, weil dazu bereits Handyaufzeichnungen von Raditz vorliegen.«

»Woher wollen Sie wissen, dass er es nicht selber war?«

»Weil wir mitgehört haben. Wir fingen die letzten paar Sekunden ab. Der PBX-Schalter einer Telefonanlage ist so etwas wie eine Tarnvorrichtung, er splittet die Leitung auf – kaschiert die Identität beider Benutzer und verschlüsselt ihr Gespräch. Aber bevor die Verschlüsselung einsetzte, hörten wir seine Stimme. Ein Araber.«

»Haben Sie es durch die Spracherkennung gejagt?«

»Ja. Es passte zu nichts, was wir in der Datenbank haben. Auf jeden Fall handelte es sich nicht um Raditz.«

»Okay, ich kann Ihnen folgen.«

»Der Punkt ist«, fuhr Bruckheimer fort, »dass Raditz über genau diesen PBX-Schalter entweder selbst mindestens ein Dutzend Mal angerufen hat oder angerufen wurde, das letzte Mal vor einer Woche. Wie dem auch sei, wir bemerkten die Korrelation und glichen die Handyaktivität mit der Passagierliste ab, um die Suche einzugrenzen. Vor einer Stunde benutzte der Besitzer des Handys seinen Pass, um in Mexico City in ein Hotel einzuchecken. Weil wir das Handy per Satellit verfolgen, wissen wir, dass es sich um ein und dieselbe Person handelt.«

Calibrisi blickte zu Polk. Dieser deutete auf sein Handy und hielt den Daumen hoch, um zu signalisieren, dass er jemanden in der Leitung hatte.

»Na ja, jetzt kommt der interessante Teil.«

»Es ist bereits interessant, Jim.«

»Ich weiß. Ich meine, der *wirklich* interessante Teil. Es handelt sich um einen französischen Pass, der jemandem namens Pierre Lagrange gehört. Der Mann ist 38 und stammt aus Marseille. Das stimmt alles, wir haben es überprüft, aber als wir sein Foto auswerteten, das heißt, als wir es in unsere Gesichtserkennungs-Plattform einspeisten, landeten wir einen Treffer. Es gibt Übereinstimmungen mit vier Fotos, die allesamt diesen Kerl zeigen, und zwar mit Nazir. Er hält sich stets im Hintergrund und ist ein Iraker namens Haider Allawi.«

»Was hat das zu bedeuten?«, fragte Calibrisi niemanden im Besonderen.

»Es bedeutet, dass Nazir hinter sich aufräumt«, entgegnete Polk.

»Warum hat er ihn noch nicht umgebracht?«, wollte Calibrisi wissen.

»Vielleicht hat er das ja schon getan. Oder es ist bloß ein Aufklärungs…«

»Das sind alles nur Indizien«, warf Bruckheimer ein. »Es zeigt noch lange nicht, dass sich Raditz wirklich dort befindet, das muss uns bewusst sein.«

»Können Sie den Standort des Kerls in Echtzeit verfolgen?«, hakte Polk nach.

»Ja«, bestätigte Bruckheimer. »Er wohnt im St. Regis Hotel in Mexico City.«

»Rufen Sie uns an, wenn Sie etwas über Raditz herausgefunden haben«, bat Calibrisi, »und danke, Jim. Verdammt gute Arbeit.«

Calibrisi beendete das Gespräch und blickte Polk an. »Anscheinend brauchen sie Raditz lebend.«

Polk nahm eine Fernbedienung vom Tisch und drückte eine Taste, mit der er einen Bildschirm aus der Decke fahren ließ. Einen Moment später erschien das Gesicht eines jungen, gut aussehenden Latino. Er hatte ziemlich lange schwarze Haare und einen Vollbart, hielt sich unter freiem Himmel auf und trug kein Hemd. Die Muskeln an Brust, Schultern und Armen waren klar definiert. Mit Sonnenbrille lehnte er sich in einen weiß bespannten Liegestuhl zurück, im Hintergrund das blaue Wasser eines Swimmingpools und mehrere Bikinischönheiten. Er kommunizierte über einen Ohrstöpsel, während sein Handy das Bild nach Langley streamte.

»Hallo?«

Sollte es ihn irgendwie verlegen machen, dass er, umgeben von schönen Frauen, halb nackt an einem Pool faulenzte, ließ er sich davon nichts anmerken.

»Franco, ich bin's, Bill.«

Franco Gutierrez, ein Mitglied der CIA-Paramilitärs unter Führung der Special Operations Group. Er war in Rio de Janeiro stationiert, doch sein Tätigkeitsbereich erstreckte sich von der US-Grenze quer durch Mexiko und ganz Mittel- und Südamerika.

»Hey, Boss«, meinte Franco grinsend. Er sprach mit weichem spanischen Akzent.

»Wo sind Sie?«, fragte Polk.

»Medellín.«

»Sie müssen packen und machen, dass Sie zum Flughafen kommen.«

Das Lächeln wich aus Gutierrez' Gesicht. Er stand auf, bahnte sich seinen Weg durch das Gewühl junger Männer und Frauen, die rund um den Pool auf dem Hochhausdach plauderten, und zog sich im Gehen ein kurzärmliges Leinenhemd über.

»Muss ich mich um ein Beförderungsmittel kümmern?«

»Nein, dafür sorgen wir. Gehen Sie zum privaten Terminal. Genaue Instruktionen erhalten Sie, wenn Sie in der Luft sind.«

»Können Sie mir wenigstens verraten, wohin es geht?«
»Nach Mexico City.«

25

MEXICO CITY

Allawi steckte mitten im Verkehr, als Nazirs Textnachricht eintraf:

LASS DIE HUNDE VON DER LEINE

Er schlug mit der Hand aufs Lenkrad. Er hatte geahnt, dass so etwas passierte.

Es war jetzt zwei Tage her. Allawi war Raditz gefolgt, erst durch Mexico City, dann nach Tampico, wo er sich mit dem Schiffskapitän getroffen hatte, dann wieder zurück nach Mexico City. Er ging davon aus, dass Raditz von der Beschattung nichts ahnte.

Am Stadtrand hatte die Polizei ihn wegen zu schnellen Fahrens angehalten. Dabei verlor er ihn aus den Augen, weil die Reichweite des Trackers beschränkt war.

Seit 18 Stunden klapperte Allawi nun schon die ganze Stadt auf der Suche nach Raditz ab.

Sein iPad lag mit geöffneter Tracking-App auf dem Beifahrersitz. Sobald Raditz sich in einem Umkreis von 300 Metern befand, müsste ihm der Standort sofort angezeigt werden. Doch auf dem Display erschien kein Treffer.

LASS DIE HUNDE VON DER LEINE

Er hatte Nazir bisher nicht informiert, dass er den Mann verloren hatte. Das musste er jetzt nachholen. Raditz konnte längst aus Mexico City verschwunden sein. Womöglich hatte er den dünnen Plastikstreifen entdeckt. Inzwischen könnte er überall sein. In China. Afrika. An jedem Ort der Erde. Und doch blieb Allawi in Mexico City und suchte weiter. Eine falsche Hoffnung, möglich, aber immerhin bestand eine Chance.

Allawi wappnete sich für das Gespräch. Nazir würde enttäuscht reagieren, doch ihm blieb keine andere Wahl. Er musste es ihm sagen.

Von der Rio Hudson bog er nach rechts ab und suchte einen Parkplatz. Er wollte nicht fahren, wenn er sich mit Nazir unterhielt.

Vor sich sah er das Hotel. Er bog links ab, fuhr an der Zufahrt zum Mitarbeiterparkplatz vorbei, hielt an und kramte nach dem Handy. Enttäuschung, Wut, vor allem jedoch Müdigkeit spiegelten sich auf seinem Gesicht. Als er wählte, schielte er kurz auf den Beifahrersitz. Dort blinkte ein rotes Licht auf dem Display.

Er hatte Raditz gefunden.

26

IN DER LUFT

Zwei Stunden nach dem Abheben der Air America GV in Medellín summte Francos Handy, als eine verschlüsselte Nachricht aus Langley einging. Die Nachricht war leer bis auf einen Link zu einem verschlüsselten Dokument, den er doppelt anklickte:

Eine Eingabeaufforderung verlangte, er solle seinen Daumen auf den Fingersensor drücken. Kurz darauf wurde er aufgefordert, in die Handykamera zu blicken, während eine Remote-App die Iris beider Augen scannte. Das Dokument öffnete sich:

TOP SECRET
NCS
NAT SEC PRIORITY: DDCIA * NOC4899-W

DATENBLATT: MISSIONSABLAUF
AUSSPÄHUNG VIP
PRIORITÄTSSTUFE TAU

1. Ankunft GUTIERREZ IATA (Mexico City Benito Juarez International Airport) via FIRMEN-Transport BRAE BURN TWO (GV121 ex. Medellin, Col.). Flugzeit 4:12, CREW: OC34OWEN + CR22MEADE.
2. BRAE BURN TWO verbleibt in IATA und bereitet sich auf Exfiltration vor.
3. GUTIERREZ begibt sich zum Absetzpunkt [St. Regis Hotel (Stand 17:35:00) Änderungen möglich]. Zimmer unter Alias MARTINEZ, JESUS (Passkontrolle).
4. GUTIERREZ erhält genaue Standortdaten, sofern verfügbar, um ZIELPERSON auszuspähen.
5. ZIELPERSON ist MARK RADITZ, US-Bürger [VIP], siehe Foto und Anmerkungen unten.
6. RADITZ befindet sich *auf der Flucht*. Ihn erwartet eine langjährige Haftstrafe wegen Verstoß gegen

mehrere Gesetze bezüglich der nationalen Sicherheit. Einschätzung FLUCHTRISIKO: KATEGORIE 1.

7. RADITZ ist Kombattant Stufe 6, geschult im Umgang mit diversen Waffen, verfügt jedoch über keinerlei Kampferfahrung, ebenso wenig über Nahkampfkenntnisse. Er gilt als *mäßig* gefährlich.

8. Die Aktion hat PRIORITÄTSSTUFE TAU [DCIA 55]: RADITZ verfügt über Informationen von hohem Wert und sollte mit äußerster Vorsicht, allerdings lebend, exfiltriert werden.

9. BESONDERER HINWEIS 1: Wir gehen davon aus, dass RADITZ sich im unmittelbaren Umfeld von HAIDER ALLAWI bewegt, einem Iraker und bekannten IS-Funktionär. Siehe Fotos unten.

10. ALLAWI reist unter dem französischen Decknamen PIERRE LAGRANGE. Es ist nicht bekannt, warum ALLAWI und RADITZ zusammen reisen. Die beiden Männer könnten ein Treffen planen, ebenso gut könnte RADITZ beschattet werden und in Gefahr sein.

11. *Einsatzregeln:* RADITZ verfügt über profunde Kenntnisse über operatives Vorgehen von US-SFO. Setzen Sie alle notwendigen Mittel ein {NOC J-099 RE ›1998 transborder exemption‹}, um Raditz zu sichern, vom Absetzpunkt wegzuholen und nach IATA BRAE BURN TWO zu exfiltrieren, um ihn in die USA zu fliegen.

12. ALLAWI ist keine Zielperson. Taktische Auswirkungen sollten auf keinen Fall den vorgegebenen Missionsablauf beeinflussen. Ergibt sich jedoch die Gelegenheit, kann und sollte ALLAWI endgültig terminiert werden.

13. Sobald RADITZ sich an Bord der Maschine in die USA befindet, sollte er fixiert werden.
14. Exfiltration nach Joint Base Andrews, Maryland, USA via BRAE BURN TWO.

Franco las sich das Datenblatt noch einige Male durch, überflog dann die an die Datei angehängten Fotos. Er kannte Raditz zwar nicht vom Sehen, wusste aber verdammt gut, mit wem er es zu tun hatte.

»Du hast es vergeigt«, murmelte Franco, während er die Fotos betrachtete.

Als Nächstes nahm er sich die Bilder von Allawi vor. Wie die meisten IS-Mitglieder war Allawi jung und trug einen Ausdruck kalter Entschlossenheit zur Schau.

Vor lauter Fragen schwirrte Franco der Kopf. Weshalb befand sich Raditz auf der Flucht? Wenn Allawi sich in seiner Nähe aufhielt und ihn umbringen wollte, weshalb hatte er es nicht längst erledigt? Vielleicht hatte er es ja inzwischen getan. Und falls Allawi dort war, um sich mit Raditz zu treffen, aus welchem Grund?

Franco hatte sich schon vor langer Zeit daran gewöhnt, wie Informationen aufgespalten und gefiltert wurden, wenn es um Einsätze ging.

Der Umstand, dass die Befehle keine weiteren Informationen über Raditz und seine Vergehen enthielten, diente dem Schutz der Vereinigten Staaten, so viel war Franco klar. Was auch immer Raditz getan hatte, musste schwerwiegend sein, so schwerwiegend, dass es niemals an die Öffentlichkeit gelangen durfte.

Standardprozedur. Doch etwas an dem Auftrag behagte ihm nicht.

»Noch 20 Minuten, Franco«, meldete einer der Piloten über die Sprechanlage der Gulfstream.

Franco las sich den Abriss ein letztes Mal durch. Als er erneut zu den Fotos wechseln wollte, färbte sich das Display mit einem Mal rot, das Dokument wurde verschlüsselt und verschwand vom Bildschirm.

Er ging in den rückwärtigen Bereich der Kabine. Ein Stahlschrank, 1,20 Meter hoch, 1,80 Meter breit, war an die rechte Wand geschraubt. Darin lagerten, übersichtlich angeordnet, Waffen in mehreren Reihen. In den beiden oberen Fächern diverse Karabiner, Maschinenpistolen und Scharfschützengewehre. Die beiden Regalbretter darunter enthielten Pistolen jeder Art, in allen möglichen Ausführungen. Ein weiterer Einschub war mit Messern, Schalldämpfern, Lampen, Holstern, internationalen Prepaidhandys und weiterem Zubehör bestückt. In den vier unteren Fächern stapelte sich Munition.

Franco entschied sich für einen Colt Automatik Kimber Super Match II Kaliber 45 mit unter dem Lauf montiertem Halogenstrahler und rammte ein auf 14 Schuss erweitertes Magazin ein. Er rechnete nicht damit, dass er für Raditz eine Waffe brauchte, aber für ihn war sie ja auch nicht gedacht. Ferner nahm er einen SRD45-Schalldämpfer von SIG Sauer mit – 20 Zentimeter lang, aus Titan – und ein speziell gefertigtes Drop-Leg-Holster, in das die Pistole mitsamt aufgeschraubtem Schalldämpfer passte. Er fand ein SOG-S37K-SEAL-Kampfmesser mit feststehender Klinge und schnallte es sich um die linke Wade, nahm für alle Fälle noch eine Ersatzwaffe mit: eine kleine, leicht zu verbergende Ruger LC9, die er in einem Holster an der rechten Wade unterbrachte.

Außerdem schnappte er sich noch zwei Prepaidhandys.

Franco öffnete einen Schrank gegenüber vom Waffenarsenal. Die Erste-Hilfe-Abteilung des Jets, angefüllt mit diversen Gerätschaften, Verbandsmaterial und Medikamenten.

Er langte nach einem Fläschchen, das eine milchige Flüssigkeit enthielt: Propofol, ein schnell wirkendes, intravenös verabreichtes Betäubungsmittel. Eine Spritze nahm er ebenfalls an sich.

Wenige Minuten später rollte die Gulfstream vor einem unscheinbaren Gebäude aus.

Franco entriegelte die Kabinentür und drückte den Taster für die Hydraulik. Die Luke schwenkte nach außen, eine Treppe senkte sich aufs Rollfeld.

Franco beugte sich ins Cockpit. »Ich hoffe, es geht schnell.«

»Schon eine Zeitschätzung?«

Franco schüttelte den Kopf.

»Ein paar Stunden, könnte aber auch länger dauern. Es geht um eine Exfiltration mit Prioritätsstufe. Seht zu, dass die Maschine aufgetankt wird.«

27

SOUTH BENTALOU STREET
BALTIMORE, MARYLAND

Die South Bentalou verlief durch eins der ärmsten Viertel Baltimores. Auf dieser Straße waren in der Regel eher Streifenwagen als Sportflitzer unterwegs, doch einen solchen fuhr Daisy Calibrisi: den glänzend roten BMW X5 SUV ihrer Mutter. Den Block säumten zu beiden Seiten kleine, zweigeschossige Wohnhäuser aus Backstein beziehungsweise Beton. Die meisten waren ziemlich heruntergekommen, die Fenster kaputt, der Putz blätterte ab. Einige standen schon lange leer, Türen und Fenster

waren mit Plastikfolie überzogen und mit Brettern ver-
nagelt. Stellenweise verteilte sich Müll auf dem Gehsteig,
leere Bierdosen und Weinflaschen, Stühle, denen ein oder
mehrere Beine fehlten oder deren Polsterung zerfetzt war,
hier eine Radkappe, da eine Matratze, an einen Baum
gelehnt, um den sich schon lange niemand mehr kümmerte.
Anwohner schlenderten umher. Hin und wieder saßen
Leute auf den Treppenstufen vor den Haustüren und
beobachteten das Treiben auf der Straße, als sähen sie fern.

Daisy parkte den SUV vor einem Backsteinhaus, auf
halbem Weg zur nächsten Kreuzung. Davor spielten zwei
schwarze Kids mit einem verschlissenen Football. Daisy
stellte den Motor ab und stieg aus.

Einer der Jungen drehte sich zu ihr. Ein begeistertes
Lächeln zuckte um seine Lippen. »Daisy!«

»Hey, Killer!« Der Kleine kam zu ihr gerannt und schlang
ihr die Arme um die Hüfte.

»Sie hat gesagt, dass du vorbeikommst.«

»Natürlich komm ich vorbei, Anthony.« Daisy hielt ihn
noch einen Moment länger fest. Der andere Junge, klein und
mit Brille, stand reglos da und hielt den Football mit mürri-
schem Gesichtsausdruck fest.

»Hi«, sagte sie.

»Hi«, erwiderte der Junge schüchtern.

»Du musst Rex sein.«

Ein schwaches Grinsen. »Jaaa.«

Daisy trat zu ihm und streckte die Hand aus.

»Ich bin Daisy.« Sie kniete sich hin, sodass sie auf Augen-
höhe mit ihm war, nahm seine Hand und schüttelte sie kräftig.

»Ich weiß. Grandma hat mir von dir erzählt.«

»Nun, von dir hat sie mir auch erzählt, Rex, und wie es
aussieht, bist du einer der besten Schüler in deiner Klasse.«

Rex lächelte, antwortete jedoch nicht.

»Er is' nicht schlauer als ich«, quäkte Anthony hinter ihr.

Rex blickte Daisy unverwandt an und verdrehte vielsagend die Augen.

»Anthony, du bist in *deiner* Klasse der Beste.« Damit erhob sie sich und winkte Rex, ihr den Football zu geben. Er reichte ihn ihr unauffällig.

»Aber was ist noch wichtiger, als der Schlaueste zu sein?«, fragte sie, den Ball in der Hand.

Anthony verdrehte die Augen. Diese Predigt hatte er schon oft gehört.

»Harte Arbeit.«

»Das ist wichtig«, pflichtete sie ihm bei, »aber es gibt noch etwas Wichtigeres.«

»Die Schule nicht abzubrechen.«

»O ja, das ist sogar *sehr* wichtig.« Daisy trat einen Schritt zurück, machte sich bereit, den Football zu werfen. »Aber es ist nicht das Wichtigste.«

»Keine Drogen nehmen.«

Daisy schüttelte den Kopf.

»Das ist *unglaublich* wichtig. Aber es ist nicht das, was mir im Moment vorschwebt.«

Daisy wich noch ein paar Schritte zurück, nickte Anthony zu, um ihm zu verstehen zu geben, dass er loslaufen solle, damit sie ihm einen Pass zuwerfen konnte.

»Ich geb auf«, sagte Anthony.

»Mann, das wundert mich jetzt aber«, meinte sie, während Anthony weiter zurückwich, bis er ein gutes Stück entfernt war. »Das Allerwichtigste ist …«

Daisy lehnte sich zurück, holte mit dem Arm hinter dem Kopf zum Wurf aus.

»… der beste weibliche Quarterback der USA, wenn nicht der ganzen Welt zu sein.«

In einer fließenden Bewegung schoss ihr Arm nach vorn. Eine blitzsaubere Spirale schraubte sich in die warme Morgenluft. Der Ball flog in hohem Bogen und fiel Anthony in perfektem Winkel in die Arme.

»Und jetzt sag mir, ob Joe Flacco das auch hinkriegt.«

Rex lachte, während Anthony den Kopf schüttelte.

Nachdem sie ein paar Minuten Spielzüge geübt hatten, erklomm Daisy die Treppe zur Eingangstür. Ein hellblauer Wimpel hing mit einem Nagel daran. COLUMBIA UNIVERSITY.

Sie klopfte. Nach einigen Sekunden öffnete eine dürre grauhaarige Frau mit Brille.

»Hi, Miss Betty.«

»Gott segne dich, Liebes.« Die Frau zog die Tür weit auf und nahm Daisy in die Arme. »Sie ist so aufgeregt, dich zu sehen.«

»Wo ist sie denn?«

»In ihrem Zimmer. Jetzt lass dich mal ansehen.«

Kopfschüttelnd musterte die alte Dame Daisy von Kopf bis Fuß.

»Du wirst von Tag zu Tag schöner, Kindchen, das schwör ich.«

»Sie sind aber auch ganz reizend, Miss Betty.«

Die Frau brach in lautes, gackerndes Gelächter aus.

Daisy durchquerte die Wohnung, ging durch die Küche und einen Flur bis zum letzten Zimmer. Mehrere Pappkartons stapelten sich, daneben ein paar Reisetaschen.

Auf dem Bett saß ein junges Mädchen. Sie trug eine Brille, ein weißes T-Shirt und eine Stoffhose. Extrem schlank. Wenn etwas an ihr ungewöhnlich war, dann ihr Haar, das in einem wunderschönen, widerspenstigen Afrolook nach allen Seiten abstand. Wortlos musterte sie Daisy.

»Hey, kleine Schwester.«

»Hey, große Schwester«, antwortete das Mädchen. Sie hieß Andromeda, aber alle nannten sie bloß Andy.

»Und, bereit, zur super abgefahrenen, Spitzenklasse-Ivy-League zu gehören?«, fragte Daisy, betrat das Zimmer und setzte sich aufs Bett.

Andy blickte sie mit düsterer Miene an und schwieg.

Daisy legte ihr sanft die Hand auf die Schulter und rüttelte sie neckend. »Du fühlst dich im Moment nicht so super abgefahren, was?«

Andy erwiderte nichts, starrte wortlos zu Boden.

Daisy kannte sie gut, so wie eine ältere die jüngere Schwester oder eine Mutter die Tochter. Kein Wunder, nach elf Jahren.

Andy weinte nicht, doch Daisy konnte die weißen Streifen sehen, die die getrockneten Tränen auf ihren Wangen hinterlassen hatten.

»Ich hab Angst«, flüsterte Andy.

»Alle Erstsemester haben Angst, bevor sie aufs College kommen.« Daisy legte ihr den Arm um die Schultern und zog sie an sich. »Ich musste damals beinahe kotzen.«

»Ich war noch nie weg aus Baltimore.«

»Zu mir zu kommen, zählt wohl nicht?! Was bin ich? Luft?«

Andy musste lächeln. »Ich meine, ich hab noch nie woanders gewohnt.«

»Du bist ein brillantes, wunderschönes Mädchen, das weit und breit seinesgleichen sucht«, versicherte Daisy. »An der Columbia wirst du aufblühen. Ich glaub, ich bin aufgeregter als du.«

»Ich bin nicht gut genug für die Ivy League.«

Daisy stand auf, trat an einen der Kartons und schob die Hände darunter, drehte sich um und blickte Andy in die Augen.

»Andy, du *bist* in der Ivy League. Gegenwart. Ob es dir gefällt oder nicht, dein Name – Andromeda Anne Robinson – steht auf einer großen, langen Liste in einer der größten Universitäten der Welt, und daran kann niemand etwas ändern. Du *gehörst* zur Ivy League. Es ist bereits passiert. Wir könnten uns höchstens drüber streiten, ob die Columbia so gut ist wie die UVA, aber das ginge am Thema vorbei.«

Daisy bedachte Andy mit einem schalkhaften Grinsen und hob den Karton an.

»Die *UVA?*«, fragte Andy, während sie aufstand und sich ebenfalls einen Karton schnappte. Erst lächelte sie, dann fing sie an zu lachen. »Ist das überhaupt ein College? Jeder weiß, dass die Columbia viel besser ist.«

»Im Fechten vielleicht.« Daisy wankte mit dem schweren Ballast in den Flur.

»Im Fechten?«

»Du weißt schon, mit Schwertern.«

»Es heißt Degen.«

»Degen, Fegen.« Sie lief Richtung Haustür.

»Die Columbia hat unzählige Nobelpreisträger hervorgebracht«, warf Andy ein.

»Das ist ein Argument. Nerds. Die Columbia ist eindeutig besser darin, Nerds hervorzubringen.«

»Man nennt solche Leute Genies«, korrigierte Andy.

»Hat ein Student der Columbia letztes Jahr nicht Uran aus dem naturwissenschaftlichen Institut geklaut?« Daisys Lachen hallte durch den Gang.

»O Mann«, meinte Andy kichernd. Sie folgte Daisy nach draußen. »Das wird eine lange Fahrt.«

28

Raditz hatte sich auf dem Kingsize-Bett zurückgelehnt und starrte an die Kassettendecke. In der Linken hielt er ein mit Sekt aus der Minibar gefülltes Wasserglas, das er auf der nackten Brust balancierte. Die rechte Hand stützte den Kopf. Er hing seinen Gedanken nach.

Er würde zwei, möglicherweise drei Tage in Mexico City bleiben und dann weiterziehen, sich einen fahrbaren Untersatz suchen, ihn bar bezahlen und fahren. Erst durch Mittel-, dann durch Südamerika. Dort konnte er irgendwo untertauchen.

Mit der Kohle kam er bis an sein Lebensende aus, ja, wahrscheinlich starb er sogar, lange bevor er sie komplett verprasst hatte. Ihm kam ein düsterer Gedanke, den er zu verdrängen versuchte.

Nichts davon wirst du ausgeben. Sie sind schon unterwegs ...

»Nein.« Er setzte das Glas an die Lippen, nahm noch einen Schluck, verschüttete dabei etwas. Es rann ihm übers Kinn und tropfte am Hals hinunter.

Er wollte nach Brasilien. Das Land der Verlorenen. Ein Agent im Ruhestand hatte ihm erzählt, dass man dort gut verschwinden konnte. In Rio oder einer kleineren Stadt. Er wollte sich ein Haus kaufen. Oder eine Farm irgendwo auf dem Land Richtung Chile, vielleicht sogar in Chile selbst. Oder in Argentinien. Einfach weg.

Er musste an seine Tochter denken, an den Tag, an dem er sich von ihr verabschiedet hatte. Raditz hatte seinen

Fonds bei Fidelity Investments aufgelöst und ihr den Scheck überreicht: 353.402,90 Dollar.

»Pass auf deine Mutter auf.«

Was hatten sie ihr bloß angetan? Was hatten sie ihr bloß angetan!

Was hast du ihr bloß angetan!

»O Gott«, flüsterte er, während Schuldgefühle ihn übermannten. Wie sie in jener Nacht auf dem Beton des Garagenbodens gelegen hatte.

Was hast du getan?

Raditz stellte sich vor, wie seine Tochter eines Tages einen dicken Umschlag überreicht bekam. Sie ist 30 oder 35. Ein Kind, vielleicht auch zwei stehen neben ihr, wenn sie die Tür öffnet. Sie hat einen netten Ehemann, der von solchen Sachen keine Ahnung hat. Oder vielleicht doch, vielleicht versteht er ja, dass auch gute Menschen manchmal Fehler machen. Dass der Vater seiner Frau ein guter Mensch ist. Sie öffnet den Umschlag und er enthält mehr Geld, als sie je gesehen hat. Eine Million Dollar. Zwei Millionen.

Mittlerweile weinte Raditz. Er dachte an das Leben, das er geführt und für das er so hart gearbeitet hatte. Nun war alles ruiniert.

Er schluchzte minutenlang, dann ging er ins Bad, drehte den Wasserhahn auf und spritzte sich mehrmals kaltes Wasser ins Gesicht, bemüht, die Tränen und die Schuldgefühle abzuwaschen.

Am Morgen würde er von hier verschwinden. Eigentlich wollte er gar nicht weg. Er war ein guter Mensch. Er hatte einen Denkfehler gemacht. Einen nachvollziehbaren Fehler, seinem Land zuliebe. Doch er wusste, wie das System funktionierte. Jede Chance auf Vergebung und Nachsicht hatte er schon vor langer Zeit verwirkt. Dadurch, dass er sich niemandem anvertraut hatte. Indem er Harry Black hinterging und alles vertuschte. Jetzt nannten sie ihn sicher einen Verräter.

Geh runter und trinke was. Morgen kannst du abhauen.

Das Schlimmste war vorüber. Er konnte lernen, mit der Schuld zu leben. Das ging schon vorbei. Er musste seine Vergangenheit hinter sich lassen.

Allawi legte das Handy weg. Ein sadistisches Grinsen umspielte seine Lippen.

Die Hunde von der Leine lassen? Keine Sorge, Tristan, ich werde die Hunde von der Leine lassen.

Allawi brauchte nicht lange, um das St. Regis als Ziel auszumachen. Er ließ sich von seinem iPad lotsen, fuhr die Seitenstraße entlang und bog schließlich links ab. An der nächsten Ecke sah er das Gebäude mit dem Schriftzug: ST. REGIS HOTEL, MEXICO CITY.

Er fuhr am Haupteingang vorbei und parkte auf dem Mitarbeiterparkplatz dahinter, unweit der Zufahrt zwischen zwei Wagen unter den hellen Scheinwerfern des Parkhauses. Er wusste, die beste Art, sich zu tarnen, bestand darin, nicht aufzufallen, und die beste Art, nicht aufzufallen, bestand darin, so zu tun, als gehörte man dazu. Die Wagen in den entlegenen Ecken fielen einem ironischerweise als Erstes ins Auge. Niemand beachtete die Wagen, die direkt vor der Nase parkten.

Allawi langte nach der Reisetasche auf dem Rücksitz, holte eine KBP-GSh-18-Pistole mit 9 × 19-Millimeter-Munition heraus und schraubte den maßgefertigten Schalldämpfer auf die Mündung. Er schnallte sich ein Schulterholster um, steckte die Waffe hinein und zog eine Lederjacke über. Außerdem rief er die Tracking-App auf dem iPhone auf, um das Tablet nicht mit sich herumschleppen zu müssen.

Die Ortung erfolgte bis auf 15 Zentimeter genau. Er brauchte sich gar kein Zimmer zu nehmen. Es reichte, die richtige Gelegenheit abzuwarten und Raditz zu töten. Ohne etwas zu überstürzen, wollte er es zügig hinter sich bringen. Nazir zufolge war der Kerl fett und hockte die ganze Zeit am Schreibtisch. Ein typischer Politiker. Um die Sache diskret und schnell zu erledigen, hatte Nazir ihn geschickt.

Allawi betrachtete sich nicht als Terrorist. Er war ein *Assassine*. Ein Agent, der im Verborgenen agierte. Wenn der Islamische Staat erst eine eigene Nation begründet hatte, wollte er mithelfen, den Nachrichtendienst aufzubauen. Er sehnte sich nach einem Zuhause. Grundsätzlich besaß er die Bereitschaft, sich zu opfern – aber noch war es nicht so weit. Aktuell gab es keinen Anlass dazu.

Sein Verlangen, die Zielperson zu töten, ließ ihn den Schritt beschleunigen. Er ging zu den Fahrstühlen, betrat eine der Kabinen und drückte die Taste für das oberste Stockwerk. Der Aufzug setzte sich in Bewegung und er behielt das Handydisplay im Auge. In der sechsten Etage schien er sich ganz dicht am Tracker zu befinden. Seine Hand schoss nach vorn, um die Fahrt zu stoppen. Die Türen glitten zur Seite.

Er wandte sich nach links, während er mit zwei Fingern die Displayanzeige aufzoomte, huschte den Flur entlang und kam dem Ziel näher und näher. Schließlich blinkte die Markierung exakt im Zentrum. Er stand vor Suite 712.

Allawi verstaute das Gerät in der Jackentasche und langte mit der rechten Hand nach dem Griff der Waffe, befreite sie aus dem Holster, behielt sie jedoch unter der Jacke und entsicherte sie schon mal. Er klopfte, hielt mit dem linken Daumen den Türspion zu, der rechte Zeigefinger krümmte sich um den Abzug.

Franco marschierte hinter das private Terminal und stieg in die dunkel lackierte Limousine, die im hinteren Bereich der Parkfläche auf ihn wartete. Er fuhr nach Mexico City hinein und hielt vor dem Haupteingang des St. Regis, gerade als ein verführerisches Rotbraun den vorabendlichen Himmel einzufärben begann.

Er stieg aus. Blaues T-Shirt, Jeans, dazu Tennisschuhe von Puma. Er ergänzte das Outfit mit einer blauen Nylonjacke. Drei Waffen trug er versteckt am Körper: das Messer, die Ruger und die .45 Kimber.

Franco ging je nach Gemütslage jedes Projekt ein bisschen anders an. Auch diesmal machte er keine Ausnahme. Er wusste, dass man von einem Agenten erwartete, dass er bewährte Prozedere entwickelte und daran festhielt. Doch Franco vertrat die Auffassung, dass ihm gerade die mangelnde Vorhersagbarkeit seines Vorgehens im Einsatz einen Vorteil verschaffte. Dadurch konnte er kurzfristiger, spontaner und kreativer agieren und wurde nicht zum Gewohnheitstier.

Während er sich dem Eingangsbereich des St. Regis näherte, schaltete er eins der Prepaidhandys ein und wählte eine vierstellige Nummer. Ein schriller Signalton erklang am anderen Ende. Er tippte einen zehnstelligen Code ein und trennte die Verbindung. Fünf Sekunden später informierte ihn der Vibrationsalarm über den Eingang einer Textnachricht.

VCXgWSSalPbCW

Die NSA hatte Raditz erfolgreich lokalisiert. Er befand sich in Zimmer 712.

»Was für ein verfluchter Idiot«, flüsterte Franco beim Betreten des Hotels in sich hinein.

Inzwischen wunderte er sich kaum noch über die Dummheit und Arroganz mancher Leute.

Wenn sich Raditz auf der Flucht befand, musste ihm grundsätzlich bewusst sein, dass er in Gefahr schwebte. Eigentlich hätte er schon seit Tagen in einem fernen Land untergetaucht sein müssen, darauf eingestellt, ständig in Bewegung zu bleiben, von einem staubigen, menschenleeren Kaff ins nächste weiterzuziehen, wo die Ankunft eines Agenten sofort aufgefallen wäre. Im St. Regis in Mexico City quartierte sich ein Mann auf der Flucht höchstens ein, wenn er glaubte, man werde ihn niemals erwischen, oder aber wenn er es für unvermeidlich hielt, geschnappt zu werden. So oder so war es verdammt leichtsinnig – eine Haltung, mit der Franco sich auskannte. Auch er liebte den Nervenkitzel.

Mit dem Unterschied, dass er sich diese Arroganz leisten konnte. Immerhin tat er nichts, wofür die US-Regierung seinen Kopf verlangte. Was die diversen Mistkerle, ausländischen Amtsträger und wütenden Ehemänner betraf, die ihn tot sehen wollten, verfügte Franco im Gegensatz zu Raditz über die Fähigkeit, sich und seinen Leichtsinn so teuer wie möglich zu verkaufen.

Während der Fahrstuhl nach oben fuhr, tastete Franco am Gürtel nach dem Sicherungshebel der Waffe und löste ihn. Er schob die Hand in die Tasche der Jacke, um sicherzugehen, dass die aufgezogene Spritze bereit war, legte den Daumen auf den Kolben und strich prüfend an der Plastikampulle entlang. In der sechsten Etage verließ er den Aufzug und wandte sich nach links.

Er passierte ein älteres Ehepaar, nickte ihnen zur Begrüßung zu und wich zur Seite, bog um die Ecke und wäre fast mit einem Mann zusammengestoßen, der ihm entgegenkam. Francos Blick erfasste den Typen, analysierte Gesicht, Wangenknochen, Augen. Jung, adrett und mit einem verschämten Lächeln. Er entschuldigte sich, nicht aufgepasst zu haben.

Franco ließ sich von der gespielten Harmlosigkeit nicht ins Bockshorn jagen. Er ließ die Spritze los. Seine rechte Hand schob sich an den Gürtel heran, gleichzeitig holte er mit dem linken Ellbogen aus, schlug gegen den Stahl der Waffe, die Allawi in seine Richtung schwenkte, und schlug sie in dem Moment beiseite, als der Killer abdrückte.

Die Waffe gab ein Fauchen von sich. Die Kugel sauste nur Zentimeter an Francos Ohr vorbei, da folgte bereits der nächste Schuss. In einer fließenden Abwehrbewegung glitt Franco nach links, während seine Rechte die Kimber zog und aus nächster Nähe auf Allawi feuerte, ehe dieser Zeit hatte, sich von Francos kleinem, aber effektivem Stoß zu erholen. Die Projektile drangen Allawi in Brust und Hals, Blut spritzte an die Wand hinter ihm, während er rückwärtsgeschleudert wurde. Er gab ein wütendes Ächzen von sich. Im Sturz zielte er mit der Pistole auf Franco, doch dieser hatte das Manöver kommen sehen und packte Allawis Arm mit der Linken, gerade als Allawi auf den beige-grünen Teppich sank.

Allawi war von Kugeln durchsiebt, aber noch am Leben. Franco kauerte über ihm, die linke Hand umklammerte das Handgelenk des Gegners, die andere schob die Kimber auf Allawis Lippen zu, rammte sie ihm in den Mund, während er dem Syrer in die dunklen, blutunterlaufenen Augen blickte. So fest er konnte, stieß er dem Terroristen den Schalldämpfer in den Hals, wartete einen Augenblick und drückte zweimal ab.

Das Klingeln eines eintreffenden Aufzugs ließ ihn zusammenfahren und über die Schulter spähen. Rasch erhob er sich, ließ die Waffe auf dem Boden liegen und ging ein paar Schritte weiter, holte das Handy aus der linken

Tasche und tat, als würde er telefonieren, während seine rechte Hand zur Spritze zurückkehrte.

»Ja, Liebling, ich bin gleich da. Natürlich liebe ich dich! Ja, ja …«

Langsam umrundete er die Ecke, mimte den gedankenverlorenen Ehemann, als befände er sich in den Flitterwochen. Raditz kam ihm mit argwöhnischem Blick entgegen.

»Ich steig jetzt in den Fahrstuhl. Ach, Sir …« – lächelnd hielt er Raditz das Handy hin – »… bestätigen Sie meiner wunderschönen Frau doch bitte, dass ich jetzt in den Lift steige und gleich bei ihr bin.«

Raditz' Skepsis schien zu bröckeln. Ein Grinsen stahl sich auf seine Mundwinkel, während er abwehrend und lachend zugleich die Hand hob, um abzulehnen. Franco stach Raditz die Spritze im Vorbeigehen in den Hals, sah zu, wie der andere den Mund aufriss, und fing den schlaff zusammensinkenden Körper rechtzeitig auf, bevor er auf den Boden knallte.

Franco stürmte zu Allawi und nahm seine Waffe an sich, kehrte zu Raditz zurück und hievte ihn sich auf die Schultern.

»Gott, bist du schwer«, murmelte er.

Er fuhr runter in die erste Etage. Zweimal musste er Leuten, die zusteigen wollten, erklären, es handle sich um einen medizinischen Notfall. Er ging zum Treppenhaus, schleppte Raditz die ganze Zeit mit sich, erreichte das Kellergeschoss, durchquerte es bis zur Servicerampe und legte Raditz hinter einem Gebüsch im Freien ab. Anschließend holte er den Wagen und schleppte ihn in den Kofferraum.

45 Minuten später trug Franco sein Opfer die Stufen der GV hoch, deren Turbinen bereits unter Volllast liefen. Er

warf Raditz auf eine der Sitzgarnituren, fuhr die Treppe mit der Hydrauliktaste ein, um die Einstiegsluke zu schließen, und steckte den Kopf ins Cockpit.

»Startklar!«

29

MONCRIEF COUNTY ROAD
CHANTILLY, VIRGINIA

Das Farmhaus stand auf einer Lichtung am Ende einer meilenlangen, gewundenen Schotterpiste, die von einer wenig befahrenen, kurvenreichen Landstraße abzweigte. Es handelte sich um jenen Teil Virginias, in dem der kontinuierliche Niedergang des Landadels in Richtung Appalachenregion begann.

Ein hübsches, aber bescheidenes Heim, Baujahr 1950, mit schwarzen Fensterläden und Schieferdach, umgeben von säuberlich gestutzten Hecken und einem Rasen, der sich Hunderte von Metern ausdehnte, um schließlich sanft gewellten Feldern zu weichen, die sich bis zum Horizont erstreckten. Zum Haus gehörten über 300 Hektar Land. Der nächste Nachbar wohnte mehrere Kilometer entfernt.

Am Ende der Zufahrt befand sich ein fest verschlossenes Stahltor. Etwa 100 Meter dahinter, unsichtbar für jemanden, der zufällig vorbeifuhr, parkte ein schwarzer Chevy Suburban, in dem zwei Männer saßen. Mitarbeiter der Central Intelligence Agency.

Eine Meile weiter, am anderen Ende der Zufahrt, standen noch zwei Fahrzeuge: ein glänzend schwarzer Van und eine dunkle Limousine.

Auf dem Vorplatz warteten zwei Männer. Beide trugen Anzughosen, kurzärmlige Polohemden, Sonnenbrillen und kugelsichere Westen und richteten mit Schalldämpfern versehene Maschinenpistolen auf den Boden.

Insekten summten, der Wind raschelte im Laub, gelegentlich sang ein Vogel sein Lied. Mit einem Mal wurde die Stille von tiefem Grollen unterbrochen, das von der Zufahrt kam. Durch die Körper der CIA-Männer ging ein Ruck. Wenige Augenblicke später geriet eine weitere schwarze Limousine in Sicht, deren Reifen Staub aufwirbelten, bis sie kurz vor ihnen zum Stehen kam.

Calibrisi stieg hinten aus, nickte den beiden paramilitärischen Spezialisten zu und marschierte ins Haus hinein, wandte sich im Flur nach links, öffnete eine Tür und stieg in den Keller hinab.

Drei lichtstarke Bogenlampen tauchten den engen Raum mit der niedrigen Decke in grelles Neon. Sie waren auf einem Ständer mitten im Raum montiert und auf einen Mann gerichtet, der auf einem stählernen Stuhl saß. Sie sonderten enorme Hitze ab. Nach drei Stunden waren Haar, Gesicht und Kleidung des Mannes schweißgetränkt.

Man hatte ihn am Stuhl festgeschnallt. Metallbänder spannten sich um Hüfte, Hand- und Fußgelenke. An Stirn, Brust und Füßen waren Elektroden befestigt, deren Drähte seitlich hinunterhingen, quer über den Boden verliefen und unter einer Tür verschwanden.

Im linken Arm des Gefangenen steckte eine Kanüle, deren Schlauch in einem mit Flüssigkeit gefüllten Beutel endete.

Als Calibrisi eintrat, blickte der andere mit bekümmerter, niedergeschlagener Miene zu ihm auf. Calibrisi konterte mit einem eisigen Gesichtsausdruck.

Der Mann versuchte zu sprechen, schaffte es jedoch nicht,

brachte lediglich ein Ächzen zustande. Man hatte ihm einen roten Ballknebel in den Mund gestopft, der von einem um den Kopf geschnallten Nylongurt an Ort und Stelle gehalten wurde.

Calibrisi folgte den bunten Kabeln, die im Rücken des unfreiwilligen Gasts zu einem großen Spiegel im hinteren Teil des Raumes führten. Er öffnete die Tür neben dem Spiegel, ging hindurch und schloss sie sofort wieder.

Ein noch kleinerer Verschlag. Ein privater Bauunternehmer mit Top-Secret-Sicherheitsfreigabe hatte ihn nach Vorgaben der CIA gebaut. An Rück- und Seitenwänden stapelte sich bis unter die Decke eine Vielzahl an Monitoren und Computer-Equipment. Man fühlte sich wie in der Kommandozentrale eines Atom-U-Boots. Die Stirnseite nahm ein riesiger Einwegspiegel ein. Alles war schalldicht isoliert und klimatisiert.

Vor dem Spiegel saßen zwei Personen.

»Wurden schon Pharmaka eingesetzt?«

»Ja«, bestätigte die Frau. »Wir haben vor zwei Stunden angefangen und ihm gerade erst eine zweite Ladung verabreicht.«

Calibrisi wandte sich an den Mann, der neben ihr saß. »Ist der Lügendetektor bereit?«

Der Mann nickte. »Ja, Sir. Ich habe drei Sitzungen mit Vergleichsfragen mit ihm absolviert und darüber hinaus einen Test zum Allgemeinwissen.« Er hielt sich an die Vernehmungsregeln der Agency. Der sogenannte General Knowledge Test wurde intern gern als *Guilty Knowledge Test* verspottet, weil meistens nur Schuldige auf dem Stuhl landeten.

»Wie hoch sind die Elektroschocks eingeregelt?«

»Fünf Milliampere beim ersten Verstoß. Beim zweiten zehn, beim dritten 15.«

»Gehen Sie gleich beim ersten auf 16«, forderte Calibrisi.

»Wie steht's mit dem zweiten?«

»Es wird keinen zweiten geben.«

Calibrisi kehrte in den Vernehmungsraum zurück, trat hinter den Mann und hakte den Nylongurt am Hinterkopf ab, um ihn vom Knebel zu befreien. Anschließend ging er um den Tisch herum und stellte sich hinter die Lampen.

Der Gefangene atmete schwer. Er dehnte die Kiefermuskeln, während er zu Calibrisi aufblickte. Dieser sagte über eine Minute lang kein Wort und fixierte sein Gegenüber mit durchdringenden Blicken.

»Was hat Sie so lange aufgehalten?«, fragte Raditz.

»Der Verkehr«, antwortete Calibrisi. »Tut mir leid, komm ich etwa ungelegen, Mark? Wir können es gern auf einen späteren Zeitpunkt verschieben, wenn Ihnen das lieber ist.«

Raditz schüttelte den Kopf und dehnte sich, so gut es eben ging.

»So hab ich das nicht gemeint.«

»Wie haben Sie es denn gemeint?«

»Ich dachte, Sie oder sonst jemand käme früher dahinter.«

Unbewegt stand Calibrisi da, die Arme verschränkt. »Ich bitte um Verzeihung. Wir waren zu beschäftigt, den IS davon abzuhalten, weitere unschuldige Amerikaner zu töten.« Wütend schüttelte er den Kopf, dann trat er vor, holte aus und verpasste Raditz einen heftigen Schlag auf die Wange. »Wie konnten Sie so etwas bloß tun? Was haben Sie sich eigentlich dabei gedacht? Nie im Leben, nicht in einer Million Jahren hätte ich Sie für einen Verräter gehalten.«

Raditz machte ein Gesicht wie ein begossener Pudel. Er wirkte verlegen und gedemütigt. »Ich bin kein Verräter, Hector.«

»Sie haben dem IS Gewehre, Raketen und Munition im Wert von über einer Milliarde Dollar beschafft. Mit diesen

Waffen hat Garotin mittlerweile den halben Irak und große Teile von Syrien eingenommen.«

Raditz nickte. »Ich weiß. Ich fühle mich schlimm genug. Nichts, was Sie sagen oder tun, kann dafür sorgen, dass ich mir noch schlechter vorkomme.«

Calibrisi schielte zum Kontrollraum. Der Agent am Lügendetektor nickte. Bislang sagte Raditz die Wahrheit.

»Wer ist noch daran beteiligt?«

»Niemand.«

Der Agent am Lügendetektor hob zwei Finger. Raditz log.

»Sie haben das alles allein eingefädelt?« Calibrisi hob einen Finger in Richtung Abhörraum. *Noch keinen Stromstoß!* »Ach, übrigens, ich habe die Stromstöße auf 16 hochregeln lassen.«

Raditz wusste, was das bedeutete.

»Ich hab es allein getan. Ich meine, natürlich gab es andere Beteiligte, aber die begriffen nicht, worum es ging.«

»Was zur Hölle soll das heißen?«

»Die Genehmigungen für das Geld aus den schwarzen Kassen beispielsweise. Ich war der Einzige, der wusste, wohin es fließt. Diejenigen, die die Konten anlegten, hatten keine Ahnung.«

»Harry Black muss alles absegnen, was aus dieser Quelle stammt.«

»Er hat die Genehmigungen ja auch unterzeichnet, aber er ahnte nicht, was er da tat.«

»Wie kommt das?«

»Ich habe ihn belogen. Ich erzählte ihm, das Geld sei für Waffen gedacht, die zur Bekämpfung von Terroristen eingesetzt werden. Genau das hatte ich ursprünglich auch vor. Aber das Ganze ging völlig schief.«

»Ich verstehe immer noch nicht, warum Sie das getan haben.«

»Sie waren doch dabei, als die Analyse der RAND Cooperation vorgestellt wurde.«

»Ich entsinne mich, ja.«

»Für mich war das ein Wendepunkt«, erklärte Raditz. »Mein Leben lang habe ich den radikalen Islam bekämpft, und was hatte ich an Erfolgen vorzuweisen? Nichts!«

»Ach so. Wenn du sie nicht besiegen kannst, dann schließ dich ihnen an.«

Raditz schloss die Augen und schüttelte den Kopf.

»Nein!«, brüllte er wütend. »Trauen Sie mir so etwas wirklich zu?«

»Genau danach sieht es aus.«

Raditz holte tief Luft.

»Ich weiß.« Er beruhigte sich. »Dabei wollte ich das Gegenteil erreichen. Aufstrebende Nachwuchsspieler sichten, jemanden finden, mit dem wir zusammenarbeiten können. Aggressiv jemanden fördern, der über das Potenzial verfügt, an die Spitze aufzurücken. Mit anderen Worten: Siegertypen in einer Region unterstützen, die noch nicht von Al-Qaida radikalisiert war. Eine Gruppierung, die – zumindest unter der Hand – US-Interessen dienen könnte. Waffen gegen Einfluss. Nazir schien meinen Anforderungen zu entsprechen.«

Calibrisi hörte mit ausdrucksloser Miene zu. »Wann hatten Sie das letzte Mal Kontakt zu Nazir?«

Raditz öffnete den Mund. Erst blickte er Calibrisi an, dann verbog er den Kopf in Richtung Einwegspiegel.

»Vor über einem Jahr.«

Raditz schrie auf, während sein ganzer Körper sich wie bei einem Anfall verkrampfte. Es dauerte zwei Sekunden.

Keuchend blickte er hoch, das Gesicht schweißnass und puterrot.

Calibrisi wartete, gab ihm ein paar Sekunden, bis er sich so weit gefangen hatte.

»Am Sonntag«, stieß Raditz hervor und begann zu weinen. »Sie haben Zoe entführt.« Seine Tochter. »Sie kamen und nahmen Zoe und Susan mit.«

Calibrisi machte ein verdutztes Gesicht und trat einen Schritt vor. »Wer *sie*?«

»Sie haben eine Zelle hier«, verriet Raditz.

Calibrisi zückte das Handy und drückte eine Taste.

»Wie viele Männer?«

Erneut schielte Raditz zum Spiegel. »Ich weiß es nicht genau. Ich schwöre, Hector. Ein ganzer Van voll. Sie kamen zu mir nach Hause. Haben mich bedroht.«

»Und sie stecken auch hinter der Entführung?«

Raditz nickte.

Calibrisi hörte, wie jemand ans Telefon ging. »Geben Sie mir George Kratovil vom FBI.« Er legte die Hand über den Lautsprecher und betrachtete nachdenklich den mittlerweile hemmungslos schluchzenden Raditz.

»Die haben also Ihre Tochter und Ex-Frau entführt, und Sie sagen niemandem etwas davon? Sie wollten sie sterben lassen, nur damit diese Sache nicht ans Licht kommt? Das ist wirklich das Allerletzte.«

Raditz' Atem ging schwer. Alle paar Sekunden fuhr ein Schluchzen wie ein Messerstich durch seinen Körper.

Er blickte zu Calibrisi auf. »Nein, die haben sie freigelassen.«

»Hector …«, meldete sich der FBI-Direktor in der Leitung. Calibrisi nahm die Hand vom Lautsprecher.

»Einen Moment, George.« Calibrisi starrte Raditz an, als versuchte er, aus dem Ganzen schlau zu werden. Etwas störte ihn, aber er konnte nicht den Finger darauflegen.

Schließlich brach Raditz das Schweigen. »Bringen Sie mich doch einfach um«, flüsterte er flehentlich, Tränen der Scham im Gesicht. »Wir wissen doch beide, worauf es hinausläuft. Ich wollte nicht, dass es so endet, aber es ist nun mal passiert. Ich nehme die volle Verantwortung auf mich.«

Calibrisi hörte gar nicht richtig zu. Seine Gedanken überschlugen sich. Schließlich wich der fragende Ausdruck aus seinem Gesicht. »Warum hat Nazir Ihre Ex-Frau und Tochter freigelassen?«

Raditz pendelte mit dem Kopf unstet vor und zurück, er schloss die Augen.

»Warum, Mark?« Calibrisi blieb am Ball.

»Nein«, rief Raditz. »Nein, ich kann nicht …«

Calibrisi machte eine nickende Kopfbewegung zum Spiegel hin.

»Halt! Ich sag's Ihnen ja.«

Calibrisi wischte mit der Hand durch die Luft, um dem Kontrollraum zu verstehen zu geben, dass sie noch warten sollten.

»Warum hat Nazir die beiden freigelassen?«, wiederholte Calibrisi.

»Weil ich getan habe, was er verlangte.«

Calibrisi zögerte einen Moment. Er schob das Handy ans Ohr. »George, ich ruf zurück.«

Er ging einen Schritt auf Raditz zu. »Geld?«

Raditz schüttelte den Kopf.

»Mein Gott!« Calibrisi merkte, wie die Wut in ihm hochstieg. »Sie haben denen doch nicht etwa …«

Raditz sah hundeelend aus, kämpfte gegen die Schluchzattacken an, die seinen Körper schüttelten. »Doch!«

»Gewehre?«

»Ja, Gewehre. Munition. Und … Raketen.«

»Sie elender Idiot. Wie viele?«

Raditz erwiderte Calibrisis Blick. Er schwieg. Nach mehreren Sekunden ergab er sich seinem Schicksal. »Im Wert von fast 900 Millionen Dollar.«

Calibrisi machte große Augen. Er brachte kein Wort heraus.

»900 … Millionen!«, stammelte er.

»40.000 Gewehre, 30 Millionen Schuss Munition.«

»Haben Sie die Schiffsdaten?«

»In meinem Keller steht eine Yeti-Kühlbox. Die Nummer des Satellitentelefons klebt an der Unterseite.«

Mit raschen Schritten ging Calibrisi zur Tür und packte die Klinke.

»Eins müssen Sie noch wissen«, warnte Raditz. »Die Zelle ist nach wie vor aktiv.«

Calibrisis Kopf ruckte herum. Verächtlich funkelte er Raditz an. »Wo sind Ihre Frau und Ihre Tochter?«

»Ich weiß es nicht.«

»Wo sind sie?«

»Hector, seien Sie doch vernünftig. Ich will nicht, dass sie da hineingezogen werden«, bettelte Raditz.

»Zu spät. Darüber hätten Sie sich vor langer Zeit Gedanken machen sollen.«

»Ich weiß es nicht. Ich habe ihnen gesagt, sie sollen untertauchen.«

Wütend machte Calibrisi einen Schritt auf Raditz zu. »Wo sind sie?«

»Nein, lassen Sie sie in Ruhe.«

»Wir müssen sie zu einem Zeichner bringen, der Phantombilder anfertigt. Und zwar auf der Stelle! Wir müssen wissen, wie groß die Zelle ist und wie diese Kerle aussehen.«

»Sie müssen mir versprechen …«

Calibrisi nickte zum Spiegel hin.

Raditz schrie auf, als ein weiterer heftiger Stromstoß seinen Körper erzittern ließ. Nach drei Sekunden fuhr Calibrisi sich mit der Hand über den Hals zum Zeichen, dass sie aufhören sollten.

Raditz bebte unkontrolliert und keuchte wie nach einem Asthmaanfall.

»Ich werde Ihnen gar nichts versprechen«, widersprach Calibrisi. »Allerdings würde ich zwei Unschuldigen niemals etwas zuleide tun. Wegen Ihnen müssen wir uns jetzt mit einer aktiven Terrorzelle auf US-amerikanischem Boden herumschlagen. Wir müssen diese Zelle lokalisieren, und dazu benötigen wir die Hilfe Ihrer Familie.« Calibrisi kochte vor Wut. Er beugte sich dicht an Raditz heran, seine Stimme kaum mehr als ein Flüstern. »Ich gebe Ihnen eine letzte Chance, mir zu sagen, wo sie sind. Sonst jag ich, das schwör ich bei Gott, genügend Strom durch Ihren Körper, dass Sie leuchten wie ein beschissener Christbaum.«

Mit raschen Schritten ließ Calibrisi die Zufahrt hinter sich. Erneut wählte er George Kratovils Nummer beim FBI. Ein Agent hielt ihm die Hecktür des schwarzen Cadillac DTS auf. Mit dem Apparat am Ohr stieg er ein.

»Losfahren!«, sagte er.

Sekunden später hatte er Kratovil in der Leitung. »Hector, was haben Sie für mich?«

»Haben Sie immer noch Leute in Raditz' Haus?«

»Ja.«

»Sagen Sie ihnen, sie sollen in den Keller gehen. Da unten müsste eine Kühlbox stehen, eine Yeti. Die müssen sie finden. Am Boden ist eine Nummer aufgeklebt. Sobald Sie die haben, schicken Sie sie mir per SMS.«

»Verstanden! Wir kümmern uns drum.«

Calibrisi legte auf und wählte die Kommandozentrale der CIA an.

»Identifizieren Sie sich.«

»Hier spricht Hector Calibrisi.«

»Warten Sie einen Moment, Direktor Calibrisi.«

Mehrmaliges Piepen in der Leitung, gefolgt von einer weiteren Stimme.

»CENCOM hier. Sprechen Sie, Sir.«

»Bitte stellen Sie mir eine Verbindung zu Torey Krug von EUCOM und Tammy Krutchkoff bei der DST her.«

EUCOM war das Europäische Kommando der NATO. Hinter dem Kürzel DST verbarg sich das Directorate of Science and Technology der CIA, die Technikspezialisten der Agency.

»Konferenzschaltung, Sir?«

»Ja. Beeilen Sie sich.«

Während Calibrisi wartete, überlegte er, wie sich Raditz' Ex-Frau und Tochter am besten einbinden ließen. Raditz hatte inzwischen verraten, dass sie sich in Montreal befanden. Calibrisi hätte Kratovil auffordern können, ein Team hinzuschicken, verwarf den Gedanken jedoch. Kratovil genoss sein Vertrauen, aber er wollte nicht riskieren, dass die Information beim FBI in die unteren Ebenen durchsickerte. Calibrisi hatte fünf Jahre beim FBI verbracht und wusste, wie gut manche der Agents waren und wie schlecht andere.

Bei der Kontaktaufnahme zu Susan und Zoe Raditz musste man mit Fingerspitzengefühl vorgehen. Zum jetzigen Zeitpunkt stellten sie die einzige Verbindung zu einer Terrorzelle auf US-Terrain dar. Wurde die Sache falsch angepackt, flohen sie womöglich oder verweigerten die Zusammenarbeit. Er wollte sie auf gar keinen Fall an einen ähnlichen Apparat anschließen müssen wie den, an dem Raditz zurzeit hing. Obwohl er es notfalls getan hätte.

Wichtiger noch, der Umstand, dass sich in den Vereinigten Staaten eine Terrorzelle befand, war eine höchst brisante Information genau von der Art, die ein ehrgeiziger

FBI-Agent unbedacht an einen Reporter oder Kongress-abgeordneten weitergeben könnte.

Außerdem hatte Calibrisi Bedenken wegen seines Stationschefs in Montreal, Charlie Couture. Fraglos konnte Couture den Job erledigen. Er zählte zu den vertrauens-würdigsten Agenten, die Calibrisi zur Verfügung standen. Aber er ging zuweilen ziemlich grobschlächtig und ohne das nötige Feingefühl vor.

In der Leitung knackte es mehrmals, dann meldete die Stimme des CENCOM-Operators: »Hier CENCOM vier-zwei-vier, Verschlüsselungsprotokoll Panama Epsilon. Direktor Calibrisi, Ihre Leitung steht.«

»General Krug«, eröffnete Calibrisi das Gespräch, »Sie sind mit mir und Tammy Krutchkoff von der CIA ver-bunden.«

»Hi, Hector! Was gibt's?«

In diesem Moment summte Calibrisis Handy, weil eine SMS von Kratovil vom FBI einging. Die Nummer leuchtete auf dem Display auf.

»Irgendwo im Mittelmeer beziehungsweise unterwegs dorthin ist ein Schiff, das gestoppt werden muss. Es handelt sich um ein Containerschiff aus Mexiko, vollgestopft mit Waffen für Syrien, und zwar für die bösen Jungs.«

»Konkret?«

»Gewehre, Raketen und Munition im Wert von fast einer Milliarde Dollar.«

Krug pfiff durch die Zähne. »Eine Riesenlieferung. Wissen Sie, wo sie sich aktuell befindet?«

»Deshalb haben wir Tammy in der Leitung. Tammy, können wir ein Satellitentelefon lokalisieren, wenn wir die Nummer haben?«

»Kommt drauf an. In der Regel schon. Alle Satelliten-telefone verfügen über GPS oder GLONASS. Aber die

Verschlüsselungsmethode wechselt täglich. Wem gehört das Telefon?«

»Dem Schiffskapitän.«

»Ist er auf unserer Seite?«

»Warum?«

»Dann könnten wir ihn einfach anrufen und bestimmte Verschlüsselungsebenen umgehen.«

»Gehen Sie davon aus, dass er nicht auf unserer Seite steht.«

»Dann wird es schwieriger. Er wird nicht abnehmen, weil ihm bewusst ist, dass er aus Gründen der Abhörsicherheit immer nur zurückrufen soll. Außerdem dürfte er, wenn er in einem Konfliktgebiet wie dem Mittelmeer im Einsatz ist, schlau genug sein, seine Verschlüsselungstechnologie auf dem neuesten Stand zu halten. Es könnte schwer werden, ihn zu finden. Haben Sie die Nummer?«

»Ich schicke sie Ihnen gerade per SMS.« Calibrisi tippte bereits und drückte auf Senden.

»Wir machen uns sofort dran.«

»Und was kann ich für Sie tun?«, wollte Krug wissen. »Das Schiff versenken?«

»Nein, noch nicht. Schneiden Sie ihm bloß den Weg ab.«

30

AUF DEM MITTELMEER

Das Containerschiff pflügte mit 28 Knoten durch die Wellen. Seit dem Ablegen in Mexiko peitschte Miguel das Schiff zur Höchstgeschwindigkeit, ohne den Maschinen eine Pause zu gönnen. Abgesehen von einem kurzen, aber heftigen Regenguss irgendwo auf dem Atlantik war die Fahrt bisher glatt verlaufen.

Das hieß nicht, dass Miguel Spaß daran hatte. Im Gegenteil. Raditz' letzte Worte hatten ihm Angst eingejagt. Eine Angst, die ihn nicht mehr losließ. *»An Ihrer Stelle würde ich nicht mehr zurückkommen. Nicht wenn Ihnen Ihr Leben lieb ist.«*

In seiner langen, lukrativen Laufbahn hatte Miguel schon alle möglichen Sorten illegaler Fracht transportiert. Um ehrlich zu sein, hatte er seit über 20 Jahren keine Container mehr verschifft, die nicht gegen das Gesetz verstießen. Legale Transporte rechneten sich schlicht und ergreifend nicht. Aber er konnte sich nicht daran erinnern, je so eine Furcht empfunden zu haben wie an dem Tag, als er in Tampico lostuckerte. Seine erste große Ladung Kokain von Cartagena nach Sizilien war zwar nervenaufreibend gewesen, aber nicht dermaßen.

Miguel befehligte einen umgebauten Öltanker, Baujahr 1957. 200 Meter lang und bis oben hin mit Containern beladen, ein sogenanntes Feeder- oder Zubringerschiff. Eins von insgesamt drei Schiffen, die er besaß. Die Kähne seiner Flotte verbanden gewisse Gemeinsamkeiten. Sie waren alt und verrostet, die Schriftzüge am Rumpf längst verblasst. Und er hatte sie allesamt aus der Konkursmasse ihrer früheren Besitzer erworben. Um der Wahrheit die Ehre zu geben: Es existierten weit mehr Schiffe auf der Welt als Menschen, die in der Lage waren, sie zu führen. Buchstäblich Tausende verlassener Kähne. Manche warteten im Trockendock auf bessere Tage, andere verrotteten als Stahlgerippe auf irgendeinem Felsen, an fernen Küsten, in der Nähe von Städten, die kaum jemand kannte. In Polen etwa, in der Ukraine, in so gut wie jedem afrikanischen Land, das über einen Küstenstreifen verfügte, sowie überall in Mittel- und Südamerika.

Mit ihm hielten sich insgesamt sieben Besatzungsmitglieder an Bord auf. Nicht viel, selbst nach den lockeren Standards jener Kreise der Seefahrt, in denen sein heruntergekommener hässlicher alter Kahn verkehrte. Aber sieben Mann genügten. Im Lauf seines Berufslebens hatte er den Atlantik mehr als hundert Mal überquert, daher wusste er, worauf es ankam. Er kannte seine Crew, sie war handverlesen, wurde gut bezahlt und er konnte darauf bauen, dass sie ihren Job erledigte und den Mund hielt.

Als sie vorhin die Straße von Gibraltar passiert hatten, den Zugang zum Mittelmeer, war Miguel ans Ruder gegangen. Die Sichtverhältnisse reichten aus, um im Süden – mithilfe eines starken Fernglases – die Felsen von Marokko zu erkennen. Er konnte das Land geradezu spüren, den Duft nach Erde und das salzige Aroma von den Fischereihäfen. Nun, bei Nacht, blitzten auf der Backbordseite die Lichter Spaniens auf, im Süden Algerien. In weiter Ferne schickte in Orange Tanger seine Vorboten.

In Nächten wie diesen liebte Miguel das Mittelmeer. Er hatte es schon von seiner schlimmsten Seite erlebt, Stürme mit einer Windgeschwindigkeit von 130 km/h und einer sechs Meter hohen Brandung. So gut wie alle bekannten Schifffahrtsrouten gehörten zu seinem Repertoire. Hier hatte er die höchsten Höhen und tiefsten Tiefen seiner Zeit an Bord erlebt. Heute Nacht lag das Wasser dunkel vor ihm, reglos wie eine Glasfläche.

Ein Teil von ihm wünschte sich einen raueren Seegang. Dann müsste er nicht dauernd an den Job denken, den er zu erledigen hatte. Er hasste den Nahen Osten, insbesondere die Syrer. Die Tatsache, dass er dem IS Waffen lieferte, machte es noch hundertmal schlimmer. Es waren böse Menschen. Daran ließen die beiden Gelegenheiten, bei denen er sie beliefert hatte, keinen Zweifel. Für ihn stand fest, dass ihn nur die Tatsache, dass sie ihn in Zukunft vielleicht noch brauchten, am Leben hielt. Raditz zufolge sollte dies seine letzte Lieferung sein. Was, wenn die IS-Leute das ebenfalls wussten? Das bedeutete doch, dass er und seine Crew entbehrlich wurden, nachdem das Schiff den Hafen erreicht hatte. Die Terroristen würden sie einfach alle umbringen und anschließend seelenruhig die Fracht entladen.

Andererseits bekäme er sein Geld niemals zu Gesicht, wenn er das Zeug nicht ablieferte. Dafür hatte Raditz gesorgt. Genau wie bei früheren Lieferungen benötigte der anonyme Banker eine Bestätigung, dass die Waffen eingetroffen waren, in diesem Fall die Unterschrift von Nazir persönlich.

Miguel drückte die Sprechtaste des Funkgeräts. »Sammy, zu mir.«

Wenige Minuten später trat ein kleiner älterer Mann auf die Brücke.

»Übernimm das Ruder.«

»Ist gut, Boss.«

Unter einem wolkenlosen Himmel trat Miguel auf die Brücke. Nicht weit entfernt blinkten die Lichter anderer Schiffe. Er zündete sich eine Zigarette an und stützte sich auf die Reling.

Sein Blick glitt zum Wasser auf der Steuerbordseite – und dann zum Schandeck. Was er sah, ließ ihm den Atem stocken. Ein Schwarm dunkler Gestalten lauerte an der Reling. Vor Angst wie gelähmt erkannte er in der trüben Deckbeleuchtung, dass die Männer feucht schimmernde Neoprenanzüge trugen. Die Zigarette fiel ihm aus dem Mund. Er drehte sich um und stürmte zur Brücke. Dort befand sich seine Pistole.

Kaum näherte er sich dem Durchgang, vernahm er ganz in der Nähe das Klicken einer Waffe. Nah genug, um das

Reiben von Metall auf Metall zu hören, mit dem eine Kugel in eine Patronenkammer glitt.

»Keine Bewegung.«

Amerikaner.

Miguel machte zwei Männer aus. Von den Schatten verborgen tropfte das Wasser von ihrer schwarzen taktischen Ausrüstung aufs Deck. Wie lange sie wohl schon hier waren?

Der Mann, der gesprochen hatte, hielt ein kurzes Gewehr in der Hand, aus dessen Lauf ein Schalldämpfer ragte. Er war auf Miguels Kopf gerichtet. Sein Begleiter gab den übrigen Tauchern mit der linken Hand lautlos ein Zeichen, während er mit der rechten die Waffe im Schatten des ersten Kommandosoldaten im 270-Grad-Winkel schwenkte.

Miguel hob die Hände.

»Runter auf den Bauch, Arme hinter den Rücken«, forderte der Mann mit dem Gewehr aufreizend ruhig.

Miguel ließ sich auf die Knie sinken und legte sich auf den Bauch.

»Wer sind Sie?«, fragte er.

Der Mann mit der Waffe gab keine Antwort. Stattdessen zog er ein Paar Plastikfesseln aus dem Gürtel und band Miguel die Hände zusammen.

Miguel spürte den kalten Stahl der Brücke an der Wange und lauschte.

»Aegis-Formation, hier spricht Ryan, Lion Team One. Wir haben das Ziel gesichert. Ich wiederhole: Wir sind an Bord des Schiffes, CON gesichert. Over.«

31

Auf dem Rückweg von Chantilly unterrichtete Calibrisi den Präsidenten und den Nationalen Sicherheitsrat über Raditz' Vernehmung. Das Meeting hatte bereits begonnen, als er ins Oval Office marschierte.

Auf einem der Sofas saß Präsident Dellenbaugh, gerade von der Andrews Air Force Base zurückgekehrt. Er war im Begriff gewesen, zu einer dreitägigen Wahlkampftour nach Neuengland aufzubrechen, um diversen Kongress- und Senatskandidaten politische Schützenhilfe zu leisten. Dafür hatte man Amy Dellenbaugh, die sich im Bethesda Country Club mitten in einem Doppel befand, aus dem Match gerissen, um sie per Hubschrauber nach Andrews zu fliegen, damit sie für ihren Mann einspringen konnte.

Den meisten Präsidenten wäre diese unerwartete Plan-änderung gerade recht gekommen. Drei Tage Wahlkampf-tour, das hieß mehr Reden zu schwingen, als ein normaler Mensch verkraften konnte.

Alle ein, zwei Stunden Gebäck, Hummerbrötchen, Hot-dogs, Cheeseburger und Donuts, belauert von den Foto-grafen der lokalen Presse, die lautstark eine Aufnahme des Präsidenten forderten, wie er den örtlichen Gepflogenheiten frönte. Es hieß, blindwütige Tiraden erboster Bürger über diese Steuer oder jenen Gesetzesentwurf über sich ergehen zu lassen, mit denen Dellenbaugh meist kaum mehr zu tun hatte als die erbosten Bürger selbst. Und dennoch hatte ihn die Absage enttäuscht. Er liebte Wahlkampftouren wie ein Läufer die Aschenbahn beziehungsweise ein Jäger die Wälder.

Aber ihm blieb keine andere Wahl. Raditz und sein ›Arms for Influence‹-Programm – mindestens anderthalb Milliarden Dollar, die in den Terrorismus geflossen waren – stellten eine Bedrohung für die Präsidentschaft dar. Alle Fortschritte, die sie in Zusammenarbeit mit den islamischen Staaten im Nahen Osten erzielt hatten, um den islamistischen Terror auszurotten, wären dahin, wenn das ans Licht kam. Und es würde früher oder später ans Licht kommen. Aber es war nicht sein Job, der Dellenbaugh Sorgen bereitete.

Calibrisi wirkte ein wenig bleich, als er das Oval Office betrat. Auf den beiden großen, hellbraunen Chesterfield-Sofas saßen Dellenbaugh, Bill Polk, Außenminister Tim Lindsay, der Leiter des Ministeriums für Innere Sicherheit Arden Mason, der Nationale Sicherheitsberater Josh Brubaker, der Kommunikationschef des Weißen Hauses John Schmidt und Verteidigungsminister Harry Black.

»Guten Tag zusammen«, sagte Calibrisi, während er in einem der Ohrensessel aus rotem Samt Platz nahm, die die Sofas einrahmten. »Entschuldigen Sie meine Verspätung.«

Dellenbaugh blickte Calibrisi an. »Wo ist Dewey?«, fragte er.

»Ich weiß es nicht.«

»Sollte er tot sein, werde ich das gesamte US-Militär autorisieren, reinzugehen und seinen Leichnam zu bergen«, meinte Dellenbaugh. »Und falls er noch lebt, Gott bewahre …« Er verstummte, von seinen Gefühlen übermannt. »Die werden ihm *nicht* den Kopf abschneiden, Hector. Das dürfen wir nicht zulassen.«

»Ein hochdekorierter Special-Forces-Soldat, der hingerichtet wird.« Schmidt schüttelte den Kopf. »Das wäre eine verfluchte Katastrophe.«

Dellenbaugh bedachte Schmidt mit einem schroffen Blick.

»Ich rede hier nicht über irgendeine blödsinnige PR!«, brüllte er mit rotem Gesicht und hieb die Faust auf den Beistelltisch, sodass sein Kaffee überschwappte. »Ich spreche von Dewey. Ausgerechnet er – das hat er nicht verdient! Verflucht! Alles, was mich im Moment interessiert, ist, wie wir ihn da rausholen können!«

Calibrisi nickte. Er schwieg mehrere Sekunden, bemüht, seine eigenen Gefühle unter Kontrolle zu bringen. Langsam setzte er zu einem Kopfschütteln an. Im Raum herrschte bedeutungsschwangeres Schweigen.

Schließlich ergriff Polk das Wort.

»Dewey kann sich um sich selbst kümmern«, sagte er ruhig. »Wenn er Sie alle jetzt hören könnte, würde er nur lachen. Glauben Sie mir, das kommt schon wieder in Ordnung. Offen gesagt, wenn die Kerle schlau wären, hätten sie ihn längst erschossen. In diesem Fall wird es nichts mit dem Kopfabschneiden. Und wenn sie dumm genug waren, ihn am Leben zu lassen? Nun, ich kann bloß sagen, ich setz mein Geld auf Dewey.«

Calibrisi blickte Polk in die Augen.

»Im Grunde heißt das also, er soll sehen, wo er bleibt?«, blaffte Dellenbaugh.

»Nein, natürlich nicht, Mr. President«, widersprach Polk. »Die Israelis haben ihn nach Syrien eingeschleust. Vor einer halben Stunde sprach ich mit Menachem Dayan. Er hat ein paar Teams von Schajetet 13 und Sajeret Matkal mobilisiert. Kohl Meir leitet die Operation.«

Dellenbaugh wandte sich an Harry Black.

»Haben wir das Schiff aufgespürt, Mr. Secretary?«

»Ja, Sir. Vor knapp zwei Stunden übernahm im Mittelmeer ein SEAL-Team die Kontrolle über das Schiff. Zurzeit befindet es sich in internationalen Gewässern und ist vollständig abgeriegelt. Wir haben einen Aegis-Zerstörer in Sichtweite. Darüber hinaus zeigen sich der Captain und die Crew kooperativ. Diese Ladung geht nirgendwohin, Mr. President.«

»Harry«, bohrte der Präsident nach. »Wie würden Sie diese Ladung in Bezug auf den Bürgerkrieg beurteilen?«

»Ich kann Ihnen nicht ganz folgen, Sir.«

»Was wäre passiert, wenn wir die Lieferung nicht abgefangen hätten? Wenn sie den Adressaten erreicht hätte?«

Black pfiff durch die Zähne und setzte die Brille ab.

»Wir reden von Gewehren, Munition und schultergestützten Raketen im Wert von fast 900 Millionen Dollar. Nichts Besonderes, dafür aber in rauen Mengen. Das Zeug kommt aus Mexiko, es sind billige Kopien. Wäre es amerikanische Ware, würden wir über Feuerkraft im Wert von rund zwei Milliarden Dollar sprechen.«

Black hielt einen Moment inne.

»Der IS ist wie eine Naturgewalt über ganz Syrien hereingebrochen«, fuhr er fort. »Sie kontrollieren wesentliche Teile des Irak und verfügen über schier unbegrenzten Nachschub an frischen Soldaten. Mr. President, wäre diese Lieferung angekommen, hätte der IS dadurch einen enormen strategischen Vorteil errungen. Er könnte ganz Syrien kontrollieren und ungefähr die Hälfte des Irak. Bald würden sie über ein eigenes Territorium verfügen.«

»Außerdem«, meldete Calibrisi sich zu Wort, »würden sie genügend Erdölvorräte kontrollieren, um finanziell langfristig unabhängig zu bleiben. Das wäre der berühmte Tropfen, der in der Region das Fass zum Überlaufen brächte, Sir. Wenn wir dachten, die vergangenen zehn Jahre seien hart gewesen, würden wir mit einem Irren wie Nazir an der Spitze eines finanzkräftigen Staates in eine vollkommen neue Ära des Wahnsinns eintreten. Gelänge es ihm, Syrien und den Irak zu stabilisieren, müssten wir mit weiterer Aggressionen und einer Ausweitung des Terrors rechnen, vor allem mit einem deutlich größeren dschihadistischen Einfluss in Israel, Jordanien, Kuwait, selbst im Iran. Nicht anders als Hitler wäre Nazir bestrebt, seinen Machtbereich auszudehnen – und zwar zügig.«

Josh Brubaker, der Nationale Sicherheitsberater, griff zur Fernbedienung und richtete sie auf ein Bücherregal an der Wand. Es glitt zur Seite und enthüllte einen Breitbildfernseher. Brubaker drückte erneut auf eine Taste. Drei Fotos von Nazir wurden eingeblendet.

»Die wenigen Schriften, die uns von Nazir vorliegen, sprechen Bände«, sagte Brubaker. »Sie sind nüchtern, gut geschrieben und durchdacht. Er hat jeden wichtigen politischen Theoretiker seit Thukydides studiert. Machiavelli, Marx, Sunzi, selbst Thomas Paine. Tief im Innern ist er ein Staatsdenker. Er glaubt an etwas, das er ›Zuwachs und Beständigkeit‹ nennt. Erlange die Kontrolle über Land und Ressourcen, der Rest stellt sich von allein ein. Tatsächlich bewundert Nazir den Aufstieg der Vereinigten Staaten zur Macht, er nennt ihn das erfolgreichste Beispiel für Zuwachs und Beständigkeit in der Menschheitsgeschichte. Es mag Sie vielleicht schockieren, aber ich halte ihn keineswegs für einen Terroristen, Sir. Er setzt den Terror lediglich als Mittel ein, um politische Macht zu erlangen – und seine Strategie funktioniert. Er ist in gewisser Hinsicht schlimmer als ein Terrorist. Würde er einen ganzen Staat beherrschen, wäre er auf lange Zeit ein äußerst unbequemer Gegner.«

»Aber so weit ist es noch nicht«, meinte Dellenbaugh.

»Nein, Sir. Gott sei Dank.«

»Was machen wir mit dem Schiff?«

»Es wird nach Virginia umgeleitet.«

Die Tür zum Oval Office wurde geöffnet. Die Sekretärin des Präsidenten, Cecily Vincent, steckte den Kopf herein.

»Mr. President, da ist ein Anruf für Sie.« Sie wirkte etwas unbehaglich. Ihr schien die Tragweite des Treffens bewusst zu sein, trotzdem war sie bereit, es zu stören.

»Es ist mir egal, wer dran ist«, sagte Dellenbaugh. »Das muss warten.«

»Das FBI ließ den Anruf durch ein Stimmerkennungsprogramm laufen, um sicherzugehen«, sagte Cecily. »Es ist Tristan Nazir, Sir.«

Dellenbaugh blieb der Mund offen stehen. Er tauschte einen Blick mit Calibrisi. Mehrere Sekunden bekam niemand ein Wort heraus.

»Er will die Waffen«, meinte Calibrisi dann.

»Weshalb sollte ich den Anruf entgegennehmen?«, fragte Dellenbaugh.

Calibrisi zögerte, in Gedanken versunken. Schließlich blickte er den Präsidenten an. »Wenn Nazir anruft, dann nicht, um eine Niederlage einzugestehen. Was bedeutet, dass er über ein Druckmittel verfügt oder zumindest glaubt, etwas in der Hand zu haben. Falls da noch mehr im Busch ist, sollten wir es lieber früher als später herausfinden. Uns allen ist klar, was für eine Gefahr es darstellt, sollten ihm die Waffen in die Hände fallen. Wir müssen nicht verhandeln und stehen auch sonst nicht unter Zugzwang. Das weiß er, trotzdem will er nach wie vor an die Waffen gelangen. Sollte er noch ein Ass im Ärmel haben, könnte er es jetzt auf den Tisch legen.«

Dellenbaugh nickte.

»Das CENCOM in Langley soll das Gespräch über das DST umleiten«, wandte Calibrisi sich an Cecily. »Das DST soll versuchen, Nazirs Aufenthaltsort zu bestimmen.

Außerdem brauchen wir ein, zwei Verschlüsselungsebenen und eine Störabschirmung, damit er das Gespräch nicht aufzeichnen kann.«

Cecily blickte ihn leicht verwirrt an.

»Fragen Sie nach Tammy Krutchkoff und sagen Sie ihr, was ich Ihnen eben gesagt habe. Sie wird verstehen, was gemeint ist.«

»Alles klar.«

Im Oval Office herrschte sekundenlang Totenstille, dann meldete sich die Freisprecheinrichtung auf dem Beistelltisch mit einem durchdringenden Klingeln. Brubaker, der direkt daneben saß, beugte sich vor und aktivierte die Verbindung. In der Leitung klickte es mehrmals. Erneut ein paar Sekunden Stille, bis eine Stimme aus dem Lautsprecher drang: »Präsident Dellenbaugh, hier spricht Tristan Nazir.«

»Was wollen Sie?«

»Ich möchte einen Deal aushandeln.«

Dellenbaugh zögerte. »Die Vereinigten Staaten verhandeln nicht mit Terroristen.«

»Das ist doch absurd, das wissen wir beide. Sie verhandeln ständig mit Terroristen. Ich will mich nicht mit Ihnen streiten, Präsident Dellenbaugh. Täte ich es, würden Sie den Kürzeren ziehen.«

»Wann haben wir je mit Terroristen verhandelt?«

»Nun, nehmen Sie zum Beispiel den Iran. Sind das etwa keine Terroristen mehr? Jetzt, wo sie ein bisschen nett zu Ihnen sind?«

»Okay, erwischt«, gestand Dellenbaugh ein. »Dann sagen wir eben, ich verhandle nicht mit Leuten, die Unschuldigen die Köpfe abschneiden.«

»Was glauben Sie, wie viele Indianer von Amerikanern einen Kopf kürzer gemacht wurden?«, fragte Nazir. »Ich bin dabei, einen eigenen Staat aufzubauen, so wie Ihre

Vorfahren einst einen Staat aufgebaut haben. Wir mögen zwar unterschiedlichen Ideologien anhängen, aber unsere Taktiken ähneln einander.«

»Sie sind ja krank«, entgegnete Dellenbaugh. »Ich habe genug davon, mit Ihnen Konversation zu betreiben. Ich frage ein letztes Mal, was wollen Sie?«

»Sie wissen genau, was ich will: die Lieferung.«

»Die werden Sie nicht bekommen.«

»Wenn die Weltöffentlichkeit erfährt, wie viele Waffen die USA uns bereits geliefert haben, dürfte das ziemlich peinlich für Sie werden, Mr. President.«

»Nicht annähernd so peinlich wie für Sie«, konterte Dellenbaugh. »Ihr Haufen loyaler Geisteskranker würde Sie auf der Stelle im Stich lassen.«

Nazir schwieg. »Nun«, meinte er resignierend, »mag sein, dass Sie recht haben. Aber den Versuch war es wert.«

Im Oval Office sagte niemand ein Wort. Dellenbaugh verständigte sich allein über Gesten und Blicke mit Calibrisi.

»Die Sache ist die«, fuhr Nazir fort, »Geisteskranke können sehr entschlossen sein. Als Anführer einer Gruppe von Geisteskranken dürfte ich der entschlossenste von allen sein.«

»Was soll das heißen?«

»Sie lassen mir keine andere Wahl. In Kürze wird etwas geschehen, das Sie dazu bringt, Ihre Haltung zu überdenken. Etwas, das Sie jetzt, in diesem Moment, noch verhindern könnten, wenn Sie einfach das Schiff nach Syrien weiterfahren lassen. In 24 Stunden werden Sie an diesen Augenblick zurückdenken. Weil es der Zeitpunkt war, zu dem sich die Eskalation noch verhindern ließ.«

»Wovon reden Sie da?«

»Wenn ich es Ihnen sage, könnten Sie gezielt dagegen vorgehen. Also werde ich es Ihnen natürlich nicht verraten.

Aber es wird etliche Leute in Aufregung versetzen. Amerikanische Staatsbürger vor allem. Schicken Sie mir die Waffen, sonst ...«

32

PENNSYLVANIA STATION
NEW YORK CITY

Ein weißer Lieferwagen mit verblasstem Schriftzug – dem Logo einer spanischen Bäckerei in Long Island – fuhr vor dem Madison Square Garden die überfüllte Seventh Avenue entlang, um schließlich rechts abzubiegen.

Mehrere Ebenen unter der Erde traf pünktlich um 7:42 Uhr der Amtrak Acela Express aus Washington, D.C. ein. Der Zug war brechend voll. Pendler, Geschäftsmänner und -frauen, Touristen, Familien und dazu, wahllos über die Abteile verteilt, neun Männer, allesamt um die 20 und mit arabischen Wurzeln.

Terroristen.

Jeder von ihnen stieg an der Penn Station aus und mischte sich unter die Menge der morgendlichen Pendler. Zwei orientierten sich Richtung U-Bahn, zwei andere nahmen die überfüllte Rolltreppe zur Eighth Avenue und reihten sich in die Schlange für den Uptown-Bus ein.

Noch ein anderes Duo verließ die Station am Ausgang Madison Square Garden und entfernte sich mit mehreren Minuten Abstand in entgegengesetzte Richtungen.

Kurz darauf, ungefähr zu der Zeit, als der Uptown-Zug der Linie 1 aus der Penn Station fuhr und der Bus die Türen schloss, um sich in Bewegung zu setzen, hielt der leicht ramponierte Lieferwagen neben einem der beiden Männer, die ihren Weg zu Fuß fortsetzten. Dieser öffnete die Tür auf der Beifahrerseite und stieg ein, ohne ein Wort zu sagen. Das Fahrzeug setzte sich in Bewegung und bog nach rechts in die 36th Street ein. Sobald drei Viertel des Blocks hinter ihm lagen, hielt er erneut und ließ den zweiten Fußgänger der Gruppe zusteigen. Ein paar Blocks weiter bog er nach links ab und fuhr ins nördliche Manhattan weiter.

Der letzte Zugestiegene, Sirhan, starrte schweigend durch die Frontscheibe. Hinter sich vernahm er eine Bewegung, identifizierte das Geräusch, mit dem ein Magazin in ein Gewehr gerammt wurde. Er konnte sogar die verschiedenen Typen der Sturmgewehre akustisch unterscheiden, die im Moment zusammengebaut, noch mal überprüft und durchgeladen wurden – drei Kalaschnikows und fünf AR-15.

Ein paar Minuten darauf kletterte Ali auf den Sitz direkt hinter Sirhan und dem Fahrer, Meuse. Auch er schwieg. Stattdessen spähte er in den Rückspiegel, um Blickkontakt mit Meuse herzustellen. Beinahe unmerklich nickte Ali.

Die Gewehre sind bereit.

Meuse registrierte die Kopfbewegung, drehte sich zu Sirhan auf dem Beifahrersitz um und wiederholte das lautlose, kaum merkliche Nicken.

»Was ist mit den Sprengsätzen?«, erkundigte sich Sirhan mit leiser Stimme.

Meuses Kopf ruckte nach hinten.

Sirhan bemerkte einen Stapel Reisetaschen. Darin wurden, wie er wusste, mehr als ein Dutzend Sprengsätze transportiert. Seine Augen streiften einen länglichen, schwarzen Metallkasten, unter den Sitzen verstaut. Zwei SA-24 Boden-Luft-Raketen und ein Schulterabschussgerät.

Der Van rollte den Broadway entlang durch die Upper Westside. Meuse fuhr langsam. Vor einer Ampel, die noch

Gelb zeigte, bremste er, was ihm prompt ein Hupen des Taxis hinter ihm einbrachte. Während er die Fahrt Richtung Norden fortsetzte, hielt er einen relativ großen Abstand zum Wagen vor ihnen.

Auf Höhe der 105th Street veränderte sich die Umgebung. Die Bürgersteige waren nicht mehr so überfüllt und die Passanten wurden jünger. Studenten. Spähte man über die Dachlinie der niedrigen, aus Backstein errichteten Apartmenthäuser, bekam man in einiger Entfernung die oberen Etagen eines majestätischen Granitbaus zu Gesicht.

Die Columbia University.

Studenten. Autos, Minivans und SUVs standen mit eingeschalteten Warnblinkern im Halteverbot, daneben Familienangehörige, die Taschen, Kartons und Möbel schleppten. Typisch für den Semesterbeginn.

An der 114th Street bog der Lieferwagen rechts ab. Auf der linken Seite parkte ein kastanienbrauner Minivan hinter einem dunkelgrünen Range Rover. An beiden herrschte reger Betrieb. Ein Vater half seinem Sohn, einen riesigen Flachbildfernseher durch die Heckklappe des Transporters zu bugsieren, während eine Frau an ihrem Kaffee nippte und sie dabei beobachtete. Eine andere Familie, Vater, Tochter und ein kleiner Junge, räumten Koffer aus dem glänzenden SUV.

»Gott, wie ich Amerika hasse«, schimpfte Ali vom Rücksitz des Vans. »Sieh sich doch nur mal einer diese protzige ...«

»Halt den Mund«, schnauzte Sirhan. »Heb dir deine politischen Ansichten für jemanden auf, den es interessiert.«

Meuse setzte die Fahrt in Schrittgeschwindigkeit bis zu einer Stelle fort, an der nicht allzu viel Betrieb herrschte. Abgesehen von einer alten Frau, die mit einem kleinen weißen Pudel spazieren ging, hielt sich hier niemand auf. Er entdeckte einen freien Parkplatz, navigierte rückwärts hinein und stellte den Motor ab. Er und Sirhan kletterten in den Heckbereich, duckten sich, damit man sie von außen nicht sah, und warteten geduldig.

Eine Viertelstunde später wurde die Tür auf der Beifahrerseite geöffnet. Es war Ramzee, der die U-Bahn genommen hatte. Er stieg hinten ein. Eine Minute später traf Mohammed ein.

Wortlos warteten die Terroristen in der Seitenstraße nahe der Columbia University. Nach einer halben Stunde stiegen die beiden zu, die den Bus genommen hatten: Fahd und Omar. Fahd besetzte den Fahrer-, Omar den Beifahrersitz. Sie zogen ebenfalls die Köpfe ein, um einer zufälligen Entdeckung zu entgehen. Omar öffnete das Handschuhfach und holte zwei Dosen schwarze Sprühfarbe heraus. Eine reichte er Fahd. Sie zogen die Deckel ab. Fahd ließ seinen Blick über den Bürgersteig und die Straße gleiten. Außer einer Frau am entgegengesetzten Ende der Kreuzung, mindestens 30 Meter entfernt, war niemand zu sehen.

In den folgenden Minuten sprühten Fahd und Omar die Windschutzscheibe und die Seitenfenster von innen ein. Fahd reichte seine Dose nach hinten zu Ali weiter, der sich um die Fenster im Heckbereich kümmerte.

Im Van war es nun stockfinster. Ein durchdringender Geruch nach Farbe und Chemie hing in der Luft. Angespanntes Schweigen. Sirhan schnippte ein Feuerzeug an. Im verdunkelten Innenbereich flackerte die Flamme wie ein Lagerfeuer.

»Wir rücken in Dreiecksformation vor«, erklärte er auf Arabisch. »Tariq, Jabir und ich gehen als Erste. Tariq, du schleppst den großen Kasten. Mohammed, Ali und Meuse – sobald wir außer Sichtweite sind, brecht ihr auf. Ramzee, Fahd und Omar – ihr bildet die dritte Gruppe. Das Studentenwohnheim liegt dort drüben.«

Mit dem Daumen deutete Sirhan in die grobe Richtung links hinter dem Van auf der anderen Straßenseite.

»Es nennt sich Carman Hall. Hinter der Pforte kommt eine Treppe, die zum Campus führt. Oben an der Treppe befindet sich der Eingang zum Wohnheim. Wir rücken still und leise vor. Im Idealfall ohne Aufsehen zu erregen. Wir übernehmen die Lobby. Ihr drei bezieht Stellung hinter der Treppe. Ihr müsst die Lobby und die Pforte gleichzeitig im Blick behalten. Gebt den restlichen drei ein Zeichen, wenn die Luft rein ist.«

Sirhan deutete auf die übrigen Männer.

»Das ist äußerst wichtig. Punkt eins: Wir müssen ins Wohnheim vordringen und die Lobby sichern. Punkt zwei: die Umgebung sichern und eine Abschusszone errichten. Niemand darf aufs Gelände. Wir brauchen Zeit. Also passt auf: Während ihr euch dem Wohnheim nähert, schießt ihr auf alles, was sich bewegt. Wir agieren unauffällig, ihr handhabt es genau andersrum. Kapiert? Studenten, Lehrer, zufällig vorbeikommende Passanten, Hunde, Katzen, Einhörner … alles! Wir müssen den gesamten Bereich räumen. Genauso wichtig: Chaos erzeugen. Völliges Durcheinander. Die ersten paar Minuten nach dem Vordringen in die Lobby sind die entscheidenden. Sie besiegeln Erfolg oder Niederlage.«

»Was, wenn sie uns bis dahin nicht bemerkt haben?«, meldete sich eine Stimme von hinten.

Sirhan streckte den Arm mit dem Feuerzeug aus, bemüht zu sehen, wer die Frage gestellt hatte.

»Tariq«, antwortete er mit einem schmalen Lächeln. »Das ist eine gute Frage. Es gibt nämlich keine dummen Fragen.«

Alle Augen im Lieferwagen fixierten Sirhan.

»Unsere Aufgabe besteht darin, das Wohnheim einzunehmen, aber wir sind Teil einer wesentlich größeren

Mission. Deren Zielsetzung ist mir unbekannt. Auf jeden Fall muss jeder unsere Ankunft mitbekommen. Wir kündigen sie blutig an, unter Einsatz maximaler Gewalt. So lauten unsere Befehle. Wenn wir das Wohnheim lautlos einnehmen, haben wir versagt. Verstanden?«

Der junge Mann nickte.

»Ungefähr 500 Studenten wohnen im Gebäude«, fuhr Sirhan fort. »Ich habe keine Ahnung, wie viele sich momentan dort aufhalten, zumal viele Eltern hier zu sein scheinen. Es spielt keine Rolle. Es gibt nur drei Möglichkeiten hineinzugelangen. Wir werden diese Zugänge sichern. Das ist unsere Vorgabe. Da es nur so wenige gibt, haben wir gewonnen, sobald wir sie kontrollieren. Die Gegenseite hat nur eine einzige Chance, das Gebäude zurückzuerobern: indem sie angreifen. Und genau davor werden sie zurückschrecken, denn dann gäbe es zwangsläufig Todesopfer. Die übliche Krux bei einer Geiselnahme: Um sie zu retten, muss man das Risiko eingehen, dass sie umkommen.«

»Wie sieht es mit Security aus?«, wollte Mohammed wissen.

»Die Columbia dürfte jede Menge Sicherheitsleute einsetzen. Das Wohnheim ebenfalls. Sie dürften nicht so gut ausgebildet sein wie ihr oder die Polizei. Aber sie sind bewaffnet. Das ist der entscheidende Faktor. Und es gibt festgelegte Abriegelungsroutinen, um potenzielle Eindringlinge innerhalb der ersten zwei Minuten aufzuhalten und ihnen den Zugang zu verwehren. Wir reden von Stahltoren, die auf Knopfdruck zuschnappen. Der Auslöser befindet sich in der Sicherheitszentrale. Es gibt natürlich auch automatisiert abgesetzte Alarmmeldungen und solche Sachen. Sollte die Polizei eintreffen, bevor wir die Umgebung kontrollieren, käme es zu einem Feuergefecht. In diesem Fall wären wir gescheitert. Macht euch das bewusst: *Dann sind wir gescheitert.* Wir müssen vom Keller bis zum Dachgeschoss alles einnehmen. Schaffen wir das, sind die Studenten in unserer Gewalt. Studenten, darum geht es. Um die Studenten. Haben wir sie erst unter Kontrolle, kontrollieren wir das gesamte Gebäude.«

Sirhan ließ das Feuerzeug ausgehen und schnippte es erneut an. Er betrachtete die Gesichter seiner Kämpfer.

»Du übernimmst den Keller«, sagte er zu Tariq. »Nimm dir ein paar Studenten als menschliche Schutzschilde mit.«

»Ja, Sirhan.«

Tariq griff sich einen langen beigefarbenen Regenmantel von einem Stapel, zog ihn über und schulterte das Sturmgewehr.

»Warte kurz«, verkündete Sirhan extrem gelassen. »Ich möchte noch etwas sagen.«

Erneut glitt Sirhans Blick über die kleine Truppe.

»Was wir heute tun, wird Schlagzeilen machen. Wir werden Geschichte schreiben. Viele werden uns verfluchen, uns hassen und verabscheuen. Heute werden wir sterben und damit zum Teil einer negativen Legende, die man Terrorismus nennt. Aber es gibt auch eine andere Legende, und zwar die Legende Allahs, und in ihr werden wir Helden sein. Es ist die einzige Legende, die zählt, meine Freunde. Man wird unsere Taten bis in alle Ewigkeit feiern. Wir sind hergekommen, weil wir Soldaten sind. Eines Tages wird die ganze Welt ein einziges Kalifat sein und dem IS wird eine bedeutende Rolle bei seiner Erschaffung zukommen. Unsere Taten, ob nun Erfolg oder Niederlage, werden untrennbar damit verbunden sein. Wir ziehen als Kämpfer in den größten Krieg der gesamten Menschheitsgeschichte. Dem Krieg zwischen zwei gewaltigen Gegnern. Und ich rede nicht von Amerika und dem IS, auch nicht vom Westen und dem Nahen Osten. Der wahre Kampf tobt zwischen *Allah* und

Gott! Jeder von euch sollte sich voller Demut geehrt fühlen, unserem Schöpfer dienen zu dürfen. Ich für meinen Teil fühle mich geehrt. Heute führen wir einen Schlag, der tief ins Herz Gottes vordringt ... ins Herz seiner Kinder und seiner korrupten Welt. Gepriesen sei Allah!«

33

DAR AL-SHIFA HOSPITAL
ALEPPO, SYRIEN

Aleppo lag in Trümmern. Die Hälfte der Gebäude existierte nicht mehr, zerstört im Rahmen der 16 Tage währenden Schlacht um die Kontrolle über die Stadt. Rauch und Staub verdunkelten den Himmel über Aleppo, der Geruch von Krieg lag über der syrischen Metropole. An allen Einfallstraßen gab es Straßensperren mit Checkpoints. Vier Bewaffnete blockierten die komplette Breite der ins Zentrum führenden Hauptverkehrsader. Sie alle trugen die IS-Kluft – schwarze Hemden, schwarze Jeans und schwarze Tücher, die ihre Gesichter verbargen.

Ein Fahrzeug näherte sich. Ein weißer Ford Explorer mit getönten Scheiben, vollständig mit rötlich-braunem Staub überzogen.

Zwei der Bewaffneten verstellten dem Fahrzeug den Weg, ein weiterer hielt sich im Hintergrund, um Feuerschutz zu leisten für den Fall, dass das Fahrzeug zur Gegenseite gehörte.

Ein vierter – ein bärtiger Mann mit dunklem Teint, der eine Zigarette rauchte und eine Kalaschnikow in der Hand hielt – trat ans Fenster und richtete die Waffe auf den Fahrer. Dieser kurbelte die Scheibe hinunter.

»Garotin«, sagte der Fahrer. Sein Kopf ruckte zur Rückbank, auf der Dewey lag, ohne Hemd, die Handgelenke vor dem Körper gefesselt. Ein Stück Stoff – sein eigenes T-Shirt, in Streifen gerissen – hatte man ihm eng um den Mund gebunden.

»Der Kerl aus Damaskus?«

Der Fahrer nickte. Der Bewaffnete hob das Gewehr, sodass der Lauf zum Himmel zeigte.

»Warum habt ihr ihn nicht längst umgelegt?«

»Halt den Mund und kümmer dich um deine Angelegenheiten.« Damit schloss der Fahrer das Fenster wieder und gab Gas.

Die Straßen Aleppos waren von Löchern und Kratern übersät. Überbleibsel der Schlacht. Ganze Häuserblocks lagen in Schutt und Asche. Stellenweise stapelten sich die Leichen auf den Gehsteigen; reglos, unheimlich, umgeben von schwarzen Lachen, groß wie Pfützen. In der Sonne geronnenes Blut.

Nach etwas mehr als zwei Meilen erreichten sie ein halbwegs unversehrtes Gebäude mit der Aufschrift DAR AL-SHIFA HOSPITAL. Zwei Männer zerrten Dewey aus dem Fahrzeug und führten ihn mit vorgehaltener Waffe durch den überfüllten, verdreckten Flur der Klinik, in dem das reinste Chaos herrschte. Alle Türen standen offen, überall kauerten, saßen und standen verletzte IS-Kämpfer, hin und wieder auch ein Arzt oder eine Schwester. Die Korridore waren brechend voll, weitere Verletzte saßen an die Wände gelehnt oder lagen auf dem Boden, während sie auf ihre Behandlung warteten. Klinikpersonal in blutbeschmierten Kitteln huschte an ihnen vorbei, um sofort im nächsten Raum zu verschwinden. Es ging drunter und drüber. Luftfeuchtigkeit und drückende Hitze machten es nur schlimmer. Rufe auf Arabisch erfüllten die Luft.

Leises Stöhnen von überall her, gelegentlich überlagert von Schmerzensschreien. Ein überwältigender Gestank: Körperausdünstungen vermischt mit Desinfektionslösungen und dem Qualm und Rauch, der von draußen hereinwehte.

Dewey wurde in einen Fahrstuhl gestoßen, der sie ins vierte Obergeschoss brachte. Dort wirkte die Lage etwas kontrollierter. Direkt vor den Aufzugtüren standen Bewaffnete, die verfolgten, wie er durch den Flur geschubst wurde.

Irgendwo hinter sich vernahm Dewey einen entsetzlichen Schrei.

Er wurde in einen schmuddeligen, unhygienisch wirkenden OP gebracht und auf einen von Blut feuchten Edelstahltisch gestoßen. Ein Bewaffneter hielt Wache, während Dewey sich abmühte, sein Gewicht zu verlagern, um es etwas bequemer zu haben. Der Knebel saß so fest, dass seine Mundränder schon wund gescheuert waren, Flecken besprenkelten das T-Shirt dort, wo Blut durchsickerte. Er fühlte sich so durstig wie nie zuvor im Leben, schloss die Augen und wehrte sich gegen die Befürchtung, bald sterben zu müssen.

Hätte Dewey in einem chinesischen, russischen oder auch iranischen Gefängnis festgesessen, wäre allein schon sein amerikanischer Pass eine Art Lebensversicherung gewesen. Ein Amerikaner wäre ein Verhandlungsgegenstand, jemand, dessen Tod brutale Vergeltungsmaßnahmen nach sich zog, denn der Arm der US-Regierung reichte in jeden Winkel der Erde. Hier jedoch half ihm seine Herkunft absolut nicht weiter; im Gegenteil, sie entsprach einem Todesurteil.

Er schlug die Augen auf. Als Erstes geriet eine Videokamera auf einem Stativ in sein Blickfeld, auf beiden Seiten flankiert von lichtstarken Scheinwerfern.

Sie beabsichtigten, seinen Tod auf Video aufzuzeichnen. Eine Enthauptung. Zunächst versuchten sie garantiert, seinen Namen aus ihm rauszubekommen. Das verlieh der Sache zusätzliches Gewicht. Vielleicht sogar ein schriftliches Geständnis, was für schreckliche Dinge die USA dem Rest der Welt angetan hatten.

Dewey pendelte zwischen völliger Ruhe und absoluter Panik. Er zwang sich, seine Emotionen zu unterdrücken, verspürte nichts als den körperlichen Schmerz. Er wusste, dass für ihn jede Rettung zu spät kam. Die Zeit reichte einfach nicht. Selbst wenn es jemand versuchen sollte – Schajetet 13, Force Recon, Navy-SEALs –, hätten sie erst einmal herausfinden müssen, wo man ihn festhielt.

Bete um einen Meteoriteneinschlag! Er spürte, wie sein Mund sich unter dem engen Knebel zu einem Lächeln verziehen wollte.

Mehrere Minuten später betrat ein junger Mann im hellblauen OP-Kittel den Raum. Er roch nach Zigaretten. Eine der Glühbirnen, die von der Decke hingen, flackerte auf und summte leise. Der Kittel des Arztes war mit Blut bespritzt. Er streifte die grünen Gummihandschuhe ab, warf sie vor dem Gefangenen auf den Boden, zog sich ein neues Paar über, trat zu Dewey und untersuchte die heftige Schramme unterhalb der linken Schulter.

Unvermittelt betrat noch jemand den Raum. Dewey erkannte ihn auf Anhieb: Garotin.

Der Oberbefehlshaber des IS wirkte enorm jung. Ende 20, Anfang 30 vielleicht. Dichtes schwarzes Haar mit lockerem Mittelscheitel und Dreitagebart. Er trat neben Dewey, betrachtete ihn mehrere Sekunden lang mit ausdrucksloser Miene, dann rammte er ihm die Faust in den Magen. Sechs, sieben gezielte Hiebe. Mit gequältem Stöhnen steckte Dewey sie ein.

Garotin löste den Knebel, packte Dewey am Schopf und zerrte ihn in eine aufrechte Position.

»In Damaskus hast du sieben Männer getötet.« Garotin musterte ihn hasserfüllt. »Wozu? Jetzt wirst du sterben.«

Er ließ Deweys Kopf los. Mit einem dumpfen Aufschlag knallte er zurück auf die Unterlage.

»Wer bist du?«, fragte Garotin.

Dewey ignorierte die Frage. Er fixierte einen Punkt an der Wand und sagte kein Wort.

»Marwan hat dir also Informationen gegeben? War es das wert?«

Dewey sah zu ihm hoch. »Fick dich!«

»Wer bist du?«, brüllte Garotin mit sich überschlagender Stimme.

»Leck mich.«

»Wie heißt du?«, fragte Garotin. »Sag's mir, dann bekommst du eine Zigarette.«

»Verpiss dich.«

Garotin zog eine Schachtel Kippen aus der Tasche, nahm eine heraus, zündete sie an und hielt sie Dewey hin.

Der Amerikaner ignorierte das Angebot.

»Nimm schon«, sagte Garotin. »Glaub mir, Lungenkrebs ist im Moment dein geringstes Problem.«

Dewey schob ihm die gefesselten Hände entgegen, griff nach der Zigarette und nahm einen Zug.

»Wie heißt du?«

Dewey ignorierte die Frage mit ausdrucksloser Miene.

»Wie heißt du?«, fragte Garotin noch einmal, lauter diesmal.

Doch sein Gefangener gab keine Antwort. Er ließ sich Zeit. Als die Zigarette fast bis zum Filter aufgeraucht war, nahm er sie zwischen Daumen und Mittelfinger und schnippte sie durch die Luft. Der noch qualmende Stummel traf den Bewaffneten an der Tür genau in der Mitte der Stirn.

»Du Bastard!«, brüllte der Wachmann, trat vor, holte mit beiden Händen aus und versetzte Dewey einen brutalen Schlag in die Magengrube. Nach mehreren weiteren Attacken zog Garotin den Mann von Dewey weg.

»Wie heißt du?«, fragte Garotin, nun gefährlich ruhig.

»Das ist vertraulich«, erwiderte Dewey hustend. »Ich könnte es dir verraten, aber dann müsste ich dich umbringen.«

Missmutig schüttelte Garotin den Kopf. »Die Wunde muss gesäubert werden, bevor wir ihm den Kopf abschneiden«, wandte er sich auf Arabisch an den Arzt. »Keine großen Umstände, bloß grob reinigen. Das Video entfaltet eine viel größere Wirkung, wenn er gesund und unversehrt wirkt.«

Garotin zog ein langes KA-BAR-Messer aus einer Scheide an der Hüfte.

»Wir werden dir den Kopf abschneiden«, sagte er auf Englisch zu Dewey. »Aber erst verrätst du mir, wer du bist und für wen du arbeitest. Wenn ich raten müsste, würde ich auf die Central Intelligence Agency tippen. Hab ich recht?«

Dewey verweigerte die Antwort.

Garotin setzte ihm die Klinge an den Hals und drückte sie gegen die Haut.

»Das Messer, das wir gleich benutzen werden. Es wird wehtun, aber sieh es positiv: Du wirst durch deinen Tod zur Berühmtheit.«

Nach wie vor schweigend blickte Dewey Garotin in die Augen. Garotin verstärkte den Druck der Klinge.

»Du warst früher beim Militär«, schlug Garotin vor. »Special Forces, Combat Applications Group oder Green Berets. Korrekt?«

Dewey spürte, wie die Klinge unbehaglich gegen die Schlagader gepresst wurde.

Garotin grinste höhnisch.

»Spielt keine Rolle«, stieß Dewey hervor.

Er spürte, wie die scharfe Schneide die obere Hautschicht zerstörte.

»Warum spielt es keine Rolle?«

»Weil ich für die Vereinigten Staaten von Amerika arbeite. Wir werden euch Motherfucker alle umbringen, bis auf den letzten Mann.«

Garotin versetzte Dewey einen Schlag in den Bauch, der ihm den Atem nahm. Vor Schmerz stöhnend, schnappte er hustend nach Luft. Blut sickerte aus der Wunde am Hals.

Das Messer löste sich vom Hals. Der stählerne Griff wurde in den Unterleib gestoßen. Es dauerte über eine Minute, bis er wieder zu Atem kam.

»Vorhin, da hast du dich geirrt«, ächzte Dewey und spuckte Blut.

»Geirrt? Inwiefern?«

»Mindestens zwölf von euch Scheißkerlen gehen auf mein Konto. Ich hab mitgezählt.«

Garotin wandte sich ab und wiederholte seine Anweisungen an den Arzt, abermals auf Arabisch. Er ging zur Tür.

»Allah muss sehr stolz auf dich sein«, ätzte Dewey, als Garotin die Tür erreichte.

Garotin drehte sich um. »Meinst du, darum geht es mir?« Ein wilder Zug trat in sein Gesicht. »Hier geht es nicht um Religion. Es geht um Macht.«

»Leuten den Kopf abschneiden?«

»Macht beruht auf Besitz«, entgegnete Garotin. »Territorium. Rohstoffe. Land. So erschafft man einen Staat. Sieh dir Israel an. Bevor ihr das Land gestohlen und den Juden gegeben habt, waren sie nichts, bloß ein erbärmlicher Haufen. Jetzt verfügen sie über einen Staat. Sie haben Macht.«

»Ihr haltet euch für clever«, meinte Dewey. »Aber ihr seid nichts als elende Feiglinge. Ihr könnt mich umbringen, aber das ändert rein gar nichts, weil nämlich hundert andere bereitstehen, um meinen Platz einzunehmen.«

»Diese Strategie scheint nicht besonders gut zu funktionieren.«

»Ihr werdet nie einen eigenen Staat haben. Das lassen wir nicht zu.«

Garotin nahm dem Wachposten das Gewehr ab und hielt es Dewey hin. Ein M4-Karabiner.

»Diese Waffe und die dazugehörige Munition hat uns deine Regierung geliefert.«

»Das glaube ich nicht.«

»Es stimmt. Warum sollte ich dich anlügen?«

Mehrere Sekunden lang starrte Dewey das Gewehr an, schließlich sah er betreten zur Seite. Er schaffte es nicht, die grausame Vorstellung noch länger zu verdrängen: dass seine Mutter und sein Vater per Video Zeuge seiner Enthauptung wurden.

»Erschieß mich. Gönn mir einen Soldatentod.«

Garotin sah Dewey fest in die Augen. Er zögerte, richtete die Mündung auf Deweys Brust. Sein Finger krümmte sich um den Abzug. Dewey hielt die Augen geöffnet, einen resignierten Ausdruck im Gesicht.

Der Lauf entfernte sich, wurde an die Decke gerichtet. »Nein.«

»Du hast nicht den Mumm dazu.«

»Ich habe meine Befehle. Wir köpfen dich, sobald der Kameramann eintrifft.«

34

Auf der anderen Straßenseite, gegenüber dem Lieferwagen, zwei Wagenlängen entfernt, schnappte Daisy sich eine Reisetasche, während Andy den letzten Karton aus dem Kofferraum des SUV auslud.

Ein weiteres Mädchen hatte sich zu ihnen gesellt. Blonde Haare, leicht pummelig, ein Shetland-Pullover in Weiß-Rosa. Sie hieß Charlotte und war Andys neue Zimmergenossin.

Nachdem die letzten Kartons aus dem BMW ausgeladen waren, schlug Charlotte die Heckklappe zu. Anschließend blickte sie Andy an und lächelte. »Bist du sicher, dass du keine Hilfe brauchst?«

Sie schüttelte den Kopf. »Ich komm klar.«

So unauffällig, dass Charlotte es nicht mitbekam, knuffte Daisy ihr mit dem Ellbogen gegen den Arm und bedachte sie mit einem Blick, der sagte: *Das ist deine Zimmergenossin, und sie ist nicht nur nett, sie ist der Wahnsinn! Lass dir von ihr helfen!*

Andy verdrehte die Augen, wandte sich jedoch von Daisy zu Charlotte. »Eigentlich ist er doch ziemlich schwer.«

»Dacht ich mir.« Damit packte Charlotte eine Seite des Kartons.

Andy war nicht besonders gut, was Small Talk anging, trotzdem unternahm sie einen halbherzigen Versuch.

»Woher kommst du übrigens?«

»Aus Charleston in South Carolina. Und du?«

»Baltimore.«

»Baltimore? Du machst Witze. Ich steh absolut auf Baltimore. Ich war mal total verschossen in einen Jungen von dort. Kennst du Owen Shriver? Wir gingen zusammen in Andover auf die Schule. Er war im letzten Jahr, als ich …«

Lächelnd zwinkerte Daisy Andy zu und überließ die beiden ihrer Unterhaltung. Ein paar Sekunden dachte sie darüber nach, wie stolz sie nicht nur auf Andy, sondern auch auf sich selbst war. Ihr fiel ihre erste Begegnung ein, damals bei Big Brothers & Big Sisters in Baltimore. Andy war damals noch ein kleines Mädchen gewesen, unauffällig, verhuscht, unglaublich schüchtern. Es schien schier unmöglich, ihr einen zusammenhängenden Satz zu entlocken. Bei der Erinnerung daran musste Daisy lachen. Zum ersten Mal gestand sie sich ein, stolz auf ihren Anteil an Andys Weiterentwicklung zu sein. Die Kleine besaß einen brillanten Verstand, und sie hatte dazu beigetragen, ihn wach zu kitzeln. Beharrlich hatte sie das kleine schwarze Mädchen, das ohne Vater und Mutter aufwuchs, an jedem zweiten Wochenende besucht. Es wuchs in einem fürchterlichen Wohnviertel einer ohnehin arg gebeutelten Stadt auf, betreut von einer liebevollen Großmutter. Anfangs hatte ihre Mutter Daisy immer hingefahren. Irgendwann machte sie dann den Führerschein und war nicht mehr auf ihre Unterstützung angewiesen.

Sie nahm etwas wahr, das sie aus ihren Gedanken riss. Auf der anderen Straßenseite parkte ein Lieferwagen. Ein dunkelhäutiger Mann saß auf dem Fahrersitz und besprühte die Windschutzscheibe von innen mit Farbe. Ein ungutes Gefühl machte sich in ihr breit, das prompt verflog, als Charlotte laut auflachte. Lächelnd drehte Daisy sich zu ihr und beschloss, sich keine Gedanken zu machen. Vermutlich nur ein Streich oder Ritual einer Studentenverbindung.

Sie schlenderten durchs Columbia Gate in der 114th Street zum Eingangsbereich des Wohnheims und begrüßten den uniformierten Wachmann zum x-ten Mal an diesem Vormittag im Vorbeigehen. Im Aufzug fiel ihr die Sache mit der Spraydose wieder ein. Beim Halt in der siebten Etage tastete sie in der Tasche nach ihrem Handy, doch es war nicht da.

Sie liefen durch den Korridor, vorbei an Studenten mit ihren Eltern, die mit Auspacken beschäftigt waren. Manche fanden sich zu einem Schwätzchen auf dem Flur ein. Es herrschte eine unbeschwerte Stimmung. Daisy ging Andy und Charlotte voraus, erreichte vor ihnen das Zimmer, stellte die Reisetasche ab und sah ihr Telefon auf dem Fensterbrett liegen.

Beim Wählen der Nummer ihrer Mutter, um ihr Bescheid zu geben, dass sie bald losfahren würde, blickte sie beiläufig aus dem Fenster auf die 114th Street. Fassungslos starrte sie den Lieferwagen an. Ihr entfuhr ein Schrei. Sie wollte etwas zu ihren Begleiterinnen sagen, doch die Angst schnürte ihr die Kehle zu. Das Handy fiel ihr aus der Hand, noch bevor sie zu Ende gewählt hatte.

Sie brachte weiterhin kein Wort heraus, konnte nur fassungslos mit dem Finger nach unten zeigen, wo sieben Stockwerke tiefer fünf Männer mit dunklem Teint, offenbar Araber, mit Sturmgewehren bewaffnet aus dem Heck des Lieferwagens stürmten.

Der vorderste Mann der Gruppe brachte die Waffe in Anschlag und richtete sie auf die Straße. Daisys Blick folgte der Zielrichtung des Gewehrs. Mehrere Studenten schlenderten Richtung Broadway, kehrten dem Mann achtlos den Rücken zu.

»Nein!«, brachte sie endlich heraus.

Schüsse krachten und hallten von den Wänden wider. Die Studenten wurden von Kugeln durchsiebt, stürzten hilflos zu Boden, wo sie in verkrümmter Haltung liegen blieben.

Blut spritzte auf den Bürgersteig, an ihren Rücken prangten rote Flecken, die Pfützen unter ihren Körpern wurden von Sekunde zu Sekunde größer.

Daisys Blick wanderte nach rechts, zum Portal. Dort eröffnete ein weiterer Angreifer das Feuer. Bald hörte man Schüsse und Schreie aus allen Richtungen.

Die Killer trugen Trenchcoats, bis zum Hals zugeknöpft. Unauffällige Farben. Navyblau, Beige und Grün. Die leeren Ärmel baumelten lose herab. Unter den Mänteln verbargen sie Maschinenpistolen und Karabiner, die Uzis vor dem Körper in der freien Hand, Karabiner auf den Rücken geschnallt. Die Waffen waren allesamt geladen, die Magazine mit teflonbeschichteten Patronen gefüllt – Cop-Killer-Munition, reichlich Ersatz in den Manteltaschen.

Gemächlich stieg Tariq auf der Fahrerseite aus, während gleichzeitig Sirhan den Beifahrersitz verließ und Jabir aus dem Heck des Lieferwagens kletterte. Jemand reichte Tariq den länglichen Metallkasten. Er trug ihn mit der linken Hand, während die rechte unter dem Stoff eine Uzi parallel zum Bein hielt. In aller Seelenruhe marschierten sie auf den am nächsten liegenden Eingang zum Campus zu.

Sirhan übernahm die Führung, trat durchs Tor. Ein Mann und eine Frau kamen ihm entgegen, gefolgt von einer kleinen Gruppe Studenten. Sirhan ging an ihnen vorbei, die Treppe hoch und schielte über die Schulter in Tariqs und Jabirs Richtung, um sich zu vergewissern, dass die Passanten keinen Verdacht schöpften.

Er drehte sich nach vorn um und fasste den Eingangsbereich zum Wohnheim ins Auge, nur wenige Meter vor ihm. Exakt wie auf den Fotos auf der Webseite der Columbia University: eine hohe Doppeltür mit Glasscheiben, leicht intransparent, überall Zettel, Aushänge und Flyer, die alles Mögliche ankündigten.

Etliche Menschen befanden sich auf dem Weg ins Gebäude. Insgesamt zählte er zwölf in vier kleinen Grüppchen. Er passierte die ersten beiden: ins Gespräch vertiefte Studenten. Es folgte ein Junge mit seinen Eltern. Er umarmte gerade die Mutter, um sich zu verabschieden.

Sirhan passierte sie, ohne die geringste Aufmerksamkeit zu erregen. Vor der Tür stand ein groß gewachsener Mann mit seinem Sohn. Ein Student, wie Sirhan annahm. Sie schienen auf jemanden zu warten. Der Jüngere sah an ihm vorbei zu mehreren jungen Mädchen, die miteinander plauderten. Der Vater hingegen schien Sirhan kritisch zu mustern. Ein kahlköpfiger Bursche mit blasser Haut im kurzärmligen Hemd. Sirhan marschierte stur weiter, tat, als würde er die neugierigen Blicke nicht bemerken, die seinen Trenchcoat ins Visier nahmen.

Wenige Schritte vor dem Eingang hob der andere die Hand.

»Entschuldigung?«

»Ja bitte?« Sirhan war die Ruhe selbst.

»Sind Sie Student?«

Sirhan bemühte sich um ein Lächeln. »Ja.« Er deutete auf das Gebäude. »Ich wohne hier in Carman Hall.«

»Dad«, meinte der Junge zu seinem Vater. »Hier gibt es viele arabische …«

Doch der Mann ignorierte den Einwand seines Sohns. Er trat vor, um Sirhan den Weg zu versperren, und tastete nach dessen Trenchcoat.

Sirhan wich nach links aus und zückte die Uzi. Mit ausgestreckten Armen machte der andere einen Satz auf ihn zu, doch es war zu spät. Sirhan feuerte. Das Krachen der Schüsse aus der Schnellfeuerwaffe zerriss die Stille. Kugeln zerfetzten die Brust des Mannes. Schreiend wandte der Sohn sich zur Flucht. Sirhan drückte erneut ab, jagte ihm eine Salve in den Schädel, die ihn auf der Stelle tötete.

Hinter Sirhan wurden Schreie laut, doch er ignorierte sie, riss sich den Trenchcoat vom Leib und stürmte in die Eingangshalle. Durch die Scheibe nahm er eine Bewegung wahr, hörte Rufe, vereinzelt weitere Schreie.

Ein paar Schritte hinter ihm zückte Tariq ebenfalls die Uzi und mähte die fliehende Menge nieder, unterstützt von Jabir, der mit dem AR-15 im Anschlag feuerte.

Tariq deckte die panikerfüllten Ungläubigen mit Kugeln ein. Ein Mädchen etwas weiter hinten wurde am Arm getroffen, trotzdem gelang es ihr, über eine Hecke zu springen und in Richtung Campus zu fliehen. Jabir stürmte zu der Hecke, legte an, zielte auf sie und drückte ab. Die ersten Geschosse verfehlten sie, doch dann traf er sie von hinten in die Beine, und sie ging schreiend zu Boden. Er erledigte sie mit einem Kopfschuss.

Die Mündung vor sich gestreckt, den Finger am Auslöser, stellte er sich im Eingangsbereich dem Security-Mann, der aufsprang und seine Pistole aus dem Holster befreite. Sirhan deckte ihn mit einer kurzen Garbe ein, die den Brustkorb durchschlug und einen Blutschwall an die Wand klatschen ließ. Der Posten wurde hinter den Schalter geschleudert und sank zu Boden.

Sirhan inspizierte die Umgebung. Links von ihm entdeckte er insgesamt fünf Studenten. Er richtete die Uzi auf sie.

»Aufstehen! Macht schon!«

»Du mich auch, Osama!«, konterte ein vorlauter Kerl, der in der Mitte saß.

Sirhan stellte den Wahlhebel auf Einzelfeuer. Ein Schuss krachte, zerfurchte dem Jungen die Stirn und riss ihm den Hinterkopf weg. Eins der Mädchen kreischte los.

Die vier übrigen sprangen auf, die Hände ängstlich erhoben.

Sirhan musterte den Bürgersteig draußen.

»Stellt euch in den Eingang«, befahl er dem Quartett. »Wenn ihr versucht zu fliehen, kassiert ihr eine Kugel in den Rücken. Kapiert?«

Er postierte sie in einer Reihe quer vor dem Portal, als menschliche Schutzschilde für den Fall, dass die Polizei früher als erwartet eintraf.

Sirhan musterte mehrere Sekunden lang die Lobby. Dabei fiel ihm das in die Decke eingelassene Stahlgitter auf.

Tariq kam angestürmt, gefolgt von Jabir.

»Sichere den Eingang, Jabir, schnell«, befahl Sirhan.

Tariq setzte den Metallkasten ab, stellte den Rucksack ab und holte eine aufgerollte Kette und eine Handvoll Plastikfesseln heraus. Als er bemerkte, wie eine Studentin, eine kleine Blondine, den Kopf wandte, beugte er sich vor, um zu sehen, wohin sie schaute. An der Gebäudeecke kauerte ein Wachmann. Er wollte sich gerade an der Hauswand anschleichen.

Tariq ließ die Plastikfesseln fallen und hob den Karabiner, schob die Mündung der Waffe zwischen dem Kopf des Mädchens und einem weiteren Studenten hindurch, zielte und drückte ab. Mehrere Kugeln durchlöcherten den Leib des gescheiterten Helden.

Sirhan hastete hinter den mit Papieren und leeren Kaffeebechern gespickten Security-Schalter. Zwei kleine Schwarz-Weiß-Monitore zeigten zum einen Live-Aufnahmen vom Vordereingang, eingefangen von einer vor dem Gebäude installierten Überwachungskamera, zum anderen den Kellereingang von Carman Hall.

Draußen wurden Schüsse laut, erst aus einer, dann aus mehreren Waffen.

»Wo bleiben sie denn?«, blaffte Sirhan. »Uns bleibt nicht viel Zeit!«

Schon im nächsten Moment sah er Meuse um die Ecke biegen und auf die Tür zustürmen, wobei er über Leichen springen musste, die überall auf dem Asphalt vor dem Gebäude lagen. Der Rest von Sirhans Zelle kam in seinem Schlepptau angerannt und zwängte sich an den als Zielscheiben aufgestellten Studenten vorbei.

Mit dem freien Arm wischte Sirhan über den Schalter, fegte Papiere und Kaffeebecher vom Tisch, während er alles durchsuchte. In einer Schublade stieß er auf einen Schlüsselbund, den er einsteckte, an der Unterseite des Tresens streiften seine Finger einen Schalter. Er drückte ihn und ein Stahlgitter rasselte von der Decke herunter und versperrte den Zugang. Carman Hall wurde hinter einem gewellten Stahlpanzer verschanzt. Sirhan trat vor den Security-Schalter, holte ein schweres Vorhängeschloss aus Tariqs Rucksack, ging damit zum Eingang und schob eine Messingplatte im Boden beiseite. Darunter befand sich eine Vertiefung, aus der eine kräftige Öse ragte, dafür vorgesehen, einen gleichermaßen kräftigen Haken unten am Sicherungsgitter aufzunehmen. Sirhan schloss das Gitter an die Öse an.

Unterdessen fesselte Tariq den Studenten die Hände auf den Rücken, legte ihnen überdies eine Plastikfessel um den Hals, die er jeweils an einer von zwei Ketten befestigte, welche er ihnen quer vors Genick hielt. Wenn man an einem Ende der Kette zog, ganz gleich an welchem, wurde die Fessel um ihren Hals enger und erwürgte sie. Tariq probierte es aus und verfolgte interessiert, wie die vor lauter Angst ohnehin hysterischen Studenten um Atem rangen.

Tariq nahm ein schwarzes, handliches Gerät aus dem Rucksack, das an den Controller einer Spielkonsole erinnerte.

Es handelte sich um einen Handydetektor, einen Wolf-hound-PRO. Er aktivierte das Gerät. Das Display leuchtete auf, danach schwenkte er es vor jedem Einzelnen der vier Studenten hin und her. Eine Reihe hoher Piepstöne verriet die Präsenz von Mobiltelefonen. Tariq nahm sie den jungen Leuten ab und verstaute sie im Rucksack.

Die übrigen Terroristen warteten mit den Gewehren im Anschlag auf weitere Instruktionen von Sirhan.

Dieser nickte Tariq zu. »Du weißt, was zu tun ist«, sagte er auf Arabisch. »Bring die Studenten in den Keller. Verkable die Tür. Danach kommst du mit dem Sprengstoff zu mir aufs Dach.«

»Ist gut, Sirhan.«

Der Anführer wandte sich an die Übrigen. »Es gibt 13 Stockwerke und zwei Treppenhäuser. Jabir, du bewachst die Lobby. Sieh zu, dass niemand rein- und keiner die Treppen runterkommt. Ihr anderen fangt in der ersten Etage mit Sichern an. Ein Mann pro Stockwerk. Schafft alle so schnell wie möglich rauf in den neunten Stock. Wir müssen hoch genug sein, damit sie uns nicht rausspringen, und brauchen eine Pufferzone, falls sie uns vom Dach her angreifen. Nehmt euch Stockwerk für Stockwerk vor. Geht durchs östliche Treppenhaus.« Sirhan deutete mit dem Finger in die fragliche Richtung. »Keine Studenten auf der westlichen Treppe. Schafft alle, so rasch es geht, in die neunte Etage. Falls jemand Dummheiten versucht, tötet ihn.«

Die Männer knurrten zustimmend oder nickten.

»Fahd, Omar, ihr präpariert die Treppen mit Sprengstoff, und zwar sofort«, sagte Sirhan. »Das erste Stockwerk könnt ihr sofort in Angriff nehmen. Wir verdrahten die Treppen zwischen dem ersten und zweiten, dem dritten und vierten und dem fünften und sechsten Obergeschoss. Verstanden? Anschließend kommt ihr zu uns.«

»Ja«, bestätigte Fahd. Omar rückte die große Reisetasche zurecht, die über seiner Schulter hing.

»Fahd, nachdem du die Treppen vorbereitet hast, bleibst du im sechsten Stock und bewachst den Zugang. Und sei vorsichtig. Die werden bald Scharfschützen herzitieren. Solltest du deinen Kopf rausstrecken, blasen sie ihn dir weg.«

Tariq packte die Kette und schleifte die vier gefesselten Studenten hinter sich her, erst durch den Korridor, dann an den Aufzügen vorbei. Er öffnete die Tür zum Treppenhaus und setzte den Weg nach unten fort.

Mit Ausnahme einer einsamen Lampe herrschte im Keller absolute Dunkelheit. Er zerrte seine Gefangenen ans Ende des spärlich beleuchteten Korridors. Vor einer grünen Stahltür blieb er stehen. Er begutachtete sie kurz, rüttelte testweise am Knauf, doch sie war verriegelt. Das eingelassene Sichtfenster zeigte ihm, dass dahinter ein leerer Korridor wartete.

Tariq verband ein Ende der Kette mit dem Türgriff. Er ließ den Blick über Decke und Wände schweifen, auf der Suche nach etwas, woran sich das andere Ende befestigen ließ. Ein in den Beton eingelassener Stahlträger erstreckte sich vom Boden bis zur Decke. Tariq richtete das Gewehr auf den Beton und feuerte mehrfach darauf. Auf diese Weise schuf er einen rasch wachsenden Krater, der sich schließlich bis hinter den Träger erstreckte. Er wiederholte die Prozedur auf der anderen Seite, bis er einen Durchbruch geschaffen hatte. Er nahm das Ende der Kette, fädelte es durchs Loch und zog es um den Träger, bis die Kette zwischen Türknauf und Träger straff gespannt war. Falls nun jemand versuchte, die Tür zu öffnen, erdrosselte er die Studenten. Das schmale

Sichtfenster empfand er als willkommenen Bonus. Jeder Gegner würde die Studenten sehen und erkennen, dass ein Eindringen sie unweigerlich tötete, weil die Kette sich wie eine Schlinge um ihren Hals zuzog.

Er fummelte ein Vorhängeschloss aus dem Rucksack und fixierte die Kette an der Konstruktion.

Eine aus der Gruppe, eine Koreanerin, blickte ihn hasserfüllt an. »Wenn wir uns hinsetzen, werden wir erdrosselt.«

Tariq nickte. »Ja, das ist richtig.«

Nachdem sie festgebunden waren, förderte Tariq einen reichlich mitgenommenen Schuhkarton zutage.

»Was ist das?«, hakte eine andere Studentin mit ängstlicher Stimme nach.

»Halt's Maul«, raunzte Tariq.

Es handelte sich um eine improvisierte Sprengfalle, etwas, worauf Sirhan sich hervorragend verstand. Die Schachtel enthielt Auslöser, Zünder, Batterie und, am allerwichtigsten, einen Riesenbrocken Sprengstoff, in diesem Fall Semtex. Er hatte alles bereits vorbereitet. Mit Klebeband befestigte er die Box vor dem Türspalt, direkt oberhalb vom Knauf.

Der Sprengsatz hinderte das FBI daran, durch den Keller des Nachbargebäudes in Carman Hall einzudringen. Öffnete jemand die Tür, fiel der Sprengsatz herunter, der Zünder wurde ausgelöst und die Bombe ging hoch. Auf diese Weise starben nicht nur die Studenten, sondern die Detonation legte den gesamten Keller in Schutt und Asche.

»I-ist das etwa e-eine Bombe?«, stotterte eine der Studentinnen.

»Ja«, erwiderte Tariq, während er Zündmechanismus und Batterie noch einmal überprüfte. Zufrieden wandte er sich zum Gehen. »Falls jemand versucht, durch diese Tür hier zu kommen, werdet ihr alle sterben.«

Die Schüsse hallten von der Straße herauf. Andy und Charlotte rannten zu Daisy. Erstere hatte einen panischen Ausdruck im Gesicht. Ihr Blick begegnete Daisy, dann trat sie ans Fenster. Aus ihrer Kehle löste sich ein Keuchen, als sie die auf Straße und Bürgersteigen liegenden Leichen entdeckte.

Sie drehte sich zu Daisy um. »Was ist da los?«

Daisy kämpfte darum, die Fassung zu bewahren und ihre Gefühle im Zaum zu halten. Sie streckte den Arm aus und tätschelte Andys Hand.

»Es wird alles gut«, versicherte sie.

»Sollen wir abhauen?«

Ungeschickt fummelte Daisy an ihrem Telefon herum. Ihre Finger zitterten viel zu sehr, um zu wählen. Schließlich fand sie die ›2‹ und hielt die Taste gedrückt.

Während sie wartete, dass die Kurzwahlverbindung hergestellt wurde, wanderte ihr Blick zurück zur Straße. Plötzlich feuerte einer der Schützen. Der laute Knall ging einem durch und durch. Rechts versuchte eine junge Frau, auf deren Rücken sich ein roter Fleck ausbreitete, hinkend zu entkommen. Der Schütze feuerte erneut und traf sie in den Hinterkopf.

»Ich ruf zurück«, hörte sie die gehetzte Stimme ihres Vaters am Telefon.

»Dad«, setzte sie an, brachte jedoch nur ein heiseres Flüstern zustande. »Dad!«

»Ich kann dich nicht hören, Schätzchen. Ich ruf dich …«

»Dad!«, schrie sie. Endlich fand sie ihre Stimme wieder. »Egal was du tust, nicht auflegen!«

»Schätzchen?« Calibrisis Stimme wurde schrill. »Bist du okay? Was ist denn los?«

»Terroristen! In der Columbia. Sie besetzen gerade das Wohnheim. Andys Wohnheim …«

Langes Zögern.

»Daisy, falls das ein Scherz sein soll ...«

»Daddy«, flüsterte Daisy. Mit einem Mal fing sie an zu schluchzen. »O Daddy, ich hab solche Angst. Ich liebe dich. Sag Mom, dass ich sie auch lieb habe.«

35

OVAL OFFICE
WEISSES HAUS
WASHINGTON, D. C.

Calibrisis Finger umklammerten das Handy. Er stand vor einer der Verandatüren, die zum Rosengarten führten. Er schloss die Augen, bemüht, seinen rasenden Atem zu beruhigen. Seine Gedanken überschlugen sich.

Lauf, Liebling, lauf! Lauf in eins der unteren Geschosse und spring! ... Das ist der IS ...

Er drehte sich um, sah zum Präsidenten, während ihm das Gerät aus der Hand fiel. Tiefe Falten hatten sich in sein Gesicht gegraben. Ein heftiger Schmerz fuhr ihm durchs linke Bein wie ein Stromstoß, raste hoch zum Hals, änderte die Richtung und breitete sich spinnwebenartig über die gesamte Länge des linken Arms aus.

Er wusste, was mit ihm geschah.

Lieber Gott, bitte nicht ausgerechnet jetzt ...

Er versuchte, mit der Hand zu wedeln, um jemanden auf sich aufmerksam zu machen, brachte jedoch nur ein halbes Winken zustande. Präsident Dellenbaugh lauschte Kratovils Ausführungen, der Hypothesen darüber aufstellte, was Nazirs ominöse Drohungen zu bedeuten hatten.

Calibrisi bewegte die Lippen, brachte jedoch keinen Ton heraus.

Dellenbaugh beobachtete ihn, wie er sich abmühte. »Hector?«

Mit beunruhigter Miene erhob Dellenbaugh sich vom Schreibtisch.

»Sind Sie okay?«

Calibrisi streckte die Hand nach dem Türgriff aus, um nicht umzukippen. Die Worte des Präsidenten drangen im selben Augenblick in sein Bewusstsein vor, in dem ein Stich durch seinen Arm fuhr und sich von der Brust her wie bei einem Anflug von Fieber ein Wärmeschwall ausbreitete, gefolgt von einem furchtbaren, aufwühlenden Gefühl. Sein Herz verkrampfte und schien dutzendfach pro Sekunde zu schlagen. Ehe er etwas zu sagen vermochte, hatte das Chaos, das sein Herz in Beschlag nahm, den kompletten Körper erfasst. Ihm wurde schwarz vor Augen …

»Holt Terry!«, brüllte Dellenbaugh. Er meinte Terry O'Brien, den verantwortlichen Arzt im Weißen Haus.

Dellenbaugh stieß den Stuhl beiseite, hastete hinter dem Schreibtisch hervor, stürzte mit ausgebreiteten Armen auf Calibrisi zu …

Calibrisi konnte nichts sehen und nichts tun. Abermals vernahm er die Stimme: »O Daddy, ich hab solche Angst.«

Tief im Unterbewusstsein hörte er Dellenbaugh etwas rufen. Da ein Schatten auf ihn fiel, ging er davon aus, dass der Präsident in seine Richtung kam. Für ein paar Sekunden erlangte er die gewohnte Sehfähigkeit zurück. Er nahm Dellenbaugh verschwommen wahr. Sein Gesicht näherte sich, wirkte entsetzt. Die Lippen des anderen bewegten sich, während er die Hände nach Calibrisi ausstreckte. Die Worte klangen entrückt, drangen langsam und zähflüssig an seine Ohren, als hielte er sich unter Wasser auf.

Calibrisi versuchte, einen Schritt zu machen, doch es fühlte sich an, als würde er durch einen Sumpf waten. Der Knöchel knickte weg und das Bein gab nach. Taumelnd brach er zusammen, landete mit einem Krachen auf der Seite, das im ganzen Raum widerhallte. Er wälzte sich auf den Rücken. Mit rollenden Augen suchte sein Blick die Decke ab, bemüht, etwas anzuvisieren – eine Glühbirne, das Gesicht des Präsidenten, einen Riss im Verputz, irgendetwas, das ihn hier festhielt. In diesem Augenblick, in diesem Raum …

In dieser Welt.

Calibrisis Hand fuhr an den Hals. Instinktiv kämpfte er gegen das an, was unweigerlich geschah. Ein vergebliches Aufbäumen. Tief im Innern wusste er es längst …

36

DAR AL-SHIFA HOSPITAL
ALEPPO, SYRIEN

Dewey wachte auf, weil irgendwo am anderen Ende des Flurs jemand schrie. Er hatte keine Ahnung, wie lange er weg gewesen war, auf keinen Fall länger als fünf oder zehn Minuten. Er nahm einen üblen Körpergeruch wahr. Der Arzt stand neben dem Tisch und wischte ihm das Blut von Stirn und Hals, um ihn für die Exekution in einen präsentablen Zustand zu versetzen.

Dewey schaute sich im Operationssaal um. Der Kameramann war eingetroffen. Im Unterschied zu seinen übrigen Häschern trug er ein weißes T-Shirt und richtete das Objektiv aus.

Der Posten hielt weiterhin Wache an der Tür, das Gewehr in der rechten Hand, den Riemen über die Schulter geschlungen. In der Linken hielt er ein Handy, in das er etwas eintippte.

Dewey spürte einen dumpfen, pochenden Schmerz im Magen.

Wieder hallte ein Schrei durch den Flur.

Dewey starrte den Kameramann an, der ihn durch die Optik beobachtete und letzte Anpassungen vornahm. Die Scheinwerfer waren noch nicht eingeschaltet.

Der Arzt nahm eine kleine Glasampulle und eine Spritze aus einem Schrank, steckte die Nadel in die Ampulle und zog den Kolben zurück, um die Spritze aufzuziehen. Er kam damit zu Dewey.

»Schmerzmittel«, flüsterte er in gebrochenem Englisch. »Dann nicht so wehtun.«

»Schneiden Sie das Seil durch«, flüsterte Dewey, während er die Hände ausstreckte.

Der Arzt schüttelte den Kopf, ganz leicht nur.

»Die mich umbringen«, erwiderte er flüsternd. »Ich habe Tochter und Sohn. Noch Babys. Meine Frau, sie tot. Ich alles, was sie haben.«

Der Arzt beugte sich mit vorgestreckter Nadel zu ihm, packte seinen Arm und führte sie näher heran.

Dewey beobachtete den Kameramann. Er hielt das Scheinwerferkabel in der Hand und suchte nach einer Steckdose.

Die Nadelspitze berührte seinen Arm.

Der Kameramann hatte einen Anschluss gefunden und zog das Kabel in die entsprechende Richtung.

Der Wachposten an der Tür hielt sich den Arm vors Gesicht und wappnete sich für das grelle Licht.

»Hinter Ihnen«, warnte Dewey, als der Kameramann den Stecker in die Dose bugsierte.

Der Arzt drehte sich um, genau im selben Moment, in dem die Scheinwerfer aufflammten. Zwei grelle Halogensonnen, die den Raum erhellten. Er wurde geblendet.

Dewey packte den Mediziner mit den gefesselten Händen am Handgelenk und rammte ihm die Spritze in den Hals, richtete sich auf und sprang mit einem Satz vom Tisch, krallte sich am Hals des anderen fest und stürmte mit ihm zur Tür. Er stieß den verängstigten Mann in Richtung Wachmann.

Dieser hörte das gedämpfte Winseln, schlug die Augen auf und bekam es mit der Angst zu tun, als er den Rücken des Doktors mit Hochgeschwindigkeit auf sich zurasen sah. Die Waffe baumelte an seiner Seite. Er angelte danach, schwenkte den Lauf nach oben, während Dewey den Arzt fest umklammert hielt und quer durch den Raum heranschoss. Der Posten feuerte in ebendem Moment, in dem Dewey ihn erreichte. Der Körper des hilflosen Mediziners krachte voll in die Mündung der Waffe und gegen den Wachposten, als dieser den ersten Schuss abgab. Das Projektil erwischte ihn an der rechten Flanke, riss ihm ein Stück Oberkörper weg und verfehlte Dewey nur um Haaresbreite. Der Amerikaner rammte den mittlerweile vor Schmerz schreienden Doktor mit aller Gewalt gegen die Waffe. Unter der Wucht des Aufpralls wurde das Gewehr zur Seite gestoßen und der Posten gegen die Tür geschleudert. Stoisch hielt er es umklammert und mühte sich ab, es freizubekommen.

Dewey ließ seine Geisel los und wirbelte herum, duckte sich, als der Kameramann mit einem Messer ausholte. Während die Klinge nur Zentimeter über seinem Kopf vorbeizischte, trat er zu und traf den Kameramann seitlich am Knie, sodass dieser gekrümmt zu Boden stürzte.

Die gefesselten Hände vor sich gestreckt, machte Dewey einen Satz zum Gewehrlauf, bekam ihn zu packen, während der Posten ihm einen Tritt ans Bein verpasste. Er steckte den Tritt weg, rammte den Mann mit der Schulter und erwischte ihn am Kopf, schmetterte ihn mit Wucht gegen die Wand. Dort nagelte er ihn fest, drückte ihn mit dem Rücken dagegen, holte aus und ließ sich erneut gegen ihn krachen, sodass der Mann nichts anderes tun konnte, als unter dem wuchtigen Körper des Gegners hilflos zu zappeln.

Trotzdem hielt der Kerl das Gewehr unverdrossen am Lauf gepackt. Dieser hing seitlich neben Dewey. Der Terrorist mühte sich verzweifelt ab, ihn auf den einzigen Körperteil zu richten, den er aktuell erreichte: Deweys Füße. Er drückte ab. Mit einem lauten, abgehackten Hämmern schlugen die Geschosse nur Zentimeter von Deweys rechtem Fuß entfernt in den Boden. Dewey rammte den Ellbogen nach hinten und zertrümmerte dem vor Schmerz aufheulenden Terroristen die Nase.

Mit gefesselten Händen bemühte er sich, den Gewehrlauf festzuhalten, während er den kräftigen Wachposten weiterhin an die Wand presste, um ihm keinerlei Bewegungsspielraum zu gönnen. Mit der rechten Hand, den Finger am Abzug, zerrte der Posten am Gewehr, versuchte, den Lauf aus Deweys Griff zu winden und seinen Gegner weit genug von sich zu stoßen, um ihn zu erschießen.

Deweys Blick glitt nach links, wo mittlerweile der Kameramann stand. Mit irrem Gesichtsausdruck ging er mit dem Kampfmesser auf Dewey los, der bereits alle Hände voll zu tun hatte, das Gewehr zu kontrollieren. Als der Kameramann losstürmte, trat der Posten in Deweys Rücken zu, ein brutaler Tritt mit einem Stahlkappenstiefel gegen den Knöchel, der ihn um ein Haar zu Fall gebracht hätte. Leise und gequält stöhnte er auf.

Der Kameramann schwang die 15 Zentimeter lange Klinge über den Kopf und ließ sie für einen heftigen Schnitt nach unten sausen. Dewey warf sich im letzten Augenblick nach links, den Posten hinter sich riss er mit und entkam so gerade eben dem erbarmungslosen Messerhieb. Ein weiterer Tritt gegen den Knöchel ließ Dewey aufstöhnen, brachte ihn aber auch in Rage. Es gelang ihm, den Lauf des Karabiners nach oben zu ziehen, sodass er auf den Kameramann wies, während der Posten in der Hitze des Gefechts erneut abdrückte. Die Kugeln schlugen mitten ins Gesicht des Kameramanns ein.

In einer fließenden Bewegung ließ Dewey den Gewehrlauf los und brachte beide Arme hoch über den Kopf, langte nach schräg hinten, um dem Posten die gefesselten Hände um den Kopf zu legen. Er ließ sie weiter nach unten gleiten, wodurch sich das Seil, mit dem seine Gelenke gefesselt waren, ums Genick des Postens wickelte. Dieser keuchte schmerzerfüllt auf, versuchte mit aller Gewalt, sich aus Deweys Kontrolle zu befreien, doch vergeblich.

Dewey zog die eigenen Hände und damit auch den Kopf des Terroristen nach vorn, näher an den eigenen Körper heran. Mit einem Ruck zerrte er den Schädel samt Hals des Mannes an die rechte Schulter heran. Schrittweise verstärkte er den Druck, spannte den Hals des Terroristen wie in einen Schraubstock ein. Der Kerl zappelte und rang nach Atem, während Dewey das Genick mit aller Kraft weiter nach unten drückte. Der Posten kämpfte darum, das Gewehr so zu drehen, dass es auf Deweys Brust wies, wurde dabei jedoch langsam erdrosselt und schaffte es nicht, die Mündung weit genug herumzuschwenken. Verzweifelt japste er nach Luft, die für ihn immer dünner wurde.

Unvermittelt langte der Posten Dewey mit der anderen Hand über die Schulter, um nach dem Lauf des Karabiners zu tasten. Er bekam ihn zu packen und hielt nun beide Enden des Gewehrs in den Händen, und zwar vor Deweys

Körper. Er warf sich zurück, um dem Ungläubigen das Gewehr gegen den Hals zu rammen. Ein heftiger Schmerz durchfuhr Dewey, doch nach wie vor hielt er den Hals des Terroristen im Würgegriff. Der Posten wiederholte den verzweifelten Versuch, um Dewey mithilfe des Gewehrs zu erdrosseln, ehe er selbst erstickte.

Der Raum war erfüllt von animalischen Lauten zweier Männer, die um ihr Leben kämpften.

Dewey wand sich, versuchte zu atmen, doch der Gegner war kräftig. Dewey taumelte vorwärts, den Terroristen an die Schulter gepresst. Ihm war bewusst, sobald er dem anderen eine Chance zum Luftholen gab, war es aus. Der Druck des Gewehrs an Deweys Hals ließ nach. Mit einem Ruck warf er sich nach rechts, gleichzeitig riss er die Handgelenke mit aller Kraft, die ihm zur Verfügung stand, nach unten. Die abrupte Bewegung schleuderte beide Männer seitwärts zu Boden. Bei der Landung auf dem harten Untergrund vernahm Dewey das dumpfe, undefinierbare Geräusch, das ihm verriet, dass das Rückgrat des Terroristen dabei gebrochen war. Sekundenlang lag er nur da, wenige Zentimeter vom leblosen Gesicht des Terroristen entfernt, und schnappte nach Luft. Langsam hob er die gefesselten Handgelenke über den Kopf des Toten und gab ihn frei.

Als Dewey sich umblickte, sah er das Messer auf dem Boden liegen. Ungeschickt schnitt er das Seil durch, mit dem seine Hände gefesselt waren.

Wie kam es, dass niemand etwas von der Auseinandersetzung gehört hatte? Egal. Vielleicht waren Schüsse hier mittlerweile so alltäglich geworden, dass niemand darauf achtete.

Dewey hob das Gewehr auf, warf das Magazin aus, fand in der Weste des Postens ein frisches und schob es in den Karabiner. Er war schweißnass, sein Atem ging stoßweise.

Alles tat ihm weh, selbst das Luftholen. Doch er verdrängte jeden Gedanken daran, wie er sich fühlte. Im Moment fehlte ihm die Zeit, Schmerzen zu empfinden. Er investierte seine komplette Energie in den Versuch, am Leben zu bleiben.

Der Amerikaner trat ans Fenster und zog die Vorhänge beiseite. Sonnenlicht flutete in den Raum. Er blickte ins Freie. Erst nach einigen Sekunden begriff er, was er da sah. Es ließ ihn zurückschrecken.

Auf einem Tieflader lag ein Haufen Leichen. Hoch übereinandergestapelt warteten sie auf den Abtransport zu einem Massengrab. Die meisten trugen Krankenhauskleidung.

Er musste hier weg, musste fliehen. Garotin kam bald zurück. Dewey stellte den Wahlhebel der Waffe auf Einzelfeuer, hastete mit dem Gewehr zur Tür und lauschte vorsichtig, ob er etwas hörte.

Langsam zog er die Tür auf und streckte prüfend den Kopf durch den Spalt. Der Korridor war von grünlichem Neonlicht erfüllt. Der Empfang der Schwesternstation, ein Stück den Flur entlang, war mit zwei Männern besetzt. Rauchend saßen sie da und unterhielten sich. Eine lange Zimmerflucht. Tür reihte sich an Tür, die meisten davon geschlossen. In einer Nische stand eine Reihe leerer Krankenbetten.

Die Tür auf der entgegengesetzten Seite des Gangs wurde geöffnet. Dewey zog sich in den Schutz der Wand zurück. Der Kopf eines Bewaffneten. Nicht Garotin. Seine ganze Vorderseite strotzte vor Blut. Ehe die Tür wieder geschlossen wurde, erhaschte er einen Blick auf den Operationssaal dahinter. Die grellen Scheinwerfer an der Decke leuchteten auf einen kopflosen Leichnam, der auf den OP-Tisch geschnallt war. Aus dem frisch abgetrennten Hals quoll unablässig Blut.

Er hatte sich schon vor langer Zeit mit der Vorstellung

arrangiert, eines Tages gefoltert oder tödlich verwundet zu werden, Gliedmaßen zu verlieren, ja, sogar zu sterben. Doch der Anblick des Enthaupteten jagte Dewey einen so tief greifenden Schrecken ein, wie er ihn nie zuvor empfunden hatte. Das nackte Entsetzen packte ihn. Ein kaltes, leeres Gefühl ohne jedes Limit, frei von jeder Hoffnung. Dewey wurde übel, er konnte nichts dagegen machen. Er kämpfte darum, die Fassung zu bewahren, doch es kam ihm hoch, schoss ihm aus dem Mund, über die Lippen, klatschte an die Wand und auf den Boden. Sekundenlang übergab er sich, vergeblich darum bemüht, die würgenden Geräusche zu unterdrücken.

Die Tür flog auf. Der Schlächter aus dem OP. Kurz geschnittene schwarze Haare und eine Brille. Er reagierte vollkommen überrascht auf seinen Anblick.

Dewey hob das Gewehr genau in dem Moment, in dem der Kerl anfing zu brüllen. Er schoss, ohne zu zögern. Das Projektil zerschmetterte das Brillenglas und traf den Terroristen ins rechte Auge. Blut und Hirnmasse spritzten an die Wand. Der Kerl sackte auf das schmutzige Linoleum.

Jetzt blieb Dewey keine andere Wahl mehr. Er wechselte auf Dauerfeuer und schritt den Gang mit dem Finger am Abzug ab. Ein Blick nach rechts. Nichts. Dann nach links, der Lauf folgte jeweils der Blickrichtung. Die beiden Wachposten am Schwesternschalter starrten ihn ungläubig an, konnten nicht fassen, was gerade passierte. Doch ihre Starre währte nur eine halbe Sekunde. Der weiter entfernte Mann warf sich zu Boden und suchte Deckung unter dem Tisch. Dewey visierte den anderen an, der noch stand, und feuerte. Die Geschosse aus dem Karabiner schleuderten ihn nach hinten und töteten ihn augenblicklich.

Langsam, den Lauf vor sich gerichtet, näherte sich Dewey dem Schalter, blieb stehen und wartete. Nach einigen

Sekunden streckte der Terrorist den Kopf dahinter hervor. Ein Kugelhagel deckte ihn ein und zerfetzte seinen Schädel, ehe er ihn aus der Schussbahn bringen konnte.

Hinter Dewey wurde das Unheil verkündende Trommeln von Stahlkappenstiefeln laut, als Terroristen die Treppe am Ende des Korridors emporstürmten.

Dewey hastete in den OP mit dem Enthaupteten. Bis auf den Toten war der Raum leer. Am Ende einer feuchten Blutspur lag sein Kopf auf dem Boden. Er musste gegen den akuten Drang ankämpfen, sich erneut zu übergeben.

Eine Sirene gellte los, ihr mechanisches Kreischen hallte durch den Korridor.

Dewey vernahm lautes Rufen auf Arabisch, dann das Krachen eines Feuerstoßes. Er zog sich in eine Ecke zurück und wappnete sich für die nächste Runde.

Zwei Bewaffnete kamen in den Operationssaal gestürzt. Sie trugen schwarze T-Shirts und Nylonmasken, die ihre Gesichter verbargen. Beide hielten eine Waffe in der Hand, der Vordere eine Pistole, der Hintere eine MP. Ihre Blicke suchten den Raum ab. Einer von ihnen entdeckte Dewey. Dieser blickte ihm fest in die Augen und konfrontierte ihn mit der Mündung seines Gewehrs. Er feuerte, traf den Gegner am Hals. Dieser ging schreiend zu Boden, während sein Begleiter wie erstarrt verharrte, sich der Tatsache nur allzu bewusst, dass er mitten in Deweys Schussfeld stand.

Der Amerikaner bewegte sich blitzschnell, hielt dem Wehrlosen die Mündung unters Kinn. Mit der Linken nahm er ihm die Pistole ab und verpasste ihm mit dem Lauf einen niederschmetternden Schlag gegen die Schläfe, der ihn zusammensacken ließ.

Weitere Schritte polterten durch den Flur, begleitet vom schrillen Geheul einer Sirene.

Dewey zog dem Bewusstlosen das T-Shirt aus und streifte es sich über.

Denk nach!

Er starrte auf den toten Terroristen hinab. Mit einem Mal wusste er, was er zu tun hatte.

37

OVAL OFFICE
WEISSES HAUS
WASHINGTON, D. C.

Keine halbe Minute später tauchte Terry O'Brien, der Leibarzt des Präsidenten, am Ende des Korridors auf und sprintete ins Oval Office, gefolgt von einer ganzen Heerschar von Mitarbeitern aus der medizinischen Abteilung und ranghohen Vertretern des Weißen Hauses.

Calibrisi schloss die Augen, als ihn die volle Wucht des Herzinfarkts traf und ein heftiger Krampf seine mehr als zwei Zentner Körpergewicht erfasste.

O'Brien stürmte hinein, kniete sich neben Calibrisi, riss ihm das Hemd auf und presste die Fingerspitzen an den Hals, um den Puls zu fühlen.

Ein Assistent schloss Calibrisi an einen tragbaren Herzmonitor an, während O'Brien Wiederbelebungsmaßnahmen einleitete.

»Sagen Sie ihnen, sie sollen den Rettungshubschrauber abflugbereit machen, Mr. President«, forderte O'Brien Dellenbaugh auf, während seine Hände in regelmäßigen Abständen Druck auf Calibrisis Brustkorb ausübten. »Uns bleibt nicht viel Zeit.«

Im Oval Office drängten sich Kabinettsmitglieder, diverse hochrangige Beamte des Pentagons und mit der nationalen Sicherheit befasste Führungskräfte. Beklommenes Schweigen senkte sich über den Raum.

Nach zwei Minuten Herzmassage tastete O'Brien erneut nach dem Puls an Calibrisis Halsschlagader, spürte jedoch nichts. Der Herzmonitor bestätigte diesen Eindruck.

»Defibrillator«, forderte der Arzt an.

Er richtete sich auf und wiederholte die Stimulation, diesmal deutlich intensiver und eindringlicher.

Sekunden später schob eine Schwester einen Defibrillator neben Calibrisi und reichte O'Brien ein Paar Pads, die dieser dem Patienten an die Brust setzte. Er wartete auf den Signalton, der anzeigte, dass das Gerät geladen war, blaffte »Zur Seite!«, um sicherzugehen, dass niemand Calibrisi berührte. Er betätigte die Tasten an den Griffen und jagte Calibrisi einen Stromstoß von 200 Joule in den Körper.

Der Blick des Arztes wanderte zum Monitor. Ein kurzer Impuls, bis sich erneut nur eine gleichförmige grüne Linie abzeichnete.

Nach einigen Sekunden gab der Defibrillator einen gleichmäßigen Ton von sich. Wieder verpasste O'Brien Calibrisis Herz einen Energieschub und startete einen Versuch, ihn ins Leben zurückzuholen.

Beim dritten Anlauf erschien ein kleiner grüner Zacken auf dem Monitor, gefolgt von einem weiteren Ausschlag, dann noch einem, jeweils einhergehend mit einem leisen Piepen.

Calibrisi war am Leben.

»Bringen wir ihn weg«, sagte O'Brien.

Sie hoben Calibrisi auf eine Trage. Jemand öffnete die Verandatüren. O'Brien und drei weitere Personen – zwei Assistenzärzte und Dellenbaugh persönlich – schoben die

Trage im Laufschritt hinaus und stürmten durch den Rosengarten zum South Lawn.

Calibrisi klammerte sich ans Leben, sein Herz pumpte schwach und unregelmäßig. Dem Mediziner war klar, dass dieser Zustand nur wenige Minuten anhalten würde.

Ein heftiger Windstoß traf sie, als sie sich dem knallroten Sikorsky HC-60 Traumahawk auf dem South Lawn näherten. Über ihren Köpfen zerteilten die Rotorblätter des Hubschraubers fieberhaft die Luft. Sie schoben die Trage in den Chopper. O'Brien und einer seiner Assistenten, ein Arzt namens Lovvorn, stiegen ein. Der Heli jagte los in den wolkenverhangenen Himmel über Washington.

Lovvorn verabreichte Calibrisi eine Herzdruckmassage, während der Flug in östliche Richtung weiterging und die Piloten die letzten Reserven aus dem Triebwerk herauskitzelten.

O'Brien beugte sich ins Cockpit.

»Wohin, Sir?«, fragte der Co-Pilot. Er musste brüllen, um das Getöse der Turbinen zu übertönen.

»Bethesda!«

»Ich gebe über Funk Bescheid, dass wir kommen.«

»Sagen Sie denen, sie sollen Marc Gillinov holen!«, brüllte O'Brien über den Lärm des Hubschraubers hinweg. Gillinov war einer der führenden Herzchirurgen am Walter Reed Hospital. »Richten Sie ihm aus, wir benötigen Unterstützung bei einem weit fortgeschrittenen Notfall! Geben Sie das exakt so weiter!«

38

Der erste Notruf ging um 13:18 Uhr ein. Officer Manuela Vega vom NYPD nahm ihn entgegen.

Vega gehörte zu den 1500 Leitstellendisponenten im ausladenden Public Safety Answering Center, der Notrufzentrale der New Yorker Polizei.

»Neun-eins-eins, Operator Vega.«

»Terroristen!«, rief ein Mann ins Telefon. Vega beugte sich vor, hörte im Hintergrund etwas, das nach Schüssen klang. »Sie schießen auf offener Straße auf Menschen!«

Vegas braune Augen huschten über die sechs Computermonitore in ihrer Box. Auf einem der Bildschirme blinkte ein rotes Licht, das den Standort des Anrufers markierte. Sie berührte den Schirm und zoomte die Ansicht heran, um die exakte Position zu ermitteln.

»Ich habe Sie hier an der Ecke 114th und Broadway, Nähe Columbia University.«

»Ja.«

Auf einem anderen Monitor erschien ein Netz aus örtlichen, Staats- und Bundesbehörden, die sie unverzüglich über den Vorfall informieren konnte, indem sie lediglich den Screen antippte. Alle New Yorker Polizeibehörden mit ihren jeweiligen Unterabteilungen sowie Rettungsdienste und Feuerwehr waren im Zuge der leistungsfähigen Infrastruktur von MetroTech miteinander vernetzt, um abteilungs- und behördenübergreifend alarmiert zu werden und unmittelbar reagieren zu können. Staats- und Bundes- polizeibehörden waren ebenfalls in die Matrix des Systems eingebunden, unter anderem auch das FBI. Vega suchte nach dem Eintrag für dessen Counterterrorism Center, um die Spezialisten gegebenenfalls in den Vorfall zu involvieren.

Vega ordnete die Meldung dem nächstgelegenen New Yorker Polizeirevier zu, dem 26., und forderte die zuständigen Rettungskräfte an.

Ehe sie einen umfassenderen Alarm auslöste, wollte sie erst noch eine weitere Bestätigung einholen. Sie tippte einen dritten Bildschirm an, der in Echtzeit Satellitenaufnahmen empfing, und holte den Standort des Anrufers auf den Schirm. Zunächst blieb die Darstellung vage und verschwommen, wurde jedoch von Sekunde zu Sekunde schärfer.

»Wurde jemand getroffen?«

»Ja! Mehrere Leute. Sie sind alle tot. Auf der Straße liegen überall Leichen.«

»Wie viele Schützen?«

»Drei oder vier, vielleicht mehr. Ich … Ich bin weggerannt.«

»Das ist okay, Sir. Das war genau die richtige Reaktion.«

Vega versuchte, mehr zu erkennen, doch der Feed war nicht fokussiert genug.

Sie wartete nicht länger, tippte mehrere vorgefertigte Makros auf dem Schirm zur Einschaltung der zuständigen Behörden an und alarmierte die Notfallzentren sämtlicher NYPD-Einheiten sowie regionaler und Bundeseinrichtungen, darunter das NYPD Counterterrorism Bureau, die NYPD Strategic Response Group, FDNY und FBI CENTCOM.

»Kann ich irgendetwas tun?«, fragte der von Panik erfüllte Anrufer.

»Nein, Sie haben genug getan, Sir. Vielen Dank für Ihre Unterstützung.«

Damit legte Vega auf und betätigte eine rote Taste an einer ihrer drei Telefonkonsolen.

»Gutierrez.«

»Hier ist Operator zwei-zwei-sechs, Vega. Wir haben hier gerade eine Schießerei, noch im Gang, möglicherweise mit terroristischem Hintergrund. Ich habe die Meldung soeben weitergeleitet.«

»Verstanden. Bei mir blinkt es auch gerade überall. Es sind schon einige Berichte eingegangen. Ich leite die nötigen Schritte ein und informiere die übergeordneten Dienststellen. Danke, Vega.«

Mit einem Mal erscholl ein tiefer, sonorer Warnton über das MetroTech-Interkom. Das signalisierte den Mitarbeitern, dass der zuständige Supervisor des Public Safety Answering Centers Richtlinien verbreitete, wie jeder Operator mit Hinweisen aus der Bevölkerung umgehen sollte, die sich mit den Vorgängen an der Columbia University beschäftigten. Die entsprechende Handlungsempfehlung wurde parallel auf den Bildschirmen aller 1500 Disponenten eingeblendet.

Außerdem wurde der Vorfall den vorgesetzten Dienststellen gemeldet. Damit wurde die Zuständigkeit offiziell in der Hierarchie nach oben weitergereicht, ans Büro des Commissioners. Das Krisenmanagement erfolgte abteilungsübergreifend, die Koordination der Maßnahmen oblag einer Taskforce des NYPD unter Leitung zweier Departments: der Emergency Services Unit – einem SWAT-Team – und der Anti-Terror-Abteilung, dem Counterterrorism Bureau.

Keine drei Minuten nach Eingang des ersten Notrufs trafen mehrere Streifenwagen des 26. Reviers vor Ort ein, dazu eine größere Zahl von Rettungsfahrzeugen. Es herrschte das reinste Chaos. Höchste Priorität hatte zunächst die Evakuierung des Campus, die gemeinsam mit dem Sicherheitsdienst der Columbia University eingeleitet wurde. Ein uniweites Alarmsystem wurde ausgelöst – in jedem Gebäude schrillte eine Sirene los, begleitet von einer Bandansage, die alle Studenten, Dozenten, Professoren, Mitarbeiter und Besucher aufforderte, das Gelände sofort zu verlassen.

Im Eiltempo sperrten Beamte des 26. Reviers den gesamten Bereich weiträumig ab. Ringsum wurde eine Sicherheitszone eingerichtet, zwischen dem Riverside Drive im Westen und dem Morningside Drive im Osten sowie zwischen der 113th und 120th Street. Fahrzeuge wurden gar nicht mehr in diesen Bereich durchgelassen. Anwohner, die sich ausweisen konnten, durften zu Fuß bis an die Westseite des Broadway und die Ostseite der Amsterdam Avenue. Der Zutritt auf den Campus selbst blieb ausschließlich Ordnungskräften vorbehalten.

Rettungssanitäter holten die Opfer von der 114th Street und den zum Campus führenden Stufen. Nachdem die Polizei sich vergewissert hatte, dass die Terroristen die Rettungskräfte nicht ins Visier nahmen, wurden rasch auch die Leichen von dem Fußweg vor der Carman Hall weggeschafft.

Keine vier Minuten nach Eingang des ersten Notrufs waren der Commissioner sowie sämtliche Stellvertreter des Departments über die Lage an der Columbia informiert.

Darüber hinaus versammelten sich in der dritten Etage des NYPD-Hauptquartiers an der Police Plaza 1 die Einsatzleiter der Emergency Services Unit und der Anti-Terror-Abteilung im Lagezentrum – einem riesigen, fensterlosen

Konferenzsaal, der an das Mission Control Center der NASA erinnerte. Mehrere Dutzend Männer und Frauen in Uniform und Zivil saßen entweder an Workstations in der Raummitte oder hasteten umher, um die Anzeigen auf den gut 50 großen Bildschirmen an den Wänden im Blick zu behalten.

Henry Kaan, der Kommandeur der NYPD Emergency Services Unit, stand mit einem Becher Kaffee in der Hand vor einem Konferenztisch in der Mitte. Vince Blaisdell, Chef des Counterterrorism Bureau, gesellte sich zu ihm.

Zwischen ihnen war eine Telefonanlage aufgebaut. Am Tisch saßen mehrere Beamte, jeweils einen Laptop vor sich, der es ihnen erlaubte, das Geschehen an der Columbia zu verfolgen und diverse Informationen abzurufen.

»Stellen Sie ihn durch!« Blaisdell nickte einem seiner Deputys zu. Dieser drückte eine Taste am Telefon.

»Henry, Vince, wie ist die Lage?«

Der Anrufer war Temba Maqubela, der Leiter der FBI-Anti-Terror-Abteilung.

»Uns liegen Berichte über mindestens sechs Geiselnehmer vor, es könnten aber auch ein Dutzend sein, alle aus dem Nahen Osten. Sie haben ein Wohnheim an der Columbia besetzt. Bisher elf bestätigte Opfer außerhalb des Gebäudes. Laut Anrufen von Studenten aus dem Wohnheim wurden noch wesentlich mehr Menschen erschossen.«

»Wie viele Menschen halten sich in dem Gebäude auf?«

»Schätzungsweise 300 bis 500 Studenten, außerdem zahlreiche Eltern. Heute ist Semestereinführung.«

»Ich weiß, dass wir zu diesem Zeitpunkt noch nicht viel wissen«, meinte Maqubela, »aber welche Optionen gibt es? Sollten wir direkt zuschlagen?«

»Option eins: Wir dringen mit schweren Waffen übers

Erdgeschoss ein. Sprengstoff, gepanzerte Fahrzeuge und SWAT-Beamte. Option zwei: Wir setzen ein kleines Team auf dem Dach ab. Zwei, drei Hubschrauber, ein Dutzend Männer. Quasi die chirurgische Variante.«

»Gibt es schon Prognosen, mit wie vielen Opfern wir jeweils rechnen müssen?«

»Temba, der Notruf ging vor gerade fünf Minuten ein. Egal wie wir es anstellen, die Zahl wird hoch ausfallen.«

»Wie stehen die Chancen auf Erfolg?«, wollte Maqubela wissen.

»Wir haben nicht mal mit der Regressionsanalyse angefangen. Ich sagte doch gerade …«

»Ich weiß, ich weiß, der Notruf ging erst vor fünf Minuten ein.«

»Was schlagen Sie vor?«, fragte Blaisdell.

»Wir sollten abwarten«, erwiderte Maqubela. »Aufpassen, dass der Schuss nicht nach hinten losgeht, wie mein Vater zu sagen pflegte.«

»Ihr vom FBI preist sonst doch immer die Vorzüge von präventiven Erstschlägen an.«

»Ich weiß«, entgegnete Maqubela, »aber diese Gleichung hat zu viele Unbekannte. Eine große Zahl von Studenten schwebt in Gefahr. Wir haben es nicht mit einem Amokschützen zu tun, der blindlings um sich ballert. Bei einer Erstürmung übers Erdgeschoss hätte ich Bauchschmerzen. Gehen wir zu einem so frühen Zeitpunkt mit einer Übermacht rein, könnte es passieren, dass sie das Gebäude in die Luft jagen. Meiner Meinung nach sollten wir erst einmal Scharfschützen postieren und mehr über die Situation in Erfahrung bringen.«

»Übernehmt ihr das Kommando?«

»Gute Frage«, meinte Maqubela. »Ich melde mich gleich zurück.«

Kaan und Blaisdell warteten, bis Maqubela seine Entscheidung mitteilte. Beide gingen davon aus, dass die Feds übernehmen würden. Immerhin handelte es sich um einen Terroranschlag. Was sie anging, spielte es letztlich keine Rolle, wer das Sagen hatte. Sie taten, was immer man von ihnen verlangte, ganz gleich, wer es forderte.

Mit einem Piepton zeigte das Telefon an, dass Maqubela wieder in der Leitung war.

»Hey, Leute, tut mir leid. Ja, der Fall gehört uns. Wir brauchen Sie aber trotzdem. Nichts hat sich geändert. Ich lasse Ihnen den nötigen Papierkram zukommen. Einstweilen haben wir Damon Smith damit betraut. Er ist bereits aus Quantico unterwegs.«

»Alles klar!«, sagte Kaan. »Bis dahin treffen wir die nötigen Vorbereitungen.«

»Klingt gut.«

Die Tür zum Lagezentrum wurde geöffnet. Gefolgt von mehreren Mitarbeitern betrat eine schlanke attraktive Frau mit schulterlangem braunen Haar den Saal. Sie trug eine schwarze Hose, High Heels, eine weiße Bluse, dazu einen roten Blazer. Judith Talkiewicz, Commissioner beim NYPD.

Sie ging schnurstracks auf Blaisdell und Kaan zu und baute sich mit ernster, entschlossener Miene am Kopfende des Tisches auf.

»Ich will diese Chopper in der Luft haben, sofort«, befahl sie. »Das verfluchte FBI wird zwei Wochen brauchen, bis denen einfällt, was zu tun ist. Ich will, dass wir sofort zuschlagen. Bis die Unterlagen eintreffen, ist das NYPD zuständig. Schicken Sie die Hubschrauber los!«

39

Im Oval Office herrschte eine gespenstische Stille. Denjenigen, die geblieben waren – Polk, Brubaker, Kratovil, Mason und einigen weiteren Amtsträgern –, hatte es die Sprache verschlagen. Viele trugen betretene Mienen zur Schau.

»Sollen wir fünf Minuten Pause machen?«, fragte Josh Brubaker, der Nationale Sicherheitsberater. »Ich könnte eine Pause vertragen, wenn es Ihnen recht ist.«

Alle blickten auf Polk, Calibrisis langjährigen Stellvertreter und engsten Vertrauten. Die Situation war heikel. Angesichts von Nazirs Anruf mussten sie sich dringend Gedanken machen und die Lage erörtern. Andererseits hatte der CIA-Chef gerade einen kritischen Herzinfarkt erlitten. Einer jener Momente, denen sich die Lenker eines Staates manchmal stellen müssen und von denen der Normalbürger kaum etwas mitbekommt. Neben den Herausforderungen einer gewalttätigen Welt, umgeben von Feinden, sah man sich plötzlich noch mit etwas anderem konfrontiert: mit tiefem Schmerz und drohendem Verlust auf einer persönlichen Ebene. Nicht der Tod eines namenlosen Soldaten irgendwo auf der Welt, obwohl einem auch dieser naheging, sondern der Verlust eines Menschen, den man gut kannte. Calibrisi in einem solchen Zustand zu erleben, traf sie alle tief. Doch ebenso war ihnen klar, dass sie ihre Bemühungen fortsetzen mussten, auch wenn das Schicksal ihnen die eigene Sterblichkeit vor Augen führte. Ein schwieriger Moment für alle Beteiligten.

»Gute Idee.« Polk erhob sich vom Sofa. »Ich bin übrigens davon überzeugt, dass er durchkommen wird.«

Als Brubaker aufstand, fiel sein Blick auf den Teppich am Schreibtisch des Präsidenten. Dort lag ein Handy auf dem Boden. Er hob es auf. Eine rote LED signalisierte, dass die Verbindung noch aktiv war.

Calibrisis Handy?

Brubaker konnte sich nicht entsinnen, ob Calibrisi telefoniert hatte, bevor er zusammenbrach. Es war alles so schnell gegangen.

»Hallo?«, fragte er. »Ist da jemand?«

»Ja.«

Eine zarte Frauenstimme. Sie klang, als ob sie weinte.

»Josh Brubaker am Apparat. Haben Sie ... haben Sie mit Hector Calibrisi gesprochen?«

»Hector ist mein Dad. Wo ist er? Er hat einfach aufgehört zu reden. Ist alles okay?«

Brubaker hatte keine Ahnung, was er sagen sollte. Unvermittelt hörte er im Hintergrund Schüsse durchs Telefon. Ein kalter Schauer lief ihm über den Rücken.

»Mein Gott, was war das?«, wollte er wissen.

»Hat mein Vater es Ihnen nicht gesagt? Wo ist er? Bitte, sagen Sie es mir.«

»Er ... fühlt sich nicht besonders gut.«

»Ist er in Ordnung?«

»Ja, ja, ihm geht es gut. Aber was habe ich da eben gehört? Waren das Schüsse?«

»Ich bin in einem Wohnheim der Columbia University. Hier sind Terroristen auf dem Gelände. Ich glaube, sie wollen das Gebäude einnehmen.«

»Was?« Brubaker konnte es nicht glauben.

Weitere Schüsse. Ein Mädchen schrie. Calibrisis Tochter schluchzte ins Telefon.

»Hören Sie, es wird alles gut«, redete Brubaker beruhigend auf sie ein, während er gleichzeitig mit den Fingern schnippte, um Polk auf sich aufmerksam zu machen. Dellenbaughs Kopf erschien in der Tür. Er kehrte vom South Lawn zurück. Brubaker hob den Finger, um Dellenbaugh und Polk zu verstehen zu geben, dass etwas nicht stimmte. »Ich bin Josh Brubaker. Wie heißen Sie?«

»Daisy.«

»Das ist ein schöner Name, Daisy. Verzeihen Sie, ich wusste nicht, dass Hector eine Tochter an der Columbia hat.«

»Ich studiere nicht dort. Ich bin Mentorin und habe meine *Little Sister* hingebracht. Sie kennen das Projekt bestimmt. Sie ist ein Erstsemester.«

»Ja, ich war selbst Mentor in meiner Heimat Chicago«, antwortete Brubaker. »Und jetzt erzählen Sie mir, was genau bei Ihnen los ist.«

»Terroristen«, schluchzte sie. »Ich habe insgesamt acht gezählt. Sie erschießen jeden. Wir sitzen hier in der Falle.«

»Daisy, bleiben Sie eine Sekunde dran, ja?«

Brubaker deckte das Mikro mit der Hand ab und blickte sich in der Runde um. Alle warteten darauf, dass er ihnen erklärte, was los war.

»Es ist Hectors Tochter. Sie befindet sich in der Columbia University. Sie sagt, dort laufe gerade ein Anschlag. Terroristen besetzen das Wohnheim. Ich habe Schüsse gehört.«

»Bestimmt der IS«, sagte Dellenbaugh. »George, schicken Sie ein paar Ihrer Leute hin.«

»Eins müssen Sie mir versprechen, Josh«, bat Polk und trat näher an Brubaker heran. »Erzählen Sie Daisy nichts über den Zustand Ihres Vaters. Nicht jetzt. Noch nicht.«

»Was soll ich ihr denn sagen?«

»Dass Sie stark bleiben und tun soll, was die von ihr verlangen.«

In diesem Moment gab das Handy des FBI-Direktors ein lautes Piepen von sich. Einen Augenblick später geschah das Gleiche beim Chef der Homeland Security. Schlagartig schien jedes einzelne Gerät im Oval Office davon angesteckt zu werden.

Brubaker nahm die Hand von der Sprechmuschel.

»Daisy, wir kümmern uns darum. Während wir uns unterhalten, sind bereits Leute zur Columbia unterwegs. FBI, Polizei, alles, was wir haben. Wir werden Sie und alle anderen da rausholen. Aber Sie müssen mir etwas versprechen.«

Daisy gab keine Antwort. Alles, was er hörte, war ihr Schluchzen.

»Daisy?«

»Ja.«

»Ich möchte, dass Sie stark bleiben. Schaffen Sie das?«

»Er hatte wieder einen Herzinfarkt, stimmt's?«, flüsterte sie zwischen zwei Schluchzern.

Brubaker blickte zu Polk, der mittlerweile selbst telefonierte.

»Ja. Aber er kommt in Ordnung. Er ist bereits im Krankenhaus.«

»Danke, dass Sie es mir gesagt haben, Mr. Brubaker. Komisch, aber jetzt fühl ich mich besser.«

»Tatsächlich?«

»Nun, wenn … falls er aufwacht, wird er mich brauchen. Ich werde stark sein. Stärker als stark. Für meinen Dad.«

40

Dewey zog dem Bewusstlosen die Skimaske herunter und stülpte sie sich über den Kopf. Anschließend stellte er dem Kerl den Fuß aufs Kinn und brach ihm mit einem kurzen Tritt das Genick. Er nahm die 45er des Toten an sich und steckte sie hinten am Kreuz in den Gürtel.

Er erinnerte sich an die Worte aus seiner Ausbildung: *Wenn die Schatten sich verzogen haben und die Nacht dem Tag gewichen ist, wenn ihr auf allen Seiten vom Feind umgeben seid, dann müsst ihr euch da verstecken, wo euch jeder sehen kann.*

Dewey trat in den Korridor, auf dem es mittlerweile von Bewaffneten nur so wimmelte, die alle nach ihm suchten. Türen wurden eingetreten, Rufe auf Arabisch plärrten durch die Luft. Das reinste Tohuwabohu.

Er zählte sechs Männer, keiner davon Garotin. Wie er trugen sie alle schwarze T-Shirts und Gesichtsmasken.

Dewey folgte der Reihe der Bewaffneten mit dem Gewehr im Anschlag. Er ging an ihnen vorbei, nahm sich das nächste Krankenzimmer vor und trat die Tür ein, um sekundenlang zwei an ihre Betten geschnallte Männer anzustarren. Beide hatten helle Haut und sahen aus wie Franzosen. Dewey tat, als würde er das Zimmer überprüfen, dann ging er wieder hinaus.

Als der Trupp die Treppe am Ende des Korridors erreichte, war Dewey der Letzte in der Reihe. Er ließ sich zurückfallen, bis sich die Schritte im fensterlosen Treppenhaus entfernt hatten. Erst dann nahm er die Verfolgung auf. Von einem Zwischengeschoss aus beobachtete er, wie der

Letzte der Bewaffneten durch die Tür im dritten Stockwerk verschwand.

Drei Stufen auf einmal nehmend, stürmte Dewey nach unten. Nun zählte jede Sekunde. Jeder Augenblick entschied über ein Menschenleben.

Im Erdgeschoss spähte er durch eine kleine Scheibe in der Tür. Dort herrschte das blanke Chaos. In der Mitte der Freifläche stand Garotin. Entspannt vornübergebeugt, den Ellbogen auf die Theke des Schwesternschalters gestützt, konsultierte er einen Laptop. Er wirkte beschäftigt. Entweder hatte er Wichtigeres zu tun – oder seine Leute hatten ihn noch gar nicht über Deweys Flucht informiert.

Unvermittelt blickte Garotin auf. Seine Miene zeugte von äußerster Dringlichkeit. Er brüllte Befehle durch den Raum.

Dewey spurtete zum Keller hinunter, da er unterstellte, dass es um seine Flucht ging. Doch dann vernahm er das hohe Summen einer Rakete, das Garotin alarmiert zu haben schien. Unmittelbar darauf erschütterte eine Explosion das Gelände. Er wurde nach vorn geschleudert, die restlichen Stufen hinunter, landete unsanft auf dem Arm, rollte sich ab und krachte gegen die Mauer. Das Licht im Treppenhaus erlosch. Stille, gefolgt von Rufen und gedämpften Schreien.

Eine Hellfire oder Tomahawk oder irgendetwas Russisches, vermutete Dewey. Ein direkter Treffer über ihm, am anderen Ende des Komplexes.

Hoch mit dir! Los, weiter!

Wenn es eine Gelegenheit zur Flucht gab, dann jetzt.

Dewey kämpfte sich hoch, verließ sich ganz auf seine Hände, tastete sich an den Betonwänden entlang. Er ertastete eine Klinke und drückte sie hinunter.

Ein weiterer Korridor. Von außen drang Licht ein. Deweys Augen gewöhnten sich an die Lichtverhältnisse, während er leise den feuchten grauen Gang entlangschlich.

Hinter einer Biegung erspähte er drei Körper. Zwei Terroristen lagen, von der Explosion weggeschleudert, in gekrümmter Haltung da. Neben ihnen eine Leiche.

Dewey richtete das Gewehr nach unten, während er sich den Männern näherte. Einer versuchte aufzustehen, bemerkte ihn und raunte etwas auf Arabisch. Dewey schoss ihm in den Kopf, schwenkte das Gewehr nach rechts und feuerte erneut, um dem zweiten Terroristen eine Kugel in die Brust zu jagen.

Im dämmrigen Licht folgte er einer Blutspur bis zu einer Schwingtür. Dewey trat hindurch und fand sich in einem geräumigen Lagerraum wieder. Dicht an dicht aufgereihte Holzpaletten, auf denen sich bis oben hin Kisten mit medizinischem Material stapelten. Am gegenüberliegenden Ende schien vor Kurzem die Decke eingestürzt zu sein. Eine Staubwolke hing in der Luft. Von oben hörte Dewey Stimmen und gequältes Stöhnen.

Rasch bewegte er sich quer über die Fläche auf das Licht zu. Hinter den Kistenstapeln befanden sich Laderampen. Gleich an der ersten stand ein Tieflader, der dicht an die Öffnung zurückgesetzt hatte. Dewey fröstelte und kämpfte mit dem Drang, sich zu übergeben, als er die Toten entdeckte. Dutzende Leiber, wahllos auf den Anhänger geworfen. Sie stapelten sich so hoch, dass er nur die oberen 30 Zentimeter der Fahrerkabine ausmachen konnte.

Er zog sich zurück, durchwühlte die Taschen der Männer auf dem Korridor, fand eine Pistole und eine Packung Zigaretten. Die Waffe nahm er an sich. Der andere Mann hatte ein Handy und die Schlüssel des Trucks. Dewey schnappte sich beides.

Er schleifte den Leichnam, den die beiden offenbar geschleppt hatten, durch den Gang zum Lager. Durch eine weitere Laderampe konnte er einen schwarz gekleideten

Soldaten sehen, der auf dem Parkplatz stand und zum Krankenhaus deutete, während er mit jemandem sprach. Er registrierte Dewey, sagte jedoch nichts. Der Raketeneinschlag hatte reichlich Verwirrung gestiftet. Die Suche nach dem entflohenen Amerikaner schien durch die Katastrophe ins Hintertreffen geraten zu sein.

Dewey schleuderte den Toten auf den Leichenhaufen, sprang von der Laderampe und ging nach vorn zur Fahrerkabine, wo er den Sperrgriff der Sattelkupplung löste, um den Königsbolzen freizulegen, der den Auflieger mit der Zugmaschine verband. Anschließend hob er die Enden zweier Ketten an, die den Anhänger an der Zugmaschine fixierten, ließ sie zu Boden fallen und kletterte in die Kabine. Er ließ den Motor an, löste die Druckluftbremse, legte den Gang ein und fuhr los. Als er merkte, dass Kabel und Druckluftschläuche noch an den Auflieger gekoppelt waren, trat er aufs Gas, um sie einfach abzureißen. Im selben Moment, in dem der Auflieger nach vorn kippte und auf den Asphalt krachte, drehte er den Kopf nach rechts. Der Posten auf dem Parkplatz schaute zu ihm herüber. Dewey hob die Waffe und feuerte, noch ehe der Mann zu reagieren vermochte. Das Geschoss riss ihm die Schädeldecke weg.

Während Dewey die Zugmaschine über den übel mitgenommenen Parkplatz lenkte, hielt er nach Verfolgern Ausschau, entdeckte jedoch niemanden. Am Ende des Geländes rannte ein Bewaffneter auf ihn zu. Dewey zückte die Pistole, die hinten in der Hose steckte, und behielt sie in der Hand, während der andere wild gestikulierend näher kam und ihm auf Arabisch Anweisungen erteilte. Zweifellos forderte er ihn auf, sofort zurück zur Klinik zu fahren.

Dewey schielte in den Seitenspiegel und betrachtete die Ruine des Krankenhauses. Die Rakete war an der Flanke des Gebäudes eingeschlagen und hatte eine gewaltige Bresche in den Beton gepflügt. Bis auf ein paar Stahlträger, die ins Freie ragten, war ein kompletter Flügel zerstört. Unablässig quollen Qualm und Staub in dichten Wolken aus dem Krater.

Der Posten verstellte der Zugmaschine den Weg, hob die Hand, um ihn zu stoppen. Im Näherkommen trat Dewey abrupt aufs Gaspedal. Erst hörte man einen Schrei, dann das Geräusch, mit dem der Truck gegen den Terroristen prallte, gefolgt von einem spürbaren Holpern, als ihn die Vorderreifen zerquetschten.

Ruhig lotste er das Gefährt auf eine Straße, die von der Klinik wegführte, während er mit der rechten Hand eine sechsstellige Nummer wählte, die von überall auf der Welt erreichbar war. Nach einigen Sekunden Stille vernahm er einen hohen Piepton. Dewey gab einen Code ein. Eine Männerstimme meldete sich.

»Spracherkennung startet. Sprechen Sie.«

»Andreas, Dewey.«

»Identifikation?«

»NOC 2294-6.«

»Zone?«

»Scorpio«, antwortete Dewey und manövrierte den Lkw um die ausgebrannten Fahrzeuggerippe herum, von denen es nur so wimmelte.

»Sprechen Sie.«

»Orten Sie meine Position.«

Eine kurze Pause, gefolgt von einem Piepton.

»Die Peilstellen haben Sie erfasst. Wie können wir Sie unterstützen?«

»Ich benötige dringend eine Konferenzschaltung zu IDF Sektor Alpha in dieser Reihenfolge: Kohl Meir, Menachem Dayan, Fritz Lavine, Benjamin Cooperman. Dies ist Code Black. Ich wiederhole: Code Black. Bleiben Sie in der Leitung.«

»Ja, Sir. Einen Moment.«

Dewey hörte es mehrmals klicken, während sein Anruf durchgestellt wurde. Es hatte noch nicht richtig geklingelt, da hörte er bereits eine vertraute Stimme.

»Wer ist dran?«, fragte Meir.

»Ich bin's, Dewey. Ich bin in …«

»Schwierigkeiten«, fiel Meir ihm ins Wort. »Die Satelliten haben den Vorfall in Damaskus aufgezeichnet. Was ist passiert?«

»Im Moment habe ich keine Zeit, Kohl. Ich brauch eine Exfiltration.«

»Wo steckst du?«

»Ich habe keinen blassen Schimmer.«

CENCOM Control unterbrach die beiden. »Wir haben Sie«, meldete sich der Operator. »Commander Meir, ich sende Ihnen gerade den Tracker-Feed.«

»Okay«, bestätigte Meir. »Ich hab dich auf dem Schirm. Du bist in Aleppo. Mein Gott, wie um alles in der Welt bist du denn dort gelandet?«

»Kohl …«

»Okay, okay. Wie's aussieht, fährst du in westlicher Richtung. Nimm die nächste Abzweigung rechts. Die führt Richtung Norden. Es ist der Highway 62. Müsste die erste größere Straße sein, die auftaucht.«

»Liegt Damaskus nicht im Süden?«, fragte Dewey.

»Ja, aber falls jemand auf der Suche nach dir ist, wird er es dort probieren. Wir werden übers Wasser kommen, irgendwo im Norden, wo wir uns nicht so viele Sorgen machen müssen, abgeschossen zu werden.«

»Wie weit auf der 62?«

»Eine Stunde, dann fährst du irgendwo ab, wo's abgelegen aussieht. In ein paar Stunden wird es dunkel. Such dir was, wo du dich verkriechen kannst. Eine Scheune oder so. Wir werden Platz zum Landen brauchen.«

41

Der Traumahawk flog Richtung Norden, raste über eine ruhige Kulisse aus Gebäuden, Denkmälern, Autos und Menschen hinweg.

Irgendwann gab das EKG, an das Calibrisi angeschlossen war, nur noch einen gleichbleibenden Ton von sich.

»Herzstillstand!«, brüllte Lovvorn, um das Dröhnen der Turbinen zu übertönen.

Lovvorn konsultierte den Monitor und hob fünf Finger. Das hieß, Calibrisis Herz hatte für fünf Minuten geschlagen, ehe es erneut stehen blieb.

»Stromstoß!«, ordnete O'Brien an.

Lovvorn wiederholte die Elektroschocks, während der Chopper sich aufs Klinikdach senkte. Nervös starrte er auf den tragbaren Monitor und die flache Linie, die sich quer über den Bildschirm zog und anzeigte, dass Calibrisi klinisch tot war.

Holpernd setzte der Hubschrauber auf dem Helipad des Walter-Reed-Krankenhauses auf. Vier Männer in Militäruniform packten die Trage und strebten im Laufschritt der Tür entgegen, die ihnen von einem weiteren Uniformierten aufgehalten wurde.

Drinnen legten sie die Trage auf einer Transportliege ab und stürmten unter lautem Rufen los, während die Unfallklinik hektische Vorbereitungen traf, um das Unmögliche zu versuchen. Unter den Blicken von Ärzten, Schwestern und einer Vielzahl weiterer Personen sprinteten sie mit dem CIA-Direktor durch den Flur zum OP. Sie wussten alle, dass es sich um die letzte Chance handelte, das Leben eines Mannes zu retten, den viele für den zweitwichtigsten Mann in Washington hielten, direkt nach dem Präsidenten.

Der Operationssaal war eine riesige, hell erleuchtete Hightech-Einsatzzentrale voller Lampen, Apparate, Flachbildschirme und sonstiger Utensilien. Im Zentrum stand, ganz für sich, ein schlichter, glänzender OP-Tisch aus Edelstahl, darüber hing eine starke Operationsleuchte mit mehreren LED-Elementen. Mindestens ein Dutzend Ärzte und Schwestern huschten hin und her wie in einem Bienenschwarm.

Calibrisi wurde auf den Tisch gehievt. Sofort umwimmelten ihn Ärzte und Schwestern, die ihn ans EKG anschlossen, Infusionen und Bluttransfusionen legten, alles an den Gliedmaßen, möglichst weit entfernt vom Brustbereich.

Die Tür schwang auf. Dr. Marc Gillinov betrat mit seinen fast zwei Metern Größe den Raum, näherte sich dem Operationstisch, zog ohne das geringste Zögern das blaue Laken von Calibrisis Körper und warf es auf den Boden. Er enthüllte die etwas korpulente, von schwarzem Flaum bedeckte Brust.

Direkt über dem Nabel zogen sich wie ausgekaute Kaugummis die Narben zweier Schusswunden entlang. Ein schmales rosafarbenes Band am Hals zeugte von einer verheilten Messerwunde.

Gillinov schielte kurz auf den Monitor und hörte mit dem Stethoskop Calibrisis Herztöne ab.

»Das wird jetzt etwas unschön«, meinte er ruhig. Sein australischer Akzent kam in dieser Situation stärker als sonst durch. Er richtete sich an eine der Schwestern.

»Kara, ich brauche ein ACLS-Protokoll, sofort!«

»Verstanden, Doktor.«

Er nickte einem der Ärzte zu. »Steve, ich will, dass die Kameras ausgeschaltet werden.«

Gillinov hatte eine lockere Art und bestand darauf, dass jeder ihn beim Vornamen nannte, selbst – vor allem – während einer OP. Er überflog die Daten auf einem der Bildschirme. »Wie lang ist der Infarkt her, Terry?«

O'Brien, der an der Wand stand, schaute auf seine Armbanduhr. »18 Minuten.«

»Wie viele Stromstöße hast du ihm verpasst?«

»Zwei Durchgänge, sieben Stöße.«

Gillinov nahm die Defibrillator-Pads von einer der Schwestern entgegen, legte sie Calibrisi an die Brust.

»Irgendwelche Medikamente?«

»Nein.«

»Okay, das ist gut. Mal sehen, ob wir ihn doch noch kriegen. Auf 150 Joule aufladen.«

Gillinov wartete auf den Ton, der anzeigte, dass das Gerät einsatzbereit war. Sobald er erklang, verpasste er Calibrisi eine Dosis Strom.

Der Monitor zeigte einen kurzen Impuls, dann wieder eine Nulllinie an. Gillinov nickte der Schwester zu, hob drei Finger in die Höhe, um ihr zu verstehen zu geben, dass er eine höhere Ladung wollte, 300 Joule. Sie tippte an der Konsole herum, um die stärkere Aufladung einzuleiten. Der schrille Ton des Defibrillators wurde wieder gleichmäßig. Aufs Neue versetzte Gillinov Calibrisi einen heftigen Impuls. Nichts. Gillinov probierte es noch einmal, ohne Erfolg. Nicht der geringste Ausschlag auf dem Monitor.

Gillinov reichte die Pads einer der Schwestern.

»Am Tisch festmachen«, sagte er, während er zwei Schritte zurücktrat, die OP-Handschuhe auszog und achtlos wegwarf. »So fest, wie ihr könnt.«

Zwei Assistenzärzte banden Calibrisi mit Riemen um

Brust, Oberkörper, Hals und Hüfte fest, verankerten ihn so auf der Edelstahloberfläche.

»Sorgen wir dafür, dass sein Blut zirkuliert«, sagte Gillinov. »Charlie, ich möchte, dass ihr ihm einen Infusionszugang mit großem Durchmesser durch die Femoralvene legt. Antibiotika und Gerinnungshemmer im Rückfluss. Ich fürchte, wir werden ihm eine kleine Infektion verpassen. Da fehlt es gerade noch, dass er sich eine Lungenentzündung einfängt.«

»Verstanden!« Charlie präparierte Calibrisis Lendenregion für eine Oberschenkelvenenpunktion.

»Sobald ich reingehe, müssen wir so rasch wie möglich die Blutung stillen«, erklärte Gillinov. »Schließlich wollen wir sein Herz nicht zum Schlagen bringen, bloß damit er uns danach verblutet.«

Gillinov setzte Gesichtsmaske und Operationshaube ab. Sein blondes Haar quoll darunter hervor, fiel ihm fast bis auf die Schulter. Er hatte einen Dreitagebart und wurde oft auf Mitte 20 geschätzt, obwohl er in Wirklichkeit 33 war. Rein formal stand Gillinov im Begriff, gegen eine überwältigende Anzahl medizinischer Vorschriften und Richtlinien zu verstoßen. Er setzte nicht nur seinen Job, sondern seine Approbation aufs Spiel. Doch jeder in diesem OP wusste, dass Regeln in diesem Stadium nicht ins Gewicht fielen. Technisch gesehen war der Patient bereits tot. Für das, was Gillinov nun vorhatte, brauchte er freie Hände, musste tasten und fühlen können, woran ihn die Handschuhe nur gehindert hätten.

Er unternahm einen solchen Versuch bereits zum fünften Mal. Zweimal hatte es funktioniert.

Gillinov allein wusste, warum er auch Maske und Haube ablegte. Niemand außer ihm konnte ahnen, dass er sich dadurch vorgaukelte, auf der Farm seiner Familie in Australien zu sein, wo Dad ihm die Kunst der Herz-massage vermittelt hatte, um kleinen, schwachen, viel zu früh geborenen Fohlen das Leben zu retten.

»Skalpell.« Mit ruhiger Stimme trat er an Calibrisi heran. »Zehner-Klinge. Adrenalin bereithalten, zehn Milligramm.«

Eine Schwester reichte Gillinov ein langes silberfarbenes Instrument. Zielsicher ertasteten die Fingerspitzen der linken Hand eine konkrete Stelle an Calibrisis Brust. Kraft-voll setzte er die Schneide an, um Calibrisi die Haut zu durchtrennen, stieß bis zum Sternum hinab und führte in gerader Linie einen Längsschnitt von Calibrisis Brustbein abwärts.

Ein dunkelroter Blutschwall quoll heraus.

»Sternumsäge.«

Gillinov reichte der Schwester das Skalpell und erhielt im Gegenzug eine Säge, deren Arbeitsweise einer Bohr-maschine ähnelte. Er setzte sie oben am Sternum an, stieß sie durch den Knochen und führte den Schnitt bis zum Nabel hinab.

Entlang der Öffnung schob er die Finger der rechten Hand in die Wunde, fasste die Unterseite des Knochens und zog ihn behutsam nach oben, um den Bereich unmittelbar am Herzen freizulegen.

»Los geht's!«, sagte Gillinov in den Raum hinein, ohne von Calibrisis blutdurchtränkter Brust aufzublicken.

Rasch atmete er zweimal hintereinander tief durch. Mit den Fingerspitzen tastete er nach der Unterseite von Calibrisis Sternum, erfühlte es und schob alle vier Finger in den Schnitt. Mit aller Kraft, die in seinem massigen Körper steckte, zog der Spezialist die Ränder des Brust-beins auseinander. Bei dem heftigen Ruck entfuhr ihm ein lautes Ächzen, begleitet vom durchdringenden Knacken und Reißen, mit dem er Calibrisi die Knochen aus der

Brusthöhle zerrte, um das reglos daliegende, hellviolette Herz freizulegen.

»Stützen«, forderte Gillinov.

Ein weiterer Chirurg setzte unterhalb der durchtrennten Sternum-Ränder einen kleinen Retraktor an, sodass die Knochen gespreizt und hochgelagert blieben, damit Gillinov sich an die Arbeit machen konnte.

»Dann wollen wir den Kreislauf mal wieder in Gang setzen«, meinte Gillinov. »Anästhesie, mit Amiodaron und Milrinon vollpumpen.«

Gillinov hatte Blutspritzer im Gesicht, was ihm allerdings nichts auszumachen schien. An den Armen klebte ebenfalls überall Blut. Er starrte auf die Brusthöhle, schließlich schloss er ganz vorsichtig die Hände um Calibrisis Herz, hielt es fest wie einen kleinen Vogel. Er sammelte sich, dann stimulierte er das Organ, indem seine Hände die Kontraktionen und den Druck des Herzmuskels nachahmten.

Sekundenlang schien die Zeit stillzustehen, jeder im Saal hielt die Luft an und sah Gillinov bei seinem aberwitzigen Unterfangen zu. Abgesehen vom monotonen Geräusch der Monitore herrschte absolute Stille. Nichts außer Gillinovs Händen, die sanften Druck auf Calibrisis Herz ausübten, schien sich zu bewegen. Der Anblick schlug jeden in seinen Bann. Für den Moment dachte keiner an seine Aufgaben oder seinen Job. Alles konzentrierte sich auf diesen Rettungsversuch.

»Okay, Jenny«, wandte der Mediziner sich flüsternd an eine der Schwestern, während er das Herz weiterhin massierte. Sie hielt eine dünne, mit Adrenalin gefüllte Spritze in der Hand. »Wir haben noch einen letzten Versuch. Ich möchte, dass Sie genau hier ansetzen« – mit einer Kopfbewegung deutete er auf seine Finger – »zwischen meinem linken Zeigefinger und dem Daumen. Können Sie das für mich tun, Jenny?«

Sie beugte sich ebenfalls hinunter. Ihre Hände zitterten.

»Entspannen Sie sich. Ganz ruhig!«

Vorsichtig beugte Jenny sich näher heran und stieß Calibrisi die Nadelspitze ins Herz, während Gillinov es sanft weiter massierte.

Blut schoss aus dem Organ, als die Nadel eindrang, bespritzte ihm Hals und Shirt, beide ohnehin längst tiefrot und klatschnass.

Gillinov merkte, wie etwas nachgab, ein schwaches Zucken, dann eine Bewegung unter den Fingern, unregelmäßig zunächst, aber eindeutig wahrnehmbar. Das Herz fing wieder zu schlagen an, wollte seine Arbeit wieder aufnehmen und setzte sich schließlich durch.

Calibrisi kehrte ins Leben zurück ...

Zunächst spürte Gillinov es in den Fingern, dann in den Handflächen. Er wollte etwas sagen, schaffte es jedoch nicht. Er brachte keinen Ton heraus.

Im nächsten Moment unterbrach ein schwaches Piepen das stumpfsinnige Geräusch des Herzmonitors. Ein einzelner Herzschlag. Gleich darauf zeigte der Monitor ein zwar schwaches, aber gleichmäßiges Muster an. Die grüne EKG-Linie schlug nach oben aus, veränderte sich zu einer gezackten Kurve.

»Wo sind die Kollegen von der Orthopädie?«, flüsterte Gillinov, den Blick unentwegt auf das in seiner Hand schlagende Herz gerichtet.

»Direkt hinter Ihnen, Doktor«, sagte ein weiterer Arzt.

»Wie lange?«

Gillinov ließ den Blick durch den OP schweifen. Erst jetzt bemerkte er den Ausdruck in den Augen seiner Kollegen. Sein blutbespritztes, auf raue Weise attraktives Gesicht verriet keinerlei Regung. Er sah, wie Jenny sich Tränen aus den Augenwinkeln wischte.

»Zehn Minuten«, verkündete er, wobei er weiterhin gleichmäßig Druck auf Calibrisis Herz ausübte. »Dann flicken wir ihn wieder zusammen.«

42

CARMAN HALL
COLUMBIA UNIVERSITY

Sirhan betrat einen der beiden Aufzüge, holte einen Hammer aus dem Rucksack und setzte die Klaue unter der Bedientafel an der Kante des Abdeckblechs an. Mit ein bisschen Druck lockerte er die fragilen Schrauben, die die Tafel an der Wand hielten. So verfuhr er rings um die Kante des Blechs, hebelte das Paneel von der Wand, riss es ab und ließ es auf den Boden fallen. Anschließend steckte er einen Brocken C-4 in das spaghettiartig aus der Öffnung baumelnde Kabelwirrwarr, das den Aufzug steuerte, und ergänzte eine Sprengkapsel.

Auf gleiche Weise präparierte er den zweiten Lift am anderen Ende des Flurs. Danach entfernte er sich und zündete die Sprengladungen. Ein tiefer Schlag hallte durch die Luft, erschütterte den Boden jedoch nur minimal. Sirhan wartete eine Minute, dann ging er zurück zu den Aufzügen. Das Innere war rußig, versengt. Durch den Qualm züngelten ein paar Flammen, die sich durch die Kunststoffummantelung der Kabel fraßen. Bald würden sie erlöschen und der Rauch sich verziehen. Fest stand, dass damit niemand mehr nach oben oder unten fuhr.

Hastig rannte er zur westlichen Treppe in Richtung Dach.

Weil im Erdgeschoss die Lobby und die Cafeteria untergebracht waren, handelte es sich bei der ersten Etage um das
unterste Wohngeschoss im Gebäude. Mohammed lief an der
Spitze der Gruppe von Killern, die die Stufen hochstürmten,
und gab den anderen ein Zeichen, dass er sich diese Etage
vornehmen wollte.

Er wartete eine halbe Minute, bis der Rest zu ihm auf-
geschlossen hatte. Dann stieß er die Tür auf und feuerte. Es
war lediglich als Warnschuss gedacht, doch sein Schuss traf
einen jungen schwarzen Studenten am Kopf.

Angesichts des lauten Knalls, des Blutes und des auf dem
Boden liegenden Leichnams kreischten die Leute. Ängst-
liche Schreie erfüllten den Flur.

»Alle zur Treppe!«, brüllte Mohammed, während er
erneut einen Schuss abgab, diesmal in die Decke. »Sofort!
Und keinen Ton! In den neunten Stock, und zwar dalli!«

Unvermittelt gingen zwei der Studenten auf Mohammed
los. Er richtete die Waffe auf sie und zielte, traf beide,
den einen in die Brust, den anderen zwischen die Augen.
Daraufhin brach totale Hysterie aus. Gedämpftes Schluchzen war zu hören und die Menschenmenge setzte sich
schweigend Richtung Treppenhaus in Bewegung.

Fahd bezog im Erdgeschoss Stellung, am Fuß der westlichen
Treppe, direkt hinter der Lobby. Von seinem Beobachtungs-
posten aus hatte er sowohl den Eingangsbereich als auch
jeden im Blick, der von oben zu fliehen versuchte. Omar tat
es ihm im östlichen Treppenhaus gleich.

Schweigend stürmten die anderen an Fahd vorbei nach
oben.

Fahd stellte seine Reisetasche ab. Stets den Absatz über
sich im Auge behaltend, packte er eine große Rolle dünnen

Wolframdraht aus. Ein Ende wickelte er um den Pfosten rechts unten am Geländer, dann baute er eine Stolperfalle auf, indem er den Draht zwischen linkem und rechtem Pfosten spannte.

Aus der ersten Etage vernahm Fahd erst Schüsse, dann panisches Kreischen. Er hob das Gewehr genau in dem Augenblick, in dem die ersten Studenten zur Treppe strömten. Ein paar von ihnen bemerkten ihn und schielten ängstlich auf seine Waffe. Hastig schauten sie weg und setzten sich die Stufen hinauf in Bewegung. Schon bald wimmelte es oberhalb des ersten Stockwerks von Studenten und Eltern, die zur neunten Etage liefen.

Fahd arbeitete sich langsam nach oben voran und spannte den Draht hin und her. Bei jedem Schritt nahm er die Tasche mit, sodass sie sich stets eine Stufe über ihm befand. Auf halber Höhe hielt er inne, legte die Drahtrolle ab und schielte nach oben. Der erste Stock schien vollständig geräumt zu sein. Es kamen keine Studenten mehr. Nicht dass es eine Rolle spielte. Er griff in die Tasche und entnahm ihr einen Sprengsatz.

Die improvisierte Sprengvorrichtung war etwa so groß wie ein Laib Brot. Mit blauem Klebeband verbundene rechteckige Blöcke aus einer schwarzen Substanz machten drei Viertel davon aus: Semtex 10, konzipiert für die Zerstörung von Stahl und Beton. An der Stirnseite des Semtex waren mit Klebeband beziehungsweise Kabeln mehrere Objekte befestigt, unter anderem ein Zünder, eine Batterie und ein Auslöser – in diesem Fall ein Schalter, der bei Betätigung die Bombe hochgehen ließ.

Vorsichtig klemmte Fahd ein grünes Kabel an die Batterie. Nun war der Sprengsatz scharf. Wurde der seitlich hervorstehende Schalter durch wen oder was auch immer gedrückt, flog alles in die Luft. Behutsam platzierte Fahd den Sprengsatz auf dem Draht, sodass er über den Stufen schwebte, nahm die Drahtrolle wieder auf und fuhr fort, ein Netz über die Treppe zu spannen. Als er den oberen Absatz erreichte, begutachtete er sein Werk. Das explosive Paket lag auf halber Höhe auf einem silbrig schimmernden Netz. Sollte jemand den Draht durchschneiden, ganz gleich an welcher Stelle, fiel es auf die Treppe und explodierte.

Im Verlauf der nächsten Stunde deponierte Fahd im Treppenhaus der zweiten und vierten Etage weitere Sprengsätze nach demselben Prinzip. Auf der anderen Seite von Carman Hall erledigte Omar das Gleiche. Ging einer der Sprengsätze hoch, löste die Erschütterung mit an Sicherheit grenzender Wahrscheinlichkeit auch die übrigen Bomben aus.

Da die Aufzugsanlage zerstört und beide Treppenhäuser vermint waren, gab es nun keine Möglichkeit mehr, ins neunte Stockwerk zu gelangen. Und von dort führte auch kein Weg nach unten.

Wenige Sekunden nachdem Mohammed seinen Angriff in der ersten Etage eingeleitet hatte, trat Ramzee im zweiten Obergeschoss aus dem Treppenhaus und patrouillierte mit der Kalaschnikow im Anschlag durch den Flur.

Zu beiden Seiten erstreckten sich Türen zu Studentenzimmern. Menschen drängten, aufgeschreckt durch die Schüsse von unten, auf den Korridor.

Es dauerte nicht lange, und überall standen panische Studenten und Eltern. Wie ein unbeteiligter Beobachter postierte sich Ramzee am Ende des Korridors. Mindestens ein Dutzend Sekunden verging, bevor er jemandem auffiel. Schließlich bemerkte ein Mädchen, dass er hinter ihr stand. Im ersten Moment wirkte sie wie benommen, unter Schock, dann stieß sie einen gellenden Schrei aus.

Ramzee feuerte. Das Projektil durchschlug ihren Hals, schleuderte sie nach hinten und zu Boden.

Irgendwo über ihnen ertönten weitere Schüsse.

Als das Mädchen auf den Teppich stürzte, brach im zweiten Stock Hysterie aus. Eine Frau wurde ohnmächtig.

Ein Student war in die Hocke gegangen, hielt sein Smartphone auf Ramzee gerichtet und filmte ihn. Ramzee nahm Maß. Das Geschoss erwischte erst das Smartphone und schlug dann in den Kopf des jungen Mannes ein.

»Keine Handys! Keine Videos! Sonst ergeht es euch wie ihm!«

Ramzee feuerte erneut, jagte eine Salve in die Decke. Zur Sicherheit senkte er die Mündung und schickte eine weitere in die Menge hinterher. Dabei verletzte er mehrere Leute und tötete andere. Einen Jungen mit Brille und krausen Haaren hatte es an der Schulter erwischt. Stöhnend vor Schmerzen lag er auf dem Bauch und wollte wegkriechen. Ramzee deckte den Rücken des Studenten mit einem Kugelhagel ein, um ihn von seinem Elend zu erlösen.

»Los! Die andere Treppe. Wenn ihr am Leben bleiben wollt, geht direkt dorthin«, warnte er mit lauter Stimme. »Niemand redet! Niemand telefoniert! Hoch in die neunte Etage. Sofort!«

Keiner der restlichen Studenten und Eltern zögerte. Von leisem Schluchzen begleitet gingen sie im Gänsemarsch Richtung Treppe. Ramzee folgte ihnen, überprüfte jedes Zimmer, ob sich möglicherweise jemand versteckte, lauschte, als über ihm weitere Schüsse und gedämpfte Schreie ertönten.

Er vernahm Schritte hinter sich und wirbelte herum, jedoch zu spät. Ein Mann mittleren Alters stürmte auf ihn zu. Ramzee wollte noch das Gewehr herumreißen, doch der Angreifer bekam es vorn an der Mündung zu packen.

Den Lauf in der einen Hand, stürzte der Mann sich auf Ramzee, während sich die andere um die Hand schloss, die den Schaft hielt. Der Mann war kräftig gebaut, hatte größere Hände als sein Gegenüber und war stark. Es gelang ihm, Ramzee zurückzustoßen. Er warf sich mit seinem vollen Körpergewicht auf ihn und drückte ihm das Gewehr quer über den Hals.

Ramzee verpasste dem Mann einen Fausthieb, exakt in dem Moment, als der Stahl gegen seinen Hals krachte. Er versuchte aufzublicken, um zu sehen, wer sich ihm da widersetzte. Ein Amerikaner. Brauner Kurzhaarschnitt, entschlossener Gesichtsausdruck. Blindlings schlug Ramzee um sich, trat, wonach er treten konnte, doch der Druck an seinem Hals wollte nicht nachlassen. Studenten kamen zu Hilfe geeilt. Ramzee spürte Hände an Armen und Beinen, die ihn festhielten und außer Gefecht setzten.

Ramzee kam sich vor, als verfolgte er einen Film im Fernsehen. Es geschah alles so plötzlich, als wäre er völlig unbeteiligt.

Der Mann grunzte. Ramzee hörte ein dumpfes Knacken. Kurz bevor es schwarz um ihn wurde, begriff er, dass das Geräusch von seinem eigenen Genick stammte.

In der dritten Etage wartete Ali mehrere Minuten, kontrollierte das ihm zugeteilte Stockwerk durch das Sichtfenster der Treppenhaustür, während sowohl von oben als auch von unten Schüsse und Schreie zu hören waren. Ihm bot sich ein fast schon gespenstischer Anblick. Mit jedem heulenden Schrei aus anderen Gebäudeteilen quollen mehr Studenten auf den Flur. Viele weinten, drückten sich aneinander. Andere hingen am Handy, um Hilfe anzufordern. Einen kurzen Moment lang versetzte sich Ali in die Situation eines Studenten, der einen solchen Terroranschlag erlebte. Stellte sich vor, wie es überhaupt sein mochte, an einer Uni zu studieren. In so einem Haus zu wohnen und nicht kämpfen, hassen oder töten zu müssen. Sein Vater hatte die Universität in Toronto besucht. Ihm fielen die Anekdoten ein, die sein Vater erzählt hatte. Die Tanzveranstaltungen. Das Wohnheim. Die Dozenten. Die Hausarbeiten, die er schreiben musste.

Einen bedeutungsträchtigen Moment nisteten sich diese Erinnerungen in seinem Kopf ein, dann schüttelte er sie ab, zog die Skimaske über den Kopf und öffnete die Tür.

»Jeder begibt sich zur Treppe am anderen Ende«, verkündete er mit ruhiger Stimme, das Gewehr in der rechten Hand zum Boden gerichtet. Mit der linken Hand deutete er in die entsprechende Richtung. »Keinen Mucks.«

Ein hagerer Mann mit säuberlich frisiertem grauem Haar zwängte sich durch die Menge der Studenten. Er wirkte aufgebracht.

»Wer sind Sie?«

Erneut wies Ali mit dem linken Zeigefinger zur Treppe. »Wenn du am Leben bleiben willst, drehst du dich sofort um und setzt dich in Bewegung.«

Der Mann kam etwas näher auf Ali zu, etwa drei Meter vor ihm blieb er stehen.

»Mein Gott, das ist ein Studentenwohnheim«, sagte er, bemüht, ruhig zu bleiben. »Das sind alles fast noch Kinder. Lassen Sie sie gehen. Sie können mich als Geisel nehmen. Von mir aus auch die Eltern. Aber lassen Sie die jungen Leute gehen. Sie haben ihr ganzes Leben noch vor sich!«

Die Menge hinter dem Mann wartete seine Reaktion ab.

Alis rechte Hand mit dem Gewehr zuckte nach oben. Er drückte ab.

Ein Kugelhagel fegte durch den Korridor. Lautes Kreischen, Getrampel, Rufe und Schreie mischten sich unter das Krachen der Schüsse aus der Automatikwaffe, als Menschen verzweifelt versuchten, sich der Salve zu entziehen.

Ali hielt den Abzug gedrückt, bis das Magazin leer war. Er warf es aus, trat zu dem Toten, dessen Brust nur noch eine blutige Masse war, und beugte sich über ihn. »Ich hatte dich gewarnt«, mahnte er, warf ihm das leere Magazin an den Kopf, zog ein weiteres aus der Weste und rammte es in die Waffe.

Leichen säumten den Flur. Ali zählte 17 Tote, während er zur Treppe auf der anderen Seite lief.

Mehrere Sekunden lang starrte Jack Sullivan auf Ramzee hinab. Schließlich nahm er das Gewehr des toten Terroristen an sich.

Auf der gesamten Etage herrschte Schweigen. Alle Augen ruhten auf ihm. Um dafür zu sorgen, dass es wirklich still blieb, legte Sullivan den Finger an die Lippen. Mit einer Handbewegung bedeutete er allen, in die Mitte des Flurs zu kommen.

»Daddy«, flüsterte seine Tochter schluchzend, während sie zu ihm trat.

»Es wird alles gut, Häschen«, meinte er. »Geh in dein Zimmer. Ihr anderen, zieht euch alle in diese beiden Räume zurück. Schnell. Uns bleiben höchstens ein, zwei Minuten.«

Er scheuchte sie aus dem Gang. Mit dem Karabiner im Anschlag behielt er beide Enden des Flurs im Auge, unentwegt drehte er den Kopf, um nach weiteren Bedrohungen Ausschau zu halten.

»Beeilung!«, flüsterte er ungeduldig. »Wir haben nicht viel Zeit.«

Sullivan blieb auf dem Flur, während sich alle in die beiden Zimmer zwängten.

»Seht aus dem Fenster. Ist jemand im Freien?«

»Ein paar Leute, die wie Soldaten aussehen. Ein SWAT-Team.«

»Wie weit entfernt? Rücken Sie vor?«

»Nein.«

Sullivan sah zu seiner Tochter.

»Alle mal herhören! Ich brauch euch sicher nicht zu erklären, dass es sich bei diesen Männern um Terroristen handelt. Die werden jeden umbringen, der ihnen in die Quere kommt. Aber ich bring euch heil von hier weg.«

»Wie?«, fragte jemand.

»Es wird nicht einfach«, räumte Sullivan ein. »Wir befinden uns im zweiten Obergeschoss. Das ist noch niedrig genug, um zu springen, ohne umzukommen.«

»Wir werden uns die Beine brechen.«

»Möglich, aber Bleiben ist keine Option. Ihr habt eine bessere Überlebenschance, wenn ihr springt. Ein gebrochenes Bein kann wenigstens wieder heilen.«

Die Studenten flüsterten aufgeregt durcheinander, einige schluchzten laut.

Seine Tochter umarmte ihn. »Ich liebe dich, Daddy.«

Damit zwängte sie sich durchs überfüllte Zimmer, spähte aus dem Fenster, entriegelte es und schob die Scheibe langsam nach oben.

Sie blickte nach unten. Niemand zu sehen. Allerdings: Dort befand sich nichts als Beton.

»Du musst den Aufprall mit den Beinen abfangen«, erklärte ihr Vater. »Los, Schätzchen. Tu's für mich. Ich liebe dich.«

Tränen strömten über ihr Gesicht. Ein letztes Mal blickte sie zu ihrem Vater, dann drehte sie sich um und sprang.

Daisy nahm Andy und Charlotte bei der Hand und zog sie in eine Zimmerecke. Beide reagierten hysterisch. Charlotte war immer noch am Handy und jammerte ihrem Gesprächspartner etwas vor. Daisy schob ihre Hand vors Mikro.

»Komm mit.«

»Dad, kannst du dranbleiben?«

»Du musst auflegen.«

»Warum?«

»Weil er keine Antworten hat und du dich im Moment aufs Überleben konzentrieren musst, nicht aufs Telefonieren.«

Charlotte nickte weinend. »Ich liebe dich, Dad.« Sie beendete das Gespräch.

In der Ecke kauerten sie sich an die Wand und hielten sich an den Händen.

»Man wird uns retten«, flüsterte Daisy. »Daran müsst ihr immer denken. Aber bis es so weit ist, müssen wir stark sein. Das bedeutet: kein Blickkontakt, kein Rumgeheule, kein Reden. Tut, als ob ihr unsichtbar wärt. Wir befolgen all ihre Befehle ohne Widerrede. Okay?«

»Was haben die mit uns vor?«, wollte Andy wissen.

»Das ist für den Moment egal«, erwiderte Daisy. »Jedenfalls wollen sie etwas. Und um es zu bekommen, werden sie Leute umbringen. Aber nicht euch.«

Andys Schluchzen wurde lauter.

»Seid froh, dass sie es offensichtlich auf etwas abgesehen haben«, meinte Daisy. »Andernfalls hätten sie das ganze Gebäude kurzerhand in die Luft gesprengt. Kommt schon, ohne euch beide schaff ich das nicht.«

Charlotte hob den Blick. »Ohne dich schaff ich es auch nicht.« Sie griff nach Andys Hand. »Oder ohne dich. Wir schaffen das.«

Schüsse unterbrachen das Durcheinander aus Geflüster und Weinen auf der Etage. Daisys Hände drückten fester zu. Mit grimmigem Gesicht blickte sie die beiden an.

»Wir schaffen es«, sagte sie ruhig, wobei sie sich zu einem Lächeln zwang. »Ich weiß, dass ich eines Tages sterben werde. Aber der Teufel soll mich holen, wenn mich ein verfluchter Terrorist zur Strecke bringt.«

43

IN DER NÄHE VON IRHAB
SYRIEN

Dewey behielt die Skimaske auf, während er aus Aleppo wegfuhr. Das Gewehr und die Pistole lagen auf dem Sitz neben ihm. Mehrere Meilen lang ging sein Atem rasselnd und unregelmäßig, das Herz raste in der Brust. Er rechnete damit, am Stadtrand auf IS-Posten zu stoßen, die die Straßen bewachten. Doch abgesehen von ein paar durch die Gegend streifenden Teenagern, die in eingestürzten Ruinen kletterten und ihm nachstarrten, als er mit seiner Zugmaschine langsam vorbeifuhr, bekam er niemanden zu Gesicht.

Wenig später ließ er das Bild der Verwüstung, das Aleppo bot – in Trümmern liegende Häuserblocks, von Kratern übersäte Straßen, seit Wochen auf dem Boden verwesende Leichen, eine förmlich mit den Händen greifbare bestialisch stinkende Dunstglocke –, hinter sich. Die Luft klarte auf. Er setzte die Skimaske ab und legte sie auf den Beifahrersitz.

Der Highway entpuppte sich als einspurige Asphaltpiste mit Gegenspur, die sich schnurgerade durch ebene braune Landschaften und Ansammlungen kleiner, halb verfallener

Behausungen zog. Schon bald gab es nichts als triste Ebene, die sich endlos in alle Richtungen ausdehnte, hin und wieder ein grüner Fleck dort, wo sich ein Bauernhof befand. Am Straßenrand zählte er Dutzende gestrandete Fahrzeuge. Nach einer Stunde hatte er gerade mal drei andere Menschen gesehen, allesamt in Wagen, die ihn Richtung Norden überholten, weg von Aleppo.

Er bremste ab und bog nach links auf eine unbefestigte Straße, überprüfte, ob er noch Handyempfang hatte, damit die Israelis ihn orten konnten. Hier und da zweigten kleinere Feldwege ab, führten zu Gehöften und kleineren Siedlungen, die in der Ferne kaum auszumachen waren. Er fuhr noch etwa 20 Minuten, ohne eine Straße, Häuser oder sonstige Lebenszeichen zu bemerken. Dann hielt er, wendete die Zugmaschine und fuhr knapp eine Meile zurück, fuhr rechts von der Straße ab und holperte durchs Gelände.

Nach 30 Metern stoppte er und stieg aus, rannte zur Straße zurück und begutachtete die hinterlassenen Reifenspuren. Zwar nicht tief, aber deutlich erkennbar.

Dewey zog das T-Shirt aus, wedelte damit über die Abdrücke, um sie in der staubigen Erde zu verwischen, schwenkte es nach links und rechts und ließ es mehrfach auf den Untergrund klatschen, um jeden Hinweis auf sein Abbiegen zu beseitigen. Auf diese Weise löschte er alle Spuren aus, bis er wieder vor der Zugmaschine stand. Danach überprüfte er sein Werk und nickte zufrieden. Er stieg wieder in den Sattelschlepper und setzte die Fahrt fort.

Nach einer halben Meile stellte er den Motor ab.

Das Handy zeigte einen Balken an.

Dewey kletterte aus der Fahrerkabine, nahm die Maske und die Waffen mit. Weit und breit gab es nichts als flaches Land. Am Horizont zeichnete sich eine niedrige Hügelkette ab.

Er hatte Durst. Von der Beifahrertür her durchsuchte er die Fahrerkabine nach etwas zu trinken, ohne fündig zu werden. Er ging in die Richtung, in der die Sonne allmählich hinter den Gipfeln verschwand, dabei überprüfte er ständig die Signalstärke am Telefon. Nach rund einer Meile setzte er sich hin. So durstig er auch war, seine Gedanken fokussierten sich auf die Schachtel Zigaretten in der Tasche des toten IS-Mannes im Keller der Klinik.

Er legte sich hin, schob den linken Arm unter den Kopf, das Gewehr neben sich, die Pistole vorn im Gürtel.

Nicht lange, dann war die Sonne verschwunden und der Himmel verfärbte sich violett und dunkelblau. Deweys Anspannung ließ nach, als von Westen her eine Wolkenwand heranzog und den Himmel verdunkelte. Seine Lider wurden schwer. Er sträubte sich nicht dagegen, als ihm die Augen zufielen. Mitten im Nirgendwo lag er da und sank in einen tiefen Schlaf.

Dewey schreckte hoch, richtete sich auf und griff nach dem Gewehr.

Er hatte geträumt.

Meist behielt er seine Träume nur verschwommen in Erinnerung. Nebulöse, verzerrte Erscheinungen. Längst verdrängte Bilder aus seiner Vergangenheit. Angst und Entsetzen, während er vor etwas floh, gelegentlich auch unfassbare Schuldgefühle wegen seiner Taten. Im Moment allerdings, wie er in der kühlen Nacht so dasaß, empfand er nichts als Wärme. Er hatte von jemandem geträumt und versuchte, die flüchtigen Fetzen festzuhalten, um herauszufinden, wer sie gewesen sein mochte. Doch es gelang ihm nicht. Dennoch gab er sich eine kurze Zeit lang dem wohligen Gefühl hin.

Schlagartig wurde ihm klar, was ihn aufgeschreckt hatte.

In einiger Entfernung blitzten Scheinwerfer in der Finsternis auf. Sie tanzten von rechts nach links. Offenkundig ein Fahrzeug auf demselben Feldweg, den er genommen hatte. Wahrscheinlich bloß ein Syrer, der rein zufällig dort entlangfuhr, trotzdem konnte Dewey nicht anders. Er verspürte eine tiefe Unruhe.

Sie konnten ihn unmöglich aufgespürt haben. Ausgeschlossen. Mit der Route, für die er sich entschieden hatte, konnte Garotin nicht rechnen. Er war wahllos auf einen unbefestigten Feldweg abgefahren. Spätestens durch den Abstecher ins Gelände hätte er jegliche Verfolger abschütteln müssen.

Trotzdem verfolgte er das Ganze mit ungutem Bauchgefühl. Während der Wagen seine Fahrt fortsetzte, wurden die Scheinwerfer zunehmend größer und gewannen an Kontur. Er befand sich nach wie vor auf dem Feldweg, kam immer näher. Nun bemerkte Dewey auch die hellen Strahlen, die nichts mit dem Fahrzeug selbst zu tun hatten.

Suchscheinwerfer.

Dewey war froh, dass er die Reifenspuren verwischt hatte. Aber was, wenn sie über Nachtsichtgeräte verfügten? Dann drohten sie die Zugmaschine zu entdecken.

Er blickte zum Himmel hinauf. Keine Sterne. Günstig, weil es die Reichweite solcher technischen Hilfsmittel verringerte.

»Fahr weiter«, flüsterte er.

Wo bleibt Kohl nur?

Er lauschte auf Hubschraubergeräusche.

»Mistkerl«, murmelte er, während er das Handy zückte.

Er gab Meirs Nummer ein. Das Signal schwankte zwischen einem Balken und keinem hin und her. Über eine Minute lang versuchte das Handy, eine Verbindung aufzubauen ... ohne Erfolg. Einen Moment darauf schaltete es sich aus. Der Akku war leer.

Im Scheinwerferlicht konnte er seine Fußabdrücke sehen.

Dewey fiel ein, dass hier im Nahen Osten Araberstämme siedelten, die wahre Meister im Fährtenlesen waren. Er verfluchte seinen Leichtsinn. Ganz egal, ob er die Reifenspuren verwischt hatte oder nicht. Sobald sie den Sattelschlepper und seine Fußabdrücke bemerkten, war es vorbei.

Der Truck hielt.

Dewey ließ sich auf alle viere nieder und grub los wie ein Besessener. Durch den kieshaltigen Boden dauerte es nicht lange, da waren seine Fingerspitzen wund. Nach nicht mal einer Minute gab er seine Bemühungen auf. Das schaffte er sowieso nicht. Mittlerweile schickten die Scheinwerfer ihr Licht direkt in seine Richtung und schickten zunehmend größere Kegel in die Nacht.

Er hätte weiterfahren sollen, um sich bis in die Türkei durchzuschlagen.

Hör auf, darüber nachzudenken. Es ändert sowieso nichts. Überleg dir lieber, was du aktuell unternehmen kannst.

Der Motor des Trucks ging aus. Es wurde dunkel.

Dewey zog die Pistole aus dem Hosenbund, platzierte sie neben sich auf der Erde und lauerte den Gegnern bäuchlings mit der Kalaschnikow im Anschlag auf. Das halbmondförmige Magazin touchierte den Untergrund, wodurch sich die Waffe in einer instabilen Schussposition befand und es schwerfiel, den Lauf ruhig zu halten. Er grub ein kleines Loch, das es ihm gestattete, das Magazin ein paar Zentimeter tiefer abzulegen, suchte sich eine bequeme Position und schmiegte die Wange an den Schaft.

Sein rechter Zeigefinger schaltete den Wahlhebel auf Feuerstoß-Modus. Er griff an die Mündung, fühlte nach dem Korn. Ein kleiner Teil der Visiereinrichtung klappte

nach oben, ein Leuchtpunkt zur Unterstützung im Nacht-
einsatz.

Im Gewehr steckte ein Magazin mit 30 Schuss, doch
Dewey hatte bereits mehrere abgegeben. Wichtiger noch,
er hatte keine Ahnung, wie viele Kugeln der Terrorist, von
dem die Waffe stammte, im Vorfeld verschwendet hatte.
Das größte Problem bestand in der Reichweite, die schon
bei 350 Metern an ihre technischen Grenzen stieß. Dewey
schätzte, dass er im Dunkeln, ohne Nachtsichtgerät oder Zielfernrohr, höchstens auf die Hälfte dieser Distanz sicher traf.

Er verharrte in liegender Position, den Finger am Abzug.
Er konnte weder etwas sehen noch hören und würde – wenn
überhaupt – nur wenige Gelegenheiten bekommen, seine
unerwünschten Besucher ins Visier zu nehmen.

Wenn sie die Tür zur Fahrerkabine der Zugmaschine öffneten oder die ihres eigenen Trucks, könnte er im Schein
der Beleuchtung auf sie zielen. Überdies mussten sie, wenn
sie die Zugmaschine erreichten, seine Fußspuren aufspüren.
Dazu benötigten sie wohl oder übel eine Lichtquelle, es sei
denn, sie trugen Nachtsichtgeräte. Sonst blieb ihm wenigstens noch ihr Mündungsfeuer, um sie anzuvisieren.

Nach mehreren Minuten hörte er das Knarren, mit dem
eine Tür geöffnet wurde. Das erhoffte Licht blieb jedoch aus.

Dann wurde es doch kurz hell. Eine Taschenlampe. Sie
ging an und sofort wieder aus. Er schwenkte das Gewehr
nach links, bemüht, mithilfe des Leuchtpunktvisiers die
Stelle zu erfassen, an der er sie bemerkt hatte. Doch dazu
war er auf ein weiteres Aufblitzen angewiesen. Es folgte
nach einigen Sekunden, knapp einen Zentimeter außerhalb seines Visiers. Er bewegte es und erfasste das Ziel in
exakt dem Moment, da der helle Punkt verschwand. Er
drückte ab. Ein dreimaliges Krachen zerriss die Stille, als
die Geschosse durch die Dunkelheit flogen. Er hörte das

Scheppern, mit dem ein Geschoss auf den Stahl des Trucks traf. Er feuerte erneut und vernahm ein durchdringendes Stöhnen. Dann erwiderten die Terroristen das Feuer.

Dewey konzentrierte sich auf das gelbrote Aufblitzen und blendete die Projektile aus, die ihm um die Ohren schwirrten. Er presste sich so dicht wie möglich ans Erdreich, bemüht, den Lärm zu ignorieren, lauschte auf einen Hubschrauber. Alle paar Sekunden richtete er sich auf und gab einzelne Schüsse ab, bestrebt, seine restliche Munition gut einzuteilen. Er erwischte einen weiteren Mann, der aufschrie und in einer Tour stöhnte.

Er wartete, scheinbar eine Ewigkeit, lauschte, hielt Ausschau. Wie aus dem Nichts brandeten weitere Schüsse auf. Die Schüsse kamen von zwei verschiedenen Stellen. Er peilte das Mündungsfeuer an und schoss, traf Stahl. Erneut feuerten die Gegner auf ihn und er zog den Abzug durch, erntete jedoch weiterhin nur blecherne Aufschlagsgeräusche. Die Schützen mussten hinter dem Fahrzeug in Deckung gegangen sein und feuerten nur noch mit Unterbrechungen. Er wartete, legte an und zielte. Lediglich ein dumpfes Klicken ertönte. Ihm war die Munition ausgegangen.

Er drängte sich fester an den Boden, drehte die Kalaschnikow seitwärts, ließ das Magazin in der Erde kreisen, um sich ein Mindestmaß an Deckung zu verschaffen, tastete nach der Pistole, zielte, drückte jedoch noch nicht ab. Er wartete, schwitzte, sein Puls raste. Weitere Schüsse folgten. Einer traf mit lautem Klirren die Kalaschnikow. Dewey stieß einen kurzen Schrei aus, spekulierte darauf, dass die Kerle ihn hörten, und wälzte sich hastig nach links – genau in dem Moment, in dem sie seine vorherige Stellung mit Salven beharkten. Er rollte weiter, hielt die Pistole fest umklammert, blieb so tief unten wie nur möglich. Schließlich verharrte er. Auf die Ellbogen gestützt, umfasste er die

Pistole mit beiden Händen und wartete, während Kugeln den Boden zu seiner Rechten aufpflügten. Irgendwann gab der Gegner auf.

Dewey wartete über eine Minute, die Pistole im Anschlag. Schließlich vernahm er ein Motorengeräusch.

Sie kamen, um sich zu vergewissern, dass er wirklich tot war. Doch sie hatten das Licht nicht eingeschaltet. Sie schienen damit zu rechnen, dass er noch lebte. Er wusste, dass sie die Umgebung mit Nachtsichtgeräten absuchten. Versuchte er wegzulaufen, mähten sie ihn garantiert um. Wobei die Reichweite der Nachtsichtgeräte nicht berauschend war.

Wenn er hier wegwollte, dann jetzt.

Sie werden dich sehen.

Die Lage schien aussichtslos.

Du musst fliehen.

Die Scheinwerfer des Trucks flammten auf. Einer der Suchscheinwerfer streifte Dewey. Ein Pick-up, der mit ziemlich hoher Geschwindigkeit fuhr. Die Frontscheinwerfer peilten eine Stelle zu seiner Rechten an. Dewey feuerte, hörte jedoch nur ein Klicken. Die Patronenkammer war leer.

Die linke Wange an den Boden gepresst, schob er den Kopf in den Staub und verharrte reglos. Es waren zwei Mann, die nach ihm suchten – der Fahrer und ein schwarz gekleideter Schütze auf der Rückbank, den Karabiner in der Hand.

In Gedanken spürte Dewey Dutzenden Versäumnissen nach, die ihm unterlaufen waren, und verfluchte sich für seine Nachlässigkeit.

Warum hast du nicht das Fahrzeug gewechselt? Dich nicht in einem verlassenen Schuppen verkrochen?

Schlimmer noch, ihn beschlich der Gedanke, dass der Abstecher nach Damaskus völlig umsonst gewesen war.

Bloß ein Ablenkungsmanöver von Al-Jaheishi. Es gab so vieles, wofür es sich zu leben lohnte. Die Vorstellung, dass er alles verwirkt hatte, traf ihn mit voller Wucht. Wut und Bedauern durchfluteten ihn. Die Scheinwerfer rückten unaufhaltsam näher, der Schütze hielt Ausschau nach ihm …

Peltz betrachtete das Video auf dem Kontrollmonitor vor sich, während Walls den Hubschrauber steuerte. Der Bildschirm zeigte einen Feed, der von einem Satelliten hoch über ihnen stammte. Dünne digitale Rasterlinien überlagerten einen von Braun- und Grautönen dominierten Landstrich. Die holografische Darstellung einer entlegenen syrischen Region namens Irhab – dort hatten sie Andreas' Handy zuletzt geortet. Aufgrund der Wolkendecke geriet das Bild allerdings verpixelt und schwer erkennbar.

Mit gelöschter Bordbeleuchtung flog der Hubschrauber an der Mittelmeerküste entlang Richtung Norden.

»Bereit machen, Jungs«, sprach Walls ins Headset. Per Intercom wurde die Stimme nach hinten übertragen. »Wir haben einen sicheren Korridor ins Landesinnere und vollführen gleich einen Rechtsschwenk.«

Peltz tippte auf einer Tastatur, um das Raster neu auszurichten und eine brauchbarere Darstellung hinzubekommen. Andreas' Position war im Navigationssystem des Choppers hinterlegt, mehr aber auch nicht.

Eine Stimme meldete sich in Peltz' und Walls' Kopfhörern. Abramowitz aus der Operationszentrale daheim auf der Ramat David Airbase. »Lichtung im Süden in fünf, vier, drei, zwo, eins. Zebra Ninety, ihr habt einen Vektor ins Landesinnere zum Zielgebiet.«

»Roger, Mission Leader«, bestätigte Walls, während er

den Panther AS565 MA scharf nach rechts schwenkte. »Fliegen Richtung Südost bei Eins-drei-Zero, over.«

Er blickte Peltz an. »Noch zehn Minuten.«

Peltz sah weder auf, noch ließ er erkennen, dass er Walls überhaupt gehört hatte. Sein Blick klebte geradezu am Bildschirm. Die Wolkendecke war aufgerissen, was es endlich ermöglichte, brauchbare Aufnahmen von Andreas zu bekommen. Ein geisterhaftes Hologramm huschte über die Ebene, wenige Meter von der Stelle entfernt, an der sie das Handy geortet hatten. Allerdings zeigte das Display noch zwei weitere Gestalten und ein Fahrzeug, dazu in steter Folge ein grellweißes Aufblitzen: Schüsse.

»Verflucht!«

»Was gibt's?«, erkundigte sich Walls.

»Ärger.«

Peltz drehte sich zur Kabine um, nahm Blickkontakt zu Meir auf, um zu signalisieren, dass er ihm etwas zeigen wolle. Er betätigte eine Taste an der Instrumententafel des Choppers, klappte ein schwarzes, digitales Display am Helm nach unten und griff nach dem Steuerknüppel vor sich. Dieser kontrollierte die Bordwaffen des Panthers, darunter 20-Millimeter-Maschinenkanonen vom Typ Nexter M621 und AS-15TT-Luft-Boden-Raketen.

»Was ist denn?«, fragte Kohl Meir.

»Die Wolkendecke ist aufgerissen.« Peltz deutete mit der linken Hand auf den Monitor, während er mit der rechten den Joystick ausrichtete. Auf dem Schirm erschien ein rotes Zielquadrat, das die holografische Bodendarstellung überlagerte. Der Bildschirm wurde schwarz, als erneut Wolken die Sicht verdeckten. Peltz wählte die Waffen an, bereitete alles vor, um eine der Raketen abzufeuern. Das elektronische Surren der unter dem Chopper angebrachten Zielvorrichtung erklang.

»Jonathan«, drängte Meir. »Sag schon, was ist los?«

»Er steckt in Schwierigkeiten.«

Meir, in schwarzer Kampfmontur, das Gesicht ebenfalls geschwärzt, beugte sich vor, um besser sehen zu können.

»Wie nah sind sie?«

»20 Meter. Wenn ich sie verfehle …«

»Feuer!«, blaffte Meir. »Dann spielt es so oder so keine Rolle mehr!«

Als der Pick-up näher kam, spürte Dewey den Lichtschein auf sich ruhen. Er schloss die Augen, vernahm Gebrüll auf Arabisch. Der Truck hielt. Er schlug die Augen einen Spaltbreit auf, sah den Schützen vom Heck des Pick-ups zur Fahrerseite gehen. Der Kerl deutete grob in seine Richtung. Dewey rührte sich nicht.

Von oben ertönte ein lautes Geräusch – das schrille, elektrisierende Jaulen von etwas, das mit mörderischer Geschwindigkeit angerast kam. Das Kreischen einer anfliegenden Rakete, zu schnell, um darauf zu reagieren. Innerhalb eines Sekundenbruchteils wurde der Lärm unerträglich, gefolgt von einer ohrenbetäubenden Detonation. Die Erde erbebte, der Pick-up zerbarst in einer Wolke aus Rauch und Flammen, ein gewaltiger Feuerball erhellte den Himmel.

Dewey wurde förmlich hochkatapultiert und rückwärtsgeschleudert. Mehrere Meter entfernt landete er und überschlug sich dabei. Sein Gesicht schrammte über den Boden, bis er schließlich liegen blieb. Das Einzige, was er hörte, war ein schrilles Klingeln in den Ohren. Augenblicke später gesellte sich das Knistern von glühendem Metall hinzu. Reglos lag er da und wartete mit geschlossenen Augen darauf, dass der Schock nachließ, damit er nachsehen konnte, ob er verletzt war. Minutenlang rührte er sich nicht. Alles fühlte sich taub an.

Irgendwann vernahm er Rotorblätter eines Hubschraubers über dem Getöse des in Flammen stehenden Trucks. Langsam setzte er sich auf und schirmte die Augen vor dem Windschwall ab, der Staub und Sand aufwirbelte. Weder sah noch hörte er, wie der Heli landete.

Zu beiden Seiten spürte er Hände, die ihn in eine aufrechte Position hievten.

Es war Meirs Stimme, die ihn aus der Erstarrung riss. »Alles okay, Dewey?«

Taumelnd legte er die Arme um ihn und einen weiteren Soldaten. Sie brachten ihn zur Luke des Helis, der mit laufenden Triebwerken wartete.

»Warum habt ihr bloß so elend lang gebraucht?«, stöhnte Dewey.

»Zu viel Verkehr.«

44

CARMAN HALL
COLUMBIA UNIVERSITY

Da sich so viele Menschen auf so engem Raum drängten, wurde es in der neunten Etage bald heiß und miefig. Die anfängliche Hysterie wich Fassungslosigkeit und stummer Trauer.

Ali holte einen großen Pappkarton aus einem der Zimmer. Er stand mit Mohammed im Eingang zur neunten Etage, beide hielten Handydetektoren in der Hand und kontrollierten damit jeden, der das Stockwerk betrat, um die Telefone zu konfiszieren.

Während seine Männer die Studenten in die neunte Etage trieben, erklomm Sirhan die verlassen daliegende östliche Treppe zum Dach. Die erhöhte Position musste unbedingt gesichert werden, bevor FBI oder NYPD Zeit fanden, eine SWAT-Einheit zu mobilisieren und per Hubschrauber auf dem Gebäude abzusetzen.

Langsam, den Finger am Abzug der entsicherten Kalaschnikow, schob er die Tür auf. Unten auf der Straße näherten sich von allen Seiten Sirenen. Er duckte sich, ließ den Blick vorsichtig ringsum schweifen. Das Gewehr stets in Blickrichtung schwenkend, inspizierte er die umliegenden Gebäude und die entlegene Skyline. Als sich nichts regte, setzte er den Canvas-Rucksack ab, nahm ein Fernglas heraus und suchte auch damit alles ab. Er registrierte keinerlei Bewegung, rechnete aber damit, dass bald Scharfschützen eintrafen. Wahrscheinlich befanden sie sich sogar längst in Position und warteten auf den Einsatzbefehl. Möglich, dass das FBI einen Verhandlungsversuch startete, bevor es zum Gegenschlag ausholte, doch insgeheim bezweifelte er es. Nicht nach dem Blutbad, das sie auf der Straße angerichtet hatten.

Auf dem Dach hielt sich niemand auf. Eine hüfthohe Ziegelsteinbrüstung zog sich am Rand entlang. Ein paar Bierflaschen, ein kaputter Gartenstuhl und Zigarettenstummel kündeten davon, dass es hin und wieder von Studenten als Treffpunkt genutzt wurde.

Sirhan hob den Blick, ließ ihn noch einmal über die Gebäude in der unmittelbaren Umgebung von Carman Hall schweifen. Sie waren allesamt niedriger. Auf der anderen Seite der 114th Street entdeckte er mehrere Stockwerke unter sich Leute an den Fenstern, die auf die Straße starrten, wahlweise schockiert über die Leichen oder neugierig wegen des Treibens der Rettungskräfte. Von seiner Anwesenheit bekamen sie nichts mit.

Tariq kam aufs Dach. Er schwitzte.

»Wo ist der Kasten?«, wollte Sirhan wissen.

»Hinter mir. Gleich neben der Tür.«

Sirhan nickte.

»Ist er bereit, falls wir sie brauchen?«

»Ja.«

»Gut. Dann sollten wir uns beeilen und zusehen, dass wir das Dach verminen. Sie dürften jede Minute hier sein. Wenn es ihnen gelingt, das Dach einzunehmen, versetzt sie das in die Lage, uns zu stoppen.«

Sirhan ging neben dem Rucksack auf die Knie und holte eine große Rolle Wolframdraht heraus; den gleichen, wie ihn Fahd und Omar an den Treppen verwendet hatten. Ein Ende befestigte er in Hüfthöhe an einem Stahlpfosten nahe der Ecke des Dachs. Von dort ging er mit der Spule zum Rand schräg gegenüber, wickelte den Draht um das Ende eines Stahlträgers und zurrte ihn fest. Anschließend begab er sich in die Mitte des Daches und hielt Ausschau nach einer Vorrichtung, die stabil genug war, um den Draht daran zu fixieren. Er entschied sich für eine starke Rohrleitung, wickelte ihn darum und ging in die entgegengesetzte Richtung weiter. Auf diese Weise errichtete er zügig ein dicht verwobenes Geflecht, das sich bald kreuz und quer über die komplette Fläche spannte.

Unterdessen entnahm Tariq dem Rucksack sechs Sprengsätze, exakte Kopien derjenigen auf den Treppen – Semtex 10 mit einem Auslöseschalter, der an der Seite hervorragte. Bei jedem Sprengsatz klemmte Tariq die Batterien an, um ihn scharf zu schalten. Behutsam reichte er Sirhan die fertigen Sprengsätze, der sie auf dem Wolframdraht drapierte. Kappte man den Draht an einer x-beliebigen Stelle, sackte das ganze Geflecht zusammen, das Semtex 10 fiel herunter, die Schalter schlugen auf dem harten Untergrund auf und ließen die Bombe hochgehen. Nun konnte auch niemand mehr aus der Luft in das Wohnheim vordringen.

Jede Ladung verfügte über genügend Wucht, um nicht nur das Dach selbst einzuebnen, sondern auch Teile des darunter befindlichen Stockwerks zu zerstören. Gingen sie alle gleichzeitig hoch, dürfte das Gebäude sogar komplett kollabieren.

Tariq stand am Rand des Dachs. Als er an der glatten Fassade des Wohnheims hinabblickte, entdeckte er eine Gestalt – einen Studenten, der in der zweiten Etage auf dem Fenstersims balancierte. Unvermittelt sprang der Junge, landete auf dem Bürgersteig vor dem Gebäude, fiel hin und hielt sich das Bein.

»Sirhan.«

Sirhan befand sich auf der anderen Seite, kroch mit einem Sprengsatz am Rand entlang und stand im Begriff, ihn oben auf dem Drahtgeflecht zu platzieren.

»Was ist?« Er drehte sich um und blickte zum südlichen Himmel hinauf. Da hörte er es: ein fernes Hubschraubergeräusch.

Vorsichtig deponierte Sirhan den Sprengsatz auf dem Draht und robbte zurück bis an die Ecke. Er musste noch eine letzte Ladung anbringen, doch wenn er hier am Rand des Abgrunds entlangkroch, war er völlig ungeschützt.

Sirhans Blick glitt zu Tariq. Mit einer Kopfbewegung deutete er zur Tür. »Los!«

Tariq verschwand im Gebäude, während sich Sirhan an der Kante anschickte, den fünften Sprengsatz anzubringen.

Tariq öffnete die Schnappverschlüsse des länglichen Kastens, befreite vorsichtig die SAM-Rakete und die Batteriekühlungseinheit aus der Verschalung – eine zylindrische Vorrichtung, die die Rakete nicht nur kühlte, sondern auch mit Energie versorgte, solange sie noch im Abschussgerät steckte. Er bugsierte die Waffe auf die rechte Schulter. Mit der linken schob er die Kühlung in die dafür vorgesehene Öffnung an der Unterseite der SAM und klappte eine rechteckige Leiste hoch, die es ihm erlaubte, das Ziel anzuvisieren. Die linke Hand berührte die Entriegelung vorn am Starter, die rechte den Abzug. Mit dem Daumen drückte er den Sicherungs- und Zündschalter hinter dem Abzug und stellte die Feuerbereitschaft her.

Vom offenen Türrahmen aus beobachtete Tariq zwei Hubschrauber, die am Horizont über die östliche Skyline jagten.

Das rechte Auge ans Visier gepresst, aktivierte er das Raketenlenksystem, richtete es zunächst auf den Himmel rings um die näher kommenden Chopper aus, dann auf den Hubschrauber, der sich am nächsten befand. Er lauschte auf das Summen, das bestätigte, dass das Ziel erfasst war.

»Sirhan«, sagte er und hielt die SAM feuerbereit fest. »Sie kommen näher.«

Sein Partner befand sich an der nächstgelegenen Dachkante und schob den letzten Sprengsatz auf die Drahtkonstruktion.

Tariq vernahm das Summen der Zielerfassung im gleichen Augenblick wie das Wummern des anfliegenden Choppers. Direkt hinter Sirhan schlugen Kugeln ins Dach ein. Ihm blieb keine Zeit mehr für den Rückzug.

Tariq feuerte. Die Rakete schoss aus dem Startgerät. Ein tiefes Fauchen vermischte sich mit dem Getöse der Maschinenkanonen des Hubschraubers. Die Rakete zog eine Rauchspur hinter sich her, die sich erst vermeintlich planlos durch die Luft schlängelte und dann schnurgerade ausrichtete.

Der Hubschrauber schwenkte abrupt nach links und zog hoch, beschleunigte, um der Rakete auszuweichen. Doch sie war zu nah. Es dauerte nur Sekunden, bis sie in die rechte Flanke einschlug. Im nächsten Augenblick explodierte der Drehflügler. Orangefarbene, schwarze und grellrote Flammen loderten inmitten eines Infernos aus Feuer und Rauch, das sich im Tandem mit einer dichten Rauchwolke nach allen Seiten ausbreitete. Die Überreste des Helis brachen auseinander, mehrere Kreuzungen weiter schlugen die Trümmer auf. Die Menschen in den benachbarten Häusern schrien.

Sirhan lag auf dem Bauch, an die Dachkante geklammert, neben sich den Abgrund. Er drehte den Kopf, sagte jedoch nichts. Zentimeter um Zentimeter arbeitete er sich rückwärts, während der andere Chopper am Himmel nach oben stieg und außer Sichtweite verschwand.

Sirhan robbte zur Tür, an der Tariq ihn erwartete.

»Danke, Bruder.«

45

IN DER LUFT

Er schlief. Dann fühlte er es. Eine Hand auf seiner Schulter. Er war wieder in der Klinik, spürte das Messer am Hals. Mit einem Satz sprang er vom Sitz auf.

»Hey, Dewey, ich bin's!«

Dewey stand da, den rechten Arm um den Hals der Co-Pilotin gelegt. Seine Gedanken überschlugen sich. Dann fiel ihm alles wieder ein. Er ließ los.

»Tut mir leid«, sagte er. »Instinkt.«

Sein Blick glitt nach unten. In der rechten Hand hielt die Co-Pilotin ein kleines Messer, das sie ihm gegen den Leib drückte. Er sah auf, während sie die Hand zurückzog.

»Tut mir leid«, sagte sie, ein leichtes Grinsen im Gesicht. »Instinkt.«

Dewey lachte.

»Begrüßen Sie Mädchen immer so, wenn sie Sie aufwecken?«

Dewey schüttelte den Kopf.

Geistesabwesend tastete er am Hals nach der Stelle, wo Garotin das KA-BAR-Messer angesetzt hatte. Bloß ein kleiner Kratzer. Es tat nicht weh und doch ging es Dewey nicht aus dem Sinn. Er wäre nie auf die Idee gekommen, dass man ihn enthaupten könnte. Nun wurde ihm klar, dass die Vorstellung, den Kopf abgeschnitten zu bekommen, ihn weit mehr entsetzte als der Gedanke, erschossen zu werden. Vielleicht lag es daran, dass er schon mehrere Male angeschossen worden war und wusste, dass er damit fertigwurde. Oder daran, dass er dem Tod kürzlich sehr nahe gewesen war. Er zog die Hand vom Hals weg und zwang sich, das Thema zu verdrängen.

»Nur die hübschen«, antwortete er der Pilotin.

»Sie sollten da ein Pflaster drauftun.«

»Wie lange habe ich geschlafen?«

»Wir haben Israel vor vier Stunden verlassen.«

»Wann treffen wir in Andrews ein?«

»In Andrews lassen sie uns nicht landen. Es gab wohl einen Anschlag in New York City. Das FBI hat die Lage unter Kontrolle, aber Homeland leitet alle ankommenden Flüge entlang der Ostküste um. Wir bemühen uns um eine Freigabe, aber die Chancen stehen schlecht. Da herrscht ziemliche Panik.«

»Ich brauche ein Satellitentelefon.«

»Geht klar.« Sie ging in die Kabine und kehrte mit einem Telefon zurück. Dewey zog die Antenne heraus und wählte Calibrisis Nummer. Der Anruf wurde direkt auf die Mailbox umgeleitet. Er probierte es mehrmals. Nach dem vierten Versuch hinterließ er eine Nachricht.

»Hey, ich bin's. Ich bin im Flieger. Ruf mich zurück, wenn du das abhörst.«

Dewey wählte eine sechsstellige Nummer, die er auswendig kannte. Im Telefon klickte es mehrmals, schließlich meldete sich eine Frauenstimme.

»Identifizieren Sie sich.«

»NOC 2294 Schrägstrich sechs.«

»Warten Sie einen Moment.«

Eine Serie von Pieptönen folgte, dann meldete sich eine Männerstimme.

»Control, bitte warten Sie auf die Spracherkennung. Sprechen Sie.«

»Andreas, Dewey.«

Abermals eine Reihe von Pieptönen, dann eine andere Stimme.

»Control, wen möchten Sie sprechen, Dewey?«

»Hector.«

Ein kurzes Zögern. »Er ist nicht verfügbar.«

»Richten Sie ihm aus, ich muss ihn sprechen. Es ist dringend.«

Erneut ein Zögern.

»Warten Sie.«

Einige Sekunden später klingelte das Telefon.

»Dewey?«

Es war Polk.

»Hi, Bill. Wo ist er?«

»Wo bist du?«

»In der Luft. In einer Stunde müsste ich da sein, aber sie lassen uns nicht in Andrews landen.«

»Ich besorge euch eine Landeerlaubnis.«

»Wo steckt Hector? War die Information brauchbar?«

»Absolut«, sagte Polk. »Allerdings haben wir hier ein Problem.«

»Schon gehört. Wo in New York? Was ist passiert?«

»An der Columbia University. Ein Studentenwohnheim wurde besetzt. Es handelt sich um eine Geiselnahme. Aber davon spreche ich nicht, Dewey, Hector ist in der GW-Klinik. Er hatte einen schweren Herzinfarkt.«

Dewey schwieg.

»Sie ...«, begann Polk und verstummte dann. »Sie wissen nicht, ob er durchkommt.«

Dewey schloss die Augen. Er streckte die Hand aus und stützte sich an der Sitzlehne ab.

»Ich bin gerade bei ihm«, sagte Polk. »Sie haben ihn in ein künstliches Koma versetzt. Selbst wenn er es schaffen sollte, sind sie sich nicht darüber im Klaren, wie lange die Sauerstoffversorgung unterbrochen war.«

Dewey räusperte sich. »Hat schon jemand Vivian Bescheid gesagt?«

»Ja. Sie ist unterwegs.«

»Bill, kannst du dafür sorgen, dass in Andrews ein Hubschrauber auf mich wartet?«

»Ja, natürlich. Ach, übrigens, wie geht's dir?«

»So weit alles okay. Bis nachher.«

46

CARMAN HALL
COLUMBIA UNIVERSITY

Als Mohammed das zehnte Obergeschoss betrat, waren schon so viele Schüsse gefallen, so viele Schreie ertönt, dass

Studenten wie Eltern völlig verängstigt waren und sich schweigend in ihr Schicksal fügten. Mohammed räumte die Etage ohne weitere Vorkommnisse. Es reichte, ein paarmal in die Decke zu feuern, damit die Leute sich beeilten.

Das Problem bestand darin, dass die Treppe überfüllt war, weil alle ins neunte Stockwerk drängten. Dabei erwies sich der Eingangsbereich als Engpass.

Viele der Geiseln hatten voller Entsetzen den Abschuss des Hubschraubers verfolgt. Die anderen wussten vom Hörensagen Bescheid. Damit war auch der letzte Widerstand verpufft. Mitzubekommen, wie der Helikopter mitten in der Luft in Flammen aufging, hatte auch die risikofreudigsten Geiseln jäh zum Schweigen gebracht.

Meuse trug die Verantwortung für die elfte Etage. Er betrat das Stockwerk, doch bevor er überhaupt die Waffe heben konnte, kam eine junge Frau im Hidschab aus der eingeschüchterten Menge auf ihn zu. Sie hob die Hand und sprach ihn auf Arabisch an: »Du brauchst nicht zu schießen. Wir werden tun, was du sagst.«

»Geht in den neunten Stock«, sagte er. »Gepriesen sei Allah.«

Bei Meuses Worten blickte ihn das Mädchen finster an, hielt jedoch den Mund. Sie richtete sich an die Gruppe.

»Alles in den neunten Stock«, sagte sie.

Sullivan hockte da und drehte sich unentwegt zwischen den beiden Flurenden im zweiten Stock hin und her, dabei folgte das Gewehr jeder seiner Bewegungen. Sein Herz raste.

Hätte ihm heute Morgen einer gesagt, dass er jemanden umbringen würde – vor allem indem er ihm das Genick brach –, während Dutzende von Menschen, darunter seine eigene Tochter, zusahen, hätte er ihm vermutlich den Kaffee vor die Füße gespuckt. Mehr als eine kleine Schlägerei zu Collegezeiten hatte er sich bisher nicht zuschulden kommen lassen. Damals war er in einer Kneipe in Brunswick, Maine, unfreiwillig in einen Streit verwickelt worden. Sullivan prügelte zwei Einheimischen die Scheiße aus dem Leib, nachdem sie mit seinem Zimmergenossen und ihm Streit angefangen hatten. Mit einer Bierflasche schlugen sie seinen Mitbewohner nieder. Selbst da hatte er die Auseinandersetzung noch vermeiden wollen und bettelte die beiden betrunkenen Biker an, ihn gehen zu lassen, um den bewusstlosen Freund ins Krankenhaus zu bringen. Doch davon wollten sie nichts wissen. Dem einen hatte Sullivan daraufhin den Arm gebrochen, dem anderen die Nase. Bis zum heutigen Tag wusste er nicht, woher diese brutale Energie gekommen war.

Angesichts der Erinnerung musste er grinsen. Er hatte es eben drauf.

Was den Umgang mit Feuerwaffen anging, besaß er absolut keine Erfahrung. Er hielt das Sturmgewehr des Terroristen in der Hand, bemüht, sich damit vertraut zu machen. Doch abgesehen vom Abzug war er absolut nicht sicher, wozu die diversen Hebel, Schalter und Knöpfe gut waren.

Er schielte hinter sich ins halb leere Zimmer. Studenten wie Eltern hatten seine Aufforderung befolgt und sich ein Beispiel an seiner Tochter genommen – zwei Stockwerke tief auf den harten Boden da unten zu springen.

Das geht zu langsam, dachte er.

Vor lauter Sorge überschlugen sich seine Gedanken. Offensichtlich waren die Terroristen noch mit der Sicherung des Gebäudes beschäftigt. Sobald jedoch einer von ihnen Leute aus dem Fenster springen sah, brach garantiert die Hölle los. Ihnen dürfte dann sofort klar sein, dass auf dieser Etage etwas nicht stimmte. Dass es ihren Mann erwischt hatte.

Dann würden sie kommen, um nachzusehen.

Sein Blick fiel auf eine ältere Frau, wohl die Großmutter eines Studenten, die in der Ecke saß und völlig verängstigt wirkte.

Sullivan erhob sich, prüfte noch einmal beide Enden des Flurs und ging mit zu Boden gerichtetem Gewehr zu ihr.

»Wie heißen Sie?«

Sie starrte ihn nur an.

»Okay, warum mache ich nicht den Anfang?«, sagte er. »Ich bin Jack Sullivan.«

Er hielt ihr die Hand hin, doch sie machte keinerlei Anstalten, sie zu schütteln. Statt die Hand wegzuziehen, legte er sie ihr auf die Schulter.

»Woher kommen Sie?«

»Aus Toronto.«

Sullivan nickte. »Ich bin aus Philadelphia.«

»Ich heiße Ruth.«

»Sind Sie hier, um jemanden abzuliefern?«

»Ja, meinen Enkel.«

Mit einer Kopfbewegung deutete Sullivan zum Fenster.

»Sie haben Angst, nicht wahr?«

»Ich habe zwei künstliche Hüftgelenke und eine künstliche Herzklappe. Wenn ich da runterspringe, zerfalle ich in meine Einzelteile.«

»Ruth, diese Männer sind nicht hier, um Freundschaft zu schließen. Die werden jeden umbringen. Das sind Terroristen. Wenn die Sie hier finden, war's das für Sie.«

»Das ist mir klar.«

Sullivan führte sie ans Fenster, zwischen den Leuten hindurch, die sich auf den Sprung vorbereiteten. Ein junger Mann ließ sich gerade nach unten fallen. Ein gedämpfter

Schrei hallte zu ihnen herauf, als er mit den Beinen voran auf dem Beton aufprallte.

Ruth entfuhr ein leiser Aufschrei. Sie schlug die Hand vor den Mund.

»Ich kann nicht.« Flehend blickte sie Sullivan an.

Dieser schwieg sekundenlang.

»Ich muss zurück auf den Flur«, meinte er schließlich. »Wenn Sie hierbleiben, sollten Sie sich verstecken. Verkriechen Sie sich unter einem Bett und aktivieren Sie die Stummschaltung am Handy, falls Sie eins dabeihaben.«

Nachdem Omar die Treppen im Erdgeschoss sowie in der zweiten und vierten Etage vermint hatte, ging er rauf zum Rest der Zelle.

Fahd bezog seinen Anweisungen entsprechend im fünften Stock Stellung, oberhalb des höchsten mit Sprengsätzen verdrahteten Abschnitts. Während er die Stufen hinunterging, zog er einen Schalldämpfer aus der Manteltasche – einen SureFire FA556, schwarz, zehn Zentimeter lang – und schraubte ihn auf die Mündung seines Gewehrs. Als er ins fünfte Obergeschoss marschierte, gab er probehalber einen Schuss ab. Ein leises, metallisches Knallen ertönte, während die Kugel in eine Wand einschlug.

Ihm war klar, dass die Scharfschützen bald in Stellung gingen, wenn sie nicht ohnehin schon da waren. Er musste vorsichtig sein. Fahd war bewusst, dass er hier und heute sterben würde, aber noch nicht jetzt. Keiner von ihnen durfte zu früh sterben. Die Größe ihrer Zelle war strategisch exakt auf die Bedürfnisse der Operation ausgelegt. Jeder von ihnen hatte eine klar definierte Aufgabe zu erledigen. Seine bestand im Augenblick darin, jeden zu töten, der sich Zutritt durch den Haupteingang verschaffen wollte.

Fahd entschied sich für ein Zimmer auf halber Höhe des Korridors und robbte dicht an die Wand gepresst über den Boden. Als er den hüfthohen Fenstersims erreichte, richtete er sich auf die Knie auf. Langsam, ganz vorsichtig hob er den Kopf und spähte nach draußen.

Der Fußweg vor dem Wohnheim lag verlassen da. Der Campus wirkte wie leer gefegt. Dort, wo Menschen niedergeschossen worden waren, prangten Blutflecken auf dem beigefarbenen Belag. Fahd versuchte, einen Blick auf die Fassade von Carman Hall zu erhaschen, doch das erwies sich als gar nicht so einfach. Wollte er den Bereich direkt vor dem Eingang in Augenschein nehmen, musste er sich aus dem Fenster lehnen.

Er zog ein Monokular aus der Weste und suchte die Dächer ab, achtete darauf, ob sich etwas bewegte. *Da!* Direkt gegenüber lauerten zwei Männer in Kampfmontur. Einer von ihnen beobachtete das Wohnheim per Fernglas, der andere führte ein Handytelefonat. Er konnte sie von der Schulter aufwärts erkennen, eine schmiedeeiserne Brüstung nahm ihm teilweise die Sicht.

Fahd musterte das sechsgeschossige Gebäude, hielt Ausschau nach Anzeichen von Polizeipräsenz. Fenster für Fenster suchte er auf diese Art ab. Im dritten Stock registrierte er Bewegungen. Im betreffenden Raum brannte kein Licht. Trotzdem unterstellte er, dass dort gerade eine Scharfschützenstellung eingerichtet wurde.

Er ließ die Jalousien herunter und ließ sie einen Spaltbreit geöffnet – gerade weit genug, um durchzugucken. Weit genug für die Mündung seiner Waffe. Er schob ein Bett an die Wand unters Fenster. Es reichte bis an den Sims, sodass er sich hinsetzen und Wache schieben konnte. Fahd stellte sich auf eine lange Wartezeit ein. Identische Vorbereitungen traf er in einem Zimmer auf der anderen Seite des Flurs.

Er hatte einen großen Vorteil gegenüber den Scharfschützen. Sie konnten unmöglich einschätzen, ob er ein Sniper war oder bloß ein Student. Selbst für den Fall, dass sie ihn entdeckten, würden sie wohl kaum das Risiko eingehen, einen Unschuldigen zu töten.

Fahd kehrte zurück in den ersten Raum. Mithilfe des Monokulars observierte er durch den freigelassenen Schlitz die Männer auf dem Dach. Beide blickten zum Himmel über dem Wohnheim. Fahd renkte sich fast den Hals aus, um etwas zu erkennen. Vergeblich. Dann hörte er die Hubschrauber.

Abermals huschte er mit dem AR-15 zur anderen Gebäudeseite, bis er die zwei schwarzen Objekte ausmachen konnte, die durch die Wolken rasten. Die Hubschrauber kamen näher und setzten zum Sinkflug an, machten Anstalten, auf dem Dach zu landen. Mit einem Mal hagelte es Geschützfeuer aus dem vorderen Heli, eine blindwütige Salve aus dem am Rumpf montierten Maschinengewehr.

Befand Sirhan sich weiterhin auf dem Dach? Was, wenn sie es noch nicht vermint hatten und das FBI ihn tötete?

Hör auf, dir so viele Gedanken zu machen.

Doch der unerbittliche Lärm zwang ihn förmlich zum Grübeln.

Seine Ohren fingen das charakteristische Fauchen einer Rakete auf. Im nächsten Moment fegte sie kreischend über den Himmel und schlug in den Hubschrauber ein. Sein Herz tat einen Satz. Brennende Trümmer regneten in die Tiefe.

Gleich darauf hörte er einen Schrei, aber er klang anders als sonst.

Er rannte zurück zur anderen Gebäudeseite. Von dieser Seite war der Laut gekommen, doch er sah nichts. Er stieg erst aufs Bett, dann aufs Fensterbrett und lugte aus der

Deckung der Jalousie am Rahmen vorbei. Die Gegner mochten durch den Abschuss ohnehin abgelenkt sein. Fahd zog die Lamellen auseinander und spähte auf die Straße. Von dort unten war der Schrei gekommen – und er wurde fündig. Eine Frau befand sich direkt an der Hauswand auf dem Boden, sie bewegte sich kriechend vorwärts. Im Fenster über ihr erschien eine weitere Person, stellte sich auf den Sims und sprang.

Fahd merkte, wie Wut in ihm aufstieg. Sie entkamen! Wer war für diese Etage verantwortlich?

Mittlerweile zählte er bereits vier Leute, die sich eng an der Mauer in Sicherheit brachten.

Er schwenkte die Mündung seines AR-15 zum offenen Fenster und strich damit an der Backsteinfassade auf und ab. Mit dem Monokular checkte er die Lage. Von den Männern auf dem Gebäude war nichts mehr zu sehen. Und auch am Fenster im zweiten Obergeschoss regte sich im Moment nichts.

Sie sind abgelenkt.

Fahd redete sich ein, dass es am explodierten Hubschrauber lag. Er schob den Schalldämpfer durchs offene Fenster und machte sich zum Feuern bereit.

Sirhan betrat die neunte Etage. Es herrschte unglaublich viel Betrieb. Eltern und Studenten drängten sich auf dem Korridor und in den Zimmern. Mit dem Gewehr im Anschlag schlenderte er lässig durch den Flur, die Mündung streifte oft nur Zentimeter an den Köpfen der Leute vorbei.

Sirhan war nicht besonders groß – 1,65 Meter –, doch verbreitete er ein Gefühl von Stärke, mit der er die mangelnde körperliche Präsenz kompensierte. Sein kahler, wuchtiger Schädel wurde von einem buschigen Vollbart eingerahmt. Eine markante Nase prangte im olivfarbenen Gesicht. Sein gelassener Blick verriet Selbstvertrauen, nur selten sah er jemandem in die Augen. Diese bewusste Distanz trug zur Steigerung seiner Autorität bei. Im Kairoer Jugendgefängnis, in das man ihn mit zehn Jahren gesteckt hatte, verbrachte er einen Großteil seiner Jugend mit Hanteltraining im Trainingsraum. Seine Arme waren gut definiert, der überproportionale Bizeps trat deutlich, fast schon grotesk hervor. Er trug ein eng anliegendes schwarzes T-Shirt, das die Brustmuskulatur zur Geltung brachte, hatte O-Beine und hinkte leicht. Ursache war ein nicht ordentlich verheilter Bruch, zugezogen beim Sprung aus dem Fenster im Rahmen eines seiner zahllosen Fluchtversuche.

Mit 23 war Sirhan der Jüngste der Zelle. Und doch hatte Nazir ihm die Verantwortung übertragen. Anfangs ärgerten sich einige in der Gruppe darüber, doch schließlich mussten sie zugeben, dass Nazir eine kluge Wahl getroffen hatte. Sirhan verfügte über Organisations- und Führungstalent – er ging äußerst planvoll vor, agierte diszipliniert und war offen für andere Meinungen sowie neue Ideen. Er verhielt sich ungemein loyal, gab jedem das Gefühl, dazuzugehören und für eine besondere Aufgabe auserwählt zu sein. Gleichzeitig vermittelte er den Männern den Eindruck, dass sie ihm am Herzen lagen.

Und das stimmte sogar. In Eigenregie hatte er einen Plan ausgearbeitet, um jeden von ihnen in die Vereinigten Staaten einzuschleusen, hatte für jeden eine Legende erdacht. Er sorgte für Zusammenhalt, arbeitete geduldig auf ihr großes Ziel hin. Natürlich besaß Sirhan auch eine rücksichtslose, ans Böse grenzende Seite. Allerdings ging es einem Terroristen nicht allein um den letzten Moment ultimativer Gewalt, darum, Flugzeuge in die Twin Towers zu steuern oder einen Sprengstoffgürtel zu zünden. Es waren

die ruhigen Phasen, die er als weitaus fordernder empfand – Abwarten und Planen, denjenigen Freundlichkeit zu
erweisen, die man viel lieber tot sehen wollte. Sirhan begriff
das und hatte es geschafft, die acht Dschihadisten zu einer
Familie zusammenzuschweißen; etwas, das die meisten von
ihnen nie gekannt hatten.

Die meisten ihrer Geiseln kauerten in stummem Entsetzen auf dem Boden. Schweigend schritt er den kompletten Flur ab. Drängten sich an einer Stelle zu viele Menschen,
wartete er, bis jemand zur Seite wich. So etwas brachte ihn
nicht auf die Palme. Mohammed und Omar standen vor der
Tür am hinteren Ende, die Gewehre entsichert, den Lauf auf
den Boden gerichtet. Sirhan begegnete ihrem Blick, machte
kehrt und ging zurück zu Tariq, Ali und Meuse.

Fahd, das wusste er, hielt sich im fünften Stock auf, Jabir
in der Lobby.

»Wo ist Ramzee?«, wandte er sich auf Arabisch an Ali.

Ali blickte Sirhan betroffen an, einen Anflug von Schuldbewusstsein im Gesicht.

»Ich weiß es nicht, Sirhan.«

»Da muss was passiert sein«, erkannte Sirhan. »Hat einer
von euch ihn gesehen?«

»Ich«, sagte Ali. »Ich hab den dritten Stock geräumt. Er
war ein Stockwerk unter mir, im zweiten.«

»Hat ihn danach noch jemand zu Gesicht bekommen?«

Alle schüttelten den Kopf.

»Einer von euch muss runtergehen.«

»Die Treppen sind vermint, Sirhan«, gab Omar zu
bedenken. »Zwischen dem vierten und fünften und dem
zweiten und dritten Stock. Es ist nicht mehr möglich, sie
zu betreten.«

»Kann man nicht übers Geländer klettern?«

»Nein«, widersprach Omar. »Dazu bräuchte man einen

Hochseilartisten. Vor allem sind sie ebenfalls verdrahtet. Eine falsche Berührung könnte dazu führen, dass die Bombe runterfällt. Ein einziger Ausrutscher, dann wäre alles vorbei.«

»Was glaubst du, was passiert ist?«, fragte Tariq.

»Er ist tot. Er muss tot sein. Vielleicht beherrscht einer der Studenten Selbstverteidigung oder hatte eine Waffe.«

»Oder ein Elternteil«, warf Ali ein.

Sirhan nickte nachdenklich.

»Wenn wir nicht runterkönnen, können die, die dafür verantwortlich sind, auch nicht rauf. Sie sitzen ebenfalls fest.«

»Mit Ramzees Waffe«, flüsterte Sirhan. Ihn beunruhigte die Möglichkeit, dass der Mitstreiter tot und sein Mörder noch am Leben war.

Sirhan ging auf die versammelten Eltern und Studenten zu. In der Mitte des Korridors blieb er stehen.

»Willkommen an der Columbia«, verkündete er mit starkem arabischem Akzent. »Wir möchten den Semesterbeginn diesmal auf eine ganz besondere Weise begehen.«

Alles schwieg. Unvermittelt brüllte ein Mädchen los: »Ihr seid doch alle krank im Kopf! Was haben wir euch getan, um das zu verdienen?«

Ein junges Ding, brauner Pagenkopf, unauffällige Erscheinung. »Was haben die Leute im Hubschrauber euch getan?«

»Was mit *mir* nicht stimmt?«, fragte Sirhan grinsend.

Er drückte ab. Die Kugel traf das Mädchen in die Brust. Sie taumelte und blieb reglos liegen, während ringsum alle schrien.

Sirhan blickte wild um sich. »Für den Fall, dass es jemand von euch immer noch nicht kapiert hat: Wir machen hier keine Scherze!«

Er schaute den Umstehenden in die Augen.

»Wenn ihr leben wollt, tut genau, was ich sage. Regel Nummer eins: Haltet den Mund, bis ich euch zum Reden auffordere. Regel Nummer zwei: Wir schrecken nicht davor zurück, euch zu töten. Kugeln sind schmerzhaft und wir haben genug davon mitgebracht.«

Tariq nickte ihm vom Ende des Flurs aus zu. Er nahm ihn beiseite.

»Bist du sicher, dass in den beiden obersten Stockwerken niemand mehr ist?«, fragte er auf Arabisch.

»Ja, ich bin mir sicher.«

»Geh in den fünften Stock zu Fahd. Haltet dort Wache und behaltet besonders den Flur im Auge. Falls jemand Ramzee getötet hat, dürfte er sich seine Waffe angeeignet haben. Wir müssen aufpassen.«

Er schob sich an ihm vorbei und lief über die Treppe in den zehnten Stock. Auf dem Korridor war kein Laut zu hören. Mit dem Sturmgewehr vor der Brust und dem Finger am Abzug schwenkte er die Mündung Raum für Raum systematisch nach vorn und wieder zurück.

Nachdem er einige Zimmer passiert hatte, betrat er eins davon. Darin standen zwei Schreibtische, ein Etagenbett und ein Stapel Kartons. Vorsichtig stahl er sich an der Wand entlang. Die Aktion hatte zwar gerade erst begonnen, doch falls die Amerikaner – die Universität, das FBI oder die Polizei – vorbereitet waren, hatten sie bereits Scharfschützen in Stellung gebracht. Langsam, Zentimeter für Zentimeter, arbeitete er sich voran, bis ihn kaum ein Meter vom Fenster trennte. Er spähte auf die Straße. Nichts zu sehen, nur ein paar parkende Autos und eine Reihe gepanzerter Fahrzeuge an der Kreuzung zum Broadway.

Sirhan blickte nach oben, zählte drei Hubschrauber, die am Himmel schwebten, allerdings weit weg. Die Rakete hatte ihre Wirkung nicht verfehlt.

Sirhan ging zurück in den Flur, zückte sein Handy und drückte eine Kurzwahltaste. Es klingelte ein paarmal, schließlich nahm Nazir ab.

»Sirhan? Ist alles in Ordnung?«

»Ja, Tristan. Wir sind drin, haben das Gebäude abgeriegelt und uns einen strategischen Vorteil verschafft.«

»Sehr gut! In den Nachrichten gibt es kein anderes Thema. Ihr habt einen Hubschrauber abgeschossen.«

»Ja. Sie kamen uns zu nah, wollten vermutlich das Dach einnehmen. Inzwischen ist es vollständig vermint.«

»Sind schon Reporter vor Ort?«

»Ich weiß es nicht. Die ganze Gegend ist abgeriegelt. Sie haben eine Sicherheitszone eingerichtet. Außerdem habe ich gepanzerte Fahrzeuge entdeckt. Es ist schwer, hinter den anderen Gebäuden etwas zu erkennen.«

»Benutz dein Handy nur noch im Notfall«, befahl Nazir. »Bald werden sie alle Signale abfangen, wenn es nicht sogar schon der Fall ist. Es wundert mich, dass sie keinen Störsender installiert haben. Andererseits passt es ins Bild. Die Amerikaner sind schließlich nicht die Schnellsten. Denk dran, was zu tun ist, wenn du keinen Empfang mehr hast.«

»Ja, ich weiß. Wann sollen wir damit beginnen, Studenten aus den Fenstern zu stoßen?«

»So bald wie möglich.«

»Stündlich?«

»Ja, einen zu jeder vollen Stunde.«

»Was ist, wenn sie unseren Forderungen nachkommen?«

»Bis die Waffen eintreffen, müssen die Exekutionen weitergehen. Das ist die einzige Möglichkeit.«

»Und falls sie doch irgendwie … «

»Das werden sie nicht, Bruder«, entgegnete Nazir. »Die Falle ist zu perfekt.«

»Aber falls doch … «

»Dann müsst ihr das ultimative Opfer bringen, für den
IS und für Allah. Es wird uns nur noch stärker machen.
Beim nächsten Mal wird es dann keine Verhandlungen
mehr geben. Sollte das Wohnheim zerstört werden, wächst
unsere Macht dadurch ins Unermessliche.«

»Verstanden, Tristan. Ich werde dich nicht enttäuschen.«

47

LATAKIA, SYRIEN

Nazir legte das Telefon weg. Fast Mitternacht. Er war allein.

Viele Fragen gingen ihm durch den Kopf. Was mochte
Allawi zugestoßen sein? Hatte Raditz ihn umgebracht? Für
wahrscheinlicher hielt er, dass Al-Jaheishis Informationen die
Amerikaner in die Lage versetzt hatten, beide aufzuspüren.
Doch das war kein entscheidender Faktor mehr. Das Schiff
mit den Waffen an Bord stand quasi sinnbildlich für sein
eigenes Schicksal. Alles, worauf er hingearbeitet, was er so
lange geplant hatte, unterstand nicht länger seiner Kontrolle.
Wie ein Schiff auf hoher See befand sich die gesamte Operation in stetem Fluss. Ob sie am Ende den Sturm meister-
ten oder untergingen, entschieden nun andere. Seine Arbeit
war größtenteils erledigt. Er hatte Sirhan ausgewählt, sich für
ein Studentenwohnheim anstelle eines Einkaufszentrums als
Anschlagsziel entschieden und Vorgaben zum einzusetzenden
Sprengstoff gemacht. Nun nahm alles seinen Lauf. Nazir
wusste nicht mal, ob er ein gutes oder schlechtes Gefühl hatte.

Auf jeden Fall brauchte er dringend Schlaf. Doch stattdessen kochte er Tee und setzte sich an den Schreibtisch.
Er wollte noch ein paar Stunden schreiben. In den letzten

24 Stunden hatte er vieles gelernt und das Notizbuch mit Aufzeichnungen komplett gefüllt. Er fing ein neues an, stellte das alte ins Regal, zu Hunderten weiteren. Eines Tages, schon bald, wollte er sie alle drucken lassen. Nazir war bewusst, dass er seine Berühmtheit aktuell Terrorakten und verübten Grausamkeiten verdankte. Die Welt hatte noch nicht erkannt, dass seinen Handlungen eine komplexe Philosophie zugrunde lag. Sein Name würde in die Geschichtsbücher eingehen, ebenso wie Marx, Stalin, Khomeini oder Hitler.

Er griff sich auf gut Glück ein früheres Notizbuch, das er schon vor Jahren angelegt hatte. Es stammte noch aus seiner Zeit in Oxford. Gedankenverloren starrte er den Umschlag an, sekundenlang. Schließlich schlug er es auf und fing an zu lesen.

Das Tagebuch der Anne Frank: Millionen von Lesern bewundern dieses Werk, und das völlig zu Recht. Auf einer Ebene ist es ein zutiefst bewegendes Buch über die Charakterstärke eines Individuums im Angesicht des Bösen. Durchhaltevermögen, Hoffnung, Widerstandskraft, Anpassungsfähigkeit und Überleben – zumindest der Wille dazu. Das sind die Lektionen, die es uns unter anderem lehrt. Das Existieren einer Familie, die sich nicht im Visier der Nazis befindet und dennoch bereit ist, ihr Leben für jemanden zu riskieren, der vom Regime verfolgt wird, verweist auf eine tiefere menschliche Kraft und Bindung, stärker als Politik.
– T. Nazir, 22. Nov.

Ein gequälter Ausdruck legte sich auf Nazirs Gesicht. Das lag am Datum. Der 22. November hatte sein letzter Tag in Oxford sein sollen. Wie alle großen Lektionen hatte jener

Tag ihn vieles gelehrt, jene Nacht ihm die Augen geöffnet, im Gegenzug jedoch sein Herz für immer verschlossen.

Er legte die Kladde weg und ging ins Badezimmer. Dort hob er die Augenklappe an und starrte auf die leere Höhle, betastete die Ränder, stellte sich vor, das Auge wäre immer noch da, und erinnerte sich an die Grausamkeiten, die für alle Zeiten das Böse in sein Inneres eingebrannt hatten …

Nazir hörte, wie jemand an die Tür klopfte.

»Tristan?«

Es war Clive, er wohnte einige Zimmer weiter.

Seine Stimme klang vornehm und wohlakzentuiert, wie bei fast jedem hier in Oxford.

»Darf ich reinkommen?«

Nazir reagierte nicht. Er lag auf dem Bett, die Nase in einem Buch vergraben.

»O Tristan«, flüsterte Clive lachend, »ich weiß doch, dass du da bist.«

»Tristan ist nicht da«, sagte Nazir und setzte seine Lektüre fort. Er griff nach dem Stift hinter dem Ohr und markierte eine Textpassage.

»Das Rennen beginnt um Mitternacht«, lockte Clive. »Danach gibt es eine Party. Wir sind beide eingeladen und dürfen nicht zu spät kommen.«

»Ich will nicht hin«, antwortete Nazir. »Das habe ich doch schon gesagt. Frag jemand anderen.«

»Ich komm jetzt rein, in drei, zwei, eins …«

Die Tür wurde geöffnet und Clive betrat den Raum.

Er trug einen gestreiften, bordeauxroten Sweater, dazu eine Anzughose. Ein wahrer Hüne mit leicht zerzaustem braunem Haar. Er trat an Nazirs Bett. Dieser ignorierte den Neuankömmling.

»*Das Tagebuch der Anne Frank?*«, staunte Clive. »Geisteswissenschaften? Hab ich eine Hausaufgabe verpasst?«

Endlich blickte Nazir auf. »Nein, ich les das privat.«

»Anne Frank? Ich dachte, ihr Kerle verachtet die Juden.«

Nazir schüttelte den Kopf. »Keiner von ihnen hat mir je etwas getan. Weshalb sollte ich da Vorurteile gegen sie haben? In meinem ganzen Leben sind mir alles in allem drei Menschen jüdischen Glaubens begegnet. Ein Buchhalter, der für meinen Vater arbeitete. Dann die Mutter meines Freundes. Und Murray von oben. Er scheint ganz nett zu sein.«

Clive nickte. »Verstehe. Aber im Ernst? Anne Frank? Zum privaten Vergnügen?«

Nazir legte das Buch zur Seite und setzte sich auf.

»Es geht um den Widerstreit zwischen dem unbedingten Lebenswillen und der Macht der Angst«, erklärte er. »Beharrlichkeit versus Paranoia.«

»Ja, ich schätze, das stimmt. Also«, wechselte Clive das Thema, »was ist mit heute Abend?«

»Weshalb sollte ich hingehen? Um der Alibi-Muslim im Bullingdon Club zu sein?«

»Blödsinn«, sagte Clive. »Sei nicht albern. Ich war in Eton und du bist mein bester Freund. Auch wenn du manchmal schwierig bist, schätzen die Leute tatsächlich deine Gesellschaft. Vielleicht liegt es daran, dass du auf uns alle gleichermaßen herabblickst.«

Nazir gestattete sich ein kaum merkliches Grinsen. »Wie bist du überhaupt an die Einladungen rangekommen? Erwähntest du nicht was von ›Da kommt man in 500 Jahren nicht rein‹ oder so?«

»Ich hab einfach getan, was du dich nicht getraut hast«, verriet Clive.

»Und zwar?«

»Deinen Bruder gefragt.«

Nazir drehte sich um, fuhr ihn an: »Ich sagte doch, dass du das lassen sollst. Außerdem ist er nicht mein Bruder.«

»Ich vergaß. Dein *Stiefbruder.*«

Nazir stand am Fenster und sah in den Hof. »Wie hat er reagiert, als du ihm verraten hast, dass eine Einladung für mich gedacht ist?«

Clive blickte ihn mit ausdrucksloser Miene an und schüttelte den Kopf. »Ist doch egal.«

Francis Leopold Dorchester Highgate III. – Franny, wie alle ihn nannten – war Nazirs Stiefbruder. Nazirs Vater, den viele für den begnadetsten Devisenhändler in der Geschichte der Londoner Börse hielten, hatte nach dem Tod seiner ersten Frau, Nazirs Mutter, Barbara Highgate geheiratet. Eine Theaterschauspielerin, die nie zuvor eine Ehe eingegangen war, aber einen Sohn von James Rensallear, dem Earl of Cadogan, zur Welt gebracht hatte.

Franny war in Oxford auf dem ganzen Campus berüchtigt. Stets zog er eine Riesenschau ab und hielt sich für etwas Besseres. Er blickte auf Nazirs Vater und dementsprechend auch auf Nazir herab, der Tatsache zum Trotz, dass dessen Erzeuger seinen kompletten Lebensunterhalt finanzierte und ihm ein äußerst luxuriöses Leben mit allem, was in Großbritannien so dazugehörte, ermöglichte.

Als Franny Highgate Nazirs Stiefbruder wurde, war er acht Jahre alt gewesen, Nazir erst sechs. Seitdem hatte er nur auf ihm herumgehackt. Eine Kombination aus Rassismus und körperlicher Grausamkeit.

Zu allem Überfluss behauptete Nazirs Vater, diese Schikanen seien der Reife und Entwicklung seines Sohns zuträglich.

Nazir hatte keinerlei Interesse an Geld. Die Tatsache, dass sein Vater so viel davon besaß, bedeutete ihm nichts. Um es auf den Punkt zu bringen, bedeutete es auch seinem Vater nichts. Er genoss lediglich die Erregung und den Nervenkitzel, ein Vermögen anzuhäufen, indem er seine aktientechnischen Strategien durchexerzierte. Nazirs Vater besaß ein Händchen dafür. Dass er damit gewaltigen Reichtum erwarb, war für ihn irrelevant.

In den letzten Osterferien hatte Nazir das Testament seines Vaters entdeckt. Die Hälfte von allem ging an Barbara, die andere Hälfte zu gleichen Teilen an Franny und ihn. Allerdings stieß er auf einen Nachtrag, beurkundet in ebenjener Woche. Anstatt die Hälfte des Vermögens zwischen Franny und ihm aufzuteilen, sollte Franny nun die gesamte Hälfte erben, abgesehen von ein bisschen Plunder und ein paar Kleinigkeiten, die Nazirs Mutter gehört hatten, ihre Lieblingsbrosche zum Beispiel.

Diese Entdeckung traf Nazir tief. Der Zusatz ließ ihn vor Wut geradezu schäumen.

Obwohl er unerlaubt im Arbeitszimmer seines Vaters geschnüffelt hatte, stürmte er nach oben, um ihn damit zu konfrontieren. Dieser lag neben Barbara im Bett, wachte bei seinem Eintreten jedoch auf und blickte ihn überrascht an. Er schlüpfte in einen seidenen Morgenmantel und nahm sich eine Zigarette. »Komm mit.«

Nazir war seinem Vater nach draußen auf den Balkon vor dem Schlafzimmer gefolgt. Auf der anderen Straßenseite schlossen Angestellte der Stadtverwaltung gerade die Tore zum Kensington Park auf.

»Du hast also das Testament gefunden?« Sein Vater zündete die Zigarette an.

»Ja.«

»Ich werde dir jetzt etwas erklären, Tristan.«

Er nahm ein paar Züge und atmete den Rauch in die kühle Morgenbrise.

»Du, Tristan, bist genau wie ich zu Höherem berufen. Ja, ich glaube, dass du eines Tages die Welt verändern wirst. Ich weiß nicht, auf welche Weise, aber ich gehe fest davon aus. Geld ist kein Segen, sondern ein Fluch. Francis ist ein nichtsnutziges Subjekt. Aber er ist auch mein Sohn. Kein leiblicher zwar, doch das ändert nichts. Ohne Geld – Geld, das er erben muss, weil er nämlich nie auch nur einen Schilling verdienen wird – würde Franny letztlich pleitegehen und aller Wahrscheinlichkeit nach mit dem Gesetz in Konflikt geraten. In anderen Worten: Er hat es nötig.«

»Dann ist es also eindeutig mein Fehler, dass ich Klassenbester war, anstatt zu saufen«, konterte Nazir sarkastisch.

Sein Vater schnippte den Zigarettenstummel vom Balkon und schaute ihn an.

»Mit dir verhält es sich genau andersherum. Wenn ich dir das Geld hinterlasse, gerät es zum Fluch. Wozu auch immer du auserkoren bist, du würdest dein Ziel nicht erreichen, denn Not, Hunger, ja Verzweiflung, das sind die Wurzeln wahrer Größe. Und du bist zu Großem bestimmt.«

Nazir schwieg. Er blickte auf den Park, sah den ersten frühmorgendlichen Joggern zu, die durch die majestätischen Eisentore liefen.

Nachdem das Schweigen über eine Minute gedauert hatte, beugte sein Vater sich vor. Er schien auf eine Reaktion zu warten.

»Ich sagte gerade, du bist zu Großem bestimmt. Hast du darauf nichts zu erwidern?«

Nazir bedachte ihn mit einem verächtlichen Blick.

»Irgendwann hast du dich in die Vorstellung vernarrt, ein Weißer zu sein«, meinte er. »Das hat dein Urteilsvermögen getrübt, wie du mir gerade bestätigst. Mag sein, dass du sogar daran glaubst, was du da sagst. Aber es zu glauben, heißt noch lange nicht, dass es auch richtig ist ... oder vernünftig.«

Nazirs Vater schmunzelte anerkennend.

»Ich habe deiner Argumentation nichts entgegenzusetzen, allerdings trifft nichts davon zu. Ich betrachte solche Dinge nicht unter dem Aspekt der Hautfarbe. Das habe ich von deiner Mutter gelernt. Als wir noch arm waren und in Kairo lebten, machte sie mir bewusst, dass ich eine Bestimmung habe, und die hatte mit Zahlen zu tun. Du hast ebenfalls eine Bestimmung, doch bei dir geht es um etwas wesentlich Bedeutenderes.«

»Wovon redest du da?« Hass schlich sich in Nazirs Stimme ein.

»Ich weiß es nicht. Das wirst du selbst herausfinden müssen.«

Nazir machte Anstalten, durch die Balkontür ins Haus zu verschwinden.

»Gute Fahrt zurück zur Uni.«

»Stell dir vor, was man eines Tages über mich sagen wird.« Er kehrte seinem Vater bereits den Rücken zu. »›Nazir wurde von seinem Vater gehasst. Er hat ihn enterbt.‹«

»Aber du kennst jetzt den Grund, weshalb ich es getan habe. Weil ich dich liebe.«

Nazir starrte stur geradeaus. Ohne ein Wort zu sagen, ging er weiter.

»Sieh mich an, Tristan.«

Nazir legte die Hand auf den Messingknauf. Er blieb einen Moment stehen, drehte sich jedoch nicht um. Dann öffnete er die Balkontür und ließ seinen Vater einfach stehen.

Auf der riesigen Terrasse von Bullingdon versammelten sich mindestens 50 Studenten. Ein Clubmitglied zwängte sich mit einem silbernen Servierwagen durch die Schar aufgeregter Erstsemester und reichte ihnen entweder Wodka oder Whiskey.

Das Aufnahmeritual des Bullingdon Clubs bestand darin, dass die Studenten in betrunkenem Zustand einen Wettlauf absolvierten, über die Wiese des Grundstücks, durch den Marsh Park zur imposanten Hecke hinter den Rugbyfeldern, anschließend um den Teich, gefolgt von rituellem Nacktbaden. Diejenigen Erstsemester, die zum Lauf eingeladen wurden, kamen für eine Mitgliedschaft infrage. Der Bullingdon Club galt als exklusivste Studentenverbindung in Oxford, obwohl niemand genau wusste, was ihre Mitglieder außer Trinken und Randalieren eigentlich so trieben.

Die Herausforderung des Rennens bestand darin, abgesehen vom Laufen und Schwimmen selbst, dass Trinken integraler Bestandteil jeder einzelnen Phase war.

Nazir stand neben Clive und gönnte sich ein paar Schlucke Wodka. Aus dem Augenwinkel musterte er Franny. Abgesehen von ein paar zufälligen Begegnungen auf dem Campus sah er seinen Stiefbruder zum ersten Mal seit der Einschreibung in Oxford wieder.

Jemand sprang auf die niedrige Mauer im hinteren Bereich der Terrasse, ließ die Hosen bis zu den Knöcheln runter, trällerte ein Lied und pinkelte drauflos.

Angewidert wandten Clive und Nazir den Blick ab. »Ach übrigens«, meinte Nazir sarkastisch, »vielen Dank, dass du mir eine Einladung besorgt hast. Was für eine wunderbare Kulturveranstaltung.«

»Hey, entspann dich!«

Irgendwann gesellte sich Franny zu ihnen.

»Clive«, sagte Franny, dann blickte er Nazir nachdenklich an. »Und du bist …?«

Alle lachten.

»Hi, Tristan«, grüßte Franny. »Wie gefällt es dir hier? Wie ich höre, hast du eine Vorlesung bei Ogilvy?«

»Gut.« Nazir würdigte seinen Stiefbruder kaum eines Blickes.

»Nun, wir wissen ja beide, dass du wahrscheinlich schlauer bist als die meisten der Professoren«, stänkerte Franny.

»Und wie geht's dir so?«, brachte Nazir missmutig hervor.

»Gut. In sechs Monaten mach ich meinen Abschluss. Du wirst es nicht glauben, Tristan, aber ich werd mich wohl beim SAS bewerben.«

»Tatsächlich?«

»Ja. Meine Pflicht tun für England, wie es so schön heißt. Verrückt, ich weiß …«

»Was passiert eigentlich als Nächstes?«, fiel Clive ihm ins Wort.

»Ach so, natürlich. Es wird gleich eine Ansage geben, dass die Challenge für die Anwärter bald anfängt. Jedes Mitglied ruft einen von euch auf, fordert ihn zum Rennen heraus und dann spurtet ihr los. Alles bloß Spaß. Ich glaube, Wilson hat vor, dich herauszufordern. Keine Sorge, er ist kein ernsthafter Gegner.«

Stundenlang ging es weiter mit Trinken, Rauchen und Feiern. Schließlich stieg ein feister, dandyhaft gekleideter blonder Jüngling auf einen Tisch und blies in eine Triller-pfeife.

»Willkommen, all ihr kranken Mistkerle und zukünftigen Herrscher über das Universum! Willkommen zum 4826. Heckenlauf, bei dem ihr lernt, was es heißt, ein Bullingdon-Gentleman zu sein. Und jetzt trinkt aus. Wenn euch jemand auf die Schulter tippt, wisst ihr, wer euer Herausforderer ist. Ihr müsst nicht bloß über ihn triumphieren, nein, von euch wird auch erwartet, dass ihr für ausreichend Nachschub sorgt, und mit Nachschub meine ich selbstverständlich Alkohol, damit das Ganze ein bisschen unterhaltsamer wird. Die meisten von uns können mittlerweile ohnehin nicht weiter als ein paar Hundert Meter laufen, ohne kotzen zu müssen, also dürfte es kein allzu großes Problem werden.«

Ein gut aussehender, schwarzhaariger Student näherte sich Nazir.

»Tristan? Patrick Wilson. Auf geht's!«

»Soll ich noch etwas mitnehmen?«

»Ja, schnapp dir die Flasche Champagner dort, okay? Wir lassen's gemütlich angehen, gemächlicher Trab, ja? Dann ein bisschen schwimmen. Über deine Familie bist du ja quasi schon Mitglied, auch wenn Franny streng genommen nicht blutsverwandt mit dir ist.«

Etwa 50 Studenten bewegten sich durch das ausgedehnte Gelände, ein betrunkener, lärmender Haufen. Ein Schatten fiel auf die Wiese, während sie durchs Gras joggten, der Himmel zog sich zu. Manche Studenten bildeten kleinere Gruppen, blieben stehen, um etwas zu trinken oder eine Zigarette zu rauchen. Von Weitem sah Nazir, wie ein Typ aus einem höheren Semester Clive umwarf und zum Spaß einen Ringkampf mit ihm anzettelte.

Irgendwann verlor Nazir Wilson aus den Augen, rannte jedoch weiter. Als er sich dem Ende des Feldes näherte, sah er die große Hecke, die in einem weiten Bogen verlief. Licht drang aus einer Öffnung im Boden. Eine Luke, die zu einem Rübenkeller führte. Vor der Tür stand Franny, als würde er auf ihn warten. Nazir beschlich ein merkwürdiges Gefühl. Er fröstelte und bekam es mit der Angst zu tun. Aus einem

Instinkt heraus drehte er sich um, doch da war auch schon Wilson und packte ihn. Andere stießen dazu. Es dauerte nicht lange, und sie hatten ihn überwältigt.

Nazir hätte schreien können, doch er ließ es bleiben. Aus einem unerfindlichen Grund musste er an Anne Frank denken, daran, wie sie stets die Überzeugung in sich trug, jede Schikane zu überleben, selbst wenn ihre Chancen denkbar schlecht standen. An die unmenschliche Brutalität, die grundlos ihren Tod einforderte. *Warum?* lautete die Frage, auf die er keine Antwort fand. Warum sollte man jemanden wie Anne Frank umbringen wollen?

Als sie ihn die wackelige Kellertreppe hinunterzerrten und anfingen, gnadenlos auf ihn einzuprügeln, hatte er die Antwort.

Sie rissen ihn zu Boden, traten auf ihn ein, schlugen ihm ins Gesicht, übergossen ihn mit Schnaps. Die ganze Zeit über lachten sie grausam, bis sie völlig außer Atem waren und keine Luft mehr zum Lachen hatten. Eine Schuhspitze – womöglich ein Wingtip – traf Nazir ins rechte Auge. Er schrie auf. Abgesehen von unfreiwilligem Ächzen und Stöhnen war es das erste Zeichen von Schwäche, das er zeigte. Sie werteten es als Eingeständnis seiner Niederlage.

»Mein Auge«, murmelte er. »Aufhören, bitte.«

Doch sie prügelten weiter auf ihn ein, bis er halb tot war. Im trüben Licht erhaschte er einen kurzen Blick auf Frannys schweißbedecktes Gesicht.

Sein Stiefbruder zog ihn an den Haaren ein paar Zentimeter weit aus dem Dreck. »Sprich deinen Vater nie wieder auf mein Erbe oder das meiner Mutter an. Und wo wir gerade dabei sind: So regiert man ein Empire, du undankbarer Nigger.«

»Mein Auge«, schluchzte Nazir und hielt sich das Gesicht. »Bitte, Franny …«

Er erwachte erst am nächsten Tag, als ein alter Mann, einer der Platzwarte, ihn fand und ins Krankenhaus brachte. Ein Riss in der Hornhaut, irreparabel.

In der Klinik, in der Nazir sich allmählich erholte, weigerte er sich, mit jemandem zu sprechen. Weder mit seinem Vater noch mit Clive oder der Polizei, nicht mal mit den Schwestern und Ärzten, die ihn versorgten.

Am zehnten Tag seines Schweigens sah er eine der Schwestern an, als sie ihm das Frühstückstablett abnahm.

»Meine Sachen«, flüsterte er.

»Ja, Tristan. Die sind da drüben.« Sie deutete auf ein paar Kartons.

»Ist ein Notizbuch dabei?«

Die Schwester sah nach und fand es ganz unten in einem der Kartons.

»Das hier?«

Er nickte.

»Könnte ich einen Stift bekommen?«

Nachdem die Schwester ihm einen gebracht hatte, begann Nazir zu schreiben:

Das Tagebuch der Anne Frank (Fortsetzung): Ich möchte einmal aus einem anderen Blickwinkel über dieses Buch nachdenken, nämlich darüber, was es uns über die Schwächen und Mängel des Dritten Reiches lehrt. Zwar zeigt dieses Buch, was wir alle als Wahrheit anerkennen, nämlich dass die Nazis schlecht waren, doch entlarvt es zugleich Fehler in der Planung und Umsetzung des nationalsozialistischen Herrschaftssystems. Die Nazis gestatteten es Familien, die dem Dritten Reich skeptisch gegenüberstanden, am Leben zu bleiben, und schufen so erst Situationen wie diejenige der Familie Frank, der das Untertauchen gelang.

Rückblickend lässt sich festhalten, Hitler hätte nicht nur die Juden ausrotten sollen, sondern jeden, der je eine Beziehung zu ihnen unterhielt, Arbeitgeber zum Beispiel oder auch Freunde. Eine solch umfassende Säuberungsmaßnahme wäre zwar anfällig für Korruption gewesen, hätte jedoch – von einem rein politischen Standpunkt aus – eher dazu beigetragen, die Juden am Weiterleben zu hindern und daran, sich Beschäftigungen wie dem Bücherschreiben zu widmen. Denn letztlich waren es derartige Schriften, die den gerechten Zorn schürten, der zum Kriegseintritt Amerikas gegen das Dritte Reich und letztlich zu dessen Niedergang führte.

Demnach funktioniert es also so: Wer Macht festigen will, muss im Interesse der Absichten, die er verfolgt, welche es auch immer sein mögen, Kontrolle ausüben, eine Herrschaft mit äußerster, umfassender, unangreifbarer Gewalt, mit Furcht und Blutvergießen. Zusammenfassend lässt sich sagen: Bestand das Ziel der Nazis in Dauerhaftigkeit, politischer Legitimation und Macht, sind sie nicht entschlossen und grausam genug vorgegangen. Es stellt sich nicht die Frage, ob der Nationalsozialismus gut oder schlecht ist. Es hat rein gar nichts mit dem Nationalsozialismus und übrigens auch nicht mit Anne Frank zu tun. Hat man ein Ziel vor Augen, sei es als Regierung oder als Individuum, muss man bei dessen Umsetzung skrupellos und unverblümt Terror anwenden und anderen unermessliches Leid zufügen. Alle übrigen Verhaltensweisen führen zur Niederlage.

– T. Nazir, 1. Jan.

Nazir las die Passage zu Ende und blätterte um. Auf die nächste Seite war ein Zeitungsausschnitt geklebt.

Oxford-Student ertrunken

Einem Polizeibericht zufolge ertrank Francis Highgate III., Student am Brasenose College der Universität Oxford, zwei Tage vor seiner Abschlussprüfung. Highgate, 21, Sohn von Vaughan Nazir und Barbara Highgate, stammte aus Kensington, London. Offiziellen Angaben zufolge wurde Mr. Highgate im unteren Bereich von Port Meadow in der Themse treibend aufgefunden. Weitere Informationen wurden nicht an die Öffentlichkeit gegeben. Am Samstag, 17. Mai, 12:30 Uhr, findet in der Brasenose College Kapelle ein Gedenkgottesdienst statt.

48

WASHINGTON, D. C.

Dewey blickte aus der Luke, während der Chopper von der Andrews Air Force Base über Washington, D. C. hinwegflog. Er war allein. Als der Hubschrauber auf dem Helipad des GW-Hospitals aufsetzte, wurde Dewey von zwei CIA-Paramilitärs in Zivil in Empfang genommen.

Sie stiegen in einen wartenden Aufzug, der sie hinunter in die erste Etage brachte. Als die Türen zur Seite glitten, sah er sich mit der ausdruckslosen Miene von J. P. Dellenbaugh konfrontiert. Er stand neben Amy Dellenbaugh, beide trösteten Vivian Calibrisi.

Ein Kader aus weiteren Amtsträgern, Mitarbeitern, Secret-Service-Agenten sowie einem medizinischen

Versorgungsteam tummelte sich ebenfalls auf dem Korridor. Die Stimmung wirkte gedrückt.

An der Wand über dem Anmeldeschalter der Schwesternstation liefen auf einem Fernseher Liveaufnahmen der Geiselnahme an der Columbia.

Hinter ihm stand Polk und telefonierte. Sein sonst so gutmütiges Gesicht war kreidebleich. Er wirkte gehetzt.

Vivian rannen Tränen übers Gesicht. Dewey nahm sie in den Arm.

»Dewey«, flüsterte sie schluchzend.

»Er kommt wieder in Ordnung, Vivian«, sagte er. »Er ist der zäheste Hund, den ich kenne.«

Dewey merkte, wie ihm allmählich selbst die Augen feucht wurden, kämpfte jedoch dagegen an.

Dewey trat zu Dellenbaugh und wollte ihm die Hand geben. Völlig unerwartet breitete der Präsident die Arme aus und drückte ihn an sich.

»Ich muss mit Ihnen reden«, flüsterte Dellenbaugh. »Aber gehen Sie erst zu ihm rein.«

Eine Schwester begleitete ihn. Eine Schiebetür wurde von einer Kollegin zur Seite geschoben. Es war ein großer, moderner OP. Dewey zählte drei Schwestern und vier Ärzte. Daten und Diagramme liefen über die Bildschirme unter der Decke. Das monotone Geräusch der Herz-Lungen-Maschine wirkte seltsam vertraut.

In der Mitte des Saales lag Calibrisi auf einem erhöhten Edelstahltisch, von hellblauen Tüchern bedeckt. Seine Augen waren geschlossen. Eine Sauerstoffsonde ragte aus dem Mund und führte zum Hals. Drei verschiedene Kanülen an den Armen, die Haut brüchig wie Pergament.

Dewey legte eine Hand auf die des CIA-Chefs und hielt sie fest. Obwohl er sich bemühte, die Tränen zurückzuhalten, spürte er sie doch.

»Du wirst uns noch nicht verlassen«, stellte Dewey fest, während er Calibrisis Hand drückte. »So wird es nicht enden.«

Einer der Ärzte trat zu Dewey und legte ihm die Hand auf die Schulter. »Gehören Sie zur Familie?«

Dewey blickte ihn wortlos an.

»Schon okay«, meinte der Doktor.

»Wie schlimm ist es?«, wollte Dewey wissen. »Die meisten Leute erholen sich doch von Herzinfarkten.«

Der Arzt nickte. »Ja, das tun sie. Er ist am Leben. Im Augenblick ist es das Einzige, was zählt. Wir tun alles, was in unserer Macht steht, um ihn zurückzuholen.«

Dewey packte Calibrisis Hand fester, während ihm die Tränen ungehindert über die Wangen liefen. So verharrte er fast eine Minute, bis er wahrnahm, dass ihm jemand eine Hand auf die Schulter legte. Er drehte sich um. Vor ihm stand der Präsident.

»Er kommt wieder in Ordnung, Dewey.« Dellenbaugh zwang sich zu einem Lächeln. »Sie wissen es und ich weiß es auch.«

Dewey ging zurück in den Flur. Polk stand am Aufzug, telefonierte immer noch.

In diesem Moment überkam es Dewey. Er empfand eine kalte Leere, ein undefinierbares Gefühl stummen Entsetzens. Suchend glitt sein Blick durch den Korridor, hielt Ausschau nach ihr.

»Wo ist Daisy?«, fragte er, ein bisschen zu laut.

Dellenbaugh winkte ihn in ein leeres Zimmer.

»Daisy befindet sich in dem Wohnheim an der Columbia, das die IS-Terroristen besetzt haben. Vivian haben wir es noch gar nicht gesagt. Ich weiß nicht, wie Sie das sehen, aber ich finde, diese Nachricht können wir ihr in dieser Verfassung nicht zumuten.«

Verdutzt blickte Dewey Dellenbaugh an. »Wie kommt sie denn in ein Wohnheim an der Columbia?«

»Sie hat ein Mädchen dort abgeliefert. Ihre *Little Sister,* ein begabtes Kind aus Baltimore. Sie betreut die Kleine schon seit ihrem achten Lebensjahr als Mentorin.«

Der Präsident kämpfte gegen eine Gefühlswallung an.

»Die Informationen, die Sie aus Syrien mitgebracht haben, beschreiben ausführlich ein umfangreiches illegales Waffenprogramm, in das der stellvertretende Verteidigungsminister verwickelt ist«, erklärte Dellenbaugh. »Wir haben den IS mit allem versorgt. Mit Gewehren und Raketen im Wert von über einer Milliarde Dollar. Wir haben den IS quasi erschaffen. Wir sind die Väter des Islamischen Staates.« Dellenbaugh wirkte wütend.

»Wer steckt dahinter?«

»Mark Raditz.«

Dewey schwieg. Er kannte den Mann und hatte eine hohe Meinung von ihm. Noch vor wenigen Monaten hatte Raditz entscheidend dazu beigetragen, einen Anschlag auf amerikanischem Boden zu vereiteln, bei dem es um die Zündung einer Atombombe ging.

»Vor vier Tagen«, fuhr Dellenbaugh fort, »hat ein Schiff mit einer weiteren Waffenlieferung Mexiko verlassen. Wir haben es im Mittelmeer festgesetzt. Daraufhin besetzten Nazirs Männer das Wohnheim. Sie fordern die Waffen und die Munition, und zwar umgehend.«

Als Dewey vor ein paar Stunden in den Jet gestiegen war, hatte er sich auf einen gemütlichen Flug und ein paar Wochen Ferien eingestellt.

Er fühlte sich fix und fertig, körperlich wie nervlich. Ganz zu schweigen von dem entsetzlichen Gefühl, das ihn nicht mehr losließ. Das erdrückende Gefühl, ein Messer an der Kehle zu spüren.

Das Bewusstsein, dass er Garotin angefleht hatte, ihn zu töten.

Erschieß mich. Gönn mir einen Soldatentod.

Eigentlich hatte er nach Castine gewollt, um seine Familie zu besuchen. Er brauchte dringend eine Auszeit. Er war davon ausgegangen, dass Calibrisi frühestens Ende Oktober nach ihm suchen ließ. Ein paar Wochen wäre er einfach nicht ans Telefon gegangen, hätte Thanksgiving in der Heimat verbracht, um später nach Langley zu fahren. Doch als er von Calibrisis Herzinfarkt erfuhr, war mit einem Mal alles anders. Bei der Landung in Andrews rechnete er mit dem Schlimmsten. Damit, dass der CIA-Chef nicht überlebte. Nun begriff er, wie ernst die Lage war. Eigentlich hätte er an die Hunderte von Menschen denken müssen, die gerade als Geiseln gehalten wurden und, so wie er den IS kannte, dem Tod geweiht waren. Doch vor seinem geistigen Auge sah er nur Daisy. *Warum? Warum, Daisy?*, fragte er sich ständig. *Warum musstest du ausgerechnet dort sein, an diesem Tag, an diesem College, genau in diesem Wohnheim?*

»Kein Wunder, dass er einen Herzinfarkt bekommen hat«, flüsterte Dewey.

»Wie bitte?«, fragte Dellenbaugh.

Doch Dewey schwieg. Das konnte nur jemand nachvollziehen, der selbst ein Kind verloren hatte. Er streckte die Hand aus, hielt sich an Dellenbaughs Arm fest und wartete, bis der Kummer, der ihn überkam, langsam abklang.

Sekundenlang schloss er die Augen, um sich zu sammeln. Nun wusste er, was zu tun war. Was er zu tun hatte. Nur er konnte die Lage ändern. Es brachte ihm Robbie zwar nicht zurück, aber dafür konnte er Hunderte von Robbies retten, die in diesem Moment dem Tod ins Auge blickten. Und er konnte Daisy retten. Doch dazu musste er das Gefühl der Hilflosigkeit abschütteln und es durch Wut ersetzen.

Er gab sich der Erinnerung an das Messer an seiner Kehle hin, ließ die Situation im Keller des Krankenhauses wiederkehren. Die beiden Kerle, die die Leiche wegschleppten. Wie sich der Abzug unter seinem Finger anfühlte, als er die Terroristen mit Blei vollpumpte. Das Geräusch, mit dem das Blut an die Mauer hinter ihnen spritzte. Der Ausdruck in ihren Augen, als ihnen – diesen Ungeheuern, die taten, als wäre ihnen das Leben nichts wert – klar wurde, dass sie dem Tod geweiht waren. Dass er ihr Henker sein würde. Ein Ausdruck menschlicher Urangst. Feigheit. Und er hatte dabei nichts als Überlegenheit empfunden. Triumph. Ein Kick, den ihm nichts sonst auf der Welt je verschafft hatte.

Dewey griff nach dieser Wut, hielt sie fest, ließ nicht mehr los. Was auch immer an Kummer, Sorge und Schuldgefühlen ihn dazu bewogen haben mochte, sich an Dellenbaugh festzuklammern, schien wie weggeflogen. Erhobenen Hauptes stand er da, breitbeinig, im Gesicht einen Ausdruck, der den Präsidenten zurückschrecken ließ.

»Wer hat an der Columbia das Sagen?«, wollte Dewey wissen.

»Die Befehlsgewalt liegt beim FBI. Terroranschlag im Inland.«

»Ich möchte eingebunden werden, Mr. President.«

»Sie arbeiten für die Central Intelligence Agency. Formal betrachtet ist das illegal.«

Dewey blickte Dellenbaugh fest in die Augen. Der Präsident, der früher Profi-Eishockey gespielt hatte, war genauso groß wie er. Auch vom Körperbau her ähnelten sie sich – breit, kräftig. Arme, Beine, Schultern, Brust – alles muskelbepackt.

»Das FBI verfügt über jede Menge Erfahrung in derartigen Angelegenheiten«, meinte Dellenbaugh. »Offensichtlich haben sie ihre beste Anti-Terror-Einheit auf den

Fall angesetzt. Die Hälfte der Jungs in dem Team war früher bei den Special Forces beziehungsweise bei der CIA.«

»Wahrscheinlich haben Sie recht«, antwortete Dewey.

Dellenbaugh grinste. »Andererseits bin ich kein Jurist. Hinzu kommt, dass ich Juristen hasse.«

Dewey nickte und wartete ab.

»Ich werde George Kratovil anrufen«, entschied Dellenbaugh. »Dewey, halten Sie mich auf dem Laufenden. Sie haben meine private Handynummer.«

»Ich habe nicht vor, Schwierigkeiten zu machen, Sir. Wenn ich merke, dass die wissen, was sie tun, ziehe ich mich diskret zurück.«

»Und wenn nicht?«

Statt einer Antwort blickte er Dellenbaugh nur mit kalter, ausdrucksloser Miene an. Er entfernte sich durch den Gang, weg von der Schwestern- und Ärzteschar und dem ganzen medizinischen Personal, weg von Polk und Vivian. Er kam an die Treppe, rannte im Laufschritt zum Dach. Auf dem Helipad standen zwei Hubschrauber, einer davon der Traumahawk der Agency. Er öffnete die Kabinenluke und stieg ein.

»Schafft diesen Vogel in die Luft!«

Beide Piloten drehten sich zu ihm um.

»Das ist ein Dienst…«

»Mir egal, was es ist«, unterbrach Dewey. »Startet das Teil endlich. Nach New York City!«

Dewey drückte eine Kurzwahltaste am Handy. Die Triebwerke setzten mit einem tiefen ächzenden Grollen den Rotor in Bewegung.

»Hi«, meldete sich eine vertraute Stimme. Rob Tacoma.

»Bist du in den Staaten?«

»Ja.«

»New York City?«

»Vielleicht.«

»Was heißt das, ›vielleicht‹?«

»Es heißt«, flüsterte Tacoma, »dass ich mit Iliana Gateeva im Four Seasons bin. Sie ist gerade in der Badewanne.«

»Wer?«

»Ein Model aus *Sports Illustrated*.«

»Glückwunsch! Dann ruf ich eben jemand an, bei dem der Verstand nicht komplett in den Schritt gerutscht ist.«

»Ja, du mich auch! Was brauchst du?«

»Einen Platz, an dem ein Hubschrauber landen kann, und dich. Du musst mich dort abholen.«

»West Thirtieth Street. Da gibt es einen Hubschrauber-landeplatz.«

»Informier am besten auch Katie. Und wo du gerade dabei bist, Igor ebenfalls.«

»Was haben wir denn vor, wenn ich fragen darf?«

»Ich brauche deine Hilfe bei etwas.«

»›Etwas‹?«

»Erinnerst du dich an die Bombe im Hafen?«

»Ja, dunkel.«

»Etwas in der Art.«

»Oh, warum hast du das nicht gleich gesagt?«

49

CARMAN HALL
COLUMBIA UNIVERSITY

Sullivan vernahm ein Geräusch aus einem der Treppen-häusern. Langsam ging er zur Tür, das Gewehr vor sich gerichtet, den Finger bereit zum Abdrücken. Am Ende des

Korridors beugte er sich vorsichtig hinaus und spähte nach oben. Was er dort sah, verschlug ihm den Atem. Ein Gespinst aus Drähten spannte sich über die Stufen. Nahezu in der Mitte thronte ein größerer Gegenstand auf dem stählernen Netz. Daran blinkte ein rotes Lämpchen.

Lautlos, Zentimeter um Zentimeter, schlich Sullivan zur Treppe. Eine schmale Lücke neben dem Geländer bot freie Sicht nach oben und unten. Mit klopfendem Herzen beugte er sich vor und sondierte die Lage. Auf der Etage über ihm entdeckte er nichts Auffälliges, doch noch ein Stockwerk weiter spannte sich ebenfalls Draht ums Geländer. Auch unter sich konnte er in der Dunkelheit zwei Ebenen tiefer eine ähnliche Konstruktion ausmachen.

»O mein Gott«, flüsterte er, während er auf Zehenspitzen zurück zur Tür schlich.

Er zog das Handy aus der Tasche und wählte 911.

»Neun-eins-eins«, erscholl eine Frauenstimme. »Was für einen Notfall möchten Sie melden?«

»Mein Name ist Jack Sullivan. Ich befinde mich in dem Wohnheim an der Columbia.«

Kurzes Schweigen, Sullivan nahm an, dass sie an seiner Aussage zweifelte.

»Die Lage vor Ort ist uns bekannt. Sind Sie in Ordnung?«

»Ja, aber ich muss mit jemandem sprechen, der das Sagen hat.«

»Mr. Sullivan …«

»Bitte, hören Sie mir zu. Ich bin kein Student. Ich bin ein Vater. Ich habe einen der Terroristen getötet und muss unbedingt mit jemandem sprechen. Die haben Bomben im Gebäude, hier ist alles verdrahtet.«

»Warten Sie einen Moment, Sir.«

Während Sullivan wartete, rannte er zur Treppe auf der anderen Seite. Dort stieß er auf ein identisches Drahtgeflecht nebst Sprengkörper. Zwei Stockwerke über und unter ihm dasselbe Bild.

Er stieß die Luft aus, bemüht, sich zu beruhigen.

»Andrew Ronik am Apparat, Federal Bureau of Investigation. Mit wem spreche ich bitte?«

Die Stimme im Handy riss Sullivan aus seiner Schockstarre.

»Hallo?«

»Das … das Gebäude ist verdrahtet«, flüsterte Sullivan.

»Mit verdrahtet meinen Sie …«

»Die haben Bomben auf den Treppen. Ich habe insgesamt sechs Stück gezählt. Es könnten aber auch mehr sein. Sie liegen auf einer Art Drahtnetz, das sich über die Stufen spannt.«

»Lassen Sie uns ganz am Anfang beginnen«, schlug Ronik vor. »Mit wem spreche ich?«

»Mein Name ist Sullivan. Jack Sullivan.«

»Wer sind Sie?«

»Ein Vater. Meine Tochter ist im ersten Semester. Ich habe sie an die Uni gebracht und ins Wohnheim begleitet. Dort halte ich mich nach wie vor auf. Ich habe einen von denen getötet.«

»Wo sind Sie genau, Mr. Sullivan?«

»Im zweiten Obergeschoss.«

»Sind Sie allein?«

»Ja. Na ja, genau genommen nicht. Da ist noch eine ältere Frau. Sie war zu alt, um aus dem Fenster zu springen, und hält sich hier versteckt.«

»Ich werde Sie jetzt bitten, einen Moment dranzubleiben.«

»Okay.«

Über eine Minute verging, schließlich meldete sich eine andere Stimme in der Leitung.

»Dave McNaughton am Apparat, FBI. Mr. Sullivan?«

»Ja. Jack Sullivan.«

»Okay, Jack. Sie müssen etwas für mich tun.«

»Was denn?«

»Können Sie Fotos von einer der Bomben machen? Versuchen Sie eine Nahaufnahme. Es müsste einen Bereich mit Kabelbündel geben, vermutlich auch einem Lämpchen. Daran bin ich besonders interessiert. Sie erzählten Agent Ronik, die Vorrichtung befinde sich auf Drähten?«

»Ja.«

»Versuchen Sie bitte, eine Nahaufnahme hinzukriegen.«

»Was soll ich mit den Bildern machen?«

»Schicken Sie sie mir. Ich gebe Ihnen meine Handynummer.«

Als Sirhan sich anschickte, zur Treppe zu gehen, hörte er einen gedämpften Schuss.

Fahd.

Er rannte in ein Zimmer, das auf den Campus hinausging. Jede Vorsicht außer Acht lassend, spurtete er ans Fenster und blickte ins Freie. Alles wirkte verlassen. Grüner Rasen erstreckte sich in akkuraten Rechtecken zwischen riesigen, majestätischen Gebäuden und Fußwegen, dazwischen vereinzelt Statuen. Oben auf der breiten Granittreppe in der Mitte des Campus, weit entfernt, hatte sich eine Gruppe von Polizeibeamten in SWAT-Ausrüstung versammelt. Sein Blick glitt nach links. Vor einem Gebäude auf der anderen Seite stand eine ähnliche Gruppe, ebenfalls in taktischer Montur.

Er vernahm einen weiteren Schuss, aus einer Waffe mit Schalldämpfer abgegeben. Allem Anschein nach direkt unterhalb seiner Position.

Er beugte sich dichter ans Fenster, wollte an der Fassade entlang einen besseren Blick nach unten erhaschen. Er nahm eine Bewegung wahr, presste das Gesicht an die Scheibe.

»O mein Gott«, entfuhr es ihm.

Auf dem Fußweg kroch jemand an der Hauswand entlang und schleifte ein Bein hinter sich her. Sirhans Blick fiel auf weitere Menschen, die sich rasch entfernten, ein paar auf allen vieren, andere auf zwei Beinen. Alle bewegten sich dicht an der Backsteinfassade des Wohnheims.

Sirhan presste die Nase fester an die Scheibe. Schließlich sah er es. Im zweiten Stock sprangen Studenten aus dem Fenster.

Fahd, du dämlicher Idiot!

Sirhan stürmte durch den Flur und die Treppe hinauf. In der neunten Etage angekommen, gab er Tariq ein Zeichen. Weitere Schüsse brandeten auf. Gemeinsam hasteten sie die Treppe hinunter, dem Lärm entgegen.

Sullivan ging zurück ins Treppenhaus, lauschte minutenlang, um sicherzugehen, dass niemand sich auf den Stufen befand. Er trat direkt an den unteren Absatz, nur Zentimeter von den Drähten entfernt, und schoss mehrere Fotos mit dem Handy. Zurück im Flur der zweiten Etage schickte er sie an McNaughton.

Er hörte Schüsse von oben, gefolgt von Schreien aus dem Zimmer, in dem die Studenten aus dem Fenster sprangen.

Er rannte durch den Gang und stürzte hinein. Ein Student machte sich auf dem Fenstersims zum Springen bereit.

»Sofort wieder rein!«, brüllte Sullivan.

Zu spät. Die Kugel traf den Jungen an der Schulter. Er schrie auf, Blut spritzte auf Oberkörper und Fensterrahmen.

Sullivan machte einen Satz auf ihn zu, doch gerade als er ihn erreichte, verlor der Junge das Gleichgewicht. Hilflos musste Sullivan mit ansehen, wie er aus dem Fenster stürzte, sich überschlug und mit dem Kopf voran auf den Asphalt prallte.

Auf dem Dach des Instituts für Journalismus, gut 200 Meter entfernt, lag ein Scharfschütze namens Kulka auf dem Bauch. Bei seiner Waffe handelte es sich um ein FN SPR A3G, das tödlich genaue, von einer belgischen Firma gefertigte Standard-Scharfschützengewehr des FBI.

Das Gewehr ruhte auf einem zweibeinigen Keramikstativ. Mit dem Zielfernrohr, einem Millet Designated Marksman Scope, begab er sich auf die Suche nach dem Schützen, der sich – so viel wusste er – hinter einem von Hunderten von Fenstern verbarg.

Seit anderthalb Minuten lauschte Kulka, wie der Schütze Schüsse aus einer schallgedämpften Waffe abgab, um die Studenten zu treffen. Aber der Winkel war zu spitz. Um zu treffen, hätte er sich mit seiner Waffe aus dem Fenster lehnen müssen. Bisher war er in Deckung geblieben.

Oder doch nicht? Das Sonnenlicht, das sich in den Scheiben spiegelte, machte es nahezu unmöglich, etwas zu erkennen.

Die Beobachter hatten ebenfalls nichts mitbekommen.

»Bist du sicher, dass da jemand schießt?«

»Ja«, antwortete Kulka.

»Und weshalb hat er noch nichts getroffen?«

»Er hat nicht den richtigen Schusswinkel. Und jetzt sei still.«

Plopp, plopp.

Da war es wieder. Mit verkniffenem Blick scannte er das Gebäude ab. Ohne den Grund dafür nennen zu können, vermutete er den Schützen im sechsten Stock. Nichts. Vielleicht doch der siebte?

Da sah er in der zweiten Etage einen Jungen auf den Fenstersims steigen. Im fünften Stock ragte ein schwarzer Schalldämpfer aus dem Spalt.

Plopp, plopp.

Er lauschte auf den Schrei, ohne hinzusehen, wusste, dass der Student getroffen war. Kulka blieb konzentriert, neigte das Gewehr minimal nach unten, erfasste den Umriss des Schützen im selben Moment, in dem der Schalldämpfer zurückgezogen wurde und aus dem Blickfeld verschwand.

Kulka zog den Abzug durch und feuerte.

Ein lauter, dumpfer Knall hallte durch die Schlucht zwischen den Gebäuden, hinzu kam das Geräusch von splitterndem Glas. Das Projektil zertrümmerte die Scheibe und tötete den Schützen dahinter.

Kulka feuerte noch einmal in den Raum. Nur für den Fall, dass sich dort noch jemand aufhielt, dann ein drittes Mal.

»Mann am Boden«, meldete er über das Sprechfunkgerät. »Ich habe diesen kleinen Wichser erwischt.«

Als Sirhan in der fünften Etage ankam, hörte er den Knall. Ihm war klar, dass er von einem Scharfschützengewehr stammte. Gleich darauf zersplitterte Glas. Ein gequältes Ächzen folgte. *Fahd.*

Vor dem Zimmer ging er auf dem Flur in die Hocke. Als Tariq zu ihm aufschloss, hob er die Hand, um ihn aufzuhalten. Weitere Schüsse des Scharfschützen ertönten von weit her. Glas splitterte und mit einem Mal klafften über Fahd große Löcher in der Wand.

Sirhan blickte auf den anderen hinab. Die Kugel hatte ihn genau in der Brust erwischt. Blut rann auf den Boden. Fahd starrte mit leerem Blick zur Decke hinauf, es war kein Leben mehr in ihm.

»Du blöder Hurensohn«, fluchte Sirhan.

Er blickte Tariq an, Fahds älteren Bruder. »Tut mir leid.«

Tariq schwieg. Sekundenlang musterte er seinen Bruder, schließlich blickte er Sirhan an. »Wir werden heute sowieso alle sterben.«

»Ja.« Sirhan fixierte Fahds verwüstete Brust. »Aber vorher sind die anderen an der Reihe.«

50

CARMAN HALL
COLUMBIA UNIVERSITY

Daisy saß aufrecht an die Wand gelehnt. Andy und Charlotte hatten die Köpfe in den Schoß gelegt.

Das Zimmer war brechend voll, viele Studenten, die allein waren, andere mit Angehörigen. Lange musterte Daisy einen Mann, der ein hellblaues Basecap mit dem Columbia-Logo trug. Er hatte die Arme um seinen Sohn gelegt, der vor ihm saß. Er kuschelte sich an ihn wie ein kleiner Junge. Aus einem unerfindlichen Grund schöpfte sie daraus Kraft.

Außerdem lenkte es sie ab und das hatte sie bitter nötig.

So schlimm ihre Lage auch sein mochte, sich damit auseinanderzusetzen fiel ihr leichter, als über ihren Vater nachzugrübeln. Jedes Mal wenn ihre Gedanken zu dem Telefongespräch wanderten – und zu dem, was Josh Brubaker ihr gesagt hatte –, fühlte sie sich, als würde ihr der Boden unter den Füßen weggezogen. Sie kam sich so hilflos vor, alles schien keinen Sinn zu ergeben. Wie konnte man an einem Tag noch mit einem Menschen Zeit verbringen und am nächsten war er plötzlich nicht mehr da?

Bitte, lieber Gott, beschütze ihn.

Ein Lächeln umspielte ihre Lippen. Sie musste plötzlich an einen lange zurückliegenden Weihnachtsmorgen denken, Jahre her. Ihr Vater hatte zusammen mit ihr ein Barbie-Puppenhaus aufgebaut. Es war ihr sehnlichster Wunsch gewesen. Den ganzen Tag hatten sie damit verbracht, es behutsam zusammenzusetzen. Drei Stockwerke, violett und pink, mit einem Miniföhn, der realistische Geräusche von sich gab, und wenn man die Türklingel drückte, erklang eine Melodie, die allen furchtbar auf die Nerven ging. Als Achtjährige hatte sie es jedoch für das schönste Lied der Welt gehalten.

Andy schaute sie an.

»Alles okay?«

»Ja. Ich hab ein gutes Gefühl bei der Sache.«

51

JOHN JAY HALL
COLUMBIA UNIVERSITY

Damon Smith, der verantwortliche FBI-Mann vor Ort, stand in einem großen Saal im Erdgeschoss der John Jay Hall, einem weiteren Wohnheim der Columbia in der 114th Street. Zwischen John Jay Hall und Carman Hall befand sich die Butler Library, die Zentralbibliothek der Universität. Bei der Örtlichkeit, die Smith mit Beschlag belegte, handelte es sich um den Gemeinschaftsraum. Heute diente er dem Krisenstab als Kommandozentrale.

Junge FBI- und NYPD-Analytiker mit Laptops, mit dem Serverpark von Homeland Security vernetzt, belegten die Tische. An den Wänden hingen hochauflösende Displays, elf an der Zahl, die in Echtzeit wiedergaben, was sich rund um Carman Hall tat. Kameras, die man nach der Geiselnahme angebracht hatte, fingen das Gebäude von allen Seiten ein. Das Dach wurde von einem Hubschrauber aus sicherer Höhe gefilmt. Außerdem waren Kameras auf die Eingänge des Wohnheims gerichtet, aktuell passierte dort nichts. Auf weiteren Schirmen liefen Aufnahmen, die die diversen regionalen, nationalen und internationalen Nachrichtensender vom Tatort zeigten.

Eine große Zahl von Polizeikräften, FBI-Agenten, Beamten des Heimatschutzministeriums und der Anti-Terror-Einheit des NYPD hatten sich eingefunden, ferner hochrangige Mitarbeiter aus dem Pentagon und dem Weißen Haus. Der Gouverneur des Bundesstaats New York war ebenso wie der Bürgermeister der Stadt mit mehreren Mitarbeitern präsent.

Smith stand jenseits des Trubels hinter einer mehrflügeligen Fenstertür an einem Tisch vor einem ungenutzten offenen Kamin. Vier weitere Agenten leisteten ihm Gesellschaft: Moore, Calder, Francisco und McNaughton. Jeder hatte einen genau festgelegten Zuständigkeitsbereich und trug ein drahtloses Headset mit Standleitung zu einer CENCOM-Telefonistin, deren Aufgabe darin bestand, Anrufe zu tätigen und entgegenzunehmen sowie die Männer in die Funkverbindungen der Operators vor Ort einzuklinken.

Moore war verantwortlich für die Einrichtung der Sicherheitszone einschließlich der Überwachung aller Zugänge vom Straßenniveau aus sowie der Leitung der Security-Teams, darüber hinaus für das Erstellen und gegebenenfalls Anpassen der Einsatzregeln. Überdies führte er die Aufsicht

über den Luftraum – um sicherzustellen, dass außer Polizei-
hubschraubern niemand dem Campus zu nahe kam.

Calder kümmerte sich um die Außendarstellung. Im
Wesentlichen lief das auf die Kommunikation mit der
Presse hinaus. Er musste die Journalisten und Reporter bei
der Stange halten und dafür sorgen, dass sie nicht aus der
Reihe tanzten, geduldig ihre Fragen beantworten und sie
einsetzen, um exakt jene Informationen an die Öffentlichkeit durchsickern zu lassen, von denen das FBI wollte, dass
sie allgemein bekannt wurden.

Franciscos Aufgabe bestand darin, sich um den
Personenkreis zu kümmern, der nicht an der Operation
beteiligt war – Familienangehörige, Universitätsbedienstete,
Politiker, deren Gefolge und sonstige VIPs –, und dessen
Ansprüche zufriedenzustellen.

McNaughton war Smiths Befehlshaber für das Einsatz-
kommando vor Ort. Das um Carman Hall postierte Team
war von Dave McNaughton gemeinsam mit Smith handverlesen und mit Kommunikationsmitteln und Waffen
ausgerüstet worden. Welchen taktischen Plan auch immer
Smith sich einfallen ließ, um die Studenten zu befreien,
McNaughton sorgte für die Umsetzung.

Der Schlüssel zur erfolgreichen Bewältigung der Geiselnahme bestand in flexiblem Denken und der raschen
Reaktion auf neue Entwicklungen. Natürlich wusste
Smith das. Allerdings drohte das herrschende Chaos seine
Aktions- und Reaktionsfähigkeit bald zu überfordern,
und damit entfiel auch die Möglichkeit, potenzielle Fehler
der Terroristen zum eigenen Vorteil auszunutzen. Bald
wäre er nicht mehr in der Lage, einen Befreiungsversuch
für die Studenten zu unternehmen. Moore, Calder und
Francisco sollten Smith in erster Linie entlasten, ihm die
zeitraubenden und letztlich nutzlosen Begleiterscheinungen

einer ausgemachten Krise ersparen, die längst nicht nur die USA, sondern die ganze Welt betraf. Immerhin stammten von den 500 festgesetzten Studenten rund 100 aus dem Ausland.

Calder, Moore und Francisco nahmen Smith einiges ab, damit er den Kopf frei hatte, um sich einen Plan zur Befreiung einfallen zu lassen. Sei es durch Aufnahme von Verhandlungen mit den Terroristen oder mittels Gewalt.

Smith besaß Erfahrung mit solchen Zwischenfällen, galt als Top-Krisenmanager des FBI, wenn es um die wirklich schmutzigen Nummern ging. Bei allem, was er in Angriff nahm, agierte er äußerst diszipliniert, sodass es aktuell entlarvend wirkte. Normalerweise war er die Ruhe selbst. Doch im Moment reagierte er aufgebracht. Er zeigte nur selten Emotionen, diesmal jedoch konnte er seine Wut kaum kaschieren.

Der Grund für seinen Zorn erschien, umgeben von mehreren Stabsmitarbeitern, gerade im Eingang. Judith Talkiewicz, Commissioner des NYPD. Sie hatte einen Polizeihubschrauber losgeschickt, den die Terroristen abgeschossen hatten. Talkiewicz trat ein. Als ihre Mitarbeiter Anstalten machten, ihr zu folgen, hob Smith die Hand zum Zeichen, dass sie draußen bleiben sollten.

»Ich möchte meine Leute dabeihaben«, protestierte Talkiewicz.

»Pech«, ätzte Smith, während Calder die Tür schloss. »Ich möchte Ihnen etwas erklären, Commissioner. Die Nummer, die Sie vorhin abgezogen haben, war absoluter Bullshit! In diesem Gebäude befinden sich 500 Geiseln. Das ist nicht der Zeitpunkt für billige PR-Gags. Sie haben das Leben von sieben Menschen auf dem Gewissen, darunter ein zwölfjähriges Mädchen, das von einem Trümmerteil dieses verfluchten Choppers getroffen wurde. Sechs Männer saßen in dem Hubschrauber. Ihre Leute.«

»Ich bin mir über den Ernst der Lage durchaus im Klaren«, antwortete Talkiewicz. »Ich habe nicht damit gerechnet, dass sie über MANPADs verfügen.« Die gebräuchliche Kurzform für ein Man Portable Air Defense System, also Ein-Mann-Boden-Luft-Raketen.

»Nicht? Dann sind Sie ja noch dümmer, als ich dachte.«

»Haben Sie mich deshalb herzitiert?« Furchtlos trat Talkiewicz einen Schritt näher. »Um mich zusammenzustauchen?«

»Zum Teil, ja. Der Hauptgrund ist allerdings, dass ich Ihnen etwas klarmachen will. Dies ist eine FBI-Operation, kapiert? Ich erwarte volle Kooperation von Ihren Beamten, uneingeschränkten Zugang zu sämtlichen Ressourcen und Informationen. Außerdem erwarte ich, dass Ihre Leute meine Anweisungen exakt befolgen. Habe ich mich klar ausgedrückt?«

»Wir wollen beide dasselbe.«

»Der Unterschied ist: Ich weiß, wie man es anstellt. Sie sind Politikerin.«

»Ich habe schon von Ihrem Hang zum Größenwahn gehört.«

»Mir ist egal, was Sie gehört haben«, konterte Smith. »Ich setze Strategien um, das ist alles. Jemand an viel höherer Stelle als ich wird die Entscheidung treffen, wie wir hier vorgehen. Das funktioniert allerdings nicht, wenn ein Police Commissioner operative Schritte einleitet, die weder strategisch auf Herz und Nieren geprüft noch erörtert oder genehmigt wurden. Kapiert?«

Talkiewicz stürzte hinaus.

Smith blickte zu McNaughton. »Hab ich sie zu hart angefasst, Dave?«

»Nein«, erwiderte McNaughton ruhig. »Hör zu: Dieser Chopper hat die gegnerische Seite dazu veranlasst, eine ihrer Flugabwehrraketen zu verschießen. Ich kann mir nicht vorstellen, dass sie noch viele davon in petto haben. Außerdem wurden die Videoaufzeichnungen aus dem Chopper mittlerweile analysiert. Das Dach ist vermint. Sieht aus, als hätten sie dort fünf oder sechs Sprengsätze platziert. Die Ballistik meint, es handelt sich um Semtex. Es sind genau die gleichen Sprengfallen wie auf den Treppen.«

»Was ist mit dem Gang im Keller der Bibliothek?«, wollte Smith wissen.

»Vermint«, sagte McNaughton. »Und zwar auf identische Weise. Semtex. Zudem haben sie direkt hinter der Tür vier Studenten angebunden. Selbst wenn da keine Bombe wäre, würde man sie alle umbringen, wenn man die Tür zu Carman Hall öffnet.«

»Was für Zünder?«

»Auslöseknöpfe. Die Sprengsätze auf den Treppen und auf dem Dach sind auf einer Art Drahtgeflecht austariert. Wenn es keine Attrappen sind, reden wir hier über eine extrem kritische Situation. Offen gesagt hatten wir Glück, dass die Mini-Gun des NYPD-Choppers den Draht nicht erwischt hat. Sollte er reißen, fallen die Sprengsätze runter. Einer davon wird auf jeden Fall hochgehen. Und wenn einer explodiert, kommt es zur Kettenreaktion. Ein Eindringen aus der Luft ist damit ausgeschlossen.«

»Und wenn die Treppen ebenfalls …« Smith brauchte den Satz nicht zu Ende zu führen.

»Es ist ein riesiger Sprengstoffgürtel«, sagte Francisco, der vor einem der Plasmas saß. »Was auch immer die wollen, wer auch immer dahintersteckt, sie sitzen am längeren Hebel. Es ist schon beängstigend, wie asymmetrisch die Kräfteverhältnisse ausfallen. Sie verfügen über 500 Geiseln, eine uneinnehmbare Festung und eine Horde von Selbstmordattentätern. Wir stehen hier vor dem nächsten 9/11. Ich will nicht schwarzmalen, aber so schaut's aus.«

Smith starrte Francisco an. Er war sein engster Vertrauter beim FBI. Er konnte gar nicht zählen, wie oft sie schon schwierige Operationen gemeinsam gemeistert hatten. Allerdings wusste er eins: Auf das Bauchgefühl des Freundes war Verlass.

In Smiths Ohr erklang ein leises Piepen. Der Ohrstöpsel von der Größe eines Tic Tac stellte eine Liveverbindung zu CENCOM her.

»CENCOM eins-vier-eins. Commander Smith, bitte bleiben Sie dran, Direktor Kratovil möchte Sie sprechen.«

Smith schob die Hand ans Ohr, ließ den Blick über die Runde schweifen und hob einen Finger zum Zeichen, dass er den Anruf entgegennehmen musste. Er zog sich in eine ruhige Ecke zurück.

»Hi, Damon!«

»Herr Direktor!«

»Wie ist die Lage?«

»Genau wie vor einer Stunde. Alles ruhig. Wir nehmen keinerlei Aktivität wahr.«

»Wie steht es mit der Sicherheitszone?«

»Absperrungen, Einsatzkräfte und taktische Leitung – alles installiert und funktionstüchtig. Die Funkverbindung der Teams ist aufeinander abgestimmt. Wir sind bereit, jedwede Direktive von CENCOM umzusetzen.«

»Nun, das klingt immerhin besser als vor einer Stunde.«

»Vor einer Stunde hat einer meiner Sniper einen Terroristen getötet«, gab Smith zurück. »Ich wüsste nicht, wie man das noch toppen sollte, Sir.«

»Sie wissen, was ich meine«, erwiderte Kratovil ungehalten.

Smith schwieg. Ja, er wusste, was Kratovil meinte, und hielt nicht allzu viel davon.

»Direktor, verhandeln wir etwa mit diesen Kerlen?«

Kratovil zögerte einen Moment. »Das wird noch entschieden.«

»Was dauert denn so lange? Mit jeder Minute, die verstreicht, sinken unsere Chancen. Sollten wir verhandeln wollen, ist es hinnehmbar. Aber falls nicht: Je früher wir die Erstürmung planen und ausführen, desto größer sind unsere Chancen, die Opferzahlen gering zu halten.«

»Hier geht es nicht allein um eine Geiselnahme. Wir müssen verschiedene Parteien unter einen Hut bringen: Langley, das Pentagon, das Weiße Haus. Wir tun alles, um Zuständigkeitskonflikte zu vermeiden, aber der Präsident will sichergehen, dass wir ... ähm ... das Team einsetzen, mit dem wir die größten Aussichten haben, die Opferzahlen niedrig zu halten und die jungen Leute zu retten.«

»Natürlich«, entgegnete Smith. »Verstehe! Aber bis es so weit ist, bewege ich mich hier im Blindflug. Was, wenn unsere beste Chance, das Wohnheim zu stürmen, genau jetzt wäre?«

»Die halten 500 Geiseln da drin fest«, meinte Kratovil. »Strategisch sind sie im Vorteil. Außerdem sind es Gotteskrieger. Falls sie zum Sterben bereit sind, ändert ein Zugriff ohnehin nichts daran. Dann jagen sie das Gebäude kurzerhand in die Luft. Wer auch immer dahintersteckt, will etwas von uns. Die Verhandlungen laufen bereits.«

»Was wollen die?«

»Das ist *top secret*, Damon, deshalb sage ich es auch nur Ihnen. Niemand im Raum hat die Befugnis, es zu erfahren.«

Smith schwieg.

»Wir haben im Mittelmeer eine Waffenlieferung nach Syrien gestoppt. Die wollen sie haben. Darum geht es bei dem Ganzen hier.«

»Und der Präsident will die Lieferung nicht freigeben?«

»Natürlich nicht. Die Alternative wäre ja noch schlimmer. Lässt er das Schiff weiterfahren, spielt er dem IS genügend Waffen, Munition und Raketen in die Hände, um den Job in Syrien und wahrscheinlich auch dem Irak zu Ende zu bringen. Wir sprechen hier von einem Containerschiff. Waffen im Wert von fast einer Milliarde Dollar.«

»Eine Milliarde?«

»Ja. Der Präsident befindet sich in einer moralischen Zwickmühle. Damon, Sie müssen davon ausgehen, dass man Sie auffordern wird, einen Plan zur Erstürmung des Wohnheims zu entwerfen und auszuführen, der die Opferzahlen möglichst gering hält und es dem Präsidenten erlaubt, die Übergabe der Schiffsladung zu verhindern.«

»Von was für einem Zeitrahmen sprechen wir, George?«

»Stunden. Es muss bald passieren. Mein Gefühl sagt mir, dass die Kerle nicht bloß faul herumsitzen und auf eine Reaktion warten.«

»Sie meinen …«

»Polk ist der Meinung, dass sie bald mit dem Exekutieren von Studenten anfangen.«

»Mein Gott! Okay, ich mach mich sofort an die Arbeit. Benötige ich offizielle Genehmigungen und so weiter?«

»Ja. Aber offensichtlich halten sich alle dafür bereit, der Präsident eingeschlossen.«

»Verstanden.«

»Hören Sie. Eigentlich ruf ich an, weil ich wissen wollte, wie Sie zurechtkommen.«

»Oh, bei mir ist so weit alles okay«, meinte Smith. »Aber meine Männer verbringen die Hälfte ihrer Zeit damit, irgendwelche verfluchten VIPs zu bespaßen. Den Gouverneur, den Bürgermeister, Senatoren und was es sonst noch alles gibt. Das hält ganz schön auf.«

»Delegieren Sie es.«

»Hab ich ja. Aber versuchen Sie mal, den Gouverneur davon zu überzeugen, dass er sich raushalten soll. Diese Arschlöcher behindern mich dabei, die Lage in Ruhe zu sondieren, um alles solide zu beobachten, zu analysieren und sinnvolle taktische Entscheidungen zu treffen.«

Kratovil räusperte sich. »Dann dürfte Ihnen nicht gefallen, was ich Ihnen als Nächstes mitzuteilen habe.«

»Und zwar?«

»Sie bekommen bald Besuch«, kündigte der FBI-Direktor an.

»Von wem?«

»Ein ehemaliger Ranger, so wie Sie, Damon.«

»Es gibt viele, die mal Ranger gewesen sind.«

»Er diente auch in der Combat Applications Group. Delta Force. Ein Spitzenmann. Er gehörte zu dem Team, das vor ein paar Monaten die Atombombe gestoppt hat.«

»Warum kommt er? Werde ich von der Sache abgezogen?«

»Nun kriegen Sie sich mal wieder ein, sonst werden Sie wirklich abgezogen. Ich bin nicht derjenige, der ihn schickt, die Weisung kommt vom Präsidenten persönlich. Kapiert? Ich schlage vor, dass Sie ihm unvoreingenommen begegnen. Er ist da, um zu helfen. Ich kenne ihn. Keiner, der viele Worte macht. Falls er nichts bewegen kann, wird er es Ihnen offen sagen.«

»Schön! Wie heißt er?«

»Dewey Andreas.«

Einen Moment herrschte Schweigen.

»Ich weiß, wer das ist«, sagte Smith deutlich ruhiger. »Das geht in Ordnung. Hören Sie, mehr als in Ordnung. Sie haben recht, vielleicht fällt ihm etwas ein. Ich hoffe es jedenfalls.«

Smith tippte sich ans Ohr, um das Gespräch zu beenden. Er blickte McNaughton an.

»Ich will drei Szenarien. Du hast 15 Minuten.«

McNaughton nickte und tauchte ins Nebenzimmer ab.

Andreas.

Smith starrte auf den Tisch und dachte an früher.

Wintertraining bei den Rangers. Sie waren im gleichen Jahrgang gewesen. Er kannte Dewey, hatte zumindest einiges über ihn gehört. Andreas redete nicht viel, hatte keine Freunde. Handelte streng rational. Smith fing an, ihn zu beobachten. Der Typ stieß alle vor den Kopf, als er die Meisterschaft im Boxen gewann. Doch es war mehr als das. Es schien, als wäre er eigentlich für etwas ganz anderes bestimmt, als engten ihn die Uniform, die Vorschriften und die Notwendigkeit, sich auf andere zu verlassen, zu stark ein. Er war anders als der Rest von ihnen. Jeder begriff das. Einen Beliebtheitswettbewerb hätte er nicht gewonnen, doch alle Ranger respektierten ihn. Der Mann war ein Kämpfer.

Smith lenkte Franciscos Aufmerksamkeit auf sich. »Wir bekommen Besuch.«

»Von wem?«

»Sein Name ist Andreas. Wenn er eintrifft, bring ihn direkt zu mir.«

»Alles klar.«

52

AIR PEGASUS HELIPORT
WEST THIRTIETH STREET
NEW YORK CITY

Eine Stunde später landete der im CIA-Besitz befindliche Sikorsky S-76C nach einem ruhig verlaufenen Flug auf dem Hubschrauberlandeplatz in Manhattan.

Dewey beugte sich ins Cockpit. »Danke fürs Mitnehmen!«

»Keine Ursache«, meinte der Mann zur Linken. »Die SPEC-OPS-Group hat uns unterwegs über alles informiert. Wir werden auftanken und hier warten für den Fall, dass Sie uns noch brauchen.«

Dewey öffnete die Kabinenluke und sprang hinaus. Vom Helipad aus nahm er die Treppe zur Straße. Dort wartete ein schwarzer Suburban mit laufendem Motor.

Das Fenster auf der Beifahrerseite glitt nach unten.

»Hey, Arschloch«, erklang eine Stimme.

Dewey grinste. Er öffnete die Hecktür und stieg ein.

»Jobbst du jetzt bei Uber?«

Auf dem Rücksitz saß eine umwerfende Blondine im eleganten, eng anliegenden Kleid.

»Mein Gott«, entfuhr es Dewey. Er nahm neben Katie Platz.

»Sorry«, sagte sie. »Ich hatte gerade ein Date.«

»Der Glückliche!«

Mit quietschenden Reifen fuhr der SUV los.

»Ist Hector noch am Leben?«, wollte Tacoma wissen.

»Ja«, erwiderte Dewey einsilbig.

»Gibt es was, das du uns noch nicht gesagt hast?«, fragte Katie.

»Wir kennen jetzt den Grund, weshalb Hector einen Herzinfarkt erlitten hat. Er bekam einen Anruf von Daisy. Sie befindet sich im Wohnheim an der Columbia.«

Katie Foxx und Rob Tacoma zählten neben Hector zu Deweys engsten Freunden. Genau genommen hatte er außer ihnen nicht viele Freunde. Zu lange schon führte er ein Leben, das sich nicht sonderlich eignete, persönliche Beziehungen zu anderen Menschen aufzubauen. Nach seiner Collegezeit in Boston war Dewey Soldat gewesen, hatte als Roughneck auf einer Reihe von Offshore-Bohrplattformen gearbeitet vor den Küsten Großbritanniens, Afrikas und Südamerikas. Er verdingte sich als Arbeiter auf einer Ranch, wurde CIA-Agent und hatte vorübergehend als Mordverdächtiger in einer Gefängniszelle in Georgia eingesessen. Nicht unbedingt Orte, an denen man Freundschaften schloss. Dewey redete nicht viel, konnte Angeber und Idioten kaum ertragen. Am liebsten hielt er sich allein in der freien Natur auf und fand Befriedigung eher in handwerklichen Tätigkeiten als beim Small Talk.

Bei Katie und Tacoma verhielt es sich anders. Ihre Beziehung fußte darauf, dass sie den gleichen Beruf hatten. Sie konnten frei reden, ohne gegen Gesetze und Vorschriften zu verstoßen. Katie war 33 und hatte bereits als Deputy Director des National Clandestine Service gedient, ehe sie ihren Abschied von Langley nahm, um gemeinsam mit Tacoma ihr eigenes Consulting-Unternehmen zu gründen. Tacoma, 29, ein ehemaliger Navy SEAL, war von Katie für die Special Operations Group rekrutiert worden.

Inzwischen galt ihre Firma, RISCON, als beste Adresse weltweit, wenn es um Security und Informationsbeschaffung ging. Wer sich an Katie und Tacoma wandte, mietete die Crème de la Crème des CIA-Paramilitärs. Ihr Einsatzgebiet war der gesamte Globus, sie arbeiteten in erster Linie für eine Handvoll multinationaler Konzerne. RISCON hatte bereits in zahllosen Ländern gegen zahllose Gesetze verstoßen, verstieß aber nie gegen ihre heiligen Prinzipien. Sie betrachteten sich als verlängerten Arm der US-Regierung und wiesen jeden Kunden ab, der Calibrisi nicht passte. Auch lehnten sie Aufträge von Klienten ab, bei denen sie den Eindruck hatten, sie wendeten sich gegen US-Interessen. Aus diesem Grund gehörte die CIA zu ihren wichtigsten Auftraggebern.

Katie und Tacoma hatten bei einer Reihe von Operationen maßgeblich zum Erfolg beigetragen. Es hatte vor vier Jahren angefangen, als Dewey Hilfe brauchte, weil er in den Iran eindringen musste, um die erste dort fertiggestellte Nuklearwaffe zu entwenden und Kohl Meir aus dem Gefängnis von Evin zu befreien. Als chinesische Agenten bei einem misslungenen Anschlag anstelle von Dewey seine Verlobte töteten, hatten Katie und Tacoma ihn bei der Planung und Ausführung des brachialen Gegenschlags unterstützt. Und im letzten Sommer halfen sie ihm, einen Anschlag mit einer Atombombe auf New York City zu vereiteln.

Tacoma sah gut aus, war aber ein grober Klotz und ziemlich desorganisiert. Mitunter legte er die geistige Reife eines Verbindungsstudenten an den Tag. Als hervorragender Sportler hatte er bei den SEALs und später beim NCS einen kometenhaften Aufstieg hingelegt. Katie hingegen bildete den exakten Gegenentwurf: elegant, scharfsinnig, stets bestens vorbereitet und strategisch aufgestellt. Manchmal kam es einem vor, als wäre sie Tacomas Mutter, weil sie ständig mit ihm schimpfte. Außerdem sah sie einfach hinreißend aus, war gut durchtrainiert und mit dem Lächeln des Mädchens von nebenan gesegnet. Jemand wie sie brachte vor allem Männer schnell in Schwierigkeiten.

Sie bildeten schon ein seltsames Gespann, die beiden, wie Bruder und Schwester, aber es funktionierte. Gemeinsam mit Dewey hatten sie einiges durchgestanden, so etwas schweißte Menschen zusammen. Aber es steckte noch mehr dahinter. In Dewey sahen Katie und Tacoma jemanden, der ihre Einstellungen teilte, der bereit war, große Risiken auf sich zu nehmen, über ausgezeichnete Kampffertigkeiten verfügte und wie sie die Auffassung vertrat, dass es entscheidend sei, keine Gefangenen zu machen.

Die Sonderkennzeichen des Suburbans gestatteten es ihnen, die Straßensperren ungehindert zu passieren und über den Broadway Richtung Columbia zu preschen.

Dewey saß hinten neben Katie, Tacoma vorn auf dem Beifahrersitz neben einem FBI-Agenten, der den Auftrag hatte, sie zum Tatort zu bringen.

Der Broadway war so gut wie leer gefegt. Schon 30 Blocks vor der Columbia blockierten quer gestellte Trucks der Nationalgarde die Straßen, um jeden aufzuhalten, der womöglich die Absicht hegte, Sperrungen zu durchbrechen. Überall hinderten Trucks mit Tarnanstrich Unbefugte am Weiterkommen und zwangen den Suburban, auf den Bürgersteig auszuweichen. Gut anderthalb Kilometer vom Campus entfernt mussten sie anhalten.

»Was ist los?«, fragte Dewey.

Der Fahrer deutete nach vorn.

Dewey lugte durch die Windschutzscheibe. Ü-Wagen und Reporter verstopften die Fahrbahn.

»So geht das die nächsten zehn Blocks weiter«, meinte der FBI-Agent. »So weit reicht die Sicherheitszone.«

»Und wie sollen wir da durchkommen?«

Der Fahrer blickte in den Rückspiegel. »Dazu kann ich nichts sagen. Ich wurde bloß gebeten, Sie abzuholen und herzubringen.«

»Nun, die bösen Jungs sind da vorn«, meinte Dewey mit Wut in der Stimme. Er deutete in Richtung Campus. »Fahr los, verflucht! Drück halt auf die Hupe, wenn's sein muss.«

Im neunten Obergeschoss drängten sich die Geiseln, es stank nach Schweiß.

Sirhan wirkte aufgebracht und schockiert, weil er Fahd verloren hatte. Mit der Kalaschnikow vor der Brust zwängte er sich durch den überfüllten Flur, vorbei an stummen, verängstigten Studenten und Eltern. Sie saßen an den Wänden, viele weinten und hielten sich an den Händen. Nur wenige wagten es, ihn überhaupt anzusehen. Er betrat einen Raum vier Stockwerke oberhalb des Zimmers, in dem es Fahd erwischt hatte. Auch hier drängten sich Menschen, insgesamt etwa 20. Sie saßen da, Familien zusammengeschart, und zuckten zusammen, als er hereinkam.

Rasch ging Sirhan ans Fenster, suchte nach dem Sniper, der auf einem Dach in der Nähe positioniert sein musste. Am Horizont schwebten zwei Hubschrauber von TV-Sendern, zweifellos eine Liveschaltung, die in ganz Amerika empfangen wurde. Ach was, in der ganzen Welt.

»Ihr wollt Nachrichten?«, flüsterte er. »Ich geb euch welche.«

Am anderen Ende des Campus parkte eine Reihe gepanzerter Fahrzeuge.

Ihr glaubt, ihr habt hier die Kontrolle? Ich werd euch zeigen, wer die Kontrolle hat.

Sirhan trat von der Scheibe weg und schaute sich um. Eine vierköpfige Familie kauerte zusammengedrängt an der Außenwand. Keiner von ihnen erwiderte seinen Blick. Sie starrten zu Boden, als könnten sie Sirhan auf diese Weise dazu bringen, sie zu übersehen. Mutter, Vater und zwei Töchter, eine nicht älter als zehn, die andere eine frischgebackene Studentin. Koreaner.

Sirhan baute sich vor der älteren Tochter auf und zielte mit der Gewehrmündung auf sie.

»Mitkommen.«

Der Suburban manövrierte durch die Scharen Schaulustiger auf dem Broadway, dann, dichter am Campus, durch eine

Armada dort abgestellter Übertragungswagen. Auf den Gehsteigen drängten sich die Reporter zu Dutzenden, wie Hühner auf der Stange aufgereiht, und berichteten vom Tatort. An Pfosten montierte grelle Halogenscheinwerfer erhellten die Gesichter der Fernsehleute, die sich so dicht wie möglich am Schauplatz des Geschehens aufgestellt hatten. Sie gehörten zu den großen Networks – ABC, CBS, NBC und Fox –, zu CNN und dem Stadtsender NY1. Kameraleute kämpften um die besten Plätze und brüllten jeden an, der zwischen ihre Hauptdarsteller und die Kamera trat.

An der 113th Street zog sich eine Linie stählerner Absperrgitter quer über die Straße und den angrenzenden Gehweg. Dahinter versammelten sich uniformierte Polizeibeamte nebst einer Horde FBI-Agenten in SWAT-Montur, viele mit Karabinern oder Maschinenpistolen.

Der Suburban stoppte vor der Absperrung. Dewey und Tacoma stiegen aus. Als Katie Anstalten machte, ebenfalls auszusteigen, lehnte Dewey sich in den Wagen und gab ihr zu verstehen, dass sie nicht mitkommen solle.

»Du musst mir einen Gefallen tun«, bat er leise.

»Was denn für einen?«

»Du musst Igor auftreiben. Wir treffen uns in seinem Apartment.«

Katie sah ihn fragend an. »Igor?«

»Erklär ihm, was los ist«, erwiderte Dewey. »Er soll sich um eine intensive Analyse der Situation kümmern.«

»Warum?«

»Eben darum.«

»Eben darum?«, fragte sie lächelnd.

»Gott, du kannst einem ganz schön auf die Nerven gehen. Tu's einfach. Wir sehen uns nachher. Sag ihm, er soll im Keller nachsehen. Er wird wissen, was ich meine.«

Dewey trug eine Anzughose und ein kurzärmliges hellblaues Hemd. Vor den Absperrungen liefen Dutzende von Menschen herum: von Neugier angelockte Gaffer, Journalisten und Freunde der Geiseln. Dewey zwängte sich durchs Gewühl, bis er eine Lücke zwischen den Gittern erreichte. Dort standen mehrere Polizisten und FBI-Agenten.

Auf den Straßen und Bürgersteigen herrschten chaotische Zustände. Der ganze Broadway war voller Menschen. Eine immense Geräuschkulisse, Hektik und Hitze. Reporter, die live auf Sendung waren, Leute, die sich unterhielten, dazwischen ständig Gehupe oder das Aufheulen von Sirenen in einer Seitenstraße. Am lautesten jedoch war das unablässige Surren der Hubschrauber über den Köpfen – Polizei und Kamerateams.

Dewey ging davon aus, dass es in der Nähe der Columbia noch schlimmer zuging. Nicht unbedingt das Schlechteste.

Zum ersten Mal bekam er das Wohnheim zu Gesicht.

Auf einem Campus voller majestätischer Backsteinbauten und klassischer Architektur wirkte Carman Hall eindeutig fehl am Platz. Ein schlichter, hässlicher Zweckbau, als hätte ihn ein Architekt aus der Sowjetunion entworfen. Zum Teil hinter Lerner Hall verborgen, ließ sich das Gebäude nur schwer einsehen. Taktisch gesprochen: eine Festung. Der ideale Schauplatz für eine Geiselnahme.

Abgesehen von den bewaffneten Polizisten, die an jeder Gebäudeecke hinter tragbaren Stahlschilden Stellung bezogen hatten, um sich vor möglichen Schüssen zu schützen, waren die Straßen und Bürgersteige in unmittelbarer Umgebung des Wohnheims wie leer gefegt. Die Fensterscheiben reflektierten das Sonnenlicht, sodass es unmöglich war, in die Zimmer zu schauen. Sollten die Terroristen das Gebäude bewusst ausgesucht haben, hatten sie eine gute Wahl getroffen: frei stehend, eine begrenzte Anzahl von

Fenstern, ähnlich einer mittelalterlichen Burg. Nicht hübsch anzusehen, aber gut zu verteidigen.

»Ein Gutes hat die Sache ja«, meinte Tacoma.

»Und zwar?«

»Sollten die Kerle sich in die Luft sprengen, reißen sie den schrecklichen Kasten gleich mit ab.«

»Haha, sehr witzig.«

An der Absperrung verstellte ein baumlanger Kerl in SWAT-Ausrüstung mit Karabiner in der Hand Dewey den Weg. Er schob sich an ihm vorbei.

»Ich möchte zu Damon Smith.«

Der Posten musterte Dewey kritisch, dann entdeckte er Tacoma in Jeans, T-Shirt und Turnschuhen.

»Dieser Bereich ist für Unbefugte nicht zugänglich.«

»Er erwartet mich.«

Der Mann betrachtete ihn misstrauisch, schielte abermals auf Tacoma, dann drehte er sich schließlich um. Zwei FBI-Agenten standen etwas abseits hinter der Postenkette. Er winkte einen der beiden heran, dieser nickte. Er trug Jeans und eine blaue Jacke mit der Aufschrift FBI in hellem Gelb auf der Brust. Ein junger Typ, kaum älter als 30. Er kam an die Absperrung.

»Was gibt's?«

Der Posten deutete mit einer Kopfbewegung auf Dewey.

»Ich möchte zu Smith.«

»Sind Sie Dewey?«

Dewey nickte.

»Kommen Sie mit. Er wartet schon auf Sie.«

»Mitkommen, hab ich gesagt«, brüllte Sirhan.

Das koreanische Mädchen brach in Tränen aus. Sirhan packte sie roh am Arm und zog sie mit Gewalt hoch.

Manche im Zimmer schluchzten leise, als er das Mädchen ans Fenster zerrte. Mit einem Kugelhagel zertrümmerte er die Scheibe. Die Schwester des Mädchens schrie auf. Sirhan hob das Mädchen aufs Fensterbrett, stieß sie der Öffnung entgegen. Ihr entfuhr ein leises Stöhnen, als ihre Mutter plötzlich auf Koreanisch loszeterte.

»Ani, nae agi, nal delyeoga!«
Nicht mein Baby, nehmt mich!

Der Wind wehte dem Mädchen ins Gesicht, nur wenige Zentimeter vor ihr ging es steil abwärts. Das Einzige, was sie vor dem Absturz bewahrte, war Sirhans Hand hinten am T-Shirt.

Der Terrorist suchte die Dächer der umliegenden Gebäude ab. Diesmal entdeckte er den Sniper sofort. Er lag auf dem Bauch, teilweise verdeckt von einem umlaufenden Kupfergeländer. Man konnte die Beine und einen Teil des Gewehrs erkennen. Er visierte Carman Hall an, allem Anschein nach sogar direkt dieses Zimmer.

Sirhan schob die Mündung seines Gewehrs zwischen den Beinen des Mädchens hindurch, stellte den Selektor auf Dauerfeuer, nahm den Scharfschützen ins Visier und drückte ab. Eine ganze Salve prasselte auf den FBI-Mann nieder. Staub und Mörtel wurden vom Dach aufgewirbelt. Der Sniper krabbelte hektisch rückwärts, um sich vollständig in den Schutz des Geländers zu bringen. Über die Kluft zwischen beiden Gebäuden hinweg vernahm Sirhan einen gequälten Aufschrei.

Er stellte das Feuer ein, um durchs Zielfernrohr zu starren.

An der Stelle, wo sich eben noch die Beine des Snipers befunden hatten, breitete sich eine Blutlache aus.

Dewey und Tacoma wurden auf Umwegen zur John Jay Hall geführt, die 113th Street entlang zur Amsterdam Avenue, dann einen Block weiter zur 114th Street, damit sie nicht versehentlich ins Visier der Scharfschützen gerieten. Sie betraten den John Jay Common Room und folgten dem Agenten durch den überfüllten Aufenthaltsbereich, in dem sich die VIPs nur so drängten, darunter der Gouverneur von New York, der Bürgermeister, beide Senatoren, eine Schar Kongressabgeordneter sowie diverse Mitarbeiter. Sie gingen an Tischen vorbei, an denen Leute vor ihren Laptops saßen, andere standen vor einem der zahlreichen Bildschirme.

Im rückwärtigen Bereich befand sich eine ausgedehnte Glasfront mit Kassettenfenstern. Dahinter hielten sich fünf Leute auf, zwei saßen, die restlichen brüteten im Stehen über einem Dokument auf dem Tisch. Überall Papier, Kaffeebecher und Ladegeräte.

Das Nervenzentrum bildete eine Art Ruhepol im ganzen Trubel.

Der junge Agent führte Dewey und Tacoma hinein und ging wieder, schloss die Tür hinter sich. Zwei stummgeschaltete Monitore hingen hinter Smith an der Wand. Einer zeigte, unterteilt in vier Sektionen, Liveansichten von Carman Hall. Auf dem anderen war das Dach aus der Vogelperspektive zu sehen.

Smith trug Jeans und ein blaues Poloshirt, ordentlich in den Hosenbund gesteckt. Er musterte Dewey von oben bis unten, danach Tacoma.

»Dewey?« Smith hielt ihm die Hand hin. »Ich bin Damon Smith.«

»Danke, dass Sie sich Zeit für mich nehmen. Mein Begleiter ist Rob Tacoma.«

»Hi, Rob.«

»Commander!« Tacoma gab ihm die Hand.

Smith stellte ihnen die übrigen Männer im Raum vor: Francisco, Calder, Moore und McNaughton.

»Eigentlich soll ich Ihnen eine kurze Einweisung geben«, meinte Smith, »aber Sie müssen entschuldigen, dazu fehlt mir die Zeit. Allerdings weiß ich ein bisschen über Ihren Background, darum glaube ich nicht, dass Sie allzu viele Erklärungen brauchen. Fragen Sie einfach, was Sie wissen wollen.«

»Wie sieht das Gebäude aus, in das wir eindringen müssen?«, kam Dewey ohne Umschweife zur Sache.

Smith deutete auf den Bauplan auf dem Schreibtisch, einen Bogen im A2-Format. Er umfasste den Grundriss der Stockwerke von Carman Hall. Verschiedene Stellen waren handschriftlich mit Anmerkungen versehen.

Dewey und Tacoma nahmen ihn genauer unter die Lupe.

Mit einem Stift deutete Smith auf die oberen Geschosse.

»Das Dach ist vermint.« Er strich es mit einem X durch. »Sechs Sprengsätze in der Größe von Schuhkartons. Das Gleiche gilt für die Treppen und den Keller. Dort haben sie vier Studenten an die Tür gefesselt. Brechen wir sie auf, sterben alle. Das hielte ich notfalls für hinnehmbar, wenn uns keine andere Wahl bliebe, aber ich bezweifle, dass es eine sinnvolle Option ist. Die Bombe befindet sich nur ein Stockwerk unter dem Sprengsatz auf der Treppe. Wahrscheinlich würden wir damit den kompletten Gebäudeteil zum Einsturz bringen.« Er kritzelte eine Zickzacklinie durch beide Treppenhäuser, anschließend kennzeichnete er das Untergeschoss ebenfalls mit einem großen X. »Wir haben das Stromnetz analysiert. Wie es aussieht, wurden alle Aufzüge außer Betrieb genommen.« Smith nahm die Aufzugschächte im Plan mit kräftigen Strichen aus der Gleichung. »Alle Studenten halten sich im neunten

Obergeschoss auf. Hoch genug, damit niemand aus dem Fenster springen kann.«

Dewey nickte. Er dachte nach.

»Irgendwelche Kommunikationsmöglichkeiten?«

»Sie haben allen die Handys abgenommen. Aber wir haben einen Zivilisten da drin, den Vater einer Studentin.« Smith zog einen Kreis ums zweite Obergeschoss. »Er hat sich versteckt, als die Terroristen kamen, und tötete einen von ihnen.«

»Ex-Militär?«

»Nein, ein selbstständiger Bauhandwerker aus Philadelphia. Nachdem er den Kerl getötet hatte, ließ er jeden, der sich in der Etage aufhielt, aus dem Fenster springen, einschließlich seiner eigenen Tochter.«

»Clever.«

»Absolut. Abgesehen von ein paar gebrochenen Knochen hat er eine Menge Leben gerettet.«

Smith zog einen Packen Fotos hervor, allesamt Nahaufnahmen des Sprengsatzes und der Drähte.

»Die hat er aufgenommen.«

Dewey überflog die Bilder.

»Semtex. Genug, um ein schönes großes Loch in das Gebäude zu sprengen.«

»Mit dem Sprengsatz im Keller gibt es 13 davon. Sie sind auf einem Drahtgeflecht platziert und werden mit Auslösetasten gezündet. Sobald einer vom Draht runterfällt, geht er hoch. Und wenn einer hochgeht, gehen alle hoch. Klassischer Dominoeffekt.«

»Das heißt, mit einem gepanzerten Fahrzeug ins Erdgeschoss einzudringen, würde die Bomben an den Treppen auslösen, wollen Sie das damit andeuten?«

»Ja.«

»Wie viele Männer haben die?«

»Schwer zu sagen. Nachdem wir uns die Amateurvideos von mehreren Eingeschlossenen vorgenommen haben, tippen wir auf acht oder neun, aber genau wissen wir es nicht. Einer meiner Scharfschützen hat einen umgelegt, dieser Sullivan ebenfalls. Also könnten noch sieben übrig sein.«

»Wie viele Scharfschützen haben Sie?«

»Neun.«

»Wie lauten ihre Einsatzregeln?«

»Feuer frei! Die Scharfschützen können nach Belieben schießen. Ich vertraue ihnen vorbehaltlos.«

Dewey ließ sich die Sache durch den Kopf gehen.

»Was halten Sie davon?«, fragte Smith.

Dewey zuckte die Achseln. »Ich finde, wir sitzen tief in der Scheiße. Die haben das prima geplant und haben ein Druckmittel. Was denken Sie?«

»Ich frage mich, warum Sie hier sind.«

»Ich will helfen«, antwortete Dewey. »Ich mag keine Terroristen. Und ich will nicht, dass so viele Unschuldige sterben müssen. Außerdem sitzt eine Bekannte von mir da drin fest.«

Smith trat einen Schritt zurück. Er gab Francisco und den anderen mit einer kaum merklichen Kopfbewegung zu verstehen, dass sie verschwinden sollten. Nachdem sich die Türen hinter ihnen geschlossen hatten, wandte er sich an Dewey.

»Hätte ich den Befehl zuzuschlagen, würde ich spontan sagen: Wir warten, bis es dunkel wird, dann dringen wir durch die unteren Fenster ein. Von allen Seiten Feuerschutz, damit das Team es ins Gebäude schafft, ohne getötet zu werden. Aber ich schätze, das würde uns Verluste bescheren. Sobald wir drin sind: Untersuchung der Konstruktionen an den Treppen, der Drähte und Sprengsätze, anschließend eine Umgehung austüfteln beziehungsweise entschärfen. Die Tatsache, dass sie Auslösetasten haben, könnte nützlich sein. Damit verfügen wir über Ansatzpunkte. Anschließend rauf und die Jagd einleiten.«

»Klingt nach schweren Verlusten.«

»Hunderte von Toten. Wenn wir Glück haben, überlebt vielleicht die Hälfte. Das heißt, sofern wir es verhindern können, die Sprengsätze auszulösen. Sollte das passieren, kommen fast alle um. Aber ein anderes Szenario will mir nicht einfallen. Ob der Präsident ihnen die Waffen gibt oder nicht, die werden sowieso jeden umbringen. So hässlich es klingt, ich fürchte, wir müssen mit maximaler Manpower reingehen, bewaffnet mit einem Plan, um trotz Minenfeld auf den Treppen die Kontrolle zu übernehmen.«

Tacoma räusperte sich. »Wer kommt dafür infrage?«

»Zwei Stockwerke über uns wartet eine Brigade von SEALs«, erklärte Smith, »außerdem bekommen wir so viele SWAT-Einsatzkräfte, wie wir brauchen. Aber ich will ehrlich sein, ich hab kein gutes Gefühl bei der Sache. Die Hälfte der Männer in dem Gebäude zu verlieren, ist keine Option. Ich brauche eine Alternative.«

Dewey nickte Tacoma zu und gab ihm zu verstehen, er solle sich auf der anderen Seite des Raumes einen Platz suchen.

Dewey sah Smith an. »Ich hätte eine Idee.«

»Bin ganz Ohr.«

»Es gibt vielleicht eine Möglichkeit, in das Wohnheim einzudringen, ohne dass diese Kerle es mitbekommen.« Dewey griff nach einem Stift, kreiste den unteren Gebäudeteil ein, noch unter dem Erdgeschoss, an der Stelle, wo der Keller endete. »Kleines Team, hohes Risiko. Es könnte sich am Ende auszahlen.«

Smith betrachtete erst den Plan, dann Dewey.

»Was halten Sie davon?«

»Der Präsident hat Sie hergeschickt«, entgegnete Smith. »Ich bin mir nicht sicher, ob es eine Rolle spielt, was ich davon halte.«

»Für mich schon.«

Sirhan streckte die rechte Hand aus, während er mit der linken das Shirt der kleinen Koreanerin am Rücken festhielt. Er versetzte ihr einen leichten Schubs. Hysterisch schreiend stürzte sie aus dem geöffneten Fenster.

Sirhan drehte sich um und schwenkte seinen Karabiner durchs Zimmer. Alles schwieg, nur das tiefe, kehlige Schluchzen des Vaters war zu hören.

Der Terrorist trat auf den Flur und winkte seine Männer heran.

»Ich will auf jeder Gebäudeseite Studenten in den Fenstern haben«, befahl er. »Sie sollen sich dort hinstellen. Benutzt sie als Schutzschilde. Schießt auf alles, was euch unter die Augen kommt. Wir werden stündlich eine weitere Geisel aus dem Fenster stürzen.«

Dewey und Smith rissen gleichzeitig die Köpfe herum. Ein schriller Alarm gellte durch den Konferenzsaal. Im nächsten Moment ertönte vor dem Fenster ein gedämpfter Schrei.

Die Bildschirme in Smiths Rücken zoomten auf Carman Hall – auf ein Fenster im neunten Stock des Wohnheims. Eine junge schwarzhaarige Asiatin stand im Fensterrahmen. Sie erhielt einen Stoß und wirbelte durch die Luft.

Die Kamera folgte ihr, zeigte, wie sie sich mehrmals überschlug. In dem Augenblick, in dem sie unten aufschlug, endeten ihre Schreie abrupt. Die Fenster klirrten.

Smith rannte an die Scheibe. Sekundenlang blickte er fassungslos hinaus. Schließlich drehte er sich um zu Dewey. Dieser erwiderte seinen Blick mit ausdrucksloser Miene.

»Tun Sie es«, entschied Smith.

53

SITUATION ROOM
WEISSES HAUS
WASHINGTON, D. C.

Präsident Dellenbaughs Handy klingelte. Nur fünf Menschen kannten diese Nummer. Drei davon – seine Frau und beide Töchter – wussten, dass er im Moment nicht gestört werden durfte. Der vierte, Calibrisi, lag im Bethesda im Koma.

»Dewey«, stellte er fest.

»Mr. President.«

»Was meinen Sie?«

»Eine unlösbare Situation«, erklärte Dewey. »Sie haben die Leitung einem guten Mann übertragen, ich halte ihn für äußerst fähig, aber die Terroristen besitzen einen überwältigenden strategischen Vorteil.«

»Irgendwelche Vorschläge?«, fragte Dellenbaugh.

»Es könnte einen Weg hinein geben, durch den Untergrund. Alte City-Infrastruktur, durchs Kanalsystem, die Versorgungstunnel. Falls es klappt, dann so. Meiner Meinung nach gibt es keine Chance, das Gebäude ohne das Risiko eines Totalverlusts zu stürmen, ich rede hier von allen. Ich glaube, die Kerle haben vor, den ganzen Bau in die Luft zu jagen, ob Sie ihnen die Waffen nun geben oder nicht.«

»Sie rechnen also nicht damit, dass Nazir die Geiseln am Leben lässt, falls er die Lieferung erhält?«

»Nein. Es ist eine Imagefrage. Ließe er sie am Leben, würde man ihm das als Schwäche auslegen. Nazirs Ruf basiert auf Macht und Stärke. Das ist für ihn von größerer Bedeutung als jede Waffe.«

»Wären Sie bereit, die Unternehmung anzuführen?«, fragte der Präsident.

»Ja.«

»Was ist mit dem FBI? Das Letzte, was wir uns leisten können, sind zwei parallel ablaufende Operationen, die sich gegenseitig in die Quere kommen.«

»Der Mann, der die FBI-Operation vor Ort leitet, weiß Bescheid«, sagte Dewey. »Er unterstützt unseren Plan. Sofern wir es schaffen, in Carman Hall einzudringen, könnte das FBI eine große Hilfe sein, indem es ein Ablenkungs-manöver inszeniert.«

»Und Sie vertrauen darauf, dass aus dem FBI nichts nach außen dringt?«

»Ich vertraue diesem Mann.«

»Ich hatte so ein Gefühl, dass Sie es ohnehin durchziehen. Selbst wenn Sie auf Widerstand stoßen.«

Dewey schwieg.

»Andernfalls wäre ich auch sehr enttäuscht gewesen. Genau dafür habe ich Sie hingeschickt. Selbstverständlich haben Sie meine volle Unterstützung. Viel Glück.«

54

Dewey und Tacoma gingen durch die elegante Art-déco-Lobby des Pierre zur Aufzugsanlage des Wolkenkratzers. In der 38. Etage marschierten sie über den weinrot gemusterten Teppichboden zu einer halb offen stehenden Tür.

Das großzügig geschnittene Apartment war modern und vor allem verschwenderisch eingerichtet.

Dewey bahnte sich einen Weg durchs Foyer zu einer Bibliothek, die man eher in einem britischen Landhaus vermutet hätte.

Die Regale, die die mehrfach unterteilten Fenster mit Blick auf die Fifth Avenue und den Central Park säumten, waren vollgestopft mit Büchern – allerdings äußerst unkonventionell. Manche Bände standen aufrecht, andere lagen quer. Gedämpftes Licht fiel in den Raum.

Im Mittelpunkt standen drei breite Sofas, zwei aus Leder, eines aus Cordsamt. Genau die Sorte von Sitzgelegenheit, auf der man sich ohne Weiteres einen oder zwei Tage mit einem Buch einigeln konnte. Auf einem der Polstermöbel saß Katie und scrollte einen Text auf ihrem iPhone durch.

Vor einem großen offenen Kamin warteten zwei ramponierte, ziemlich einladende lederne Clubsessel. Auf einem Glastisch stapelten sich weitere Bücher. Etwas abseits, in der Ecke, stand ein Schreibtisch, darauf zwei große, hell erleuchtete Computermonitore. Davor saß auf einem Drehstuhl ein Mann mit langen dunkelblonden Haaren, das Gesicht den Bildschirmen zugewandt. Leise, ganz schwach nur, dröhnte aus seinen Ohrstöpseln Musik in den stillen Raum. Grateful Dead.

Dewey blieb stehen und wartete. Nach einigen Augenblicken drehte der Mann sich mit einem breiten Lächeln zu ihm um und zog die Stöpsel aus den Ohren.

»Dewey.« Igor sprach mit starkem russischen Akzent. »Schön, dich zu sehen.«

»Hast du Zeit gefunden, die Lage im Wohnheim zu analysieren?«

»Ein bisschen was konnte ich in den 34 Minuten, seit man mir sagte, dass ich gebraucht werde, in Erfahrung bringen.«

»Was hast du?«

Sie nahmen Platz, Igor und Tacoma auf einem der Ledersofas, Dewey und Katie gegenüber.

Igor drückte eine Taste auf einer Fernbedienung. In der Decke öffnete sich ein Schlitz, und ein großer Fernseher senkte sich herab. Ein weiterer Tastendruck holte einen Livefeed der Fassade von Carman Hall auf den Schirm.

Die Darstellung wechselte erneut. Fluoreszierende grüne Linien zeichneten Etage für Etage eine digitale Wärmebildansicht des Komplexes. Mehrere Stockwerke waren komplett dunkel, weiter oben stachen kleine rote Leuchtpunkte hervor. Im zweiten Obergeschoss stachen zwei Punkte hervor, im Keller vier. Das neunte Stockwerk entsprach einer einzigen diffusen roten Wand.

»Das ist die Lage«, erklärte Igor. »Jeder dieser Punkte entspricht einer Person. Die Terroristen haben fast alle Geiseln im neunten Obergeschoss versammelt.«

»Sollten sie aus dem Fenster springen, sterben sie«, stellte Katie fest.

»Genau.«

Dewey erhob sich, um näher an den Bildschirm zu treten. Er deutete auf die zweite Etage.

»Diese beiden sind auf unserer Seite. Das eine ist eine Großmutter, das andere der Vater einer Studentin. Nach unserem Kenntnisstand hat er einen der Terroristen getötet.« Dewey deutete auf den Kellerbereich. »Diese vier sind Studenten. Man hat sie an die einzige Tür gekettet, die hineinführt, zusammen mit einer großen Bombe.«

»Da ist auch noch ein Punkt im Erdgeschoss«, fiel Katie auf. »Kriegst du das nicht ein bisschen genauer hin?«

»Wie meinst du das?«, wollte Igor wissen.

»Zum Beispiel indem du feststellst, wer zu den Terroristen gehört und wer nicht. Abgesehen von Deweys Hinweisen tappen wir völlig im Dunkeln.«

»Das wäre ziemlich anspruchsvoll.« Igor bedachte Katie mit einem verschmitzten Grinsen. »Andererseits bin ich ein Genie, das sich jeder Herausforderung stellt.«

Er betätigte die Fernbedienung. Eine Handvoll roter Leuchtpunkte färbte sich blau. Noch ein Tastendruck, und über den blauen Punkten wurden Fotokacheln eingeblendet. Lauter junge Typen, manche kahl geschoren, andere dunkelhaarig – Terroristen. Bei einigen stand: UNBEKANNT. Neben anderen wurden Namen und eine Kurzbiografie eingeblendet.

»Wie hast du …?«, begann Katie. Sie war sprachlos.

»Frag nicht.«

»Ich frag aber.«

»Ich habe mich in den Universitätsrechner gehackt und mir Aufnahmen der Überwachungskameras besorgt. Nachdem sie den Studenten die Handys abgenommen hatten, wartete ich, bis nur noch wenige Handys aktiv waren. Die Gesichtsdaten fütterte ich in gewisse Datenbanken, in denen die Identitäten gewisser Leute gespeichert sind. Anschließend verfolgte ich die Treffer zurück und glich das Ganze miteinander ab. Das versetzte mich in die Lage,

Wärmeindikatoren festzulegen. Indem ich die abgestrahlte Körperwärme zu den anderen Daten in Beziehung setzte, war ich in der Lage, ein ziemlich robustes Tool zur konstanten Visualisierung zu erstellen. Wir können in Echtzeit nachvollziehen, was jeder von ihnen gerade tut.«

»Wir müssen die Struktur des Gebäudes verstehen«, meinte Dewey.

»Nun, architektonisch gesehen ist es ein Stück Scheiße. Was soll der Mist? Ich dachte, die Columbia gehört zur Ivy League.«

Dewey, Katie und Tacoma sahen Igor ungläubig an.

»Sorry«, entschuldigte er sich. »Ich hasse schlechte Architektur.«

Mit einem weiteren Kommando fokussierte er das digitale Abbild des Wohnheims auf das Kellergeschoss. Darunter erschien eine Reihe orangefarbener und gelber Linien, mit grellem Weiß hinterlegt. Ein chaotisches Gewirr von Verbindungen in verschiedensten Größen und Farben, die sich in alle möglichen Richtungen verzweigten.

»Was ist das?«, wollte Dewey wissen.

»Die Unterwelt des Wohnheims. Ganz tief unter der Erde. Die Abwasser- und Rohrleitungen sind in Weiß gehalten. Die orangefarbenen stellen die zentralen Wasserversorgungswege dar. Die Versorgungsschächte für Elektrizität und Technik sind grün. Die breiten dunkelroten Linien sind U-Bahn-Tunnel. Die City ist unterirdisch in mancherlei Hinsicht komplexer angelegt als oberirdisch. Es ist das reinste Labyrinth da unten.«

Dewey betrachtete die detaillierte Grafik.

»Interessant.«

Igor betätigte mehrmals die Fernbedienung. Die meisten Linien verschwanden. Eine blieb und wurde in hellem Rot hervorgehoben.

»Du hattest recht, Dewey«, sagte Igor. »Da unten könnte es etwas geben. Das ist eine alte Hauptwasserleitung, auf die ich gestoßen bin, als ich anfing, in den Archiven der städtischen Wasserversorgung zu schnüffeln. Wie ihr seht, mündet der Kanal direkt unter dem Wohnheim in einen Versorgungsgang. Der Gang wiederum führt direkt in den Keller des Studentenwohnheims. Vom Kanal aus existiert eine Verbindung zum Versorgungsgang, und die dürfte kein Wasser führen. Es gibt bloß ein Problem bei der Geschichte.«

»Bloß eins?«

»Wir müssen irgendwie in den Hauptkanal gelangen. Ich weiß nur nicht, wie wir das hinkriegen.«

Dewey griff bereits zum Handy.

Draußen auf dem Balkon scrollte Dewey durch seine Kontaktliste zu einer langen, internationalen Nummer mit unzähligen Stellen. Er wählte, lauschte dem mehrmaligen statischen Klicken.

Schließlich hörte er einen Rufton in der Leitung. Es klingelte ein halbes Dutzend Mal, bis die Mailbox ansprang. Dewey legte auf und versuchte es erneut, erreichte wieder nur die Mailbox. Er wählte ein drittes Mal. Diesmal wurde abgenommen.

»Wer zum Teufel ist da?«, meldete sich eine Stimme mit russischer Färbung.

Im Hintergrund dröhnte laute Musik.

»Dewey.«

»Dewey?«, fragte Malnikov. »Wie geht's?«

»Ich brauch deine Hilfe, Alexei.«

Alexei Malnikov, 34, war der Pate der russischen Mafia. Seit nunmehr drei Jahren belegte er einen vorderen Platz auf der FBI-Liste der meistgesuchten Verbrecher. Mittlerweile kontrollierte er die organisierte Kriminalität in Russland, Teilen Europas sowie Großbritannien und wetteiferte in Tokio, Schanghai sowie mehreren asiatischen Großstädten um die Vorherrschaft. In den meisten Metropolen der Vereinigten Staaten wurde die Unterwelt von Malnikov beherrscht. Er hatte sein straff und rücksichtslos geführtes Netzwerk aufgebaut, nachdem sein Vater ihn im Alter von 17 Jahren in die USA geschickt hatte.

Dewey mochte Malnikov. Der Russe hatte dazu beigetragen, die Detonation einer Atombombe in New York City zu verhindern. Ein skrupelloser Gauner, der mehr Heroin als jedes andere Gangsterkartell auf der Welt vertickte. Aber trotzdem jemand, der das Herz am rechten Fleck hatte.

Außerdem wusste er für alles eine Lösung. Es war bloß ein Bauchgefühl von Dewey, aber vielleicht kannte der Mann, der das organisierte Verbrechen in New York kontrollierte, tatsächlich jemanden, der sich tief unter der Stadt wie zu Hause fühlte.

»Wo bist du?«, wollte Malnikov wissen.

»New York City.«

»An der Columbia?«

»Ja.«

»Natürlich. Die haben dich hingeschickt, um aufzuräumen, weil sie wissen, wie inkompetent die Idioten vom FBI sind.«

Dewey ging nicht darauf ein.

»Du kennst dich doch ziemlich gut aus in der Stadt.«

»Machst du Witze? Ja, natürlich. Ich habe zehn Jahre lang dort gelebt.«

»Habt ihr dort je Ware durch die Kanalisation transportiert?«

»Ich lege jetzt auf, Dewey«, kündigte Malnikov an.

»Warum?«

»Schneidest du dieses Gespräch mit?«

»Nein, du Wichser, ich schneide nichts mit. Glaub mir,
sollte ich je vorhaben, dich zu erledigen, brauch ich dafür
kein Handy. Das Wohnheim ist mit Sprengsätzen vermint.
Der einzige Weg in das Gebäude führt durch den Keller.
Es gibt einen alten Kanal, der unter dem Wohnheim ver-
läuft. Von diesem Kanal aus können wir durch einen
Versorgungsgang, der in den Keller führt, nach oben steigen. Das Problem besteht darin, in diesen alten Kanal zu
gelangen. Wir müssten dem Verlauf folgen. Aber er ist so alt,
dass er auf keiner Karte und keiner Übersicht verzeichnet
ist.«

Malnikov lachte.

»Entschuldige, dass ich so paranoid bin. Ich kenne da
tatsächlich jemanden. Er ist zusammen mit meinem Vater
aufgewachsen. Mit 16 kam er nach New York und arbeitete
für die städtische Wasserversorgung. Sie haben ihn ent-
lassen, aus Altersgründen. Jetzt ist er uns dabei behilflich,
gewisse ... Partien in die Stadt zu schaffen. Er kennt jedes
verfluchte Abwasserrohr, jeden Lüftungsschacht und jede
Wasserleitung besser als ich meinen eigenen Arsch.«

»Ein reizendes Bild«, meinte Dewey. »Wie heißt er?«

»Man nennt ihn *Vodoprovodchik*«, sagte Malnikov. »Den
Klempner.«

Zehn Minuten später stieß Igor einen lauten Pfiff aus, mit
dem er sie alle zurück in die Bibliothek holte.

»Was gibt's?«, fragte Dewey.

Igor saß am Schreibtisch und tippte. Ohne aufzublicken, langte er nach rechts, griff nach einem kleinen Holzkasten und warf ihn nach hinten über die Schulter. »Bloß nicht fallen lassen«, rief er, während der Kasten durch die Luft segelte.

Tacoma fing ihn auf. Darin befanden sich vier Plastiketuis mit kleinen runden Objekten in Pillengröße. Ohrhörer für die Funkverbindung.

»Die Gefechtskommunikation ist bereit«, verkündete Igor. »Wir haben jetzt überall Funkkontakt, Sprechfunk- und Datenverkehr sind vernetzt für eine bessere und sicherere Welt. Übrigens, ich musste mir ein paar Sachen von der Rockwell Corporation borgen.«

»Einschließlich ihres Werbespruchs?«

»Ja, nun, das war noch das Geringste. Ich nehme an, es macht ihnen nichts aus. Falls doch, kann ihnen bestimmt jemand erklären, wofür wir die Sachen brauchten.«

»Was genau heißt ›borgen‹, Igor?«, hakte Katie nach.

»Ich musste mich in eins ihrer Systeme einhacken, um mir ein bisschen zusätzliche Funktionalität anzueignen.« Er fuchtelte mit der Hand in der Luft herum, tippte dann weiter. »Das Problem bestand natürlich darin, dass wir den meisten Schnickschnack gar nicht brauchen, lediglich bestimmte Algorithmen aus ihrem TruNet-System, die sowohl mit Signalverzögerung als auch mit Multi-Hop-Technologie zu tun haben, die wir, wie ihr ja alle wisst, ohne hybride Multi-IP-Wellenformen nicht realisieren können.«

»Ich stimme völlig mit dir überein«, feixte Tacoma.

»Danke, Rob. Ich musste mich durch mehrere Janus-Verschlüsselungsmodule hacken. Es freut mich, dass jemand zu schätzen weiß, wie schwierig so etwas ist. Diese Jungs von Rockwell« – er schüttelte den Kopf – »die sind wirklich gut, was?«

Dewey, Tacoma und Katie starrten Igor an, als hätte er sie nicht mehr alle.

»Ich weiß nicht genau, was du uns da gerade erzählt hast«, entgegnete Dewey. »Aber wenn du so weitermachst, ramm ich dir gleich ein Verschlüsselungsmodul in den Arsch.«

»Sorry.« Igor blickte alle der Reihe nach an. »Im Wesentlichen läuft es darauf hinaus, dass niemand unsere Frequenzen blockieren kann. Wir werden in der Lage sein, miteinander zu kommunizieren, und ich kann eure Position in Echtzeit orten, ohne dass es zu kritischen Verwechslungen mit den Terroristen kommt. Überdies kann ich euch bei Bedarf ohne Weiteres in relevante Systeme einklinken. Langley zum Beispiel oder Quantico.«

Dewey trat an den Schirm mit der dreidimensionalen digitalen Ansicht von Carman Hall. Mehrere Sekunden starrte er darauf, musterte die blauen Leuchtpunkte, die Igor in die Lage versetzten, die Gegner zu lokalisieren und von Studenten und Eltern zu unterscheiden. Im Moment hielt sich ein Terrorist in der elften Etage auf, drei in der neunten, einer in der siebten, einer in der sechsten und einer im Erdgeschoss. Außer den Männern auf Ebene 9 waren alle ständig in Bewegung.

»Hast du eine Ahnung, wie sie sich untereinander verständigen?«

»Per Walkie-Talkie. Außerdem haben sie offenkundig Handys.«

»Warum setzt das FBI keinen Störsender ein?«

»Wie denn? Ich nehme an, damit die Geräte, die das FBI nutzt, Wirkung zeigen, müsste man sie in eins der oberen Stockwerke bringen.«

»Kannst du ihren Empfang nicht von hier aus stören?«

»Nein, aber ihr könntet eine Vorrichtung mitnehmen.«

»Mir ging's drum, dass sie vor unserem Eindringen aktiv ist.«

»Man könnte an der Fassade raufklettern«, fiel Tacoma ein. »Das dürfte nicht einfach werden.«

»Wäre ein Störsender installiert, würden unsere Geräte trotzdem normal funktionieren. Das hast du mit deinem Fachchinesisch doch eben gemeint, oder?«, fragte Dewey.

»Genau.«

»Könntest du sie denn dann immer noch orten? Wenn wir eine militärische Frequenz nutzen, die du dir ›ausgeborgt‹ hast, könnten *wir* zwar einen Störsender überlisten, aber *ihre* Handys wären lahmgelegt, oder? Damit befänden wir uns im Blindflug. Wir stecken in einer Sackgasse.«

Igor grinste. »Sehr scharfsinnig, Dewey. Im Prinzip meinst du also: Wenn ich ihre Handys orte und die Handys plötzlich gestört werden, wie soll ich sie dann noch aufspüren? Die Alternative lautet: Die Handys werden nicht gestört, sodass die Kerle nach wie vor miteinander kommunizieren können. Das verschafft ihnen jedoch einen taktischen Vorteil, der zu eurem Tod führen könnte.«

»Richtig.«

»Und weil ich nicht möchte, dass mir jemand was in den Arsch rammt, werd ich euch nicht erklären, wie ich es angestellt habe. Es reicht, wenn ich sage: Um dieses Problem hab ich mich gekümmert. Lasst das FBI ruhig irgendwo oben am Gebäude oder in der direkten Umgebung einen Störsender anbringen. Ich werd die Kerle trotzdem nicht verlieren.«

Dewey nickte zufrieden.

»Rob, hast du schon die Rucksäcke gepackt?«

»Nein. Was brauchen wir? Waffen? Munition? Schalldämpfer?«

»Ja. Kletterausrüstung ebenfalls.«

Katie betrachtete den Bildschirm. »Die sind zu siebt, Dewey, wir nur zu dritt.«

»Und?«

»Wir brauchen mehr Leute.«

»Wir kommen schon klar.«

»Wir sind zu wenige«, beharrte sie. »Wir können nicht mehrere Stockwerke gleichzeitig einnehmen. Es reicht nicht.«

»Wir legen den Kerl im Erdgeschoss um«, schlug Dewey vor. »Dann rücken wir in einer einzigen Welle auf verschiedene Ebenen vor. Im Moment sind sie über drei Etagen verteilt: elf, neun, sieben …«

»Und sechs«, warf Katie ein. »Mal abgesehen davon, dass jemand von uns verletzt werden könnte, bevor wir so weit kommen, nimm dir doch einfach mal den Grundriss vor. Zwei von uns müssen gleichzeitig ins neunte Stockwerk eindringen. Selbst wenn einer von uns es mit drei Mann aufnehmen kann, bliebe immer noch eine Zielperson, die nicht abgedeckt ist.«

»Wir müssen einfach schnell genug sein.«

»Dewey, das Gebäude ist mit genug Semtex vermint, um es komplett zum Einsturz zu bringen. Wir haben es mit einem riesigen Sprengstoffgürtel zu tun. Sobald sie wissen, dass wir da sind, wird der eine, den wir noch nicht ausgeschaltet haben, alles in die Luft jagen. Ein Mann mehr macht uns um ein Vielfaches flexibler.«

Dewey starrte auf den Bildschirm. Schließlich nickte er und schielte nervös auf die Armbanduhr. Er fragte sich, wann sie den nächsten Studenten aus dem Fenster stießen.

»Wir haben keine Zeit«, sagte er ruhig. »Ich habe nicht vor, auf gut Glück jemanden mitzunehmen, mit dem wir noch nie zusammengearbeitet haben. Es gibt zu viel, was da schiefgehen kann. Packen wir unser Zeug und dann machen wir, dass wir da runterkommen.«

55

Sirhan, Tariq und Ali versammelten sich im elften Stock, während die anderen drei bei den Geiseln im neunten Wache hielten. Abwechselnd suchten sie eines der Badezimmer auf, wuschen sich die Hände, spritzten sich Wasser ins Gesicht und trockneten sich mit Papiertüchern ab.

Im Flur stellten sie sich mit Blickrichtung nach Mekka auf und schlossen die Augen.

Es wurde Zeit für *Salāt*, die täglichen Gebete. Wie die meisten Muslime beteten sie fünfmal täglich zu festgelegten Zeiten. Nun war die Stunde des Mittagsgebets gekommen, genannt *Zuhr*. Die anderen drei hatten es gerade beendet.

»*Allahu akbar.*« Sirhan schloss die Augen, hob die Hände und verneigte sich. Tariq und Ali wiederholten die Anrufung, anschließend begannen alle drei ein leises Gebet, die *Rak'ah*, während sie sich zum Zeichen der Unterwerfung tief verbeugten.

Zehn Minuten später durchquerte Sirhan wortlos den Flur der neunten Etage seiner gesamten Länge nach. Nervös blickte er auf die Uhr. Um exakt 12:25 Uhr betrat er eins der Zimmer, deren Fenster auf den Campus blickten. Omar hielt sich dort auf, inspizierte mit einem Fernglas das Gelände. Vier Studentinnen hatten sie als menschliche Schutzschilde gegen Scharfschützen vor der Scheibe postiert.

Sirhan musterte die Frauen von hinten. Direkt an der Wand stand eine Dunkelhäutige. Sirhan trat näher und begutachtete ihr Profil. Sie stammte aus dem Nahen Osten.

»*Ma asmak ya fatat latifa?*«, fragte Sirhan.

Wie heißt du, schönes Kind?
Die junge Frau tat, als verstünde sie nicht.
»Wie heißt du?«, wiederholte er mit scharfer Stimme.
Sie fing an zu weinen.
»Aimal«, flüsterte sie.
»Hal ʾant suniyin ʾam shiaei?«
Bist du Sunnitin oder Schiitin?
Nun schluchzte sie.
»Sunnitin oder Schiitin?«, brüllte er.
Die Studentin, die neben dem Mädchen auf dem Fenstersims stand, hielt ihre Hand fest.
Sirhan blickte aufs Handgelenk. 12:29 Uhr.
Er richtete sein Gewehr auf die Scheibe und drückte ab. Sie zersplitterte, Bruchstücke fielen ins Freie, schlugen einen Moment später auf dem Beton in der Tiefe auf.
Erneut ein Blick auf die Armbanduhr. Halb eins.
»Nur damit du es weißt, deine Antwort hätte keinen Unterschied gemacht«, flüsterte Sirhan.
Er schob der jungen Frau die Hand auf den Rücken und stieß sie aus dem Fenster. Für mehrere Augenblicke war ihr leises, hohes Schluchzen der einzige Laut, den man hörte. Dann prallte sie auf dem Boden auf.

56

PIERRE HOTEL
FIFTH AVENUE
NEW YORK CITY

Dewey und Tacoma hielten sich in einem Zimmer neben der Küche auf, das sie zu einem Waffenlager umfunktioniert hatten. Sie waren damit beschäftigt, Gewehre, MPs, Pistolen, Munition und Messer zu verstauen.

Plötzlich schrie Katie auf. Sie befand sich in einem Raum am anderen Ende des Flurs. Dewey stürzte los, an der Bibliothek vorbei, Tacoma und Igor folgten dichtauf.

Ein großformatiger Flachbildfernseher zeigte Liveaufnahmen aus dem Wohnheim. In der unteren rechten Ecke prangte das CNN-Logo, daneben lief ein Newsticker durch: GEISELNAHME AN DER COLUMBIA.

Die Kamera fing eine unscharfe Fernansicht des Wohnheims ein und stellte gerade das Bild des neunten Obergeschosses scharf.

Katie saß wie gebannt vor dem Fernseher, in stillem Entsetzen die Hand vor den Mund geschlagen. Tränen standen ihr in den Augen.

»... ich wiederhole, soeben wurde die Scheibe aus dem Fenster getreten oder geschossen, das Sie hier gerade sehen. Es befindet sich in der neunten Etage, in der die Geiseln festgehalten werden. Sollten Sie Kinder im Haus haben ...«

Eine Studentin stand in dem Fenster. Ihr Gesicht ließ sich kaum erkennen, doch sie hatte lange schwarze Haare, einen dunklen Teint und trug eine Brille. Eine Orientalin. Sie hielt die Hände seitlich vom Körper weggestreckt.

»... sehen Sie Live-Aufnahmen aus dem CNN-Helikopter. Offensichtlich eine Studentin der Columbia in einem Fenster des Wohnheims – Carman Hall –, das vor weniger als sechs Stunden von Terroristen besetzt wurde. Es ist das erste Mal seit einer Stunde, dass eine der Personen, die sich im Gebäude aufhalten, zu sehen ist. Vor exakt einer Stunde wurde eine andere Studentin in den Tod gestoßen ... O mein Gott!«

Mit verzweifelten, krampfhaften Verrenkungen stürzte das Mädchen aus dem Fenster. Es ruderte wild mit den Beinen, als wollte es wegfliegen. Sie fiel wie ein Stein, während aus dem Off eine Stimme aus der Regie forderte: »Cut!«

Kurz bevor der Bildschirm schwarz wurde, schlug sie auf dem Beton auf.

Augenblicke später wechselte die Darstellung auf einen Live-Reporter, der einige Straßenzüge entfernt stand, sich den Ohrstöpsel ans Ohr und das Mikro vor den Mund hielt. Scharen von Schaulustigen drängten in den Medienbereich, um einen Blick auf die Liveaufnahmen auf den Displays zu erhaschen. In der Nähe wurden gedämpfte Schreie laut, als die Menschen die Bilder vom Sturz der Studentin mitverfolgten.

Eine nervöse Röte überzog das Gesicht des Reporters. Panik und Mitgefühl spiegelten sich in seinen Augen. Er rang um Worte, um das Schweigen zu überbrücken.

»Ich … ich weiß nicht, was ich sagen soll. Der Terror ist mitten unter uns. Großer Gott!«

Dewey schielte zu Katie. Sie rührte sich nicht. Tacoma und Igor standen im Türrahmen, beiden fehlten die Worte.

»Wir können nicht länger warten.« Dewey blickte die drei entschlossen an. »Wir gehen sofort rein!«

57

DAMASKUS, SYRIEN

Nazir umklammerte die Fernbedienung, während er auf Al Jazeera zum dritten Mal verfolgte, wie das Mädchen den Flug ins Jenseits antrat.

Ein kurzer Blick auf die Uhr. Halb acht. Exakt eine Stunde war verstrichen, seit Sirhan die Studentin aus dem Fenster gestoßen hatte. Er hielt sich an den vorgegebenen Zeitplan.

Nazir griff zum Handy und wählte. Nach fast einer Minute Klicken und Piepen wurde die Verbindung hergestellt.

»Guten Tag«, meldete sich eine Frauenstimme, »Weißes Haus. Mit wem darf ich Sie verbinden?«

»Mit dem Büro des Präsidenten, bitte.«

»Erwartet er Ihren Anruf?«

»Ich glaube, nicht.«

»Ich fürchte, der Präsident nimmt keine spontanen, unangekündigten Anrufe entgegen«, erklärte sie höflich. »Kann ich Ihnen vielleicht weiterhelfen?«

»Möglich. Mein Name ist Tristan Nazir. Ich bin der Anführer des IS.«

Sekundenlang herrschte Schweigen in der Leitung.

»Warten Sie bitte.«

Eine halbe Minute später meldete sich eine Männerstimme.

»Ich schicke Ihre Stimme durch eine spezielle Analyse-Software, um festzustellen, ob Sie tatsächlich derjenige sind, für den Sie sich ausgeben. Wiederholen Sie bitte Ihren Namen!«

»Tristan Nazir.«

»Welches Datum und welche Uhrzeit haben wir gerade?«

»Den 14. September, 19:30 Uhr.«

»Bleiben Sie dran.«

Eine Minute später klickte es in der Leitung.

»Josh Brubaker. Ich bin der Nationale Sicherheitsberater des Präsidenten. Was wollen Sie?«

»Sie wissen, was ich will.«

»Die Waffenlieferung. Okay, reden wir darüber.«

»Was gibt es da zu reden? Sie haben das Schiff gestoppt. Bis diese Waffen nach Syrien geliefert werden, stirbt stündlich ein Student.«

»Mr. Nazir, sollten wir uns entscheiden, diese Lieferung passieren zu lassen, brauchen wir Garantien bezüglich dieser Studenten und ihrer Angehörigen. Mit anderen Worten: Es wird überhaupt nichts geliefert, bis Sie uns glaubhaft versichern können, dass diejenigen, die Sie noch nicht ermordet haben, dort lebend rauskommen.«

»Sie dürfen das Gebäude durch die Eingangstür verlassen, sobald wir die Waffen haben.«

»Was hält Sie davon ab, das ganze Gebäude in die Luft zu sprengen?«

»Keiner meiner Männer möchte sterben. Ich stelle es mir so vor: Das Schiff trifft ein, ich informiere meine Männer und die Studenten werden freigelassen.«

»Was geschieht mit Ihren Männern?«

»Ich vermute, Sie werden sie festnehmen und in eins Ihrer kleinen Foltercamps schicken.«

»Ich könnte mir vorstellen, dass Ihre Leute nicht gerade erbaut davon sind, dass ihr Anführer sie hintergeht.«

»Es sind Freiwillige, Mr. Brubaker.«

»Ich werde es dem Präsidenten vortragen«, erklärte Brubaker, »aber Sie müssen aufhören, Studenten in den Tod zu stürzen. So kommen wir nicht weiter.«

»Nein, tut mir leid. Stündlich, immer gegen halb, wird ein Student hinausgestoßen. Sollten Sie versuchen, ein Sprungtuch oder Ähnliches zu spannen, werden wir sie vorher erschießen und dann erst aus dem Fenster werfen. Wir hören damit auf, sobald die Waffen eingetroffen sind und wir Gelegenheit hatten, die Ladung zu inspizieren.«

»Das ist krank.« Brubakers Stimme war kaum mehr als ein Flüstern. »Sie sind ein …«

»Ungeheuer?«, fiel Nazir ihm ins Wort. »Ein Irrer? Ein Barbar? Ja, das trifft zu, alles davon.«

»Eigentlich wollte ich Feigling sagen«, warf Brubaker ein.

»Das Schiff braucht noch zwölf Stunden bis nach Syrien. Das sind zwölf weitere Unschuldige.«

»Dann schlage ich vor, Sie sprechen so bald wie möglich mit Ihrem Präsidenten und setzen das Schiff in Bewegung. Sobald die Lieferung eintrifft, hat das sinnlose Sterben ein Ende.«

58

RIVERSIDE PARK
NÄHE 98th STREET
NEW YORK CITY

Während Tacoma Igors navyblauen Range Rover über den Riverside Drive lenkte, telefonierte Dewey mit dem Handy.

»CENCOM.«

»Task Force eins-sechs«, bat er. »Damon Smith. Sagen Sie ihm, Andreas ist am Apparat.«

Augenblicke später nahm Smith den Anruf entgegen. »Hey, was haben Sie für mich?«

»Wir sind bereit«, verkündete Dewey. »Ich werde auf ungewisse Zeit nicht erreichbar sein. Ich melde mich bei Ihnen, wenn wir wieder Empfang haben. Bis dahin wird die Operation aus der Ferne koordiniert. Ein Mann namens Igor ersetzt uns Augen und Ohren. Für den Fall, dass er Informationen benötigt, habe ich ihm Ihre Nummer gegeben.«

»Haben Sie einen Zugang gefunden?«

»Ja.«

»Was brauchen Sie von mir?«

»Ist es Ihnen bereits gelungen, die Kommunikation im Wohnheim zu blockieren?«

»Wir haben es mit Störsendern am Fuß des Gebäudes versucht, aber wir empfangen trotzdem noch Signale aus den höheren Geschossen. Das Problem ist, dass die Terroristen sich zu weit oben befinden. Wir haben überlegt, ein Gerät durch eins der Fenster in Dachnähe zu schießen. Aber selbst wenn wir es bruchsicher verpacken und es dann noch funktioniert, könnten die Terroristen es unschädlich machen.«

»Wir brauchen unbedingt eine Lösung«, erklärte Dewey. »Eine, die jegliche Handy- und Funkübertragungen unterbindet. Wir nutzen den Frequenzbereich des Pentagons. Also stellen Sie sicher, dass Ihre Fernmeldetechniker auf keinen Fall einen militärischen Störsender verwenden.«

»Wir lassen uns was einfallen.«

»Danke.«

»War's das?«

Dewey sah zu Katie.

»Nicht ganz. Da wäre noch etwas.«

»Was immer Sie benötigen«, versprach Smith.

»Wir könnten noch jemanden gebrauchen«, räumte Dewey ein. »Einen vierten Mann.«

»Ich habe jede Menge Agents. Ich kann Ihnen auch einen von den Navy-Jungs oben schicken. Wie lauten die Anforderungen?«

»Erstens: Er muss klettern können. Wir dringen mit hohem Tempo durch die Aufzugschächte vor. Wen immer Sie uns schicken, er muss mithalten können. Ideal wäre ein Ranger.«

»Winter-Lehrgang?«, fragte Smith.

»Perfekt.«

»Sonst noch was?«

»Jemand, der auch in Extremsituationen gelassen bleibt und über Kampferfahrung verfügt. Außerdem führe ich bei dem Einsatz die Befehlsgewalt. Sollte es einer Ihrer SWAT-Leader sein, müssen Sie ihm das verklickern.«

Smith überlegte.

»Ich finde jemanden, der zu Ihrem Profil passt. Wann brechen Sie auf?«

»Sofort. Ich hätte Sie früher anrufen sollen. Schicken Sie ihn zum Riverside Park. Dort gibt es einen Parkplatz unter dem Henry Hudson Parkway in der 99th Street.«

Als Dewey auflegte, hatte Tacoma den Range Rover bereits am Riverside Drive geparkt.

Es war zwei Uhr nachmittags. Wolkenloser Himmel, fast 30 Grad. Keine idealen Bedingungen für eine solche Operation. Ein Vorrücken bei Nacht wäre sinnvoller gewesen, doch Dewey wollte nicht länger warten.

Ein Gedanke wollte ihn einfach nicht loslassen. Ein einziges Wort hallte in seinem Hinterkopf nach wie eine ferne, endlose Litanei.

Daisy.

Er sah sie vor sich, wie sie zusammen in der Auffahrt gestanden hatten, ihre Augen, wie sie ihn ansah, jener Moment, kurz bevor es geschah, als er sich zu ihr beugte. Ihre Lippen, so zart. Und dann tauchte vor seinem geistigen Auge die Studentin auf, die sie aus dem Fenster gestoßen hatten ...

Er schob den Gedanken beiseite. Musste es tun, um aktionsfähig zu bleiben.

Ein Tippen gegen den Ohrhörer.

»Comm-Check. Igor?«

»Bin da.«

»Check One«, bestätigte Katie.

»Two«, kam es von Rob.

»Ich hör euch alle laut und deutlich.«

»Wie steht's mit dem GPS?«

»Ich habe euch. Stamford, Connecticut, richtig?«

»Das ist nicht lustig, Blödmann.«

»Okay, okay, mein Gott … 99th Street, Ecke Riverside, korrekt?«

»Ja.«

Dewey, Tacoma und Katie stiegen aus dem SUV und holten ihre Ausrüstung aus dem Kofferraum. Dewey und Tacoma konzentrierten sich auf Waffen und Munition, Katie hatte eine Auswahl an Sprengstoffen dabei, Wärmebildgeräte und eine leistungsstarke Lauschausrüstung. Das meiste war für den Kampf auf kurze Distanz ausgelegt: kompakt, leicht und tödlich. Pistolen, MPs und ein Anti-Material-Rifle, das eine Betonwand zu durchschlagen vermochte.

Dewey zog einen zylindrischen Gegenstand aus der Weste, in etwa so groß wie eine Dose Tennisbälle. Eine Rauchgranate, die vor allem höllisch Lärm machte und Unmengen an harmlosem Qualm ausstieß. Nach einer Viertelumdrehung der Kappe fing ein rotes Lämpchen zu blinken an. Nun konnte man sie fernzünden. Dewey platzierte sie auf dem Gehsteig neben einem Baumstamm.

Zu Fuß überquerten sie den Riverside Drive und inspizierten die angrenzenden Straßen und Fußwege. Ein paar Kreuzungen weiter nördlich blitzte Blaulicht auf. Die Streifenwagen versperrten auf Höhe der 103rd Street die Zufahrt.

Ein leises Brummen war zu hören, es stammte von den Hubschraubern über der Columbia, 15 Blocks weit im Norden. Dewey zählte fünf, die außerhalb des vom FBI abgeriegelten Luftraums kreisten.

Nur wenige Fußgänger waren auf den Straßen unterwegs. Sie schienen die bedrohliche Lage und die Hubschrauber kurzerhand zu ignorieren. Eine ältere Frau, die einen kleinen Hund Gassi führte, blickte hoch, als Dewey von der Straße auf den Bürgersteig trat. Sie zuckte zurück, schien sich zu fürchten, wandte den Blick ab und ging hastig weiter. In der ganzen City lagen die Nerven blank. Ihre Reaktion war typisch für die vorherrschende Atmosphäre unbestimmter Angst.

Sie marschierten nach Süden, Katie an der Spitze, und betraten den Riverside Park von der 97th Street aus. Eine lange steile Treppe führte in die Grünanlagen. Ein zentraler, befestigter Weg zog sich mitten durch den Park, gesäumt von gepflegtem altem Baumbestand – Ulmen, Apfelbäume, Ahorn, außerdem etliche Hartriegelgewächse. Ungefähr alle 30 Meter stand eine Bank. Zu beiden Seiten erstreckten sich ausgedehnte, frisch gemähte Rasenflächen. Nach Osten und zur City hin stiegen die Wiesen an zu dichterer Vegetation und der in der Ferne an den Riverside Drive grenzenden Steinmauer. Auf der anderen Seite des Parks endete der Rasen ebenfalls an einer Mauer. Dahinter lag der Hudson River.

Ein paar Anwohner waren mit dem Rad unterwegs, dazu gesellten sich Jogger, viele Spaziergänger und ein paar Kinder, die im Park spielten. Dewey betrat die Fläche als Erster und schlenderte gemächlich den Hauptweg entlang. Katie und Tacoma warteten eine Minute, dann folgten sie Händchen haltend, taten, als wären sie ein verliebtes Pärchen beim Flanieren. Ihre Taschen wirkten etwas fehl am Platz, passten nicht recht ins Bild, doch nur einem erfahrenen Cop wäre es aufgefallen.

Irgendwann schaute Dewey über die Schulter. Katie und Rob liefen gut 100 Meter hinter ihm. Kaum merklich nickte er ihnen zu, schwenkte nach links und schlenderte lässig zu einer leeren Bank auf der Seite, die dem Hudson River zugewandt war. Ohne sich umzublicken, ging er an der Bank vorbei zur Mauer. Zwischen Mauer und Fluss verlief der Henry Hudson Parkway. Normalerweise staute sich auf dem Highway der Verkehr. Nun lag er verlassen da, von der Polizei gesperrt. Zum Fluss hin fiel die Parkmauer zwölf Meter tief ab. Dort befand sich, unterhalb des Highways, ein leerer, mit Abfall übersäter Parkplatz.

Dewey sondierte die nähere Umgebung. Ein junger Mann saß auf einer Bank und beobachtete ihn. Als er sich ertappt fühlte, vertiefte er sich rasch wieder in sein Buch.

Zu seiner Rechten hatten Katie und Tacoma mittlerweile ebenfalls die Mauer erreicht, hielten weiterhin deutlich Abstand zu ihm. Tacoma klopfte am Mörtel herum. Katie stand vor ihm, um ihn vor neugierigen Blicken abzuschirmen.

Die größte Sorge bereiteten Dewey die unkalkulierbaren Zufälle. Was, wenn die Freundin eines Reporters sie zufällig entdeckte, ihn anrief und er darüber berichtete? Die Terroristen bekamen es in den Nachrichten mit und fragten sich, weshalb ein paar Leute in einen alten Kanal in der Upper West Side einstiegen. Zugegeben, das klang ziemlich an den Haaren herbeigezogen, trotzdem waren Missionen schon aus den verrücktesten Gründen gescheitert.

Unausgesprochen blieb die eigentliche Angst: dass jemand, der mit den Dschihadisten zusammenarbeitete beziehungsweise Sympathien für sie hegte, sie beobachtete und die Gegenseite vorwarnte.

Dewey griff zu einem schwarzen Gerät, kaum größer als eine Zigarettenschachtel, und klappte den Deckel auf. Darunter verbarg sich ein roter Schalter. Er legte ihn um. Die Zündvorrichtung für die Rauchgranate. Im nächsten Augenblick ertönte vom Riverside Drive her ein dumpfer, lauter Knall. Alle drehten sich um. Der junge Mann sprang von der Bank auf, um nachzuschauen, was passierte. Rußiger Qualm erfüllte die Luft, vermischt mit einer roten Substanz, wuchs sich rasch zu einer Pilzwolke aus, die bei den Beobachtern den Anschein erweckte, dass etwas Schlimmes geschah.

Mehrere Leute, darunter auch der junge Mann, flüchteten Richtung Süden, weg vom Explosionsherd.

Dewey schlug mit einem mitgebrachten Hammer einen Kletterhaken in die Mauer, holte ein starkes, schwarzes Seil aus der Tasche und fädelte es durch den Haken, streifte Handschuhe über und schnallte sich die Waffentasche auf den Rücken. Er machte eine Schlinge ins Seil, um sie als Griff zu benutzen.

Ein letzter Blick Richtung Park. Abgesehen von der vor dem Rauch flüchtenden Menschenmasse war niemand zu sehen.

Am Riverside Drive ertönten Sirenen.

Katie nickte ihm auffordernd zu. Er wartete noch ein paar Augenblicke, dann kletterte er über die Mauer, hielt den Knoten mit der Rechten gepackt, während er das Seil langsam durch die Linke gleiten ließ. Das Seil wurde in der rechten Hand immer länger, je tiefer er kam. Er kletterte zügig, stieß sich mit den Füßen vom Granit ab. Selbst durch das stabile Stahl-Kevlar-Gewebe spürte er, wie die Reibung Hitze an den Handflächen erzeugte. Unten angekommen zog er das Seil aus dem Haken, bis es herunterfiel, rollte es zusammen und verstaute es in der Tasche, während er am Fuß der Mauer nach rechts spähte. Katie stand bereits da und verfolgte die letzten Meter von Tacomas Klettermanöver.

Auf dem verlassenen Parkplatz unter dem Highway regte sich nichts. Der Asphalt wies zahllose Risse auf, in denen Unkraut wucherte, überall lag Abfall herum, den jemand vom Park oder der Straße runtergeworfen hatte, vom Wind gleichmäßig verteilt. Auf der gegenüberliegenden Seite ragte ein Stahlzaun in die Höhe, mehrere Ebenen bis zur Unterkante der überhängenden Stahlbewehrung des Highways, um Unbefugte am Zugang zu hindern.

»Ihr habt Gesellschaft«, meldete sich Igor per Funk. »Zwei Straßen entfernt, auf der anderen Seite des Highways.«

Als Dewey zu Katie und Tacoma trat, tauchte im Norden vor einem Tor im Maschendrahtzaun eine schwarze Limousine auf. Neueres Baujahr, getönte Scheiben. Bundespolizei.

»Igor, kannst du den Wagen identifizieren?«, fragte Tacoma.

»Nicht ohne Fahrgestellnummer. Aber ich lasse bei FBI, Homeland und NYPD gerade einen Algorithmus durchlaufen. Er gehört nicht zu ihnen.«

»Es ist der Klempner«, erkannte Dewey.

Ein gedrungener Mann entstieg der Limousine, öffnete das Vorhängeschloss am Tor, stieg ein, rollte aufs Gelände, schloss das Tor und befestigte das Schloss wieder an seinem Platz.

Der Wagen beschleunigte und kam in ihre Richtung.

»Der fährt ziemlich schnell«, fand Tacoma. »Sicher, dass er es ist?«

Mit immer höherem Tempo näherte sich die Limousine.

»Er ist es«, sagte Dewey.

Die Limousine war noch zwölf, zehn, acht Meter entfernt, ohne langsamer zu werden. Im letzten Moment wurde das Lenkrad nach rechts gerissen, die Bremsen kreischten und die Hinterräder rutschten über den Asphalt. Mit chirurgischer Präzision kam das Fahrzeug direkt vor ihnen zum Stehen.

Die Tür auf der Fahrerseite klappte auf. Ein Kopf erschien in der Öffnung, dann der ganze Kerl, kleinwüchsig und mit gekrümmtem Rücken.

Er war definitiv nicht größer als 1,50, hatte eine Glatze und Segelohren. Quer über die Stirn zog sich eine Narbe, geformt wie der Buchstabe L. Blasse, farblose Haut, beinahe grau.

Der Fremde verzog den Mund zu einem Grinsen und enthüllte ein Gebiss voller brauner Zähne, von denen die Hälfte fehlte.

Seine Stimme klang schrill.

»Ich heiße Vladimir Leonid Roestelkolnov. Aber alle nennen mich nur den Klempner.«

59

FBI-TASKFORCE 16
JOHN JAY HALL
COLUMBIA UNIVERSITY

»Wir müssen ziemlich hoch oben einen Handyblocker anbringen«, sagte Smith zu Dave McNaughton.

Dieser nickte. »Seitlich am Gebäude krieg ich das hin. Vorn oder hinten wird es schwierig.«

»Warum?«

»Weil mein Kletterer dann erschossen wird.«

»Wir brauchen das Ding aber auf der Vorder- oder Rückseite«, wandte Smith ein. »So dicht wie nur möglich an einem Fenster. Die Treppenhäuser verfügen nämlich über Brandschutzwände. Den Blocker bloß irgendwo ans Wohnheim dranzuklatschen, bringt uns nichts.«

»So leicht ist das nicht. Wir können nicht einfach einen Anker aufs Dach schießen und mit einem Geschirr dran hochklettern. Viel zu riskant bei all den Sprengsätzen. Und auf Saugnäpfe verlass ich mich garantiert nicht, zumindest nicht auf das Zeug, das wir bisher getestet haben. Schon gar nicht bei diesen Backsteinen.«

»Halten wir's ganz simpel. Kletter- oder Bohrhaken, dazu einen Steinbohrer oder Hammer«, schlug Smith vor. »Jemand soll vom Boden aus sichern. An der Seite nach oben; wenn dein Mann das neunte Stockwerk erreicht, muss er um die Ecke, dann müssen die Scharfschützen sich bereithalten. Er wird nicht länger als ein, zwei Minuten ohne Deckung sein.«

»Sobald jemand anfängt, ein Loch in die Mauer zu bohren oder zu hämmern, werden sie es doch merken«, gab McNaughton zu bedenken.

»Nehmt einen Handbohrer, setzt Verankerungen, lass deinen Mann vom Boden aus sichern.«

McNaughton überlegte.

»Okay, ich setze einen meiner Kletterer darauf an. Wie viel Zeit hab ich?«

Geistesabwesend schielte Smith aufs Handgelenk. »Fang einfach an. Sieh zu, dass du dich mit den Scharfschützen abstimmst. Und sag Ray, er soll bloß keinen militärischen Störsender verwenden.«

Seit 14 Jahren arbeitete McNaughton nun schon mit Smith zusammen.

McNaughton, ein ehemaliger Marine, war ein nüchterner Zeitgenosse. Er entstammte einer Soldatenfamilie und das Einzige, wofür er sich interessierte, ob bei den Marines oder beim FBI, waren Planung und Durchführung von Sturmangriffen oder ähnlicher quasimilitärischer Operationen. Trotzdem spürte er, dass etwas nicht stimmte. »Ist mit dir alles okay, Damon?«

Smith sah ihn an. »Da ist noch was. Du musst mir einen Gefallen tun.«

McNaughton wartete, dass der andere mit der Sprache rausrückte.

»Andreas benötigt noch einen Mann.«

»Und du willst, dass ich gehe? Du kannst dich auf mich verlassen, das weißt du.«

»Nein, die Jungs brauchen dich mehr als mich. *Ich* werde gehen. Du musst an meiner Stelle das taktische Kommando übernehmen.«

60

RIVERSIDE PARK
NEW YORK CITY

Der Klempner sah erst Dewey an, dann Tacoma. Bei Katies Anblick machte er große Augen.

Dewey trat vor und hielt ihm die Hand hin. »Ich heiße Dewey.«

Der Klempner nickte vehement, reagierte ansonsten aber nicht.

Tacoma trat vor und schüttelte ihm die Hand.

Der Klempner blickte stur geradeaus, ließ die Augen nicht von Katie. Seine leicht boshafte Miene verzog sich zu einem breiten Lächeln, während er ihr gebräuntes, sommersprossiges, attraktives Gesicht musterte. Er begutachtete ihren Körper, tastete ihn regelrecht ab, ohne dass das Grinsen verschwand.

Mit hochgezogener Augenbraue ließ sie die Prozedur über sich ergehen.

Minutenlang trotteten sie dem Klempner an der Granitmauer entlang hinterher, dann bog er rechts ab und näherte sich einem massiven Betonpfeiler unter dem Henry Hudson Parkway. Vor einem Haufen leerer Dosen und Glasscherben blieb er stehen.

»*Chertovy panki*«, murmelte er in sich hinein und trat den Unrat mit Füßen zur Seite.

Darunter befand sich eine rostige Schachtabdeckung. Der Klempner ging in die Hocke und förderte ein kleines Werkzeug zutage, ähnlich einem Schraubenzieher, allerdings mit einem Haken am Ende. Diesen setzte er nahe der Kante an, um den Deckel anzuheben. Dewey beugte sich vor und half dabei, ihn zur Seite zu ziehen.

Darunter herrschte totale Finsternis. Der Schacht führte in eine schwarze Leere.

Das Geräusch eines sich nähernden Hubschraubers ließ alle abrupt zum Himmel spähen. In einem gewagten Manöver senkte sich der völlig schwarze Bell 206L4 Long Ranger IV vorn herab. Nirgends gab es einen Platz zum Landen. In etwa 30 Metern Höhe stoppte der Chopper das Absinkmanöver und schwebte über ihnen, während die Rotorblätter mit fürchterlichem Getöse durch die Luft peitschten. Aus der offenen Kabine flog ein Seil, gefolgt von einer Gestalt in Kampfmontur, die ein paar Meter von ihnen entfernt auf dem Asphalt landete.

Es war Damon Smith.

»Braucht ihr immer noch einen Mann extra?«

Dewey nickte. »Ja.«

Deweys Blick streifte Smiths Einsatzweste. Ein verblichenes Rangerabzeichen, mit weißem Faden angenäht. Der Beweis, dass Smith den Winter-Lehrgang absolviert hatte.

Dewey grinste. »Das wusste ich ja gar nicht.«

»Wir waren im selben Kurs.«

»Eine lustige Zeit damals. Erinnerst du dich noch an Captain Hardy?«

»Luzifer?«, meinte Smith lachend. »Ich kann gar nicht sagen, wie oft ich schon mit dem Gedanken gespielt habe, ihm ein paar von meinen Jungs vorbeizuschicken.«

Dewey fiel in Smiths Lachen ein. Dann wurde seine Miene ernst.

»Gehen wir! Katie, das ist Damon Smith.«

»Hi.«

»Und wer ist das?« Smith schielte zu dem Zwerg, der am Schacht wartete.

»Der Klempner.«

Katie holte vier Petzl-Stirnlampen aus dem Bündel und reichte sie herum. Eine bot sie dem Klempner an, doch der schüttelte den Kopf.

»Wir gehen«, sagte er. »Der Letzte macht wieder zu«, ergänzte er und zeigte auf den Schachtdeckel.

Als der Klempner Anstalten machte, in den Schacht zu klettern, huschten wenige Meter entfernt zwei Ratten mittlerer Größe zu einem Abfallhaufen. Katie machte ein entsetztes Gesicht. »Gibt es da unten Ratten?«

»Ob es da Ratten gibt?«, fragte er, während er in der Finsternis verschwand. »Machst du Witze? Die haben sogar ihre eigene Regierung. Einfach ignorieren!«

Tacoma folgte ihm.

»Magst du Hunde?«, fragte Dewey.

»Natürlich«, antwortete Katie.

»Stell dir einfach vor, es wären kleine Hunde. So groß werden die da unten nämlich.«

Katie wirkte, als müsste sie sich gleich übergeben.

Dewey tippte sich ans Ohr. »Igor, wir gehen rein.«

»Da unten seid ihr in einem Funkloch«, warnte Igor. »Kein Signal.«

Dewey winkte Katie zum Schacht. Smith folgte ihr.

»Ich melde mich wieder, wenn wir im Wohnheim angekommen sind.«

»Verstanden! Ich warte.«

»Sobald wir dort sind, will ich zuschlagen.«

»Ich bin bereit, Dewey.«

Er entfernte seinen Ohrstöpsel und verstaute ihn in einem wasserdichten Plastikbeutel, zog sich die Stirnlampe über den Kopf, schaltete sie ein, stieg in den Schacht und zerrte den Deckel über die Öffnung, bis er mit lautem Scheppern in der Vertiefung landete und sie einschloss.

Dewey blickte nach unten. Die drei Stirnlampen verloren sich allmählich in der Finsternis. Unheimliche Schatten waberten in der Schwärze.

»Los geht's!«, flüsterte er, obwohl niemand da war, der es hörte.

61

CARMAN HALL
COLUMBIA UNIVERSITY

Sirhan nahm eine Bestandsaufnahme vor, während er mit schnellen Schritten den verlassenen Flur der elften Etage durchquerte.

Das Wohnheim war sicher – sicherer ging es nicht.

Der Eingang wurde von einer Stahlwand abgeschottet. Eine Ironie des Schicksals, denn man hatte sie genau für den gegenteiligen Zweck eingebaut: um die bösen Jungs draußen zu halten, damit die Studenten sicher waren. Nun fungierte dieses Tor als Absperrung, die sich nur noch mit blanker Gewalt überwinden ließ. Etwa mit einem Panzer oder einer von der Schulter abgefeuerten Rakete. Bisher hatte das FBI keins von beidem eingesetzt. Vermutlich hatten sie Angst davor, was passierte, wenn sie die Terroristen in die Ecke trieben. Selbst wenn sie durchbrachen, waren die Aufzüge Schrott und die Treppen unpassierbar. Sollten sie es trotzdem probieren, müssten sie erst die Sprengsätze entschärfen oder eine Möglichkeit finden, sie zu umgehen. Bis dahin wäre längst jeder Student und jedes Familienmitglied tot.

Das Dach hatten sie mit Sprengsätzen vermint, die hochgingen, sobald jemand einen Landeversuch unternahm. Nicht mal ein einzelner Kommandosoldat, den sie aus einem Hubschrauber absetzten, wäre in der Lage, das dünne Drahtgeflecht zu überwinden. Riss das Geflecht nur an einer einzigen Stelle, fielen alle sechs der mit Semtex bestückten Intensiv-Sprengsätze zu Boden und detonierten. Alles oberhalb des Daches würde in einem Feuerball verglühen, unterhalb würden mehrere Stockwerke vernichtet und mit ihnen Hunderte von Geiseln.

Den Keller versperrte eine verschlossene, dreifach verriegelte Feuerschutztür, an der ein großer Block Semtex angebracht war, der größte Sprengsatz, den sie mitgebracht hatten. Machte ein Polizist Anstalten, die Tür zu öffnen, fiel auch hier die Bombe auf den Boden und ging hoch. Selbst für den Fall, dass das FBI einen Roboter zur Entschärfung einsetzte, würde der Sprengsatz vermutlich weitere auslösen und so einen Großteil des Gebäudes, wenn nicht gar den ganzen Bau, zum Einsturz bringen.

Überdies befanden sich direkt hinter der massiven Stahltür die vier Studenten, die sie dort aneinandergekettet hatten. Jeder Versuch, die Tür aufzusprengen, brachte sie sofort um. Sei es durch die Wucht der Detonation oder dadurch, dass sich die Ketten um ihre Hälse noch enger zuzogen und sie erdrosselten. Zugegeben, dies war das schwächste Glied, aber sollte das FBI bereit sein, die vier Geiseln im Keller zu opfern, mussten sich die Agenten immer noch mit den präparierten Sprengfallen im Treppenhaus herumschlagen.

Sirhan hatte zwei gegenüberliegende Zimmer der elften Etage in einen provisorischen Kommandostand umfunktioniert. Er wollte beide Seiten des Gebäudes im Auge behalten.

In der Mitte stand jeweils ein Tisch. An eine der Wände hatte er einen detaillierten Aufrissplan gezeichnet, der jedes Stockwerk zeigte. Die zentralen Zugänge waren hervorgehoben, ebenso ließ sich erkennen, wo sich die Studenten befanden. Das fünfte Geschoss, in dem Fahd den Tod gefunden hatte, kennzeichnete Sirhan mit einem kleinen X, desgleichen die zweite Etage, in der wahrscheinlich der tote Ramzee lag.

Die Phase der größten Verwundbarkeit lag hinter ihnen. Strategisch befanden sie sich nun eindeutig im Vorteil. Den Amerikanern dürfte es äußerst schwerfallen, sie zu vertreiben, es sei denn, sie wären bereit, das Leben Hunderter Geiseln aufs Spiel zu setzen. Trotzdem nagte es an ihm, dass er Fahd und Ramzee verloren hatte. Es machte ihn wütend.

13:07 Uhr. Noch 23 Minuten bis zur nächsten Exekution.

Er betrat eins der Badezimmer. Ganz allein auf dieser Etage des Wohnheims zu sein, hatte etwas ungemein Friedvolles an sich. Das Bad war leer und sauber. Mit den blauen Fliesen erinnerte die Dusche ihn an zu Hause in Karatschi. Er schaute in den Spiegel, da hörte er es. Ein leises Geräusch, ganz schwach nur. Vielleicht spürte er es auch nur.

Sirhan drückte die Sprechtaste seines Walkie-Talkies. Nichts, nur Stille.

»Tariq?«, fragte er. »Meuse? Hört mich jemand?«

Keine Antwort.

Er schaltete das Handy ein, um Tariq zu erreichen. Der Anruf ging nicht durch. Oben auf dem Display die Anzeige: KEIN SIGNAL.

In südlicher Richtung, auf der anderen Gebäudeseite, über den Flur. Ja, er spürte etwas.

Sirhan stieß die Tür auf und stürmte hinaus. Im vollen Lauf schnappte er sich die Kalaschnikow vom Boden und sprintete den Gang entlang. Er näherte sich dem Fenster von rechts, im Schutz der Wand, um nicht in die Visierlinie der Scharfschützen zu geraten.

Er schwenkte das Gewehr nach vorn, hob es an, stahl sich ans Fenster, ließ den Blick suchend über die Backsteinfassade gleiten. Ihm war, als hätte er etwas gehört, sehen konnte er jedenfalls nichts. Weder an der Wand zu seiner Linken noch oberhalb seiner Position. Trotz des Risikos beugte er sich an die Scheibe und lugte nach unten. Nichts. Sirhan ließ sich auf die Knie sinken, kroch unter den Fenstern vorbei, stand auf und spähte nach rechts zur Wand, die von der anderen Seite aus nicht einsehbar gewesen war. Er zuckte zurück.

Sie sind da.

Von einem Seil gehalten klammerte sich ein Mann an die Fassade, krabbelte wie eine Spinne seitwärts, eng an die Wand gepresst, die Handschuhe an den Backsteinen. Ein Kommandosoldat, schwarz gekleidet. Helm, den Karabiner über den Rücken geschnallt. Nur ein kleines Stück vom Fenster entfernt hielt er ein rechteckiges Plastikkästchen an die Fassade, offenbar um es daran zu befestigen.

Wie lang ist er schon da? Wo kommt er her?

Egal. Jetzt kam es darauf an, ihn nicht dichter ans Fenster zu lassen.

Sirhan drückte die Sprechtaste seines Walkie-Talkies.

»Wir haben Besuch«, sagte er und schwenkte den Lauf des Gewehrs hin und her.

Stille. Da begriff er: Bei dem Kästchen, das der Kommandosoldat dabeihatte, handelte es sich um einen Störsender. Sirhan schleuderte das Funkgerät an die Wand, wo es in tausend Stücke zerbarst.

Auf den Dächern einer Reihe niedriger Stadthäuser auf der anderen Seite der 114th Street hielt er nach Scharfschützen Ausschau. In einem der Fenster wurde er fündig. In dem dunklen Rechteck brach sich das Licht im Metall des Laufs. Die Mündung war auf eine Stelle unterhalb des Kommandosoldaten gerichtet.

Sirhan öffnete das Fenster. Da war der Typ. Vorübergehend, einen winzigen Moment nur, schob sich etwas Schwarzes vors Licht. Der obere Rand des Helms, der auf seinem Kopf saß.

Langsam nahm Sirhan das Gewehr in die linke Hand, behielt die rechte am Schaft und richtete die Waffe aus. Vorsichtig schob er die Mündung durchs offene Fenster und zielte an der Gebäudeebene entlang. Mit dem rechten Zeigefinger am Abzug riskierte er einen letzten Blick zum Fenster, hinter dem der Sniper lauerte. Er drückte ab. Eine Salve ratterte los, ihr Stakkato zerriss die Luft, während die Kugeln eine Scheibe zertrümmerten – er hatte zu dicht an der Fassade entlang gezielt – und ins Leere gingen. Sie verfehlten den Kletterer, der zur Seite schlingerte, Richtung Fenster.

Sirhan feuerte erneut. Diesmal zerfetzte der Patronenhagel dem Mann die Beine, strich nach oben, über die Brust, in den Hals. Blut spritzte, ein leises, gequältes Stöhnen. Die Splitterschutzweste des Kommandosoldaten hatte ein paar Treffer aufgehalten, aber nicht alle. Der Mann war tot. Er stürzte ab, nur noch vom Kletterseil gehalten. Kopfüber baumelte er an der Fassade.

Sirhan hechtete genau in dem Moment in Deckung, als auf der anderen Straßenseite ein Knall ertönte. Die Scheibe über ihm zersplitterte und von der Fassade war ein dumpfer Schlag zu hören. Glasscherben regneten auf den Sims und seinen Rücken. Erwartungsgemäß hatte der Scharfschütze ihn ausgemacht, allerdings nicht rechtzeitig.

Ein weiterer Schuss, anschließend ging ein wahrer Hagel auf die zerstörten Fenster nieder, als die Schützen vergeblich nach Sirhan suchten. Die Salve währte zwölf Sekunden, dann wurde das Feuer eingestellt. Trotzdem wartete Sirhan rund eine Minute ab. Nicht zuletzt um wieder zu Atem zu kommen. Er spürte die Hitze des Adrenalins, das durch seine Adern rauschte.

Vorsichtig robbte er aus dem Zimmer, das Gewehr zog er hinter sich her. Im Flur richtete er sich auf und fegte die Splitter vom Leib. Er sprintete in das Zimmer, das dem toten Kommandosoldaten am nächsten lag. Eng an die Wand gepresst, das Gewehr im Anschlag, schlich er ans Fenster und spähte hinaus. Der Soldat hing direkt vor ihm. Blut tropfte von den Stiefeln, die Wunden durchtränkten Kleidung und Ausrüstung.

Rasch inspizierte Sirhan die Fassade. Er konnte keine weiteren Agenten ausmachen, die versuchten, die Wand zu erklimmen. Er rannte den verlassenen Flur entlang, die Treppe ins neunte Obergeschoss hinunter. Er sah Meuse, der, das Gewehr in der Hand, die Tür bewachte. Sirhans Augen sprühten vor Zorn, als er ihn passierte.

13:24 Uhr.

Auf der Etage wimmelte es von Geiseln.

Sirhan war außer sich, wütend, dass dem Gegner ein solcher Coup gelungen war.

Wütend über die Nachlässigkeit seiner Männer.

Mit der Kalaschnikow im Anschlag zwängte er sich an schweigenden, verängstigten Studenten und Eltern vorbei, die an den Wänden hockten. Viele weinten und hielten einander an den Händen. Nur wenige wagten es, überhaupt zu ihm hochzusehen. Er betrat das erste Mehrbettzimmer, gleich unterhalb des Raums, vor dem der tote Agent am Seil pendelte.

Das Zimmer war brechend voll, es war heiß und roch übel nach Schweiß. Alle saßen auf dem Boden. Familien hatten sich zusammengeschart, zogen verängstigt die Köpfe ein.

In den Fenstern standen vier Studenten als menschliche Barriere.

Rasch ging Sirhan zu ihnen. Zwischen den Beinen eines Mädchens hindurch schaute er nach rechts. Der tote Agent hing immer noch da.

In der gegenüberliegenden Ecke saß ein Student mit verschränkten Armen und gesenktem Blick. Er trug ein blaues Hemd, dazu knallbunte, karierte Shorts. Ein Weißer mit dunkelblonden Haaren.

Sirhan funkelte ihn an.

»Du.« Blanker Hass klang in seiner Stimme mit.

Der Junge hielt die Augen weiterhin gesenkt und tat, als hörte er ihn nicht.

Sirhan ging hin und versetzte ihm einen Tritt in die Rippen. Der Junge stöhnte vor Schmerz auf.

»Hoch mit dir!«

Hilfe suchend schaute der Student sich um, doch jeder vermied es, ihn anzusehen.

Sirhan schleifte ihn über den Boden zum Fenster, richtete das Gewehr auf einen der jungen Leute, die dort postiert waren, einen jungen Schwarzen, und drückte ab. Die Salve zerhackte das Opfer förmlich, schleuderte seinen Körper hin und her. Er kippte aus dem Fenster und verschwand außer Sichtweite.

»Steh auf!«, herrschte Sirhan den Studenten in den karierten Shorts an.

»Fick dich!«

Sirhan starrte ihn an. Ohne darauf zu achten, wohin er zielte, schwenkte er das Gewehr nach rechts und drückte ab, feuerte wahllos an der Wand entlang. Ein Durcheinander aus Schreien und gequältem Stöhnen war die Quittung. Er erwischte mehrere Geiseln.

»Letzte Warnung«, sagte Sirhan ruhig, »oder ich töte jeden hier im Raum und ganz zum Schluss dich.«

Der Student kletterte auf den Fenstersims, nur Zentimeter trennten ihn vom Abgrund. Der Wind zerrte an seinen langen Haaren, wehte sie ihm aus dem Gesicht.

Sirhan griff an die Hüfte, zückte ein langes Kampfmesser mit feststehender Klinge.

»Hier«, befahl er mit hartem Akzent. »Schneid ihn runter.« Damit reichte er dem Jungen das Messer.

Bebend streckte dieser die Hand aus, nahm es entgegen, wandte sich um und machte Anstalten, nach dem Seil zu greifen. Abrupt wirbelte er jedoch herum und ließ die Klinge auf Sirhan niedersausen.

Ein heftiger Hieb – schnell, unerwartet, entschlossen. Nur um Haaresbreite verfehlte er Sirhans Schädel.

Doch der Terrorist hatte es kommen sehen.

Er duckte sich weg, gleichzeitig packte er den Unterarm des Jungen und blockte den Stoß ab.

»Du hast dein Bein gehoben. Ich wusste, dass du auf mich losgehen wirst.«

Er entwand ihm das Messer, drehte sich um und machte einen Schritt auf eine Frau mittleren Alters zu, die mit ihrem

Sohn auf dem Boden saß. Ohne Vorwarnung stieß er ihr die Schneide in den Hals. Blut quoll hervor. Ihr Sohn und etliche andere Menschen kreischten. Sirhan zog das Messer heraus und reichte es dem Studenten.

»Ob du wohl so freundlich wärst, mir meine Bitte jetzt zu erfüllen?!«, ätzte er.

Der Student beugte sich hinaus ins Freie, langte nach rechts, setzte die Klinge am Seil an, das den toten Soldaten an Ort und Stelle hielt, und säbelte daran herum.

Sirhan hielt ihn hinten am Hemd fest, während sein Blick unablässig über die Dächer auf der anderen Straßenseite schweifte. Er entdeckte noch einen Scharfschützen. Kopf und Oberkörper waren ungeschützt, die Gewehrmündung auf das Zimmer gerichtet.

Während der Junge mit dem Kappen des Seils beschäftigt war, schob Sirhan den Lauf der Waffe an seinem Schenkel vorbei, zielte, vom Jungen gedeckt, auf den Sniper und drückte ab. Das Geschoss drang in den Kopf des Schützen ein und schleuderte ihn nach hinten. Staub und Mörtel stoben auf.

Das Seil gab im selben Moment nach und der tote Agent stürzte hinab. Mit einem dumpfen Schlag klatschte er auf das Pflaster.

Sirhan entriss dem Jungen das Heft des Messers und versetzte ihm einen leichten Schubs. Ohne einen Laut von sich zu geben, stürzte er in den Tod.

13:32 Uhr.

62

Der Abstieg erwies sich als schwierig und ging nur langsam vonstatten. Der Beton schien enger und enger zusammenzurücken. Die Luft war feucht und klamm, es roch modrig, nach Schimmel. An einer Seite führte eine Stahlleiter nach unten, von deren dünnen Sprossen Kondenswasser tropfte.

Weit unter sich erhaschte Dewey einen Blick auf Katie, ihr blondes Haar und die Stirnlampe, die den altersschwachen Beton erhellte.

20 Minuten lang kletterten sie. Dewey zählte 340 Sprossen, bis sein Fuß endlich wieder festen Boden berührte. Hier unten ging es ähnlich bedrängt zu wie in einer Toilettenkabine. Katie und Rob drückten sich an die Mauer. Der Klempner stand gebückt da, studierte im Licht seiner Taschenlampe einen Zettel mit einer handgefertigten Skizze. Smith stand neben ihm und vertiefte sich ebenfalls in die Zeichnung.

Dewey blickte zu Kate.

Ich hasse dich!, formten ihre Lippen.

Tacoma lächelte.

Nach über einer Minute blickte der Klempner auf.

»Gehen wir weiter!«

»Sind wir bald da?«, wollte Katie wissen.

Der Klempner schüttelte den Kopf.

»Nein, ich fürchte, nicht. Hier unten ist es ein bisschen wie in einem Labyrinth. Um von Punkt A nach Punkt B zu kommen, muss man erst über Z gehen.«

Der Boden fing an zu vibrieren, ganz schwach nur. Die Schwingungen wurden stärker, aber nichts war zu hören. Man hatte bloß das Gefühl, dass die Erde bebte. Schließlich wurde es richtig heftig, schüttelte alle durch und ebbte ab.

»Was war das?«, fragte Tacoma.

»Um ehrlich zu sein: keine Ahnung«, meinte der Klempner. »So was kommt hier unten vor.«

Er leuchtete mit der Taschenlampe den Boden ab.

So was kommt vor?, formte Katie in Deweys Richtung mit den Lippen. Ungläubig, ein wenig ungehalten schüttelte sie den Kopf.

Der Klempner langte nach unten und zog einen quadratischen, stählernen Deckel an einem Stahlring zur Seite. Er richtete die Lampe in die Finsternis, starrte sekundenlang hinein. Schließlich richtete er sich mit einem missmutigen Ausdruck an Smith, Dewey, Tacoma und Katie.

»Ich war schon seit Jahren nicht mehr da drin. Dennoch werd ich es wohl nie vergessen. Der Gang führt ungefähr 15 Meter im 45-Grad-Winkel nach unten, dann macht er eine Biegung.«

»45 Grad?«, ächzte Tacoma. »Wenn man bei einem solchen Gefälle stürzt, bricht man sich nach 15 Metern alle Knochen.«

Der Klempner grinste und bleckte die Zähne.

»Das ist kein Problem, mein Freund. Da drin ist es verdammt eng.«

»Wie eng?«

»Enger als damals, als du aus deiner Mutter gekrochen bist. Ihr werdet kriechen und die Taschen hinter euch herziehen müssen.« Er musterte Dewey. »Für dich wird es *sehr* eng. Ja, sehr eng. Vielleicht zu eng.«

»Zu eng?«, fragte Katie.

»Wenn ich nicht völlig falschliege, bist du zu breit«, sagte er zu Dewey. »Du wirst stecken bleiben.«

»Ich schaff das schon. Wir müssen los.«

»Nach dem ersten Stück macht der Gang eine Biegung und führt dann geradeaus weiter. Die Biegung ist der engste Teil.« Abermals betrachtete er Dewey skeptisch. »Es ist extrem eng. Danach sind es noch zehn, zwölf Meter bis zum Ende. Dann sind wir an der alten Hauptwasserleitung.«

Der Klempner kletterte mit dem Kopf voran hinein. Schon bald war er nicht mehr zu sehen.

»Du gehst als Nächste«, sagte Dewey zu Katie.

»Warum ich?«

»Wenn ich stecken bleibe, willst du dann lieber hinter mir sein oder vor mir?«

»Das ist ein Argument.«

Dewey deutete einladend auf die Öffnung.

Katie drehte sich noch einmal um.

»Mal im Ernst: Was, wenn du wirklich stecken bleibst?«

»Das passiert schon nicht. Los, rein da.«

Katie tauchte in die Finsternis ab.

»Ich geh als Nächstes«, kündigte Tacoma an, »dann Dewey. Ich geh mit den Füßen voran, für den Fall, dass ich dich ziehen muss. Damon kann von hinten schieben.«

Tacoma warf den Rucksack mit den Waffen ins Dunkel und glitt hinterher. Dewey folgte mit dem Kopf zuerst. Die Tasche mit den Waffen hatte er am Knöchel befestigt, damit er sie mit den Beinen hinter sich herziehen konnte. Smith hob sie an und warf sie hinter ihm in den Schacht.

Es dauerte keine zwei Meter, da wurde Dewey klar, dass der Tunnel tatsächlich ein Problem darstellte. Jeder Zentimeter seines Oberkörpers geriet in Kontakt mit dem kalten Beton. Es fiel ihm schwer, überhaupt Luft zu holen, ohne sich eng an die Röhre zu pressen.

»Zieh die Tasche raus«, rief Dewey Smith zu, der sich hinter ihm befand.

Er konnte kaum atmen.

»Warum?«

»Tu's einfach.«

Eine Minute später, nachdem Smith rückwärts aus dem Tunnel gekrochen war, spürte Dewey ein Ziehen am Knöchel, als Smith anfing, an der Tasche mit den Waffen zu zerren. Er stieß sich mit voller Kraft mit den Händen ab, während Smith zog wie ein Verrückter. Nach mehreren Minuten spürte Dewey die vergleichsweise frischere Luft außerhalb der Röhre. Er kletterte hinaus.

»Ist es so eng?«

»Ja.«

Dewey zog Jacke, Hemd, Hose, Schuhe und Socken aus. Im hautengen roten Sportslip stand er da. Alles andere stopfte er in die Tasche.

»Du zuerst«, entschied Dewey. »Nimm die Tasche.«

Smith deutete auf die riesige Narbe an Deweys Schulter. »Woher kommt die denn?«

»Kalaschnikow. Komm, erst du, dann ich.«

»Was, wenn ich doch schieben muss?«

Dewey schüttelte den Kopf.

»Diesmal schaff ich's. Und wenn nicht, werd ich schon irgendwann da rauskommen. Ihr drei kriegt den Zugriff auch ohne mich hin. Katie weiß, was zu tun ist. Sie hat fünf Jahre lang die Special Operations Group geleitet. Rob besitzt ebenfalls eine Menge Erfahrung. Der beste Schütze, der mir je untergekommen ist. Über Funk seid ihr mit Igor vernetzt, der das weitere Vorgehen koordiniert. Ihr schafft das notfalls allein.«

Smith nickte und stieg in den Tunnel.

Dewey folgte ihm.

Da er außer seiner Unterhose nichts mehr anhatte, schürften die Wände ihm unbarmherzig die Haut auf. Er hielt beide Arme über den Kopf, zog sich mit den Fingerspitzen weiter, unterstützte seine Finger, indem er sich zugleich mit den Zehen abstieß. Doch der Tunnel hielt ihn in einem eisernen Griff, er musste um jeden Zentimeter kämpfen. Indem er alles ausgezogen hatte, hatte er seinen Körperumfang reduziert. Dewey merkte den Unterschied durchaus, allerdings nur geringfügig. Es kam ihm vor, als wäre er unter einem ungeheuren Gewicht begraben. Er konnte nicht richtig atmen; der Platz reichte schlicht und einfach nicht, die Lunge voll auszudehnen und mit Luft zu füllen. Irgendwann schrammte sein Rücken über einen scharfen, spitzen Gegenstand. Eine rostige Schraube? Er konnte sowieso nichts daran ändern, zog sich stur weiter, während das unbekannte Etwas ihm den Rücken der Länge nach aufriss und Schrammen zufügte.

Dewey rief sich in Erinnerung, weshalb er sich hier befand. Indem er sich auf sein Ziel konzentrierte, auf das Wohnheim, auf Daisy, war er in der Lage, sich lange genug abzulenken, um die abgestandene Luft zu ignorieren, die kalten Wände und die Paranoia, die ihm vorgaukelte, der Tunnel würde immer schmaler und enger und dass es keinerlei Möglichkeit gab, ihn herauszuholen, falls er es nicht allein schaffte.

Schließlich trafen seine Finger auf eine Wand. Er hatte die Augen die ganze Zeit geschlossen, nun schlug er sie auf und verschaffte sich einen Überblick.

»Nein«, entfuhr es ihm entsetzt.

Vor sich sah er das Ende des Tunnels und zu seiner Rechten eine kreisrunde, noch engere Öffnung. Kaum größer als ein Basketball, schätzte er.

»Unmöglich.«

Dewey schloss die Augen und versuchte, sich zu beruhigen, schob sich auf das Loch zu. Erst steckte er die Hände hinein, dann den Kopf, rutschte weiter. Bei jedem Zentimeter bedrängte ihn das Gefühl, ein Schraubstock schließe sich enger und enger um seinen Schädel. Mit den Schultern schaffte er es niemals. Unter Schmerzen kroch er zurück, benutzte dazu die rechte Hand, die er vor sich geschoben hatte, und die linke unten an der Körperseite. Er versuchte, sich zu entspannen, um so stark wie möglich auszuatmen.

Ein Gedanke schoss ihm durch den Kopf. Was, wenn er da wirklich *nicht* durchkam? Er konnte auf keinen Fall den ganzen Stollen zurückkriechen, noch dazu rückwärts. Obwohl es abwärtsging, hatte er es vorhin gerade so geschafft. Bergauf hielt er es für nahezu unmöglich.

So fest er konnte, stemmte er die Füße zu beiden Seiten gegen die Tunnelwand, versuchte, die Hände vor sich gestreckt, sich hindurchzuziehen. Die Schultern wurden enger und enger an den Kopf gepresst, während er sich unverdrossen mit den Füßen abstieß, bis er das Gefühl hatte, ihm würde gleich der Schädel platzen. Er kämpfte darum, Luft zu bekommen. Er kam da nicht durch – und nun steckte er wirklich fest. Er schloss die Augen, bemüht, ruhig zu bleiben. Erstmals überkam ihn die Angst zu ersticken. Millimeterweise arbeitete er sich in den vergleichsweise breiten Abschnitt vor der Biegung zurück, kam nicht nennenswert voran.

»O Gott!«, stöhnte er.

»Dewey!« Katies Stimme, weit weg, am hinteren Ende des Tunnels.

Sein Herz raste.

Panik.

»Ja?«

»Bist du an der Biegung?«

Dewey bekam kaum Luft. So musste es sich wohl anfühlen, wenn man ertrank. In den Momenten, kurz bevor man das Bewusstsein verlor und genau wusste, was einem bevorstand.

Er schloss die Augen. Dann wurde es schwarz um ihn.

Wie im Traum, vielleicht befand er sich auch unter Wasser, registrierte er im Randbereich seines Bewusstseins, wie jemand nach ihm rief, ganz weit weg. Er kam zu sich, weil er eine Berührung spürte, eine andere Person zerrte an seinem Arm. Er blickte hoch. Katie. Ihre Lippen bewegten sich. Zunächst war ihm, als wäre er taub. Doch dann hörte er sie. Sie schrie aus voller Kehle.

»Wach auf, Dewey!«

Nur wenige Zentimeter von ihm entfernt hielt sie ein Seil in der einen und eine grüne Plastikflasche in der anderen Hand. Als sie sein Gesicht ansah, riss sie entsetzt den Mund auf.

»Du wirst ja ganz blau.«

»Ich krieg keine Luft.«

»O Dewey.«

Sanft griff sie nach seiner Hand, streichelte sie, darum bemüht, ihn zu beruhigen.

»Sorry«, flüsterte er.

»Machst du Witze?« Katies Gesicht war von oben bis unten mit Dreck beschmiert. »Seit Jahren hab ich mich nicht mehr so prächtig amüsiert.«

»Versprich mir etwas.«

»Nein!«

»Wie bitte?«

»Nein. Ich werd dir gar nichts versprechen. Ich weiß doch, was du sagen willst.«

»Und das wäre?«

»›Wenn ich nicht da durchpasse, erschieß mich.‹ Hab ich recht?«

»Nein. Rob soll mich erschießen.«

Katie führte das Ende des Seils zu Deweys Händen.

»Wir holen dich da raus.«

Sie schlang ihm das Ende um beide Handgelenke und knüpfte eine Reihe von Knoten. Anschließend schraubte sie die Plastikflasche auf, verteilte den Inhalt großzügig auf dem Beton und bespritzte alles ringsum. Eine dunkle, zähe Flüssigkeit. Sie tauchte die Hand hinein, rieb Deweys Oberarme ein sowie jeden Teil von ihm, den sie sonst noch erreichte.

»Öl?«, fragte er ungläubig.

»Der Klempner hatte die Idee.«

»Gute Idee.«

»Ganz ruhig!«, sagte Katie. »Entspann dich, so gut es geht. Ich gehe wieder zurück. Dann ziehen wir.«

»Katie?«

»Ja.«

»Danke.«

»Keine Ursache.«

Einige Minuten später spürte Dewey Zug an den Handgelenken, das Seil straffte sich.

»Dewey«, brüllte Tacoma, »es geht los.«

Das Seil straffte sich noch mehr. Er packte es, als sie zogen, wand sich hin und her. Eine halbe Minute währte die Tortur schon. Seine Arme fühlten sich an, als würden sie ihm gleich von der Schulter abgerissen. Dewey stieß ein leises, kehliges Stöhnen aus. Die Belastung ließ für ein paar Sekunden nach, dann begann es von vorn. Er spürte, wie seine Schultern sich bewegten, nicht weiter als zwei Zentimeter, dann noch einmal. Schließlich erreichten seine

Schultern jenen Teil des Tunnels, den Katie mit Öl präpa-
riert hatte. Langsam, Stück für Stück, zogen Smith, Tacoma,
Katie und der Klempner Dewey heraus. Für die letzten
Meter brauchten sie fast 20 Minuten.

Als Erstes kamen seine ölverschmierten Hände zum Vor-
schein, danach die Arme, schließlich der Kopf. Er war völlig
verdreckt, sein Gesicht überwiegend feucht glänzend und
schwarz verklebt. Sein Atem ging stoßweise, hastig, verzweifelt schnappte er nach Luft.

Katie bildete die Spitze. Sie trug ihre Kletterhandschuhe.
Hinter ihr Tacoma. Smith hielt das Ende des Seils. Der
Klempner saß, in eine Skizze vertieft, auf dem Boden. Alle
starrten vor Schmutz, doch im Vergleich zu Dewey sahen
sie wie frisch gewaschen aus.

Dewey kletterte hinaus, über und über eingesaut. Er fand
seine Tasche und streifte, ohne sich die Mühe zu machen,
das Öl abzuwischen, die Hose über. Anschließend zog er
Socken und Schuhe an.

Er langte nach hinten, betastete vorsichtig die Wunde am
Rücken, inspizierte seine Finger. Blut und Öl vermischten
sich. Er hatte keine Ahnung, ob es genäht werden musste,
aber das war im Moment nicht von Belang. Diese Frage
konnte er sich für später aufheben. Er schlüpfte in sein
Hemd.

Der Klempner hielt eine Campinglaterne in die Höhe, die
in der Hauptwasserleitung ihren vagen Schein verbreitete.
Das alte Kanalrohr wirkte gewaltig. Aus Beton, über vier
Meter hoch, voller Risse, stellenweise baumelten ganze
Betonbrocken herab. Auf dem Boden stand Wasser, nicht
besonders hoch. Hier unten gab es Ratten, Hunderte, überall. Sie hielten sich von der kleinen Gruppe fern, blieben
jedoch in Sichtweite, huschten durch die trübe Flüssigkeit
wie Fische.

Dewey wischte sich das Gesicht ab und schaute Smith an, der sich bei Deweys Anblick, von Kopf bis Fuß ölverschmiert, ein feixendes Grinsen nicht verkneifen konnte.

»Sag mir bitte, dass wir in der Nähe sind«, richtete sich Dewey an den Klempner. Der sah vom Blatt auf, das er studierte – die Kopie einer alten Karte.

»Wir sind in der Nähe«, sagte er.

»Und warum machst du dann so ein betretenes Gesicht?«

Der Klempner blickte vom einen zum anderen. »Es gibt da ein kleines Problem.«

63

CARMAN HALL
COLUMBIA UNIVERSITY

Sirhan stand in einem der Zimmer der elften Etage, direkt an der Tür. Hinter der Scheibe zeichnete sich das Campusgelände ab. Er schaltete sein Handy ein.

Ihm fielen Nazirs Worte ein, als sie zum ersten Mal über die Operation gesprochen hatten. Das war mittlerweile zwei Jahre her: *»Sie werden eure Kommunikation unterbrechen, all eure technischen Geräte blockieren. Aber du weißt ja, was zu tun ist. Jede Stunde muss ein Student sterben, so lange, bis alle tot sind oder du selbst tot bist. Ich kann dir nichts sagen, Sirhan, was du nicht ohnehin schon weißt. In den Momenten kurz vor dem Triumph müssen Angst, Einschüchterung, Gewalt, Brutalität verdoppelt, verdreifacht, vervierfacht werden. Und zwar nicht, weil du ein schlechter Mensch bist. Sondern weil auf diese Weise Staaten geboren werden.«*

An der Wand hing die Lieferkarte eines Chinarestaurants. Er gab probeweise die Nummer des Restaurants ein, drückte auf Wählen und wartete über eine Minute. Doch der Anruf ging nicht durch. Es hätte ihn nicht überraschen und auch nicht wütend machen dürfen. Trotzdem schleuderte er das Handy an die Wand, sodass es zerbrach.

Daisy war gerade eingenickt, als der Mann mit der Waffe das Zimmer betrat. Sie hatte nicht einschlafen wollen, es war einfach passiert. Sie erwachte, weil Andys Körper sich versteifte. Daisy sah zu ihr. Andy starrte den Terroristen an.

Sie stieß ihren Schützling mit dem Ellbogen an. »Hör auf, ihn anzustarren«, flüsterte sie.

Doch der Mann hatte es bereits wahrgenommen. Sein Blick heftete sich auf Andy. Er trat zu ihr, richtete das Gewehr auf sie.

Ein groß gewachsener Typ mit schwarzem Haar, das schweißnass wirkte. Möglicherweise auch bloß fettig, weil er es länger nicht gewaschen hatte. Er hatte ein Allerweltsgesicht. Mit einem anderen Hemd und einer anderen Hose hätte er genauso gut ein Student sein können.

»Tu, was er sagt«, raunte Daisy.

Der Terrorist beugte sich vor, packte Andy am Schopf und riss ihre Haare zur Seite. Sie schrie entsetzt auf. Er zerrte sie hoch, weg von der Wand.

Daisy klammerte sich an seinem Bein fest. »Nein!«, bettelte sie.

Doch der Mann ließ nicht los.

Andy schrie.

Daisy stand auf und folgte dem Mann. Vor dem Fenster schob sie sich zwischen den Terroristen und Andy.

»Nehmen Sie mich«, bat sie.

Der Mann achtete gar nicht auf sie und zerrte Andy weiter, die sich mittlerweile in einem hysterischen Zustand befand.

Daisy schlang dem Terroristen die Arme um den Hals, um ihn irgendwie aufzuhalten.

»Nehmen Sie mich!«

64

UNTER DER ERDE
NEW YORK CITY

»Was soll das heißen? Was für ein Problem?«, bohrte Dewey nach.

»Es ist nicht alles so einfach, weißt du? Mindestens ein Problem gibt es doch immer.«

»Durch ein verfluchtes Loch zu kriechen, das enger ist als ein Nonnenarsch, hältst du also nicht für ein Problem?«

»Das war bloß eine kleine Unannehmlichkeit«, verkündete der Klempner. »Das Problem, das uns bevorsteht, ist ein bisschen größer. Immerhin kriegen wir erst damit zu tun, wenn wir ganz nah am Gebäude sind. Wir müssen weiter.«

Sie folgten dem Klempner durch den Gang, rückten zügig vor, rannten im Laufschritt durch die übel riechende Lache. Die trübe, stinkende, rattenverseuchte Brühe spritzte nur so. Stellenweise reichte sie ihnen bis an den Oberschenkel.

Bis auf den Klempner trug jeder eine Stirnlampe. Er schwenkte stoisch eine Campinglaterne. Gespenstische Schatten tanzten über die Wände. Nach 20 Minuten blieb der Klempner stehen und hob die Lampe. Ein paar Schritte vor ihnen endete der Tunnel vor einer riesigen, mit Rost bedeckten Stahltür. Wie der Eingang zu einem Banktresor, sogar ein Drehrad zum Öffnen gab es.

Der Klempner holte ein Stethoskop unter dem Hemd hervor, trat an die Tür und lauschte.

»Wie ich's mir dachte«, raunte er.

»Wo sind wir?«, wollte Dewey wissen.

»Direkt unter dem Gebäude.«

»Und was ist das Problem?«

»Damals, als das Wohnheim gebaut wurde, wurde auch das Stromnetz der Universität auf den neuesten Stand gebracht, die ganzen Anschlüsse und so weiter. Dazu brauchte man einen Versorgungsschacht für die Instandhaltung. Einen Weg, auf dem die Arbeiter beim Einbau der neuen Infrastruktur rauf- und runtergelangen konnten – Kabel, Schalttechnik, Diagnoseausrüstung, Ersatzleitungen et cetera. Durch diesen Tunnel hier bekam man Zugang zum kleineren Installationsschacht. Über Seitenluken konnten die Arbeiter an der Verkabelung arbeiten. Jener Schacht befindet sich gleich hinter dieser Tür. Er führt direkt in den Keller des Wohnheims. Er ist breit, hat zu beiden Seiten Leitern und wahrscheinlich funktioniert sogar die Beleuchtung zum Teil noch.«

»Klingt doch gut. Wo ist das Problem?«

»Das Problem ist, dass der Zugang zum Schacht hinter dieser Tür liegt.«

Dewey trat an die Verriegelung, legte beide Hände auf das Rad und machte Anstalten, es zu drehen.

»Das würde ich an deiner Stelle nicht tun.«

»Warum nicht?«

»Der Raum dahinter ist mit Wasser gefüllt. Dafür ist diese dicke Stahltür da. Und deshalb gibt es eine Pfütze auf dem Boden. Es drückt sich durch.«

»Dann werden wir also ein bisschen nass.«

»Es ist ziemlich viel Wasser.«

»Wie viel?«

»Wir reden hier von *Tausenden Tonnen* konstantem Druck«, erklärte der Klempner. »Stell dir vor, es wäre ein Tsunami, und nimm das Ganze mal 100. Wie ein Güterzug, nur eben aus Wasser.«

Deweys Blick durchbohrte den Klempner.

»Und warum machen wir dann diesen ganzen Mist mit? Was soll der Scheiß? Du hast gesagt, wir kämen auf diesem Weg rein.«

»O ja, das tun wir ja auch«, bestätigte der Klempner. »Der Kanal hinter dieser Tür dient als eine Art Ausgleichsbecken. Es ist eine von etwa 20 Stellen, an denen das Wasserwerk zwischen den Speichern umschalten kann, aus denen das Wasser in die Stadt geleitet wird. Das Ganze läuft voll automatisiert. Wie ein Uhrwerk. Genau 15 Minuten nach jeder vollen Stunde wird eine Versorgungsleitung ab- und die andere angeschaltet. Während des Umschaltvorgangs ist das Rohr leer. Dann können wir die Tür öffnen, zum Installationsschacht gehen und nach oben klettern, ohne dabei umzukommen.«

Dewey warf einen Blick auf seine Armbanduhr. Es war zehn nach vier.

»Wie viel Zeit haben wir dafür?«, wollte Smith wissen.

»Um die Tür zu öffnen, durchzugehen, die Tür zu schließen, drei Meter zu überwinden, die Luke zum Installationsschacht zu öffnen, reinzuklettern und die Luke hinter uns zu schließen genau eine Minute«, erklärte der Klempner.

»Eine Min…«, begann Tacoma ungläubig. Er riss überrascht die Augen auf.

Erneut prüfte Dewey die Zeit.

»Wie spät ist es auf deiner Uhr?«, fragte er den Klempner.

»16:13 Uhr.«

»Wie nah dran ist das an der Uhrzeit der städtischen Wasserversorgung?«

»Auf die Sekunde.«

Dewey zurrte den Waffenrucksack auf dem Rücken fest, trat an die Stahltür, packte das Rad und drehte sich zu Smith, Katie und Tacoma um.

»Ich gehe. Falls ihr es lieber bleiben lasst, hab ich volles Verständnis dafür. Das muss jeder für sich entscheiden. Allerdings bleibt euch keine Zeit, lange darüber nachzudenken.«

»Ich bin dabei«, stellte Katie fest.

Smith und Tacoma nickten nur, ohne etwas zu sagen.

»Du bleibst hier und schließt die Tür hinter uns, wenn wir durch sind«, befahl Dewey dem Klempner. »Das verschafft uns ein paar Sekunden.«

»Aber ich will doch helfen«, erwiderte der Klempner mit einem nervösen Grinsen, das seine Worte Lügen strafte.

»Du hast uns genug geholfen. Wenn du nicht gerade über Nahkampferfahrung verfügst, wärst du uns sowieso nur ein Klotz am Bein.«

Der Klempner wirkte erleichtert. Er nickte und konsultierte seine Armbanduhr.

»Noch 15 Sekunden.«

Dewey sah Tacoma an, der gerade die Packtasche auf dem Rücken festzurrte.

»Ich öffne diese Tür. Du gehst als Erster. Du musst die Luke öffnen …«

»Zehn Sekunden.« Der Klempner trat an die Tür, lauschte mit dem Stethoskop.

»… und wie ein Irrer hochklettern«, fuhr Dewey fort. »Katie, du gehst als Nächste …«

»Fünf.«

»… dann du, Damon.«

»Drei, zwo, eins«, rief der Klempner. »Los!«

Dewey zerrte mit aller Kraft an dem Rad, das die Tür sicherte, doch es rührte sich nicht. Smith kam ihm zu Hilfe, dann Tacoma. Sekunden später war ein schrilles Quietschen zu hören. Das Rad bewegte sich kaum wahrnehmbar.

»Beeilt euch!«

Die drei mühten sich stärker ab. Das Quietschen wurde lauter, beständiger.

»Ihr habt nur noch 45 Sekunden«, sagte der Klempner. »40. Wartet bis zur nächsten Stunde! Wenn die Luke zum Schacht auch klemmt …«

Dewey achtete nicht auf ihn. Da er seine Anstrengungen eher noch verstärkte, wollten auch Smith und Tacoma nicht klein beigeben. Mit einem Mal ließ sich das Rad weiterdrehen, merklich schneller. Die Stahltür sprang auf, eine hüfthohe Woge ergoss sich über die fünf.

»30 Sekunden«, schrie der Klempner, während Tacoma durchs Wasser in den Tunnel stürmte. »Ich halte die Tür auf, bis es noch zehn Sekunden sind. Ihr müsst euch sputen!«

Katie folgte, dann Smith, zuletzt Dewey.

»25 Sekunden«, vermeldete der Klempner. »Macht schon!«

Tacoma suchte die Tunneldecke mit der Stirnlampe ab, um die Luke zu finden.

»Weiter links!«, brüllte der Klempner. »Tiefer! Ihr habt noch 20 Sekunden. Kommt zurück! Das schafft ihr nie im Leben!«

Verzweifelt glitt Tacomas Blick über die Decke.

»Tiefer!«

Schließlich fand er die Luke; sie befand sich auf zehn Uhr, ein runder Tunnelabschnitt mit einer kleineren Öffnung, die sich ebenfalls mit einem Rad öffnen und schließen ließ.

»Das ist sie! Aufdrehen! Schnell! Ihr habt nur noch zehn ...«

Dewey wandte sich um, sah, wie sich die schwere Stahltür schloss.

»Mach schon, Rob!«, sagte Katie.

Tacoma stieß ein lautes Ächzen aus, das Rad gab nach, bewegte sich.

Gleich darauf hörten sie es – wie ein Mann wandten alle vier den Kopf: ein tiefes Grollen irgendwo weiter oben im Tunnel.

»O Gott!«, kreischte Katie.

Das Grollen wurde lauter, hallte wie Donner, ließ ihnen das Blut in den Adern gefrieren. Der Boden unter ihren Füßen fing an zu beben.

Tacoma bekam das Rad frei, drehte es rasend schnell, stieß die Luke auf und verschwand mit einem Satz in der Öffnung. Katie sprang direkt hinterher, während das Unheil verheißende Tosen des Wassers – einer gewaltigen Menge Wasser – lauter und lauter wurde. Ein donnernder, tödlicher Trommelwirbel.

Der Boden erzitterte, wackelte wie bei einem Erdbeben.

Smith und Dewey blickten den Tunnel entlang, da spritzte keine vier Meter entfernt Wasser auf. Smith zog sich hoch, genau in dem Moment, in dem die erste Woge auf Dewey zugerast kam, eine schwarze Wand, die sich mit hohem Tempo näherte und dabei anstieg. Als Smith durch die Luke kletterte, erreichte die vorderste Welle Dewey, traf mit voller Wucht zunächst seine Beine. Er neigte sich nach vorn, die Arme Richtung Luke ausgestreckt, während der Wellenkamm ihn erst oberhalb der Knie, dann am Rumpf erwischte. Er spürte, wie die Woge ihn nach hinten schleuderte, sich über ihm schloss, um ihn mitzureißen ...

Etwas hielt ihn auf, verhinderte, dass er fortgerissen

wurde. Über sich sah er nichts als Schwärze und verschwommen ein halogenes Leuchten. Etwas packte seine Handgelenke, umschloss sie wie ein Schraubstock. Seine Füße hoben vom Boden ab, er wurde raufgezogen. Übergangslos durchbrach sein Kopf die Wasseroberfläche und er befand sich jenseits der Luke.

Katie blickte von weiter oben auf ihn herab. Tacoma stand mit gespreizten Beinen quer über dem Schacht, die Füße zu beiden Seiten auf Stahlsprossen gestemmt, in den Händen Smiths Unterschenkel. Smith hing mit dem Kopf nach unten, Tacoma hielt ihn an den Knien fest, sodass er in den Wassermassen baumeln konnte, um Dewey zu packen.

Dewey hustete, spie Wasser, dann bemerkte er direkt vor sich Smith, der ihn nach wie vor an den Handgelenken hielt, keuchend, das Gesicht puterrot und klatschnass.

»Pack die Leiter!«, schrie Smith.

Dewey streckte die Hand nach der Wand aus, tastete nach dem Stahl, während die rauschende Flut versuchte, ihn zurück in den Kanal zu drängen. Er kletterte auf die Leiter. Smith drückte die Luke zu, kurbelte am Rad und versiegelte sie. Langsam ließ Tacoma ihn herunter.

Fast eine Minute lang sagte keiner etwas. Dewey und Smith kämpften, um wieder zu Atem zu kommen. Nur gehetztes Luftschnappen war zu hören. Katie brach schließlich das Schweigen. Im Licht ihrer Stirnlampe blickte sie Dewey an und lächelte. »Bist du okay?«

Dewey hustete los, wurde von einer regelrechten Hustenattacke gepackt. Dann ebbte sie ab.

»Ja.«

65

Zurück in seinem Apartment machte Igor sich an die Arbeit.

Auf dem Schreibtisch standen im Halbkreis fünf große Monitore. Der größte zu seiner Linken stellte Carman Hall in einem 3-D-Raster dar und bildete die exakte Konstruktion nach. Dies war der Master-Bildschirm. Die Menschen im Gebäude leuchteten als stilisierte Hologramme auf, digitale Darstellungen der Studenten, Eltern und Terroristen. Igor hatte ein hochmodernes Echtzeit-Tracking entwickelt, mit dem sich das Wohnheim Stockwerk für Stockwerk überwachen ließ, um die Bewegungen jedes Einzelnen auf jeder Etage zu verfolgen. Per Mausklick konnte er auf ein beliebiges Stockwerk oder eine beliebige Person wechseln und die Vergrößerung auf einen der anderen Bildschirme legen. Das versetzte ihn in die Lage, die Bewegungen des Teams zu koordinieren, auch mehrere Aktionen gleichzeitig, ohne über den Master-Monitor den Überblick zu verlieren.

Der Bildschirm ganz rechts zeigte in mehreren Kacheln Live-Außenaufnahmen aus unterschiedlichen Perspektiven. Das Bildmaterial, das dem FBI zur Verfügung stand.

Die zugrunde liegende technologische Plattform, die Igor selbst programmiert hatte, basierte auf einer relationalen Datenbank, die vielfältigen diagnostischen Input aus unterschiedlichsten externen Quellen parallel auswertete. Zu den über zwei Dutzend Programmen, die die Datenbank speisten, zählte ein dynamisches GPS-Modul, das multiple Informationsströme zu bestimmten Einzelpersonen synchronisierte. Auf diese Weise ließ sich eine Person, die Igor als Terrorist markiert hatte, von der Software verfolgen, überwachen und im 3-D-Raster visualisieren.

Überdies hatte er eine kreative Möglichkeit gefunden, sich in die drahtlose Netzwerkinfrastruktur des Wohnheims einzuhacken und einen speziell angepassten Wärmebildscanner zu installieren, der in Verbindung mit dem GPS funktionierte und so eine sehr exakte Darstellung der Position und Bewegungen jeder Person im Gebäude lieferte.

Darüber hinaus konnte ein leistungsfähiger Raumluftsensor – ebenfalls über die WLAN-Router des Wohnheims vernetzt – eine ganze Palette an chemischen, elektronischen und Umgebungsemissionen erfassen. Igor modifizierte den zugrunde liegenden Algorithmus, um den Fokus auf eine kleinere Objektgruppe einzuengen. Indem er sich beispielsweise auf Mikrowellen, Radiowellen und nicht ionisierende Strahlung konzentrierte, war er in der Lage, alle Handys zu orten, auch die ausgeschalteten. Da die Terroristen alle Telefone eingesammelt und in einem Raum der siebten Etage deponiert hatten, war es für ihn ein Leichtes, jene zu lokalisieren, die noch in Gebrauch waren.

Ein weiteres Sahnehäubchen, für das Igor einen Code geschrieben hatte, war ein schlichtes Replay-Modul. Es versetzte ihn in die Lage, gewisse Ereignisse als Videosequenz festzuhalten, um nachträglich festzustellen, wie gewisse Personen sich während des jeweiligen Vorfalls verhalten hatten.

Das Ziel bestand nicht darin, in die Vergangenheit zu blicken, um nachzuvollziehen, was genau sich ereignet hatte. Es ging schlicht darum, die Terroristen anhand ihrer Handlungen eindeutig zu identifizieren, damit Dewey und sein Team sie gezielt umlegen konnten.

Igor fühlte sich wie ein Dirigent. Er beobachtete die Ereignisse, die sich in Echtzeit vor seinen Augen abspielten, um den späteren Angriff von Dewey und seinem Team virtuos zu orchestrieren.

Igor hatte bereits alle neun Terroristen markiert, einschließlich der beiden Toten, deren Leichen im zweiten und fünften Obergeschoss lagen. Außerdem hatte er ein Tracking-Protokoll für Sullivan eingerichtet, der sich im zweiten Obergeschoss befand. Allerdings trat in diesem Fall eine leichte Diskrepanz auf.

Der Computer gab einen leisen Piepton von sich. Igor doppelklickte auf ein sternförmiges Icon. Die Gebäudeansicht verschob sich und stellte die Untergeschosse scharf. Die Umrisse von Wärmebildern, vier an der Zahl, zeichneten sich ab, als die Gestalten in Reichweite der Erfassung gerieten. Der erste Kletterer war klein und schmal, von der Figur her weiblich. Katie. Sie bewegte sich schnell, gefolgt von drei größeren Gestalten.

Igor bewegte die Maus, ließ sie über die jeweiligen Silhouetten schweben, klickte jeden Einzelnen kurz an, hob das Hologramm leuchtend grün hervor und versah es mit Initialen: *D, K, T, S.*

Daisy hielt den Terroristen am Hals fest, bemüht, ihn nach unten zu ziehen, während er sich hektisch umwandte. Die Leute im Zimmer schrien auf. Daisy war es egal, ob sie jetzt starb. Ein tiefes Stöhnen löste sich aus der Kehle ihres Gegners. Unvermittelt ließ er Andys Haare los. Doch dann fühlte Daisy, wie sie hochgehoben wurde – ein Arm an der Hüfte, ein anderer quetschte ihre Achselhöhle. Sie wurde durch die Luft geschleudert. Mit dem Rücken krachte sie an die Wand und landete unsanft.

Sie blickte auf. Ihr war ganz schwindlig. Ihr Blick erfasste Andy, huschte nach links Richtung Tür, gab dem Schützling flehend zu verstehen: *Lauf weg! Mach, dass du aus diesem Zimmer rauskommst.*

Der Mann zielte mit dem Gewehr auf Daisys Kopf.

Eine laute Stimme ertönte auf dem Flur, brüllte etwas auf Arabisch. Der Kerl starrte Daisy noch für einen Moment an, dann konzentrierte er sich stattdessen auf Andy. Er wirkte panisch, als stünde er kurz davor, jeden Einzelnen in diesem Zimmer umzubringen. Er packte das Gewehr mit beiden Händen, ging auf Daisy zu und rammte ihr den Kolben ins Gesicht.

Einige stöhnten entsetzt auf, andere weinten.

Das Metall traf Daisy unter dem Auge und ließ den Kopf nach hinten klatschen. Mit blutüberströmtem Gesicht sackte sie zu Boden.

Der Terrorist rannte zur Tür.

Andy kroch zu Daisy, ergriff ihre Hand und ließ sie nicht mehr los. Sie zog ihr Sweatshirt aus und presste es auf die Wunde.

»Ist jemand von euch Arzt?« Sie suchte die verängstigten Gesichter ab. »Niemand?«

66

CARMAN HALL
COLUMBIA UNIVERSITY

Sirhan erreichte die neunte Etage. Der Gestank brachte einen mittlerweile fast um. Doch das störte ihn nicht besonders. Worüber er sich eher Sorgen machte, war eine drohende Rebellion. Sollte jemand eine Ahnung von grundlegenden Guerilla-Taktiken haben, dürfte er erkennen, dass

Studenten und Eltern zahlenmäßig im Vorteil waren – und vielleicht kamen sie trotz der Waffen ihrer Gegner auf die Idee, das auszunutzen. Sicher, dafür hätten sie auf Sirhan und seine Männer losgehen müssen und riskierten, sich eine Kugel einzufangen. Aber 500 Menschen, die an einem Strang zogen, könnten es schaffen – und die meisten von ihnen würden den Versuch überleben.

Direkt hinter dem Eingang zum Treppenhaus stieß er auf Ali. »Schaff die Hälfte der Leute in den zehnten Stock«, befahl er. »Hier sind mir zu viele auf einem Haufen.«

»Ist gut, Sirhan.«

Tariq gesellte sich zu ihnen.

»Wir teilen die Studenten auf«, erklärte Sirhan. »Omar und Mohammed sollen hier raufkommen und übernehmen die Bewachung des zehnten Stocks. Du und Meuse, ihr kümmert euch um den neunten.«

Tariq nickte.

Sirhan sah auf die Uhr. Fast halb.

»Und werft jemanden aus dem Fenster«, fügte er hinzu.

Sie kämpften sich durch den Schacht zum Keller von Carman Hall. Wie der Klempner vorausgesagt hatte, waren hier sogar noch einige Lampen in Betrieb – alte Neonleuchten, die im Lauf all dieser Jahre erstaunlicherweise nicht durchgebrannt waren. Sie tauchten die Umgebung in einen schummrigen bläulichen Schein.

Sie kletterten die Stahlleitern empor. Katie legte ein mörderisches Tempo vor. Dewey atmete schwer und hustete Wasser. Ein brennendes Gefühl breitete sich in seinen Armen und Beinen aus. Um sich von den Schmerzen abzulenken, begann er abermals, die Sprossen zu zählen. Bis Katie den Aufstieg stoppte und ihnen mit einem

Handzeichen signalisierte, dass sie das Ende erreicht hatte, war er bei 296 angekommen.

Katie richtete die Stirnlampe auf die Stahlplatte über ihrem Kopf.

»Seid ihr bereit?«

»Einen Moment noch«, bat Dewey. Er holte einen wasserdichten Behälter aus der Seitentasche und stöpselte seinen Hörer ins Ohr. Anschließend tippte er ihn mehrmals an. Die anderen taten es ihm gleich. Katie hatte einen zusätzlichen Ohrstöpsel dabei, den sie Smith reichte.

»Igor?«, fragte Dewey.

»Ich bin hier«, erklang Igors Stimme. »Ich brauche einen Verbindungs-Check.«

»Comm One«, bestätigte Katie.

»Two«, sagte Tacoma.

Katie spähte in den Schacht zu Smith, deutete auf ihr Ohr und demonstrierte ihm, wie man das Headset einschaltete.

»Smith«, meldete er sich auf dem Kanal.

»Ich hör euch alle laut und deutlich, Dewey«, antwortete Igor. »Ihr seid im Gebäude. Katie befindet sich direkt unter dem Zugang zum Kellergeschoss. Als Nächstes seh ich Rob, dann Damon und dich.«

»Gib uns einen Lagebericht«, sagte Dewey.

»Wir verfügen inzwischen über dreidimensionale Echtzeitansichten des Gebäudeinneren aus mehreren Perspektiven. Katie, du kannst die Platte ruhig anheben. Im Bereich über dir hält sich niemand auf. Das gilt übrigens auch für das nachfolgende Geschoss. Ihr seid da unten sicher.«

Katie schob die Platte auf und kletterte in die Düsternis. Tacoma, Smith und Dewey folgten ihr zügig. Der Raum war riesig, nur schwach beleuchtet, und es ging ziemlich laut zu – ein Heizungskeller. Mehrere große Kessel, dazu ein Gewirr aus Rohrleitungen.

Sie stellten die Taschen ab und zogen die Reißverschlüsse auf. Dewey nickte Tacoma zu, deutete auf ihre Ausrüstung und gab ihm damit zu verstehen, dass er alle vier schnellstmöglich mit allem ausstatten solle.

»Ich habe die Terroristen isoliert«, erklärte Igor.

»Werden die Geiseln nach wie vor in der neunten Etage festgehalten?«

»Ja.«

»Was ist mit den Terroristen?«

»Die haben sich verteilt. Ein paar durchstreifen die einzelnen Etagen. Im Moment habe ich einen im Fünften, einen im Sechsten, einen im Achten, drei im Neunten und einen im Elften.«

»Stoßen Sie immer noch Leute aus dem Fenster?«

»Stündlich.«

Dewey schluckte, konnte einen Moment lang nichts sagen. Im trüben Licht blickte er zu Katie.

»Haben sie …«

»Bisher waren es zwei Frauen.« Igor konnte sich denken, worauf Dewey hinauswollte. »Eine aus dem Nahen Osten, die andere Japanerin oder Koreanerin.«

Dewey hatte ein schlechtes Gewissen, weil er überhaupt nachgefragt hatte, und ein noch schlechteres aufgrund der Erleichterung, die er empfand, als ihm klar wurde, dass Daisy noch am Leben war.

»Was bringen die Nachrichten?«, fragte Dewey. »Verhandeln wir?«

»Die wissen es nicht. Es gibt Spekulationen, wonach Verhandlungen laufen, aber niemand weiß es so genau.«

»*Wir* müssen es wissen«, beharrte Katie.

»Ich kenne jemanden, der im Bild ist«, erklärte Dewey. »Igor, stell mich zu folgender Nummer durch.«

Dewey las ihm Dellenbaughs Handynummer vor.

»Wird erledigt. Einen Moment.«

Sekunden später meldete sich Dellenbaughs ruhige, tiefe Stimme aus dem Funkgerät.

»Hi, Dewey.«

»Mr. President. Wir sind im Keller des Wohnheims eingetroffen und gehen gleich rein. Ich bin per Funk mit einigen Leuten zusammengeschaltet. Können Sie uns vorher noch etwas zum aktuellen Status sagen? Wird mit den Terroristen verhandelt?«

»Ja, aber es führt zu nichts. Wir versuchen, sie dazu zu bewegen, dass sie mit dem Töten aufhören, bevor wir über Bedingungen sprechen. Aber sie lassen sich nicht darauf ein. Sie wollen damit weitermachen, bis die Lieferung eintrifft.«

»Wie lauten die Forderungen?«

»Der IS erhält die Waffen, danach werden die Studenten freigelassen. Das Problem ist, dass diese Waffen, falls wir die Lieferung durchlassen, weit mehr als nur 500 Amerikaner töten werden. Hinzu kommt, dass Nazir ein pathologischer Lügner ist. Jeglicher Deal würde auf der Annahme basieren, dass er tatsächlich sein Wort hält. Wenn es sich bei diesen Kerlen um Selbstmordattentäter handelt, warten sie, bis die Lieferung eintrifft, und sprengen sich anschließend samt Gebäude in die Luft.«

»Danke für das Update, Sir.«

»Viel Glück!«

Dewey tippte sich ans Ohr. Er blickte Smith an.

»Sollen wir deinen Jungs Bescheid geben?«

»Gute Idee. Igor, können Sie mich zu McNaughton durchstellen?«

»Klar!«

Wenige Augenblicke später war Dave McNaughton vom FBI in der Leitung.

Smith tippte sich ans Ohr.

»Hey, ich bin's.«

»Bist du drin?«

»Ja. Du bist hier auf einer Konferenzschaltung. Wir sind im Keller angekommen und machen uns zum Vorrücken bereit. Gibt es etwas, das wir wissen sollten?«

»Es ist uns gelungen, in großer Höhe einen Störsender anzubringen«, berichtete McNaughton. »Robbins hat es erledigt. Er wurde dabei erschossen, aber vorher ist es ihm gelungen, das Gerät an der Hauswand zu befestigen.«

»Tut mir leid, das zu hören.«

»Diesen Störsender anzubringen, war von entscheidender Bedeutung«, meldete Dewey sich zu Wort. »Ihre Fähigkeit zur Zusammenarbeit ist damit beschnitten, ganz zu schweigen von der Kommunikation mit Nazir.«

»Ich denke, es ist an der Zeit, unsere Leute für die unterschiedlichen Szenarien in Stellung zu bringen, die sich aus unserem Angriff ergeben können«, meinte Smith. »Ich hoffe, wir haben Erfolg, sonst werdet ihr ein Team von der Kampfmittelbeseitigung einsetzen müssen, um zu den Leuten da oben durchzudringen. Erst danach können die Rettungskräfte rein.«

»Bin schon dabei«, erwiderte McNaughton.

»Dachte ich mir. Nun, sollten wir keinen Erfolg haben, liegt es an einem von zwei Faktoren: Entweder haben sie uns gestoppt und halten das Gebäude. In diesem Fall musst du auf eins deiner eigenen Szenarien zur Erstürmung zurückgreifen. Ich will dir nicht reinreden, aber ich halte es für besser, die Hälfte dieser jungen Leute rauszuholen, als gar keinen. Sollte es den Kerlen gelingen, Teile oder auch das ganze Gebäude zu sprengen, nun, darüber müssen wir uns nicht unterhalten. Dann weißt du, was zu tun ist.«

»So weit wird es nicht kommen«, zeigte sich McNaughton entschlossen. »Viel Glück da drin!«

Tacoma stand auf. Auf dem Boden lagen säuberlich aufgereiht MPs, Pistolen und eine Auswahl weiterer Schusswaffen, dazu Messer und stapelweise Magazine.

»Wir müssen sofort vorrücken«, drängte er.

Tariq erreichte den neunten Stock und gab einen Schuss in die Wand ab. Bis auf kummervolles Stöhnen und vereinzelte Schreie erfolgte keine Reaktion. Schüsse erzeugten schon lange keine heillose Panik mehr wie in der Anfangsphase.

»Alles auf der rechten Wohnheimseite«, herrschte er die Leute an, »rauf in den zehnten Stock. Sofort!«

Er stellte fest, dass sein Befehl nicht eindeutig war. Man konnte darüber streiten, welche Gebäudeseite man als rechts einstufte.

»Damit meine ich alle hier drüben!«, brüllte er und feuerte einen Schuss in die Decke.

»Was ist mit uns am Fenster?«, erkundigte sich einer, der als Schutzschild gegen Scharfschützen auf dem Sims stand.

Siedend heiß fiel es Tariq wieder ein: Sirhan hatte ihn angewiesen, noch eine Geisel aus dem Fenster zu stoßen. Insgeheim war er dem Studenten dankbar, dass er ihn daran erinnert hatte.

»Gute Frage!« Tariq trat hinter den Jungen und feuerte direkt neben seinem Kopf einen Schuss ab, der die Scheibe zertrümmerte. »Stehst du am Fenster, dann bleibst du auch dort stehen.«

Tariq stieß den Jungen hinaus. Schreiend schlug er auf dem Boden auf.

Zwei Studenten kamen auf Tariq zugerannt. Der eine groß gewachsen, mit langen blonden Locken, der andere kleiner und stämmiger.

Im selben Moment, da sie sich auf ihn stürzen wollten, drückte Tariq ab. Dabei zielte er auf den Kleineren, der näher war, gleichzeitig machte er einen Satz nach rechts, weg vom Großen, den er nicht mehr rechtzeitig traf, wie er erkannte. Dann packten ihn zwei Arme von hinten, gerade als seine Projektile in die Brust des Studenten einschlugen und diesen zur allgemeinen Bestürzung niederstreckten.

Der Große erreichte Tariq, als dessen Gewehrlauf ziellos durch die Luft schwenkte, dann schlug ein anderer Student den Lauf nach oben und entriss ihm die Waffe.

Begleitet von animalischem Geschrei prügelten sie auf Tariq ein. Erst das hohe, metallische Surren einer Uzi, die von der Tür her abgefeuert wurde, ließ alle innehalten und aufblicken. Tariq eingeschlossen, der blutete und in der Klemme steckte.

Es war Meuse. In der einen Hand hielt er ein Gewehr, auf die Tür gerichtet für den Fall, dass jemand es wagte, hereinzukommen. Mit der anderen schwang er eine Uzi, mähte mit gelassener Präzision die Studenten um, die Tariq umringten, anschließend beharkte er die Wände mit einer Garbe. In den Fenstern standen noch vier Studenten. Er schwenkte die MP in einer kreisförmigen Bewegung. Alle vier stürzten getroffen hinaus, ihre grässlichen Schmerzenslaute untermalt vom Geräusch splitternden Glases. Als sie unten aufschlugen, verstummten die Schreie abrupt.

Meuse ging zu Tariq, der aus Mund und Nase blutete, und streckte ihm die Hand hin. »Komm mit!«

Dewey erklomm die Treppe vom unteren Untergeschoss in den Keller und kam in einem hell erleuchteten Korridor mit niedriger Decke heraus.

»Warte«, meldete Igor sich über Funk. »Sieht aus, als ob sich was tut.«

»Was soll das heißen?«, wollte Dewey wissen.

»Sie verlegen Geiseln von der neunten in die zehnte Etage.«

»Weshalb?«

»Keine Ahnung!«

Dewey blieb stehen und zog einen schwarzen Filzstift aus seiner Hosentasche. Reihum blickte er alle an, dann kritzelte er sich etwas auf den Unterarm.

»Noch mal von vorn, Igor. Wo befinden sich die Terroristen? Stockwerk für Stockwerk.«

»Einer im Erdgeschoss, einer im fünften Stock, zwei im neunten, und jetzt sieht es so aus, als wären zwei im zehnten. Einer in der elften Etage.«

Während Igor diktierte, schrieb Dewey eine Ziffernfolge mit: 01, 51, 92, 102, 111. Jede Zahl stand für das Stockwerk und die Anzahl der sich dort aufhaltenden Terroristen.

Er reichte den Stift weiter. Tacoma, Smith und Katie notierten sich die Zahlen ebenfalls.

»Igor, falls sich etwas ändert …«

»Ich lasse es euch sofort wissen, falls einer die Position wechselt. Vergesst nicht die vier Studenten am Ende des Korridors.«

»Danke.«

Dewey schüttelte den Kopf, unschlüssig, was sie als Nächstes tun sollten. Wollten sie die Studenten befreien, durften diese sich nicht vom Fleck rühren.

Menschen, allen voran Teenager, konnten verdammt irrational sein. Erst recht Teenager, die sich vor Angst in die Hose machten.

»Was sollen wir mit ihnen machen?«, fragte Tacoma.

Dewey überlegte ein paar Sekunden.

»Falls wir den Sprengsatz entschärfen, können deine Leute doch eindringen, oder?«, erkundigte er sich bei Smith.

»Ja.«

»Dann habe ich eine Idee.«

Dewey huschte durch den Kellertrakt zu einer Tür. Dahinter befanden sich die Studenten.

Der Gestank nach Urin war übermächtig, obwohl sie noch geschlossen war.

Er öffnete. Man hatte die Studenten auf der anderen Seite des Raumes an eine Tür gekettet. Dahinter befand sich ein Gang, der Carman Hall mit dem Nachbargebäude verband. Drei Mädchen und ein Junge. Eins der Mädchen schien in Ordnung zu sein, obwohl sie müde wirkte. Der Junge und eins der Mädchen waren offenbar bewusstlos. Die letzte Geisel, eine zierliche Chinesin, schluchzte vor sich hin. Sie standen allesamt aufrecht. Ihnen blieb keine andere Wahl, wollten sie nicht von der Kette erwürgt werden, die ihren Hals umschloss. Um ihre Füße sammelte sich eine Pfütze aus Urin und Blut. Dewey stellte fest, dass das äußerlich ruhig wirkende Mädchen probiert hatte, den Kopf aus der Kette zu zwängen. Dabei hatte sie sich den Hals ringsum aufgeschürft. Noch immer tropfte Blut herunter.

Auch die zwei, die bei Bewusstsein waren, bekamen zunächst gar nichts davon mit, dass Dewey hereingekommen war. Sie standen zu sehr unter Schock.

Er trat an die Tür und inspizierte die Vorrichtung in einer Art Schuhkarton. Er war in Längsrichtung positioniert, parallel zur Tür. Da der Zünder über eine Auslösetaste verfügte, ging Dewey davon aus, dass sie sich an der Unterseite befand, damit der Sprengsatz hochging, sobald er zu

Boden fiel. Er schob den Karton gegen die Tür und zog sein Kampfmesser, stieß die Spitze in den Zwischenraum und schlitzte ihn auf. Ein sauberer Schnitt seitlich entlang des Sprengsatzes.

»Nein!«, schrie die Asiatin, die aus ihrer Benommenheit hochschreckte, voller Angst.

»Ich bin hier, um euch zu retten«, beruhigte er sie. »Ihr wart alle sehr tapfer. Alles wird gut.«

Er schlitzte die andere Seite des Kartons auf, hielt ihn behutsam fest, führte das Messer an den Mund, nahm es zwischen die Zähne, hob die Bombe an und entfernte sie. Danach klappte er die drei Riegel an der Tür zur Seite und zog sie auf. Die Kette verlor an Spannung. Die vier Studenten sackten zusammen.

»Bitte helfen Sie uns«, bat das Mädchen, das ruhig geblieben war.

Der Junge kam zu sich, die andere Bewusstlose ebenfalls.

»Wer sind Sie?«, wollte er wissen.

Die Asiatin hörte gar nicht mehr auf zu jammern und zu heulen.

»Ich bin Amerikaner«, sagte Dewey. »Man wird euch gleich hier rausholen. In einigen Minuten kommt das FBI und wird euch von der Kette befreien. Haltet noch ein kleines bisschen durch, okay?«

Er ging durch den Flur, schloss die Zwischentür für den Fall, dass eine der Studentinnen wieder losbrüllte. Am Ende des Gangs stieß er auf eine Abstellkammer. Behutsam legte er den Sprengsatz in ein tiefes Spülbecken.

Er tippte an den Ohrstöpsel.

»Igor, stell mich zu McNaughton durch.«

Katie, Tacoma und Smith warteten am Fuß der Treppe, die hinauf ins Erdgeschoss führte.

»McNaughton hier. Was gibt's?«

»Der Sprengsatz im Keller ist entfernt«, berichtete Dewey. »Die vier Kids sind völlig am Ende. Commander, die Bombe befindet sich in einer Abstellkammer am Ende des Flurs. Den Zünder habe ich entfernt. Das Teil sieht aus wie ein Schuhkarton. Seien Sie vorsichtig damit.«

»Wie lange soll ich warten, um die vier rausholen zu lassen?«

»Solange Ihre Jungs nur reingehen, um sich um sie zu kümmern, können sie das sofort machen. Aber sie müssen schnell und leise vorgehen und dürfen sich nicht zu lange dort aufhalten. Auf keinen Fall dürfen sie einen weiteren Vorstoß wagen. Jedes leiseste Geräusch, das durchs Treppenhaus hallt, könnte den Tod weiterer Unschuldiger nach sich ziehen.«

»Verstanden.«

»Sobald wir oben alles unter Kontrolle haben, können die Jungs von der Kampfmittelräumung und die Rettungskräfte den Keller natürlich als Ausgang benutzen.«

Dewey betrachtete die Notiz auf seinem Arm:

01, 51, 92, 102, 111.

Einen effektiven Schlachtplan zu entwerfen, entpuppte sich als Herausforderung. Im Idealfall sollten sie alle zeitgleich zuschlagen, auf verschiedenen Stockwerken. Doch dafür verteilten sich die Terroristen zu weit über das Gebäude. Sollten die Terroristen sich auf ein System zur Verständigung geeinigt haben, konnte alles – ein Ächzen, ein Schrei, selbst dessen Ausbleiben oder wenn einer der Männer es versäumte, sich zu einem festgelegten Zeitpunkt zu melden – den Rest der Bande vor ihrer Anwesenheit warnen.

Dewey aktivierte das Funkgerät. »Igor, befindet sich der Kerl noch im Erdgeschoss?«

»Ja.«

»Okay, alle mal herhören!«

Er winkte Tacoma, Katie und Smith heran und richtete die Lampe auf seinen Unterarm: 01, 51, 92, 102, 111.

»Der einzige Weg nach oben führt über die Aufzugschächte. Wir könnten es von diesem Stockwerk aus probieren, um dem Kerl im Erdgeschoss aus dem Weg zu gehen, aber das halte ich für riskant. Sollte er etwas mitbekommen und die anderen warnen, sind wir geliefert. Außerdem möchte ich ihn gern aus dem Verkehr ziehen.«

»Ich auch«, sagte Smith.

»Das Problem ist: Wir blockieren zwar ihre Walkie-Talkies und Handys, aber wahrscheinlich nehmen sie in regelmäßigen Abständen doch irgendwie Kontakt zueinander auf. Ein Ruf die Treppe hoch oder so was in der Art. Sobald wir den Kerl getötet haben, befinden wir uns in einem Wettlauf gegen die Zeit. Wir müssen klettern, als gäbe es kein Morgen, alles klar?«

»Ja«, antwortete Tacoma. »Was ist, wenn wir oben sind? Wer übernimmt was?«

»Wir klettern bis in die sechste Etage und verschaffen uns dort Zutritt«, umriss Dewey seinen Plan. »Bis auf Katie. Du verlässt den Schacht schon im Fünften und übernimmst den Kerl, der sich dort aufhält. Dann kommst du zu uns rauf. Igor, von jetzt an müssen wir exakt über jede Bewegung Bescheid wissen.«

»Ich geb mein Bestes.«

»Warum schlagen wir nicht vom sechsten Stock aus zu?«, fragte Tacoma.

»Falls er etwas hört, wird er dem Geräusch folgen. Mir ist es lieber, er rennt durch den Flur im fünften als hoch in den sechsten. Er dürfte dabei nämlich laut rufen und schreien.«

»Verstanden! Du hast recht.«

»Ich nehm jetzt die Treppe ins Erdgeschoss und übernehm den Kerl dort.« Dewey gab den anderen ein Zeichen und marschierte den Korridor entlang, während er über Funk mit ihnen in Verbindung blieb. »Ihr folgt mir.«

»Ja, alles klar!«

»Wir machen gleich einen Verbindungs-Check, um sicherzugehen, dass jeder auf Position ist. Keiner rührt sich, bevor ich das Zeichen gebe. Keiner. Los!«

Dewey spürte einen Adrenalinschub, erst in den Armen, dann im ganzen Körper. Er zog den Colt M1911A1 aus dem Schulterholster. Bedrohlich ragte ein schwarzer Schalldämpfer aus dem Lauf.

»Igor, bist du bereit?«

»Ja, bei mir ist alles okay.«

Am Eingang zum Treppenhaus sah sich Dewey noch einmal zu den anderen um, dann zog er die Tür auf und stieg in absoluter Finsternis die Betonstufen hoch, umrundete den Zwischenabsatz und legte den Rest der Strecke zurück.

»Wo ist er?«, raunte er ins Mikro.

Er erreichte den Durchgang zum Erdgeschoss. Leise schlich er heran, bemüht, jedes Geräusch zu vermeiden.

»Direkt vor der Tür«, flüsterte Igor. »*Äußerst* leise jetzt. Du bist nur ein paar Zentimeter von ihm entfernt.«

Der Knauf befand sich links an der Tür. Er musste sie mit rechts öffnen und mit der schlechteren Hand schießen.

Langsam wechselte er die Waffe in die Linke und tastete nach dem Griff, drehte ihn ganz vorsichtig so lange, bis er Widerstand spürte.

»Er hat den Kopf leicht bewegt«, meldete Igor. »Kann sein, dass er was gehört hat.«

Dewey hob den schallgedämpften 45er und richtete ihn

auf die Türfuge. Langsam zog er sie auf, für jeden Zenti-meter brauchte er eine gefühlte Ewigkeit. Das Herz schlug ihm bis zum Hals, bis er den ersten Blick auf den Hinterkopf mit den schwarzen Haaren erhaschte und schließlich die ganze Gestalt vor sich sah. Der Terrorist stand direkt vor ihm, kehrte ihm mit der Maschinenpistole in den Händen den Rücken zu. Er trug Jeans und ein schwarzes T-Shirt. Das schwarze Haar fiel ihm bis auf die Schultern. Dewey richtete die Waffe auf den Kopf des Gegners, schob den Lauf näher heran, bis er nur noch zwei Zentimeter vom anderen entfernt war. Der Schalldämpfer zitterte, nur ganz leicht, als würde ihn ein lauer Wind streifen. Dewey spürte den Keramikabzug am Finger, erhöhte den Druck und …

Ein Schrei. Irgendwo über ihnen rief jemand etwas auf Arabisch. Ein Signal. Der vereinbarte Zeitpunkt, sich zu melden?

Der Terrorist schaute auf seine Armbanduhr.

Deweys Gedanken überschlugen sich. Der Ruf war bei geöffneter Tür gekommen. Garantiert hatte der andere den akustischen Unterschied bemerkt.

Weiß er, dass ich hier bin? Hatte er sich eben so weit umgedreht, dass er mich kommen sah?

Trotz allem schoss Dewey nicht. Erst musste der Kerl das Signal erwidern. Andernfalls …

Vertrau auf deinen Instinkt.

Sein Gegner ahnte etwas.

Jetzt passiert's!

»Dewey.« Igor sprach so leise, dass er im ersten Moment dachte, er würde es sich bloß einbilden.

Der Terrorist wirbelte herum, Mordlust in den Augen. Er starrte Dewey an.

Instinkt, Furcht, Hass – in jenem Sekundenbruchteil war alles wie weggeblasen.

Da war sie wieder. Diese Situation, die ihm mittlerweile so vertraut war. Der Moment der Feuerprobe. Ein Weg, von dem es, einmal eingeschlagen, kein Zurück mehr gab. Dewey hielt sich jetzt an einem Ort auf, nach dem er sich tief im Inneren sehnte. Versetzt in einen Urzustand, in dem Zeit, Alter und Grenzen nicht existierten. Am Ort des Jägers, des Mörders, des Soldaten.

Er drückte ab, dreimal schnell hintereinander. Dreimal erklang das verräterische Knallen des Schalldämpfers. Die erste Kugel schlug in den Hals des Terroristen ein, erwischte den Kehlkopf. Die zweite, genau in den Mund, blies ihm den Hinterkopf weg. Die dritte zerschmetterte das linke Auge. Lautlos sackte der Widersacher zusammen, stürzte in Blut und Hirnmasse, die sich über den Fußboden der Lobby verteilten.

Dewey verharrte einen Moment und atmete tief durch.

»Einer weniger«, flüsterte er.

Lautlos erreichten Smith, Tacoma und Katie den Absatz im Erdgeschoss. Katie trat an die Stufen, zückte eine kleine Taschenlampe und richtete sie nach oben. Ein riesiges Geflecht aus dünnem Draht zog sich über die gesamte Treppenflucht. Obenauf, fast in der Mitte, lag ein Sprengsatz. Bei der kleinsten Erschütterung der Drähte drohte die Bombe herunterzufallen und zu detonieren.

»Das ist verdammt viel Semtex«, stellte sie nüchtern fest.

Sie lehnte sich ins Treppenhaus und spähte nach oben, leuchtete mit der Taschenlampe jeden Winkel ab, schob ihr Nachtsichtgerät in die Stirn, um besser sehen zu können, zählte zwei weitere Treppenfluchten, um deren Geländer Drähte geschlungen waren.

»Das ist genug Semtex, um das halbe Stockwerk zu zerstören«, sagte Katie. »Ganz zu schweigen davon, was mit den Sprengsätzen weiter oben passiert, wenn der erste

hier unten hochgeht. Die ganze Gebäudeseite würde einstürzen.«

Dewey begutachtete die Bombe. Ihm wurde zunehmend
klarer, dass die Terroristen nicht im Traum daran dachten,
das Gebäude aufzugeben oder die Studenten am Leben zu
lassen, wenn ihre Forderungen erfüllt wurden. Für sie gab
es keinen Fluchtweg mehr. Die Aufzüge waren zerstört,
beide Treppenhäuser vermint, mit genügend Semtex, um
das halbe Wohnheim zum Einsturz zu bringen – und wahrscheinlich lösten im Zuge dessen die Sprengsätze in der
anderen Gebäudehälfte ebenfalls aus.

Doch er behielt seine Überlegungen für sich.

Sie durchquerten die Lobby, passierten mehrere Leichen. Tacoma stemmte die erste Fahrstuhltür auf, zog einen
Akkuschrauber aus der Jacke und tastete nach oben. Dewey
folgte seinem Beispiel einen Moment später. Sie entfernten
die Deckenverkleidung des Fahrkorbs und reichten sie
Smith, der sie im Flur abstellte. An der Decke des Aufzugs
befand sich eine Stahlklappe. Tacoma langte hin und stieß
sie auf. Dahinter war es stockfinster.

Tacoma deutete auf seine Augen, um darauf hinzuweisen,
dass sie Nachtsichtgeräte brauchten.

Dewey holte Kletterhandschuhe und Nachtsichtgeräte
aus der Tasche und reichte sie herum. Ein Blick auf den
Unterarm. Er zückte den Filzstift und strich die erste Zahl
durch. Blieben noch:

51, 92, 102, 111.

Er zog das Nachtsichtgerät auf, klappte es jedoch noch
nicht vor die Augen. Dem Waffenrucksack entnahm er
einen M4-Karabiner mit Schalldämpfer, schnallte ihn sich
auf den Rücken, stieß das Magazin des Colts aus, schob ein
neues ein und schnappte sich ein Ersatzmagazin für den
Karabiner.

Lautlos vollzogen die anderen das gleiche Ritual.

Dewey kletterte aufs Kabinendach, zog das Nachtsicht-gerät vor die Augen und schaltete es an. In leuchtenden Orange-Schattierungen zeichnete sich der untere Bereich des Schachts ab. Er war riesig, dunkel und geradezu unheimlich still. Die Kabine war ein rechteckiger Metall-block, der an starken Stahlseilen hing. Als Dewey über den Rand nach unten spähte, bekam er den Sockel zwei Stock-werke tiefer zu Gesicht.

Dewey schaute nach oben. Für die einzige Beleuchtung im Schacht sorgten schmale gelbe Streifen, die in jeder Etage durch die Türfugen sickerten.

Ein kurzer Blick zu Smith, Katie und Tacoma.

»Igor, tut sich was?«

»Nein.«

Dewey betastete prüfend die Stahlseile. Eins schien locker genug für eine modifizierte S-Wrap-Technik. Eine Kletter-methode, die er bei den Rangers recht gut beherrscht hatte. Er sprang, packte das Seil, sodass es außen am rechten Bein anlag, trat mit dem rechten Fuß auf das Seil, führte den linken darunter und zog sich hoch. Da das Seil nun quer über dem linken Fuß lag und sein rechter Fuß darauf stand, konnte er nicht wegrutschen.

Aufmunternd sah er zu Smith hinunter, nahm sogar für einen Augenblick die Hände vom Seil, um zu demonstrie-ren, dass sein Fußklammergriff hielt.

Der andere grinste.

»S-Wrap?«

Smith packte das Seil am dritten Fahrkorb, sprang hoch, zog die Beine nach und umklammerte damit das Seil, um mit den Händen höher zu greifen.

Unterdessen hatte Tacoma schon fast den fünften Stock erreicht. Er nutzte keine ausgefeilte Klettertechnik für den

Aufstieg, lediglich rohe Kraft. Fast ohne die Beine einzusetzen, zog er sich allein mit den Händen nach oben. Katie
folgte dicht hinter ihm.

Daisy schlug die Augen auf. Im ersten Moment konnte sie
sich an nichts erinnern. Nur Andys liebenswertes Gesicht
drang in ihr Bewusstsein vor.

»Bist du bereit, die Differenzialrechnung noch mal
durchzugehen?«, fragte sie benommen.

Andy prustete los. »Klar!«

Da überkam sie der Schmerz. »Was ist passiert?«

»Schhhhh«, machte Andy, während sie Daisys Kopf sanft
zurück in den Schoß drückte.

Charlotte kam leise aus dem Badezimmer und reichte
Andy ein frisches nasses Handtuch. Als sie sah, dass Daisy
wach war, lächelte sie.

»Er hat dir einen Schlag mit dem Gewehr verpasst«,
erklärte Andy.

»Wer?«

»Der Terrorist.«

Daisy starrte sie an wie ein begossener Pudel und schloss
die Augen, während Andy die Prellung auf ihrer Wange
abtupfte.

»Oh«, meinte sie. »Stimmt ja.«

Katie klammerte sich mit der linken Hand an den winzigen
Vorsprung, griff an den Gürtel und zückte ein Kampfmesser.
Sie versenkte es geschickt im Spalt zwischen den beiden
Aufzugtüren. »Igor, lauert jemand auf der anderen Seite?«

»Alles sauber. Du kannst öffnen, dann musst du nach
links. Er befindet sich im vorletzten Zimmer am Fenster.

Ein Aufpasser mit Scharfschützengewehr. Hat sich seit Minuten nicht vom Fleck gerührt.«

Katie schielte zu Tacoma rauf, der im sechsten Stock vor dem Aufzug hing, das Seil straff hielt und wartete, dass sie in das Stockwerk vordrang. Er lächelte ihr aufmunternd zu.

Sie streckte ihm die Zunge raus, rammte die Klinge tiefer in den Spalt hinein und drehte das Messer langsam am Griff, um ihn zu vergrößern. Sie griff mit der Hand dazwischen, schob das Messer zwischen die Zähne, glich die Balance aus und steckte ihre andere Hand in die Öffnung, um die Türen auseinanderzuschieben. Mehrmals ertönte ein mechanisches Klicken, so laut, dass alle es hörten. Katie stellte den Fuß in die Öffnung.

»Er rührt sich«, sagte Igor. »Das muss aber nichts heißen.«

Sie wartete einen Moment, schob ihr Messer zurück in die Scheide und zog die Pistole, eine SIG Sauer P226 mit aufgeschraubtem Osprey-Schalldämpfer.

»Katie, er muss dich gehört haben!«, zischte Igor in der Ohrmuschel.

»Hab ich noch Zeit …«

»Nein! Er ist schon fast im Flur. Er geht zu den Aufzügen! Schließ die Türen! Schnell!«

Mit der linken Hand tastete Katie nach etwas, woran sie sich festhalten konnte, berührte einen Teil des Schließmechanismus.

»Er ist auf dem Flur! Er rennt jetzt! Los, mach sie zu!«

Sie klammerte sich an das dünne Metallteil, zog den Fuß zurück und die Türen glitten zu. Rasch schob sie auf Brusthöhe den Schalldämpfer dazwischen und zog ihn millimeterweise zurück, sodass er nicht verräterisch auf der Vorderseite hinausragte.

»Durchsucht er die Zimmer?«, fragte Katie.

»Nein, er hat den Fahrstuhl gehört. Er ist nur noch zwei Räume entfernt und kommt näher.«

Katie schob sich dichter an den schmalen Spalt heran, langte mit der freien Hand nach unten, fand einen anderen Teil der Tür, an dem sie sich festhalten konnte, in Hüfthöhe diesmal.

»Er ist fast da«, raunte Igor.

Katie ging in die Knie, ließ die Waffe nach unten gleiten, sodass der Schalldämpfer sich auf Kniehöhe befand. Ihr Atem ging stoßweise. Sie neigte den Lauf nach oben und beugte sich vor, bis ihre Stirn gegen die Tür gepresst war, spähte mit dem rechten Auge durch den Spalt.

»Er ist da.«

Das Licht im Flur schien zu flackern, als der Terrorist am Lift vorbeiging und sein Körper die Öffnung blockierte. Da sah sie ihn, zunächst die Beine, Laufschuhe, schwarze Hose, schwarzes T-Shirt. Er inspizierte die erste Kabine.

Er war groß und hatte einen buschigen Vollbart, oliv-farbene Haut, hielt eine MP in der Hand. Der schmale Spalt schien ihn zu irritieren. Sein Blick glitt nach oben, in seinen Augen las sie eine unausgesprochene Frage: *Was ist hier los?*

Er verlagerte die Waffe nach rechts, streckte die linke Hand aus und trat näher.

Katie rührte sich nicht. Lediglich ihr Zeigefinger spannte sich um den Abzug. Sie konnte die Waffe weder nach links noch nach rechts bewegen. Er kam näher. Sie drückte ab. Mit einem dumpfen Knall schlug die Kugel mitten in die Brust des Arabers ein. Ein gequältes Aufstöhnen. Er tau-melte zurück.

Der leichte Rückstoß, als die Kugel aus dem Lauf flog, genügte, um den Schalldämpfer zurückzucken zu lassen. Er löste sich aus dem Türspalt. Dummerweise war die Pistole das Einzige gewesen, woran Katie sich noch festgehalten hatte. Sie spürte, wie die Schwerkraft nach ihr griff, streckte die Hand zur Seite, um sich festzuhalten, als plötzlich die MP des Terroristen losratterte.

»O Gott!«, stöhnte Katie, als ihr bewusst wurde, dass sich der Sturz nicht aufhalten ließ.

Katie fiel nach hinten, versuchte verzweifelt, das Stahlseil zu packen, um ihren Sturz in den finsteren Schacht abzufangen, doch sie hatte bereits zu viel Fahrt aufgenommen.

»Katie!« Entsetzt musste Tacoma von der Kante der sechsten Etage aus mit ansehen, was geschah.

Die Worte ihres Vaters kamen ihr in den Sinn: *Schütz deinen Kopf!* Vor jedem Skirennen gab er ihr diesen Rat auf dem Gipfel des Cannon Mountain in New Hampshire.

»Solltest du stürzen, schütz deinen Kopf. Den Rest von dir kann man wieder zusammenflicken. Dein Gehirn nicht.«

Sie bekam die Hände hinters Genick und drehte sich exakt in dem Moment, in dem sie aufs Kabinendach aufprallte. Sie schlug mit der linken Hüfte, dem linken Bein und den Rippen auf. Ein unerträglicher, wahnsinniger Schmerz durchzuckte sie, als all diese Knochen brachen. Etwas dermaßen Schlimmes war ihr noch nie widerfahren. Nachtsichtgerät, Ohrstöpsel und das meiste von dem, was sie an Ausrüstung am Körper getragen hatte, wurden beim Aufprall weggeschleudert. So lag sie da im Dunkeln, unfähig sich zu rühren.

»Katie!«, kam Igors entsetzter Ruf per Funk.

Tacoma wollte etwas zu Dewey sagen, doch der war bereits verschwunden.

So viel Dewey auch an Katie lag, war ihm doch klar, dass keine Zeit blieb, sich Gedanken über sie zu machen. Wenn der Kerl im fünften Stock die anderen alarmierte, wäre alles verloren. Auch eine ziemlich schwer verletzte Katie.

Im selben Moment, in dem er sie »O Gott!« rufen hörte, rammte er die Klinge des Messers zwischen die Aufzugtüren, hebelte sie auf und stürzte los, durch den Flur ins Treppenhaus.

Deweys Gedanken überschlugen sich. Er vergaß völlig, Igor zu fragen, in welches Treppenhaus der Terrorist unterwegs war. Erst als er dort eintraf, begriff er, dass er das falsche genommen hatte. Hier war niemand. Der Kerl befand sich auf der anderen Gebäudeseite.

Doch dann hörte er ihn. Der Kerl befand sich direkt unter ihm. Er stürmte die Stufen hinunter.

Dieser Verbrecher hatte gar nicht vor, seinen Leuten Bescheid zu geben. Er wollte zu den Sprengsätzen!

»Er will nach unten«, begriff Igor mit einem Mal. »Er will die Bombe zünden!«

Dewey zog den Karabiner vor die Brust und nahm die Verfolgung auf. Der andere war nirgends zu sehen. Auf dem Estrich des Treppenabsatzes klebte überall Blut. Der Gegner war schwer verwundet und ließ trotzdem nicht locker. Dewey hastete zum Geländer und spähte nach unten. Ein Stück weit rechts sah er die Waffe des Terroristen auf der Treppe liegen. Er hatte sie weggeworfen! Offenbar kannte er nur noch ein einziges Ziel. Dewey hörte jemanden schwer atmen, entdeckte ihn jedoch nirgends.

»Er ist eine Ebene tiefer! An der Wand! Schon halb unten! Du kannst ihn nicht mehr einholen. Sieh zu, dass du da rauskommst! Lauf!«

Dewey beugte sich über die Brüstung, den Finger am Abzug seines Karabiners.

Unten sah er, schräg rechts von sich, den Sprengsatz auf dem Drahtgeflecht ruhen. Doch die Decke blockierte ihm die Sicht auf den oberen Teil der Treppe. Der Terrorist erreichte die dortigen Drähte vermutlich, bevor Dewey es überhaupt bemerkte. Er würde den Sprengsatz zünden und damit eine Kettenreaktion in Gang setzen, nicht nur ihn töten, sondern auch die anderen Sprengsätze würden herunterfallen und explodieren. Ein Dominoeffekt, der wahrscheinlich einen Großteil des Gebäudes einstürzen ließ.

Dewey blieb keine Zeit mehr. Es war zu spät.

»Noch fünf Stufen! Vier! Dewey, raus da!«

Dewey hob den Gewehrkolben an die Schulter und zielte auf das Treppengeländer direkt oberhalb der Drähte. Es verlief entlang der Stufen, auf denen sich der Gegner wie eine verwundete Ratte anschlich. Er klammerte sich nur deshalb ans Leben, damit er auch alle anderen mit in den Tod reißen konnte.

Der Handlauf bestand aus Edelstahl, breit und rund. Darunter verliefen schmale Streben. Deweys einzige Hoffnung ruhte auf einem Querschläger. Er feuerte einmal, hörte das Projektil scheppernd irgendwo landen. Er schaltete die Waffe auf Dauerfeuer um und zog den Abzug erneut durch. Wütendes Scheppern hallte durchs Treppenhaus, bis es schließlich nur noch klick machte. Das Magazin war leer.

Dewey ließ das Gewehr fallen und spurtete los. Wand und Stufen zeichneten dunkel, feucht und blutverschmiert den Fluchtweg des Terroristen nach. Mit zwei gewaltigen Sätzen überwand er das erste Geschoss. Nach dem dritten blieb er stehen. Nun konnte er den präparierten Bereich vollständig erkennen. Der Terrorist lag auf der Treppe, die Arme nach den Drähten ausgestreckt. Eine der Kugeln musste ihn erwischt haben. Hinter ihm zog sich eine dunkelrote Spur über den Boden. Reglos lag er da, nur wenige Zentimeter vor dem tödlichen Draht.

Entschlossen stieg Dewey weiter hinab und zog das Messer aus dem Gürtel. Er erreichte den anderen, der tot zu sein schien. Er hielt die Augen geschlossen und bewegte sich weiterhin nicht. Dewey kniete sich neben ihn, streckte die linke Hand aus, hielt sie direkt über den Arm des Mannes, ohne ihn zu berühren, und wartete. In der rechten Hand hielt er das Messer mit der Furcht einflößenden schwarzen Klinge, auf beiden Seiten gezahnt. Er hatte es oft benutzt.

Aus einer Sekunde wurden zwei, schließlich fünf. Dann schoss der Arm des Mannes vor zu den Drähten. Dewey unterband die Bewegung, drehte ihm den Arm auf den Rücken und brach ihn mit einer ruckartigen Bewegung. Der Terrorist stöhnte vor Schmerz. Er schlug die Augen auf. Schwarz, blutunterlaufen, voller Hass und Trotz.

Dewey zog dem Terroristen die Klinge über die Kehle und trennte ihm beinahe den Kopf ab. Anschließend stieß er ihm das Messer in die Brust. Einmal, zweimal, dann noch einmal.

»Igor«, gab Dewey per Funk durch, während er langsam aufstand.

»Was?«

»Richte McNaughton aus, er soll Sanis reinschicken.« Er sprang die Stufen hinauf. »Damon, Rob, wir treffen uns in der achten Etage.«

Tacoma und Smith standen bereits im leeren Flur, als Dewey schweißüberströmt dort ankam.

»Wir sollten sie erst retten und danach wieder herkommen«, schlug Tacoma vor.

»Nein«, entschied Dewey. »Dazu fehlt die Zeit. Ich habe sie genauso gern wie du, aber ihre beste Überlebenschance besteht darin, dass wir diese Wichser umlegen. Es muss ein Ende haben, und zwar *sofort!*«

»Die Sanis sind unterwegs«, meldete Igor.

»Dewey.« Mehr sagte Tacoma nicht.

Dewey zögerte einen Moment. Er sah Tacoma in die Augen und blickte zu Boden. Schließlich schaute er Smith an und tippte an seinen Ohrstöpsel. »Wie sind sie im neunten und zehnten Stockwerk postiert?«

»Jeweils an den äußeren Enden des Korridors«, antwortete Igor.

Dewey wandte sich an Smith. »Wie gut schießt du?«

»Worauf willst du mit der Frage hinaus?«

»Kannst du zwei Mann im selben Stockwerk ausschalten? Einen aus nächster Nähe, den anderen aus knapp 90 Metern Entfernung, und das in weniger als drei Sekunden?«

»Ich kann anständig schießen, Dewey«, sagte Smith. »Aber im Klettern bin ich besser.«

»In Ordnung, du kümmerst dich um Katie.«

Dewey gab Tacoma ein Zeichen.

»Du nimmst den neunten Stock, ich den zehnten. Ich geh vor. Sobald du einen Schrei hörst, legst du los.«

»Was ist mit dem Kerl in der elften Etage?«, wollte Tacoma wissen.

»Wir werden verflucht schnell rennen müssen.«

»Was, wenn er aufs Dach flüchtet?«, hakte Tacoma nach.

Dewey nickte.

»Igor, stell uns zu McNaughton durch, schnell!«

Wenige Sekunden später meldete dieser sich auf dem Kanal. »Hey Leute!«

»Dave, wir sind fast durch, aber da ist noch ein Typ im elften Stock. Er könnte aufs Dach laufen und versuchen, dort die Sprengsätze zu zünden.«

»Ich bring einen Chopper in die Nähe.«

»Besser gleich mehrere«, bat Dewey. »Es ist davon auszugehen, dass der Mann im elften Stock versuchen wird, die Bomben auf dem Dach zu erreichen. Sie dürfen ihn auf keinen Fall verfehlen.«

»Verstanden«, sagte McNaughton. »Bleibt auf Empfang.«

Dewey begab sich zur westlichen Treppe, während Tacoma durch den Korridor zur östlichen spurtete.

»Wie sieht es jeweils auf den Etagen aus?«, wollte Dewey wissen, während er lautlos nach oben stieg.

»Die letzten beiden Zimmer auf jeder Seite sind leer. Die benutzen sie als Ausguck. Sie pendeln dazwischen hin und her, schauen ein paar Sekunden aus dem Fenster und wechseln über den Flur zurück auf die andere Seite. Die Studenten haben sie in die Zimmer gepfercht, die Flure sind ebenfalls brechend voll.«

»Koordinieren sie ihre Bewegungen?«

»Sieht nicht so aus.«

Dewey erreichte den Absatz im neunten Stock und setzte den Aufstieg fort.

Tacoma verharrte neben der Tür.

Unvermittelt nahm er Rotorengeräusche wahr. Die Hubschrauber schwenkten näher an das Gebäude heran.

Dewey setzte das Nachtsichtgerät ab und ließ es auf dem Boden liegen. Er führte ein neues Magazin in die MP7 ein, zog die Schulterstütze heraus, klappte das Infrarot-Zielfernrohr hoch und stellte den Feuerwahlhebel auf Einzelfeuer. Dann trat er an den Durchgang, gerade so nah, dass man ihn durch die schmale Scheibe nicht sehen konnte.

Der Schweiß lief ihm in Strömen herunter. Seine Gedanken überschlugen sich, er dachte an Katie, Daisy und Hector. Doch ihm war klar, dass all das fürs Erste warten musste.

»Igor, wir benötigen ein exaktes Timing.« Dewey holte den schallgedämpften Colt aus dem Schulterholster, nahm ihn in die linke Hand, in der rechten hielt er die MP7. Er stützte den Pistolengriff auf dem Türknauf ab, umklammerte diesen mit den Fingerspitzen der Hand, die den 45er hielt.

»Du musst mir Bescheid geben, sobald der Bewaffnete am entgegengesetzten Ende im Zehnten vom Fenster in den Flur kommt.«

Prüfend drehte er den Knauf, ohne die Tür zu öffnen.

»Er wendet sich vom Fenster ab, Dewey.«

»Wo befindet sich der Kerl, der mir am nächsten ist?«

»Direkt vor dir, er bewegt sich nach links. Mach dich bereit. Der Bewaffnete am anderen Ende ist fast da. Er erreicht die Tür in drei, zwei, eins …«

»Rob, leg los, sobald du Schreie hörst. Wahrscheinlich stürmen die Kerle in den Bereich direkt vor dir.«

Er drehte den Knauf.

»Jetzt, Dewey!«, rief Igor.

Dewey riss die Tür auf, gleichzeitig schwenkte er die Pistole nach oben, während der Terrorist hörte, dass sie aufging, sich mit der Uzi im Anschlag umdrehte und schoss. Die Schüsse zerstörten die Stille, erste Schreie gellten. Ein tödlicher Patronenhagel fegte über Tür und Wand und kam auf Dewey zu. Dieser machte einen Satz nach rechts, duckte sich und drückte mit der linken Hand ab. Das erste Geschoss aus dem Colt streifte den Terroristen an der Wange, er geriet ins Taumeln. Dewey feuerte erneut. Diesmal traf er den Gegner mitten in die Stirn. Blut und Hirnmasse spritzten.

Während rings um ihn Panik ausbrach, blieb Dewey gelassen. Er ließ den Colt fallen, ging in die Hocke, hob die MP7 an die Schulter, richtete den Lauf geradeaus in den Korridor und visierte durchs Zielfernrohr das entgegengesetzte Ende an.

»Alle runter auf den Boden!«, brüllte er den verängstigten Studenten zu. »Sofort!«

Es ging drunter und drüber, verzweifelte Rufe waren zu hören. Doch Dewey ließ sich nicht aus der Ruhe bringen. Einige waren, seiner Anweisung zum Trotz, stehen geblieben. Ihm blieb keine Zeit, sie erneut zu warnen. Er lugte durch das leistungsstarke Zielfernrohr. Vier, fünf Leute rannten durch den Flur, vor ihm weg.

Von unten aus der neunten Etage hörte Dewey Schüsse.

Der andere Terrorist geriet in Sichtweite, eine einzelne Gestalt ganz am Ende des Gangs. Er schrie etwas auf Arabisch. Dewey musterte ihn durch die Zieloptik. Kahlköpfig, schwarz gekleidet. Mit der Waffe im Anschlag trat er aus dem Zimmer auf der linken Seite, drehte sich zum Flur hin. Im selben Moment, in dem er das Gewehr hob, nahm Dewey ihn ins Visier. Der Schuss aus dem Karabiner des Terroristen brandete auf, das Mündungsfeuer leuchtete grell im Zielfernrohr. Die Panik ringsum schlug in nacktes Entsetzen um.

Dewey drückte ab.

Pffft! Pffft! Pffft!

Trotz des Schalldämpfers schienen die Schüsse die Schreie, das Chaos und die Salven aus dem Gewehr des Terroristen zu übertönen. Dewey beobachtete durchs Zielfernrohr, wie sich die Wand im Rücken des Kontrahenten mit einem Mal rot färbte, als eine Kugel in seine Stirn eindrang und ihm die Schädeldecke wegriss.

Sullivan saß auf dem Flur, als er den Lärm hörte. Ein lautes, dumpfes Geräusch, gefolgt von einer Frauenstimme. Sie rief etwas.

Haben sie noch eine runtergestoßen?

Er trat ans Fenster und spähte hinab. Der Bürgersteig vor Carman Hall war voller Blut, aber da lag niemand. Die letzte Studentin, die sie hinuntergeworfen hatten, hatte man bereits vor knapp 20 Minuten weggeholt.

Er suchte nach der Großmutter und entdeckte sie in einem Raum am Ende des Flurs. Sie hatte sich unter einem ungemachten Bett versteckt. Als er sie fragen wollte, wie es ihr ging, machte sie »Schhh« und scheuchte ihn mit einer Handbewegung davon.

Sullivan schritt nacheinander alle Zimmer ab, um nach der Quelle des Rufens Ausschau zu halten. Es schien nicht aus dieser Etage zu kommen. Mit dem Gewehr in der Hand ging er zum Treppenhaus, vergewisserte sich, dass sich dort niemand aufhielt, und stieg lautlos in die erste Etage hinab. Dort kontrollierte er ebenfalls jeden einzelnen Winkel.

Erneut hörte er sie, deutlicher diesmal.

Vor den Aufzügen blieb er stehen und lauschte mindestens eine Minute lang. Abermals hörte er die Unbekannte leise rufen.

Sullivan lehnte das Gewehr an die Wand, ließ den Blick durch den Flur schweifen, um etwas zu finden, womit sich die Fahrstuhltür aufstemmen ließ. Er rannte ins nächstgelegene Zimmer und riss den erstbesten Karton auf. Darin befanden sich Bücher, gerahmte Fotos, Bettwäsche. Ganz unten stieß Sullivan auf ein Plastikkästchen mit einer Glaspfeife, mehreren Feuerzeugen und einem Flaschenöffner.

Mit dem Öffner spurtete er zum Aufzug und rammte ihn in den Spalt zwischen den Türen. Er drehte ihn, bis er die Finger dazwischenbekam. Mit aller Kraft zog er. Vor lauter Anstrengung lief sein Gesicht knallrot an. Schließlich hatte er den mechanischen Widerstand überwunden und die Türen glitten zur Seite.

Im Fahrstuhlschacht war es dunkel. Dennoch konnte er eine Gestalt ausmachen. Dort, auf dem Dach der Kabine, lag eine Frau. Sie war blond und trug schwarze Kleidung. Eine paramilitärische Montur, vermutete er.

»Hilfe«, hauchte sie.

»Keine Sorge, ich bin ja da«, sprach Sullivan beruhigend auf sie ein. »Ich hol Sie gleich. Ganz ruhig. Können Sie sich bewegen?«

Die Frau gab keine Antwort.

Im Zimmer schnappte er sich ein Feuerzeug aus dem Kästchen, ließ die Flamme auflodern und hielt es in den Schacht. Unter den Kabinen, acht, neun Meter tiefer, konnte er den Kellerboden erkennen.

Mit einem ausgreifenden Schritt hätte er ohne Weiteres auf das Dach der Kabine steigen können, doch die Frau lag gefährlich nah am Rand. Kopf und Brustkorb hingen bereits über die Kante. Bei der kleinsten Erschütterung drohte sie mehrere Stockwerke abzustürzen und auf dem Estrich des Kellers zu landen.

Mit einem Mal geriet die Kabine ins Schwanken.

Sullivan schnippte das Feuerzeug an. Undeutlich nahm er mehrere Stockwerke über sich eine Silhouette wahr.

»Stopp!«, rief Sullivan. »Wer sind Sie?«

»FBI.«

»Kommen Sie nicht näher!«, raunte er in beschwörendem Tonfall. »Sonst fällt sie runter!«

»Okay«, flüsterte der FBI-Agent. »Verstanden. Sind Sie Sullivan?«

»Ja.«

»Damon Smith«, kam die Antwort. »Stimmt, ich kann sehen, was Sie meinen. Sie liegt ja gerade noch so darauf.«

»Eben.«

»Haben Sie das Gewehr noch?«

»Ja.«

»Ist da ein Riemen dran?«

»Ja.«

»Okay, das ist gut. Ich möchte, dass Sie den Riemen von dem Gewehr lösen und auf das Dach der Kabine rechts neben Ihnen klettern. Haken Sie den Riemen an ihrer Weste ein. Sie trägt eine taktische Weste, da gibt es überall Ösen, an denen Sie den Riemen fixieren können. Machen Sie schon!«

»Und das andere Ende?«

»Das halten Sie fest. Wenn Sie fertig sind, komm ich runter.«

»Alles klar!«

Sullivan fädelte den Gurt am Gewehr aus. Die Kabine, auf der die Frau lag, befand sich genau unter ihm. Er wollte gar nicht hinsehen, richtete den Blick auf die Wand unmittelbar zu seiner Rechten, dann auf das Dach der Nachbarkabine, machte einen Satz und landete auf dieser. Er richtete sich auf Knie und Hände auf und kroch auf allen vieren in Katies Nähe. Sie lag ganz am Rand, hielt sich mit einer Hand krampfhaft an einem Bolzen fest. Behutsam fuhr er mit den Händen über ihren Rücken, ertastete eine Öse und befestigte die Metallschließe des Gewehrgurts daran. Das andere Ende des Gurts wickelte er sich fest ums Handgelenk und zog ihn straff.

»Okay«, rief er in die Dunkelheit. »Sie ist gesichert.«

Rasch ließ Smith sich am Seil herabgleiten.

Er legte ihr die Finger an den Hals und fühlte nach dem Puls, zog ihre Lider nach oben und leuchtete ihr in die Augen.

»Sie lebt noch. Der Puls ist halbwegs okay. Die Gehirntätigkeit scheint ebenfalls im Normbereich zu sein.«

Er schwenkte die Taschenlampe über ihren Körper. Sie lag völlig verdreht da.

»Sie hat sich die Beine gebrochen«, stellte Smith fest. »Hoffentlich nicht auch den Hals.«

Er holte Karabinerhaken und Seile aus dem Rucksack und improvisierte innerhalb kürzester Zeit eine Konstruktion, mit deren Hilfe sie Katie auf den Boden des Fahrstuhlschachtes hinunterlassen konnten. Zunächst sicherte er sie an drei Stellen: an den Füßen, der Hüfte und am Oberkörper. Mittels der Seile und deren Spannung stellte er den stützenden Effekt einer Trage her. In jedem Teilbereich waren robuste Karabinerhaken angebracht, durch die Smith die Seile fädelte. Er schlang sie um das Kabelgehäuse auf dem Kabinendach, damit es als Gegengewicht diente, wenn sie Katie hinunterließen.

Smith zog die Handschuhe aus und reichte sie Sullivan.

»Wozu sind die?«

»Zum Klettern. Sie müssen da runter. Dann lassen wir sie gemeinsam ab.«

Aus einem anderen Seil bastelte Smith ein Geschirr rund um Sullivans Rumpf und Beine und schlang das Ende um das Kabelgehäuse. Er drückte es Sullivan in die Hand.

»Halten Sie hier fest. Lassen Sie das Seil kommen, während Sie sich runterlassen. Es darf Ihnen auf keinen Fall aus den Fingern rutschen. Und seilen Sie sich bloß nicht zu schnell ab.«

»Was ist mit dem Gewehr?«, wollte Sullivan wissen.

Smith grinste. »Das brauchen Sie nicht. Wenn Sie eine Waffe brauchen, kriegen Sie eine von mir.«

»Gut.«

»Haben Sie damit den Kerl umgelegt?«

»Ja.«

»Falls wir lebend hier rauskommen, lasse ich Ihnen das Teil vergolden.«

Mit Smiths Hilfe, der das Abspulen des Seils steuerte, ließ Sullivan sich langsam hinab. Als er unten auf dem Schachtboden auftraf, ließ Smith Katie mithilfe der Konstruktion im fahlen Licht hinunter, nutzte dabei seinen eigenen Körper als Gegengewicht und das Gehäuse des Stahlseils als provisorischen Flaschenzug, um sie möglichst sanft abzusetzen. Nachdem sie unten war, löste Smith eines der Seile und ließ sich selbst rasch daran hinab.

Er hielt nach einer Tür Ausschau und wurde fündig. Gemeinsam mit Sullivan stemmte er Katie in die Höhe und marschierte ins untere Kellergeschoss, von dort aus eine Treppenflucht nach oben. Sie hörten Stimmen. Ein Trupp Rettungssanitäter näherte sich mit einer Trage. Hinter ihnen schnitt eine andere Crew die Studenten los und befreite sie aus ihrer misslichen Lage.

Nachdem Katie gesichert war, schoben die Sanitäter die Trage hastig an den Studenten vorbei in den Gang.

»Wir kommen!«

Smith drehte sich zu Sullivan. »Sie sind in der Baubranche?«

»Ja.«

»Was machen Sie so?«

»Hauptsächlich Küchen.«

Smith nickte. Er legte Sullivan die Hand auf die Schulter.

»Ich geh da jetzt wieder rein. Sie bekommen am Ende dieses Gangs einen Becher Kaffee und können nach Ihrem Kind sehen. Was haben Sie, Sohn oder Tochter?«

»Eine Tochter.«

»Gehen Sie zu Ihrer Tochter und finden Sie raus, wie es ihr geht.«

»Danke.«

»Nein, Jack, ich habe zu danken.«

»Mr. Smith«, hielt ihn Sullivan auf. »In der zweiten Etage versteckt sich noch eine Frau. Im letzten Zimmer rechts unter dem Bett.«

»Ich sorge dafür, dass wir sie sicher rausbringen.«

Tacoma stand mit dem Rücken zur Stahltür im östlichen Treppenhaus. Sein Atem ging schnell, er war schweißgebadet. Die linke Körperhälfte presste er gegen die Tür, die Hand berührte den Knauf. In der Rechten schwang er eine halbautomatische SIG Sauer P226 Kaliber 45. Auf den Lauf war ein silberner Schalldämpfer geschraubt.

Er wartete und lauschte.

Über den Rücken hatte er eine HK MP7A1 geschnallt, die gleiche Maschinenpistole wie Dewey. Die ausziehbare Schulterstütze war eingeklappt, der Modus auf Dauerfeuer geschaltet. Tacoma machte keine halben Sachen.

»Rob, leg los, sobald du Schreie hörst.«

Tacoma drehte den Knauf, öffnete aber noch nicht die Tür.

Er hörte Igor: »Jetzt, Dewey!«

Sein Partner legte los.

Tacoma atmete tief durch und drehte den Knauf ein wenig weiter. »Gib mir ihre Positionen durch, Igor.«

Aus der Etage über ihm drangen Schreie.

»Rob, einer ist im Zimmer gleich rechts von dir. Der Terrorist am anderen Ende des Korridors hält sich auf der linken Seite auf. Beide sind unterwegs zum Flur.«

Tacoma zog leise die Tür auf und trat ein, den Rücken zur Wand, mit der SIG P226 nach rechts zielend.

Die Studenten auf dem Flur schraken zusammen, manche stießen hörbar die Luft aus. Tacoma schob den linken Zeigefinger vor den Mund, um ihnen zu verstehen zu geben, dass sie still sein sollten, während er an der Wand entlangglitt, bis er sich in der Ecke parallel zur Tür wiederfand.

Als Erstes nahm Tacoma den kurzen Lauf der Uzi wahr, als der Terrorist auf den Flur gestürmt kam. Der andere bemerkte ihn gar nicht. Tacoma drückte ab. Das Projektil schoss aus der Pistole und traf den Gegner in die Schläfe.

Blut besprühte die Tür in einem feinen Nebel. Die Studenten schrien auf. Der Terrorist sackte zusammen, die leblosen Augen auf den Amerikaner gerichtet.

Tacoma steckte die SIG zurück ins Holster, zog in einer fließenden Bewegung die MP7 vom Rücken, fuhr die Schulterstütze aus und blickte durchs Zielfernrohr.

Alarmstufe Rot! Mach dich auf das Schlimmste gefasst!

Doch der Anblick, der sich ihm bot, brachte ihn so stark aus dem Konzept, dass er im ersten Augenblick die Waffe senkte und das Ziel kurzzeitig aus dem Blick verlor.

Der Terrorist tauchte im Flur auf, vor sich eine junge Studentin, die er mit einer Hand festhielt, mit der anderen drückte er ihr die Mündung an den Kopf. Schockierte Stille herrschte. Ruhig blickte der Terrorist Tacoma an.

Tacoma drückte ab, ohne zu zielen – ein Feuerstoß. Drei Geschosse trafen den Gegner, während dieser seinerseits abdrückte. Der Mann wurde heftig hin und her geschleudert, als die Geschosse ihm Hals, Kopf und Rücken durchschlugen. Mit dem Gesicht voran sank er zusammengekrümmt zu Boden.

Schreiend hielt sich das Mädchen die blutige Wange. Ein Projektil des Terroristen hatte sie gestreift.

»Auf neun alles sauber«, meldete Tacoma.

Er richtete die MP7 zur Decke, trat auf das nächstbeste Häuflein Studenten zu, das ein paar Meter entfernt am Boden kauerte.

»Bleibt, wo ihr seid«, beruhigte er sie. »Ich bin Amerikaner. Wir sind gekommen, um euch zu retten. Aber es ist noch nicht vorbei. Ich wiederhole: Bleibt, wo ihr seid!«

Sirhan hörte die Schreie von unten, rannte zur Treppe und stürmte in die tieferen Stockwerke. Auf halbem Weg zum

Zehnten vernahm er einen tiefen Bariton. Die Stimme eines Fremden. Ein Feind.

Er rannte zurück nach oben und durchquerte den Korridor. Auf der Südseite des Gebäudes erregte etwas seine Aufmerksamkeit. Zwei dunkle Schatten. Im selben Moment registrierte er das tiefe Brummen von Hubschraubern, deren Rotoren die Luft zerteilten.

Sirhan blieb stehen.

Das Dröhnen der FBI-Helikopter wurde lauter.

Dewey las die 45er vom Teppich auf und hatte sich bereits in Bewegung gesetzt, als Igor über Funk mit dringlicher, wenn nicht gar panischer Stimme verkündete: »Er hat etwas gehört! Er läuft zur Treppe!«

Mit einem Mal drangen aus dem neunten Stock Schreie zu ihm.

»Welche Gebäudeseite?«, fragte Dewey, während er zum Treppenhaus rannte.

»Ostseite. Er will nachsehen, ob … nein, warte, er rennt wieder hoch. Er will aufs Dach!«

Eine Frauenstimme ließ Dewey zusammenzucken. »Dewey!«

Er erstarrte und forschte im Gewimmel aus Studenten und Eltern, die ihn allesamt anstarrten, nach dem dazugehörigen Gesicht. In einer der Türen stand Daisy. Er zögerte einige Sekunden, starrte sie bloß an, sagte kein Wort.

Igor: »Er ist im zwölften Stock! Mach schon, Dewey! Du kannst ihm den Weg abschneiden!«

»Ich bin gleich zurück«, sagte er schließlich.

»Nein.« Daisy schüttelte den Kopf.

»Sag ihnen, keiner soll sich vom Fleck rühren. Die Sache ist noch nicht ausgestanden.«

Daisy nickte. Sie schlug die Hand vor den Mund und kämpfte gegen die Tränen an.

Drei Stufen auf einmal nehmend, stürmte er die Treppe empor, passierte den Durchgang zur elften Etage und rannte weiter.

»Er ist fast am Ziel!«

Im zwölften Stock empfing Dewey eine geöffnete Tür, die im Wind hin und her schwang. Die Hubschrauber dröhnten so laut, als schwebten sie wenige Meter vor ihm. Er blieb einen Moment stehen, schlich in den Korridor, suchte ihn ab, fand jedoch nichts.

»... ist ...!«

Igor sagte etwas, doch Dewey bekam es nicht mit. Befand sich der Terrorist bereits auf dem Dach? Er musste davon ausgehen.

Obwohl Dewey versuchte, die Vorstellung zu verdrängen, spulte sich vor seinem geistigen Auge die Szene ab, wie der Terrorist die Drähte zerfetzte, sodass die Sprengsätze zu Boden fielen.

Alles flog in die Luft. Er erlebte das komplette Ausmaß der Zerstörung in seiner Fantasie.

Du wirst es noch nicht mal spüren!

Er rannte zum Dach. Direkt neben der Tür befand sich eine dunkle Nische, die er mit der Pistole anvisierte. Nachdem seine Augen sich an die Düsternis gewöhnt hatten, erkannte er eine schultergestützte Rakete. Sie steckte bereits in der Auswurfvorrichtung.

Die Hubschrauber veranstalteten einen ohrenbetäubenden Lärm. Dewey lugte ins Freie.

Die beiden Fluggeräte schwebten wenige Meter über der Dachkante und dem surrealen Drahtgeflecht, auf dem die Sprengsätze lauerten.

Wo steckt der Kerl?

Höllischer Krach. Igor musste brüllen. Dewey hielt die 45er vor sich, vermutete den letzten Terroristen draußen. Vermutlich lauerte er direkt hinter der nächsten Ecke.

»… Dewey!«

Er schirmte das linke Ohr mit der Hand ab, um mitzubekommen, was Igor sagte.

»… hinter dir!«

Das Nächste, was Dewey mitbekam, war, dass ihm jemand ein Messer in den Rücken rammte. Es drang unterhalb des rechten Schulterblatts ein. Ein zügiger, entschlossener Stoß.

Er stieß ein gequältes Stöhnen aus, während er mit voller Wucht aufschlug, und stöhnte erneut, als die Klinge noch tiefer eindrang.

Igors Warnung war zu spät gekommen, um dem Messer auszuweichen, doch sie hatte ihm das Leben gerettet. Hätte er sich nicht im letzten Moment weggedreht, wäre das Ding durch den Rücken direkt ins Herz eingedrungen.

Er konnte nicht atmen. Blut quoll ihm aus Mund und Nase, während der Schmerz schonungslos durch den ganzen Körper raste.

Der Griff des unter dem Schulterblatt feststeckenden Messers knallte auf dem harten Beton. Nun durchbohrte ihm der blanke Stahl auch noch die Brust. Der Schmerz war unerträglich, einer jener Momente, die man nie im Leben vergisst. Jedenfalls nicht, solange man noch lebt.

Waffe!

Nach wie vor hielt Dewey den Colt umklammert. Instinkt, Verzweiflung, Angst, vor allem jedoch ein Urtrieb – Selbsterhaltung – veranlassten ihn taumelnd, einen Satz zu machen. Irgendwie gelang es ihm, sich aufzurappeln und auf den dunklen Schatten zu zielen, der über ihm schwebte. Die gedämpften Schüsse gingen im Tosen der Rotoren unter.

Dewey zwang sich, die Augen offen zu halten, forschte nach dem Terroristen, obwohl es zunehmend schummriger um ihn wurde. Er drückte ab, wieder und wieder, bis er einen Aufschrei hörte.

Er feuerte weiter, entleerte das gesamte Magazin in die schwarz gekleidete Gestalt, bis er nur noch ein Klicken hörte und das zähe Gurgeln, mit dem er Blut spuckte, das ihn zu ersticken drohte. Es wurde dunkel um ihn. Das Einzige, was er noch hörte, war ein tiefes, entsetzliches Stöhnen. Es klang wie bei einem Tier, dem eine Falle das Bein abgerissen hatte. Schließlich merkte er, dass er selbst diesen Laut von sich gab. Am liebsten hätte er sich hingelegt, doch ihm war klar, dass er sich beeilen musste. Nicht weil es noch etwas zu tun gab. Er musste sich beeilen, weil er wusste, dass er starb, wenn er nicht schnell ins nächste Krankenhaus kam.

Doch die Kräfte verließen ihn. Er schlug hin.

Augenblicke später hörte er Schritte, dann Tacoma.

»Dewey!«

Tacoma wälzte ihn auf die Seite, damit der Beton die Klinge nicht noch tiefer eindringen ließ.

»Heilige Scheiße«, fluchte Tacoma. »Igor, gib McNaughton Bescheid, er soll die Chopper abziehen. Elf ist tot. Der Wind bläst sonst noch die Sprengsätze runter. Und dann schick ein Team mit Notarzt hier rauf. Dewey steckt ein Messer im Rücken. Keine Ahnung, ob man ihn bewegen kann. Sie sollen sich beeilen. Er verblutet uns sonst noch.«

Tacoma setzte sich zu Dewey, betrachtete entsetzt das Messer, das vorn und hinten aus dem Körper des Freundes ragte, und hob vorsichtig dessen Kopf an, damit er nicht am eigenen Blut erstickte. Um ihn herum war alles rot und klatschnass.

»Dewey!«

Er musste würgen. Krämpfe und Zuckungen gingen durch seinen Körper. Tacoma ahnte, dass es nicht mehr lange gut ging.

»Igor«, drängte Tacoma, »Planänderung. Einer der Chopper muss ein Seil runterlassen, und zwar sofort! Dewey steht kurz vor dem Herzstillstand. Wenn er nicht in den nächsten ein, zwei Minuten ins Krankenhaus kommt, stirbt er.«

67

SITUATION ROOM
WEISSES HAUS
WASHINGTON, D. C.

Im Situation Room traten sich die Anwesenden gegenseitig auf die Füße. Leitende Mitarbeiter des Weißen Hauses waren ebenso vertreten wie Vertreter der National Security, von CIA, NSA, Pentagon, Homeland, FBI und Außenministerium.

Flachbildschirme säumten die Wände, insgesamt 16 an der Zahl und vollständig in Betrieb. Auf einem Screen in der Mitte des Raums leuchteten in hellem Gelb Zahlen und Buchstaben auf:

CENCOM
00:00:00
EST ARR TARGET = 01:27:44

Auf vier weiteren wurden Live-Aufnahmen von der Columbia University eingespielt. Sie fingen das Wohnheim aus unterschiedlichen Blickwinkeln ein.

Sechs andere zeigten das mexikanische Container-schiff, das Waffen, Munition und schultergestützte Raketen im Wert von nahezu einer Milliarde Dollar geladen hatte. Vier davon deckten per Echtzeit-Videostream das Geschehen an Bord ab, einer lieferte mittels einer Drohne eine Ansicht aus der Vogelperspektive. Ein letzter hielt auf einer Karte des betreffenden Mittelmeerabschnitts mit einem großen roten, blinkenden X die Position des Schiffs fest. Ein grüner Kreis symbolisierte den syrischen Hafen Al-Baida.

Präsident Dellenbaugh saß am Kopfende des Tisches. Er lauschte, wie Bill Polk eine Ad-hoc-Operation skizzierte, die eine sofortige Entscheidung verlangte.

Man hatte das Schiff bereits näher an die syrische Küste verlegt für den Fall, dass der Entschluss positiv ausfiel. Sie mussten rasch handeln, ehe Nazir Wind davon bekam, dass er das Wohnheim verloren hatte.

»Nazir weiß noch nicht, dass wir das Wohnheim zurück-erobert haben«, erläuterte Polk. »Er hat keine Ahnung, dass seine Männer tot sind. Warum sollten wir es ihm also sagen? Wir unterbinden jede Live-Berichterstattung von der Columbia und schaffen die Studenten durch den Keller nach draußen. Die ganze Zeit über halten wir die Illusion aufrecht, die Terroristen besäßen nach wie vor die Kontrolle. Wir tun, als ob wir nachgeben, und lassen das Schiff in den Hafen einlaufen. Wir haben elf Navy SEALs an Bord. Die legen jeden um, der es in Empfang nehmen will. Das perfekte trojanische Pferd.«

Harry Black, der Verteidigungsminister, bot Polk Paroli.

»Großartig«, dröhnte seine sonore Stimme durch den Raum, »sofern es funktioniert. Aber wenn der Schuss nach hinten losgeht, landet die Ladung am Ende doch beim IS. Auf dem Schiff sind genug Waffen, um den Job in Syrien und dem Irak zu Ende zu bringen. Warum solch ein untragbares Risiko eingehen? Ohne die Lieferung steht der IS vor ernsten Problemen, möglicherweise sogar vor dem Aus.«

»Die würden eine andere Möglichkeit finden, um an Waffen zu kommen«, widersprach Brubaker, der Nationale Sicherheitsberater. »Diese Operation beweist vor allem, wie gerissen Nazir ist. Ich finde, wir sollten es riskieren. Falls sich Ihre Befürchtungen bewahrheiten sollten, können wir das Schiff immer noch bombardieren.«

»Und ein SEAL-Team töten?«

»Mr. Secretary, sollte eintreten, was Sie da als Worst-Case-Szenario an die Wand malen, wären die SEALs ohnehin zum Tod verurteilt.«

»Ich halte es durchaus für möglich, dass Nazir persönlich auftaucht, um die Ladung des Schiffs zu inspizieren«, meldete sich Stacy Conneely zu Wort, Langleys führende IS-Expertin.

»Ego?«, fragte der Präsident.

»Nein, Mr. President. Es geht um die symbolische Wirkung. So wie damals, als General MacArthur in Leyte an Land ging. Je länger ich darüber nachdenke, für umso wahrscheinlicher halte ich es.«

»Würden Sie auch Ihr Leben darauf verwetten?« Mit dem Finger deutete Black auf die 29-Jährige. »Denn genau das tun wir bei diesen Männern.«

»Ja, das würde ich. Aber Bill hat recht. Das klappt nur, solange wir die Illusion aufrechterhalten, das Wohnheim befände sich noch in der Gewalt der Geiselnehmer. Wir müssen uns beeilen.«

Leicht wütend wandte Black sich an Dellenbaugh. »Wir sollten das Spiel abbrechen, solange wir die besseren Karten haben, Mr. President.«

»Wir haben nicht die besseren Karten, Mr. Secretary«, konterte Dellenbaugh. »Wir sind im Hintertreffen. Wir haben dieses Monster geschaffen. Unsere Trümpfe stechen erst, wenn er tot ist. Schicken Sie das Schiff los.«

68

CARMAN HALL
COLUMBIA UNIVERSITY

So behutsam wie möglich schleifte Tacoma Dewey an die Dachkante. Es erwies sich als verdammt knifflig, denn die Drähte spannten sich kreuz und quer über das ganze Dach. Tacoma hatte keine Ahnung, wie die Jungs vom FBI-Kampfmittelräumdienst sie entfernen wollten, ohne dass alles in die Luft flog.

Per Funk stand er mit dem Piloten des FBI-Helikopters in Kontakt, der bereits über dem Gebäude schwebte.

»Alles bereit?«, fragte dieser.

»Ja, ihr könnt es runterlassen. Ganz langsam! Es darf die Drähte nicht berühren.«

»Roger, Sie müssen uns einweisen.«

Tacoma spähte zu Dewey. Völlig entspannt lag der kräftige Kerl da. Er war bewusstlos. Mit einem Mal packte Tacoma die Furcht, dass er vielleicht nie mehr aufwachte.

»Fuck!«

»Wie bitte, Rob?«

»Nichts. Ich führ bloß Selbstgespräche.«

Ein Stahlseil wurde an der Seite des Choppers heruntergelassen. Am Ende des Seils baumelte ein großer, schwerer Stahlhaken. Der heftige Wind spielte damit, ließ es hin und her schwingen, bis das Pendeln schließlich zu stark wurde. So bekam er es nicht zu greifen.

»Abbruch«, sagte Tacoma. »Einholen und neu runterlassen.«

Diese Prozedur wiederholten sie insgesamt dreimal. Beim vierten Mal besserten sich die Verhältnisse etwas und das Seil scherte nicht mehr so stark aus. Der Haken senkte sich tiefer und tiefer. Tacoma, dessen Hüfte schon fast den äußersten Draht berührte, packte zu.

»Ich hab's!«, brüllte er. »Jetzt ganz ruhig halten! Noch 60 Zentimeter.«

Er zog das Seil zu Dewey herunter, der zu seinen Füßen lag, und klinkte den Haken an einem Stahlring an dessen Weste ein.

Nun kam der schwierige Teil. Während die Winde des Hubschraubers den Bewusstlosen nach oben zog, musste Tacoma dafür sorgen, dass kein Teil seines Körpers den Draht berührte.

»Okay, Jungs. Gaaanz langsam. Könnt ihr mich sehen?«

»Ja, wir sehen dich. Es geht los.«

Das Seil straffte sich, Deweys schlaffer Körper löste sich vom Boden. Sein Kopf befand sich unterhalb des äußeren Teils des Drahtgespinsts. Tacoma schob ihn im letzten Moment davon weg, bevor er an der Unterkante hängen blieb. Mit zusammengebissenen Zähnen hielt er ihn auf sicheren Abstand, während der Hubschrauber ihn gen Himmel zog. Sobald sich die menschliche Fracht oberhalb des kritischen Punkts befand, hielt Tacoma noch ein paar Sekunden länger fest, ehe er ihn wie ein Pendel langsam zurück über die Struktur schwenken ließ. Dewey hing nun genau unter dem Chopper.

»Hoch mit ihm!«, brüllte Tacoma.

»Roger«, bestätigte der Pilot.

Zwei Männer zerrten Deweys blutüberströmten Körper in den schwebenden Hubschrauber. Einer von ihnen salutierte. Tacoma erwiderte den Gruß mit einem Nicken. Die Luke wurde geschlossen, das Fluggerät stieg höher, wechselte in die Horizontale und jagte los, weg von Carman Hall.

69

IN DER NÄHE VON AL-BAIDA
SYRIEN

Gemächlich strebte das Containerschiff auf eine unbelebte Landzunge bei Al-Baida zu, einer windgepeitschten, abgeschiedenen Küstenstadt ein Stück südlich der türkischen Grenze. Ein einzelner Schlepper, bemannt mit IS-getreuen Fischern, lotste das Schiff in den Hafen.

Al-Baida befand sich weitab vom Schuss, und genau darum ging es. Unter den aktuellen Umständen war das von entscheidender Bedeutung. Ein tiefer Graben zog sich am nördlichen Ende der Landzunge entlang. Vor über 50 Jahren hatte man ihn ausgebaggert. Damals hatte jemand in der syrischen Regierung per Dekret verfügt, dass Al-Baida einen eigenen Tiefseehafen erhalten solle. Doch der Hafen wurde nie gebaut. Lediglich der Kanal samt der ausgedehnten Ebene dahinter war von dem Plan übrig geblieben.

Miguel zählte mindestens ein Dutzend Tieflader, die auf die Ladung warteten. Mehrere Pick-ups und drei SUVs parkten in der Nähe, in Sichtweite des Schiffs, allerdings weit genug entfernt, um den Brückenkran nicht zu behindern, der die Container mit den Waffen abladen sollte.

Zwei Männer standen auf der Brücke des 200-Meter-Frachters: Miguel, der mexikanische Kapitän, und ein weiterer, wesentlich jüngerer Mann mit schwarzer Nylonmaske über dem Kopf. Er trug ein kurzärmliges schwarzes Hemd, eine schwarze Hose und Kampfstiefel. In den Händen hielt er eine Kalaschnikow, den Lauf keinen Meter von Miguel auf den Boden gerichtet.

Ein dunkel lackierter Pick-up mit eingeschalteten Scheinwerfern rückte von der Felsküste her näher.

Das Schiff näherte sich dem nie fertiggestellten Pier mit viel zu hoher Geschwindigkeit. Ihm war klar, dass eine Beschädigung des Rumpfes diese IS-Schweine nicht im Geringsten scherte. Augenblicke später spürte er eine leichte Erschütterung irgendwo vorn am Bug. Der Schlepper hatte sie ohne Rücksicht auf Verluste in den ausgebaggerten Kanal der hässlichen, menschenleeren Küste manövriert.

Die Mannschaft ließ den Anker herab und klappte die Gangway in Richtung Felsen aus.

2:48 Uhr morgens.

Miguel schaltete die Schiffsbeleuchtung ein, die alles in helles Licht tauchte. Er verließ die Brücke und kletterte über die Leiter aufs Deck hinunter.

Er orientierte sich nach Steuerbord und blickte aufs Dock hinab. Zwei Männer stiegen aus dem Pick-up, beide vom IS. Einer trug Jeans und ein graues T-Shirt, der andere eine schwarze Stoffhose und ein kurzärmliges Shirt. Beide hatten schwarze Skimasken übergestülpt.

»Die sehen sowieso alle gleich aus«, murmelte Miguel vor sich hin. »Wozu mühen sie sich überhaupt mit den Masken ab?«

Sie traten ans felsige Ufer. »Fang mit dem Ausladen an«, befahl einer der Männer und deutete auf die Container.

»Erst brauche ich eine Unterschrift«, wandte Miguel ein.

Die zwei berieten sich miteinander. »Bring das Formular her.«

»Nein, ihr kommt zu mir rauf.«

»Nichts da«, protestierte der Mann, der rechts stand. »Bring es runter!«

Miguel schüttelte den Kopf.

»Nein. Ich habe klare Anweisungen von der US-Regierung erhalten. Die Container gehören erst euch, nachdem ihr die Dokumente abgezeichnet habt.«

Abermals beratschlagte das Duo. Nach über einer Minute kletterten sie über die Gangway an Bord. Oben nahm Miguel sie in Empfang.

»Wer von euch ist Nazir?«

Sie sahen erst Miguel an, dann tauschten sie kurze Blicke. Schier endlos plapperten sie auf Arabisch aufeinander ein.

»Lass uns endlich an die verdammten Container!«, forderte der größere Araber. Er kochte vor Wut.

»Nein«, widersprach Miguel. »Mir wurde gesagt, ich darf die Lieferung auf keinen Fall ohne seine Unterschrift übergeben.«

»Also schön. Ich bin Nazir. Her mit dem Formular!«

Miguel zog das Klemmbrett weg.

»Er trägt eine Augenklappe. Das weiß sogar ich.«

»Hast du den Verstand verloren?«

»Ich erledige nur, was man mir aufgetragen hat. Die Amis wollen ihre Geiseln zurück. Ihr wollt die Waffen. ›Ihr‹ bedeutet in diesem Fall Nazir.«

»Was passiert, wenn er nicht unterschreibt? Er könnte ja irgendwo unterwegs sein.«

»Dann warte ich so lange.«

Der Kleinere langte hinter sich und zog eine Pistole.

»Es gibt einen einzigen Mann, der weiß, wie man den Kran auf diesem Schiff bedient«, stellte Miguel gelassen fest,

»und das bist nicht du, Mohammed. Und falls du glaubst, du kriegst es allein hin, nur zu, probier's ruhig. Aber der Mann von der US-Regierung sagte mir, falls ihr mir oder meinen Leuten etwas antut, werden sie wissen, dass es eine Falle ist. Das wäre immerhin nicht das erste Mal bei euch, meinten sie. Dann werden sie alles im Umkreis von einem Quadratkilometer einebnen. Kapiert? Ihr kriegt eure Waffen, die Amis kriegen ihre Geiseln und ich kann heim zu meiner Familie. Geh und hol Nazir.«

Mit einem wütenden Kopfschütteln steckte der Araber die Pistole ins Holster.

»Er ist Stunden von hier entfernt. Das ist doch lächerlich. Mal sehen, ob ich ihn ans Telefon bekomme.«

»Seine Unterschrift. Nichts anderes zählt.«

»Das könnte Tage dauern.«

»Ich habe Zeit. Was glaubt ihr, wie lang ich schon auf See bin?«

»Woher sollen wir wissen, dass es keine Falle ist?«

Miguel zuckte die Achseln. »Was weiß denn ich? Ich bin Schiffskapitän. Aber würden die Amis nicht alle Geiseln verlieren, falls sie ihm etwas tun?«

Die Araber drehten sich um, marschierten die Gangway entlang und stiegen in ihren Pick-up. Der Wagen raste über den Pier und verschwand außer Sichtweite.

Abrupt sprangen die Türen der drei SUVs auf. Die Fahrer trugen allesamt Waffen, die sie auf Miguel richteten.

Einem der Geländewagen entstiegen zwei Männer, bei einem davon handelte es sich unzweifelhaft um Nazir. Der andere, in Jeans und weißem Oxford-Hemd, hielt jede seiner Bewegungen mit einer Videokamera fest.

Langsam, zu beiden Seiten von Bewaffneten flankiert, schritt Nazir an den Fahrzeugen vorbei. Der Kameramann ging rückwärts vor ihm her und filmte.

Er war die ganze Zeit über da gewesen, hatte zweifellos nur darauf gewartet, dass die Container abgeladen wurden, damit sein Shooting beginnen konnte.

»Nicht zu fassen!«, flüsterte Miguel. Nazir war hochgewachsen, sein Haar etwas zu lang und zur Seite gekämmt, sodass es ihm über die Augenklappe fiel. Hoheitsvoll schritt er einher, seine Haltung aufrecht, seine Ausstrahlung kompromisslos. Jeder in seiner Nähe starrte ihn entweder ehrfurchtsvoll an oder schwenkte seine Waffe in die Schatten, wie um eine Gottheit zu schützen. Er trug dunkle Slacks, dazu ein weißes Hemd und war glatt rasiert. Doch die Augenklappe verlieh seinem Aussehen etwas Bösartiges und Grausames. Vielleicht lag es auch nur daran, dass Miguel wusste, was er bereits alles angerichtet hatte. Den Tod wie vieler Menschen er verantwortete, wie viele Jugendliche auf sein Kommando aus dem Fenster gestoßen und Unschuldige enthauptet worden waren.

Er merkte, wie sein Adrenalinpegel stieg, während der Terrorist sich dem Schiff näherte.

Als Nazir die Gangway erreichte, ließ er dem Typen mit der Cam den Vortritt, damit dieser an Deck in Position gehen konnte. Auf sein fast unmerkliches Nicken hin setzte sich der Anführer in Bewegung. Oben angekommen ging er zu Miguel, der vor einem der Container wartete.

Das IS-Oberhaupt war die Gelassenheit in Person. Ein kurzer Blick zum Himmel, dann zu Miguel.

»Ich bin Tristan Nazir.«

Miguel schaute ihn noch einen Moment länger an, dann hielt er ihm das Klemmbrett hin. Nazir nahm es entgegen, unterzeichnete und reichte es ihm.

»Sonst noch etwas?«

»Nein. Wir werden die Container nun auf dem Parkplatz absetzen.«

Erst jetzt ließ Nazir den Blick über das Deck gleiten.

Nahezu jeder Quadratzentimeter Fläche war von Containern bedeckt, jeweils fünf beziehungsweise zehn übereinandergestapelt.

Nazir ging zurück an die Gangway und machte Anstalten, von Bord zu gehen.

Unvermittelt sagte der Fotograf etwas auf Arabisch:

»Sidi alrayiys, madha ean surat 'amam albindaqiati? Laqad naqashnah bihadhih altariqati.«

Herr Präsident, wie wäre es mit einem Bild vor den Waffen? So wie besprochen.

Nazir blieb stehen und begab sich achselzuckend in Pose.

Miguel ging zum Fuß des Krans.

»Entschuldigung«, forderte ihn der Fotograf auf. »Öffnen Sie einen der Container. Wir wollen Aufnahmen machen.«

Miguel blickte den Mann verärgert an. »Na schön. Treten Sie zurück. Eine dieser Luken könnte Sie sonst erschlagen.« Mit einer Stimme kaum lauter als ein Flüstern schob er hinterher: »Nicht dass es mir etwas ausmachen würde.«

Miguel löste einen großen Stahlstift, der zwei Containerseiten miteinander verband, und wiederholte die Prozedur an der anderen Ecke. Ein prüfender Blick, um sicherzugehen, dass niemand vor dem Behälter stand. Schließlich blickte er fragend zum Fotografen, der bereits die Kamera in der Hand hielt. Der andere nickte ihm aufmunternd zu.

Miguel langte hinauf, zerrte den letzten der Stifte heraus und stieß das schwere Endstück nach außen. Langsam gab es nach, begleitet vom Quietschen der rostigen Angeln. Während die wuchtige Stahlklappe Richtung Deck schwang, zerriss schallgedämpftes Feuer aus automatischen Waffen die Luft. Die Kugeln mähten jeden auf Deck nieder, anschließend hielten die Schützen ihre Waffen tiefer und deckten die IS-Posten am felsigen Ufer mit Blei ein.

Noch bevor die Klappe aufs Deck knallte, tauchten zwei schwarz gekleidete Kommandosoldaten aus dem Container auf und feuerten, was das Zeug hielt. Sie rotzten die extragroßen, mit 7,62-Millimeter-Patronen bestückten Magazine ihrer Karabiner leer, um so gut wie alles in Sichtweite zu eliminieren. Als ihnen die Patronen ausgingen, wichen sie nach links zur Seite, warfen die Magazine aus und luden nach. Zwei weitere Soldaten stürmten unterdessen vor, um ihren Platz einzunehmen. Die Navy SEALs schossen unaufhörlich. Seit sich die Klappe geöffnet hatte, waren die Schüsse nicht eine Sekunde verstummt.

Und immer noch quollen weitere Männer aus dem Container.

Die nächsten beiden trugen MANPADs auf der Schulter und sprangen an Deck, während ihre Teamkameraden ringsum weiterhin die IS-SUVs und sonstigen Fahrzeuge an Land mit Salven beharkten. Sie schossen ihre Boden-Luft-Raketen ab, die mit einem gewaltigen Feuerball in das Fahrzeugaufgebot einschlugen, dessen Treibstoff sich unter der Wucht und Hitze der Explosion entzündete.

Nur Sekunden nach Beginn der Attacke verstummten die wenigen Schüsse, die Nazirs Wachen noch abgeben konnten.

Trotzdem arbeiteten die Navy SEALs sich mit äußerster Vorsicht, mehrfach gedeckt, methodisch die Gangway hinunter. Sie durchkämmten die zerstörten Überreste der SUVs, Pick-ups und Tieflader, um sicherzugehen, dass niemand sich dort versteckte, untersuchten jeden einzelnen IS-Mann, um zu überprüfen, ob auch wirklich alle tot waren. Zweimal deuteten rasche Feuerstöße darauf hin, dass jemand noch einen Puls gefunden hatte.

Ryan, der Teamleader, der zusammen mit einem Kollegen die gefährliche Aufgabe übernommen hatte, als Erster aus dem Container zu springen, näherte sich Nazir.

Nazir stand reglos da und betrachtete das Blutbad. Ryan griff in der entstandenen Feuerpause an die Hüfte, um eine SIG Sauer P226 aus dem Holster zu ziehen. Er richtete sie auf den IS-Anführer.

»Nicht gerade dein Glückstag heute.«

»Wer sind Sie?«

»Die Sache mit dem Wohnheim ist mächtig in die Hose gegangen«, meinte Ryan. »Wir haben deine Männer alle getötet.«

»Das glaube ich Ihnen nicht.«

»Doch, es stimmt. Wir haben jeden Einzelnen erwischt.«

Nazir musterte Ryan. Sein Blick glitt zum Boden. Ihm fehlten die Worte. »Dann war das hier bloß … eine List?«

Ryan erwiderte nichts darauf. Seine Waffe zielte unverändert auf Nazirs Kopf.

»Sie werden mich ohnehin nicht töten. Ich weiß zu viel.«

»Soll ich dir den Kopf abschneiden?«, überlegte Ryan und ignorierte die Bemerkung völlig. Seine Stimme klang drohend. »Oder dich doch lieber verbrennen?«

»Ich könnte äußerst wertvoll für die Vereinigten Staaten sein«, gab Nazir zu bedenken. »Selbst in einer Gefängniszelle.«

Ryan schüttelte den Kopf. »Mag sein, dass es in meiner Regierung ein paar Kerle gibt, die so denken. Aber ich gehöre nicht dazu.«

»Sie begehen einen schweren Fehler. Ich kann Ihrem Land helfen. Ich verlange, dass Sie Ihre Vorgesetzten kontaktieren.«

Zornig funkelte Ryan Nazir an. Sein Blick streifte die brennenden Fahrzeuge an Land. Er trat einen Schritt zur Seite, zum Schiffsrand hin, während er einem seiner Männer ein Zeichen gab, Nazir vor der Mündung zu behalten.

Ryan tippte dreimal an den Ohrhörer.

»Centurion an Tower Three, over.«

»Roger, Centurion. Was gibt's, Billy?«

»Ich wollte mich nur noch mal vergewissern, was die Einsatzregeln angeht, Sir.« Ryan schielte zu Nazir, der auf der anderen Seite des Decks stand.

»Sie kennen die Antwort doch.«

»Müssen wir es von Langley absegnen lassen, Sir?«

»Hab ich bereits erledigt«, antwortete Bosse, Ryans SEAL Team Commander. »Und vom Weißen Haus ebenfalls. Legen Sie sie um.«

Ryan tippte sich ans Ohr. Er starrte Nazir an, sein Blick ein wenig gemäßigter. Langsam, fast zögernd trottete er zu ihm zurück.

»Nun, Mr. Nazir, Sie hatten recht«, erklärte Ryan, während er die Pistole zurück ins Achselholster schob. »Offensichtlich sollen Sie in die Vereinigten Staaten eskortiert werden, wo man Ihnen im Austausch gegen Ihre Hilfe Immunität anbieten wird.«

Nazir straffte sich, nahm eine aufrechte, um Würde bemühte Haltung ein.

»Das habe ich Ihnen doch gesagt!«

Ryan baute sich vor Nazir auf, durchbohrte ihn sekundenlang mit durchdringenden Blicken.

»War bloß ein Joke«, erklärte er, zückte die Pistole und richtete sie auf Nazirs Kopf.

Ryan drückte ab. Die Kugel traf Nazir ins unversehrte Auge, riss ein Loch so groß wie ein Fünfcentstück, dessen Durchmesser anwuchs, als das Geschoss zersplitterte und die Blei-Pellets der Ummantelung zu glühend heißen Elementarteilchen mutierten, die die Flugbahn erweiterten. Sie gruben sich ins weiche Fleisch hinein, bis die Austrittsöffnung an Nazirs Hinterkopf schließlich die Größe einer Avocado aufwies. Der Schädel explodierte förmlich,

Hirnmasse und Schädelsplitter spritzten in alle Richtungen. Nazir sank leblos auf die Planken.

Ryan verstaute die Waffe, trat vor und packte den Terroristen vorn am Hemd, um ihn mit einer Hand hochzuheben. Er trug den Leichnam an die Seite des Schiffes und warf ihn ohne viel Aufhebens über Bord, lauschte auf den dumpfen Aufprall, mit dem der Körper auf den Klippen neben dem Schiff aufschlug.

Ryan steckte zwei Finger in den Mund und stieß einen kurzen, scharfen Pfiff aus. Das vereinbarte Signal für seine Männer.

Wir brechen auf.

Er sah zu Miguel.

»Machen wir, dass wir von hier wegkommen.«

70

PRIVATE RESIDENZ
WEISSES HAUS
WASHINGTON, D. C.

Summer Dellenbaugh kam aus ihrem Zimmer und marschierte durch den langen Korridor mit der hohen Decke in das ausladende Wohnzimmer, das den Mittelpunkt des privaten Wohnbereichs der First Family bildete. Summer trug eine orangefarbene Cordhose und einen dunkelblauen Pulli. Es war sechs Uhr an einem Samstagmorgen.

Ihr Vater, Präsident J. P. Dellenbaugh, saß in einem tiefen Sessel, ein Bein über der Armlehne, und nippte an seinem Kaffee. Keine Zeitung, kein iPad oder Handy störte ihn, weder Zeitschrift noch Lagebericht oder sonstige

Unterlagen. Dellenbaugh saß einfach nur da und hing seinen Gedanken nach.

Die meisten Menschen begriffen eins nicht: Auch als Präsident blieb man derselbe Mensch wie vorher. Tief im Innern änderte sich rein gar nichts. Um diesen Punkt kreisten Dellenbaughs Gedanken. Eins wollte er niemals aufgeben, niemals verlieren: das, was ihn zu einem echten Menschen machte. Er fühlte sich immer noch wie der kleine Junge, der seinem Vater half, das Eishockeyfeld hinten im Garten anzulegen, damals in Michigan. Wie der Spieler von den Detroit Red Wings, dem bei einer wilden Prügelei während eines Matches die Nase gebrochen wurde, nach dem entscheidenden Tor im dritten Spiel der Stanley-Cup-Playoffs. Wie der Mann, den jeder zu mögen schien und der es irgendwie geschafft hatte, zum Präsidenten der Vereinigten Staaten gewählt zu werden. Es versetzte ihn nach wie vor in Erstaunen und bestätigte seinen Glauben an eine höhere Macht. Er galt als beliebtestes Staatsoberhaupt seiner Generation.

»Hi, Dad.«

»Hey, Süße. Warum hast du dich denn so schick gemacht?«

»Ich dachte, ich begleite dich heute mal.«

»Tatsächlich?«, fragte er lächelnd. »Hat deine Mutter dich auf die Idee gebracht?«

»Nein. Ich möchte einfach mit.«

»Ah, okay.« Dellenbaugh nahm einen Schluck aus seiner Tasse. »Und weshalb?«

»Ich möchte ihnen Danke sagen.«

Dellenbaugh streckte die Arme aus und winkte seine Tochter heran. Sie kam zu ihm und er umarmte sie.

»Ich bin stolz auf dich.«

»Danke, Dad. Ich bin auch stolz auf dich.«

»Summer, was du da sehen wirst, dürfte nicht gerade schön sein. Alle drei sind schwer verletzt. Vielleicht sind sie noch nicht mal in der Lage, Besuch zu empfangen. Ich möchte, dass du das weißt.«

»Dad, ich bin fast zwölf. Ich denke, damit komm ich schon klar.«

Die lang gestreckte Kolonne wurde bestens geschützt. Acht Fahrzeuge allein für den Mitarbeiterstab, allesamt kugelsicher und mit allen Schikanen versehen, darunter Reifen mit Notlaufeigenschaften und ein Lüftungssystem mit autarker Sauerstoffversorgung. Die Staatskarosse des Präsidenten fuhr in der Mitte, ein modifizierter Cadillac DTS mit einer Panzerung, die so gut wie allem trotzte, das schwächer war als eine Rakete, und selbst vor biochemischen Angriffen schützte. Ein Schalter im Heck riegelte den Innenraum so hermetisch ab wie bei einem Überschallflugzeug. Eine weitere Taste setzte die interne Luftzufuhr in Gang, die fünf Stunden vorhielt. Ein Behälter im Kofferraum verwahrte eine Konserve mit der Blutgruppe des Präsidenten.

Zwischen den Limousinen rollten mehrere Chevy Suburbans und Vans, in denen FBI- und Secret-Service-Agenten saßen, ausgestattet mit genügend Feuerkraft, um einen kleinen Krieg anzuzetteln. Ein halbes Dutzend Streifenwagen fuhr ebenfalls in der Kolonne mit. In einer langen Reihe rauschten die Fahrzeuge auf dem Rock Creek Parkway Richtung Norden. Über ihnen schwebte ein mit Raketen bestückter Hubschrauber, hoch genug, um nicht aufzufallen, niedrig genug, um auf einen Anschlag aus der Luft zu reagieren oder für den Fall einzugreifen, dass auf dem Boden Probleme auftraten, die Polizei, FBI und Secret Service nicht allein bewältigen konnten.

Dellenbaugh saß auf der Rückbank der Präsidenten-limousine, links neben ihm Summer. Holden Weese, sein persönlicher Referent, saß ihm gegenüber. Dellenbaugh war in ein Briefing vertieft.

Weese wählte eine Nummer und reichte dem Präsidenten das Telefon.

»Haley und Barbara Lancaster«, kündigte er an. »Aus Rochester, New York.«

Dellenbaugh nahm den Hörer entgegen. »Ich bin am Apparat.«

»White House Control, sie sind in der Leitung.«

»Danke.« Ein Klicken folgte.

»Hallo?«

»Haley?«

»Ja, Sir.«

»J. P. Dellenbaugh am Apparat.«

»Ich weiß, Sir.«

»Ist Barbara auch in der Leitung?«

»Nein, Sir. Verstehen Sie es bitte nicht falsch. Sie unterstützt Sie, Mr. President. Aber ihr geht es gerade nicht gut.«

»Ich wäre bei so etwas auch am Boden zerstört«, entgegnete Dellenbaugh. »Ich mag mir gar nicht vorstellen, wie es sein muss. Es tut mir so leid.«

Dellenbaugh hörte ein leises gequältes Schluchzen durchs Telefon.

»Entschuldigung … Mr. President«, flüsterte Lancaster mit wackeliger Stimme.

»Schon okay«, meinte Dellenbaugh. »Tun Sie sich keinen Zwang an. Mir erginge es an Ihrer Stelle nicht anders.«

Fast 20 Sekunden lang ließ Dellenbaugh ihn weinen, nur hin und wieder warf er ein »Lassen Sie es raus« oder »Ist schon gut« ein.

Schließlich hörte Haley Lancaster, der Vater von Stephen Lancaster, Erstsemester an der Columbia, auf zu weinen.

»Er war ein so kluger Junge, Mr. President«, sagte Lancaster mit hörbarem Stolz.

Dellenbaugh griff nach Summers Hand.

»Jahrgangsbester der School of the Arts.« Dellenbaugh bezog sich auf Rochesters führende High School. »Ich habe mir sagen lassen, er hätte auch nach Harvard, Stanford, Princeton oder Bowdoin gehen können.«

»Aber er entschied sich für die Columbia.«

»Er hätte es bestimmt eines Tages zu einer Professur gebracht.«

»Genau das wünschte er sich, ja.«

»Ich habe gestern mit Lee Bollinger gesprochen«, erklärte Dellenbaugh. Bollinger war Präsident der Columbia. »Die Universität wird für jeden getöteten Studenten eine Stiftungsprofessur ins Leben rufen. Ich dachte mir, Stephen-J.-Lancaster-Lehrstuhl für Bauingenieurwesen klingt ganz gut. Was halten Sie davon?«

»Ich glaube, er wäre sehr stolz, Mr. President.«

Um kurz vor sieben morgens näherte sich die Kolonne dem Bethesda Medical Center.

Dellenbaugh stieg mit seiner Tochter und drei bewaffneten Secret-Service-Agenten im dritten Stock aus dem Fahrstuhl. Dort wurden sie von einer Gruppe von Ärzten, Assistenzärzten und Schwestern in Empfang genommen.

»Hallo zusammen«, grüßte Dellenbaugh bewusst fröhlich.

»Hallo Mr. President«, sagte eine der Schwestern. Andere grüßten ebenfalls oder winkten ihm zu. Alle lächelten.

»Das hier ist meine Tochter, Summer«, stellte er vor.

Einer der Ärzte trat vor. Marc Gillinov, der Chirurg, der Calibrisi operiert hatte.

»Hi, Mr. President.« Wieder blitzte sein unverkennbarer australischer Zungenschlag durch. Lächelnd sah er Summer Dellenbaugh an. »Und du musst der Vizepräsident sein«, meinte er, während er ihr die Hand hinhielt.

Sie errötete kichernd.

»Man sagte mir, Sie wollen mich sprechen, Sir?«, wandte Gillinov sich an den Präsidenten.

»Ich habe von der Operation gehört«, meinte Dellenbaugh. »Es ist erstaunlich, was Sie getan haben, und ganz schön mutig. Sie haben einem guten Mann, einem guten Freund von mir, das Leben gerettet. Dafür wollte ich Ihnen persönlich danken.«

»Keine Ursache, Sir.«

Er beugte sich von Summer weg. »Wie geht es ihm?«, fragte er leise.

»Wen genau meinen Sie?«

»Hector.«

»Nun ja, er …«, begann Gillinov, doch sein Gegenüber fiel ihm ins Wort. »Erzählen Sie mir erst mal von Dewey.«

»Dem geht es …«

»Katie«, unterbrach Dellenbaugh erneut. »Ich meine, ich weiß, dass die beiden wieder in Ordnung kommen. Katie ist diejenige, nach der ich mich zuerst erkundigen sollte.«

Gillinov stieß ein fast verzweifeltes Lachen aus.

Dellenbaugh stimmte ein.

»Sorry«, meinte er. »Ich kann eine ganz schöne Nervensäge sein.«

»Keineswegs, Mr. President. Abgesehen von den gebrochenen Beinen, der Ruptur der Rotatorenmanschette und den vier angeknacksten Rippen befindet Katie sich in guter Verfassung. Von den dreien dürfte sie aktuell die schlimmsten Schmerzen haben, aber dafür wird sie auch am ehesten über den Berg sein. Ich kann nur sagen: Ein Glück, dass sie so aufkam, wie sie aufgekommen ist. Deweys Blutungen sind noch nicht komplett gestillt. Wir mussten ihn heute noch mal aufschneiden und eine kleine innere Hämorrhagie reparieren, die das Messer verursacht hat. Winzig, mit bloßem Auge nicht zu erkennen, aber sie wächst.«

»Und Hector?«

Gillinov zuckte die Achseln. »Sein Herz pumpt. Dass er überhaupt noch am Leben ist, kann man schon als gnädigen Gefallen des Schicksals bezeichnen.«

»Hat Stress zu dem Herzinfarkt beigetragen?«, erkundigte sich Dellenbaugh.

»Zweifellos. Entschuldigen Sie meine Direktheit, aber wenn Sie Hector Calibrisi ein langes Leben wünschen, schicken Sie ihn baldmöglichst in den Ruhestand. Oder versetzen Sie ihn wenigstens auf einen gemütlichen Botschafterposten. Noch so ein Infarkt, dann kann ihn auch der beste Chirurg nicht retten.«

Dellenbaugh klopfte Gillinov auf die Schulter. »Nochmals vielen Dank, Doktor.«

Wenn unser Land es sich nur erlauben könnte, ihn in den Ruhestand zu schicken, dachte Dellenbaugh bei sich. »Können wir den Patienten kurz Guten Tag sagen?«

»Ich glaube, schon. Die Zimmer der drei liegen nebeneinander. Ich bitte nur darum, dass Sie sie nicht zu sehr aufregen, insbesondere Hector nicht. Keine lauten Geräusche oder hastigen Bewegungen, nichts dergleichen. Dasselbe gilt für die anderen zwei. Als ich das letzte Mal nach ihnen sah, das ist jetzt eine Stunde her, haben alle noch geschlafen. Falls das nach wie vor der Fall sein sollte, bitte …«

»Selbstverständlich«, versprach Dellenbaugh. »Dann lassen wir sie schlafen.«

Sie gingen mit Gillinov durch den Flur, gefolgt von einer Gruppe weiterer Ärzte und Schwestern. Ziemlich am Ende blieben sie vor einer Tür stehen.

»Das ist Deweys Zimmer«, sagte Gillinov. »Gehen Sie ruhig rein. Aber seien Sie leise!«

Dellenbaugh nickte. Er blickte Summer an.

»Na los«, ermunterte er sie, anzuklopfen und als Erste einzutreten.

Summer klopfte leise, dann ein bisschen lauter. Keine Antwort. Schließlich schob sie die Tür auf und sie betraten zu dritt den Raum. Gillinov machte ein entsetztes Gesicht. »Wo ist er?«, wandte er sich an eine Schwester.

Das Zimmer war leer. Selbst das Bett war verschwunden.

Ein wenig besorgt blickte Gillinov den Präsidenten an. »Mr. President, ich habe keine Ahnung, wo er ist.«

Vom Ende des Flurs ertönte ein lauter Schrei.

Gillinov rannte, Dellenbaugh dicht auf den Fersen, ins Zimmer nebenan, aus dem der Schrei gekommen war. Ebenfalls leer.

»Alarmieren Sie den Sicherheitsdienst!«, rief Gillinov. Im nächsten Augenblick ertönte ein Stück weit den Flur hinunter ein dritter Schrei. Es dauerte nicht lange, und auf dem Korridor wimmelte es von Menschen, allen voran Gillinov und Dellenbaugh, die geballte Security im Schlepptau.

»Nein!«, kreischte ein Zimmer weiter eine Frau.

Sie stürmten hinein. Gillinov, Dellenbaugh und zwei Bewaffnete.

Dewey, Katie und Hector blickten ihnen entgegen. An diverse Infusionsständer und EKGs angeschlossen, saßen sie auf ihren im Dreieck aufgestellten Krankenbetten, in der Mitte stand auf einem Stuhl ein Abfalleimer. Dewey hielt einen Tennisball in der linken Hand, da seine rechte bandagiert war. Er holte gerade aus, um ihn in dem Eimer zu versenken. Etwas abseits stand ein Krankenpfleger von imposanter Statur, der sich für den Fall bereithielt, dass der Ball danebenging.

»Jones«, fragte Dewey. »Wie ist der Punktestand?«

Der Pfleger wirkte, als fiele er jeden Moment in Ohnmacht. Er gaffte den Präsidenten an, sein Adamsapfel zuckte nervös. Sein Blick fand Gillinov.

»Ähm, Hector fünf, Katie sieben und du, ähm … na ja, du hast noch gar nichts, Dewey.«

»Null Punkte? Ich bin froh, dass nicht du derjenige warst, der mich operiert hat. Du bist nämlich offenkundig blind. Ich hab bestimmt 20 Mal getroffen.«

Dewey lupfte den Ball. Er knallte auf dem hinteren Rand des Abfalleimers auf und prallte ab, landete mitten auf Calibrisis Decke.

Mehrere Leute hielten den Atem an.

»Arschloch«, entfuhr es Calibrisi mit Reibeisenstimme. Sein Blick erfasste Summer Dellenbaugh. »Äh, Entschuldigung, Kleines. Es ist nur so, dass … na ja, er hat mich jetzt schon zum dritten Mal getroffen.«

»Ich wurde abgelenkt«, beschwerte sich Dewey. »Ich sollte noch einen Versuch bekommen.«

Dellenbaugh schüttelte den Kopf. »Und ich habe mir doch tatsächlich Sorgen um euch Arschlöcher gemacht.«

»Dad.« Summer klang empört.

»Entschuldige, Schätzchen. Sag's bloß nicht deiner Mom.«

Dellenbaugh gab dem Pfleger ein Zeichen. Dieser zögerte einen Moment, dann warf er dem Präsidenten einen Ball zu. Dellenbaugh postierte sich an der Tür. Mit dem Ball in der rechten Hand holte er ein paarmal probehalber aus, testete, ob er den Eimer traf, der genau in der Mitte des Raumes stand.

Summer blickte Katie an und verdrehte die Augen.

Katie blickte Dewey an und raunte: »Und ich dachte, außer dir und Rob wäre niemand so kindisch.«

»Wir sind alle so«, flüsterte Dewey. »Treffen Sie bloß nicht daneben, Mr. President«, fuhr er fort, lauter diesmal. Mit dem linken Arm fuchtelte Dewey durch die Luft, um Dellenbaugh abzulenken. »Entspannen Sie sich. Führen Sie sich einfach vor Augen, dass der Dritte Weltkrieg ausbrechen könnte, wenn Sie mit diesem Wurf nicht treffen. Vielleicht gibt es auch einen Börsencrash und in der Folge eine größere Wirtschaftskrise.«

Mitten im Ausholen grinste Dellenbaugh. »Dewey, so macht man das!« Der Ball segelte durch die Luft und landete ohne jeden Kontakt mit dem Rand im Abfalleimer. Selbstgefällig ließ Dellenbaugh den Blick durchs Zimmer gleiten, während das rebellische Wurfgeschoss vom Boden des Eimers abprallte und heraussprang. 30 Zentimeter daneben prallte es auf das Linoleum und rollte in die Ecke.

Alle brachen in schallendes Gelächter aus.

Ein verärgerter Gesichtsausdruck trat auf das Gesicht des Präsidenten. Er verflog jedoch augenblicklich.

»Hi, Dewey.« Er beugte sich zu ihm hinab und umarmte ihn. »Danke für alles.«

Dewey erwiderte nichts darauf. Nachdem Dellenbaugh sich wieder aufgerichtet hatte, blickte er Summer an.

»Das ist Summer.«

»Hi«, grüßte Dewey.

Summer errötete. Sie trat vor und streckte die Hand aus. Dewey ergriff sie mit der Linken und schüttelte sie sanft.

»Hi, Mr. Andreas.«

»Wie alt bist du? Warte, lass mich raten.«

Dewey musterte Summer von oben bis unten und nickte konzentriert. »16«, verkündete er schließlich.

Sie sperrte den Mund auf, doch bevor sie etwas erwidern konnte, korrigierte er: »Nein, warte. 17.«

Kichernd schüttelte Summer den Kopf.

»22? O mein Gott, du siehst nicht aus wie 22. Versteh mich nicht falsch, aber du bist ein bisschen kurz geraten.«

Summer musste lachen.

»Dann haben Sie Ihre Tochter also zu diesem Termin mitgeschleppt, Mr. President?« Calibrisis Stimme klang ein wenig angestrengt.

»Nein, ich bin freiwillig mitgekommen.« Summer hielt immer noch Deweys Hand. »Ich wollte mich bei Ihnen allen bedanken.«

Calibrisi lächelte, genau wie Katie.

»Ich weiß, ich bin erst zwölf, aber jeder weiß, was passiert ist. An meiner Schule haben alle drüber geredet. Alle wollten wissen, was mein Dad unternehmen wird, und ich hatte keine Ahnung, was ich dazu sagen soll. Und dann haben Sie die Bösen aufgehalten. Alle haben gestaunt. Ich war so stolz. Sie gaben es über Lautsprecher durch. Wir gingen alle in die Turnhalle und unsere Direktorin, Mrs. Boynton, hielt eine Ansprache. Es war sehr mutig von Ihnen, auf diese Art ins Gebäude reinzuklettern. Tut mir leid, dass Sie dabei verletzt wurden. Wie gesagt, ich wollte bloß Danke sagen.«

Sekundenlang herrschte Stille im Raum.

Dewey hatte bisher keine Miene verzogen. Nun lächelte er, streckte die Hand aus und reichte Summer den Tennisball.

»Ich wette, du kriegst das besser hin als dein Dad«, meinte er grinsend.

Schüchtern nahm Summer den Ball entgegen, visierte erst den Abfalleimer an, dann fragend ihren Vater.

»Sorry, Dad.« Damit warf sie den Ball. Er streifte die Außenkante, prallte zur anderen Seite, sprang in die Luft, wo er einen Moment zu verharren schien. Im nächsten Moment senkte er sich in den Eimer.

EPILOG

»Zweimal, bitte«, bat Dewey.

Der Kassierer hinter dem Schalter war mit einem Kreuzworträtsel beschäftigt. So wie er aussah, musste er schon über 70 sein: tiefe Runzeln im Gesicht, eine Brille mit Gläsern so dick wie Glasbausteine, das Gestell mit grünem Klebeband geflickt. Auf dem Kopf trug er ein Basecap, das so vor Schmutz und Öl starrte, dass das Logo längst nicht mehr zu erkennen war. Bedächtig malte er sein Wort fertig und blickte mit einem Ausdruck leichter Verärgerung auf zu Dewey.

»18 Bahnen oder neun?«

»Ich dachte, hier kann man bloß neun Bahnen spielen.«

»Nein, es sind insgesamt 18.«

»Wann habt ihr denn die neuen neun Bahnen angelegt?«

»Haben wir nicht. Man spielt einfach die gleichen neun Bahnen noch mal.«

Dewey tauschte einen stummen Blick mit Daisy.

»Wir spielen neun«, entschied er.

»Es kostet gleich viel, so oder so.«

»Was bringt es dann, wenn ...«, begann Dewey, doch er ließ es bleiben. »Wir spielen neun Bahnen.«

»Okidoki.« Der Alte beugte sich nach links, um Daisy zu begutachten, die direkt hinter Dewey stand.

»Ein Erwachsener, ein Kind«, erklärte er mit starkem Akzent und breitem Grinsen. »Das macht zwölf Dollar.«

Dewey schob ihm einen Zwanziger hin, während Daisy lachte.

Dewey beugte sich vor. »Behalt den Rest«, flüsterte er. »Kauf dir davon ein paar Pfefferminzbonbons.«

»Wozu denn?« Der Alte schob ihm trotzdem acht Dollar hin. »Das letzte Mal, dass ich ein Mädchen geküsst habe, war 1978. Damals hat dieser dämliche Erdnussfarmer noch den Präsidenten gemimt. Genieß es, solange du noch kannst, du Teufelskerl.«

Dewey ging mit Daisy zum Regal mit den Puttern in der Nähe des ersten Abschlags, einer erbarmenswerten Sammlung verbeulter, rostiger, verbogener, mit Klebeband umwickelter Schläger, die allesamt schon bessere Tage erlebt hatten.

»Kannst du mir einen empfehlen?«, fragte sie, während ihr Blick über die Auswahl glitt.

»Ich persönlich ziehe einen mit etwas stärkerem Umfang und höherem Gewicht vor, der solide und doch nachgiebig in der Hand liegt.«

»Hat dir schon mal jemand gesagt, dass du ein Klug-scheißer bist?«

Dewey überhörte ihre Worte, nahm stattdessen ein schäbiges, mit einer Rostschicht überzogenes Exemplar mit angerissenem Griffstück in die Hand.

»Was dich angeht, bist du ja ein Neuling in diesem Sport. Eine Amateurin sozusagen.«

Dewey langte prüfend nach einem, der irgendwann wohl mal einer Frau gehört hatte. Am Griff war noch ein Rest von Rosa zu sehen. Er schien ganz gut in Schuss zu sein, sah man davon ab, dass er in der Mitte verbogen war, und zwar in einem Winkel von fast 90 Grad. Mit ein wenig Anstrengung bog Dewey ihn wieder gerade.

»Dieser hier ist sehr schön ausbalanciert, was das Verhält-nis zwischen Länge und Winkel von Schaft und Schläger-kopf betrifft.« Dewey reichte ihr den Schläger. »Ich denke, du wirst gut damit zurechtkommen. Wenn ich mich recht entsinne, war es Hobey, der ihn damals, vor einigen Jahren, verbogen hat. Das muss nach einer kleinen Diskussion über den Punktestand passiert sein.«

Lachend schüttelte Daisy den Kopf.

Außer ihnen hielt sich niemand auf dem Platz auf. Genau wie der Schläger und der Alte am Ticketschalter hatte er seine besten Zeiten längst hinter sich. Ein paar Bahnen besaßen noch ihren alten Kunststoffbelag, allerdings war dieser ziemlich mitgenommen, hin und wieder eingerissen, voller Flecke, stellenweise fehlten ganze Stücke. Der überwiegende Teil der Bahnen bestand aus mit einer Farbschicht überzogenem Sperrholz. Und die Hindernisse – ein sadistisch aussehender Clown, durch dessen linken Schuh ein Tunnel führte, die Replik eines Mississippi-Raddampfers mit einer Rampe, an deren oberem Ende sich eine gewundene, labyrinthartige Schleife befand, eine Öffnung mit Spiegeln zu beiden Seiten, die das Ganze wohl visuell erschweren sollte –, auch sie erweckten den Eindruck, dass sie nur deshalb noch nicht auf der örtlichen Müllkippe gelandet waren, weil niemand sich die Mühe machen wollte, sie dorthin zu schaffen.

Am vorletzten Loch starrte Daisy fragend auf das Hindernis: nichts weiter als ein braun gestrichenes Kantholz, das zu einem Holzstoß führte.

Sie blickte Dewey verständnislos an. *Was soll das denn?*

Dewey zuckte die Achseln. »Als ich das letzte Mal hier war, lag da noch ein Plastikschwein. Man musste den Ball ins Maul schlagen, dann kam er aus dem … auf der anderen Seite wieder raus. Jemand muss das Vieh geklaut haben.«

»Vielleicht sollten wir diese Bahn auslassen.«

Dewey nickte. »Natürlich! Aber dir ist schon klar, dass du sie mehr oder weniger brauchst, weil ich dich sonst mit ziemlich großem Vorsprung schlagen werde.«

»Du wirst mich schlagen? Ich wusste gar nicht, dass wir Punkte zählen.«

»Natürlich! Das hier sind die Bangor Acres. Da muss man Punkte zählen.«

»Und wo hast du den Spielstand festgehalten, Dewey? Ich seh nirgends einen Zettel.«

Dewey tippte sich an die Schläfe. »Hier oben.«

»Natürlich«, meinte sie lachend. »Als ob ich dir beim Punktezählen über den Weg traue.«

»Du vertraust mir also nicht? Das verletzt mich tief.«

»Dewey, zunächst mal: Du bist schrecklich. Ich kann gar nicht glauben, dass ich dir abgenommen habe, du wärst ein großartiger Golfspieler. Dann finde ich raus, dass es sich um Minigolf handelt, was ein Witz ist. Und du bist noch nicht mal gut. Du hast fünf Schläge gebraucht, um den Ball um das rote Eichhörnchen dahinten zu manövrieren.«

»Das war ein Hummer. Außerdem habe ich da meinen Mulligan genutzt. So nennt man beim Golf einen Freischlag.«

»Oh.«

Sie kamen ans letzte Loch. Nach einer kurzen Geraden spannte sich eine ramponierte Windmühle über den finalen Abschnitt einer Sperrholzrinne. Die von Mehltau überzogenen Schindeln der Mühle waren mit Möwenkot bedeckt.

»Das ist die Windmühle?«

»Ja. Irgendwie hübsch, nicht?«

»Geradezu malerisch.«

In der Mitte war eine kleine Öffnung zu sehen. Die großen Flügel, die sich eigentlich drehen und sie alle paar Sekunden verschließen sollten, rührten sich nicht.

Sekundenlang starrte Dewey sie an. Er wirkte ein wenig verärgert.

»Um Himmels willen, zwölf Dollar! Da sollte man doch

meinen, dass sie dafür wenigstens die Windmühle am Laufen halten.«

Daisy reichte ihm ihren Schläger und spazierte zur Windmühle, kletterte um sie herum, nahm sie von allen Seiten in Augenschein, beugte sich zum Puppenhausfenster nahe dem Dach.

»Wenigstens den Eichhörnchen gefällt es«, meinte sie.

Sie musterte Dewey, dann den komischen Vogel am Ticketschalter. Er kehrte ihnen den Rücken zu. Unvermittelt holte sie aus und trat, so fest sie konnte, gegen die Windmühle. Ein misstönendes Klappern ertönte. Der Alte bekam es nicht mal mit.

»Was tust du denn da?«, protestierte Dewey.

Erneut trat Daisy zu, fester diesmal. Wie durch ein Wunder fing die Windmühle langsam wieder an, sich zu drehen.

Triumphierend marschierte Daisy zum Abschlagspunkt zurück.

»Fo schissel mei nissel«, verkündete sie, während sie Dewey ihren Schläger abnahm und sich den Ball zurechtlegte.

»Ich frag jetzt nicht, was das heißt.«

»Gut, ich hab nämlich keine Ahnung. Nun, da meine Wenigkeit deine hübsche kleine Windmühle repariert hat, haben wir Punktegleichstand. Wie wär's, wenn wir diese letzte kleine Bahn ein bisschen interessanter gestalten, Andreas? Oder hast du etwa … Angst?«

Dewey beugte sich dicht zu Daisy, ihre Nasen berührten sich fast.

»Niemand hat mich je an der Windmühle geschlagen. Nenn deinen Preis.«

»Okay, gut. Wenn ich gewinne, musst du mich küssen. Ein richtiger Kuss.«

Dewey blickte sie ausdruckslos an. Bedächtig fing er an zu nicken. »Ich schätze, es gibt Schlimmeres. Was ist, wenn ich gewinne?«

»Nenn *deinen* Preis.«

»Dann musst du den Alten küssen.«

»Iiiihhh!«

Dewey überlegte ein paar Sekunden. »Wenn ich gewinne, springen wir nackt von der Kaimauer und baden im Hafen.«

Das Lächeln wich aus Daisys Gesicht.

»Wir haben Ende November. Thanksgiving, schon vergessen? Wir werden erfrieren. Außerdem bist du ungefähr tausendmal genäht worden und trägst noch einen Verband.«

»Salzwasser schadet nicht.«

»Es sind nicht mehr als acht, neun Grad im Freien!«

»Dann sieh besser zu, dass du diesen Ball einlochst.«

Kopfschüttelnd ging Daisy zum Abschlag, konzentrierte sich auf die Windmühle, wie sie sich immerzu im Kreis drehte, hielt den Schläger viel zu hoch, wie um zu einem Drive auszuholen, und schlug. Der Ball segelte hart nach links, knallte gegen ein Brett, prallte ab und hüpfte wie wild auf die Windmühle zu, um, wie auch immer, durch die Öffnung am unteren Ende zu schrammen. An ein vernehmliches lautes Krachen aus dem Innern der Windmühle schlossen sich ein paar Momente der Stille und schließlich ein unverkennbares Klirren an.

Strahlend blickte Daisy ihn an, rannte um das Hindernis herum und spähte hinein.

»Mit einem Schlag eingelocht!«, rief sie und hüpfte triumphierend auf und ab.

»Okay, du Ass, mach mal Platz.«

Dewey legte den Ball auf den Punkt, schielte zu den sich drehenden Flügeln und holte aus. Gemächlich rollte der Ball aufs Loch zu, genau in dem Moment, in dem der Flügel sich drehte, um es zu versperren. Der Flügel drehte sich weiter, gab die Öffnung wieder frei und der Ball verschwand im Inneren. Lässig ging Dewey um die Windmühle herum, gerade als der Ball auf ein Brett am gegenüberliegenden Ende traf, davon abprallte und quälend langsam auf den Pokal zurollte, an dessen Rand er verharrte, gerade als Dewey dort ankam. Dewey sprang in die Luft, kam hart wieder auf, eine kleine Erschütterung lief durch den Boden. Wie in Zeitlupe kullerte der Ball hinein.

»Das war unfair«, fand Daisy.

»Das ganze Leben ist unfair.«

»Nun, wie es aussieht, haben wir ein Patt«, stellte sie fest. »Was machen wir jetzt?«

Der Tisch war gedeckt, die Weinflaschen entkorkt, das Fass Pumpkin Ale stand im Eiskübel kalt. Das Feuer flackerte. Es wurde viel gelacht.

Reagan und Sam Andreas hatten aus alten Scheunenbrettern einen fünfeinhalb Meter langen Erntedanktisch gezimmert und ihn rausgeschleppt, mitten auf den großen Rasen vor dem Farmhaus der Familie Andreas. Rings um den Tisch standen Petroleumfackeln, deren blakende, orangefarbene Flammen in den sternenklaren Abendhimmel züngelten, während sich der Andreas-Clan mit seinen Freunden zur Thanksgiving-Feier versammelte.

Ursprünglich hatten die Festivitäten im Haus stattfinden sollen, doch in diesem Jahr spielte das Wetter verrückt. Heute Abend lag die Temperatur in Castine bei plus elf Grad.

Sicherheitshalber knisterte vor Margaret Andreas' bereits für den Winter vorbereitetem Garten ein Lagerfeuer, umringt von Stühlen, auf denen Verwandte und enge

Freunde saßen. Nur das Feuer war zu hören, dazu Gelächter. Die gelben Flammen schraubten sich in einen wolkenlosen, sternenbedeckten Himmel empor.

Es herrschte jene magische Atmosphäre, die entsteht, wenn eine Familie mit ihren engsten Freunden zusammenkommt. Es ist warm, aber nicht heiß, und etwas Besonderes steht bevor. Jeder weiß, dass es passieren wird, aber es ist noch nicht eingetreten. Simple Vorfreude.

Eigentlich sollten nur insgesamt 22 Gäste kommen, doch irgendwann im Laufe des Tages war die Zahl der Teilnehmer am Thanksgiving Dinner auf über 50 angewachsen.

Auf dem Barbecue-Grill hatte Hobey, assistiert von Sam, zwei Truthähne zubereitet. Margaret hatte, wie üblich, einen weiteren im Ofen gebraten.

Grey Terry, der ein Stück die Straße rauf wohnte, hatte extra seine alte hölzerne Mostpresse hergeschleppt und mit Unterstützung der Jungen mehrere Liter Apfelwein gekeltert. Er war auch so freundlich gewesen, für Rum zu sorgen – Fusel, zugegeben, aber besser als nichts.

Von der Hügelkuppe aus, die Margaret Hill genannt wurde, konnte man das Meer sehen. Es mochte zwar nicht die beste Adresse in Castine sein, aber dafür die schönste, wie jedermann wusste.

Dann trat es ein. Jenes schlichte Ereignis, auf das alle warteten.

Ein blauer Pick-up, ein Ford F-250 mit festgetrocknetem Schlamm an Reifen und Seiten, rollte gemächlich über die Schotterstraße, die am weißen Lattenzaun der Farm verlief, an dem die Farbe bereits abblätterte.

Ohne jede Übertreibung konnte man behaupten, dass jeder der an jenem Abend hier Versammelten sich im selben Moment umdrehte, um die Gäste in Augenschein zu nehmen, die mit anderthalb Stunden Verspätung eintrafen.

Die Fahrertür wurde geöffnet und eine Frau stieg aus. Sie trug einen schlichten weißen Pulli, dazu eine rote Hose. Auf dem Kopf ein Cap der Boston Bruins. Ihr Haar war nass.

Selbst aus mehr als 100 Metern Entfernung stach sie einem ins Auge – sinnlich, elegant und vor allem hübsch. Sie ging an die Beifahrertür und zog sie auf. Langsam stieg ein Mann aus. Er trug abgeschnittene Shorts, Flip-Flops und ein gestreiftes, langärmeliges Lacoste-Polohemd. Sein Haar war ebenfalls klatschnass.

Daisy blickte Dewey an. »Das war verrückt.«

»Ja, aber es hat Spaß gemacht.«

Sie trat näher, behutsam berührte sie seine Brust an der linken Seite.

»Ist es okay?«

»Schon gut«, meinte er lächelnd.

»Hier bist du also zu Hause?«

»Ja. Ich weiß, es ist nicht besonders großartig oder so.«

»Genau so habe ich es mir vorgestellt«, sagte sie. »Es ist bezaubernd.«

Er wurde rot.

»Warum starren die uns alle so an?«, fragte Daisy mit einer Kopfbewegung über die Wiese hinweg. Alle rings um den Tisch und am Lagerfeuer sahen in die Richtung der beiden.

»Die kommen aus Maine«, antwortete Dewey. »Die gaffen gern. Ist einfacher als Reden.«

Daisy lachte.

»Dann sind sie also nicht besonders gesprächig?«

»Nein.«

»Machst du Witze?«, sagte Daisy. »Verwandte von dir, die wortkarg sind? Das kann ich mir gar nicht vorstellen.«

Daisy griff nach seinem Arm und legte ihn sich um den

Nacken. Dewey grinste. Kaum wahrnehmbar, doch sie bemerkte es.

»Hab dich«, stellte sie fest.

Sie setzten sich in Richtung Festgelage in Bewegung.

»Nimm dir einfach was zu trinken«, sagte Dewey, »aber lass bitte die Finger vom Tafelsilber.«

Langsam gingen sie über die Weide auf die versammelte Familie und deren Freunde zu.

Deweys Vater und Mutter kamen ihnen über den Rasen entgegen, um sie zu begrüßen.

»Hi, Mom, Dad.«

John und Margaret Andreas traten auf ihn zu und schlossen ihn in die Arme. Seit den Ereignissen an der Columbia hatten sie sich schon ein paarmal gesehen. Sie hatten ihn besucht, während er einen Monat auf der Intensivstation des Columbia-Presbyterian Hospital gelegen hatte. Knapper Überlebender eines Messerstichs, zugefügt von einem Mann, der nun zwar tot, aber inzwischen jedem durch die Nachrichten ein Begriff war: Sirhan El-Khan. Trotzdem umarmten sie Dewey, als wäre er zehn Jahre lang weg gewesen.

Sanft löste er sich von ihnen. »Das ist Daisy.«

John umarmte Daisy, Margaret tat es ihm gleich.

»Freut mich, Sie kennenzulernen, Daisy«, sagte Deweys Mutter. »Ihrem Vater sind wir schon oft begegnet. Ein wunderbarer Mann. Ich habe gehört, dass er schon wieder laufen kann?«

»Ja, er macht große Fortschritte. Vielen Dank, dass Sie sich nach ihm erkundigen, Mrs. Dewey.«

»Nenn uns doch John und Margaret, Liebes«, schlug Deweys Vater vor.

»Wir freuen uns, dass Sie gekommen sind«, sagte Margaret. »Dewey hat uns schon viel von Ihnen erzählt.«

Lächelnd blickte Daisy zu Dewey. »Ach wirklich?«

»Ja«, meinte John. »Er sagte, Sie hätten einen Abschluss in Jura. Hobey hat auch einen.«

»Außerdem erwähnte er, dass Sie hübsch sind«, ergänzte Margaret.

Daisy senkte den Blick. Errötend lächelte sie Dewey an. »Das war nett von dir.«

»Und er sagte, dass Sie beide sich angefreundet haben«, meinte John.

Diesmal war es an Dewey, ein wenig rot zu werden, während Daisy lachte.

»Ja, das haben wir«, bestätigte sie. »Hat Ihr Sohn Ihnen geschildert, wie er mir das Leben rettete?«

Margaret blickte Dewey an, dann zurück zu Daisy und lächelte mit unverhohlenem Stolz. »Tatsächlich?« Sie trat einen Schritt näher an die junge Frau heran. »Nun, er ist ein ganz besonderer Mensch.«

»Ich weiß.«

Dewey verdrehte die Augen. »Mom.«

»Sie ist bloß eine Bekannte«, hatte Dewey seinen Vater und seine Mutter am Telefon vorgewarnt, als er in der Woche vorher aus Washington anrief. »Im Grunde weiß ich nicht mal, ob sie überhaupt eine Bekannte ist. Sie ist in erster Linie Hectors Tochter. Sie wollte gerne mal Maine sehen, weil sie noch nie dort gewesen ist. Und ich hatte grad nichts Besseres vor, da dachte ich mir, ich nehm sie einfach mit. Also keine Bemerkungen, Blicke oder Augenzwinkern. Ich fang nichts mit ihr an. Sagt es auch Hobey, Sam und Reagan. Keine blöden Sprüche. Wir sind bloß Freunde.«

»Warum kommt sie dann mit?«, wollte sein Vater wissen.

Langes Schweigen am Telefon.

»Ich schätze, sie will mal Castine sehen«, antwortete Dewey.

Eine Frauenstimme meldete sich. Da hatte jemand gelauscht.

»Und warum braucht sie *dich* dazu?«, hakte seine Mutter vom Anschluss im oberen Stockwerk nach.

»Seit wann bist du in der Leitung?«, wollte John wissen.

»Ach, sei doch still«, sagte Margaret. »Dewey, ich kann sie im Ort rumführen und ihr alles zeigen.«

Dewey schwieg längere Zeit, krampfhaft bemüht, sich eine Antwort einfallen zu lassen. »Ich dachte mir, sie braucht jemanden, mit dem sie Ausflüge unternehmen kann oder so.«

»Du brauchst nicht den weiten Weg zu uns zu kommen, nur um mit der Tochter von irgendjemand Ausflüge zu machen«, zog seine Mutter ihn auf. »Vor allem wenn du dir noch nicht mal sicher bist, ob sie überhaupt eine Bekannte ist.«

Dewey ging nicht darauf ein. »Okay«, kam er auf den Punkt. »Also bis nächste Woche. Vielleicht kann Hobey ja wieder einen Truthahn grillen?«

»Ich werd ihn fragen«, versprach Margaret Andreas. »Aber ich weiß nicht, ob er sich so viel Mühe für eine fremde Frau machen möchte, die vielleicht überhaupt noch nicht mal eine Bekannte ist.«

»Hör auf, den Jungen aufzuziehen«, sagte John Andreas. »Dewey, wir freuen uns auf euch beide. Selbstverständlich bekommt ihr getrennte Zimmer. Und ich bin mir sicher, dass Hobey liebend gern einen Truthahn für Thanksgiving grillt.«

»Danke, Paps.«

»Keine Ursache. Und sag deiner Freundin, sie soll ein paar Pullover einpacken. So langsam wird's hier abends ein bisschen frisch.«

Dewey ging mit Daisy an den langen Erntetisch. Alle standen auf, sobald sie bei der Begrüßungsrunde in ihre Nähe kamen, sagten Hallo, umarmten sie und hießen Deweys Begleitung willkommen.

Ehe Dewey sich setzte, blieb er vor dem ihm zugewiesenen Platz in der Mitte des Tisches, zwischen Sam und Reagan, stehen.

»Warum um alles in der Welt sind eure Haare nass?«, fragte Tante Boo, die Schwester von Deweys Vater. »Um Himmels willen, wir haben doch fast schon Winter.«

»Wir waren, äh, schwimmen.« Dewey streifte Daisy, die sich ein Lachen nicht verkneifen konnte, mit einem Seitenblick.

»Hast du nicht schon gestern hier sein sollen, Onkel Dewey?«, krähte Sam.

»Hättest«, korrigierte Dewey ihn.

»Hättest was?«, fragte Sam.

»Hättest wie in: *Hättest* du nicht schon gestern hier sein sollen?«

»O Mann«, stöhnte Sam, »du nicht auch noch. Warum hacken alle immer nur auf den Sachen rum, die ich von mir gebe? Ich will doch keine Lexikons schreiben, wenn ich mal groß bin.«

»Erstens«, sagte Dewey, »möchte ich mich bei euch allen für mein Zuspätkommen entschuldigen. Ihr werdet es bestimmt nicht glauben, wenn ich euch sage, dass uns der Sprit ausgegangen ist, aber es war wirklich so.«

»Schon okay, Dewey«, rief jemand, »wenn du mal wieder Ladehemmung hast, wüsste ich jemanden, der dir gern helfen wird.«

Alles brach in Gelächter aus.

»Ich hätte noch mal tanken sollen, bevor wir in Camden losgefahren sind.«

»Was habt ihr denn in Camden getrieben?«, wollte Deweys Mutter wissen.

»Nichts.« Prompt bereute Dewey, dass er Camden überhaupt erwähnt hatte.

»Habt ihr beide dort übernachtet?«

»Mom, darum geht's grad nicht. Worauf es ankommt, ist: Sorry fürs Zuspätkommen.«

»Wir haben uns Antiquitäten angesehen«, warf Daisy ein und grinste ihn verschmitzt an.

»Antiquitäten?«, meldete sich Onkel Burt vom anderen Ende des Tisches. »Schickimicki, Dewey, ich bin beeindruckt. Solches Zeug kann verdammt teuer sein.«

»Auf jeden Fall«, meldete sich Doris Russell zu Wort, Margarets Schwester und Deweys Tante, überdies Bürgermeisterin von Castine. »Ich hab mal eine alte Kommode gekauft, unten in Massachusetts. Das verfluchte Ding ist einfach auseinandergefallen.«

»So was unternimmst du mit einer Lady?«, rief Grey Terry, während er seinen mit Rum verlängerten Apfelwein zu einem spöttischen Toast zu Ehren Deweys erhob. »Hast du ihr auch ein paar Zierdeckchen gekauft, Dewey?«

Johlendes Gelächter und Gebrüll erscholl, jedes Mal, wenn jemand Dewey aufzog, und Daisy amüsierte sich prächtig.

Resigniert blickte er sie an. Sie quittierte es mit einem belustigten Schmunzeln.

Nachdem endlich jeder am Tisch seine ganz persönliche Meinung zu Antiquitätenkäufen, der Stadt Camden und darüber, ohne Sprit liegen zu bleiben, abgegeben hatte, ergriff Dewey erneut das Wort.

»Zweitens: Mittlerweile habt ihr Daisy ja alle schon kennengelernt. Falls nicht, noch einmal für jeden von euch: Das ist Daisy. Sie möchte sich Maine ein bisschen ansehen.

Ich schätze, wir werden da wohl auch unsere Termine ein bisschen aufeinander abstimmen. Wie auch immer.«

»Termine aufeinander abstimmen?«, meinte Reagan. »Klingt romantisch.«

»Im Ernst«, sagte Daisy lachend. »Soweit ich mich erinnere, hast du mich doch gebeten, dass ich mitkomme.«

Alle nickten verstehend.

»Na ja, ich … ähm. Weißt du, ich wollte bloß … ja.«

Dewey wurde rot und die Gäste mussten noch mehr lachen.

»Zweitens«, sagte Dewey.

»Zweitens hatten wir eben schon«, meldete John Andreas vom Kopfende des Tisches.

Dewey funkelte ihn zornig an, doch John zuckte nicht mal mit der Wimper.

»Drittens«, setzte er neu an, »hat Daisy keinerlei Interesse an Geschichten über meine Kindheit. So was langweilt sie nur.«

»Was redest du denn da?«, fragte Daisy. »Was meinst du, weshalb ich mitgekommen bin?«

»Ich wollte bloß … na ja, ich dachte mir, so was wär für dich wahrscheinlich bloß langweilig. Du hast schließlich mit so vielen neuen Eindrücken zu tun. Ich wollte dir nicht zu viele Informationen auf einmal zumuten.«

»Hobey«, brüllte Nat Morse vom anderen Ende der Tafel. »Erzähl doch mal, wie Dewey Dr. Wetherbees Segelboot versenkt hat.«

»Nein«, meinte Bill Andreas, ein weiterer Onkel von Dewey, »du musst ihr die Sache mit der Kuh erzählen.«

»Mit der Kuh?«, fragte Hobey.

»Wie er damals auf der Kuh geritten ist und sie ihn dafür verhaftet haben.«

»Stimmt!«

»Ich wurde nicht verhaftet, Onkel Bill.«

»Sie haben dich ins Gefängnis gesperrt«, erinnerte John. »Du hattest Glück, dass du damals erst zwölf warst.«

»Elf«, korrigierte Margaret. »Es war das Jahr, in dem er die Tochter von … wie heißt er noch … geküsst hat, das Mädchen mit den Hasenzähnen.«

Dewey ließ sich resignierend auf seinen Platz sinken und hielt den Mund. Er blickte über den Tisch zu Daisy, die jemandem zuhörte, der von Kate Higgins anfing, dem Mädchen von weiter oben an der Straße, das Dewey eigentlich gar nicht geküsst hatte. In Wirklichkeit hatte sie ihn geküsst, nachdem sie ihn auf dem Fairway am zweiten Loch des Golfclubs von Castine in den Schnee geschubst hatte. Anschließend behauptete sie überall in der Schule, er habe sie in den Schnee gestoßen. Niemand kaufte Dewey je seine Version der Geschichte ab. Jetzt noch einen Versuch der Klarstellung zu unternehmen, erschien ihm reichlich sinnlos.

Praktisch bei jedem Wort brach der ganze Tisch vom einen Ende zum anderen in Gelächter aus, und am lautesten lachte Daisy.

Irgendwann erwiderte sie seinen Blick, das Gesicht feucht von Tränen vor lauter Lachen. Er sah ihr lange in die Augen, sehr lange, schließlich wandte sie sich ab, um weiter den Anekdoten zu lauschen. Als sie sich das nächste Mal zu ihm drehte, war Deweys Blick in die Ferne gerichtet, sein Gesichtsausdruck wirkte abwesend. Sie betrachtete ihn so lange, bis er wieder zu ihr schaute und ihre Augen sich erneut trafen.

Es war kurz nach Mitternacht. Alle hatten sich längst zum Schlafen zurückgezogen. Daisy war von Margaret nach oben ins Gästezimmer gebracht worden. Dewey blieb noch draußen unter den Sternen, um sich ein letztes Bier zu genehmigen. Danach noch eins. Schließlich trat auch er den Rückweg ins Haus an.

Er ging nach oben und putzte sich die Zähne. Leise machte er sich durch den Flur auf den Weg zu seinem Zimmer. Als er am Gästezimmer vorbeikam, stand die Tür einen Spalt offen. Er blieb stehen und schaute hinein. Es war dunkel, Mondlicht fiel durchs Fenster, vor dem sich Daisys Gestalt abzeichnete. Sie stand da und blickte nach draußen.

Leise klopfte er. »Daisy?«

»Hey, komm rein.«

»Möchtest du noch was? Ein Glas Wasser? Eine Extradecke? Soll ich dir eine Gutenachtgeschichte vorlesen?«

Sie lachte.

»Genau genommen ist alles perfekt. Ich glaube, ich hatte noch nie so viel Spaß an einem Tag. Vielen Dank für alles, Dewey.«

»Klar! Okay, dann ist ja alles gut. Falls du was brauchst, findest du mich ein Stück weit den Flur runter.«

Dewey machte Anstalten, die Tür zu schließen.

»Dewey, was ist das?« Sie deutete vors Fenster.

Er musste das komplette Zimmer durchqueren, um nachzusehen, was sie meinte, musste sich in der Dachgaube direkt hinter sie stellen, obwohl die Nische kaum Platz genug für zwei bot.

Ein silbrig glänzender Halbmond stand tief am Himmel, darunter schimmerte schwarz das Meer.

»Das ist das Meer«, antwortete Dewey.

»Nicht das Meer, du Blödmann, das da.«

»Ach so, das ist der Mond.«

Sie drehte sich um und schaute ihn an. Ihre Gesichter waren nur wenige Zentimeter voneinander entfernt.

»Du weißt genau, worauf ich deute.«

Er beugte sich vor und folgte ihrem Finger zu einer Stelle hinter der Scheune.

»Das ist unser privates Eishockeyfeld.«

»Wirklich?«

»Ja. Früher haben wir es jeden Winter angelegt.«

Im Mondschein bewunderte er die Kontur von Daisys Nase. Sie duftete nach Blumen.

»Woran denkst du gerade?«, fragte sie.

Im Dunkeln konnte er die Wärme spüren, die von ihrem Körper ausging. Seine Hand streifte ihre, ergriff sie. Sein Blick, eben noch in die Ferne gerichtet, kehrte zu ihr zurück. Er hielt ihre Hand, strich mit dem Daumen über die weiche Handfläche.

»Ich sollte dich besser schlafen gehen lassen.«

»Schuldest du mir nicht noch was?«, fragte Daisy.

Er schloss die Augen, kämpfte gegen seine Gefühle an, musste sich mit all seiner Kraft beherrschen, doch er rührte sich nicht vom Fleck. Sie nahm seinen Daumen, umschloss ihn mit der Faust. Mit der anderen Hand berührte sie ihn an der Brust. Er schlug die Augen auf. Daisy forschte in seinem Blick, als suchte sie nach etwas. Sein Inneres war in Aufruhr, tobte regelrecht. Er wollte etwas sagen, doch die Narben, die seine Vergangenheit hinterlassen hatte, schnürten ihm die Kehle zu. Ihm wurde ganz flau im Magen, als ihn eine ungekannte Wärme überkam. Mit einem Mal war er nicht länger Herr der Lage.

Er blickte auf ihre vollen roten Lippen, ihre weißen Zähne, erhaschte im Mondlicht den zarten Flaum über ihrer Oberlippe. Sie ließ seine Hand los, schob ihm eine Hand auf die Wange. Sie sahen einander in die Augen und er legte den Arm um sie, zog sie näher und drückte sie an sich, ohne die Augen auch nur einen Sekundenbruchteil abzuwenden. In jenem Moment erfasste er ihre Verletzlichkeit, eine Spur von Kummer und Schmerz. All diese Emotionen huschten über ihr Gesicht. Er wandte den Blick ab.

Daisy stellte sich auf die Zehenspitzen, schloss die Augen, presste sich an ihn und ihre Lippen berührten einander. Einen kurzen Moment lang vergaß er Robbie und Holly und Jessica. Vergaß alles.

Nach über einer Minute löste sie sich von ihm.

»Ich bin mir nicht sicher, ob wir das tun sollten«, flüsterte sie.

»Das seh ich auch so.«

»Tatsächlich?«

»Ja.«

»Wirklich?«

»Na ja, eigentlich nicht. Aber wenn du nicht möchtest …«

»Es liegt nicht an dir, Dewey, es ist nur so, dass ich mir geschworen habe, so etwas nicht zu tun.«

Sie drückte sich enger an ihn, ein Lächeln breitete sich über ihr Gesicht und sie musste sich auf die Unterlippe beißen, um es zu verbergen.

»Was denn?«

»Mich in jemand wie dich zu verlieben.«

»Ist es, weil ich für deinen Dad arbeite?«

Sie schüttelte den Kopf.

»Nein. Ich habe mir bloß geschworen, nie auf einen Typen wie dich reinzufallen.«

Erneut stellte sie sich auf die Zehenspitzen, berührte seine Lippen zart mit ihren eigenen. Diesmal ohne ihn richtig zu küssen.

»Einen Typen wie mich?«

»Ja, einen Typen wie dich.«

Sie ließ ihre Hand unter sein Hemd gleiten und strich ihm über die muskulöse Brust.

»Und was für ein Typ bin ich?«

»Muss ich es dir erst buchstabieren?« Sanft schob sie ihm das Hemd hoch, während ihre Lippen erneut seinen Mund fanden.

Sie versuchte, ein Lachen zu unterdrücken, während ihre andere Hand nach seinem Gürtel tastete.

»Ein Minigolf-Profi.«

DANKSAGUNG

Mit großer Dankbarkeit möchte ich mich bei all jenen erkenntlich zeigen, die mir beim Verfassen von *First Strike* zur Hand gegangen sind.

Ich beginne mit einem riesigen Dankeschön an alle bei St. Martin's Press, meinem Verlag, und Macmillan Audio. Mit ihrem Einsatz für jedes Buch stellen die dort hart arbeitenden, brillanten, immer adrett gekleideten Männer und Frauen stets aufs Neue ihr Vertrauen in mich unter Beweis. Danke euch allen, insbesondere Sally Richardson, Jennifer Enderlin, Hannah Braaten, George Witte, Jeff Capshew, Vannessa Cronin, Paul Hochman, Justin Velella, Martin Quinn, Alison Ziegler, Joseph Brosnan, Rafal Gibek, Jason Reigal, Ervin Serrano, Robert Allen, Laura Wilson und Mary Beth Roche.

Ein noch größerer Dank geht an Keith Kahla, meinen Lektor bei St. Martin's Press. Ich weiß nicht, was ich ohne ihn tun würde. Er entdeckt jede Schwachstelle in der Story, jeden Mangel im Plot und den Charakteren auf eine Art, wie ich es niemals können werde, und bringt taktvoll Vorschläge an, wie ich die fraglichen Stellen verbessern kann. Es ist nie einfach. Aber es lohnt sich doch jedes Mal.

Nicht weniger einfühlsam, schonungslos und geduldig ist meine Agentin, Nicole James. Allerdings ist Nicole weit mehr als bloß eine Agentin. Sie steht Keith in nichts nach, wenn es darum geht herauszufinden, was in einem bestimmten Entwurf, einem Kapitel oder einer Szene nicht ganz stimmig ist. Gleichzeitig setzt sie sich für mich ein, wie es nur ein echter Partner tut. Mehr noch, Nicole ist eine Freundin, stets für mich da, wobei es oft gar nichts mit meinen Büchern zu tun hat. Ich kann gar nicht in Worte fassen, wie dankbar ich ihr bin für ihre Freundschaft und für die entscheidende Rolle, die ihr in meiner Karriere zukommt.

Danke auch meinem Kumpel Chris George, der sich in Hollywood meinetwegen fast ein Bein ausreißt.

Ein ehrliches Dankeschön an Marc Gillinov von der Cleveland Clinic, eine wahre Koryphäe auf seinem Gebiet und einer der besten Herzchirurgen der Welt. Marc hat mich durch die Feinheiten der Herzmassage geführt und im Umgang mit meinen Worten ebenso viel Geschick und Fingerspitzengefühl bewiesen wie damals vor fünf Jahren am OP-Tisch, als er mir das Leben rettete. Ein Dank auch an Adrian King, meinen besten Freund, der mit seinen Überlegungen zu diversen Aspekten der Handlung wesentlich zum Gelingen beitrug. Rorke Denver, Michelle Goncalves, Sam, Kelly und Nick Adams, Sue H., Pam P. und Brad Thor: danke. Genauso wie an Alex und Kelly für eure Liebe und Unterstützung.

Am wichtigsten ist meine Familie: Shannon, Charlie, Teddy, Oscar und Esmé. Wieder mussten sie es ein Jahr lang ertragen, wie ich, in Boxershorts und Bean Boots, Selbstgespräche führend durchs Haus lief. Allein mit der Liebe, der Unterstützung und dem Humor meiner Familie überstehe ich den zähen Prozess des Schreibens. Abends lese ich meiner Jüngsten, Esmé, vor, bevor sie schlafen geht. Jeder Abend mit ihr führt mir vor Augen, dass Bücher weit mehr bewirken und nicht bloß der Unterhaltung dienen, wenn zwei Menschen sie miteinander teilen. Oscar lese ich ebenfalls vor, allerdings ist er mittlerweile schon zwölf. Seine wachsende Beliebtheit bei der Damenwelt stellt für ihn eine verlockende Ablenkung dar. Ich dachte immer, ich hätte ihn noch ein paar Jahre länger für mich. Zum Glück kann ich jeden Tag Kraft schöpfen, wenn ich sehe, wie die Werte fruchten, die Shannon und ich ihm vermittelt haben: etwa, wenn er Esmé die Hockeytasche zur Bushaltestelle trägt, wenn er den Tisch abräumt, ohne dass man ihn dazu auffordern muss, oder sich für einen Teamkameraden einsetzt.

Teddy ist mit seinen 14 Jahren groß, gut aussehend und hager. Als ich damals, vor vielen Jahren, mit dem Schreiben begann, war er noch ziemlich pummelig. Alle zogen ihn deswegen auf. Wir nannten ihn scherzhaft ›Butterball Turkey‹. Danach wuchs bei unserem kleinen Truthahn mit jedem Gramm Babyspeck, das er verlor, sein Gehirnvolumen. Mir ist noch nie jemand untergekommen, der sich so gut mit Politik auskennt. Als ich *First Strike* schrieb, waren es Teddys Fragen, Kommentare und Einsichten, die mich in die Lage versetzten, das Buch so zu schreiben, wie es nun vorliegt. Ich denke gern daran zurück, wie ich das schwere Kerlchen mit mir herumschleppte, aber das ist kein Vergleich zu dem Stolz, den ich für den brillanten jungen Mann empfinde, zu dem er herangereift ist.

Charlie, unser Ältester, ist für unsere Familie der Fels in der Brandung, und er hat ein Herz aus Gold, dessen Glänzen uns zusammenschweißt. Als ich meine ersten Gehversuche als Schriftsteller machte, brachte er mir jeden Morgen den Kaffee an den Schreibtisch. Nun erfüllt er im Stillen seine Aufgabe als Sohn und älterer Bruder und ist ein Vorbild für seine Geschwister – ein junger Gentleman, auf den seine Eltern jeden Tag aufs Neue stolz sein können. Wenn Charlie der Fels in der Brandung ist, dann ist Shannon das Meer selbst. Sie ist diejenige, auf die wir uns alle verlassen. Für mich ist sie der unzerstörbare Stahl und die zeitlose Schönheit, die mich lenkt. Danke, Liebling, für alles.

DIE DEWEY-ANDREAS-SERIE

Infos, Leseproben & eBooks: www.Festa-Verlag.de

www.bencoes.com

Der amerikanische Bestsellerautor BEN COES begann seine Karriere im öffentlichen Dienst, arbeitete im Weißen Haus unter den Präsidenten Ronald Reagan und George Bush. Später schrieb er u. a. Reden für den texanischen Öl-Milliardär T. Boone Pickens. Ben lebt heute in Boston mit seiner Frau und vier Kindern.

Zuletzt erschienen in der Reihe FESTA ACTION:

Brad Thor: *Der Pfad des Mörders*
Ben Coes: *Auge um Auge*
Vince Flynn: *Pursuit of Honor – Codex der Ehre*
Matthew Reilly: *Der Große Zoo von China*
Vince Flynn: *Transfer of Power – Der Angriff*
Mark Greaney: *The Gray Man – Unter Beschuss*
John Gilstrap: *Keine Gnade*
Joshua Hood: *Clear by Fire – Suchen & vernichten*
Matthew Reilly: *Das Turnier*
Scott McEwen mit Thomas Koloniar: *Sniper Elite – Der Wolf*
Vince Flynn: *The Last Man – Die Exekution*
Vince Flynn: *Survivor – Die Abrechnung*
Matthew Betley: *Treueschwur*
Scott McEwen mit Thomas Koloniar: *Sniper Elite – Geisterschütze*
Ben Coes: *Ein Tag zum Töten*
John D. Heubusch: *Das Blut des Messias*
Vince Flynn: *The Third Option – Die Entscheidung*
Joel C. Rosenberg: *Der dritte Anschlag*
David Ricciardi: *Warning Light – Notlandung in Sirdschan*
Bram Connolly: *Voller Wut*
Stephen Hunter: *Dirty White Boys*
Vince Flynn: *Order to Kill – Tod auf Bestellung*
Jack Carr: *The Terminal List – Die Abschussliste*
Joel C. Rosenberg: *Die Geisel*
J. L. Bourne: *Tomorrow War – Die Chroniken von Max*
J. L. Bourne: *Tomorrow War – Die Chroniken von Max – Das 2. Buch*
Vince Flynn: *Separation of Power – Die Macht*
William Forstchen: *One Second After*
John Gilstrap: *Hostage Zero – Menschenhändler*
Ben Coes: *First Strike – Geiselnehmer*

Wenn Lesen zur Mutprobe wird ...
www.Festa-Verlag.de

Festa: If you don't mind sex and violence and lots of action

Niemand veröffentlicht härtere Thriller als Festa. Werke, die keine Chance haben, in großen Verlagen veröffentlicht zu werden, weil sie zu gewagt sind, zu neuartig, zu extrem.

Statt der üblichen Matt- oder Glanzfolie haben die Bücher von Festa eine raue, lederartige Kaschierung. Sie symbolisiert die Härte und sexuelle Gewagtheit unseres Programms. Diese »Bücher im Ledermantel« sind auch sehr widerstandsfähig – die Bücher wirken nach dem Lesen noch wie neu.

Unsere erfolgreichsten Buchreihen:

HORROR & THRILLER – Moderne Meister des Genres

FESTA ACTION – Blockbuster zum Lesen

DARK ROMANCE – *Erotik Romance*-Bestseller aus den USA

FESTA EXTREM – Wenn Lesen zur Mutprobe wird …

Wegen der brutalen und pornografischen Inhalte erscheinen die Titel als Privatdrucke ohne ISBN und werden nur ab 18 Jahre verkauft. Sie können nur direkt beim Verlag bestellt werden.

Festa steht beim Thema harte Spannung für viele Jahre bewährte Qualität. Darauf geben wir sogar eine Zufriedenheitsgarantie. Dieser Service ist für einen Buchverlag einzigartig.

Warum tun wir das?

Frank Festa: »Wir wollen, dass die Leser unsere Bücher lieben. Das geht nur mit Qualität. Und als Spezialist für Horror und Thriller aus Amerika können wir in dem Bereich diese Qualität garantieren – so einfach ist das.«